BASTEI LÜBBE

Von Ephraim Kishon ist bei Bastei Lübbe Taschenbuch erschienen:

12016 Kishon für alle Fälle
12032 Kishon für Steuerzahler
12265 Der Fuchs im Hühnerstall
12299 Drehn Sie sich um, Frau Lot!
12331 Mein Freund Jossele und andere Satiren
12432 Der seekranke Walfisch
12452 Nichts zu lachen
12466 Wie unfair, David!
12554 Ein Apfel ist an allem schuld
12742 Total verkabelt
12786 Paradies neu zu vermieten
12824 Kishons beste Reisegeschichten
12877 Es war die Lerche
12936 Kishon für Kenner – ABC der Heiterkeit
12957 In Sachen Kain und Abel
14248 Mein Kamm
14324 Beste Tiergeschichten
14350 Kishon – Beste Familiengeschichten

Von Sarah Kishon ist bei Bastei Lübbe Taschenbuch erschienen:

14389 Mein geliebter Lügner

KISHON

Im neuen Jahr wird alles anders

Ausgewählte Satiren

Ins Deutsche übertragen von
Friedrich Torberg und Emi Ehm

Mit Zeichnungen von
Rudolf Angerer

BASTEI LÜBBE

BASTEI LÜBBE TASCHENBUCH
Band 14 450

1. Auflage: Dezember 2000
2. Auflage: Februar 2001

Vollständige Taschenbuchausgabe

Bastei Lübbe Taschenbücher ist ein Imprint der Verlagsgruppe Lübbe

Taschenbuchlizenzausgabe: Verlagsgruppe Lübbe GmbH & Co. KG,
Bergisch Gladbach
Umschlagillustration: Rudolf Angerer
Satz: KCS GmbH, Buchholz/Hamburg
Druck und Verarbeitung: Ebner Ulm
Printed in Germany
ISBN 3-404-14450-3

Sie finden uns im Internet unter
http://www.luebbe.de

Der Preis dieses Bandes versteht sich einschließlich
der gesetzlichen Mehrwertsteuer.

Inhalt

Seid nett zu Touristen 9

Ratschläge für Reisende 11
Über die Zuverlässigkeit der Schweizer 16
La Belle et la Bête 19
Theater mit Oswald 24
Ein Konsulat ist kein Eigenheim 30
Meine Zukunft als Mormone 35
Joe, der freundliche Straßenräuber 40
Fremd in St. Pauli 46
Erholung in Israel 51
Seid nett zu Touristen 55
Wiener Titelwalzer 58

Unfair zu Goliath 63

Paraphrase über ein volkstümliches Thema 65
Du sprechen Rumänisch? 67
Der Kuß des Veteranen 70
Das siebente Jahr 76
Eine historische Begegnung 80
Warum Israels Kork bei Nacht hergestellt wird 83
Geschichte einer Nase 89
Unfair zu Goliath 94
Die Russen kommen 98

Wettervorhersage: Neigung zu Regenschirmverlusten 103

Ein Vorschlag, Vorschläge zu machen 105
Ich rufe noch einmal an 108
Hair 112
Gipfeltreffen mit Hindernissen 118
Die Legende vom hermetisch geschlossenen Balkon 124
Wunschloses Neujahr 128
Abenteuerlicher Alltag 132

Das Geheimnis der Melone 137
Warten auf Nebenzahl 142
Niemand hört zu 150
Wo steckt Tuwal? 153
Sperrstunde 156
Wettervorhersage: Neigung zu Regenschirmverlusten 159

Wie rächt man sich an Verkehrspolizisten 165

Der Prozeß (nicht von Kafka) (oder doch?) 167
Lebensstandard 172
Wie man sich die Versicherung sichert 177
Eine abwechslungsreiche Konversation 181
Nur keine Rechtsbeugung! 186
Amtshandlung mit menschlichen Zügen 192
Wie rächt man sich an Verkehrspolizisten? 194
Die Macht der Feder 196

Die vollkommene Ehe 199

Aus Neu mach Alt 201
Die vollkommene Ehe 207
Kleine Beinchen, trippel-trapp 212
Die Rache des Kohlrabi 215
Die Stimme des Blutes 220
Was schenken wir der Kindergärtnerin? 225
Im neuen Jahr wird alles anders 229

Der Fisch stinkt vom Kopfe 237

Ein Fläschchen fürs Kätzchen 239
Ein ehrlicher Finder 244
Wohin das Hündchen will 254
Der Fisch stinkt vom Kopfe 259

Kontakt mit dem Jenseits 267

Es zuckt 269
Überwältigung in A-Dur 274
Kontakt mit dem Jenseits 280
Inkognito 285
Im Schweiße deines Angesichtes 290
Menasche weiß es ganz genau 292
Allzu sauber ist ungesund 296
Der Schnappschütze 301
Kein Weg nach Oslogrolls 305
Tagebuch eines Haarspalters 310
Poker mit Moral 316
Die Medikamenten-Stafette 318
Harte Währung 320
Tagebuch eines Jugendbildners 325
Wie man sich's abgewöhnt 330
Keine Gnade für Gläubiger 332

Der Fuchs im Hühnerstall 337

Aus Gesundheitsgründen 339
Irgendwo auf dem Land 347
Anti-Farmpolitik 357
Es findet sich ein Weg 368
Anzeichen einer Gärung 378
Es gärt 387
Und es gärt weiter 401
Silberstreifen am Horizont 419
Gula eilt zu Hilfe 429
Creatio ex nihilo 448
Geburtswehen 466
Die Verlängerung eines Wunders 480
Von der Stadt aufs Land zurück 498
Persona non grata 511
Die Kräfte konsolidieren sich 520
Der Ton formt den Töpfer 537
Geheimberater 552
Eine Stimme vom Himmel 575
Alles vorbei 596

Liebe deinen Mörder 599

Die Nacht, in der mein Haar ergraute 601
Vorbereitungen für ein Sportfest 607
Titel, Tod und Teufel 610
Liebe deinen Mörder 615
Wie man ein Buch bespricht, ohne es zu lesen 622
Gibt es einen typisch israelischen Humor? 629
Buchwerbung 633

Seid nett zu Touristen

Ratschläge für Reisende

Wir hatten Israel seit mehr als einem Jahrzehnt nicht verlassen. Jetzt fühlten wir uns wie Storchenjungen, die dem elterlichen Nest entflattern wollen und ihre noch ungelenken Flügelchen spreizen, ohne zu wissen, wie weit sie auf diese Weise kommen würden, wann und wo sie landen sollten und ob sie mit dem spärlichen Devisenbetrag, den man Storchenjungen bewilligt, ihr Auslangen fänden.

Am Stadtrand von Tel Aviv gibt es eine kleine Höhle. Dort lebt eine alte Eule, die im Rufe großer Weisheit steht. Sie hat diese Weisheit in langen Jahrzehnten und auf vielen Reisen erworben, hat unzähligen Gefahren getrotzt und unzählige Paß- und Zollrevisionen mit heiler Haut überstanden. Wenn es irgendwo auf der Welt Rat zu holen gab, dann hier. Die alte Eule heißt Lipschitz.

Eines Morgens fuhren wir zu dem Gehölz hinaus, in dem jene Höhle versteckt ist. Lipschitz saß auf einem knorrigen Ast und blinzelte uns aus weisen Augen entgegen.

»Ehrwürdiger«, begann ich zaghaft. »Wie? Wann? Woher? Wohin? Und vor allem: warum?«

»Bitte Platz zu nehmen«, sagte Lipschitz, schlüpfte in seine Höhle und kam mit einem Tee zurück. Dann erteilte er uns eine Lektion in Weltreisen. Und er begann wie folgt:

»Die meisten Menschen glauben, daß Geld alles ist. Sie haben recht. Nicht nur wegen der hohen Preise, sondern vor allem deshalb, weil man im Ausland nur schwer ein Darlehen aufnehmen kann. Wer da sagt: ›Ich werde mir schon auf irgendeine Art ein paar Dollar verdienen‹, der weiß nicht, was er redet. Denn warum sollte ein Fremder sich freiwillig auch nur von einem einzigen Dollar trennen, um ihn freiwillig einem anderen Fremden zu geben, noch dazu einem Juden?«

»Rabbi«, sagte ich, »ich kann singen.«

»Mein Sohn«, sagte Lipschitz, »sprich keinen Unsinn. Nimm den ganzen Geldbetrag, den dir unsere Regierung bewilligen wird, befestige ihn mit einer Sicherheitsnadel im unzugänglichsten Winkel deiner geheimsten Tasche und rühr das Geld nicht an, außer um dich davon zu ernähren, und selbst das mit Vorsicht. Niemals – hörst du:

niemals, nun und nimmer – iß in einem Restaurant, dessen Personal aus mehr als einem einzigen mageren Kellner besteht oder wo dein Teller von unten mit Kerzen aufgewärmt wird! Jeder Wachstropfen scheint in der Rechnung auf, und da es ihrer viele sind, wirst du die Rechnung nicht bezahlen können. Aus demselben Grund sollst du auch niemals, nun und nimmer etwas bestellen, was nur in französischer Sprache auf der Speisekarte steht. Wenn du zwei halbe hartgekochte Eier als ›Canapes d'oeufs durs au sel à la Chateaubriand‹ angeschrieben siehst, nimm deinen Hut, falls du um diese Zeit noch einen hast, und entferne dich fluchtartig. Für Frankreich gilt das natürlich nicht. Aber dort gibt es eine andre, noch gefährlichere Falle. Man erkennt sie an der Aufschrift: ›Billige Touristen-Mahlzeiten‹. Der Sohn des Maharadschas von Haidarabad geriet einmal in eines dieser Lokale. Am nächsten Tag wurden die Reste seines Vermögens unter Zwangsverwaltung gestellt …«

»Rabbi«, wagte ich zu unterbrechen, »ich gehe nicht auf Reisen, um zu essen, sondern um zu reisen.«

»Desto besser«, antwortete Lipschitz, die Eule, und zwinkerte mit den Augen. »Dann wollen wir die Attraktionen, die eine solche Reise bietet, der Reihe nach betrachten. Nimmst du deine Frau mit?«

»Ja.«

»Damit entfällt der erste Punkt. Bleiben noch Landschaft, Theater, Museen und Familieneinladungen. Landschaft ist kostenfrei, mit Ausnahme der Schweiz, wo man für jeden Kubikmeter Luft eine Mindestgebühr von sfr 1,50 entrichten muß, gerechnet vom Meeresspiegel an. Die Gebühr steigert sich mit der Höhe der Berge. Und vergiß nicht, daß die Bergluft ihrerseits den Appetit steigert, so daß du dann noch mehr Geld fürs Essen brauchen wirst. Mit dem Theater ist es verhältnismäßig einfach. Im Foyer eines jeden Theaters steht, meistens links vom Kassenschalter, ein gutgekleideter Herr und kaut an seinen Nägeln. Auf diesen Herrn mußt du kurz vor Beginn der Vorstellung zustürzen und ihn mit einem hebräischen Redeschwall überfallen, aus dem sich in wohlbemessenen Abständen Worte wie Artist … Kritik … Studio … hervorheben. Daraufhin wird er überzeugt sein, einen arabischen Theaterdirektor vor sich zu haben, und dir eine Freikarte geben. In Striptease-Lokalen kommst du mit diesem Trick nicht durch. Es gibt allerdings Anlässe, wo sogar ich meine ökonomischen Grundsätze vergesse …«

Lipschitz schwieg eine Weile versonnen vor sich hin, ehe er fortfuhr: »Wenn du in einer großen Straße an ein Portal kommst, das von zwei steinernen Löwen flankiert wird, tritt ohne Zaudern ein, denn es ist ein Museum. Wenn du drinnen bist, verlaß dich nicht auf deinen Instinkt, sondern schließe dich der Reisegesellschaft an, die von einem erfahrenen Führer durch die Räume gesteuert wird und alles von ihm erklärt bekommt. Sollte der Führer zornige Blicke nach dir werfen, dann wirf sie ihm zurück. Nach Beendigung der Museumsführung besteigst du den Autobus der Reisegesellschaft und nimmst an der Stadtrundfahrt teil. Im übrigen sei auf der Hut und betritt niemals ein Museum, ohne für zwei Tage Proviant mitzunehmen. Es ist schon oft geschehen, daß sorglose Besucher sich in den langgestreckten Hallen verirrten und kläglich verhungern mußten. Im Britischen Museum werden beispielsweise bei jeder Frühjahrsreinigung neue Skelette entdeckt … Was noch? Richtig, die Familieneinladungen. Sie sind, das darfst du mir glauben, überhaupt kein Spaß. Dafür kosten sie dich ein Vermögen, weil du der Hausfrau Blumen bringen und nachher mit dem Taxi nach Hause fahren mußt.«

»Erhabener«, sagte ich, »das ist alles gut und schön, aber vorläufig bin ich ja erst beim Kofferpacken.«

»Packe deine Koffer mit Weisheit«, mahnte die Eule. »Und nimm nur wenige Koffer mit, denn in jedem Land wird dein Gepäck sich um einen neuen Koffer vermehren, auch wenn du gar nichts einkaufst. Sobald dein Zug in die Ankunftshalle rollt, brüllst du nach einem Träger. Verbirg dein Minderwertigkeitsgefühl und mache keinen Versuch, deine Koffer selbst zu tragen. Nach einer Weile mußt du ja doch einen Träger nehmen und ihm so viel zahlen, als hätte er dein Gepäck von Anfang an geschleppt. Zahle ihm aber nicht mehr als die Taxe, mag er vor Anstrengung noch so stöhnen oder einen epileptischen Anfall vortäuschen. Ebenso mußt du dich im Hotel sofort vergewissern, ob der Service im Zimmerpreis enthalten ist oder nicht. Die diesbezüglichen Verhandlungen mit dem Portier darfst du auf keinen Fall in der Landessprache führen. Warum sollst *du* den Nachteil haben, zu stottern und nach Worten zu suchen? Laß *ihn* stottern und nach Worten

suchen! Sprich in Paris englisch, in London französisch, in Italien deutsch. In Griechenland sprich nur hebräisch, weil sie dort alle anderen Sprachen kennen.«
»Und was soll man auf eine Reise nach Europa mitnehmen, Rabbi?«
»Unbedingt einige elektrische Birnen in der Stärke von 200 Watt. Selbst in den Luxushotels ist die Zimmerbeleuchtung so schwach, daß du nur die balkendicken Überschriften der Zeitung lesen kannst, die du dir überflüssigerweise schon in der Nacht gekauft hast. Und vergiß nicht, deine Privatbirne am Morgen wieder abzuschrauben. Ferner mußt du – da es in den besseren Hotels verboten ist, Mahlzeiten auf dem Zimmer zuzubereiten – für eine unauffällige Entfernung der Speisereste sorgen. Am besten formst du aus den Überbleibseln eine solide Kugel, die du kurz nach Mitternacht aus dem Fenster wirfst. Das ist die Ausfuhr. Schwieriger verhält es sich mit der Einfuhr der für die Zubereitung einer Mahlzeit nötigen Materialien. Besonders mit den Milchflaschen hat man die größten Schwierigkeiten. Es empfiehlt sich daher die Anschaffung eines Geigenkastens oder einer Hebammentasche, in der erstaunlich vieles Platz findet. Die elektrische Heizplatte, die du zum illegalen Kochen verwendest, darfst du nicht in deinem Koffer verstecken. Dort wird sie vom Zimmermädchen entdeckt. Du tust sie besser in den Kleiderschrank, der niemals gereinigt wird …«
Eine neuerlich entstehende Pause nützte ich aus, um selbst das Wort zu ergreifen. Denn ich wurde allmählich ein wenig ungeduldig. »Schon gut, Lipschitz«, sagte ich. »Ich weiß jetzt über alles Bescheid, nur über das Trinkgeld noch nicht. Was ist's damit? Wieviel, wem und wann?«
»Das ist ein echtes Problem.« Die Eule nickte sorgenvoll. »In den Restaurants gibt man für gewöhnlich zehn Prozent vom Gesamtbetrag, im Theater fünfzehn Prozent von der Kragenweite des Billeteurs und für eine Auskunft, wo die gesuchte Straße liegt, fünf Prozent vom Alter des Auskunftgebers. Wer sichergehen will, gibt das Trinkgeld in kleinen Münzen, und zwar so lange, bis der Empfänger zu lächeln beginnt. Bei Taxichauffeuren kann das leicht ruinös werden, denn Taxichauffeure lächeln nie. Hier zahlt man so lange, bis der Mann zu schimpfen aufhört. Zahle nicht eher, als du und dein Gepäck sicher

auf dem Straßenpflaster stehen. Sonst gibt er in einer plötzlichen Aufwallung Gas und ist mit zweien deiner Koffer verschwunden.« Die Eule holte tief Atem und kam zum Schluß:

»Vergiß niemals, daß du kein Mensch bist, sondern ein Tourist. Laß dich von scheinbaren Gegenbeweisen nicht narren. Die Höflichkeit der Eingeborenen gilt deiner Brieftasche, nicht dir. Du bist für sie nichts als eine Quelle rascher, müheloser Einnahmen. Dich persönlich können sie nicht ausstehen, um so weniger, je besser du ihre Sprache sprichst. Dann werden sie mißtrauisch und fürchten, daß du ihnen auf ihre Schliche kommst ... Und noch etwas: Nimm nie ein Flugzeug. Schiff und Eisenbahn bewahren dich vor dem schlimmsten Alpdruck, der dem Reisenden droht. Ich meine jene verhängnisvolle Minute, wenn sämtliche Gepäckstücke sämtlicher Reisenden in Reih und Glied zur Zollabfertigung bereitstehen, nur deines nicht, und wenn du auf deine immer verzweifelteren Anfragen immer unwirschere Antworten bekommst: ›Keine Gepäckstücke mehr da ... nein, kein einziger Koffer ... das wissen wir nicht.‹ Schließlich taucht aus dem Hintergrund ein freudestrahlender Träger auf und läßt dich wissen, daß deine Koffer irrtümlich nach Kairo gegangen sind. Das meine ich. Fahr mit dem Schiff nach Europa, mein Sohn. Dann hast du noch ein paar friedliche Tage, bevor die wahre Qual des Reisens beginnt ...«

Die Eule namens Lipschitz zwinkerte und schloß dann beide Augen zugleich. Wir waren entlassen.

Höflichkeit, Tüchtigkeit, Pünktlichkeit.
In der Schweiz muß man pünktlich sein, denn auch die Schweizer sind es. Pünktlich wie die Uhrzeiger. Alle öffentlichen Plätze, ob unter freiem Himmel oder gedeckt, strotzen von öffentlichen Uhren, und noch im kleinsten Bäckerladen gibt es mindestens zwei.
Dem aus Asien kommenden Besucher fällt es nicht immer leicht, das Vertrauen, das die Schweiz in seine Pünktlichkeit setzt, zu rechtfertigen.
Zum Beispiel hatte ich mich für Dienstag abend mit einem Theaterdirektor verabredet, pünktlich um 22 Uhr 15, nach der Vorstellung. Am frühen Abend kam ich in mein Hotel, und da ich die beste Ehefrau von allen bei Freunden abgegeben hatte, blieb mir noch genügend Zeit für ein gesundes Schläfchen. Ich ließ mich mit dem Empfang verbinden und bat, um 21 Uhr 45 geweckt zu werden, denn ich wollte zu dem für mich sehr wichtigen Rendezvous auf die Minute pünktlich erscheinen.
»Gern«, sagte der Empfang. »Angenehme Ruhe.«
Im sicheren Bewußtsein, daß die berühmte Zuverlässigkeit der Schweiz für mich Wache hielt, fiel ich in tiefen, kräftigenden Schlummer. Mir träumte, ich wäre ein original schweizerischer Pudel, umhegt und gepflegt und in Luxus gebettet. Als das Telefon läutete, sprang ich erquickt aus dem Bett und griff mit nerviger Hand nach dem Hörer:
»Danke schön«, sagte ich. »Ist es jetzt genau 21.45?«
»Es ist 19.30«, sagte der Empfang. »Ich wollte nur Ihren Auftrag bestätigen, mein Herr. Sie wünschen um 21.45 geweckt zu werden?«
»Ja«, sagte ich.
Mit Hilfe des bewährten Lämmerzähl-Tricks schlief ich bald wieder ein, schon beim dreißigsten Lamm. Aber zum Träumen reichte es diesmal nicht. Bleierne Schwere hatte mich befallen, und ich fand mich nicht sogleich zurecht, als das Telefon ging.
»Danke«, stotterte ich verwirrt in die Muschel. »Ich bin schon wach.«
»Schlafen Sie ruhig weiter«, sagte der Empfang. »Es ist erst 20 Uhr.

Aber ich werde in einer halben Stunde abgelöst und wollte mit der Weitergabe Ihrer Order ganz sichergehen. Mein Nachfolger soll Sie um 21.45 wecken, nicht wahr?«

Mühsam brachte ich ein »Ja« hervor und versuchte aufs neue einzuschlafen. Nach dem sechshundertsten Lamm lag ich noch immer wach. Ich begann Böcke zu zählen. Ich ließ sie über Zäune springen und wieder zurück. Das erschöpfte mich so sehr, daß ich einschlief.

Wie lange ich geschlafen hatte, weiß ich nicht. Ich weiß nur, daß ich vom schrillsten Telefonsignal geweckt wurde, das es je auf Erden gab. Mit einem Satz war ich beim Apparat:

»Schon gut – schon gut – danke.« Dabei warf ich einen Blick nach der Uhr. Sie zeigte auf 20.30.

»Entschuldigung«, sagte mit neuer Stimme der Empfang. »Ich habe soeben die Weckliste übernommen und sah Ihren Namen für 21.45 vorgemerkt. Ist das richtig?«

»Das … ja … es ist richtig. Danke vielmals.«

»Entschuldigen Sie.«

»Bitte.«

Diesmal blieb ich auf dem Bett sitzen und starrte aus glasigen Augen vor mich hin. Wann immer ich einzunicken drohte, riß ich mich hoch. Manchmal schien es mir, als hätte das Telefon geklingelt, aber das waren nur Halluzinationen, wie sie bei plötzlichen Herzanfällen manchmal auftreten.

Um 21 Uhr 35 hielt ich es nicht länger aus, ließ mich mit dem Empfang verbinden und fragte den neuen Mann, ob alles in Ordnung sei.

»Gut, daß Sie anrufen«, sagte er. »Ich war eben dabei, nochmals zu kontrollieren, ob es unverändert bei 21.45 bleibt.«

»Unverändert«, antwortete ich und blieb zur Sicherheit am Telefon stehen.

Pünktlich um 21.45 kam das Signal. Ich seufzte erleichtert auf.

An die weiteren Vorgänge kann ich mich nicht erinnern. Als ich am nächsten Morgen erwachte, lag ich noch immer neben dem Telefontischchen auf dem Teppich, die Hand um den Hörer gekrampft. Der Theaterdirektor, den ich sofort anrief, war wütend, gab mir dann aber doch ein neues Rendezvous, pünktlich um 22 Uhr 15, nach der Vorstellung. Um nur ja kein Risiko einzugehen, verlangte ich ein Ferngespräch mit Tel Aviv und gab dem bekannt zuverlässigen Weckdienst der dortigen Telefonzentrale den Auftrag, mich um 21 Uhr 45 MEZ in Zürich zu wecken. Der Weckdienst rief mich auch wirklich keine Sekunde vor 21.45 an. Übrigens auch um 21.45 nicht. Er hat mich überhaupt nie angerufen.

La Belle et la Bête

Sollte der geneigte Leser erwarten, daß ich mich jetzt endlich dem Kapitel »Die Pariserin« zuwenden würde, dann steht ihm eine herbe Enttäuschung bevor. Mein Kontakt mit der Pariser Weiblichkeit blieb auf eine einmalige, flüchtige Begegnung beschränkt; es war eine sympathische, schon etwas ältliche Dame, die mich auf dem Boulevard St-Michel fragte:

»Guten Abend, Monsieur, wohin gehen Sie?«

Ihr diskreter Tonfall und ihr solides Äußeres ermutigten mich zu der Auskunft: »Ich habe eine Verabredung mit meinem Freund Nachum Gottlieb.« Damit sprach ich, wie immer, die lautere Wahrheit. Ich überlegte sogar, ob ich ihm meine neue Zufallsbekanntschaft nicht mitbringen sollte. Aber sie zeigte kein Interesse daran und setzte ihren Abendspaziergang fort. Mit Nachum war ich von Israel her befreundet. Ich kannte ihn als einen gutherzigen, durchschnittlichen, ordentlichen Menschen – so richtig das, was man einen netten Jungen nennt. Unsere staatliche Schiffahrtsgesellschaft hatte ihn als Rechtsberater in ihre Pariser Niederlassung geschickt, und nun lebte er schon seit sechs Jahren in der Lichterstadt. Er hatte hier sogar geheiratet, eine hübsche, großäugige, junge Französin, vielleicht um eine Kleinigkeit zu mager, insgesamt jedoch eine echte Repräsentantin jenes unvergleichlichen, filigranen Frauentyps, den man eben nur in Paris findet, charmant, elegant und mit Bleistiftabsätzen an den zarten Schuhen, die nur ganz knapp die zarten Sohlen ihrer zarten Füßchen bedeckten. Sie hieß Claire.

Nachum erwartete mich bereits vor seinem Büro. Wir wanderten zunächst ein wenig den Boulevard entlang, und als es kühler wurde, zogen wir uns in ein Café zurück.

Ich fragte Nachum, wie es seiner Frau ginge.

Zu meiner Überraschung antwortete er nicht, sondern senkte den Kopf und zog seine Rockaufschläge über der Brust zusammen, als ob ihn fröstelte. Ich wiederholte meine Frage.

Langsam, mit einem waidwunden Blick, hob Nachum den Kopf und sagte kaum hörbar:

»Sie spricht nicht mit mir …«
Es dauerte lange, ehe seine schwere Zunge sich zu lösen begann. Ich lasse seine Geschichte, die vom ewigen Thema der grundlosen Eifersucht handelt, in einer verkürzten Fassung folgen. Sie könnte den gleichen Titel tragen wie Jean Cocteaus berühmter Film »La Belle et la Bête«.
»Du bist der erste Mensch, mit dem ich über mein tragisches Familienleben spreche«, begann Nachum. »Und selbst dazu kann ich mich nur überwinden, weil du bald wieder wegfährst. Ich bin vollkommen ratlos. Ich bin am Ende. Ich kann ohne Claire nicht leben. Sie ist für mich die Luft, die ich zum Atmen brauche … Ich weiß, was du jetzt sagen willst. Sag's nicht, obwohl du recht hast. Natürlich hätte ich besser auf sie achtgeben müssen. Ich hab's ja auch versucht. Aber gerade das war das Unglück. Ich habe etwas getan, was ich nie hätte tun dürfen. Und daß ich es nur aus Liebe zu ihr getan habe, hilft mir nicht. Sie wird mir nie verzeihen …«
Ich konnte aus seinem Gestammel nicht recht klug werden und klopfte ihm aufmunternd auf die Schulter: »Na, na, na. Erzähl hübsch der Reihe nach. Die ganze Geschichte. Ich verspreche dir, daß ich sie in meinem Reisebuch nicht veröffentlichen werde.«
»Es fällt mir so fürchterlich schwer«, seufzte Nachum. »Weil das Ganze so fürchterlich dumm ist. Es begann mit einem anonymen Brief, den ich vor ein paar Monaten zugeschickt bekam. Ein ›aufrichtiger Freund‹ teilte mir mit, daß meine Frau mich mit dem Friseur von vis-à-vis betrog. Und du weißt ja, wie so etwas weitergeht. Zuerst glaubt man kein Wort – will sich mit einer so schmierigen Denunziation gar nicht abgeben –, dann merkt man, daß doch etwas hängengeblieben ist – und dann beginnt das Gift zu wirken …«
»So ist die menschliche Natur«, bestätigte ich. »Man glaubt einem dummen Tratsch viel eher als den eigenen Augen.«
»Richtig. Ganz richtig. Genauso war es. Aber ich begnügte mich nicht damit, meiner Frau insgeheim zu mißtrauen. Ich beschloß, sie auf die Probe zu stellen. Ich Idiot.«
»Wie hast du das gemacht?«
»Ich erzählte ihr, daß ich für drei Tage geschäftlich nach Marseille verreisen müßte, verabschiedete mich herzlich wie immer und verließ

mit dem Koffer in der Hand die Wohnung. Diesen kindischen Trick hielt ich für besonders raffiniert. Dann stellte ich den Koffer in einem nahe gelegenen Bistro ab, verbrachte die Zeit bis Mitternacht im Kino – ging nach Hause – schloß leise die Wohnungstür auf – ich weiß bis heute nicht, was da in mich gefahren war –, schlich auf Zehenspitzen ins Schlafzimmer – knipste das Licht an – und – und –«

»Und deine Frau lag friedlich im Bett und schlief.«

»So wie du sagst. Sie lag friedlich im Bett und schlief. Auch sonst war alles auf dem üblichen Platz. Nur auf dem Nachttisch sah ich ein halb leergetrunkenes Glas Orangensaft mit zwei Strohhalmen stehen. Das war der einzige Unterschied. Sie müssen zusammen aus einem Glas getrunken haben.«

»Wer sie?«

»Meine Frau und der Friseur. Nämlich – damit du die Situation richtig beurteilst – auch der Friseur lag friedlich im Bett und schlief. Er hatte sogar einen meiner Pyjamas an.«

»Ich – hm – wie bitte? Ich verstehe nicht.«

»Na ja. Auch ich stand zuerst ein wenig verständnislos da. Dann erwachten die beiden, ungefähr gleichzeitig, und blinzelten ins Licht. Claire setzte sich halb auf, maß mich von Kopf bis Fuß mit einem verächtlichen Blick, und in ihrer Stimme lag ein kaum verhohlener Abscheu: ›Aha!‹ rief sie. ›Du spionierst mir nach! Du erzählst mir Märchen aus Tausendundeiner Nacht, von Schiffen, von Marseille, was weiß ich, du spielst mir ein Theater vor mit Abschiednehmen und Koffern, du gebärdest dich wie ein Mustergatte – und heckst dabei einen teuflischen Plan nach dem andern gegen mich aus! Ein feines Benehmen, wirklich! Aber ganz wie du willst, Nachum. Wenn das nach deinem Geschmack ist – bitte sehr.‹ Das waren Claires Worte. Jedes von ihnen traf mich wie ein Keulenschlag. Noch dazu in Gegenwart eines Fremden.«

»Was … was hat denn der Friseur währenddessen gemacht?«

»Eigentlich nichts. Er verhielt sich ruhig. Erst als meine Frau ihn fragte: ›Nun sage mir, Michel, ob es sich lohnt, einem solchen Menschen treu zu sein?‹ – erst da stützte er sich auf seinen Ellenbogen, schüttelte den Kopf und antwortete: ›Wenn ich ehrlich sein soll, dann muß ich sagen, nein, es lohnt sich nicht!‹ Du siehst: Auch er fühlte sich von mir abgestoßen. Auch er unterlag dem Augenschein, der ja wirklich gegen mich sprach. Ich wollte Claire beruhigen, aber sie war außer sich vor Zorn: ›Es ist einfach skandalös, Nachum!‹ rief sie mit bebenden Lippen. ›Irgend jemand trägt dir einen idiotischen Tratsch über mich zu, und du glaubst sofort alles! Schnüffelst mir nach wie der Hund von Baskerville um Mitternacht! Du solltest dich schämen!‹ Damit drehte sie sich zur Wand, ohne meine Antwort abzuwarten.«

»Und der Friseur unternahm noch immer nichts?«

»Doch. Er stieg aus dem Bett und sagte: ›Pardon, Madame, aber solche Auseinandersetzungen sind nichts für mich. Ich gehe.‹ Er holte meine Hausschuhe unter dem Bett hervor, schlurfte ins Badezimmer und begann sich zu duschen, man hörte es ganz deutlich. Ich war mit meiner Frau allein, versuchte ihr zu erklären, daß meine unsaubere Phantasie mir einen Streich gespielt hätte – vergebens. Sie warf mir einen Blick zu, daß ich vor Scham am liebsten in die Erde versunken wäre. Kannst du dir meine Situation vorstellen? Eigentlich war ich doch darauf aus gewesen, alles in bester Ordnung zu finden, wenn ich nach Hause käme! Ich hatte niemals ernsthaft geglaubt, daß es anders sein könnte! Und dann … Nur dieser elende anonyme Brief ist daran schuld. Er hatte mich um meinen gesunden Menschenverstand gebracht. Und Claire warf mir das ganz mit Recht vor. ›Deine Dummheit und deine Bösartigkeit entbinden mich aller Verpflichtungen‹, sagte sie mit eiskalter Stimme. ›Man kann von keiner Frau verlangen, einem Bluthund treu zu sein.‹ Und sie brach in Tränen aus. Sie schluchzte herzzerreißend. Ich war für sie nicht mehr vorhanden. Und ich kann doch nicht leben ohne sie. Sie ist für mich die Luft, die ich zum Atmen brauche …«

»Und der Friseur?«

»Er war mittlerweile aus dem Badezimmer herausgekommen, fix und fertig angekleidet, und verabschiedete sich von Claire mit einem Handkuß. Mich würdigte er keines Blicks. So ist das Leben. Wer auf dem Boden liegt, bekommt auch noch Tritte …«

Nachum seufzte verzweifelt auf, barg sein Gesicht in den Händen und schloß:

»Claire will mit mir nichts mehr zu tun haben. Sie spricht nicht mit mir. Dieser kleine Fauxpas, den ich mir zuschulden kommen ließ, ist

für sie Grund genug, um sich von mir abzuwenden. Da kann ich ihr hundertmal schwören, daß nur meine Liebe zu ihr mich auf den Irrsinnspfad der Eifersucht getrieben hat – sie hört mir nicht einmal zu. Was soll ich machen, was soll ich machen …«
Eine Weile verging schweigend. Endlich, nur um meinen vollkommen zusammengebrochenen Freund zu trösten, sagte ich:
»Es ist noch nicht aller Tage Abend, Kommt Zeit, kommt Rat. Morgenstund hat Gold im Mund. Eines Tages wird Claire dir verzeihen.«
Über Nachums gramzerfurchtes Gesicht ging ein leiser Hoffnungsschimmer:
»Glaubst du wirklich?«
»Ich bin ganz sicher. Und wenn du nächstens einen anonymen Brief bekommst, zerreiß ihn und wirf ihn weg.«

Auch im Londoner Straßenverkehr tritt der Humor in seine Rechte. Zum Beispiel wird in England nicht – wie überall sonst in der Welt – rechts gefahren, sondern links. An dieser ungewöhnlichen Verkehrsordnung halten die Engländer mit der gleichen traditionsgebundenen Hartnäckigkeit fest wie an ihren (auch nicht mehr ganz zeitgemäßen) Gewichts- und Münzeinheiten.

Ferner gibt es in jeder Stadt mindestens fünfundzwanzig Straßen mit demselben Namen. Ein Blick auf den Stadtplan läßt erkennen, daß die gleichlautenden Namen nach den Ergebnissen eines Würfelspiels über das Straßennetz verteilt wurden, wohin sie gerade fielen.

Häuser werden in England nicht mit abwechselnd geraden und ungeraden Ziffern numeriert. Man verwendet das Bumerang-System. Man beginnt auf der einen Straßenseite mit der fortlaufenden Numerierung der Häuser, und wenn es keine Häuser gibt, läßt man die Nummern wieder zurücklaufen, so lange, bis sie auf einen Ausländer treffen und ihn niederstrecken. Witzbolde behaupten, daß manche Straßen in London anfangen und in Liverpool aufhören.

Die Frage liegt nahe, wie sich die Engländer unter solchen Umständen in ihren Städten zurechtfinden.

Die Antwort lautet: Sie finden sich nicht zurecht. Sie selbst kommen aus dem Staunen nicht heraus, halten sich aber auf dieses Staunen soviel zugute, daß sie es um keinen Preis missen möchten. Auch scheint es für sie von unerhörtem Reiz zu sein, einander zu erklären, wo sie wohnen und wie man zu ihrer Wohnung gelangt.

»Die Straße heißt St. John's Wood Court Road. Aber das Haus, in dem wir wohnen, heißt St. John's Wood Court House und liegt ganz anderswo, nämlich knapp vor der Kreuzung von St. John's Court Street und St. John's Road Wood. Können Sie mir folgen?«

»Nein.«

»Wissen Sie, wo Tottenham Court Road liegt?«

»Ja.«

»Ausgezeichnet. Dort nehmen Sie ein Taxi und geben dem Fahrer die Adresse.«

Glücklicherweise wohnten wir nicht im Zentrum Londons, sondern in einem »Swiss Cottage« genannten Stadtteil, dessen gleichnamige Untergrundbahnstation uns als sicheres Erkennungszeichen diente. Wir waren endlich dem Würgegriff der Hoteliers entgangen und hatten uns in einer Privatwohnung eingemietet. Ihre Inhaberin hieß Mrs. Mrozinsky und war, wie schon aus ihrem Namen hervorging, die einzige Witwe des verewigten Mr. Mrozinsky, eines typisch englischen Gentlemans von polnischem Geblüt. Er hatte ihr ein kleines Häuschen hinterlassen, dessen entbehrliche Zimmer an farbige Touristen zu vermieten waren (und da wir aus Israel kamen, wurden wir vom Zimmervermittlungsdienst in diese Kategorie eingestuft). Der Rest der Verlassenschaft bestand in einem hellhaarigen Hund namens Oswald, einer undefinierbaren Promenadenmischung, die aber von Mrs. Mrozinsky kaltblütig als hochgezüchteter Spaniel vorgestellt wurde. Sei dem wie immer – Mrs. Mrozinsky, die seit dem Beginn des Zweiten Weltkriegs in England lebte, hatte sich dort schon so vollkommen akklimatisiert, daß sie auch die traditionelle Zuneigung des Engländers zu seinen vierbeinigen Freunden teilte. Sie sprach von Oswald viel öfter und liebevoller als von ihrem dahingeschiedenen Gatten, und sie hätte das geliebte Tier nicht eine Minute lang allein lassen mögen. Einmal aber geschah das doch.

An jenem schicksalsschweren Nachmittag klopfte Mrs. Mrozinsky an unsere Zimmertür und teilte uns mit, daß ihre Schwester plötzlich erkrankt sei, in Nottingham im Spital liege und dringend ihren Besuch erwarte, heute noch, sofort.
Uns ahnte Böses.
»Sollten Sie nicht besser erst morgen fahren, Mrs. Mrozinsky?« fragte ich besorgt. »Nächtliche Reisen sind unbequem.«
»Ich dachte, daß Sie mir den kleinen Gefallen tun ...«
»Man wird Sie bei Nacht gar nicht in das Spital hineinlassen ...«
»... und auf Oswald achtgeben könnten ...«
»... weil der Patient schlafen muß ...«
»... nur bis morgen mittag ...«
»Warum telefonieren Sie nicht nach Nottingham?«
»Ich danke Ihnen.«

Und ohne den einigermaßen wirren Dialog fortzusetzen, brachte sie uns den fröhlich wedelnden Oswald ins Zimmer.

»Sie brauchen ihn nicht öfter als einmal am Tag auf die Gasse zu führen«, rief sie uns im Abgehen zu.

»Lassen Sie ihn ruhig an der Tür kratzen.«

»In England darf man Hunde in den Zug mitnehmen«, rief ich ihr nach.

Aber die Wände blieben stumm.

Das alles wäre nie geschehen, wenn unsere Beziehungen zu Mrs. Mrozinsky nicht gar so freundlich gewesen wären. Die alte Dame hatte sich eng an uns angeschlossen, hatte uns von den Schrecken des Blitzkriegs und des Bombardements erzählt, von den ständig wachsenden Lebenskosten in England und von vielen anderen persönlichen Problemen. Jetzt rächte sich unsere Geduld. Nicht als ob wir etwas gegen Hunde gehabt hätten. Wir lieben Hunde. Besonders meine Frau liebt sie sehr. Je weiter so ein Hund entfernt ist, desto mehr liebt sie ihn. Auf Reisen allerdings liebt sie ihn nicht einmal dann. Und folglich war das Gespräch, das nach Mrs. Mrozinskys Abgang zwischen uns stattfand, nicht besonders liebevoll.

»Warum, um Himmels willen, hast du dich breitschlagen lassen?« fragte meine Frau.

»Na wennschon«, antwortete ich. »Dann werden wir den Hund eben ins Theater mitnehmen.«

Das war alles.

Mit der größten Selbstverständlichkeit hüpfte Oswald in unseren gemieteten Mini-Minor, als wir am Abend ins Ambassador-Theater aufbrachen, wo die »Mausefalle« immer noch ausverkaufte Häuser machte. Oswald nahm den Rücksitz und heulte. Er hörte nicht auf zu heulen. Er heulte wie ein kleines Kind. Ich habe noch nie einen erwachsenen Hund getroffen, dessen Heulen dem Heulen eines kleinen Kindes so ähnlich war. Und so ausdauernd. Schön und gut, sein Frauchen war zu ihrer Schwester nach Nottingham gefahren. Aber schließlich hatte sie ihn nicht auf der Straße ausgesetzt, wie? Er saß ja in einem weichen Rücksitz eines beinahe neuen, gutgepolsterten englischen Wagens, nicht wahr? Was gab es da zu heulen?

»Das ist kein Hund«, stellte die beste Ehefrau von allen sachlich fest. »Das ist ein getarnter Schakal. Gott steh uns bei!«
Ich parkte den Wagen in einer nahen Seitengasse (mit Mietwagen hat man keine solche Angst vor Strafzetteln). Das Rückzugsgefecht gegen den stürmisch nachdrängenden Oswald war kurz und heftig. Es endete mit seiner Niederlage. Lange sah er uns nach, die Schnauze ans Fenster gepreßt, die Augen voller Tränen. Und er hörte nicht auf zu heulen …
Der Mörder bewegte sich noch vollkommen frei auf der Bühne, als unser schlechtes Gewissen uns aus dem Theater trieb, zurück zu dem Hund, den wir lebendig begraben hatten. Wir fanden Oswald in schlechter Verfassung. In den zwei Stunden pausenlosen Heulens und Bellens war er heiser geworden und konnte nur noch jaulen. Dafür sprang er, wie wir schon von weitem sahen, unermüdlich im Innern des Wagens hin und her, von einem Fenster zum andern, und zwischendurch aufs Lenkrad, wo er die elektrische Hupe betätigte.
Eine Menge Fußgänger stand um den Wagen herum. Eine feindselige Masse. Ihr Urteil war einmütig, und es war ein Urteil der Verdammnis. »Wenn ich den Kerl erwische …«, äußerte ein athletisch gebauter junger Mann, unter dessen bloßem Ruderleibchen die Muskeln schwollen.
»Wenn ich den Kerl, der das arme Tier eingesperrt hat, zwischen die Fäuste bekomme …«
»Die haben nicht einmal daran gedacht, das Fenster einen Spalt breit offenzulassen«, murrte ein anderer. »Das arme Tier wird ersticken.«
»Solche Leute müßte man einsperren …«
»Dann würden sie wenigstens wissen, wie das tut …«
Den letzten Worten folgte allgemeine Zustimmung, der auch ich mich anschloß. Der Mann im Ruderleibchen hatte mir nämlich gleich bei meinem Auftauchen einen bösen Blick zugeworfen.
»Diesen Barbaren gebührt nichts Besseres«, sagte ich eilig. »Mit einem hilflosen Tier so umzugehen …«
Es war höchste Zeit für eine Klarstellung meiner Position, denn Oswald hatte uns entdeckt und bellte hinter dem Fenster direkt auf uns los.
»Es kann nicht mehr lange dauern, Schnauzi«, tröstete ihn ein ge-

brechlicher alter Herr. »Die Mistkreaturen, die dich hier allein gelassen haben, müssen ja irgendwann zurückkommen.«

»Wenn ich den Kerl erwische!« wiederholte der Ruderleibchenathlet. »Der wird nichts zu lachen haben!« Es machte keinen guten Eindruck auf mich, daß dem Athleten einige obere Zähne fehlten. Ich hielt es für angebracht, seinen Tatendurst abzulenken.

»Lassen Sie auch noch etwas für mich übrig!« rief ich mit geballten Fäusten. »Ich breche ihm jeden Knochen im Leib.«

»Recht so!« Und das war meine Frau. »Jeden einzelnen Knochen!« Was, zum Teufel, fiel ihr da ein? Wollte sie den Mob gegen mich aufhetzen? Oder Ruderleibchens athletische Fähigkeiten auf die Probe stellen? Die Atmosphäre roch deutlich nach Lynchjustiz. Wenn diese Fanatiker jetzt noch draufkämen, daß es ein verdammter Ausländer war, der einen britischen Vierbeiner mißhandelt hatte ... Oswald merkte natürlich, in welch peinlicher Lage wir uns befanden, und verstärkte die Peinlichkeit durch unablässiges Hupen. Er besaß offenbar kein Organ dafür, daß seine Stiefeltern ohnehin ihr möglichstes taten. Eben jetzt hatte ich mit blutrünstig verzerrtem Gesicht nochmals ausgerufen: »Na? Wo steckt der Lump?«

Eine verwitterte, längst ausgediente Repräsentantin des Londoner Nachtlebens verlor die Geduld:

»Steht nicht bloß so herum, ihr Männer!« rief sie mit schriller Stimme. »Tut doch endlich was!«

Aller Augen wandten sich mir zu. Meine kompromißlose Angriffsbereitschaft hatte mich unversehens in die Führerrolle gedrängt, trotz meinem ausländischen Akzent. Ich ergriff das Steuer:

»Die Dame hat vollkommen recht«, sagte ich entschlossen und deutete mit Feldherrngeste auf das Ruderleibchen: »Sie dort! Holen Sie sofort einen Polizisten!«

Meine Hoffnung, den Gewalttäter auf diese Weise loszuwerden, blieb leider unerfüllt. Er schüttelte den Kopf. »Mit der Polizei verkehre ich nicht«, grinste er.

»Ich würde schon einen holen«, nuschelte der gebrechliche alte Herr. »Aber ich habe das Zipperlein in den Knien.«

»Es gibt in dieser Gegend keinen Polizisten«, ließ ein Ortskundiger sich vernehmen. »Der nächste steht auf der Monmouth Street.«

Es war offenkundig, daß die Leute sich vor der Erfüllung ihrer Bürgerpflicht drücken wollten.

»Schön.« Mein Blick streifte verächtlich über die untätige Schar. »Dann nehme ich den Wagen und hole die Polizei. Ihr wartet hier.« Damit hatte ich den Schlag geöffnet, hatte meine verblüffte Gattin mit raschem Schwung in den Wagen gestoßen und gab Vollgas. Die Größe des Augenblicks machte sogar Oswald verstummen. Auch die disziplinierte britische Menge blieb auftragsgemäß stehen. Erst als wir schon gut zwanzig Meter zwischen sie und uns gelegt hatten, kam Leben in die Bande. Wir hörten noch ein paar wilde Flüche, sahen noch einige drohende Gestalten zur Verfolgung ansetzen – dann waren wir um die Ecke und gerettet. Oswald leckte mir überglücklich Hände und Gesicht. Er war wirklich ein herziges, braves Tierchen, unser Oswald. Wir hatten ihn richtig liebgewonnen, als wir uns ein paar Tage später und hoffentlich für immer von ihm verabschiedeten.

Ein Konsulat ist kein Eigenheim

Onkel Harry lebt in New York – und New York ist bekanntlich nicht Amerika. Immer wieder wurde uns der Unterschied zwischen Amerika und New York eingeschärft. Amerika: das ist die Inkarnation alles Guten und Schönen, alles Reinen und Edlen. New York hingegen ist ein wildgewordenes Stadt-Konglomerat unter jüdischer Oberhoheit. Und es läßt sich ja wirklich nicht leugnen, daß in New York mehr Juden leben als in ganz Israel.

Es läßt sich nicht einmal leugnen, daß sie wesentlich besser leben.

Diese unleugbare Tatsache hat der gesamten amerikanischen Judenschaft einen unleugbaren Stempel aufgedrückt. Die amerikanischen Juden können sich den hohen Lebensstandard, den sie ihren heroischen Brüdern in Israel voraushaben, nicht verzeihen – und suchen ihre Gewissensbisse dadurch zu betäuben, daß sie jeden israelischen Besucher mit Pomp und Gepränge empfangen, als hätte er soeben sämtliche arabischen Armeen in die Flucht geschlagen oder eigenhändig die Wüste fruchtbar gemacht. Noch im kleinsten Provinznest, dessen Einwohnerzahl kaum über eine Million hinausgeht, werden dem Besucher aus Israel die höchsten Ehren zuteil.

Wenn er zum Beispiel Kishon heißt, schallt ihm sofort nach Verlassen des Flugzeugs aus mindestens vier Lautsprechern eine schnarrende Stimme entgegen: »Mr. Kitschen wird dringend gebeten, sich beim Informationsschalter einzufinden.« Daraufhin läßt Mr. Kitschen seine Frau auf das Gepäck warten und findet sich dringend beim Informationsschalter ein. Wer eilt ihm dort entgegen? Er hat keine Ahnung. Ein älterer Herr, den er noch nie im Leben gesehen hat, schließt ihn in die Arme und sagt mit einer feierlichen, von innerer Bewegung tremolierenden Stimme:

»Kishon? Kishon! Freitag abend sind Sie zum Dinner bei uns. Okay, General?«

»Okay«, lautet die Antwort. »Aber ich bin kein General. Ich bin Fähnrich der Reserve.«

Hiervon völlig ungerührt, stellt sich der ältere Herr als Vorsitzender der »Gesellschaft jüdischer Chorvereinigungen« vor, verstaut den

Gast samt Gattin und Gepäck in seinem geräumigen Cadillac und startet stadtwärts. Unterwegs kichert er zufrieden in sich hinein, und es braucht einige Zeit, ehe der Gast die Ursache dieses permanenten Frohlockens entdeckt: Der Wagen wird nämlich an jeder Ecke von fanatischen Zionistenführern angehalten, die aber nicht zu Wort kommen, sondern mit der triumphal am Lenkrad erklingenden Mitteilung abgespeist werden: »Bedaure – für Freitag abend hab ich schon eine Option auf den General!«

Die jüdische Einwohnerschaft bedenkt den Vorsitzenden mit mißgönnischen Blicken und bucht den Gast für nächsten Freitag. Auf die Frage: »Na, General? Wie gefällt Ihnen Amerika?« antwortet er wahrheitsgemäß: »Ich habe so etwas noch nie im Leben gesehen!« Im Hotel angekommen, winkt er der wogenden Menge seiner Bewunderer noch einmal zu, zieht sich in sein Zimmer zurück und hängt eine Tafel mit folgender Inschrift an die Tür.

»Alle Freitagabende ausverkauft. Einige Dienstage und Donnerstage noch verfügbar. Gesuche sind an den Adjutanten zu richten. Der General.«

Die Großzügigkeit unserer amerikanischen Vettern beschränkt sich nicht auf Dinner-Einladungen für Freitag abend. Sie öffnen überdies in der generösesten Weise ihre Brieftaschen, finanzieren die Aufnahme neuer Einwanderer in Israel samt den dazugehörigen Wohnbauprojekten und achten sogar darauf, daß unsere diplomatischen Vertreter in Amerika würdig untergebracht werden, in repräsentativen Gebäuden mit eindrucksvollen Adressen. Daraus ergeben sich ungeahnte Komplikationen.

Werfen wir einen Blick auf das Israelische Konsulat in New York.

Von außen sieht das Haus nicht anders aus als die schmalen, vornehmen Privathäuser, die es umgeben. Nur vor dem Eingang steht ein lebensechter amerikanischer Polizeimann und knurrt: »Hier wird nicht geparkt!«

Ich antwortete in meinem klangvollsten Sabbat-Hebräisch: »Im Anfang schuf Gott den Himmel und die Erde.« Das leuchtete ihm ein, und er ließ mich parken.

Erhobenen Hauptes betrat ich das Gebäude und vermied im letzten Augenblick einen komplizierten Schienbeinbruch: Gleich hinter der

Eingangstür stolperte ich über einige Kalkbottiche, die mir den Weg verstellten. Zum Glück fingen die Sandsäcke meinen Sturz auf. Während ich nach dem Informationsbüro Ausschau hielt, erschien mein alter Freund Sulzbaum, der zweite Sekretär des Konsulats, vielleicht auch der dritte.

»Ich muß mich für dieses Durcheinander entschuldigen«, entschuldigte sich Sulzbaum. »Die Paßabteilung übersiedelt gerade ins Parterre, und wir müssen zwei Schlafzimmer neu für sie herrichten.«

Sulzbaums Worte warfen ein grelles Licht auf die Lage: Ein gutherziger jüdischer Einwohner New Yorks hatte der israelischen Regierung sein Haus geschenkt, das sich zwar ganz vorzüglich für Wohnzwecke eignete, aber ohne jede Rücksicht auf spätere Verwendungsmöglichkeiten als Konsulat erbaut worden war.

»Wir leiden unter Raumschwierigkeiten«, gestand mir Sulzbaum auf dem Zickzackweg zur Paßabteilung.

»Unser Stab wird ständig größer, und wir haben im ganzen Haus für keinen Angestellten mehr Platz, nicht einmal für einen Liliputaner. Die erste Beamtenschicht hat alle brauchbaren Zimmer und Hallen belegt. Für die Nachzügler blieben nur noch die Badezimmer und dergleichen. Ich selbst bin erst vor vierzehn Tagen hergekommen und wurde in einen eingebauten Wäscheschrank gestopft.«

Wir erwischten den Aufzug. Er bietet zwei hageren Personen Platz, und selbst das nur Sonntag, Dienstag und Donnerstag, wenn der Leiter des Informationsbüros sich in Washington aufhält. An den übrigen Tagen der Woche empfängt er im Aufzug seine Besucher. Unterwegs zu dem für Paßfragen zuständigen Vizekonsul stießen wir in regelmäßigen Abständen auf kleinere und größere Arbeitstrupps mit Äxten, Sägen, Eimern und Pinseln.

»Sie haben ununterbrochen zu tun«, erläuterte Sulzbaum. »Entweder müssen sie irgendwo die Wand zwischen zwei Kinderzimmern niederreißen oder in eine neue Wand eine Tür einbauen oder eine Toilette in eine Kochnische verwandeln oder umgekehrt. Der Sekretär unserer Devisenabteilung amtiert noch immer auf dem Dach und kann nur mit Strickleitern erreicht werden.«

Sulzbaum hielt vor dem Büro des Vizekonsuls an, hob den schweren roten Teppich und leerte in ein darunter verborgenes Abflußrohr mehrere Aschenbecher.

»Hier war nämlich früher eine Küche«, klärte er mich auf. »Bitte bücken Sie sich, sonst stoßen Sie mit dem Kopf gegen die Leitungsrohre.«

Dann lenkte er meine Aufmerksamkeit auf die zahlreichen Gemälde, die regellos über die Wände verteilt waren, um die hastig gelegten Telefon- und Lichtleitungen zu kaschieren.

Endlich fanden wir den Vizekonsul, in viele warme Decken verpackt und trotzdem fröstelnd. Die Klimaanlage seines Zimmers war größer als das Zimmer selbst, das in früheren Zeiten einem glücklichen Haushalt als Tiefkühlanlage gedient hatte.

»Ich kann heute nicht arbeiten«, sagte der Vizekonsul mit klappernden Zähnen. »Gehen Sie zu meinem Vertreter, eine Etage höher. Ich habe ihm gestern eine halbe Küche eingeräumt und erinnere mich deutlich, ein Detachement Maurer auf dem Weg dorthin gesehen zu haben.«

Damit sank er in seine Depression zurück, als ob etwas Schweres auf ihm gelastet hätte. Vielleicht war es der riesige Wasserspeicher über seinem Kopf.

Wir erklommen das nächste Stockwerk, wobei wir uns den Weg durch alle möglichen Kalk- und Zementbehälter, Stangen, Leitern und sonstige Haubehelfe freiholzen mußten, und fragten einen emsig werkenden Arbeitsmann nach dem Stellvertreter des Vizekonsuls.

»Er muß hier irgendwo in der Nähe sein«, brüllte der Befragte durch das Getöse einer soeben angelaufenen Maschine. »Machen Sie, daß Sie wegkommen. In einer Minute sprengen wir den Tunnel zum Halbstock.«

Wir rannten, was uns die Füße trugen, hantelten uns am Treppengeländer hinab und nahmen Deckung hinter einer noch unvermörtelten Wand. Plötzlich glaubten wir erstickte Rufe zu hören.

»Um Himmels willen!« stöhnte Sulzmann. »Da haben sie schon wieder jemanden eingemauert.«

Wie er mir anschließend erzählte, hatte man vor einigen Monaten das Kellergewölbe neu parzelliert, um Raum für die israelische UNO-

Delegation zu schaffen, und hatte bei dieser Gelegenheit hinter einer schon früher vermauerten Tür das Skelett des vermißten Kulturattachés gefunden, die Knochenhand noch um das Papiermesser gekrampft, mit dem er sich zur Außenwelt durchgraben wollte … Wir verließen unsere Deckung, setzten in bestem »Sprung-auf-Marsch«-Stil über eine Metallschneise, erreichten die Feuerleiter und turnten durchs Fenster ins Informationsbüro. Dort wartete ein älterer, sichtlich wohlsituierter Herr im Sabbat-Gewand. Seine Augen leuchteten auf, als er uns sah. Er war Besitzer eines kleinen Hauses, das er der israelischen Regierung schenken wollte.

»Sie haben Glück«, sagte Sulzbaum. »Das fällt in meine Kompetenz. Bitte folgen Sie mir.«

Der alte Herr verließ mit Sulzbaum das Zimmer. Man hat ihn nie wieder gesehen.

Meine Zukunft als Mormone

Amerika gilt ganz allgemein als ein restlos durchtechnisiertes, vollautomatisch betriebenes Land, dessen Bewohner ein nach bestimmten Schablonen vorgestanztes Leben führen, das von genau festgelegten, ebenso konventionellen wie konformistischen Regeln bestimmt wird. In Wahrheit sind die Amerikaner im höchsten Grad individualistisch und absonderlich, viel absonderlicher als jedes andere Volk, weil sie von ihren Absonderlichkeiten nichts wissen und sie für völlig normal halten. Der Amerikaner findet alles, was er tut und was ihm geschieht, in Ordnung. Er wundert sich nicht im geringsten, wenn ihm ein Tankstellenwächter ameisenhaltige Konzertflügel zum Kauf anbietet. Er glaubt fest daran, daß Gott das Fernsehen erfunden hat, auf daß die natürliche Dreiteilung des Tages gewahrt werde: acht Stunden Schlaf, sechs Stunden Arbeit und zwölf Stunden vor dem Bildschirm. Er ist davon durchdrungen, daß ein erstklassiger Baseballspieler mit Recht so viel Geld verdient wie der Präsident der Vereinigten Staaten oder sogar wie Elvis Presley; daß man die Zukunft planen und Geld sparen muß für den Tag, an dem die Atombomben zu fallen beginnen; daß eine amerikanische Ehe ohne zwei amerikanische Kinder – einen amerikanischen Knaben und ein amerikanisches Mädchen im Alter von elf bzw. neun Jahren – keine amerikanische Ehe ist; daß es nur in Amerika Steaks gibt; daß man aus Broschüren alles erlernen kann, auch »Wie man Präsident wird, in zehn leichtfaßlichen Lektionen«; und daß Gott die Amerikaner liebt, ohne Rücksicht auf Rasse oder Religion, aber mit Berücksichtigung ihres sozialen Status.
Ungeachtet dieser vielfältigen Voraussetzungen herrscht in allen Staaten der Union die gleiche Strenge von Gesetz und Recht.
Im Staate Alabama ist es zum Beispiel verboten, während eines Schaltjahres Popcorn zu verkaufen. Im nahe gelegenen Staate Mississippi dürfen Kinder unter acht Jahren nur in Gegenwart eines Notars »Mama und Papa« spielen. Nebraska weist alle Junggesellen über dreißig aus (nur Piloten, Polizisten und Rollschuhläufer werden hiervon nicht betroffen). Colorado untersagt das Stricken von Wolljacken. Oregon stellt nur Briefträger an, die eine Taucherprüfung abgelegt haben. In

Ohio darf sich eine Frau auf der Bühne nicht entkleiden, in New York darf sie, in Nevada muß sie. Und wo das Gesetz nicht ausreicht, nehmen es die Menschen selbst in die Hand. Mein Onkel Harry zum Beispiel ist Mitglied der Vegetarier-Loge der Freimaurer und haßt die Mitglieder der Fisch- und Krustentier-Loge aus ganzer Seele. Außerdem gehört er dem »Weltverband zur Verbreitung und Förderung des Monotheismus« an, einer hochangesehenen Organisation, in deren Reihen sowohl Juden zu finden sind, die an Jesus glauben, als auch Christen mosaischen Bekenntnisses. Ferner ist Onkel Harry Vizepräsident der Hadassa-Bezirksorganisation und hat seine Bridgepartie im »Rekonstruktions-Cercle«, wo man mit Geistern und fliegenden Untertassen verkehrt. Onkel Harry belehrte mich auch über die Quäker, die sich während ihrer wortlosen Gebete ekstatisch hin und her wiegen, jede Form des Eides verabscheuen und die Abschaffung von Sklaverei und Militärdienst sowie die Einführung gleicher Rechte für die Frau betreiben. Andererseits wird Utah von den Mormonen beherrscht, einer Sekte, die immerhin so zahlreich ist wie die israelischen Juden. Die Mormonen sind anständige, rechtlich gesinnte Leute. Sie rauchen nicht, sie trinken weder Alkohol noch Tee, noch Kaffee, und sie begnügen sich mit dem, was übrigbleibt, also mit zwei oder mehr Frauen.
»Wie war das, bitte?« unterbrach ich Onkel Harry. »Sagtest du: zwei oder mehr Frauen?«
»Ursprünglich war das so.« Onkel Harrys Blicke schweiften wehmütig in Richtung Utah, kamen aber nur bis Illinois. »Heute haben auch sie sich zur Monogamie bekehrt.«
»Warum, um Himmels willen?«
»Sie hatten keine Wahl.«
Das Problem begann mich zu interessieren.
»Hm«, brummte ich am nächsten Tag beim Frühstück vor mich hin. »Hm, hm, hm. Merkwürdig.«
Meine Gattin kniff fragend die Augen zusammen:
»Was ist merkwürdig?«
»Was Onkel Harry mir gestern über die Mormonen und ihre Vielweiberei erzählt hat.«
»Wieso ist das merkwürdig? Besser in aller Offenheit eine zweite Frau als ein heimliches Verhältnis. Findest du nicht?«

Ich staunte. Ich hatte erwartet, daß meine Gattin zu toben begänne: über die barbarischen Sitten einer exzentrischen Sekte, über die Benachteiligung der Frauen, über den Egoismus der Männer und über alles, was ihr sonst gerade in den Sinn käme. Statt dessen …
»Du magst recht haben«, nahm ich vorsichtig den Faden wieder auf. »Eigentlich ist es für die Mormonen ein sehr natürlicher Ausweg, den ihre Religion ihnen da bietet.«
»Wieso ist das nur für die Mormonen natürlich? Wieso, zum Beispiel, nicht für dich?«
»Weil den Juden, zum Beispiel, die Polygamie schon von Rabbi Gerschom verboten wurde.«
»Wann hat Rabbi Gerschom gelebt?«
»Im elften Jahrhundert.«
»Und da richtet man sich noch immer nach ihm? Ein mittelalterliches Verbot kann doch heute nicht mehr gelten!«
Ich muß gestehen, daß meine kleine, kluge Frau einen ganz neuen Aspekt des Problems aufgedeckt hatte. Nach unseren eigenen, biblischen, altehrwürdigen, man könnte geradezu sagen: ewigen Gesetzen ist es uns nicht nur gestattet, mehrere Frauen zu haben, sondern es wird uns geradezu empfohlen. Genau wie den Mormonen.
»Tatsächlich«, bestätigte ich. »Unsere Vorväter waren vernünftiger als wir. Sie wußten, daß auch eine gute Ehe – und ich wiederhole: eine *gute* Ehe – mit der Zeit in die Brüche gehen kann, wenn der Mann … wenn das Abwechslungsbedürfnis des Mannes … du verstehst …«
»Ich verstehe. Es ist ja nur natürlich.«
Ich bewunderte sie immer mehr. Und das ganze Problem wurde mir immer klarer. Warum wäre es denn eine Sünde, wenn ein normaler Mann, sozusagen der Mormone von der Straße, sich zu mehreren Frauen hingezogen fühlt? Herrscht nicht auch in der Tierwelt, die den reinen, unverwässerten Naturgesetzen gehorcht, Polygamie? Eigentlich ist das Ganze nur eine Frage der Einstellung, der Erziehung, der folkloristischen Gegebenheiten. Und vergessen wir nicht, daß wir Israelis im Orient zu Hause sind, wo die Institution des Harems ihren sicherlich nicht zufälligen Ursprung hat …
»Wie man's nimmt«, äußerte ich unverbindlich. »Im Grunde hängt es von der Intelligenz der Beteiligten ab.«

»Ganz richtig. Ich bin sicher, daß du dich nicht mit irgendeinem primitiven Weibchen abgeben würdest.«
»Niemals. Das würde ich dir niemals antun. Schließlich müßtest du ja mit ihr unter einem Dach leben.«
»Allerdings. Deshalb käme mir auch ein gewisses Mitspracherecht zu. Es dürfte also keine Rothaarige sein.«
»Warum?«
»Rothaarige machen immer so viel Lärm.«
»Nicht immer. Das ist ein dummes Vorurteil. Aber bitte, wenn du unter gar keinen Umständen eine Rothaarige haben willst, dann eben nicht. Die Harmonie im Heim geht mir über alles.«
»Ich habe auch nichts anderes von dir erwartet. Und mit ein wenig gegenseitigem Verständnis läßt sich alles regeln. Ich stehe am Morgen auf und kümmere mich ums Frühstück, während sie die Wohnung in Ordnung bringt und dir ein heißes Bad vorbereitet.«
»Ein lauwarmes, Liebste. Im Sommer bade ich lauwarm.«
»Schön, das ist dann ihre Sache. Ich will ihr nicht ins Handwerk pfuschen. Ich werde alles tun, um mit Clarisse gut auszukommen.«
»Clarisse?«
»Ich möchte gern, daß sie Clarisse heißt.«
»Ist das nicht eine kleine Erpressung?«
»Bitte sehr. Ich bestehe nicht darauf. Du bist der Herr im Haus. Wir teilen dich unter uns auf.«
Das klang vielversprechend. Wieder einmal zeigte sich, daß ein überlegener Intellekt, der mir ja glücklicherweise gegeben ist, immer den richtigen Weg zu finden weiß ... Und ich mußte meiner Frau das Zeugnis ausstellen, daß sie auf diesen Weg einging.
»Liebling«, sagte ich und streichelte ihre Hand. »Damit hier kein Mißverständnis entsteht: Du bleibst natürlich die Favoritin. Du bleibst meine wirkliche und eigentliche Frau.«
»Ach, darauf kommt's doch gar nicht an!«
»Doch, doch. Wie kannst du so etwas sagen? Innerhalb der Familie gibt es eine festgelegte Hierarchie. Auch bei den Mormonen. Die zweite Frau muß sich klar darüber sein, daß sie nicht die erste Geige spielt, selbst wenn sie noch so jung und schön ist. Du wirst ihr auch im Alter voraus sein, nicht wahr?«

»Das findet sich. Das ergeben die Umstände. Auf jeden Fall hat ein solches Arrangement viele Vorteile.«

»Was für Vorteile?«

»Zum Beispiel brauchen wir keinen Babysitter!«

»Stimmt! Das erspart uns eine große Sorge. Und Geld. Wir würden abwechselnd bei den Kindern zu Hause bleiben …«

Noch während ich sprach, kam mir das Neuartige der Situation zum Bewußtsein. »Die Kinder«, murmelte ich. »Welche … wessen Kinder …«

»Deine. Warum?«

»Ich dachte nur … da entstehen ja ganz neue Komplikationen … bezüglich … betreffend … die Kinder …«

»Laß doch. Darüber werden wir nicht streiten.«

Ich war sprachlos. So viel Lebensklugheit, so viel Souveränität hätte ich von meiner Frau nicht erwartet. Wären alle Amerikaner mit solchen Juwelen von Gattinnen gesegnet gewesen – nie hätten die Mormonen die Vielweiberei aufgeben müssen! Denn so viel steht fest: Man kann ein musterhafter, treuer Ehemann sein und trotzdem ab und zu für ein junges, gut aussehendes Geschöpfchen etwas übrig haben. Pedanten mögen das als »Polygamie« bezeichnen. Ich nenne es »erweiterte Monogamie«. So einfach liegen die scheinbar schwierigsten Probleme, so natürlich lösen sie sich, wenn man nur den guten Willen dazu hat … Und mit fröhlicher Stimme holte ich aus: »Dann ist ja alles in Ordnung! Und dann kann ich dir ja auch sagen, daß ich schon die längste Zeit an eine ganz bestimmte Frau denke, die –«

»Was?! An wen?!« Das klang mit einemmal ganz spitz und scharf. Verwirrt suchte ich den Blick meiner Frau und fand statt dessen zwei wild rollende Augenbälle.

»Ja, aber Liebste …«

»Schweig! Und sag mir sofort, ob du am Ende gar im Ernst gesprochen hast?«

»Ich? Im Ernst? Das kann nicht dein Ernst sein. Hast du plötzlich deinen Humor verloren? Hehehe … Da bist du mir aber schön hereingefallen …«

Und damit war meine Zukunft als Mormone beendet, noch ehe sie begonnen hatte.

Die Anwendung von Gewalt als Mittel zur Lösung gesellschaftlicher Probleme ist vor einigen Jahren in Mode gekommen und hat seither die freie Welt im Sturm erobert. Heute kann man ohne große Mühe am frühen Vormittag in Irland von zwei verschiedenen Seiten beschossen werden, am Nachmittag in Deutschland einem Sprengstoffattentat entgehen und am Abend in Griechenland die Zähne eingeschlagen bekommen. Aber so wohltuend der Gedanke auch sein mag, daß wenigstens in dieser Hinsicht die nationalen Grenzen gefallen sind – das Land der unbegrenzten, sozusagen klassischen Gewalttätigkeit ist noch immer Amerika.

Joe, der freundliche Straßenräuber

Als ich vor ein paar Wochen zu Besuch nach New York kam und an der Wohnungstür meiner im Herzen des Broadway wohnhaften Tante Trude klingelte, erschienen nach längerer Pause zwei ängstliche Augen hinter dem Gucklock:

»Bist du allein?« fragte eine verschreckte Stimme. »Ist dir niemand nachgeschlichen?«

Nachdem ich Tantchen beruhigt hatte, drehte sie den Schlüssel zweimal um, schob drei Riegel zurück, entfernte die Vorhängekette und setzte vorübergehend die elektrische Alarmanlage außer Betrieb. Dann öffnete sie mit der einen Hand die Tür; in der anderen zitterte ein Revolver.

Da man erst kurz zuvor, wie mir Tante Trude unverzüglich berichtete, einen Bewohner des 17. Stockwerks erdrosselt aufgefunden hatte, beschlossen wir, daß ich für die Dauer meines zweiwöchigen Aufenthalts in New York das Haus überhaupt nicht verlassen würde.

»Ich selbst war schon seit Monaten nicht mehr auf der Straße«, fuhr Tante Trude in ihrer Berichterstattung fort. »Es ist zu riskant. Man wird jetzt schon am hellichten Tag ermordet. Bevor man sich umdreht, hat man ein Messer im Rücken. Deshalb werden wir hübsch zu Hause bleiben und uns immer das beste Fernsehprogramm aussuchen. Außerdem werde ich dir sehr gute Sachen kochen.«

Wie sich zeigte, braucht man auch zum Einkaufen nicht mehr auszugehen. Alles wird ins Haus geliefert. Und selbst hier ist Vorsicht geboten. Als der Bote vom Supermarkt liefern kam, öffnete Tante Trude erst, nachdem sie sich durch telefonischen Rückruf vergewissert hatte, daß es wirklich der Bote vom Supermarkt war und nicht der Würger von Boston.

Trotzdem und dessenungeachtet: Ich mußte meiner Frau eine Handtasche mitbringen. Nur unter dieser Bedingung hatte sie mir die Reise nach New York überhaupt gestattet. Eine Handtasche aus schwarzem Krokodilleder mit Spangenverschluß.
Drei Tage und drei Nächte hindurch hatte Tante Trude mich umzustimmen versucht: Das Lederwarengeschäft an der Ecke würde mir gerne eine größere Anzahl von Mustern heraufschicken. Aber ich blieb hart, und am vierten Tag machte ich mich auf den Weg.
Es war früh am Vormittag, und die meisten New Yorker waren von den Rauschgiften, die sie während der Nacht zu sich genommen hatten, noch ein wenig benommen. So konnte ich ziemlich unbehindert die Häusermauern entlangschleichen und entging ohne sonderliche Mühe etlichen lallenden Alkoholikern, torkelnden Huren und sonstigen Großstadterscheinungen, die mir begegneten.
In guter Verfassung langte ich vor der Lederhandlung an. Hinter der versperrten, durch ein Gitter abgesicherten Glastüre erschien die Gestalt einer Verkäuferin, der ich durch die Höranlage mitteilte, wer ich war und von wo ich kam. Nach einem Kontrollanruf bei Tante Trude ließ sie mich ein. »Es tut mir leid«, entschuldigte sie sich, »aber erst gestern wurde die Metallwarenhandlung gegenüber ausgeraubt und der Besitzer an die Wand genagelt.«
Ich gewann allmählich den Eindruck, daß es um die öffentliche Sicherheit in New York nicht zum besten bestellt sei, und wollte meine Besorgung möglichst rasch hinter mich bringen. Schon nach kurzem Suchen fand ich eine passende Krokodilledertasche.
»Wir haben noch viel hübschere«, sagte die Verkäuferin und deutete auf ein Prachtstück mit goldenem Henkel in Form eines Krokodilrachens. »Diese hier würde Ihnen ganz ausgezeichnet stehen.«
»Ich trage keine Handtaschen«, wies ich sie zurück. »Die Tasche ist für meine Frau.«
»Oh! Verzeihung. Es ist heute sehr schwer, einen Mann von einer Frau

zu unterscheiden. Da Sie keine langen Haare tragen, habe ich Sie für eine Frau gehalten.«

Auf dem Heimweg geschah es.
Vor einem Pornographieladen, dem dritten hintereinander, an der Ecke der 43. Straße, pflanzte sich ein riesenhafter, salopp gekleideter Neger vor mir auf und hielt mir die geballte Faust unter die Nase:
»Geld her!« sagte er mit großer Bestimmtheit.
Zum Glück fiel mir in diesem Augenblick der Ratschlag eines israelischen Reiseführers ein: In gefährlichen Lagen empfiehlt es sich, hebräisch zu sprechen.
»Adoni«, begann ich in der altehrwürdigen Sprache unserer heiligen Bücher, »lassen Sie mich in Ruhe oder ich müßte zu drastischen Maßnahmen greifen. Sind Sie einverstanden?«
Mein Gegenüber glotzte aus aufgerissenen Augen und ließ mich ziehen. Zu Hause erzählte ich Tante Trude von meinem Erlebnis. Sie erbleichte:
»Großer Gott«, flüsterte sie und hielt sich am Tischrand fest, um nicht in Ohnmacht zu fallen. »Hat man dir nicht gesagt, daß du dich niemals wehren darfst? Wenn einem an der Ecke der 43. Straße ein Neger den Weg vertritt, spricht man nicht, sondern man zahlt. Nächstes Mal gib ihm alles, was du bei dir hast. Oder noch besser: bleib zu Hause.«
Ich blieb nicht zu Hause. Unter dem Vorwand, meinen Rückflug bei der El-Al buchen zu müssen, machte ich einen Spaziergang in verhältnismäßig frischer Luft und wieder zurück. Nur ein einziges Mal hielt ich inne, und zwar vor dem Aushängekasten eines Sex-Kinos, wo ich meine Erinnerungen an den Vorgang des Kindermachens auffrischte.
Seltsamerweise war es wieder die Ecke der 43. Straße, an der mir jener riesenhafte Neger entgegentrat. Diesmal packte er mich sofort an den Rockaufschlägen: »Geld her!« fauchte er.
Ich fand mich blitzschnell zurecht, zog meine Brieftasche hervor und fragte nur ganz leise: »Warum?«
Der riesenhafte Neger schob sein Gesicht so nahe an das meine, daß ich die von ihm bevorzugte Whiskymarke zu erkennen glaubte:
»Warum? Warum, du weißes Schwein? Weil du ein weißes Schwein bist!«

Ringsum herrschte plötzlich gähnende Leere. Was es an Fußgängern gegeben hatte, war längst in den Haustoren verschwunden. In der Ferne entwichen zwei Polizisten auf Zehenspitzen. Wortlos drückte ich dem schwarzen Panther zwei Dollarnoten in die Hand, riß mich los und rannte nach Hause.

»Ich habe gezahlt!« jauchzte ich in Tante Trudes fragendes Gesicht. »Zwei Dollar!«

Tante Trude erbleichte auch diesmal:

»Zwei Dollar? Du hast es gewagt, ihm zwei lumpige Dollar zu geben?«

»Ich hatte nicht mehr bei mir«, stotterte ich schuldbewußt.

»Geh nie wieder aus, ohne mindestens fünf Dollar mitzunehmen. Der Kerl hätte dir die Kehle durchschneiden können. Wie groß war er?«

»Vielleicht ein Meter neunzig.«

»Nächstens nimm zehn Dollar mit.«

Bei meinem folgenden Ausgang wurde ich schon an der Ecke der 40. Straße von einem unrasierten Zeitgenossen um eine einmalige Schenkung ersucht, mußte sie ihm jedoch verweigern:

»Bedaure, ich werde an der Ecke der 43. Straße überfallen.«

Er nahm meine Ablehnung zur Kenntnis. Auch in diesen Kreisen scheint ein Regulativ gegen Doppelbesteuerung zu gelten. Man zahlt entweder an der 40. oder an der 43. Straße, aber nicht zweimal.

An der 43. Straße angelangt, hielt ich nach meinem Neger Ausschau, aber er zeigte sich nicht. Das enttäuschte mich ein wenig, denn ich hatte für ihn eine fabrikneue Zehndollarnote vorbereitet. Ich begann, die umliegenden Kneipen abzusuchen, und fand ihn schließlich in einer Bar für lesbische Nudisten. Joe – so hieß er ja wohl – saß mit überkreuzten Beinen gegen die Wand gelehnt und begrüßte mich beinahe herzlich:

»He, weißes Schwein! Geld her! Aber diesmal etwas mehr!« Es reizte mich, mein Experiment fortzusetzen: »Leider hab' ich nichts bei mir, Joe. Aber ich komme morgen wieder.«

Joe deutete mir durch ein stummes Nicken seine Zustimmung an. Ich betrachtete ihn etwas genauer. So riesenhaft war er gar nicht. Er war

nicht größer als ich und hatte viel weniger Zähne im Mund. Ich winkte ihm zu und ging.
Auf der gegenüberliegenden Straßenseite wurde gerade eine hysterisch kreischende Frauensperson vergewaltigt, während die Passanten in den Haustoren verschwanden. Ich pries mich glücklich, einem so zurückhaltenden Charakter wie Joe begegnet zu sein.

»Ephraim«, sagte meine Tante Trude ein paar Tage später, »du mußt deinen Neger aufsuchen, sonst kommt er uns noch ins Haus. Man kennt diesen Typ.«
Ich faltete einen mürben Fünfzigdollarschein zusammen, steckte ihn zu mir und begab mich zum Rendezvous in die 43. Straße. Niemand belästigte mich unterwegs, auch die Zuhälter faßten nicht nach meinem Arm. Alle wußten, daß ich eine ständige Kundschaft des schwarzen Joe war.
Joe erwartete mich in einem Restaurant mit Oben-ohne-Bedienung: »Hallo, weißes Schwein. Hast du das Moos gebracht?«
»Ja«, antwortete ich wahrheitsgemäß.
»Her damit, weißes Schwein.«
»Einen Augenblick«, protestierte ich. »Ist das ein Raubüberfall oder bist du auf eine bestimmte Summe aus?«
»Weißes Schwein, ich brauche 25 Dollar.«
»Ich habe aber nur eine Fünfzigdollarnote bei mir.«
Joe nahm den Schein an sich, torkelte in eine nebenan gelegene Haschisch-Kneipe, die als Bordell für Liebhaber von Ziegenböcken getarnt war, und kam nach einer Weile mit 25 Dollar Wechselgeld zurück.
Jetzt war mir endgültig klar, daß ich in ihm einen fairen Partner gefunden hatte. Ich fragte ihn, ob ich vielleicht ein Abonnement bei ihm nehmen könne. Mit wöchentlichen Zahlungen, wenn's ihm recht wäre.
Joes Auffassungsvermögen kam da nicht mehr ganz mit.
»Weißes Schwein«, sagte er, »ich bin jeden Tag hier.«
Ich bat ihn um seine Telefonnummer, aber er hatte keine. Statt dessen zeigte er mir ein leicht verfärbtes Messer – ob die Verfärbung von Blut oder von Rost herrührte, konnte ich in der Eile nicht feststellen – und

verzog sein Gesicht zu einer Art Lächeln, das die bräunlichen Restbestände seiner Zähne sichtbar machte. Er war eigentlich ganz nett, dieser Joe. Kein Großunternehmer, ein kleiner, freundlicher Straßenräuber, vielleicht 1,65 m groß, nicht mehr jung, aber von wohlgelaunter Wesensart.

Am Tag meiner Abreise begleitete mich Tante Trude zu ihrer verbarrikadierten Wohnungstür. Sie weinte unaufhörlich in Gedanken daran, daß ich jetzt wieder in den unsicheren Nahen Osten zurückkehren müßte, wo von überall her Gefahren drohten.

Ich schreibe diese Zeilen im sonnendurchglühten Garten meines Hauses in Tel Aviv. So ungern ich es eingestehe: Joe fehlt mir. Wir hatten uns so gut miteinander verstanden. Vielleicht wären wir mit der Zeit richtige Freunde geworden. Ob manchmal auch er, zwischen Haschisch und Oben-ohne, an sein kleines weißes Schweinchen denkt? Wohl kaum. Nicht jeder ist so romantisch veranlagt wie ich.

Aus dem Sündenbabel New York zurück ins sittenstrenge Hamburg, dessen wohlsituierte Einwohner von Jahr zu Jahr um eine Kleinigkeit früher schlafen gehen. Noch vor zwei Jahren wurde in den Hamburger Bürgerhäusern das Licht erst um 21.30 Uhr abgedreht. Heute tritt bereits um 19.45 Uhr vollständige Verdunkelung ein. Wenn das so weitergeht, wird man an der Waterkant über kurz oder lang am Nachmittag mit der Nachtruhe beginnen und nach einiger Zeit überhaupt nicht mehr aufstehen.

Fremd in St. Pauli

Der Fremde, der in Hamburg nach neun Uhr abends durch die Straßen geht, hat das dumpfe Gefühl, der einzige Überlebende in einer ausgestorbenen Stadt zu sein. Vielleicht stößt er an einer Ecke mit ein paar schwankenden Gestalten in Matrosenkleidung zusammen, aber das sind ja gleichfalls Fremdlinge. Irgendwelche Anzeichen eines organischen Lebens gibt es in dieser Zweimillionenstadt nach neun Uhr abends nicht.

Ausgenommen …

Ausgenommen St. Pauli. Dort konzentriert sich alles, was sich in anderen Großstädten auf verschiedene Viertel oder Straßenzüge verteilt. Dort gibt es Menschen, Lärm und Musik bis in die frühen Morgenstunden.

St. Pauli ist eine interessante Mischung von Las Vegas und Sodom. Blühende Spielcasinos wechseln mit Striptease-Lokalen, deren sexuelle Aufklärungs-Akte selbst dem abgebrühtesten Eunuchen aus Singapur die Schamröte ins gelbe Gesicht treiben. Opiumhöhlen für Transvestiten, Transvestitenhöhlen für Opiumraucher und fachmännisch geleitete Massenorgien für gestrandete Seefahrer vervollständigen das Programm.

Die ehrsamen Hamburger Bürger wollen natürlich von St. Pauli nichts wissen und sprechen nie davon. Dem Fremden, der das dennoch tut, begegnen sie mit väterlicher Nachsicht und dem entschuldigenden Hinweis auf den leider nicht wegzuleugnenden Umstand, daß Hamburg eine Hafenstadt ist. Das hat nun einmal gewisse Entartungser-

scheinungen zur Folge, mit denen man sich wohl oder übel abfinden muß.
Nehmen wir etwa den Manager des Hotels, in dem ich abgestiegen war:
»Ich für meine Person«, sagte er, »würde für nichts in der Welt die Reeperbahn aufsuchen. Bei Ihnen, mein Herr, ist das natürlich etwas andres. Sie als ausländischer Journalist sind geradezu verpflichtet, alles kennenzulernen, was unsere Stadt zu bieten hat. Sie dürfen aber«, fügte er mahnend hinzu, »unter gar keinen Umständen allein nach St. Pauli gehen. Die Gangster und Unterwelttypen, von denen es dort nur so wimmelt, würden Sie in den erstbesten dunklen Hausflur zerren und Sie bis zum letzten Pfennig ausrauben.«
Ich dankte ihm mit bewegten Worten und fragte, ob und wo ich vielleicht jemanden finden könnte, der mich begleiten würde.
»Hm. Das ist ein schwieriges Problem. Es kommt natürlich nur ein erfahrener Weltmann als Begleitperson in Betracht. Einer, der sich wirklich auskennt. So wie ich.«
Er überlegte einige Sekunden und wandte sich an seine Gattin. »Was meinst du, Liebling?«
»Ich meine, daß du den Herrn begleiten solltest«, lautete die prompte Antwort.
»Nein, Gertrude, nein!« Der Manager schüttelte sich vor Widerwillen. »Alles, nur das nicht!«
»Manchmal«, widersprach Gertrude, »muß man für seine Gäste auch ein Opfer bringen können.«
Nach einigem Hin und Her ließ der Manager sich erweichen, konsultierte sein Vormerkbuch, ob er irgendwo ein Stündchen oder zwei zur freien Verfügung hätte, und teilte mir mit: ja, er hätte.
»Wann?« fragte ich.
»Jetzt gleich.«
Und er trat ungeduldig von einem Fuß auf den andern. Auf eine so rasend schnelle Entwicklung der Dinge war ich nicht gefaßt. Außerdem müßte ich erst die Hemmungen überwinden, die ich von meiner humanistischen Erziehung mitbekommen habe. Männliche Lesbier in Frauenkleidung, weibliche in gar keiner und opiumspielende Roulet-

teraucher sind nicht mein Fall. Ich ließ meinen Wohltäter wissen, daß ich mir die Sache noch überlegen würde.

»Wie Sie wünschen«, sagte er. »Also morgen? Oder übermorgen? Wann? Wann?«

In diesem Augenblick wurde ich glücklicherweise zum Telefon gerufen. Der Mann am andern Ende der Leitung gab sich als Israeli zu erkennen: Er halte sich geschäftlich in Hamburg auf, und zwar schon seit längerer Zeit, so daß er füglich von sich behaupten dürfe, die Stadt zu kennen. »Sicherlich wollen auch Sie die Stadt kennenlernen«, fuhr er fort. »Hören Sie auf die Stimme der Erfahrung und gehen Sie nicht allein nach St. Pauli! Erst gestern habe ich mit meiner Frau darüber gesprochen. Sie ist ganz meiner Meinung. Wir dürfen nicht zulassen, daß ein Landsmann in die Klauen der Hamburger Unterwelt gerät. Nicht solange ich hier bin. Ich habe zwar entsetzlich viel zu tun und komme kaum zu Atem – aber wenn Sie darauf bestehen, daß ich Sie begleite ...«

»Vielen Dank«, sagte ich, »irgendwie werde ich mich schon durchbringen.«

»Ausgeschlossen! Sie dürfen die unverschämten Weiber, die Ihnen dort auflauern werden, nicht unterschätzen. Die ziehen sich plötzlich nackt aus und schreien, daß Sie ihnen die Kleider vom Leib gerissen haben. Und schon sind ihre Zuhälter da, diese Gangster und Messerstecher – nein, ich kann Sie unmöglich allein lassen! Sind Sie heute abend frei?«

Wir kamen überein, in viertelstündigen Intervallen miteinander zu telefonieren. Der Hotelmanager blieb in der Nähe und legte mir immer wieder ans Herz, daß ich keinem Menschen außer ihm vertrauen sollte. Nach dem vierten Anruf kam ein Page aus der Hotelhalle herbeigeeilt: Es wären Leute vom Rundfunk da, die ein originelles Interview mit mir machen wollten, nämlich nicht im Hotel, sondern während wir spazierengingen, irgendwo in der Stadt, gleichgültig wo, vielleicht in St. Pauli, wir könnten dort auch eines oder das andere dieser dreckigen Striptease-Lokale aufsuchen und bekämen eine lebendige Geräuschkulisse aufs Band.

Ich fand den Vorschlag ganz hübsch, wurde jedoch – diesmal nicht vom Manager, sondern vom Portier – eindringlich gewarnt, daß es diesen Gesellen vom Rundfunk doch nur darauf ankäme, unter irgendeinem Vorwand ein Bordell aufzusuchen, und dazu sollte ich mich nicht hergeben. Er, der Portier, beende seinen Dienst um elf Uhr nachts, und das sei genau die richtige Zeit für einen Besuch in St. Pauli.

»Sie müssen unbedingt eine vertrauenswürdige Begleitung haben«, sagte er. »Ich rufe nur noch rasch meine Frau an, um ihr beizubringen, daß ich von einem ausländischen Journalisten dringend als Führer angefordert bin und erst eine halbe Stunde später nach Hause komme …«

Das Blitztelegramm meines israelischen Landsmannes, das mir in diesem Augenblick überreicht wurde, hatte folgenden Wortlaut:

»bin notfalls bereit sie sofort aus ihrem hotel abzuholen stop komme in zehn minuten.«

Die stummen Blicke des Hotelmanagers beschworen mich, ihm treu zu bleiben.

Die Redaktion einer führenden Tageszeitung stellte mir den Besuch eines Interviewers und eines Fotoreporters in Aussicht: Die beiden Herren würden mich durch einen interessanten Stadtteil Hamburgs führen, am besten durch St. Pauli, und würden in Wort und Bild festhalten, was ich dort erlebe. Auch der Chefredakteur würde mitkommen. Und der Leiter der Sportrubrik. Und der Herausgeber der Literaturbeilage mit seinem Stab. Zufällig sei auch der Druckereibesitzer gerade anwesend und freue sich, seinen Stiefsohn mitzubringen.

Die Situation wurde nach und nach bedrohlich. Ich wußte nicht, für wen ich mich entscheiden und auf wen ich verzichten sollte. Am Hoteleingang hatte sich bereits eine ansehnliche Menge von opferwilligen Begleitpersonen angesammelt.

Ich trat vor sie hin:

»Wie wär's und Sie gingen ohne mich nach St. Pauli?« fragte ich.

»Unmöglich«, antwortete der Sprecher der Delegation. »Wir sind anständige Bürger und haben nicht das geringste Interesse an den Dingen, die angeblich in St. Pauli vorgehen. Wir möchten bloß vermeiden, daß ein prominenter Gast wie Sie einen falschen Eindruck von unserer Stadt bekommt.«

Aus der Limousine, die rechts vom Hoteleingang geparkt hatte, winkte mir mein unbekannter israelischer Freund und gab mir durch Zeichensprache zu verstehen, daß wir sofort losfahren könnten. Es half nichts – ich mußte eine Entscheidung treffen, sonst wäre halb Hamburg lahmgelegt.

»Also gut«, rief ich. »Donnerstag.«

Die Menge brach in Hochrufe aus, und mein Entschluß verbreitete sich mit Windeseile durch die Stadt. Fernschreiber tickten, chiffrierte Meldungen wurden durchgegeben, und der Norddeutsche Rundfunk verlautbarte in seinen Abendnachrichten eine Reihe von Verkehrsbeschränkungen für den kommenden Donnerstag.

Der Konvoi, der sich zur vereinbarten Zeit auf den Weg machte, bestand aus etwa einem Dutzend Privatautos und einigen Autobussen mit mutigen Bürgern, die entschlossen waren, über mein Wohl zu wachen. Einigen von ihnen merkte man ganz deutlich an, daß sie St. Pauli zum ersten Mal sahen und keine Ahnung hatten, was sie tun sollten. Ich führte sie durch dunkle Straßen, unbekümmert um die ausschwärmenden Dirnen und Zuhälter, die mich jedoch in kein wie immer geartetes Haustor zerrten, weil ich so gut bewacht war. Der Hotelmanager an meiner Seite klatschte beim Anblick jeder weiblichen Gestalt vor Vergnügen in die Hände und hatte Freudentränen in den Augen. Meine übrigen Begleiter verloren sich allmählich je nach Neigung.

Als wir uns wieder bei unserer Wagenkolonne versammelten, zeigte sich, daß uns einige Teilnehmer abhanden gekommen waren, darunter ein Musikkritiker und sein Cousin, die in einem Striptease-Lokal für Transvestiten ein lohnendes Engagement gefunden hatten.

Ich selbst wurde von einem Reisebüro unter Vertrag genommen und fungiere seither unter der Chiffre »Eine Nacht in St. Pauli« als Fremdenführer für Einheimische.

Zur Erinnerung an den Besuch des berühmten amerikanischen Schriftstellers John Steinbeck. Und zur Mahnung.

Erholung in Israel

»Kellner! Herr Ober!«

»Jawohl, Herr Sternberg.«

»Frühstück für zwei, bitte.«

»Jawohl. Zweimal Frühstück. Sofort. Ich wollte Sie nur noch rasch etwas fragen, Herr Sternberg. Sind Sie der Schriftsteller, über den man jetzt so viel in den Zeitungen liest?«

»Mein Name ist John Steinbeck.«

»Aha. Erst gestern habe ich ein Bild von Ihnen in der Zeitung gesehen. Aber da hatten Sie einen größeren Bart, kommt mir vor. Es war auch ein Artikel dabei, daß Sie einen Monat hier bleiben wollen und daß Sie inkognito sind, damit man Sie nicht belästigt. Ist das Ihre Frau?«

»Ja, das ist Frau Steinbeck.«

»Schaut aber viel jünger aus als Sie.«

»Ich habe das Frühstück bestellt.«

»Sofort, Herr Steinberg. Sie müssen wissen, daß alle möglichen Schriftsteller in dieses Hotel kommen. Erst vorige Woche hatten wir einen hier, der ›Exodus‹ geschrieben hat. Haben Sie ›Exodus‹ gelesen?«

»Nein.«

»Ich auch nicht. So ein dickes Buch. Aber ›Alexis Sorbas‹ habe ich gesehen. Wann haben Sie ›Alexis Sorbas‹ geschrieben?«

»Ich habe ›Alexis Sorbas‹ nicht geschrieben.«

»Hat mir großartig gefallen, der Film. An einer Stelle wäre ich vor Lachen beinahe zersprungen. Wissen Sie, dort wo –«

»Ich hätte zum Frühstück gerne Kaffee. Und Tee für meine Frau.«

»Sie haben ›Sorbas‹ nicht geschrieben?«

»Nein. Das sagte ich Ihnen ja schon.«

»Für was hat man Ihnen dann den Nobelpreis gegeben?«

»Für die ›Früchte des Zorns‹.«
»Also Kaffee und Tee, richtig?«
»Richtig.«
»Sagen Sie, Herr Steinberg: Wieviel bekommt man für so einen Preis? Stimmt es, daß er eine Million Dollar einbringt?«
»Könnten wir dieses Gespräch nicht nach dem Frühstück fortsetzen?«
»Da habe ich leider keine Zeit mehr. Warum sind Sie eigentlich hergekommen, Herr Sternberg?«
»Mein Name ist Steinbeck.«
»Sie sind aber kein Jude, nicht wahr?«
»Nein.«
»Hab ich mir gleich gedacht. Amerikanische Juden geben kein Trinkgeld. Schade, daß Sie ausgerechnet jetzt gekommen sind, wo es fortwährend regnet. Jetzt gibt es hier nichts zu sehen. Oder vielleicht sind Sie in Israel an etwas ganz Speziellem interessiert?«
»Ich möchte ein weichgekochtes Ei.«
»Drei Minuten?«
»Ja.«
»Sofort. Ich weiß, Herr Steinberg, in Amerika ist man es nicht gewöhnt, sich mit Kellnern so ungezwungen zu unterhalten. In Israel ist das anders. Wir haben Atmosphäre. Übrigens war ich nicht immer ein Kellner. Ich habe Orthopädie studiert, zwei Jahre lang. Leider braucht man hierzulande Protektion, sonst kommt man nicht weiter.«
»Bitte bringen Sie uns das Frühstück, mit einem weichen Ei.«
»Drei Minuten, Herr Steinberg, ich weiß. Aber dieser ›Sorbas‹ – das war vielleicht ein Film! Auch wenn Sie gegen Schluß ein wenig zu dick aufgetragen haben. Unser Koch hat mir gesagt, daß es von Ihnen auch noch andere Theaterstücke und Filme gibt. Ist das wahr?«
»Ja.«
»Was, zum Beispiel?«
»Zum Beispiel ›Jenseits von Eden‹.«
»Hab ich gesehn! Mein Ehrenwort, das hab ich gesehn! Zum Brüllen komisch. Besonders diese Szene, wo sie versuchen, die Bäume aus dem Wald zu transportieren –«
»Das kommt in ›Alexis Sorbas‹ vor.«
»Ja, richtig. Da haben Sie recht. Also was schreiben Sie sonst?«

»Von Mäusen und Menschen.«
»Mickymaus?«
»Wenn ich nicht bald das Frühstück bekomme, muß ich verhungern, mein Freund.«
»Sofort. Nur noch eine Sekunde. Mäuse, sagten Sie. Das ist doch die Geschichte, wo die Batja Lancet mit diesem Idioten ins Bett gehen will.«
»Wie bitte?«
»Und das ist so ein dicker Kerl, der Idiot, das heißt, in Wirklichkeit ist er gar nicht so dick, aber sie stopfen ihm lauter Kissen unter die Kleider, damit er dick aussieht, und sein Freund neben ihm ist ganz mager, und der dicke Kerl will immer Mäuse fangen und – wieso wissen Sie das eigentlich nicht?«
»Ich kenne den Inhalt meiner Stücke.«
»Natürlich. Wenn Sie glauben. Jedenfalls muß man auf diesen dicken Idioten immer aufpassen, damit er die Leute nicht verprügelt, aber wie der Sohn vom Boß dann mit der Batja Lancet frech wird, steht er ganz ruhig auf und geht zu ihm hinüber und –«
»Kann ich mit dem Geschäftsführer sprechen?«
»Nicht nötig, Herr Steinberg. Es wird alles sofort dasein. Aber diese Mäuse haben mir wirklich gefallen. Nur der Schluß der Geschichte, entschuldigen Sie – also der hat mich enttäuscht. Da hätte ich von ihnen wirklich etwas Besseres erwartet. Warum müssen Sie diesen dicken Kerl sterben lassen? Nur weil er ein bißchen schwach im Kopf ist? Deshalb bringt man einen Menschen nicht um, das muß ich Ihnen schon sagen.«
»Gut, ich werde das Stück umschreiben. Nur bringen Sie uns jetzt endlich –«
»Wenn Sie wollen, lese ich's mir noch einmal durch und sage Ihnen dann alles, was falsch ist. Das kostet Sie nichts, Herr Steinberg, haben Sie keine Angst. Vielleicht komme ich einmal nach Amerika und besuche Sie. Ich hätte viel mit Ihnen zu reden. Privat, meine ich. Aber das geht jetzt nicht. Ich habe viel zu tun. Wenn Sie wüßten, was ich erlebt habe. Daneben ist ›Alexis Sorbas‹ –«
»Bekomme ich mein weiches Ei oder nicht?«
»Bedaure, am Sabbat servieren wir keine Eier. Aber wenn ich Ihnen

einmal meine Lebensgeschichte erzähle, Herr Steinberg, dann können Sie damit ein Vermögen verdienen. Ich könnte sie natürlich auch selbst aufschreiben, jeder sagt mir, ich bin verrückt, daß ich nicht einen Roman schreibe oder eine Oper oder so was Ähnliches. Die denken alle nicht daran, wie müde ich am Abend bin. Hab ich ihnen allen gesagt, sie sollen mich in Ruh lassen, und ich geb's dem Steinberg. Was sagen Sie dazu?«

»Das Frühstück, oder –«

»Zum Beispiel vor zwei Jahren. Im Sommer. Schon mehr gegen Ende des Sommers, wie ich mit meiner Frau nach Sodom gefahren bin. Plötzlich bleibt das Auto stehen, der Chauffeur steigt aus, hebt die Kühlerhaube, schaut hinein – und wissen Sie, was er gesagt hat?«

»Lassen Sie gefälligst meinen Bart los! Loslassen!«

»Er hat gesagt: ›Der Vergaser ist hin.‹ Stellen Sie sich das vor! Mitten am Weg nach Sodom ist der Vergaser hin. Sie werden vielleicht glauben, ich hab das erfunden? Es ist die reine Wahrheit. Der Vergaser war hin. Die ganze Nacht mußten wir im Wagen sitzen. Und es war eine kalte Nacht, eine sehr kalte Nacht. Sie werden das schon richtig schreiben, Herr Steinberg. Sie werden schon einen Bestseller draus machen. Ich sage Ihnen: Es war eine Nacht, in der nicht einmal Alexis Sorbas … he, wohin gehen Sie? Ich bin noch nicht fertig, Herr Steinberg! Ich habe noch eine ganze Menge Geschichten für Sie! Wie lange bleiben Sie noch?«

»Ich fliege mit dem nächsten Flugzeug ab!«

»Herr Steinberg! So warten Sie doch, Herr Steinberg … Und zuerst hat er gesagt, daß er einen ganzen Monat bleiben will. So siehst du aus …«

Zu den einträglichsten Geschäftszweigen der Welt gehört der Tourismus. Das gilt besonders für ein Land, in dem Moses, Jesus und Mohammed nur durch eine verhältnismäßig geringfügige Zeitdifferenz daran gehindert wurden, sich zu einem Symposium über das Thema »Der Monotheismus und sein Einfluß auf den Fremdenverkehr« zusammenzusetzen. Dementsprechend unterhält Israel ein eigenes Ministerium zur Förderung des Fremdenverkehrs, das der einheimischen Bevölkerung immer wieder erklärt, wie wichtig die zuvorkommende Behandlung ausländischer Besucher für die Wirtschaft des Landes ist und warum man dafür auch eine kleine Unbequemlichkeit in Kauf nehmen muß. Um die Wahrheit zu sagen: Mit der Höflichkeit ist es in unserem Lande noch nicht weit her. Aber mit der Unbequemlichkeit klappt es hervorragend.

Seid nett zu Touristen!

Die Feuchtigkeit. Der Feuchtigkeitsgehalt der Luft. Die Hitze könnte man ja noch ertragen – aber die Feuchtigkeit! Sie ist es, die den Menschen in die nördlichen Gegenden des Landes treibt. Unter der Woche kriecht er schwitzend und keuchend durch die engen, dampfenden, brodelnden Straßen Tel Avivs, und der einzige Gedanke, der ihn noch am Leben hält, ist die Hoffnung auf ein kühlendes Wochenende am Ufer des Tiberias-Sees. Wir hatten ein Doppelzimmer im größten Hotel von Tiberias reserviert und konnten das Wochenende kaum erwarten. Hoffnungsfroh kamen wir an, und schon der Anblick des Hotels, seiner Exklusivität, seine moderne Ausstattung mit allem Komfort einschließlich Klimaanlage, verursachte uns ein Wohlgefühl sondergleichen.

Die Kühle, für die der Ort berühmt ist, schlug uns bereits aus dem Verhalten des Empfangschefs entgegen.

»Ich bedaure aufrichtig«, bedauerte er im Namen der Direktion. »Einige Teilnehmer der soeben beendeten internationalen Weinhändler-Tagung haben sich bei uns angesagt, weshalb wir Ihnen, sehr geehrter Herr und sehr geehrte gnädige Frau, leider kein Zimmer zur Verfügung stellen können, oder höchstens im alten Flügel des Hauses. Und selbst dieses erbärmliche Loch müßten Sie morgen mittag frei-

willig räumen, weil Sie sonst mit Brachialgewalt entfernt werden. Ich zweifle nicht, Monsieur, daß Sie Verständnis für unsere Schwierigkeiten haben.«
»Ich habe dieses Verständnis nicht«, erwiderte ich. »Sondern ich protestiere. Mein Geld ist so viel wert wie das Geld eines andern.«
»Wer spricht von Geld! Es ist unsere patriotische Pflicht, ausländischen Touristen den Aufenthalt so angenehm wie möglich zu machen. Außerdem geben sie höhere Trinkgelder. Verschwinden Sie, mein Herr und meine Dame. Möglichst rasch, wenn ich bitten darf.«
Wir suchten in größter Hast den alten Flügel des Hauses auf, um den Empfangschef nicht länger zu reizen. Ein Empfangschef ist schließlich kein hergelaufener Niemand, sondern ein Empfangschef.
Unser kleines Zimmer war ein wenig dunkel und stickig, aber gut genug für Einheimische. Wir packten aus, schlüpften in unsere Badeanzüge und hüpften fröhlichen Fußes zum See hinunter.
Ein Manager vertrat uns den Weg: »Was fällt Ihnen ein, in einem solchen Aufzug hier herumzulaufen? Jeden Augenblick können die Touristen kommen. Marsch zurück ins Loch!«
Als wir vor unserem Zimmer ankamen, stand ein Posten davor. Außer den Weinhändlern hatten sich auch die Teilnehmer eines Tontaubenschießens aus Malta angesagt. Unser Gepäck war bereits in einen Kellerraum geschafft worden, der sich in nächster Nähe der Heizungskessel befand. Er grenzte geradezu an sie. »Sie können bis elf Uhr bleiben«, sagte der Posten, der im Grunde seines Herzens ein guter Kerl war. »Aber nehmen Sie kein warmes Wasser. Die Touristen brauchen es.« Um diese Zeit wagten wir uns nur noch schleichend fortzubewegen, meistens entlang der Wände und auf Zehenspitzen. Ein tiefes Minderwertigkeitsgefühl hatte von uns Besitz ergriffen.
»Glaubst du, daß wir öffentlich ausgepeitscht werden, wenn wir hierbleiben?« flüsterte meine Frau, die tapfere Gefährtin meines Schicksals. Ich beruhigte sie. Solange wir uns den Anordnungen der höheren Organe nicht widersetzten, drohte uns keine unmittelbare physische Gefahr.
Einmal sahen wir einen Direktionsgehilfen durch das israelische Elendsviertel des Hotels patrouillieren, eine neunschwänzige Katze in der Hand. Wir wichen ihm aus.

Nach dem Mittagessen hätten wir gern geschlafen, wurden aber durch das Getöse einer motorisierten Kolonne aufgeschreckt. Durch einen Mauerspalt spähten wir hinaus: Etwa ein Dutzend geräumiger Luxusautobusse war angekommen, und jedem entstieg eine komplette Tagung.

Ich rief zur Sicherheit in der Rezeption an:

»Gibt es unterhalb des Kesselraums noch Platz?«

»Ausnahmsweise.«

Unser neues Verlies war gar nicht so übel, nur die Fledermäuse störten. Das Essen wurde uns durch eine Luke hereingeschoben. Um für alle Eventualitäten gerüstet zu sein, blieben wir in den Kleidern.

Tatsächlich kamen kurz vor Mitternacht noch einige Touristenautobusse. Abermals wies man uns einen neuen Aufenthalt zu, diesmal ein kleines Floß auf dem See draußen. Wir hatten Glück, denn es war beinahe neu. Weniger Glückliche unter den Eingeborenen mußten sich mit ein paar losen Planken zufriedengeben. Drei ertranken im Lauf der Nacht. Gott sei Dank, daß die Touristen nichts bemerkt haben.

Die nachfolgende Geschichte widme ich einem Bewohner der titelreichen Stadt Wien, Herrn Kammerschriftsteller Hofrat Prof. Dr. Friedrich Torberg, meinem Freund und Übersetzer.

Wiener Titelwalzer

Kaum war unser Flugzeug auf dem Wiener Flughafen zum Stillstand gekommen, als über den Lautsprecher die folgenden Worte hörbar wurden:

»Professor Kishon wird höflich gebeten, sich beim Informationsschalter melden zu wollen. Vielen Dank im voraus.«

Während der Zollformalitäten erklang die einladende Stimme zum zweiten Mal:

»Herr Doktor Kishon wird beim Ausgang erwartet. Wir bitten Herrn Professor Doktor Kishon zum Ausgang. Danke schön.«

Ich habe für öffentliche Scherze solcher Art keine Verwendung und gab das den Herren am Empfangskomitee, die mich am Ausgang erwarteten, sofort zu verstehen:

»Fein, daß ihr da seid, Jungens!« sagte ich ungezwungen. »Übrigens bin ich weder Professor noch Doktor.«

»Gewiß, gewiß.« Der Führer der Delegation, ein vornehmer Gentleman-Typ mit grauen Schläfen, nickte verständnisvoll. »Darf ich Sie jetzt mit meinen Assistenten bekannt machen, lieber Professor ...«

Damit begann er, meine tapfere kleine Frau und mich die Empfangsreihe entlangzuführen, die sich mittlerweile mit lässiger Eleganz formiert hatte:

»Doktor Kishon, das ist Hofrat Professor Manfred Wasserlauf ... Gestatten Sie, Professor Kishon, daß ich Ihnen Herrn Kommerzialrat Professor Doktor Steinach-Irdning vorstelle ... und hier, Professor Kishon, ist unser Stadtverkehrsexperte, Parkrat Doktor Willy ...«

Dr. Willy war, wie sich alsbald herausstellte, der Fahrer unseres Wagens, präsentierte sich aber wie alle anderen in dunklem Anzug mit silbergrauer Krawatte. Er grüßte uns mit einer untadeligen Verbeugung, ehe er sich über die Hand meiner errötenden Ehefrau neigte und seinem wohltönenden »Küß die Hand, Gnädigste« die dazugehörige Aktion folgen ließ.

»Die sind meschugge«, raunte ich meiner Gefährtin zu. »Das kann doch unmöglich ernst gemeint sein.«

»Sie irren«, äußerte Kommerzialrat Prof. Dr. Steinach-Irdning in fließendem Hebräisch. »So macht man das hier in Wien. Daran werden Sie sich während Ihres Aufenthaltes gewöhnen müssen.«

Während der Fahrt ins Hotel brachte er noch ein wenig gedämpftes Licht in die Sachlage.

»Eigentlich heiße ich Stein«, sagte er. »Mosche Stein. Ich bin vor drei Jahren in einer geschäftlichen Angelegenheit aus Israel hergekommen. Auch ich habe anfänglich immer widersprochen, wenn man mich Professor nannte. Aber nach einiger Zeit gab ich nach. Es war sinnlos. Später fügte ich meinem Namen der Einfachheit halber ein ›ach-Irdning‹ an, und zum Geburtstag bekam ich von meinem Schwager, der im Rathaus arbeitet, den Doktortitel.«

»Aber Sie sind doch auch Kommerzialrat, nicht?«

»Natürlich. Ich habe im Stadtzentrum ein kleines Textilgeschäft aufgemacht.«

Wie der einstige Mosche Stein uns weiter belehrte, bestand seit dem Tag, an dem Österreichs barocke Feudalmonarchie sich in eine gemäßigte demokratische Republik verwandelt hatte, unter den Einwohnern des Landes eine unstillbare Sehnsucht nach den klingenden Titeln der verklungenen Zeit.

»Hierzulande gibt es zum Beispiel keine Briefträger, sondern Postoberoffiziale«, erklärte uns der Kommerzialrat Professor Doktor. »Keine Kellner, sondern Ober. Keine Beamten, sondern Kanzleiräte. Und jeder führt außer seinem Amtstitel noch mindestens einen Doktor oder einen Professor.«

»Und wo sind diese Titel erhältlich?«

»Es gibt mehrere Quellen. Ganz am Anfang wurde der Professortitel vom Staatspräsidenten verliehen, auf Grund der Empfehlung einer öffentlichen Körperschaft oder einer der beiden Koalitionsparteien. Später begannen die Bürgermeister der größeren Städte auf eigene Rechnung Doktorate zu verteilen. Und heute gibt es auf der Kärntnerstraße bereits eine Buchhandlung, wo man ohne

große Mühe den Titel eines Privatkonsulenten für Literatur erwerben kann.«
»Aber diese Titel werden doch vollkommen wertlos, wenn jeder sie trägt! Ist Ihnen das noch nicht aufgefallen, lieber Herr?«
»Damit mögen Sie nicht ganz unrecht haben. Trotzdem darf ich Sie bitten, mich mit Professor anzureden.«
Im Hotel angelangt, füllte ich den Meldezettel aus. Der Amtierende Verwaltungsrat für Hotelangelegenheiten, in manchen rückständigen Ländern »Portier« genannt, nahm mir das Formular aus der Hand, streifte mich mit einem tadelnden Blick und schrieb »Professor« vor meinen Namen.
Nachdem er die ebenso vorsorglich wie nonchalant hingehaltene Hand meiner Gemahlin geküßt hatte, wies er uns zum Lift.
»Pardon, Exzellenz – in welches Stockwerk?« fragte der Liftboy.
»Dritter Stock, Professor.«
Wir glaubten bereits annähernd im Bilde zu sein, aber gleich darauf unterlief mir ein schwerer Schnitzer. Als wir wieder in die Halle zurückkamen, traten wir auf eines der wartenden Mitglieder des Empfangskomitees zu:
»Gestatten Sie, Professor«, sagte ich, auf meine Gattin deutend, »daß ich Sie mit meinem persönlichen Sekretariatsvorstand bekannt mache.«
Zu meiner Überraschung ließ es der Angesprochene bei einem sehr flüchtigen Handkuß bewenden und wandte sich sichtlich verärgert ab. Empfangsrat Stein, der die kleine Szene bemerkt hatte, eilte herbei:
»Haben Sie den Herrn vielleicht mit Professor angesprochen?« fragte er aufgeregt.
»Ja.«
»Um Himmels willen! Damit haben Sie ihn tödlich beleidigt.«
»Aber wieso?«
»Weil er wirklich ein Professor ist …«
Offenbar hatten wir uns zu rasch an den österreichischen Lebensstil gewöhnt und gar nicht mehr bedacht, daß es irgendwo noch Menschen geben könnte, die an Universitäten lehrten und wirkliche Professoren waren.
»Wie hätte ich ihn denn anreden sollen?« erkundigte ich mich zaghaft.

»Mindestens mit Hofrat Universitätsprofessor Privatdozent Doktordoktor. Das ist das absolute Minimum.«
Ich begab mich sofort zu dem von mir so schwer Getroffenen zurück und verbeugte mich:
»Hochverehrter Herr Hofrat Universitätsprofessor Privatdozent Doktordoktor – wie geht es Ihnen?«
»In Ordnung«, nickte der Angesprochene, und seine Stimme lockerte sich wohlwollend. »Danke, Professor. Sie sind offenbar erst vor kurzem hier angekommen, wie?«
»Allerdings, Herr Hofrat Universitätsprofessor Privatdozent Doktordoktor …«
Jetzt hatte ich den richtigen Ton heraus. Es war ein wenig ermüdend, aber nicht ohne Reiz, und ich begann zu verstehen, warum die Österreicher heute um so viel glücklicher sind als vor dem Krieg. Nach zwei Tagen ertappte ich mich bei deutlichen Gefühlen der Abneigung gegen Leute, die mir meinen Doktor- oder Professortitel verweigerten. Jedem das Seine, wenn ich bitten darf. Auch meine Ehefrau, die beste von allen, machte sich's zur Gewohnheit, wann immer das Gespräch auf mich kam, ein unauffälliges »mein Mann, der Oberliteraturrat« einzuflechten. Ich nannte sie dafür »Doktorin der Musikologie« (sie spielt ein wenig Klavier).
Titel haben etwas für sich, es läßt sich nicht leugnen. Man sitzt beispielsweise in der Hotelhalle, sieht einen sehr jungen Professor in Liftboykleidung mit einer Namenstafel herankommen und hört ihn rufen: »Professor Doktor Ephraim Kishon zum Telefon, bitte!« Dagegen ist nichts einzuwenden. Man läßt ihn mehrmals die ganze Hotelhalle durcheilen und freut sich des Rufs. Wenn man gerade Lust hat, kann man sich auch selbst anrufen, damit man ausgerufen wird.
Kein Wunder, daß uns beinahe das Herz brach, als wir die gastliche Hauptstadt der Republik Österreich verlassen mußten.
»Professor«, sagte meine Frau, während wir in die El-Al-Maschine kletterten, »hier war es wirklich schön.«
»Wunderschön, Frau Doktor«, sagte ich und küßte ihr die Hand.
»Küß die Hand.«
Über dem Mittelmeer verfiel ich in einen tiefen, levantinischen Schlummer. Im Traum erschien mir die erlauchte Gestalt des

Kaisers Franz Joseph I. in strahlender, ordengeschmückter Uniform.
»Majestät«, stotterte ich erschauernd. »Kaiserlich-Königlich Apostolische Majestät … Allergnädigster Herr …«
»Laß den Unsinn«, unterbrach mich der Gesalbte. »Sag Franz zu mir.«

Unfair zu Goliath

Die hebräische Sprache hat ein Wort, für das es in keiner andern Sprache ein Gegenstück gibt: Protektion. Es bedeutet Förderung (meistens unverdiente Förderung) durch Briefe, persönliche Interventionen, Telefonanrufe, Querverbindungen und dergleichen typisch jüdische Dinge mehr. Der Übelstand ist heute schon so weit gediehen, daß man in manchen Restaurants die Gäste untereinander fragen hört: »Meine Herren, wer hat Beziehungen zum Kellner?« Als ob man ohne Beziehungen kein Steak serviert bekäme! Das ist natürlich übertrieben. Man bekommt es. Vielleicht mit einiger Verspätung, vielleicht zäh wie eine Schuhsohle, aber man bekommt es.

Paraphrase über ein volkstümliches Thema

Die wahre Geschichte, die ich im folgenden erzähle, beweist nachhaltig, daß Ehrlichkeit und Fairneß in unserer verlotterten Welt noch eine Chance haben.

Der Held der Geschichte ist ein Neueinwanderer aus dem europäischen Osten mit Namen Wotitzky. Sein Ehrgeiz war, von Kindesbeinen an, eine irgendwie amtliche Tätigkeit, und gleich nach seiner Ankunft bewarb er sich um den Posten eines Portiers im Rathaus von Tel Aviv.

Wotitzky ist ein geborener Schlemihl mit zwei linken Füßen und großen, runden Augen, die verschreckt in eine unbegreifliche Welt blicken. Er spricht kein Wort Hebräisch. Aber soviel wußte er, daß über die Vergebung des Postens, für den noch Hunderte von Bewerbungen außer der seinen vorlagen, in letzter Instanz ein gewisser Schultheiß zu entscheiden hatte.

Wotitzky ging zu seinem Onkel, einem alteingesessenen Israeli, und bat ihn um Hilfe. Sein Onkel hatte einmal erwähnt, daß er gelegentlich mit Schultheiß im Kaffeehaus spielte.

Der Onkel krümmte sich vor Verlegenheit, denn seine Bekanntschaft mit Schultheiß war eine oberflächliche, gab aber schließlich dem Drängen seines hilfsbedürftigen Neffen nach und versprach ihm bei nächster Gelegenheit mit Schultheiß zu sprechen.

Die nächste Gelegenheit kam erst Monate später, nach einem der vie-

len persönlichen Besuche, die der Neffe seinem Onkel zum Zwecke des Drängens abstattete.
»Ja, ich habe mit ihm gesprochen«, sagte der Onkel.
»Und ich habe ihn dazu bewegen können, deinen Namen in sein Geheimnotizbuch einzutragen. Aber zur Sicherheit solltest du dich noch um andere Interventionen umsehen.«
Dankbar küßte Wotitzky die Hand seines Wohltäters, eilte zu der für ihn zuständigen Einwandererhilfsorganisation und warf sich dem geschäftsführenden Sekretär zu Füßen. Der Sekretär ließ sich erweichen und ging persönlich ins nahe gelegene Rathaus, um bei Schultheiß zu intervenieren. Wotitzky wartete.
»Es war nicht leicht«, berichtete hernach der Sekretär. »Ich mußte zuerst eine halbe Stunde antichambrieren und dann eine Stunde lang in ihn hineinreden. Aber ich hatte Erfolg. Er zog sein Geheimnotizbuch hervor und unterstrich den Namen Wotitzky mit roter Tinte.«
Wotitzky wußte vor Seligkeit und Dankbarkeit nicht aus noch ein. Fortan verrichtete er im Haus des Sekretärs niedrige Dienste, schrubbte die Stiegen und führte den Hund spazieren. Zwischendurch bemühte er sich bei anderen wichtigen Persönlichkeiten um die Unterstützung seines Anliegens. Ein Mitglied des Stadtrats, zu dem er sich Zutritt verschafft hatte, diktierte in seiner Gegenwart einen Empfehlungsbrief, den er sofort am nächsten Tag abzuschicken versprach. Wotitzky schwamm auf Wogen von Glück. Wenige Tage später begegnete er einem Landsmann aus der alten Heimat, der es zu einer einflußreichen Stellung im kulturellen Leben der Stadt gebracht hatte und sich bei Schultheiß persönlich für seinen alten Freund verwenden wollte; auch er wußte alsbald Ermutigendes von Schultheiß' Reaktion zu erzählen. Und es kamen noch andere hinzu, die alle bei Schultheiß vorsprachen und alle mit froher Botschaft für Wotitzky zurückkehrten.
Und siehe, nach einem halben Jahr bestellte ihn Schultheiß selbst zu sich ins Rathaus:
»Ich gratuliere Ihnen«, sagte er. »Sie haben den Posten bekommen. Und wissen Sie, warum gerade Sie? Unter Hunderten von Bewerbern? Weil Sie der einzige waren, für den niemand interveniert hat!«

Das nachfolgende Gespräch wurde im Interesse der israelischen Behörden aufgezeichnet und will als Bitte um verschärfte Einwanderungskontrolle verstanden sein.

Du sprechen Rumänisch?

Gestern, an einem besonders staubigen Nachmittag, rief ich bei Weinreb an – in einer ganz bestimmten Angelegenheit, die hier keine Rolle spielt. Jedenfalls hatte ich die Absicht, ihm gründlich meine Meinung zu sagen.

Der Hörer wurde abgehoben.

»Hallo«, sagte eine zaghafte Frauenstimme. »Hallo.«

»Hallo«, antwortete ich. »Wer spricht?«

»Weiß nicht. Niemanden kennen.«

»Ich habe gefragt, wer spricht.«

»Hier?«

»Ja, dort.«

»Dort?«

»Auch dort. Mit wem spreche ich?«

»Weiß nicht. Niemanden kennen.«

»Sie müssen doch wissen, wer spricht!«

»Ja.«

»Also wer?«

»Ich.«

»Wer sind Sie?«

»Ja. Neues Mädchen.«

»Sie sind das neue Mädchen?«

»Ich.«

»Gut. Dann rufen Sie bitte Herrn Weinreb.«

»Herrn Weinreb. Wohin?«

»Zum Telefon. Ich warte.«

»Ja.«

»Haben Sie verstanden? Ich warte darauf, daß Sie Herrn Weinreb zum Telefon rufen!«

»Ja. Ich – rufen. Du – warten.«

Daraufhin geschah zunächst gar nichts. Dann räusperte sich etwas in der Muschel.
»Weinreb?« fragte ich hoffnungsfroh.
»Nein. Neues Mädchen.«
»Aber ich habe Sie doch gebeten, Herrn Weinreb zu rufen.«
»Du sprechen Rumänisch?«
»Nein! Rufen Sie Herrn Weinreb!!«
»Kann nicht rufen.«
»Dann holen Sie ihn!«
»Kann nicht. Weiß nicht. Kann nicht holen.«
»Warum nicht? Was ist los? Ist er nicht zu Hause?«
»Weiß nicht. Hallo.«
»Wann kommt er zurück?«
»Wer?«
»Weinreb! Wann er wieder nach Hause kommt! Wo ist er«
»Weiß nicht«, schluchzte das neue Mädchen. »Ich kommen aus Rumänien. Jetzt. Niemanden kennen.«
»Hören Sie, mein Kind. Ich möchte mit Herrn Weinreb sprechen. Er ist nicht zu Hause. Gut. Sie wissen nicht, wann er zurückkommt. Auch gut. Dann sagen Sie ihm wenigstens, daß ich angerufen habe, ja?«
»Angerufen habe ja.« Abermals ertönte das Schluchzen des neuen Mädchens. »Hallo.«
»Was gibt es jetzt schon wieder?«
»Kann Weinreb nicht sagen.«
»Warum nicht?«
»Was ist das: Weinreb?«
»Was heißt das: was ist das? Kennen Sie ihn nicht?«
»Du sprechen Rumänisch? Bißchen Rumänisch?«
»Sagen Sie mir, mit wem ich verbunden bin. Mit welcher Wohnung.«
»Kostelanetz. Emanuel. Hallo.«
»Welche Nummer?«
»Dreiundsiebzig. Zweiter Stock.«
»Ich meine: Welche Telefonnummer?«
»Weiß nicht.«
»Ist sie denn nicht auf dem Telefon aufgeschrieben?«
»Was?«

»Die Nummer!«
»Wo?«
»Auf dem Telefon!«
»Hier ist kein Telefon …«

In einem Land, das erst seit relativ kurzer Zeit unabhängig ist, kann man auf der Erfolgsleiter noch mehrere Sprossen auf einmal nehmen. Das bedeutet aber nicht, daß der Mann auf der obersten Sprosse ausgewechselt werden müßte. Im Gegenteil, er bleibt oben, und er bleibt, obwohl er oben bleibt, der gute alte jüdische Kumpan, der er schon vorher war und der sich immer freuen wird, mit einem anderen guten alten jüdischen Kumpan zusammenzutreffen. Die Frage ist nur: Für wann hat die Personalkartei das Zusammentreffen festgesetzt?

Der Kuß des Veteranen

Die Festlichkeiten anläßlich des 16jährigen Bestandsjubiläums der Siedlung Sichin wurden seinerzeit vom ganzen Land mit größtem Interesse verfolgt. Sogar der damalige Ministerpräsident David Ben Gurion kündigte seinen Besuch in der ehrwürdigen Veteranensiedlung an. Nachdem diese Ankündigung offiziell bestätigt worden war, begannen in Sichin die Vorbereitungen für das historische Ereignis. Alles ging gut – bis Munik Rokotowsky sich einschaltete. Munik Rokotowsky, eines der ältesten Mitglieder der alten Siedlung, kündigte seinerseits an, daß er die Gelegenheit ausnützen würde, seinen Lebenstraum zu verwirklichen und den Ministerpräsidenten zu küssen.

»David« so erklärte er leuchtenden Auges, »wird einen Kuß von mir bekommen, daß er vor Freude einen Luftsprung macht.«

Wie schon angedeutet, war Rokotowsky ein Siedlungsveteran. Als solcher hatte er bei den Feiern zweifellos Anspruch auf einen Platz in der vordersten Reihe der Feiernden. Die jetzt von ihm geäußerte Absicht verbreitete jedoch ein gewisses Unbehagen, und das Organisationskomitee lud ihn zu einer Besprechung ein: »Genosse Rokotowsky – es kursieren Gerüchte, daß du den Ministerpräsidenten und Verteidigungsminister bei seinem Besuch in Sichin küssen willst. Willst du das?«

»Und wie!« bestätigte Rokotowsky. »Kaum daß ich David sehe, schmatze ich ihm einen Kuß auf die Wange!«

»Hast du schon darüber nachgedacht, Genosse Rokotowsky, ob das

dem Ministerpräsidenten und Verteidigungsminister auch recht sein wird?«
»Was ist das für eine Frage?« Rokotowskys Stimme verriet hochgradiges Befremden. »Warum soll es ihm nicht recht sein? Schließlich haben wir beide vor fünfzig Jahren gemeinsam auf einer Zitrusplantage gearbeitet. Meine Baracke war die dritte links um die Ecke von der seinen. Ich sage euch, er wird außer sich sein vor Freude, wenn er mich sieht!«
Auf der nächsten Sitzung des Gemeinderats wurde die delikate Angelegenheit zur Sprache gebracht und führte zu heftigen Debatten. Ein anderer Siedlungsveteran namens Jubal warf den Mitgliedern des Rates vor, daß sie die Feierlichkeiten zur Stärkung ihrer persönlichen Machtposition mißbrauchen wollten und daß sie Nepotismus betrieben.
»Wenn Rokotowsky ihn küßt«, drohte Jubal, »küss' ich ihn auch!«
»Genossen! Genossen!« Der Vorsitzende schlug mit beiden Fäusten so lange auf den Tisch, bis Ruhe eintrat. »Das hat keinen Zweck! Wir müssen abstimmen!«
Munik Rokotowsky wurde mit einer Majorität von vier Stimmen zum offiziellen Ministerpräsidentenküsser bestellt. Um jedes Risiko auszuschließen, sandte der Gemeinderat folgenden Brief eingeschrieben an die Kanzlei des Ministerpräsidenten:
»Werte Genossen! Wir haben die Ehre, Euch mitzuteilen, daß Munik Rokotowsky, ein Mitglied unserer Siedlung, sich mit der Absicht trägt, den Ministerpräsidenten und Verteidigungsminister anläßlich seines Besuchs bei den Feiern zum 16jährigen Bestandsjubiläum der Siedlung Sichin zu küssen. Der Gemeinderat hat diese Absicht nach kurzer Debatte gutgeheißen, machte jedoch den Genossen Rokotowsky darauf aufmerksam, daß auch die Kanzlei des Ministerpräsidenten ihre Zustimmung erteilen müßte. Wir bitten Euch deshalb, werte Genossen, um Bekanntgabe Eures Standpunktes und gegebenenfalls um die nötigen Instruktionen.
In der Hoffnung, daß die obenerwähnte Absicht eines alten Siedlungs- und Parteimitglieds auf keine Hindernisse stoßen wird, verbleiben wir, für den Gemeinderat der Siedlung Sichin«
(Unterschriften)

Zwei Wochen später kam die briefliche Zustimmung der Präsidialkanzlei zu dem von Rokotowsky geplanten Kuß. »Der Ministerpräsident«, so hieß es in dem Schreiben, »kann sich zwar an einen Genossen des Namens Rokotowsky nicht oder nur sehr dunkel erinnern, möchte aber angesichts der besonderen Umstände den emotionalen Aspekten der Angelegenheit in jedem Falle Rechnung tragen.« Im weiteren Verlauf des Schreibens wurde hervorgehoben, daß der Kuß in einmaliger, kultivierter und würdiger Form zu verabfolgen sei, am besten, wenn der Ministerpräsident seinen Wagen verlassen würde, um sich in das Verwaltungsgebäude der Siedlung zu begeben. Bei dieser Gelegenheit sollte Genosse Rokotowsky aus dem Spalier der jubelnden Dorfbewohner ausbrechen und den geplanten Kuß auf die Wange des Ministerpräsidenten und Verteidigungsministers drücken, wobei er ihn auch kameradschaftlich umarmen könne; doch sollte diese Umarmung keinesfalls länger als dreißig Sekunden dauern. Aus Sicherheitsgründen erbitte man ferner die Übersendung von vier Aufnahmen Rokotowskys in Paßformat sowie Ausstellungsdatum und Nummer seiner Identitätskarte.

Der Brief wurde von der Einwohnerschaft der Siedlung Sichin mit großer Befriedigung zur Kenntnis genommen, da er den bevorstehenden Feierlichkeiten einen nicht alltäglichen persönlichen Beigeschmack sicherte. Der einzig Unzufriedene war der Vater des Gedankens, Munik Rokotowsky: »Was heißt das: dreißig Sekunden? Warum nur dreißig Sekunden? Wofür halten die mich? Und was, wenn David mich nicht losläßt und mich vor lauter Freude immer aufs neue umarmt?«

»Es sind offizielle Maßnahmen«, erklärte man ihm. »Das Arrangement beruht auf langjähriger Erfahrung und ist in jedem Detail gründlich überlegt. Die Zeiten haben sich geändert, Genosse Rokotowsky. Wir leben in einem modernen Staat, nicht mehr unter türkischer Herrschaft wie damals.«

»Gut«, antwortete Rokotowsky. »Dann eben nicht.«

»Was: eben nicht?«

»Dann werde ich David eben nicht küssen. Wir haben auf derselben Zitrusplantage gearbeitet, meine Baracke lag um die Ecke von der seinen, die dritte von links, vielleicht sogar die zweite. Wenn ich einen

alten Freund nicht umarmen kann, wie ich will, dann eben nicht.«
»Nicht? Was heißt nicht? Wieso nicht?« drang es von allen Seiten auf den starrköpfigen Alten ein. »Wozu haben wir uns um die offizielle Bewilligung für dich bemüht? Wie wird das jetzt ausschauen? Der Ministerpräsident steigt aus, will geküßt werden, und niemand ist da, der ihn küßt?!« Die Erregung der Verantwortlichen war begreiflich. Hatten sie doch der Presse gegenüber schon Andeutungen durchsickern lassen, daß es beim bevorstehenden Besuch des Ministerpräsidenten in Sichin, der »ganz bestimmte sentimentale Hintergründe« hätte, zu einer »ungewöhnlichen Wiedersehensfeier« kommen könnte … Die Blamage wäre nicht auszudenken.
»Küß ihn, Munik, küß ihn!« beschworen sie den Rebellen. »Küßt du ihn nicht, lassen wir ihn von einem andern küssen, du wirst schon sehen.«
»Gut«, sagte Munik Rokotowsky. »Dann küßt ihn eben ein anderer.«
Es war nichts zu machen mit Rokotowsky. Er schloß sich in seine Wohnung ein, er kam auch nicht zu der ad hoc einberufenen Sondersitzung, auf der sein Fall stürmisch diskutiert wurde.
Genosse Jubal beanspruchte den freigewordenen Jubiläumskuß für sich und machte geltend, daß er alters- und siedlungsmäßig unmittelbar auf Rokotowsky folgte. Der Vorsitzende wollte die Streitfrage durch den demokratischen Vorgang des Losens geschlichtet sehen. Andere Ratsmitglieder schlugen vor, einen erfahrenen Küsser von auswärts kommen zu lassen. Nach langen Debatten einigte man sich auf einen neuerlichen Brief an die Präsidialkanzlei:
»Werte Genossen! Aus technischen Gründen, die sich unserer Einflußnahme leider entziehen, müssen wir auf die für den Besuch des Ministerpräsidenten vorgesehenen Kußdienste des Genossen Rokotowsky verzichten. Da jedoch unsere fieberhaften Vorbereitungen für dieses Ereignis, dem die gesamte Bewohnerschaft unserer Siedlung freudig und erwartungsvoll entgegensieht, schon sehr weit gediehen sind, bitten wir Euch, uns bei der Wahl eines neuen Kußkandidaten behilflich zu sein. Selbstverständlich würde sich der neugewählte Kandidat streng an die von Euch schon früher erteilten Instruktionen halten …«
Wenige Tage später erschien ein offizieller Delegierter der Präsidial-

kanzlei, der sofort eine Sichtungs- und Siebungstätigkeit aufnahm und zunächst alle Hochgewachsenen und alle Schnurrbartträger aus der Liste der Kandidaten strich. Schließlich entschied er sich für einen freundlichen, gedrungenen, glattrasierten Mann mittleren Alters, der zufällig mit dem Sekretär der örtlichen Parteileitung identisch war. Auf einer Generalkarte der Siedlung Sichin wurde sodann der Weg, den das Auto des Ministerpräsidenten und anschließend er selbst nehmen würde, genau eingezeichnet; eine gestrichene Linie markierte die Wegspanne, die der begeistert aus dem Spalier Ausbrechende bis zur Wange des Ministerpräsidenten zurückzulegen hätte. Sowohl der Ausbruchspunkt als auch der Punkt der tatsächlichen Kußszene wurden rot eingekreist.

Am Vortag der Festlichkeiten fanden mehrere Stellproben statt, um einen glatten Verlauf der Aktion zu gewährleisten. Besonders sorgfältig probte man die Intensität der Umarmung, da ja die Statur und das Alter des Ministerpräsidenten und Verteidigungsministers zu berücksichtigen waren. Das Problem der Zeitdauer wurde dadurch gelöst, daß der Küsser leise bis 29 zählen und bei 30 den Ministerpräsidenten unverzüglich loslassen sollte. Bei allen diesen Arrangements erwies sich die Hilfe des Delegierten als überaus wertvoll. Er sorgte auch für die Verteilung der Geheimpolizisten und für die richtige Plazierung der Pressefotografen, damit sie zum fraglichen Zeitpunkt die Sonne im Rücken hätten.

Dank dieser sorgfältigen Planung ging die Zeremonie glatt vonstatten. Der Ministerpräsident traf mit seinem Gefolge kurz nach elf in Sichin ein, entstieg an der zuvor fixierten Stelle seinem Wagen und wurde auf dem Weg zum Verwaltungsgebäude programmgemäß von einem ihm Unbekannten geküßt und umarmt, wobei ihm auffiel, daß der Unbekannte die Umarmung mit den Worten: »Achtundzwanzig – neunundzwanzig – aus!« beendete. Der Ministerpräsident lächelte herzlich, wenn auch ein wenig verlegen, und setzte seinen Weg fort, bis er auf das kleine Mädchen mit den Blumen stieß und neuer Jubel im Spalier der Bewohner von Sichin aufbrauste …

Nur ein einziger hatte an der allgemeinen Freude kein Teil. Munik Rokotowsky stand ganz allein im Hintergrund und konnte die Tränen nicht zurückhalten, als er den Ministerpräsidenten im Tor des Verwaltungsgebäudes verschwinden sah. Vor fünfzig Jahren hatten sie zusammen in derselben Zitrusplantage gearbeitet. Das war *sein* Kuß. Der Kuß, den er niemals küssen wird.

Ich glaube schon erwähnt zu haben, daß wir ein sehr traditionsbewußtes Volk sind. Genauer gesagt: Unsere Traditionen halten uns unbarmherzig umklammert. Man braucht nur an jenes Gebot aus dem Buch der Bücher zu denken, welches uns auferlegt, in jedem siebenten Jahr unser Land nicht zu bebauen. Was macht man da? Wenn wir das Land brachliegen lassen, müssen wir verhungern. Wenn wir es bebauen, rufen wir den Zorn des Allmächtigen auf uns herab. Ein Kompromiß tut not. Um Gottes willen, ein Kompromiß!

Das siebente Jahr

Die himmlischen Regionen lagen in strahlendem Licht. Allüberall herrschte majestätische Ruhe. Gott der Herr saß auf Seinem Wolkenthron und lächelte zufrieden, wie immer, wenn alles nach Seinen Wünschen ging.

Einer der Himmelsbeamten, ein nervöser kleiner Kerl mit schütterem Spitzbart, bat um Gehör.

»Allmächtiger Weltenherr«, hub er an. »Verzeih die Störung …«

»Was gibt's?«

»Es handelt sich schon wieder um Israel.«

»Ich weiß.« Gott machte eine resignierte Handbewegung. »Die unreinen Fleischkonserven aus Argentinien.«

»Wenn es nur das wäre! Aber sie bearbeiten das Land. Auch auf den Kibbuzim der religiösen Parteien.«

»Sollen nur arbeiten. Es wird ihnen nicht schaden.«

»Herr der Welt«, sagte der Beamte und hob beschwörend die Hände. »Heuer ist ein Schmitta-Jahr. Ein siebentes Jahr, Herr, ein Jahr, in dem alle Landarbeit zu ruhen hat, auf daß Dein Wille geschehe.«

Der Herr der Welt schloß nachdenklich die Augen. Dann widerhallte Seine Stimme durch den Weltenraum:

»Ich verstehe. Sie bearbeiten das Land, das Ich ihnen gegeben habe, auch im Jahr der Sabbatruhe. Sie mißachten Meine Gebote. Das sieht ihnen ähnlich. Wo ist Bunzl?«

Geschäftiges Durcheinander entstand. Himmlische Boten flogen in alle Richtungen, um Ausschau zu halten nach dem Vertreter der

Orthodoxen Partei Israels im Himmel, Isidor Bunzl (früher Preßburg). Blitze durchzuckten das All. Bunzl kam angerannt. Sein Gebetmantel flatterte hinter ihm her.

»Warum bebaut ihr euer Land in einem Schmitta-Jahr?« donnerte der Herr. »Antworte!«

Isidor Bunzl senkte demütig den Kopf: »Adonai Zebaoth, wir bebauen unser Land nicht. Wir besitzen gar kein Land in Israel.«

»Sprich keinen Unsinn! Was ist los mit eurem Land?«

»Es wurde vom Rabbinat an einen Araber verkauft. Alles Land. In ganz Israel befindet sich derzeit kein Land in jüdischen Händen. Deshalb können wir unser Land auch nicht bebauen.« Das Antlitz des Herrn verfinsterte sich:

»An einen Araber verkauft? Ganz Israel? Unerhört! Wo ist Mein Rechtsberater?«

Im nächsten Augenblick schwebte Dr. Siegbert Krotoschiner herbei: »Herr der Heerscharen«, begann er seine Erklärung, »wir stehen einer rechtlich vollkommen klaren Situation gegenüber. Das Ministerium für religiöse Angelegenheiten hat auf Grund einer Vollmacht, die ihm vom Landwirtschaftsministerium erteilt wurde, das gesamte israelische Ackerland für die Dauer eines Jahres an einen Araber verkauft. Die Vertragsunterzeichnung erfolgte in Jerusalem, im Beisein von Vertretern der Regierung und des Rabbinats.«

»Und warum verkauft man das Land ausgerechnet in einem Schmitta-Jahr?« Die Stirne des Herrn legte sich in tiefe Furchen. »Und ausgerechnet für die Dauer eines Jahres? Alles Land? An einen Araber? Sehr merkwürdig.«

»Die Beteiligten haben den Vertrag ordnungsgemäß gezeichnet und gesiegelt und in einem Banksafe deponiert«, erläuterte Dr. Krotoschiner. »Er ist juristisch unanfechtbar.«

»Wurde das Schofar geblasen?« fragte Gott der Herr.

»Selbstverständlich«, beruhigte Ihn Isidor Bunzl. »Selbstverständlich.«

Gott der Herr war noch nicht überzeugt. Sturmwolken zogen auf, einige Engel begannen zu zittern.

»Mir gefällt das alles nicht«, sprach der Herr. »Nach Meinem Gebot soll das Land in jedem siebenten Jahr ruhen, und es ruhe auch der,

welcher es bebaut. Nie habe Ich gesagt, daß dieses Gebot auf verkauftes Land nicht anzuwenden ist.«
»Verzeih, Allmächtiger!« Isidor Bunzl warf sich dem Herrn zu Füßen. »Schlage mich, wenn Du willst, mit starker Hand – aber in dieser Sache kenne ich mich besser aus als Du. Es steht ausdrücklich geschrieben –«
»Was steht ausdrücklich geschrieben?« unterbrach ihn zürnend der Herr. »Ich möchte das Protokoll sehen!«
»Moses, Moses!« schallte es durch den Raum.
Der Gerufene erschien unter Sphärenklängen, die fünf Protokollbücher unterm Arm. Freundlich nickte der Herr ihm zu.
»Lies Mir die diesbezügliche Stelle vor, Mein Kind!«
Schon nach kurzem Blättern hatte Moses die Stelle gefunden:
»In meinem dritten Buch, Kapitel 25, Absatz 2, 3 und 4, heißt es wie folgt. Rede mit den Kindern Israels, und sprich zu ihnen: Wenn ihr in das Land kommt, das ich euch geben werde, so soll das Land dem Herrn die Feier halten.«
»Da habt ihr's!« Gott blickte triumphierend in die Runde. »Ich wußte es ja.«
»Sechs Jahre sollt ihr eure Felder besäen«, fuhr Moses fort, »und eure Weinberge beschneiden und die Früchte einsammeln. Im siebenten Jahre aber soll das Land seine große Feier dem Herrn feiern, und sollt eure Felder nicht besäen noch eure Weinberge beschneiden.«
Moses klappte das Protokollbuch zu. Eine Pause entstand. Dann nahm Bunzl das Wort:
»Du siehst, König der Könige – es heißt ausdrücklich: eure Felder. Somit bezieht sich Dein Gebot nicht auf fremden Landbesitz.«
»Von Landbesitz ist nirgends die Rede«, widersprach Gott, aber es klang ein wenig unsicher.
»Herr der Welt, das Rabbinats-Gremium der Orthodoxen Partei hat diese Interpretation des Textes auf einer eigens einberufenen Tagung feierlich gebilligt.«
»Wurde das Schofar geblasen?«
»Selbstverständlich.«
»Hm …«
Der Heilige, gepriesen sei Sein Name, schien sich allmählich mit dem

Arrangement abzufinden. Ein erleichtertes Aufatmen ging durch Sein Gefolge. Aber da verfinsterte sich Gottes Antlitz von neuem, und Seine Stimme erhob sich grollend:
»Ihr könnt sagen, was ihr wollt – da stimmt etwas nicht. Irgendwo steckt doch ein Betrug. Wenn Ich nur wüßte, wo …«
»Herr«, flüsterte Isidor Bunzl mit leisem Vorwurf. »Herr, Du willst doch nicht sagen –«
»Ruhe! Ich bitte mir Ruhe aus! Also wie war das? Das Ministerium für religiöse Angelegenheiten hat eine Vollmacht vom Landwirtschaftsministerium bekommen?«
»Ja, o Herr. Eine schriftliche Vollmacht.«
»Wie darf ein Ministerium sich die Macht anmaßen, Mein Land zu verkaufen? An einen Araber? Für wieviel haben sie es verkauft?«
»Für fünfzig Pfund«, antwortete Dr. Krotoschiner. »Und selbst diese Summe hat man dem arabischen Käufer rückerstattet.«
»Die Geschichte wird immer undurchsichtiger«, zürnte der Ewige. »Was soll das alles? Ich habe dieses Land, in welchem Milch und Honig fließt, den Nachkommen Abrahams zu eigen gegeben für alle Zeiten – und dann kommt irgendein Landwirtschaftsminister und verschleudert es für fünfzig Pfund!«
»Wir haben das Schofar geblasen«, versuchte Isidor Bunzl zu beschwichtigen.
Auf Gott den Herrn machte das keinen Eindruck mehr. Gott der Herr erhob sich. Gewaltig dröhnte seine Stimme durch das All, gewaltige Donnerschläge begleiteten sie.
»Ich lege Berufung ein!« sprach der Herr. »Und wenn nötig, bringe ich den Fall vor das Jüngste Gericht!«
Damit wandte Er sich ab. Aber einige Engel wollen gesehen haben, daß Er in Seinen Bart schmunzelte.

Das Bedürfnis, die Menschheit zu retten, notfalls auch gegen ihren Willen, ist eine typisch jüdische Eigenschaft. Besonders deutlich trat sie bei einem Rabbinersohn aus Trier hervor, der unter dem Namen Karl Marx bekannt wurde. Er träumte von der Gleichheit aller Menschen, von klassenloser Gesellschaft, von Produktion ohne Ausbeutung und von anderen schönen Dingen, die sich als praktisch undurchführbar erwiesen haben – abgesehen von einigen Ausnahmen in Galiläa und im Negev.

Eine historische Begegnung

Unlängst hatte ich in Haifa zu tun und machte auf der Rückfahrt in einem Einkehrgasthaus halt, um einen kleinen Imbiß zu nehmen. Am Nebentisch sah ich einen älteren Juden in kurzen Khakihosen sitzen. Ein nicht alltäglicher, aber noch kein besonders aufregender Anblick. Erst der buschige graue Vollbart machte mich stutzig. Überhaupt kam mir die ganze Erscheinung sonderbar bekannt vor. Immer sonderbarer, immer bekannter. Wäre es möglich …?

»Entschuldigen Sie.« Ich trat an seinen Tisch. »Sind wir einander nicht irgendwo begegnet?«

»Kann sein«, antwortete der ältere Jude in den kurzen Khakihosen. »Wahrscheinlich bei irgendeinem ideologischen Seminar. Da stößt man manchmal auf mich. Mein Name ist Marx. Karl Marx.«

»Doch nicht … also doch! Der Vater des Marxismus?«

Das Gesicht des Alten leuchtete auf:

»Sie kennen mich?« fragte er errötend. »Ich dachte schon, daß mich alle vergessen hätten.«

»Vergessen? Aber keine Spur! Proletarier aller Länder, vereinigt euch!«

»Wie bitte?«

»Ich meine – wissen Sie nicht – Proletarier …«

»Ach ja, richtig. Irgend so etwas habe ich einmal … ja, ich erinnere mich. Kam damals bei den Massen ganz gut an. Aber das ist schon lange her. Nehmen Sie Platz.«

Ich setzte mich zu Karl Marx. Vor Jahren, drüben in der alten Heimat, hatte ich ihn studiert. Besonders gut wußte ich über den »Zyklen-Charakter ökonomischer Krisen« und über das »Ende des Monopolkapitalismus« Bescheid. Es war ein unverhofftes Erlebnis, dem Schöpfer dieser großartigen Theorien jetzt persönlich zu begegnen. Er sah zerknittert und verfallen aus, viel älter, als es seinen 130 Jahren entsprochen hätte. Ich wollte etwas zur Hebung seiner Laune tun.

»Vorige Woche war in der Wochenschau Ihr Bild zu sehen«, sagte ich.

»Ja, man hat mir davon erzählt. In China, nicht wahr?«

»Beim Maiaufmarsch in Peking. Mindestens eine halbe Million Menschen. Sie trugen große Bilder von Ihnen und Mao Tse-tung.«

»Mao ist ein netter Junge«, nickte mein Gegenüber. »Vor ein paar Wochen hat er mir sein Foto geschickt.«

Behutsam holte der Patriarch ein Foto in Postkartenformat hervor. Es zeigte Maos Kopf und eine handschriftliche Widmung: »Lekowed mein groissen Rebbe, Chawer Karl Marx, mit groisser Achting – Mao.«

»Schade, daß ich nicht chinesisch verstehe«, sagte Marx, während er das Bild wieder in die Tasche steckte. »Mit den Chinesen ist alles in Ordnung. Aber die anderen …«

»Sie meinen die Russen?«

»Bitte den Namen dieser Leute in meiner Gegenwart nicht zu erwähnen! Sie sind meine bitterste Enttäuschung, ›Pioniere der Weltrevolution‹ – daß ich nicht lache! Über kurz oder lang wird man sie von den Amerikanern nicht mehr unterscheiden können.«

»Meister«, wagte ich zu widersprechen. »Sie haben doch selbst in ihrem ›Kommunistischen Manifest‹ das Verschwinden aller nationalen Gegensätze als eines der Endziele der gesellschaftlichen Entwicklung bezeichnet.«

»Ich? Das hätte ich gesagt?«

»Jawohl, Sie. Ganz deutlich. Das Endziel der gesellschaftlichen Entwicklung ist –«

»Eben. Das Endziel. Aber die Entwicklung steht ja erst am Anfang. Zuerst muß man die Kapitalisten mit allen Mitteln bekämpfen und vernichten.«

»Und was ist mit der friedlichen Koexistenz?«

»Gibt's nicht. Von friedlicher Koexistenz habe ich niemals gesprochen, das weiß ich zufällig ganz genau. Muß eine Erfindung der

Kreml-Banditen sein. Die wollen den Kapitalismus dadurch überwinden, daß sie mehr Fernsehapparate erzeugen. Mao hat ganz recht. In Moskau weiß man nicht mehr, was Marxismus ist.«
»Und das Moskauer Marx-Lenin-Institut?«
»Ein Schwindel. Dort lesen sie Gedichte über die Schönheit von Mütterchen Rußland. Als ein Student einmal fragte, wie der Sturz des kapitalistischen Systems schließlich zustande kommen würde, antwortete ihm der Instruktor: durch die Einkommensteuer!«
»Vielleicht ist das gar nicht so falsch.«
»Und der Klassenkampf? Und die Diktatur des Proletariats? Warum ist man von alledem abgekommen? Es ist eine Schande.«
»Trotzdem wurden einige Ihrer Ideen verwirklicht«, versuchte ich den alten Herrn zu trösten. »Die Menschheit macht Fortschritte.«
»Darauf kommt es nicht an! Das ist purer Revisionismus! Nur die Chinesen wissen, um was es geht. Die werden der Welt den Kommunismus schon beibringen. Die werden Proletarier aus euch machen, daß euch eure eigenen Mütter nicht mehr erkennen.«
»Das wird noch einige Zeit dauern.«
»Die haben Zeit genug. Zeit und 700 Millionen Menschen. 700 Millionen Marxisten. 700 Millionen Beweise für meine im ›Dialektischen Materialismus‹ aufgestellte These, daß der Umschlag der Quantität in Qualität … einerseits durch den ideologischen Überbau … andererseits durch den ökonomischen Unterbau … regulative Funktion … offen gestanden: Mir ist niemals klargeworden, was ich da sagen wollte. Aber die Chinesen haben die Atombombe. Das ist die Hauptsache.«
Er erhob sich ein wenig mühsam und wandte sich zum Gehen:
»Ich muß zu meinem Kibbuz zurück. Man hat mir dort eine leichte Arbeit in der Hühnerfarm zugewiesen. Die Mapam[1] benimmt sich überhaupt ganz anständig. Ja, ja. Das ist alles, was von mir übriggeblieben ist: die Chinesen und die Mapam. Gut Schabbes!«

1 Eine linke Absplitterung der »Mapai«.

Eine Industrie, die blühen und gedeihen will, braucht ein großes Reservoir organisierter, tüchtiger, geschickter, fachkundiger, leistungsfähiger Arbeitskräfte. Die wichtigste von allen diesen Qualitäten ist die zuerst genannte. Das zeigt sich auch bei uns in Israel, dem Land der mächtigen Gewerkschaften. Jeder israelische Industrielle weiß, daß es zu seinen vornehmsten Pflichten gehört, mindestens einmal vierteljährlich seinen Arbeitern einen halbwegs brauchbaren Vorwand für einen Streik zu liefern. Verstößt er gegen diese Pflicht, dann gibt es nur noch eins: streiken.

Warum Israels Kork bei Nacht hergestellt wird

Die »Israelische Kork G.m.b.H.«, erst vor wenigen Jahren gegründet, zählt heute zu den erfolgreichsten Unternehmungen unseres prosperierenden Wirtschaftslebens. Sie deckt nicht nur den heimischen Korkbedarf, sondern hat beispielsweise auch in Zypern Fuß gefaßt und den dortigen Markt erobert. Gewiß, die Firma erfreut sich besonderen Entgegenkommens seitens der israelischen Behörden und erhält für jeden Export-Dollar eine Subvention von 165%. Aber man muß bedenken, daß die von ihr verwendeten Rohmaterialien aus der Schweiz kommen und die von ihr beschäftigten Arbeiter aus der Gewerkschaft. Jedenfalls gilt die »Israeli Kork« als ein hervorragend geführtes und höchst rentables Unternehmen, dessen Gewinne sich noch ganz gewaltig steigern werden, wenn wir erst einmal den lang ersehnten Anschluß an die Europäische Wirtschafts-Gemeinschaft gefunden haben.

Der Beginn der Krise steht auf den Tag genau fest. Es war der 27. September. An diesem Tag ließ Herr Steiner, der Gründer der Gesellschaft und Vorsitzender des Verwaltungsrats, den von der Gewerkschaft eingesetzten Betriebsobmann rufen, einen gewissen Joseph Ginzberg, und sprach zu ihm wie folgt:
»Die Fabrikanlage ist in der Nacht vollkommen unbeaufsichtigt, Ginzberg. Eigentlich ein Wunder, daß sie noch nicht ausgeraubt wurde. Es fällt zwar nicht in Ihre Kompetenz, aber der Ordnung halber teile ich Ihnen mit, daß wir beschlossen haben, einen Nachtwächter anzustellen.«

»Wieso fällt das nicht in meine Kompetenz?« fragte Joseph Ginzberg.
»Natürlich fällt das in meine Kompetenz, Steiner. Der Betriebsrat muß ja eine solche Maßnahme erst bewilligen.«
»Ich brauche keine Bewilligung von Ihnen, Ginzberg«, sagte Steiner. »Aber wenn Sie Wert darauf legen – bitte sehr.«
Die Kontroverse erwies sich als überflüssig. Der Betriebsrat bewilligte ohne Gegenstimme die Einstellung eines älteren Fabrikarbeiters namens Trebitsch als Nachtwächter, vorausgesetzt, daß er eine angemessene Nachtzulage bekäme und ein Drittel seines Gehalts steuerfrei, da sollen die Zeitungen schreiben, was sie wollen. Der Verwaltungsrat ging auf diese Bedingungen ein, und der alte Trebitsch begann seine Nachtwache.
Am nächsten Tag erschien er beim Betriebsobmann:
»Ginzberg«, sagte er, »ich habe Angst. Wenn ich die ganze Nacht so allein bin, habe ich Angst.«
Der Betriebsobmann verständigte unverzüglich den Firmeninhaber, der prompt einen neuen Beweis seiner arbeiterfeindlichen Haltung lieferte: er verlangte, daß Trebitsch, wenn er für den Posten eines Nachtwächters zu alt, zu feig oder aus anderen Gründen ungeeignet sei, wieder auf seinen früheren Posten zurückkehre.
Daraufhin bekam er aber von Joseph Ginzberg einiges zu hören:
»Was glauben Sie eigentlich, Steiner? Mit einem Menschen können Sie nicht herumwerfen wie mit einem Stück Kork! Außerdem haben wir für Trebitsch bereits einen neuen Mann eingestellt – und den werden wir nicht wieder wegschicken, nur weil Sie unsozial sind. Im Interesse Ihrer guten Beziehungen zu den Arbeitnehmern lege ich ihnen dringend nahe, den alten Mann in der Nacht nicht allein zu lassen und einen zweiten Nachtwächter anzustellen.«
Steiners Produktionskosten waren verhältnismäßig niedrig, etwa 30 Piaster pro Kork, und er hatte kein Interesse an einer Verschlechterung des Arbeitsklimas. In der folgenden Nacht saßen in dem kleinen Vorraum, der bei Tag zur Ablage versandbereiter Detaillieferungen diente, zwei Nachtwächter.
Ginzberg erkundigte sich bei Trebitsch, ob jetzt alles in Ordnung wäre.

»So weit, so gut«, antwortete Trebitsch. »Aber wenn wir die ganze Nacht dasitzen, bekommen wir natürlich Hunger. Wir brauchen ein Buffet.«
Diesmal erreichte der Zusammenstoß zwischen Steiner und seinem Betriebsobmann größere Ausmaße. Zur Anstellung einer Köchin und zur Versorgung der beiden Nachtwächter mit Kaffee und heißer Suppe wäre der Verwaltungsrat noch bereit gewesen. Aber daß Ginzberg obendrein die Anstellung eines Elektrikers verlangte, der das Licht am Abend andrehen und bei Morgengrauen abdrehen sollte – das war zuviel.
»Was denn noch alles?!« ereiferte sich Steiner. »Können die beiden Nachtwächter nicht mit einem Lichtschalter umgehen?!«
»Erstens, Steiner, schreien Sie nicht mit mir, weil mich das kaltläßt«, erwiderte Ginzberg mit der für ihn typischen Gelassenheit. »Und zweitens können die beiden Nachtwächter natürlich sehr gut mit einem Lichtschalter umgehen, denn sie sind keine kleinen Kinder. Jedoch! Die In- und Außerbetriebsetzung elektrischer Schaltvorrichtungen stellt eine zusätzliche Arbeitsleistung dar und erscheint geeignet, einer hierfür geschulten Arbeitskraft die Arbeitsstelle vorzuenthalten, Steiner. Wenn die Direktion zwei Nachtwächter beschäftigen will, hat der Betriebsrat nichts dagegen einzuwenden. Aber ein Nachtwächter ist nicht verpflichtet, auch noch als Elektriker zu arbeiten.«
»Ginzberg«, sagte Steiner, »darüber zu entscheiden, ist ausschließlich Sache der Direktion.«
»Steiner«, sagte Ginzberg, »dann müssen wir den Fall vor die Schlichtungskommission bringen.«
Das geschah. Wie zu erwarten, beriefen sich beide Teile auf §27, Abs. 1, des Kollektivvertrags, der da lautet: »... dem Arbeitgeber steht das Recht zu, innerhalb des Betriebes alle technischen Maßnahmen zu treffen, soweit dadurch keine Veränderung in den Arbeitsbedingungen eintritt.«
»Da haben Sie's«, sagte Ginzberg. »Es tritt eine Veränderung ein, Steiner.«
»Es tritt *keine* Veränderung ein, Ginzberg.«
»Es tritt!«
»Es tritt nicht!«

Nachdem die abwechslungsreiche Auseinandersetzung 36 Stunden gedauert hatte, schlug der Sekretär der zuständigen Gewerkschaft einen Kompromiß vor, der dem Standpunkt der Arbeiterschaft Rechnung trug und zugleich der »Israeli Kork« die Möglichkeit gab, ihr Gesicht zu wahren. Mit anderen Worten: Es wurden sowohl eine Köchin für das Nachtbuffet als auch ein hochqualifizierter Elektriker für die Beleuchtung angestellt, aber in Wahrheit würde nicht der Elektriker das Licht an- und abdrehen, sondern die Köchin, wobei dem Elektriker lediglich die technische Oberaufsicht vorbehalten bliebe.

»Es ist«, erklärte der Sekretär nach der feierlichen Unterzeichnung der Vertragsdokumente, »meine aufrichtige Hoffnung und Überzeugung, daß es fortan auf diesem wichtigen Sektor unserer heimischen Industrie zu keinen Mißverständnissen mehr kommen wird, so daß alle aufbauwilligen Kräfte sich künftighin den großen Zielen unserer neuen Wirtschaftspolitik widmen können, der Wachstumsrate unserer Produktion, dem Einfrieren der Gehälter –«

An dieser Stelle wurde er von Ginzberg unterbrochen, und die Zeremonie war beendet.

Die nächsten zwei Tage verliefen ohne Störung.

Am dritten Tag wurde der Obmann des Betriebsrats neuerlich zum Vorsitzenden des Verwaltungsrates gerufen, der ihm ein großes Blatt Papier entgegenschwenkte:

»Was ist *das* schon wieder?!« zischte er. »Was bedeutet das?!«

»Ein Ultimatum«, antwortete Ginzberg. »Warum?«

Das Papier in Steiners Hand enthielt die Forderung der vier Nachtarbeiter, die den rangältesten Nachtwächter Trebitsch zu ihrem Vertreter gewählt hatten. Die wichtigsten Punkte waren:

1. Einstellung eines qualifizierten Portiers, der für die Nachtbelegschaft das Tor zu öffnen und zu schließen hätte;
2. 15%ige Erhöhung jenes Teils der Gehälter, der nicht zur Kenntnis der Steuerbehörde gelangt, wobei die Bilanzverschleierung der Direktion überlassen bliebe;
3. Ankauf eines jungen, kräftigen Wachhundes;
4. Pensionen und Versicherungen;
5. Anschaffung einer ausreichenden Menge von Decken und Matratzen.

Diese Forderungen wurden von ihren Urhebern als »absolutes Minimum« bezeichnet. Für den Fall einer unbefriedigenden Antwort wurden scharfe Gegenmaßnahmen in Aussicht gestellt.
»Ginzberg«, röchelte Steiner, »auf diese Unverschämtheiten gehe ich nicht ein. Lieber schließe ich die Fabrik, mein Ehrenwort.«
»Das wäre eine Aussperrung der kollektivvertraglich geschützten Arbeiter. Das würde die Gewerkschaft nie zulassen. Und wer sind Sie überhaupt, Steiner, daß Sie uns immer drohen?«
»Wer ich bin?! Der Inhaber dieser Firma bin ich! Ihr Gründer! Ihr Leiter!«
»Über so kindische Bemerkungen kann ich nicht einmal lachen. Die Fabrik gehört denen, die hier arbeiten.«
»Wer arbeitet denn hier? Das nennen Sie arbeiten? Wo uns die Herstellung eines einzigen Flaschenkorks schon 55 Piaster kostet?«
Joseph Ginzberg ging eine Weile im Zimmer auf und ab, ehe er vor Steiner stehenblieb:
»Steiner«, sagte er traurig, »Sie sind entlassen. Holen Sie sich Ihr letztes Monatsgehalt ab und verschwinden Sie …«
Indessen wartete auf Ginzberg ein harter Rückschlag: die Fachgruppe Korkarbeiter der Gewerkschaft erklärte sich mit Steiners Entlassung nicht einverstanden.
»Genosse Ginzberg«, sagten die Vertrauensmänner gleich zu Beginn der improvisierten Sitzung, »einen Mann, der über eine fünfzehnjährige Erfahrung als Chef verfügt, kann man nicht hinauswerfen, ohne ihm eine größere Abfindung zu zahlen. Deshalb würden wir dir nahelegen, auf den einen oder anderen Punkt des Ultimatums zu verzichten. Wozu, beispielsweise, brauchst du einen jungen Wachhund?«
»Genossen«, antwortete Ginzberg trocken, »ihr seid Knechte des Monopolkapitalismus, Lakaien der herrschenden Klasse und Verräter an den Interessen der Arbeiterschaft. Bei den nächsten Wahlen werdet ihr die Quittung bekommen, Genossen!«
Und er warf dröhnend die Türe hinter sich zu.
Die Gruppe Trebitsch befand sich nun schon seit drei Tagen in passiver Resistenz. Die beiden Nachtwächter machten ihre Runde mit langsamen, schleppenden Schritten, die Köchin kochte die Suppe auf kleiner Flamme und servierte sie mit Teelöffeln. Als es zu Sympathie-

kundgebungen verwandter Fachgruppen kam und die Brauerei- und Nachtklubarbeiter einen zwei Minuten langen Warnstreik veranstalteten, griff das Zentralkomitee der Gewerkschaft ein. Der Großkapitalist, der diese ganze Entwicklung verursacht hatte, wurde zu einer Besprechung ins Gewerkschaftshaus geladen, wo man ihm zusprach: »Im Grunde geht es ja nur um eine Lappalie, Genosse Steiner. Haben Sie doch ein Herz für den alten Genossen Trebitsch! Erhöhen Sie einen Teil seines Gehalts, ohne daß es die Genossen von der Einkommensteuer erfahren. Matratzen und Decken können Sie aus unserem Ferienfonds haben, für den Portier und den Hund lassen sich vielleicht Gelder aus dem Entwicklungsbudget flüssigmachen. Und was die Pensionen betrifft – bevor die Mitglieder der Gruppe Trebitsch pensionsreif werden, haben Sie sowieso schon alle Eigentumsrechte an Ihrer Fabrik verloren, und das Ganze geht Sie nichts mehr an. Seien Sie vernünftig.«
Steiner blieb hart:
»Nichts zu machen, meine Herren. Schaffen Sie mir die Trebitsch-Bande vom Hals, dann reden wir weiter.«
»Ein letzter Vorschlag zur Güte, Genosse Steiner. Wir erlassen Ihnen den Ankauf eines Wachhundes, wenn Sie einwandfrei nachweisen, daß er überflüssig ist. Aber dazu müßten Sie Ihre gesamte Produktion auf Nachtschicht umstellen.«
So kam es, daß die »Israelische Kork G.m.b.H.« zur Nachtarbeit überging. Die Belegschaft bestand aus einer einzigen Schicht und umfaßte alle sechs Arbeiter, die Sekretärin und Herrn Steiner selbst. Anfangs ergaben sich Überschneidungen mit bestimmten Abendkursen der Volkshochschule oder mit kulturellen Ereignissen, aber die Schwierigkeiten wurden mit Hilfe technischer Verbesserungen und eines langfristigen Regierungsdarlehens überwunden. Es gelang dem Unternehmen sogar, den Preis exportfähiger Korke auf 1 Pfund pro Stück zu fixieren. Die Gemüter beruhigten sich, die Produktion normalisierte sich. Eines Nachts ließ der Vorsitzende des Verwaltungsrats den Obmann des Betriebsrats kommen und sprach zu ihm wie folgt:
»Die Fabrikanlage ist den ganzen Tag unbeaufsichtigt, Ginzberg. Es fällt zwar nicht in Ihre Kompetenz, aber der Ordnung halber teile ich Ihnen mit, daß wir beschlossen haben, einen Wächter anzustellen …«

Das Schönste auf Erden ist, in Israel zu leben. Das Zweitschönste ist, sich in Tel Aviv in eine Israelin zu verlieben, sie zu heiraten und in einer echt israelischen Atmosphäre mit ihr zusammen in New York zu leben.

Geschichte einer Nase

New York, im Frühling

Herrn
David Ben Gurion
Jerusalem

Lieber Ministerpräsident!
Obwohl ich erst 21 Jahre alt bin, habe ich schon sehr viel über Ihr schönes Land gehört. Ich bin ein großer Bewunderer des Staates Israel. Das sage ich nicht nur als Jude, sondern als ein ausgesprochen intellektueller Typ. Besondere Hochachtung empfinde ich für Ihre Person und für Ihre hervorragenden Leistungen auf dem Gebiet der chemischen Forschung.

Ich habe eine kleine Bitte an Sie. Vor einiger Zeit bekamen wir von Verwandten, die in Israel zu Besuch waren, eine kleine Schachtel mit Sand aus dem Heiligen Land. Sie hatten ihn am Strand von Tel Aviv für uns gesammelt. Seither steht die Schachtel mit dem Sand bei uns auf dem Kamin und wird von allen unseren Gästen bewundert. Aber das ist nicht der Grund, warum ich Ihnen schreibe. Sondern die Schachtel war in eine illustrierte Zeitschrift aus Israel eingepackt, die »Dawar Hapoëlet« heißt. Eines der dort veröffentlichten Bilder zeigte einige junge Mädchen beim Pflücken der Pampas oder wie man das bei Euch nennt. Mich fesselte besonders der Anblick einer etwa achtzehnjährigen Pampaspflückerin, deren süße kleine Nase aus der Reihe der anderen hervorstand.

Es war Liebe auf den ersten Blick. Dieses Mädchen verkörpert für mich die Wiedergeburt des jüdischen Volkes vom landwirtschaftlichen Standpunkt aus. Ich muß sie unbedingt kennenlernen, oder ich weiß nicht, wie ich weiterleben soll. Meine Absichten sind vollkommen ehrbar. Seit ich dieses Mädchen gesehen habe, esse und trinke ich nicht. Ich gehe auf Wolken. Was für eine Nase! Das Bild liegt bei. Bitte finden Sie meine Braut. Ich nehme an, daß sie in der Armee dient, wahrscheinlich im Offiziersrang. Vielen Dank im voraus.

Ihr aufrichtiger
Harry S. Trebitsch

Streng vertraulich!
Israelische Botschaft
Psychopathisches Departement
Washington

Wer ist dieser Meschuggene?

Kanzlei des Ministerpräsidenten
Direktor des Informationsdienstes

dringend – mpbuero information jerusalem – sein vater hat viertelmillion dollar gespendet stop taktvoll behandeln schalom – botschaft washington

Herrn
Harry S. Trebitsch jr.

Sehr geehrter Herr Trebitsch!
Ihr Brief an unseren Ministerpräsidenten ist ein neuer Beweis dafür, daß das ewige Licht, welches dem Judentum durch die Jahrtausende geleuchtet hat, niemals verlöschen kann. Wir werden uns bemühen, die Auserwählte Ihres Herzens zu finden, und haben bereits auf breitester Basis mit den Nachforschungen begonnen, an denen sich auch die Polizei mit eigens für diesen Zweck trainierten Bluthunden beteiligt. Sobald ein Ergebnis vorliegt, verständigen wir Sie via Radio. Bis dahin unsere besten Wünsche und *sehr herzliche Grüße an Ihren lieben Papa!*

Israelisches Außenministerium
Foto-Identifizierungs-Sektion

»Die oder keine!« sagt reicher Trebitsch-Erbe/Junge Israelin mit wunderschöner Nase/Junges Paar will Flitterwochen zusammen verbringen/Größte Romanze des Jahrhunderts.
(Bericht unseres Sonderkorrespondenten aus Tel Aviv)

Mit angehaltenem Atem folgt das ganze Land der Liebesgeschichte zwischen einem jungen amerikanischen Millionär und einer bezaubernd schönen israelischen Schafhirtin. Das Bild, das die Liebe des jungen Harry S. Trebitsch entflammt hat, erschien in einer hiesigen Illustrierten und wird derzeit von der Anthropologischen Abteilung des Technikums in Haifa geprüft. Radio Israel sendet in halbstündigen Intervallen einen Aufruf an das junge Mädchen, sich zu melden. Für zweckdienliche Nachrichten sind hohe Belohnungen ausgesetzt. Besondere Kennzeichen: eine kleine, aristokratische, in etwa 12grädigem Winkel aufwärts gerichtete Nase. Seit einigen Tagen beteiligt sich auch die israelische Luftwaffe an der Suche. Man hofft allgemein, daß die beiden Liebenden bald vereint sein werden.

Letzte Meldung. Die zu Kontrollzwecken abgehaltenen Paraden in den weiblichen Übungslagern der israelischen Armee verliefen ergebnislos. Die Flotte steht in Bereitschaft.

An das
Ministerium für Auswärtige Angelegenheiten
Foto-Identifizierungs-Sektion
Jerusalem

Liebe Freunde!
In Beantwortung Ihres Schreibens müssen wir Ihnen leider mitteilen, daß wir keine Ahnung haben, wer die Mädchen auf dem betreffenden Foto sind. Wir konnten lediglich feststellen, daß das Bild in unserer Ausgabe vom 3. August 1937 erschienen ist.

Mit Arbeitergruß:
»Dawar Hapoëlet«
Der Chefredakteur

Vom Außenminister des Staates Israel

Mein lieber Harry S., entschuldigen Sie bitte, wenn ich mich in Ihre persönlichen Angelegenheiten einmische – aber ich habe das Bedürfnis, Ihnen meine Bewunderung für Ihre großartige Beharrlichkeit auszudrücken. Junge Liebe ist etwas Herrliches. Junge Liebe auf den ersten Blick ist noch herrlicher.
Dennoch kann ich einen nüchternen, realistischen Gedanken nicht unterdrücken. Wäre es nicht vielleicht besser, dieses wunderschöne Abenteuer auf sich beruhen zu lassen, solange es noch ein wunderschönes Abenteuer ist? Wer weiß, was daraus entstehen mag, wenn es mit der rauhen Wirklichkeit konfrontiert wird! Sie sind noch jung, mein lieber Harry. Reisen Sie, studieren Sie, lernen Sie die Welt kennen, zeichnen Sie Israel-Anleihe! Ein glückliches, reiches Leben liegt vor Ihnen.

Mit allen guten Wünschen
Ihre Golda

dringend – aussengolda jerusalem – junge wird tobsuechtig sendet sofort nasenmaedchen oder kein cent mehr fuer israel

Franklin D. Trebitsch

Herrn
Franklin D. Trebitsch
New York

Sehr geehrter Herr!
Wir haben die Ehre, Ihnen mitzuteilen, daß es den israelischen Grenzpatrouillen gelungen ist, die reizende Eigentümerin der gesuchten Nase festzustellen. Sie heißt Fatma Bin Mustafa El Hadschi, hat auf unser nachdrückliches Betreiben in die Scheidung von ihrem Gatten eingewilligt und hat ihren bisherigen Wohnort Abu Chirbat El-Azun (Galiläa) bereits verlassen. Sie befindet sich mit ihren Kindern auf dem Wege nach New York. Dem jungen Paar gelten unsere herzlichen

Wünsche. Möge der Herr ihnen Glück und Freude in diesem erbärmlichen Leben gewähren.

Mit besten Empfehlungen
Israelische Botschaft
Washington

dringend – isrbotschaft washington – harry s. trebitsch spurlos verschwunden stop angeblich in alaska gesichtet

Interpol

Unfair zu Goliath

Ein beschämender Abschnitt in der Geschichte Israels liegt hinter uns. Es wird Zeit, ihn einer nüchternen Analyse zu unterziehen.
Der Ablauf der Ereignisse darf als bekannt vorausgesetzt werden: Nach längerem Manövrieren auf beiden Seiten hatten die Philister in Sichtweite der israelischen Armee, bei Sochon, Stellung bezogen und bemühten sich, die von den Israelis künstlich gesteigerte Spannung in erträglichen Grenzen zu halten. Auf dem Höhepunkt der Krise begab sich der philistinische Oberstabswachtmeister Goliath in das Niemandsland zwischen den beiden Lagern, wo er – wir zitieren einen absolut zuverlässigen Bericht – »seine Stimme erhob«, um größeren Kampfhandlungen und unnötigem Blutvergießen vorzubeugen. Ein Angehöriger der israelischen Streitkräfte namens David, ein bekannter Großwildjäger, reagierte darauf mit einem Überraschungsangriff gegen Goliath, den er brutal zu Fall brachte und abschlachtete. Soweit die Tatsachen.
Rein militärisch betrachtet, kann der israelischen Aktion eine gewisse Qualität nicht abgesprochen werden. Vom moralischen Standpunkt jedoch fühlen wir uns verpflichtet, das Vorgehen Davids und seiner Auftraggeber gründlich zu durchleuchten und eine an Geschichtsfälschung grenzende Legende im Keim zu ersticken. Dabei leiten uns keinerlei Haßgefühle gegen das Volk Israels. Im Gegenteil möchten wir dem ohnehin zweifelhaften Ruf dieses ewig rastlosen Stammes eine neue, schwere Belastung ersparen.
Wir sind durchaus nicht der Meinung, daß der Begriff des soldatischen Kampfes ein völliges Gleichgewicht in der beiderseitigen Bewaffnung und der beiderseitigen Schlagkraft voraussetzt. Aber die elementarsten Grundsätze der Fairneß verlangen eine zumindest annähernde Gleichartigkeit der am Kampf Beteiligten. Wir bedauern, feststellen zu müssen, daß in der Auseinandersetzung zwischen David und Goliath eine solche Balance nicht gegeben war. Vielmehr lagen von Anfang an alle Vorteile auf seiten Davids.
Das zeigte sich bereits an der Ausrüstung. Oberstabswachtmeister Goliath – wir stützen uns abermals auf den oben erwähnten Gewährs-

mann – »hatte einen ehernen Helm auf seinem Haupte, und einen schuppichten Panzer an, und das Gewicht seines Panzers war fünftausend Sekel Erzes; und hatte eherne Beinharnische an seinen Schenkeln, und einen ehernen Schild auf seinen Schultern«. Das heißt, daß er etwa 60 bis 70 kg zu schleppen hatte. Demgegenüber war David, wie man weiß, lediglich mit einer Hirtentasche und einer Schleuder bewaffnet, was ihm den unschätzbaren Vorteil der leichteren Beweglichkeit sicherte. Hinzu kam, daß der philistinische *Ostwam* »sechs Ellen und eine Handbreit hoch« war – eine geradezu riesenhafte Körpergröße (fast 4 m!), die ihn dem kleinen, untersetzten Israeli gegenüber noch weiter benachteiligte. Bedenkt man schließlich den taktischen Effekt des Überraschungsangriffs, der sich gleichfalls zuungunsten Goliaths auswirken mußte, so darf man ruhig behaupten, daß der ungleiche Kampf im voraus entschieden war.

Die Frage, wer ihn begonnen hat, wird die Experten noch lange beschäftigen. Genaue Nachforschungen haben ergeben, daß während der 40 Tage, die dem Ausbruch der Feindseligkeiten vorangingen, keinerlei Truppenbewegungen stattfanden und daß sich zum Schluß sogar Anzeichen einer Entspannung bemerkbar machten, die eine Lösung auf diplomatischem Weg möglich erscheinen ließ. Warum diese Möglichkeit scheiterte, läßt sich ohne besondere Mühe der schon mehrfach zitierten Quelle entnehmen: Goliath »trat hervor und ging einher«, während David, der gleichen Quelle zufolge, »eilete und lief vom Zeuge gegen den Philister«. Damit dürften die letzten Zweifel beseitigt sein, wer im vorliegenden Fall als Aggressor zu bezeichnen ist.

Indessen soll auch die menschliche Seite des Vorfalls nicht zu kurz kommen. Das Wort hat der junge Schildträger Goliaths, der sich im Militärspital nur langsam von den Folgen des erlittenen Schocks erholt:

»Oberstabswachtmeister Goliath griff niemals als erster an«, sagte uns der junge Kriegsversehrte, wobei er mühsam Haltung annahm. »Er war ein grundgütiger Mensch, voll Lebensfreude und Humor. Manche Leute hielten ihn auf Grund seiner äußeren Erscheinung für einen bärbeißigen Krieger, aber die rauhe Schale verbarg einen weichen Kern. Er liebte Musik, versuchte sich an der Harfe und stimmte am Lagerfeuer gern ein kleines Liedchen an, wie etwa: ›Ich hab' nicht Vater noch Mutter, ihr Juden, habt Mitleid mit mir …‹ Der Oberstabswachtmeister war nämlich als Waise aufgewachsen und hatte schon damals unter seinen ungewöhnlichen Körpermaßen zu leiden. Nichts lag ihm ferner als Raufhändel, nichts haßte er so sehr wie den Krieg. Sicherlich wollte er diesem Hebräerjüngel eine Kompromißlösung vorschlagen, die für beide Teile annehmbar gewesen wäre. Und seine abfälligen Bemerkungen über den Gott der Hebräer waren wirklich nicht böse gemeint. Das sagt man so, ohne sich viel dabei zu denken. Mein guter *Ostwam* dachte nur an sein Heim und seine Familie. Er wollte in Ruhe seinen Acker bestellen, nichts weiter. Ich werde es nie verwinden, daß er seinen Lieben auf so hinterhältige Weise entrissen wurde.«

Zu diesem Bild des biederen, friedfertigen Landbewohners, wie es hier aus der Schilderung eines unmittelbar Beteiligten ersteht, läßt sich wohl kaum ein peinlicherer Gegensatz denken als die wendige Figur seines gefinkelten, mit allen städtischen Salben geschmierten Gegners, dessen berechnende Wesensart schon daraus hervorgeht, daß er lang vor dem Kampf Erkundigungen einzog, welcher Lohn denjenigen erwarte, »der diesen Philister erschlägt und wendet die Schande von Israel«. Erst nachdem er sich zahlreicher materieller Vergünstigungen aus der kgl. Saulschen Privatschatulle versichert hatte, war er bereit, in den Kampf zu ziehen – bei dem er sich (was nicht einmal von israelischer Seite geleugnet wird) einer unkonventionellen, außerhalb aller internationalen Abkommen stehenden Waffengattung bediente. Daß er diese Waffen, eine Art steinerner Dumdumgeschosse, planmäßig und zielbewußt aus den israelischen Wasserläufen gewonnen hatte, also schon seit geraumer Zeit heimliche Kriegsvorbereitungen betrieb, bedarf keines weiteren Nachweises und erhärtet die von neutralen Beobachtern aufgestellte Aggressionsthese. Wenn man seine provokatorischen Auslassungen vor Beginn des Kampfes genauer auf ihren Inhalt prüft, erwartete er im Bedarfsfall sogar Hilfe von oben. Man weiß, was das bedeutet.

Der Kampf als solcher hat, wie wir schon sagten, der Geschichte Israels kein Ruhmesblatt hinzugefügt. Nach übereinstimmenden Augenzeugenberichten muß die Kampfweise Davids geradezu barbarisch genannt werden. Keiner, der dabei war, wird je vergessen, wie dieser entfesselte Hysteriker auf seinen unbeweglichen Gegner losstürzte und unbarmherzig auf den schon Gestrauchelten einschlug, während seine vorsichtig im Hintergrund verbliebenen Kohnnationalen ein ohrenbetäubendes Triumphgeheul anstimmten. Es war einfach widerlich.

Ostwam Goliath gehört für alle Zeiten zu den tragischen Heldengestalten der Kriegsgeschichte. In seiner rührenden Naivität hatte er geglaubt, daß die Stunde der Befreiung für das besetzte Palästina gekommen wäre. Er fiel für die Freiheit der Philister, er fiel im Kampf gegen einen übermächtigen Gegner, dem er sich arglos gestellt hatte. Seiner hart geprüften Witwe wendet sich die allgemeine Anteilnahme zu. Zum Abschluß geben wir ein Gespräch wieder, das wir mit Frau Franziska Goliath im Kreise ihrer vierzehn Kinder führen durften:

»Ich habe keinen Mann, und meine Kinder haben keinen Vater mehr«, sagte sie schlicht. »Das Leben wird schwer für uns sein. Was wir besaßen, ist uns von der plündernden Soldateska Israels geraubt worden. Nein, ich will nicht weinen. Aber wenn diese armen Waisenkinder mich immer wieder fragen: ›Wo ist Papi Goliath? Kommt er bald zurück? Hat er schon alle Juden erschlagen?‹ – dann bricht mir das Herz. Und die Welt schaut zu, ohne etwas zu tun ...«

Wir senkten ergriffen den Kopf vor dieser Frau und Mutter, die einem unverschuldeten Schicksal tapfer die Stirn bietet. Das Rad der Geschichte ist über das kleine Volk der Philister hinweggerollt. David hat gesiegt. Es war ein Sieg der rohen Kraft über den Geist des Friedens. Goliath – das wird kein wahrheitsliebender Mensch noch länger bezweifeln – wurde das Opfer einer schamlosen Aggression.

Israel ist das einzige Land der Welt, in dem die armen Einwanderer eine solide Mehrheit bilden. Deshalb halten wir unsere Arme weit offen zum Empfang unserer Brüder, die aus der Zerstreuung zu uns kommen. Und das ist sehr anstrengend: die Arme weit offen zu halten …

Die Russen kommen

»Lassen Sie mich der erste sein, der Ihnen die gute Nachricht bringt. Sie kommt direkt aus Regierungskreisen. Eine Sensation.«
»Einwanderung aus Rußland?«
»Ja! Im Rahmen der Zusammenführung der getrennten Familien dürfen ab sofort 200 Personen monatlich nach Israel kommen. Man erwartet den ersten Transport bereits für nächsten Donnerstag.«
»Endlich! Endlich! Ich möchte Sie am liebsten umarmen.«
»Nur zu. Gott segne Sie. Diese Sache lag Ihnen ja schon immer am Herzen.«
»Das kann man wohl sagen. Keine Petition, die ich nicht unterschrieben hatte, keine Versammlung, in der ich nicht aufgestanden wäre, um die Heimkehr unserer in Rußland schmachtenden Brüder zu fordern.«
»Sie sind russischer Herkunft?«
»Nein. Ich bin ein Sympathisierender. Was für ein großartiges Material sind die doch! Groß, stark, gesund, essen gern, trinken gern, leben gern.«
»Ja, es sind wunderbare Menschen.«
»Man muß sie nur tanzen sehen. Oder singen hören. Otschi tschornaja, otschi krasnaja. Und was die Hauptsache ist: Jede Familie hat mindestens drei bis vier Kinder.«
»Unsere Zukunft! Ein fleißiger, disziplinierter Menschenschlag. Da sie unter kommunistischem Regime aufgewachsen sind, haben sie gelernt, in aller Herrgottsfrühe aufzustehen und hart zu arbeiten. Es ist eine neue Piniergeneration. Die Auswirkungen dieses ungeheuerlichen Ereignisses auf die Entwicklung unseres Landes lassen sich noch gar nicht absehen.«

»Drei Millionen neue Menschen!«
»Und was für Menschen!«
»Grüßen Sie sie von mir!«
»Nun, das können Sie persönlich tun.«
»Leider. Mein Wagen ist in Reparatur.«
»Kein Wagen nötig. Sie kommen her.«
»Wer kommt her?«
»Die aus Rußland.«
»Zu wem?«
»Zu Ihnen. Natürlich nicht alle drei Millionen. Nur eine Familie.«
»Ich habe keine Familie in Rußland.«
»So ist es nicht gemeint. Jeder israelische Haushalt wird eine russische Familie aufnehmen. Ich bin gekommen, um Sie davon in Kenntnis zu setzen.«
»Ist das eine gesetzliche Maßnahme?«
»Vorläufig nicht. Wir versuchen es zuerst auf freiwilliger Basis.«
»Also was heißt dann: ›in Kenntnis setzen‹? Da müßten Sie mich doch zuerst fragen.«
»Nach Ihrem Freudenausbruch habe ich das eigentlich für überflüssig gehalten.«
»Freudenausbruch, Freudenausbruch … Natürlich freue ich mich. Das ist ja ganz klar. Mich brauchen Sie nicht zu belehren, worüber ich mich freuen soll. Mein Haus steht dem mächtigen Strom der Sowjetjudenschaft immer offen. Allerdings …«
»Allerdings?«
»Dworahs Musik.«
»Ich verstehe nicht …«
»Das werde ich Ihnen sofort erklären. Der einzige freie Raum in unserem Haus ist das Gastzimmer. Und im Gastzimmer steht der Flügel. Und meine Tochter Dworah nimmt dort dreimal in der Woche Privatstunden bei Frau Pressburger. Frau Pressburger unterrichtet auch am Konservatorium. Wir mußten jahrelang warten, ehe sie sich bereit erklärte, Dworah als Schülerin zu akzeptieren. Ich kann das alles jetzt nicht so einfach über den Haufen werfen.«
»Vielleicht läßt sich der Flügel anderswo unterbringen?«
»Daran haben wir schon gedacht. Aber wo? Mein Arbeitszimmer ist

zu klein, das Speisezimmer ist zu voll, und überhaupt ist es keine Kleinigkeit, einen Konzertflügel zu übersiedeln.«

»Nur für eine begrenzte Zeitdauer …«

»Wenn Sie zwei Wochen früher gekommen wären, bevor Dworah mit den Klavierstunden anfing! Ich hätte gerne etwas für unsere russischen Brüder getan. Aber jetzt ist es zu spät. Haben Sie schon in der Nachbarschaft herumgefragt?«

»Ja.«

»Und?«

»Ihre Nachbarn sind sehr musikalische Menschen. Alle. Violine. Trompete. Klarinette. Waldhorn.«

»Ja, so geht's. Die Leute haben sich eben aus kleinen Anfängen emporgearbeitet. Ich selbst – was hatte ich denn schon, als ich herkam?«

»Eine Dreizimmerwohnung.«

»Nur zweieinhalb Zimmer, bitte. Aber Ihre Russen sind ja an ganz andere Wohnverhältnisse gewöhnt. Sie sind in größter Not und unter ärmlichsten Verhältnissen aufgewachsen, das ist eine allgemein bekannte Tatsache.«

»Also nichts zu machen?«

»Das habe ich nicht gesagt! Ich bin immer zu Opfern bereit, wenn es unbedingt nötig ist. Warten Sie. Ich zahle schon seit Jahren die Bewässerungsabgabe, die von der Regierung teilweise zurückerstattet wird, sobald der regionale Aufteilungsschlüssel feststeht. Damit Sie sehen, wozu ich fähig bin: Ich verzichte auf meinen Anteil. Geben Sie ihn den Russen.«

»Und bis dahin?«

»Bis dahin möchte ich in meinem eigenen Hause wenigstens Ruhe haben. Diese Menschen stehen in aller Herrgottsfrühe auf und machen einen fürchterlichen Wirbel. Ich kenne sie. Nichts als tanzen, nichts als singen, otschi tschornaja, otschi krasnaja, es ist zum Verrücktwerden. Und alle haben drei bis vier Kinder. Sie kommen eben aus einer andern Welt, da hilft nichts.«

»Also was soll geschehen?«

»Tja, das ist ein schwieriges Problem. Bekommt man einen Zuschuß, wenn man die Leute aufnimmt?«

»Nein.«
»Dann bin ich ratlos.«
»Sollen wir sie zurückschicken?«
»Ich weiß nicht … ich fürchte … unter den derzeitigen Umständen …«
»Schade. Wirklich schade.«
»Nur für eine begrenzte Zeitdauer. In ein paar Jahren wird meine Tochter mit dem Klavierunterricht hoffentlich fertig sein. Oder Frau Pressburger geht in Pension. Dann sieht alles gleich ganz anders aus. Man muß Geduld haben.«

Wettervorhersage: Neigung zu Regenschirmverlusten

Vermutlich wird die folgende para-medizinische Abhandlung nur von jenen verstanden werden, die mit unserer Wesensart intim vertraut sind. Die Diagnose der in Rede stehenden Krankheit lautet: »Pathologische Neigungen des durchschnittlichen israelischen Bürgers zur Erzeugung wuchernder Abmachungen ohne Substanz«. Es scheint, daß die Keime dieser Krankheit noch im vorigen Jahrhundert von den ersten Siedlern eingeschleppt wurden, und sie haben sich seither prächtig entwickelt.

Ein Vorschlag, Vorschläge zu machen

Wenn ich nicht irre, geschah es während einer Theaterpremiere der Saison 1954/55. Ich stand während der Pause am Buffet, als Stockler auf mich zukam:
»Hören Sie«, sagte er. »Wir müssen uns unbedingt treffen. Ich habe Ihnen einen Vorschlag zu machen. Wenn's Ihnen recht ist, rufe ich Sie morgen an. Oder besser Dienstag. Okay?«
»Okay«, gab ich gelassen zurück, ohne ernsthaft damit zu rechnen, daß er mich anrufen würde, ich kenne Stockler nur flüchtig, eigentlich nur dem Namen nach. Er steht im Ruf, ein Schnittlauch auf allen möglichen Suppen zu sein, alle möglichen Leute zu kennen und alle möglichen Geschäfte zu machen. Mehr weiß ich nicht von ihm. Wenn er mir etwas vorschlagen will und wenn's ein guter Vorschlag ist – warum nicht.
Aber es kam kein Anruf von Stockler.
Einen Monat später sahen wir einander durch Zufall auf der Straße. Sofort hielt er mich fest:
»Für Sie habe ich etwas sehr Interessantes. Wir müssen zusammenkommen und die Sache in Ruhe besprechen. Stehen Sie im Telefonbuch?«
»Ja.«
»Fein. Dann rufen Sie mich Mitte nächster Woche an.«
Daß ich ihn Mitte nächster Woche nicht anrief, lag an technischen Ursachen, deren Schilderung hier zu weit führen würde. Hier ist lediglich zu vermerken, daß ich Stockler mitsamt seinen Vorschlägen

längst vergessen hatte, als er, im August 1956, unvermutet bei mir anrief:
»Ich wollte Sie schon die ganze Zeit anrufen, um Ihnen etwas vorzuschlagen. Sind Sie um die Mittagszeit erreichbar?«
»Immer.«
»Gut, dann werde ich Sie anrufen.«
Da ich am nächsten Tag für eine Woche verreiste, weiß ich nicht, ob er mich wirklich angerufen hat. Jedenfalls war es erst gegen Ende 1957, daß er sich auf einer Cocktailparty bei Zieglers an mich heranpirschte.
»Ich bin soeben aus Frankreich zurückgekommen«, raunte er, während er mich in eine stille Ecke zog. »Ich habe einen interessanten Vorschlag für Sie. Wir müssen irgendwo eine stille Ecke ausfindig machen und über die Details sprechen.«
»Wie Sie meinen.«
»Einverstanden. Wir telefonieren noch miteinander.«
Es folgte eine Zeit völliger Kontaktlosigkeit. Sie dauerte bis zum Herbst 1959. Dann meldete sich plötzlich Stockler am Telefon und wollte meine Telefonnummer wissen, weil er etwas Wichtiges mit mir zu besprechen hätte. Ich stimmte zu. Wir vereinbarten, daß an einem der nächsten Tage entweder er mich oder ich ihn anrufen würde, um eine Zusammenkunft zu verabreden. Damit verlor sich seine Spur aufs neue.
Um die Mitte des Jahres 1963 sah ich Stockler auf einer Kaffeehausterrasse sitzen, offenbar in Gedanken versunken und den vor ihm stehenden Tee pausenlos umrührend. Ich trat auf ihn zu und stellte mich vor. Er freute sich, meine Bekanntschaft zu machen, und gab mir zu verstehen, daß er mich ohnedies hätte anrufen wollen, um mir eine sehr interessante Sache vorzuschlagen. Am besten, sagte er nach kurzer Überlegung, am besten wäre es wohl, wenn wir uns auf einer Kaffeehausterrasse zusammensetzen und die Angelegenheit in Ruhe besprechen könnten. Wir müßten nur noch einen geeigneten Zeitpunkt fixieren.
Zum Schluß verblieben wir so, daß er mich am Freitag anrufen würde. Bis dahin war er beschäftigt und hatte keine Zeit.
Im Mai 1966 begegneten wir einander in einem Philharmonischen

Konzert, konnten aber nur wenige Worte wechseln, weil die Musik zu laut war.

Einigen Andeutungen, die er mir voriges Jahr machte, entnahm ich, daß er mich mehrmals angerufen hätte, aber meine Nummer sei immer besetzt gewesen. Ich empfahl ihm, es in den frühen Abendstunden zu versuchen, womöglich zwischen 6 und 7. Er versprach, sich diesen Zeitpunkt zu merken, und fügte hinzu, daß sein Vorschlag mich bestimmt interessieren würde.

Das ist eigentlich das Ende der Geschichte. Kurz nach unserem letzten Gespräch wurde Stockler krank, und etwas später starb er. Ich erhielt die traurige Nachricht durch einen Brief seiner Witwe. Sie berichtete, daß ihr verstorbener Mann noch auf dem Totenbett an mich gedacht und immer wieder von den großen Plänen gesprochen hätte, die er mit mir und nur mit mir verwirklichen wollte.

Gestern nacht, zu ungewohnter Stunde, ging mein Telefon. Ein Fernruf. Es war Stockler.

»Ich habe jetzt etwas mehr freie Zeit«, sagte er mit Grabesstimme. »Und ich möchte Ihnen einen sehr interessanten Vorschlag machen.«

»Ausgezeichnet«, antwortete ich. »Rufen Sie mich bald einmal an.«

Die hebräische Telefonistin ist in der Regel ein stämmiges Sabra-Mädchen mit Basiliskenblick und drei Armen. Sie trägt dunkle Pullover, hustet am Morgen und haßt mich. Gegen Mittag spitzt sich die Situation so heftig zu, daß es beinahe zu Verbalinjurien kommt. Vermittlungsversuche enden mit einem Fiasko, als hätten die Vereinten Nationen interveniert. Mit knapper Not einigen sich beide Seiten auf Feuereinstellung und eine Waffenstillstandslinie.

Ich rufe noch einmal an

Die Kampfhandlungen beginnen, sobald ich eine Nummer wähle. Auf der andern Seite der Barrikade, am Schaltbrett eines Apartmenthauses, hebt die Telefonistin den Hörer ab und sagt:
»...«
Sie sagt, anders ausgedrückt, nichts. Sie hebt nur ab. Sie erzeugt Stille, hörbare, laute, trommelfellzerreißende Stille. Bestenfalls vernimmt man irgendwo im Hintergrund ganz leise die Stimme des Transportunternehmers Silbermann, der einen seiner Geschäftspartner beschwört, um Himmels willen auf die neue Adresse zu achten, nicht so wie letzte Woche, als eine dringend erwartete Lieferung ...
An dieser Stelle fahre ich dazwischen und rufe: »Hallo! Hallo!«
Die Telefonistin empfängt meine Stimme, tut jedoch nichts dergleichen, sondern deponiert sie in der Tiefkühlanlage, voll Hoffnung, daß ich aus einem Münzfernsprecher spräche, also nicht willens wäre, ganz einfach abzuhängen und solcherart die Fernsprechmünzen zu opfern. Im Eigenheim ist das natürlich anders. Da kann man sich frei bewegen, kann die hebräische Stille sich selbst überlassen, kann in die Küche gehen, ein Sandwich zurechtmachen, eine Flasche Bier öffnen und zum Telefon zurückkehren, gerüstet für eine lange Belagerung.
»Hallo«, sage ich nach neuerlichem Abheben des Hörers, und wiederhole, mein Sandwich kauend: »Hallo.«
Jetzt kann es geschehen, daß eine Antwort kommt. Der elementare Haß der Telefonistin hat ja im Grunde nichts Persönliches an sich. Es ist ein ganz allgemeiner, ein kollektiver Haß. Er richtet sich gegen die

gesamte Umwelt, die mit allen erdenklichen Tücken und Listen versucht, bis zum Schaltbrett vorzustoßen.
Einen persönlichen Anstrich bekommt die Sache erst, wenn die Telefonistin sich meldet: »729556, guten Morgen.«
Namen oder Adressen werden prinzipiell nicht genannt. Sie gehören zu jenen Geheimnissen, die nur einem erwählten Kreis von Intimen offenstehen. Wer diesem Kreis nicht angehört, wird mit der Nummer abgespeist.
Immerhin – die Verbindung ist hergestellt.
»Hallo«, sage ich nochmals. »Kann ich mit Herrn Zerkowitz sprechen?«
»Mit wem?!«
Sicherheitshalber werfe ich einen raschen Blick auf den Zettel, wo ich die Nummer notiert habe: ja, es stimmt, 729556.
»Mit Herrn Zerkowitz.«
»Augenblick.«
Das dumpfe Knacken herausgezogener und hineingesteckter Stöpsel wird hörbar und verstummt alsbald. Wieder kehrt majestätische Stille ein.
Gibt es überhaupt einen Herrn Zerkowitz? Und wenn ja, hat er überhaupt ein Telefon? Und wenn er eins hat, ist es diese Nummer?
Nichts. Kein Laut. So muß den Astronauten hinter der dunklen Seite des Mondes zumute gewesen sein. Vollkommen abgeschnitten von aller Welt.
Ab und zu rufe ich ein hoffnungsloses »Hallo« in den Hörer, ab und zu beklopfe ich ihn und versuche ihm Leben einzublasen. Nichts.
Nach ungefähr fünfzehn Minuten finde ich mich damit ab, daß dies die Antwort ist: nichts. Denn keine Antwort ist bekanntlich auch eine Antwort. Und die habe ich jetzt bekommen. Ich lege auf.
Da ich aber unbedingt mit Zerkowitz sprechen muß, um die Telefonnummer seines Schwagers zu erfahren, hebe ich nach einer Weile den Hörer wieder ab und wähle die Nummer 72 95 56 Diesmal, Wunder über Wunder, höre ich sofort die Stimme der Telefonistin:
»Naftali soll das Paket spätestens um vier Uhr abholen«, sagt sie. »Ich denke nicht daran, mich damit abzuschleppen, jetzt mußt du mich entschuldigen, hallo, 729556, guten Morgen.«

Nur mit Mühe gelingt es mir, die Spinnweben von meinem Gedächtnis zu entfernen. Ich kann mich nicht erinnern, das Telefonfräulein jemals um den Transport eines Pakets gebeten zu haben. Das ist Naftalis Sache. Er soll es um vier Uhr abholen oder meinetwegen um halb fünf, mich geht das nichts an. Ich beherrsche mich und sage abermals: »Hallo, ich warte auf Herrn Zerkowitz.«
»Auf wen?!«
»Zer-ko-witz.«
»Und wer wünscht mit ihm zu sprechen?«
Jetzt will sie es plötzlich wissen. Beim ersten Anruf bin ich ihr noch durchs Netz geschlüpft, jetzt aber muß irgend etwas in meiner Stimme ihr immer waches Mißtrauen erregt haben. Ich überlege, womit ich sie beeindrucken könnte. Vielleicht: ›Hier spricht die Elektrizitätszentrale, Dr. Schönfeld, Herr Zerkowitz wird sich erinnern, ich bin einer seiner ältesten Jugendfreunde …‹ Und ich sage: »Hier Amnon.«
Amnon kommt immer durch. Ich habe keine Erklärung dafür, aber es ist so. Man kann sich ja auch andere Dinge nicht erklären. Zum Beispiel: wie es möglich ist, daß dann und wann trotz allem eine Telefonverbindung zustande kommt.
Diesmal kommt keine zustande. Alles, was ich höre, sind wieder die Stöpsel und anschließend die absolute Stille.
»Hallo«, rufe ich. »Hallo.«
Weit, weit entfernt, vielleicht auf einem andern Kontinent, zwitschert eine Frauenstimme auf Jiddisch. Ihr hat die Allgewaltige am Schaltbrett eine Chance gegeben. Mir nicht. Ich bin schlechter dran als Naftali. Ich bin verloren. Die Telefonistin hat mich hinter den Mond verbannt. Wären wir doch nur ein einziges Mal persönlich zusammengekommen, nach den Bürostunden, Hulda und ich – wir hätten uns sicherlich sehr gut miteinander verständigt, wir hätten eine gemeinsame Sprache gefunden, wohl auch gemeinsame Interessen, sie sieht ja ganz nett aus, wenn auch ein bißchen mager, wir würden uns gut miteinander vertragen, Heirat nicht ausgeschlossen, nur die Zeit kann es lehren … Aber wie die Dinge jetzt liegen, haben wir weder Gegenwart noch Zukunft. Sie ist eine Telefonistin und ich bin ein Telefonierer, sonst nichts. Einer von vielen. Es ist das reinste Katz- und Mausspiel. Nicht, als wollte ich ihr das übelnehmen, warum denn auch, im

Gegenteil, ich hege für Hulda die größte Hochachtung, ihre Macht imponiert mir, nur schade, daß es zwischen uns keine Verständigungsmöglichkeiten gibt. Da kann man nichts andres tun, als den Hörer wieder auflegen, ein paar gotteslästerliche Flüche ausstoßen, den Hörer wieder abheben und die vierte, entscheidende Runde starten.
»Fräulein«, sage ich mit spitzer Stimme, als Hulda nach einiger Zeit sich meldet. »Fräulein, warum lassen Sie mich eine halbe Stunde lang vergebens warten?«
»Wer spricht?«
»Amnon. Vor ungefähr einer Stunde habe ich Sie zum erstenmal gebeten, mich mit Herrn Zerkowitz zu verbinden.«
»Er ist nicht hier.«
»Warum sagen Sie mir das nicht?«
»Ich sage es Ihnen ja.«.
»Warum haben Sie es mir nicht früher gesagt?«
»Weil er früher noch hier war.«
»Und jetzt ist er weg?«
»Ja.«
»Wann kommt er zurück?«
»Weiß ich nicht.«
»Wo ist er?«
»Weiß ich nicht.«
»Kann ich eine Nachricht für ihn zurücklassen?«
»Es wäre besser, wenn Sie später noch einmal anrufen.«
Das war zuviel für mich.
»Was?« brüllte ich. »Was sagen Sie da?! Es wäre ›besser‹?! Mit Ihnen am Telefon etwas zu tun zu haben ist das überhaupt Schlimmste auf Erden. Es würde mit meinem Selbstmord enden. Wenn ich Sie nicht vorher umbringe. Hören Sie?!«
Aber es war wieder die vollkommene Stille, die mir aus dem Hörer entgegenschlug. Na schön. Dann werde ich eben später noch einmal anrufen.

Simson war der erste und letzte Hippie unter den Kindern Israels. Auch er endete, wie man weiß, bei einem gründlichen Haarschnitt. Im folgenden wird der Nachweis versucht, warum im Land unserer Väter kein Platz für lange Haare ist.

Hair

Der Friseurladen, in dem ich Stammkunde bin, zählt vielleicht nicht zu den luxuriösesten im Küstengebiet des Mittelmeeres, aber er hat alles, was man für einen erfolgreichen Haarschnitt braucht: drei Sessel, drei Waschbecken und ein kleines Glöckchen, welches klingelt, wenn man die Türe öffnet. Als ich dieses Glöckchen das erste Mal zum Klingeln brachte, empfing mich ein ältlicher Haarkünstler mit 98prozentiger Glatze, deutete auf einen der drei leeren Sessel und sagte:

»Bitte sehr.«

Ich gab mich in seine Hände, nicht ohne ihm mitzuteilen, daß ich keinen richtigen Haarschnitt wünschte, sondern lediglich »Façon«, da ich mein Haar lang und seidig zu tragen liebe. Das nahm er mit verständnisvollem Nicken zur Kenntnis.

Fünfzehn Minuten später sah ich aus wie ein Rekrut am Beginn der Ausbildung. Die Füße des kahlen Figaro versanken bis zu den Knöcheln in meinen massakrierten Locken, und sein Gesicht strahlte vor Befriedigung über die geleistete Arbeit. Er ließ mich wissen, daß er nicht der Chef sei, strich das Trinkgeld ein und öffnete mir die Türe.

Ich hegte keinen wirklichen Groll gegen ihn. Es war klar, daß er unter einem unwiderstehlichen psychologischen Zwang gehandelt hatte. Er hieß, auch das war klar, Grienspan.

Ungefähr zwei Monate später, als ich mein menschliches Aussehen halbwegs zurückgewonnen hatte, kam ich wieder. Grienspan war mit einem anderen Kunden beschäftigt, aber sein neben ihm stehender Kollege, ein dürrer Mann mit dicken Brillengläsern, deutete auf einen leeren Sessel und sagte:

»Bitte sehr.«

Ich war entschlossen, mich auf keine Experimente einzulassen und

dem kahlköpfigen Grienspan treu zu bleiben. Da ich mit seinen Komplexen bereits vertraut war, konnte ich sie diesmal vielleicht neutralisieren.
»Vielen Dank«, beschied ich den Dürren, indem ich mich niederließ. »Ich warte auf Ihren Freund.«
Daraufhin stopfte mir der Dürre einen Frisierumhang in den Kragen und griff zur Schere.
Ich wiederholte, daß ich auf seinen Freund warten wollte.
»Jawohl«, nickte er und grinste sein freundlichstes Grinsen. »Jawohl, okay.«
»Er ist erst vorige Woche eingewandert«, erläuterte Grienspan. »Er spricht noch nicht hebräisch.«
Mein Widerstand war im Augenblick gebrochen. Hier ging es darum, einem neuen Bürger des Landes die Wege zu ebnen, hier ging es um Schmelztiegel und Heimatgefühl, und ich wäre der letzte, der einen strebsamen Handwerker darunter leiden lassen wollte, daß er noch mit Sprachschwierigkeiten zu kämpfen hatte. Ich überließ mich also dem Einwanderer und versuchte ihm unter Aufbietung meiner gesamtrumänischen Sprachkenntnisse klarzumachen, daß ich mein Haar, weil es sehr schön ist, lieber lang trage als kurz. Hier, so bedeutete ich ihm mit unmißverständlichen Gebärden, sollte er nur eine Kleinigkeit wegschnipseln, hier eine noch kleinere, und hier überhaupt nichts. Dabei sprach ich so langsam, wie jemand, der nicht Rumänisch kann, Rumänisch spricht.
Der Immigrant hörte mir aufmerksam zu, denn er kam aus Polen. Infolge dieses geographischen Irrtums verwandelte er mich in einen stoppelhaarigen Matrosen, verpaßte mir eine völlig überflüssige Shampoo-Massage und entleerte eine halbe Flasche Kölnischwasser auf mich. Von einem Normalfriseur hätte ich mir so etwas nie gefallen lassen. Aber Taddeusz, wie gesagt, war erst seit einer Woche im Lande und hätte jede Mißfallensäußerung von meiner Seite mit Recht als feindseliges, unjüdisches Verhalten empfunden.
Die dritte Runde, abermals einige Wochen später, startete verheißungsvoll. Als ich eintrat, war der Neueinwanderer damit beschäftigt, die Barthaare eines anonymen Patriarchen zu stutzen, während Grienspan, der verläßliche Glatzkopf, vollkommen frei danebenstand.

Schon hatte ich mich in seinen Sessel gesetzt, als Grienspan sich unvermittelt seines weißen Kittels entledigte und »Schluß für heute« sagte. Er wurde, wie ich im Spiegel sah, durch einen mir bisher unbekannten Dritten ersetzt, einen jungen Orientalen, der auf den Namen Schabbataj hörte.
»Was ist gefällig?« fragte er in gutturalem Hebräisch. »Ein Haarschnitt, der Herr?«
Ich befand mich in einer zwiespältigen Lage. Eigentlich hätte ich den Einwanderer Taddeusz vorgezogen, der sich ja schon als schweigsamer Handwerker bewährt hatte, und Schweigsamkeit ist eine von mir sehr geschätzte Eigenschaft. Andererseits hätte mein Beharren auf seine Dienste sehr leicht als Vorurteil gegen die orientalische Bevölkerungsgruppe unseres Landes wirken können; und nichts lag mir ferner. Grienspan, den ich in der Hoffnung auf einen Vermittlungsvorschlag flehend ansah, vertiefte sich in die Lektüre der Abendzeitung. Ich war allein auf mich gestellt.
»Ich trage mein Haar eher lang«, informierte ich Schabbataj. »Tun Sie Ihr Bestes.«
»In Ordnung, Boß, ich verstehe, Ihr Wunsch ist mir Befehl«, sprudelte Schabbataj, und sein Redefluß versiegte auch während der Behandlung nicht. Doch siehe da: Nachdem ich über seinen Lebenslauf und über die wichtigsten Phasen der Geschichte Marokkos unterrichtet war, hatte er mehr Haar auf meinem Haupt gelassen als irgendeiner seiner Vorgänger in den letzten Jahren. Es war, alles in allem, eine angenehme Überraschung.
Anfang April kam ich wieder und fand mich einer Situation ausgesetzt, die ich sofort als höchst gefährlich durchschaute: Grienspan war intensiv mit der Lockenpracht eines jugendlichen Avantgardisten beschäftigt, und ebenso intensiv lagen Taddeusz und Schabbataj auf Auslug nach einem Opfer. Tatsächlich deuteten sie beide gleichzeitig auf ihre leeren Sessel und ließen im Duett ihr »Bitte sehr« hören.
Mit einem derart gordischen Knoten hatte ich es noch nie im Leben zu tun gehabt. Vom humanistischen Standpunkt aus gab es hier überhaupt keine Lösung. Wen immer ich wählte – dem andern bliebe nichts übrig als der Selbstmord.

Nun, einer von beiden mußte es sein, oder eigentlich werden.
Es wurde Schabbataj.
Kaum saß ich in seinem Sessel, als ich meine Wahl auch schon bitter bereute. Taddeusz krümmte sich wie unter der Einwirkung eines elektrischen Schocks, obwohl er vermutlich gar nicht wußte, was das war. Mit kleinen, schlurfenden Schritten zog er sich in den Hintergrund des Gewölbes zurück, von wo alsbald ein leises Schluchzen erklang. Ich tat, als hörte ich nichts. Aber vor meinen geschlossenen Augen erstand die Vision von der Heimkehr des Taddeusz, und es umringten ihn seine Kinder und fragten:
»Papo, dlazsego placzesz?«
Und es antwortete ihnen Taddeusz:
»Er hat den andern gewählt …«
Im übrigen schien auch Schabbataj unter der von mir so brutal herbeigeführten Entscheidung zu leiden. Er schnitt mein Haar, wie Taddeusz es geschnitten hätte: stoppelkurz.
Diesen tragischen Zwischenfall galt es möglichst bald wieder gutzumachen. Möglichst bald war allerdings sehr lange, weil ich warten mußte, bis mein Haar nachgewachsen war, damit ich Taddeusz für die ausgestandene Unbill entschädigen könnte.
Als ich den Zeitpunkt endlich gekommen sah, machte ich mich auf den Weg. Mein Schlachtplan war wohlberechnet. Ich ging so lange vor dem Laden auf und ab, bis ich sicher sein konnte, daß Taddeusz als einziger frei war. In diesem Augenblick stürzte ich hinein und direkt auf den Sessel des Einwanderers zu – aber ein bärtiger Gnom, den ich von außen unmöglich hatte sehen können, kam mir zuvor und schnappte mir den Polen weg.
Schabbataj schärfte sein Rasiermesser an dem hierfür bestimmten Lederriemen mit grausamer Langsamkeit und behielt mich dabei ständig im Auge. Nicht so Taddeusz, der meinen Blicken auswich, als fürchtete er eine neuerliche Erniedrigung. Grienspan tat, als ginge ihn das alles nichts an.
So saß ich auf der Wartebank, mit angehaltenem Atem und angespanntem Nervensystem. Wer würde als erster fertig sein, Schabbataj oder Taddeusz? Sollte Schabbataj mich gewinnen, so wäre es das Ende meines eingewanderten Bruders aus Polen, daran gab es keinen

Zweifel. Angeblich lebte im Katharinen-Kloster auf dem Berge Sinai ein Mönch, der früher einmal ein erfolgreicher Friseur auf der Dizengoff-Straße gewesen war …

Um Haaresbreite – und das ist in diesem Fall wörtlich zu verstehen – kam Marokko zuerst ans Ziel. Dem Gnom in Taddeusz' Sessel fehlte noch die Beseitigung einiger Flaumhaare zum Ende der Prozedur, als Schabbataj seine Kundschaft abzubürsten begann. Dann wandte er sich zu mir und deutete auf den leeren Sessel:

»Bitte sehr.«

Ich nahm alle meine Kraft zusammen:

»Danke«, sagte ich. »Ich warte auf Ihren Kollegen.«

Auf dem Antlitz des ehemaligen Polen erschien ein leuchtendes, glückseliges Lächeln. Schabbataj taumelte und mußte sich an seinem Sessel festhalten.

»Aber warum …« flüsterte er mit ersterbender Stimme. »Ich bin doch fertig … was habe ich Ihnen getan … warum …«

In diesem Augenblick entließ Taddeusz seinen Gnom, staubte ihn ab und geleitete ihn hinaus. Wir waren allein. Noch nie zuvor hatte ich so klar erkannt, daß der Mensch ein Spielball in der Hand des Schicksals ist. Es erschien mir durchaus vorstellbar, daß dies alles mit Mord und Totschlag enden könnte, ohne irgend jemandes Verschulden, ganz wie in der griechischen Tragödie. Unerträgliche Spannung lag im Raum. Die Lippen des Neueinwanderers bewegten sich in lautlosen Konvulsionen. Auch seine Nase bebte. Täte ich jetzt nur den kleinsten Schritt zu Schabbataj hin – kein Zweifel: Taddeusz würde zusammenbrechen.

Schabbataj hielt seine brennenden orientalischen Augen regungslos auf mich gerichtet. Das Rasiermesser zitterte in seiner Hand.

Grienspan hatte uns den Rücken gekehrt und zählte den Inhalt der Kassa, aber seine Gleichgültigkeit war nur gespielt: Plötzlich wandte er sich um und streifte mich mit einem waidwunden Blick, ehe er die Tätigkeit des scheinbaren Geldzählens wiederaufnahm. Er liebte mich und wollte es bloß nicht allzu deutlich zeigen.

»Bitte«, sagte ich mit heiserer Stimme, »entscheiden Sie selbst. Ich kann nicht …«

Niemand rührte sich. Drei Augenpaare starrten mich an, und jedes von ihnen schien zu sagen:
»Nimm mich … mich mußt du nehmen …«
Vielleicht ließ sich ein Kompromiß finden, vielleicht könnten die drei mir abwechselnd die Haare schneiden, oder wir spielen Russisches Roulette, einer gewinnt, und die beiden anderen erschießen sich … wenn nur diese gräßliche, grauenhafte Stille nicht länger anhält …
Zwanzig Minuten mochten vergangen sein, oder auch eine halbe Stunde. Taddeusz weinte.
»Also«, flüsterte ich. »Könnt ihr euch nicht entscheiden?«
»Uns ist es gleichgültig, Herr«, stieß Schabbataj hervor. »Sie haben zu wählen …«
Und die drei Augenpaare starrten mich weiter an. Ich trat vor den Spiegel und fuhr mit der Hand durch mein schlohweißes Haar. In dieser halben Stunde war ich um Jahre gealtert. Und eine Lösung war noch immer nicht abzusehen.
Ohne ein Wort zu äußern, verließ ich den Laden. Ich habe ihn seither nie wieder aufgesucht. Ich lasse mein Haar wachsen, lang, länger, im Hippie-Stil.
Wäre es möglich, daß dieser Stil in einem Friseurladen mit drei Friseuren geboren wurde?

Es ist eine altbekannte Tatsache, daß in einem Volk von Pionieren manche Berufszweige nur mangelhaft besetzt sind. Die ersten Siedler auf dem nordamerikanischen Kontinent waren, wie aus den einschlägigen Geschichtsbüchern hervorgeht, Farmer, Spekulanten, Goldgräber oder Abenteurer; von Installateuren liest man kein Wort. Ähnlich verhält es sich bei uns: Wir sind glatt imstande, einen Krieg gegen die vereinigten Armeen sieben arabischer Staaten zu gewinnen – aber wie repariert man einen Wasserrohrbruch?

Gipfeltreffen mit Hindernissen

Kaum hatte die Winterkälte eingesetzt, als in der Wand meines Arbeitszimmers ein Wasserleitungsrohr platzte und ein dunkelbrauner Fleck auf der Tapete erschien. Ich ließ dem Rohr zwei Tage Zeit, sich von selbst in Ordnung zu bringen. Das geschah jedoch nicht. So blieb mir nichts übrig, als mich an unseren Installateur zu wenden.
Der legendäre Platschek lebte in Holon und ist nur sehr schwer zu erreichen. Ein glücklicher Zufall ließ mich im Fußballstadion seiner ansichtig werden, und da seine Mannschaft gewonnen hatte, erklärte er sich bereit, am nächsten Tag zu kommen, vorausgesetzt, daß ich ihn mit meinem Wagen abholen würde, und zwar um halb sechs Uhr früh, bevor er zur Arbeit ginge. Auf meine Frage, warum es denn so früh am Morgen sein müsse und ob denn das, was er bei mir zu tun hätte, keine Arbeit sei, antwortete Platschek: nein.
Pünktlich zur vereinbarten Stunde holte ich ihn ab. Er betrat mein Zimmer, warf einen flüchtigen Blick auf die feuchte Mauer und sagte: »Wie soll ich an das Rohr herankommen? Holen Sie zuerst einen Maurer und lassen Sie die Wand aufstemmen!«
Damit verließ er mich, nicht ohne indigniert darauf hinzuweisen, daß er meinetwegen einen ganzen Arbeitstag verloren hätte. Ich blieb zurück, allein mit einem braunen Fleck auf der Wand und der brennenden Sehnsucht nach einem Maurer. Ich kenne keinen Maurer. Ich weiß auch nicht, wo man einen Maurer findet. Wie sich zeigte, wußte das auch keiner meiner Freunde, Nachbarn, Bekannten und Kollegen. Schließlich empfahl mir jemand, dessen Bruder in einem Maklerbüro

tätig war, einen Allround-Handwerker namens Gideon, der irgendwo in der Nähe von Bat Jam wohnte.
Auf Grund dieser präzisen Angaben hatte ich Gideon noch vor Einbruch der Dämmerung aufgespürt und erfuhr, daß er erst nach der Arbeit, frühestens um neun Uhr abends, zu mir kommen könnte. Ich holte Gideon um neun Uhr abends ab. Gideon begutachtete die Mauer und sagte:
»Soll ich vielleicht die Mauer aufstemmen, damit mir sofort das ganze Wasser ins Gesicht schwappt? Holen Sie zuerst einen Installateur, der den Haupthahn sperrt!«
Ich erbleichte. So etwas hatte ich die ganze Zeit befürchtet und hatte es nicht wahrhaben wollen: daß ich auf die gleichzeitige Anwesenheit beider Experten angewiesen war, daß Platschek ohne Gideon nicht an das Rohr herankommt und Gideon ohne Platschek naß wird. Die Zwillinge mußten bei mir zusammentreffen.
Wie leicht sich das hinschreibt: »Sie mußten zusammentreffen.« Papier ist geduldig. In Wirklichkeit überstieg schon die bloße Planung des Treffens alle mir zur Verfügung stehende Vorstellungskraft. Das Weltraum-Rendezvous von Gemini 6 und 7 war ein Kinderspiel dagegen. Gemini 6 und 7 operierten nach einem genau berechneten, bis auf den Bruchteil einer Sekunde koordinierten Plan. Platschek jedoch hatte nur am Morgen Zeit und Gideon nur am Abend.
Zweimal durchwanderte ich die fruchtbare Ebene von Holon und dreimal die Dünen von Bat Jam, um Platschek und Gideon aufeinander abzustimmen. Vergebens. Der von mir vorgeschlagene Kompromiß zwischen den extremen Zeitpunkten »5.30« und »21.00« strebte ein Treffen um 13.15 an, wurde aber von beiden Seiten entrüstet zurückgewiesen.
Zögernd stellte ich den Ausweg einer kleineren Sabbat-Entweihung zur Debatte. Platschek war einverstanden, aber Gideon geht am Samstag mit seinen Kindern spazieren, er hat viel zu tun und sieht sie die ganze Woche nicht. Schluß, aus.
Der braune Fleck auf meiner Wand wurde größer und größer. Ich mußte die Verhandlungen mit der Achse Holon-Bat Jam wieder aufnehmen. Als ich dann eines Abends mit blaugefrorener Nase und tränenden Augen bei Gideon eintrat, übermannte ihn das Mitleid. Er zog

sein Vormerkbüchlein heraus, blätterte lange hin und her und wiegte den Kopf:
»Hier wäre eine Möglichkeit«, sagte er. »Am 26. April ist der Unabhängigkeitstag. Der fällt heuer auf einen Montag. Ich werde von Samstag bis Montag ein verlängertes Wochenende einschalten und am Sonntag nicht zur Arbeit gehen. Wenn Ihnen also der 25. April recht ist …«
Ich bejahte jauchzend und sauste nach Holon hinüber. Dort war es mit dem Jauchzen vorbei. Platschek erklärte dezidiert, daß er am 25. April wie üblich zur Arbeit gehen würde. Warum sollte er am 25. April nicht wie üblich zur Arbeit gehen?
»Weil«, brachte ich mühsam hervor, »weil ich dann nicht mehr weiß, was ich machen soll, Platschek.«
»Es wird sich schon etwas finden«, sagte Platschek mit unerschütterlichem Optimismus.
Und wirklich, es fand sich schon etwas. Die Vorsehung meinte es gut mit mir. Wie von ungefähr äußerte der legendäre Platschek, daß er am Dienstag kommender Woche bei seinem Schwager in der Levontin-Straße zum Abendessen eingeladen sei, und das ließe sich vielleicht mit einem Blitzbesuch bei mir verbinden, vielleicht um halb acht. Ich umarmte ihn, legte in Rekordzeit den Weg nach Bat Jam zurück, drang bei Gideon ein und rief ihm von der Tür entgegen:
»Platschek kommt Dienstag abend.«
»Dienstag abend«, erwiderte Gideon gelassen, »gehe ich zu ›My Fair Lady‹.«
Ich knickte zusammen.
»Vielleicht«, stotterte ich, »vielleicht wäre es möglich, daß Sie an einem andern Tag zu ›My Fair Lady‹ gehen? Ich meine nur. Wenn es vielleicht möglich wäre.«
»Soll sein. Aber ich denke nicht daran, mir wegen der Karten die Füße abzurennen. Das müssen Sie machen.«
Nun, soviel verstand sich wohl von selbst: daß es meine Sache war, die Karten umzutauschen. Es war ja auch meine Mauer, wo der braune Fleck schon bis zur Decke reichte. Daß es für »My Fair Lady« nur sehr schwer Karten gab, besonders Umtauschkarten, entmutigte mich nicht. Nach dreitägigen pausenlosen Bemühungen gelang es mir denn

auch, Gideons Karten auf den 21. Dezember umzulegen. Ich eilte sofort mit der Freudenbotschaft zu ihm.

Sie wurde von Gideons Frau mit Kopfschütteln aufgenommen. Am 21. Dezember endete das Chanukkah-Fest, und da würde Großmama die Kinder zurückbringen, denn die Kinder verbrachten das Chanukkah-Fest bei Großmama.

»Könnten vielleicht«, wagte ich vorzuschlagen, »könnten die Kinder vielleicht einen Tag früher zurückkommen?«

»Warum nicht?« meinte Frau Gideon gutherzig. »Wenn's die Großmama erlaubt ...«

Großmama lebt unweit von Tel Aviv. Sie ist eine freundliche, weißhaarige Dame, liebenswürdig und hilfsbereit, aber am Sabbat benützt sie keine Fahrzeuge. Und der 21. Dezember fiel auf einen Sabbat.

»Ich selbst würde es ja nicht so genau nehmen«, sagte Großmama. »Aber mein seliger Mann war sehr religiös.«

Und weil ihr seliger Mann sehr religiös war, sollte jetzt mein Haus zerbröckeln und versumpfen? Ich versuchte sie zu überzeugen, daß ihre Sünde nicht gar so groß wäre, und wenn ihr seliger Mann noch lebte, wäre er ganz gewiß damit einverstanden, die lärmende Brut am Sabbat loszuwerden, zumal da ein Auto eigens herauskäme, um sie abzuholen. Gratis.

»Nein, nein, nein«, beharrte die starrköpfige alte Hexe. »Am Sabbat fahre ich nicht. Das müßte mir unser Rabbi ausdrücklich bewilligen.«

Unser Rabbi weilte in einem Erholungsheim im südlichen Galiläa. Ich fand ihn im Garten, lustwandelnd.

»Ehrwürdiger Rabbi«, begann ich. »Wenn Großmutter die Kinderchen am Sabbat nach Hause bringt, kann Gideon am 21. Dezember ins Theater gehen. Damit wird er frei für das Zwillings-Gipfeltreffen mit dem legendären Platschek, am nächsten Dienstag um halb acht Uhr abends. Und das ist mindestens so wichtig wie die Rettung eines Menschenlebens, für die auch der Strenggläubige die Sabbatruhe brechen darf, nein, muß ...«

Der Rabbi gehörte zum aufgeklärten Flügel des israelischen Klerus. Nachdem ich eine größere Summe zur Errichtung einer neuen Talmud-Thora-Schule gestiftet hatte, wurde die Sabbatdispens für Großmutter ordnungsgemäß ausgestellt, und Großmutter gab nach. Siegestrunken fuhr ich zu Platschek, siegestrunken rief ich ihm entgegen: »Der Maurer kommt am Dienstag.«

»Zu dumm«, sagte Platschek. »Mein Schwager hat die Einladung auf Mittwoch verschoben.«

Am Dienstag nämlich mußte der Schwager, wie sich plötzlich erwiesen hatte, einer Versammlung des Elternrats in der von seinen Kindern frequentierten Schule beiwohnen. Und inzwischen hatten sich die braunen Wasserflecken schon über die ganze Decke ausgebreitet.

»Meinetwegen, Herr Kishon«, brummte der Schwager. »Wenn Sie es einrichten können, daß die Sitzung verschoben wird – warum nicht?«

Nein, wirklich, ich kann mich nicht beklagen. Jedermann war bereit, mir zu helfen, jedermann tat sein Bestes. Hoffnungsvoll eilte ich zum Schuldirektor. Er bedauerte lebhaft: die Einladungen für Dienstag waren schon ausgeschickt.

Ich ging von Haus zu Haus. Achtzehn Eltern erklärten sich sofort mit Donnerstag einverstanden, nur vier machten Schwierigkeiten. Am hartnäckigsten zeigte sich Frau Olga Winternitz, die für Donnerstag mehrere Familien zu Gast geladen hatte. Drei der Geladenen waren ohne weiteres bereit, am Freitag zu kommen, einer erklärte sich dazu mangels Beförderungsmittels außerstande, zwei Mütter hatten keine Babysitter, und ein Junggeselle hatte eine wichtige Verhandlung in Sachen seines Konkurses. Alle diese Schwierigkeiten wurden von mir Schritt für Schritt aus der Welt geschafft. Das Beförderungsproblem löste ich, indem ich einen Autobus mietete. Meine Schwester ging als Babysitter zu der einen Dame, die andere Dame ermordete ich und vergrub den Leichnam im Garten. Die Konkursverhandlung wurde abgesagt, da ich die Schulden des Geschäftsmannes übernahm. Auf diese Weise konnte der Elternrat am Donnerstag zusammentreten, und dem Gipfeltreffen der Zwillinge am Dienstag abend stand nichts mehr im Wege.

Pünktlich um halb acht begann ich zu warten. Ich wartete zwei Stunden. Niemand kam. Kurz vor Mitternacht erschien Platschek, der unsere Verabredung irgendwie mißverstanden und bei seinem Schwager das Abendessen eingenommen hatte, ehe er zu mir kam, statt

umgekehrt. Gideon kam ohne nähere Angaben von Gründen überhaupt nicht. Wahrscheinlich hatte er vergessen.
Zum Glück war der Wasserfleck nicht mehr von der Wand zu unterscheiden, denn die Wand war mittlerweile verschwunden und hatte nur den Fleck zurückgelassen.
Ich verkaufte die Wohnung, erwarb eine neue und wunderte mich, daß mir diese einfache Lösung nicht früher eingefallen war.

Ich verzichte auf eine detaillierte Schilderung der listenreichen Manöver, die mich schließlich doch in den Besitz einer ehrlichen Wohnung brachten. Genug daran, daß es eine außerordentlich kleine, außerordentlich enge, im Stil der Ersten Klaustrophobischen Periode angelegte Wohnung war und daß wir beide, meine Frau und ich, eines Tages beschlossen, sie um jeden Preis zu erweitern, sonst wären wir unter den Einrichtungsgegenständen begraben worden oder hätten uns in der Dunkelheit gegenseitig totgetrampelt. Die Lösung lag auf der Hand, genauer: In einem städtischen Wohnbaugesetz, das die Errichtung geschlossener Balkone untersagt.

Die Legende vom hermetisch geschlossenen Balkon

Die einschlägigen Arbeiten werden von der Firma Fuchs & Co. durchgeführt, die der Öffentlichkeit unter dem Namen »Balkon-Fuchs« bestens bekannt ist und deren Wahlspruch »Fuchs schließt hermetisch« lautet. Fuchs kommt, nimmt Maß, geht ab und kommt nach einer Stunde mit einem kompletten, maßgerechten Schiebefenster zurück. Während er es einsetzt, wird Fuchs gefragt, ob das Fenster auch wirklich geeignet ist, den Regen abzuhalten.
»Selbstverständlich«, antwortet Fuchs hermetisch. »Ich habe alle nötigen Leisten eingesetzt.«
Hand in Hand mit Fuchs arbeitet ein Vertreter der Stadtverwaltung, der ihm jeden Tag zur Arbeit folgt und die gesetzwidrigen Balkonschließungen notiert. Wenn der Inspektor gegangen ist, kommt der Winter.

Wasser, Wasser überall

Ich persönlich habe nichts gegen den Winter, solange der Regen nicht aus südwestlicher Richtung herangepeitscht wird. Ist nämlich dies der Fall, dann verwandelt sich unser wasserdichter Balkon in einen künstlichen See. Erfrischende Feuchtigkeit legt sich über sämtliche Gegenstände, die sich in Friedenszeiten draußen angesammelt haben – Besen, Koffer, ausgediente Lampenschirme, Kisten mit Kartoffeln.

Am dritten Tag wandern die Dunstschwaden bis in unser Zimmer hinein, und der Geist Gottes schwebt über den Wassern. Die beste Ehefrau von allen und ich stehen mit Fetzen, Handtüchern, Tischtüchern, Bettüchern und sonstigen Tüchern zwischen der Türe und stemmen uns der Flut entgegen. Das tun wir zwei Tage lang. Dann ist es Zeit zum Schlafengehen.
Fuchs kommt auf Anruf, prüft die Lage mit erfahrenem Blick und gibt uns sein fachliches Urteil bekannt:
»Es regnet herein«, sagt er. »Macht nichts. Bald wird es Sommer.«

Die geheimnisvolle Lücke

In solchen Situationen pflegt das jüdische Volk sein Schicksal in die eigenen Hände zu nehmen. Wenn die Blätter fallen und Fuchs versagt hat, arbeiten wir uns selbst aus der feuchten Verschlingung heraus. Als erstes beschließen wir, die Ritzen und Lücken zu verstopfen, durch die das erfrischende Naß auf uns herniedergeglitten ist. Wir holen einen Sessel, setzen einen Stuhl auf ihn drauf, steigen hinauf, fallen herunter, erheben uns, holen einen Tisch, stellen den Sessel darauf, ersteigen ihn abermals (die beste Ehefrau von allen stützt uns unterwärts) und suchen die Stelle, aus der es am heftigsten tropft.
Es gibt keine solche Stelle. Es gibt nur Tropfen.
Alle Verschlüsse schließen, alle Leisten sind perfekt eingepaßt, alles ist unter Glas und Kontrolle, nirgends die kleinste Lücke, durch die sich die kleinste Mücke einschleichen könnte. Trotzdem sammelt sich irgendwo oben das Wasser zu einem Tropfen und fällt – plopp! – alle vier Sekunden auf die Kartoffeln, die mit der Zeit die lieblichsten grünen Sprößlinge angesetzt haben. Woher der Tropfen kommt, läßt sich nicht entdecken.
Er ist plötzlich da und tropft herunter.
Eine unserer Nachbarinnen behauptet, daß irgendwo in einem unserer Glasfenster Poren sein müssen, durch die Wasser eindringt.
Ich weise sie zur Ruhe. Wenn sie noch einmal so einen Unsinn spricht, stopfe ich ihr den Mund.

Der Gedanke, auf den ich da gekommen bin, ist gut, kein Zweifel. Man muß die möglichen Ritzen verstopfen. Aber womit? Wir haben kein Material im Haus, das sich zum Verstopfen eignet. Oder doch? Halt! Dieses abscheuliche Zeug, mit dem unser Jüngstes modelliert, Tiere, besonders Schlangen, oder sonstige Phantasieprodukte. Ton. Ton zum Modellieren.

Ich nehme etwas von der unappetitlichen, klebrigen roten Masse in die Hand, öffne mit der anderen Hand das Fenster und beginne, hopp heißa bei Regen und Wind, den ganzen Fensterrahmen mit weichem Ton auszustopfen. Ich komme mir vor wie ein Matrose hoch oben auf dem Mast, unter mir die stürmische See, über mir der schwarze Himmel mit Donner und Blitz, aber ahoi!, das Werk ist vollbracht, und meine Augen glühen vor Befriedigung und Fieber.

Das Wasser tropft weiter.

Nun, das war ja von Anfang an klar, daß der Ton nur eine vorübergehende Lösung darstellt. Nach zehn Minuten hatte er sich so weit verhärtet, daß er auf die Straße hinunterfiel.

Am nächsten Morgen erstand die beste Ehefrau von allen ein angeblich für solche Zwecke besonders geeignetes Material, dessen Namen ich vergessen habe. Es war eine feucht-flüssige Masse, die wir mit unseren Schuhen in alle Zimmerecken beförderten, auch dorthin, wo beim besten Willen nichts heruntertropfen konnte. Nach einer kurzen Ruhepause wiederholten wir die Prozedur, dann legten wir uns zur Ruhe. Immerhin: Die Tropfstelle schien sich jetzt anderswo zu befinden. Sie war offenbar vor unserem Eifer zurückgewichen. Immerhin. Die Lösung, die wir uns am nächsten Tag in einem anderen hierfür einschlägigen Laden verschafften, hieß »Plastischer Zement«. Das ist ein wissenschaftlich geprüftes, mit offiziellen Gutachten versehenes, garantiert wasserdichtes Material, genau das Richtige für einen hermetisch abgeschlossenen Balkon. Man fertigt mehrere Lagen davon an und placiert je eine zwischen Rahmen und Glas, zwischen Glas und Leiste, kurzum: überall hin. Wenn das geschehen ist, kommt nirgends auch nur der kleinste Tropfen Wasser herein. Außer es regnet.

Wir brechen zusammen

Es ist natürlich kein Zusammenbruch im herkömmlichen Sinn des Wortes, es ist eher ein Triumph des gesunden Menschenverstandes. Der Regen will zu uns? Er ist willkommen! Bitte einzutreten! Nur herein in die gute Stube! Wir stellen, wo immer Platz dafür ist, Töpfe und Pfannen auf und haben nach kurzer Zeit das Wasser gezähmt. Wir haben es sozusagen umzingelt. Der Balkon wird nicht mehr zum Stausee, es sei denn, nachdem die Töpfe und Pfannen sich gefüllt haben und überfließen. Dann nimmt man eben größere Töpfe und Pfannen, und dank einer pfiffigen Anordnung fließt das Wasser von den kleinen Töpfen in die größeren statt über die Lampenschirme.
Leider hat das System einen schwachen Punkt. Nach einiger Zeit sind nämlich auch die größeren Töpfe voll und fließen über. Dagegen kann man nichts tun.

Nach uns die Sintflut

In der Regel dauert es ungefähr eine Woche, ehe ein denkfähiger Mensch zu einer endgültigen Lösung durchstößt. Im vorliegenden Fall bestand sie darin, daß die Wohnung vom Balkon durch eine Tür getrennt war. Wenn man diese Tür schloß, sah man nicht mehr, was sich jenseits abspielte. Der Regen konnte hereinkommen oder draußen bleiben, ganz wie er wollte. Die Verbindung mit dem Balkon war abgeschnitten. Von jetzt an sollen die Töpfe, die Besen und die Kartoffeln selber zusehen, wie sie sich zurechtfinden.
Unser Balkon ist jedenfalls hermetisch abgeschlossen.

Die jüngsten Untersuchungen der Regierung haben ergeben, daß – von Heuschreckenplagen abgesehen – der größte Schaden für unsere Volkswirtschaft durch das hemmungslose Versenden von Neujahrskarten entsteht.

Wunschloses Neujahr

Der schwitzende, keuchende Postbote, der in jenen auch klimatisch höchst ungünstigen Morgenstunden tonnenschwere Säcke mit Drucksachen durch die Sanddünen unserer Städte schleppt, ist jedem Bürger ein wohlvertrauter Anblick. Daß die Herstellung dieser Drucksachen überdies einen beträchtlichen Teil unseres Nationalvermögens verschlingt und daß die Beseitigung der weggeworfenen Wunsch- und Grußkarten unsere öffentliche Müllabfuhr und andere sanitäre Dienste aufs schwerste gefährdet, sei nur der Vollständigkeit halber angeführt.

Statistischen Erhebungen zufolge nehmen 60 Prozent der Empfänger die ihnen zugedachten Wünsche überhaupt nicht zur Kenntnis, sondern werfen sie ungelesen in den Papierkorb. Weitere 30 Prozent tun nach einem flüchtigen Blick das gleiche. Die restlichen 10 Prozent der Befragten haben keine Meinung. Und selbst an der Zuverlässigkeit dieser Ziffern muß gezweifelt werden. Ein Geschäftsmann in Jaffa mit einer Versandquote von 400 Neujahrskarten antwortete auf die Frage, warum er so viele Karten verschickt habe:

»Hab ich? Ich kann mich nicht erinnern …«

Offensichtlich handelt es sich bei der ganzen Sache um eine automatische, sinnentleerte Gewohnheit, eine Art Reflexbewegung der Handmuskeln, die einem unkontrollierbaren inneren Antrieb gehorchen. Ein Hobby-Experte hat berechnet, daß die letzte Drucksachenserie von »Glück und Erfolg im neuen Jahr« aneinandergereiht eine Hartpapierkette ergeben würde, die von Tel Aviv bis Bath Jam reicht, die Stadt zweimal umkreist und in einer Ambulanz nach Tel Aviv zurückkehrt.

Natürlich versuchen die Behörden diesem ökonomischen Unglück entgegenzuwirken:

»Mitbürger!« rief der Postminister in einem dramatischen Fernsehappell, »alle Israeli sind Brüder. Wir müssen uns das nicht jedes Jahr aufs neue durch die Post bestätigen. Die Regierung ist fest entschlossen, diesem Unfug ein Ende zu setzen.«
Eine bald darauf erlassene Verordnung begrenzte die glücklichen und erfolgreichen neuen Jahre auf fünf je Einwohner. Zuwiderhandelnden wurden Geldstrafen bis zu 1000 Pfund oder Gefängnisstrafen bis zu zwei Wochen angedroht. Die Einwohnerschaft kümmerte sich nicht darum. Allein in den beiden Vortagen des Neujahrsfestes brachen in Tel Aviv auf offener Straße 40 Briefträger zusammen, die Hälfte davon mit schweren Kreislaufstörungen und sechs mit Leistenbrüchen. Zwei mußten in geschlossene Anstalten überführt werden, wobei sie ununterbrochen »Glück und Erfolg … Glück und Erfolg …« vor sich hin murmelten.
Das Slonsky-Komitee, eine gemeinnützige Organisation zur Erforschung israelischer Charaktereigenschaften, machte die bemerkenswerte Entdeckung, daß viele Israeli den Regierungserlaß umgingen, indem sie ihre Glück- und Erfolgswünsche nicht als Drucksache, sondern als geschlossene Briefe verschickten, also lieber ein höheres Porto bezahlten, als auf Glück und Erfolg zu verzichten. Um die Kosten einzubringen, fügten sie zum vorgedruckten Glück und Erfolg noch handschriftlich Gesundheit, Frieden, guten Geschäftsgang und Gottes Segen hinzu, was weitere Zeitvergeudung und Verluste an Produktionsenergie mit sich brachte.
Als die Regierung ihre Gegenmaßnahmen verschärfte und gelegentliche Stichproben vorzunehmen begann, protestierte eine Gruppe israelischer Bürger beim Generalsekretär der Vereinten Nationen gegen diese Einschränkung der Gruß- und Wunschfreiheit, verlangte den sofortigen Rücktritt der Regierung und drohte mit der Aufdeckung von Mißständen im Verwaltungsapparat. Die Behörden ließen sich das nicht zweimal sagen und reagierten noch schärfer: In einem mit knapper Stimmenmehrheit durchgebrachten Ausnahmegesetz wurde die Versendung von Neujahrskarten überhaupt verboten und die Strafsätze auf Gefängnis bis zu zwei Jahren erhöht. Überdies wurden speziell ausgebildete Kontrolleinheiten ins Leben gerufen, die verdächtig aussehende Briefe öffnen sollten. Binnen kurzem wurden in Tel

Aviv mehrere angesehene Bürger verhaftet, unter ihnen ein Versicherungsagent, der nicht weniger als 2600 Karten mit dem Text »Glück und Erfolg im neuen Jahr innerhalb sicherer und international anerkannter Grenzen« verschickt hatte. Der Verteidiger des Angeklagten stellte sich vor Gericht auf den Standpunkt, daß es sich hier nicht um Neujahrskarten handle, sondern um ein politisches Pamphlet. Daraufhin trat die gesetzgebende Körperschaft abermals in Aktion und ergänzte das Wunschkartenverbot durch einen Zusatz, demzufolge die Worte »Glück«, »Erfolg«, »neu« und »Jahr« sowie ihre Derivate im Postverkehr mit sofortiger Wirkung untersagt wurden. Zu den interessantesten Versuchen, dieses Verbot zu umgehen, zählten die 520 Bar-Mizwah-Telegramme eines jungen Architekten in Haifa, die er mit »Jonas Neujahr, Präsident der Firma Glück & Wunsch« unterzeichnete.
Der Strafsatz für illegales Glückwünschen wurde auf 15 Jahre Gefängnis hinaufgesetzt, aber es half nichts. Eine Woche vor Neujahr entdeckte die Kontrolleinheit IV – sie galt als die tüchtigste von allen – ein Rundschreiben der »Landwirtschaftlichen Maschinenbau AG«, dessen letzter Satz den verdachterregenden Wortlaut hatte: »Dieses Zirkular ist vor Kälte zu schützen.« Man hielt das Blatt über eine kleine Flamme, und zwischen den vorgedruckten Zeilen erschien in fetten Blockbuchstaben der landwirtschaftliche Text: »Möge die Stärke der Arbeiterklasse im neuen Jahr blühen und gedeihen und möge den Gewerkschaften Glück und Erfolg beschieden sein! Dies ist der aufrichtige Wunsch von Mirjam und Elchanan Gross, Ramat Gan.«
Die über das findige Ehepaar verhängte Freiheitsstrafe lautete auf acht Jahre Gefängnis, verschärft durch Fasten und hartes Lager an jedem Neujahrstag.
Für die Zeit von einem Monat vor bis zu einer Woche nach Neujahr wurden alle öffentlichen Briefkästen versiegelt und von Angehörigen einer eigens geschaffenen »Wunschkarten-Miliz« bewacht. Briefe wurden während dieser Zeit nur auf den Postämtern entgegengenommen, nachdem die befördernde Person sich durch ein amtliches Dokument (Paß, Identitätskarte, Führerschein) ausgewiesen und eine eidesstattliche Erklärung abgegeben hatte, daß die betreffende Post-

sendung keine wie immer gearteten Glück- oder Erfolgswünsche enthielt. Ertappte Gesetzesübertreter wurden sofort vor ein Schnellgericht gestellt.

Indessen konnten all diese Maßnahmen nicht verhindern, daß die Glückwunschrate im Vergleich zum Vorjahr um neun Prozent anstieg. Eine Fernseh-Ansprache des Wirtschaftsministers begann mit den Worten: »Beinahe ein Drittel unseres Nationalproduktes …«

Der Bevölkerung hat sich wachsende Empörung bemächtigt. Panzerwagen patrouillieren in den Straßen der größeren Städte. Gerüchte wollen wissen, daß die Regierung ein Dringlichkeitsgesetz erwägt, das die Einführung von drei Schaltjahren hintereinander ohne Neujahrstag vorsieht. Die Situation spitzt sich zu. Es riecht nach Bürgerkrieg. In den Außenbezirken von Tel Aviv sind gelegentlich Schüsse zu hören. Da hat wieder irgend jemand versucht, einem Mitmenschen Glück und Erfolg zu wünschen.

Haben Sie jemals eine Schnecke ohne Haus gesehen oder einen gläsernen Hammer? Haben Sie jemals gehört, daß die kleinen Kinder den Storch bringen? Haben Sie jemals gelesen, daß ein Minister zu Fuß gegangen ist? Dann lesen Sie es hier.

Abenteuerlicher Alltag

Die Limousine des Ministers blieb unterwegs plötzlich stehen. Gabi, der Fahrer, stellte den Motor ab und wandte sich um:
»Tut mir leid, Chef – aber Sie haben ja den Rundfunk gehört.«
Das bezog sich auf die Neun-Uhr-Nachrichten, die den Streik der Kraftfahrergewerkschaft angekündigt hatten. Die Kraftfahrergewerkschaft wollte sich mit der Gewerkschaft der Chemie-Ingenieure fusionieren, oder wollte die Fusion mit der Transportarbeitergewerkschaft rückgängig machen, oder vielleicht wollte sie etwas anderes. Jedenfalls streikte sie.
Gabi verließ den Wagen und begab sich ins Gewerkschaftshaus, um Instruktionen einzuholen.
Der Minister saß mitten auf der Straße. Er konnte nicht Auto fahren. Erfindungen, die auf einen Knopfdruck hin laute Geräusche erzeugten, flößten ihm seit jeher Angst ein. Soweit seine Erinnerung zurückreichte, hatte er nur ein einziges Mal ein Auto gesteuert. Das war vor vierzig Jahren, in einem Vergnügungspark, wo der Minister – damals noch jung und ehrgeizig – sich einem Autodrom anvertraut hatte. Später war er dann der führenden Partei beigetreten, hatte Karriere gemacht und jederzeit einen Fahrer zur Verfügung gehabt.
Jetzt werde ich wohl einen Helikopter bestellen müssen, dachte der Minister. Man erwartete ihn zu einer dringlichen Kabinettsitzung. Auf dem Programm stand die Krise der Zementindustrie. Um elf Uhr.
Der Minister begann, die Passanten zu beobachten, die an seinem Wagen vorbeihasteten. Ein merkwürdiges, fast abenteuerliches Gefühl überkam ihn: Er war auf der Straße. Mit Verblüffung stellte er fest, wie viele fremde Menschen es im Lande gab. Er kannte nur die immer gleichen Gesichter, die er täglich in seinem Ministerium sah. Fremde bekam er höchstens in anonymen Massen zu Gesicht, am

Unabhängigkeitstag oder im Fußballstadion bei … wie hieß doch das Ding … beim Kupferfinale.

Der Minister stieg aus und ging die Straße entlang. Allmählich wuchs sein Vertrauen in diese Art der Fortbewegung. Er dachte nach, wann er zuletzt etwas dergleichen getan hatte. Richtig: 1951. Damals hatte ein Fernlaster seinen Wagen gerammt, und er war zu Fuß nach Hause gegangen, quer durch die Stadt, zu Fuß.

Die Blicke des Ministers richteten sich abwärts, dorthin, wo unterhalb der Bauchwölbung seine Füße sichtbar wurden, seine eigenen Füße, die sich rhythmisch bewegten, tapp-tapp, tapp-tapp, linker Fuß, rechter Fuß – jawohl, er wußte seine Füße noch zu gebrauchen. Er wußte noch, wie man auf der Straße geht. Ein gutes Gefühl

Nur die Schuhe sahen ein wenig fremdartig aus. Wo kamen sie her? Er hat sich doch noch niemals Schuhe gekauft, oder?

Genaueres Nachdenken ergibt, daß er selbst überhaupt keine Einkäufe tätigt. Was ist's mit diesen Schuhen?

Er bleibt vor dem Schaufenster eines Schuhgeschäfts stehen und starrt hinein. Seltsam. Ein völlig neuartiges Phänomen. Schuhe, viele Schuhe, Herren-, Damen- und Kinderschuhe, paarweise arrangiert, auf Sockeln, auf langsam rotierenden Drehscheiben, oder nur so.

In plötzlichem Entschluß betritt der Minister den Laden, einen hohen, langgestreckten Raum mit Reihen bequemer Fauteuils und mit Regalen an den Wänden, und in den Regalen Schuhe, nichts als Schuhe.

Der Minister schüttelt die Hand eines ihm entgegenkommenden Mannes: »Zufrieden mit dem Exportgeschäft?«

»Mich dürfen Sie nicht fragen«, lautet die Antwort. »Ich suche Sämischlederschuhe mit Gummisohlen.«

Der Minister sieht sich um. Wie geht's hier eigentlich zu? Nehmen die Leute einfach Schuhe an sich oder warten sie, bis der Kellner kommt?

Eine Gestalt in weißem Kittel, vielleicht ein Arzt, tritt an den Minister heran und fragt ihn, was man für ihn tun könne.

»Schicken Sie mir ein paar Muster«, sagt der Minister leutselig und verläßt den Laden.

Draußen auf der Straße fällt ihm ein, daß er sich nicht zu erkennen gegeben hat. Und daß er nicht von selbst erkannt wurde. Ich muß öfter im Fernsehen auftreten, denkt der Minister.

Es wird spät. Vielleicht sollte er in seinem Büro anrufen, damit man ihm irgendein Transportmittel schickt oder ihn abholt. Anrufen. Aber wie ruft man an? Und wenn ja: wo? Er sieht weit und breit kein Telefon. Und sähe er eines, wüßte er's nicht zu handhaben. Das macht ja immer seine Sekretärin, die gerade heute nach Haifa gefahren ist, in irgendeiner Familienangelegenheit. Außerdem wäre sie ja sonst in seinem Büro und nicht hier, wo es kein Telefon gibt.
Da – ein Glasverschlag – ein schwarzer Kasten darin – kein Zweifel: ein Telefon. Der Minister öffnet die Zellentür und hebt den Hörer ab: »Eine Leitung, bitte.«
Nichts geschieht. Der Apparat scheint gestört zu sein. Von draußen macht ihm ein kleiner junge anschauliche Zeichen, daß man zuerst etwas in den Kasten werfen muß.
Natürlich, jetzt erinnert er sich. Er ist ja Vorsitzender des Parlamentsausschusses für das Münz- und Markenwesen. Er kennt sich aus. Der Minister betritt den nächsten Laden und bittet um eine Telefonmarke. »Das hier ist eine Wäscherei«, wird ihm mitgeteilt. »Telefonmarken bekommen Sie auf dem Postamt.«
Eine verwirrende Welt fürwahr. Der Minister hält nach einem Postamt Ausschau und erspäht auf der jenseitigen Straßenseite einen roten Kasten an einer Häusermauer. Er weiß sofort, was das ist. In solche Kästen tun die Menschen Briefe hinein, die sie vorher zu Hause geschrieben haben.
»Entschuldigen Sie«, wendet er sich an eine Dame, die neben ihm an der Straßenkreuzung wartet, »bei welcher Farbe darf man hinübergehen?«
Er ist ziemlich sicher, daß sein Wagen immer bei grünem Licht losfährt. Aber gilt das auch für Fußgänger? Der Menschenstrom, der sich jetzt in Bewegung setzt, schwemmt ihn auf die gegenüberliegende Straßenseite mit. Dort, gleich neben dem roten Kasten, entdeckt er ein Postamt, tritt ein und wendet sich an den nächsten Schalterbeamten:
»Bitte schicken Sie ein Telegramm an mein Ministerium, daß man mich sofort hier abholen soll.«
»Mit einem Flugzeug oder mit einem Unterseebot?« fragt der Schalterbeamte und läßt zur Sicherheit die Milchglasscheibe herunter.

Der Mann scheint verrückt zu sein, denkt der Minister und geht achselzuckend ab.
Nahe dem Postamt befindet sich ein Zeitungsstand. Wie sich zeigt, hat der Minister große Schwierigkeiten, unmarkierte Zeitungen zu entziffern. In den Zeitungen auf seinem Schreibtisch sind die Artikel, die er lesen soll, immer eingerahmt.
»Ein Glas Orangensaft?« fragt eine Stimme aus dem Erfrischungskiosk, vor dem er stehengeblieben ist.
Der Minister nickt. Er ist durstig geworden und leert das Glas bis auf den letzten Tropfen. Welch wunderbares Erlebnis: allein auf der Straße ein Glas Orangensaft zu trinken und erfrischt weiterzugehen.
Der Kioskinhaber kommt ihm nachgerannt:
»45 Agorot, wenn ich bitten darf!«
Der Minister starrt ihn an. Es dauert sekundenlang, ehe er begreift, was gemeint ist. Dann greift er in seine Tasche. Sie ist leer. Natürlich. Solche Sachen werden ja immer von seiner Sekretärin erledigt. Warum mußte sie gerade heute nach Haifa fahren?
»Schicken Sie mir die Rechnung, bitte«, sagt er dem gierigen Inkassanten und entflieht.
Als er endlich innehält, steht er vor einem in Bau befindlichen Haus. Die emsigen Menschen, die rundum beschäftigt sind, beeindrucken ihn tief. Nur der Lärm stört ihn ein wenig. Und was ist das für eine graue Masse, die sie dort in dem Bottich zusammenmischen?
»Einen schönen Tag wünsche ich!«
Ein alter Mann, wahrscheinlich ein Sammler für irgendwelche neu aufgelegten Anleihen, hält ihm die Hand hin. Auch ihn verweist er an sein Büro.
Immer neue Überraschungen: dort, in einer Reihe von Glaskästen, hängen Bilder halbnackter Mädchen! Der Minister blickt auf – jawohl, er hat's erraten ein Kino. So sieht das also aus. Er empfindet heftige Lust, hineinzugehen und endlich einmal einen Film zu sehen. Sonst kommt er ja nie dazu.
Der Minister klopft an die versperrte Eisentüre. Er muß mehrmals klopfen, ehe eine verhutzelte Frauensperson den Kopf heraussteckt:
»Was los?«
»Ich möchte einen Film sehen.«

»Jetzt? Die erste Vorstellung beginnt um vier Uhr nachmittags.«
»Nachmittags habe ich zu tun.«
»Dann sprechen Sie mit Herrn Weiss.«
Und die Eisentüre fällt ins Schloß.
An der nächsten Straßenecke steht ein ungewöhnlich großer, länglicher, blaulackierter Wagen, der eine Menge wartender Leute in sich aufnimmt. Ein Bus! schießt es dem Minister durch den Kopf. Erst vorige Woche haben wir ihnen das Budget erhöht. Um 11,5 Prozent. Da kann ich ja einsteigen.
»Hajarkonstraße«, sagt er dem Fahrer. »Nummer 71.«
»Welcher Stock?«
»Wie bitte?«
»Machen Sie, daß Sie vom Trittbrett herunterkommen!«
Der Fahrer betätigt die automatische Tür und saust los. Eine merkwürdige Welt mit merkwürdigen Spielregeln. Der Minister versucht sich zu orientieren, kann jedoch mangels irgendwelcher Wahrzeichen – Hilton-Hotel oder griechisches Restaurant – nicht feststellen, wo er sich befindet.
Menschen fluten an ihm vorbei, als wäre nichts geschehen. Dies also ist die Nation, das Volk, die Masse der Wähler. Den jüngsten Meinungsumfragen zufolge wird im Oktober jeder dritte dieser fremden Menschen für ihn stimmen. Der Minister liebt sie alle. Er ist seit seiner frühesten Jugend ein überzeugter Sozialist.
Endlich, auf vielfach verschlungenen Wegen, hat er zu seiner Limousine zurückgefunden; gerade rechtzeitig, um den Fahrer Gabi herankommen zu sehen.
»Zwei Sonderzahlungen jährlich und erhöhtes Urlaubsgeld«, sagt Gabi.
Der Streik ist beendet. Sie steigen ein. Gabi läßt den Motor anspringen.
Und der Minister kehrt von seinen Abenteuern auf einem fremden Planeten in die Welt seines Alltags zurück.

Als bevorzugte Frucht unseres vortrefflich bewässerten Landes gilt die Melone, schon deshalb, weil das Wasser, mit dem sie uns versorgt, nicht von der Bewässerung des übrigen Landes abhängt. Der einzige Nachteil der Melone ist Zuriel, der orientalische Obsthändler, der mit dem einen Auge nach links schielt, mit dem andern nach rechts und mit dem dritten die Kundschaft treuherzig anblickt.

Das Geheimnis der Melone

Dr. Feinholz: (kommt auf dem Heimweg am Obstmarkt vorbei und erinnert sich, daß seine Gattin Elsa immer vergißt, Melonen zu kaufen, das einzige Mittel gegen die unerträgliche Sommerhitze; tritt auf einen Berg von Melonen zu, der in der Mitte des Marktes emporragt, und wendet sich an Zuriel, den Besitzer des Berges.) Sind sie süß?

Zuriel: (antwortet nicht.)

Dr. Feinholz: Also gut. Geben Sie mir eine.

Zuriel: (läßt einen konzentrierten Röntgenblick über den grünen Berg schweifen, ergreift eine besonders aufgeschwollene Melone, wirft sie in die Luft, fängt sie auf, streichelt sie, drückt sie, beklopft sie, hält sie ans Ohr, wirft sie auf den Haufen zurück, nimmt eine andere … Luft … auffangen … streicheln … drücken … beklopfen … Ohr … weg … eine dritte … die vierte ist in Ordnung; wiegt sie im finstersten Winkel seines Obststandes ab, mit dem Rücken zur Kundschaft.) 6 Kilo. 75 Piaster.

Dr. Feinholz: Die ist also süß?

Zuriel: Sehr süß.

Dr. Feinholz: Wieso wissen Sie das?

Zuriel: Erfahrung.

Dr. Feinholz: Erfahrung?

Zuriel: Erfahrung. In den Fingerspitzen. Beim Betasten. Beim Auffangen aus der Luft. Eine Melone, die nicht ganz reif ist, macht »plopp«. Eine Melone, die reif ist, macht »plopp«.

Dr. Feinholz: Ich verstehe. (Zahlt, schultert die fünf Kilo schwere Melone und tritt den Heimweg an. Die Hitze ist so entsetzlich, daß der Asphalt zu schmelzen beginnt. Dr. Feinholz begreift mit einemmal, warum seine Gattin Elsa immer vergißt, Melonen zu kaufen. Zu Hause angelangt, versteckt er die Melone im Eisschrank. Nach Schluß der Mahlzeit zieht er sie als freudige Überraschung hervor und schneidet sie auf.)

Die Melone: (ist gelb, schmeckt wie gefrorener Badeschwamm, wurde vermutlich mit Kerosin bewässert.)

Dr. Feinholz: (spuckt aus, wütend) Also bitte. Da hast du unser gelobtes Land in seiner ganzen Pracht. 75 Piaster hat mich das Zeug gekostet!

Elsa: Trag's zurück.

Dr. Feinholz: Jawohl. Alles hat seine Grenzen, sogar meine Geduld. (Schleppt die Melone in der kochenden Hitze auf den Markt zurück und wirft sie vor Zuriels Füße.) Was haben Sie mir da angehängt?

Zuriel: (antwortet nicht.)

Dr. Feinholz: Das kann man nicht essen.

Zuriel: Dann essen Sie's nicht.

Dr. Feinholz: Ich habe Sie ausdrücklich gefragt, ob die Melone süß ist, und Sie haben ja gesagt.

Zuriel: Das Plopp beim Auffangen war in Ordnung. Aber wer kann in das Innere einer Melone sehen?

Dr. Feinholz: Das weiß ich nicht. Ich weiß nur, daß Sie für die Melonen, die Sie verkaufen, verantwortlich sind.

Zuriel: Nicht für Melonen, die Sie ohne Garantie von mir gekauft haben.

Dr. Feinholz: Es gibt Melonen mit Garantie?

Zuriel: Ja.

Dr. Feinholz: Und was ist der Unterschied?

Zuriel: 6 Piaster per Kilo. Melonen ohne Garantie kosten 12 Piaster das Kilo. Melonen mit Garantie 18. Dann bin ich verantwortlich.

Dr. Feinholz: (tritt heftig nach einer Melone, die ihm gerade vor die Füße kollert.)

Zuriel: (antwortet nicht.)

Dr. Feinholz: Also gut. Geben Sie mir eine Melone mit Garantie. Aber wenn sie wieder ungenießbar ist, können Sie sich auf etwas gefaßt machen.

Zuriel: wirft eine Melone in die Luft, fängt auf, streichelt sie, drückt sie, beklopft sie, hält sie ans Ohr, wirft sie weg. (Zweite ebenso, dritte ebenso, die vierte ist in Ordnung.) 7 Kilo 80.

Dr. Feinholz: Meinetwegen.

Zuriel: (schneidet eine schmale, dünne Scheibe aus der Melone heraus und zeigt sie Dr. Feinholz.) Rot?

Dr. Feinholz: Rot.

Zuriel: Ohne zu prahlen: das ist wirklich eine ganz besonders rote Melone.

Dr. Feinholz: (zahlt, schleppt die sechs Kilo schwere Melone schwitzend und ächzend nach Hause.) Der alte Gauner hat sie ohne ein Wort des Widerspruchs umgetauscht.

Elsa: Klar.

Dr. Feinholz: (gibt die Melone in den Kühlschrank, wartet eine halbe Stunde, zieht sie hervor, schneidet sie auf.) Eine prachtvolle rote Melone, wirklich.

Elsa: Hast du sie gekostet?

Dr. Feinholz: Gekostet habe ich sie nicht. Aber man sieht ja, daß sie gut sein muß.

Die Melone: (schmeckt schal, alt, abgestanden, faul, bitter.)

Elsa: Bubi wird die Melone brav zurücktragen, ja?

Dr. Feinholz: (Abschleppdienst, Schweiß, Keuchen, Flüche, Melone vor Zuriels Füße.) Da haben Sie den Dreck.

Zuriel: (antwortet nicht.)

Dr. Feinholz: Habe ich diese Melone mit Garantie gekauft oder nicht?

Zuriel: Ja.

Dr. Feinholz: Kosten Sie sie.

Zuriel: Danke. Ich esse Melonen nicht gern. Ich muß dann immer schwitzen.

Dr. Feinholz: Das nennen Sie süß? Das soll eine süße Melone sein?

Zuriel: Ich habe Ihnen keine süße Melone garantiert. Ich habe Ihnen eine rote Melone garantiert.

Dr. Feinholz: Ich pfeife auf die Farbe. Von mir aus kann sie marineblau sein.

Zuriel: Warum haben Sie mir nicht gesagt, daß es Ihnen auf den

Geschmack ankommt? Die Garantie für süße Melonen ist 21 Piaster pro Kilo.

Dr. Feinholz: (nach einer kurzen Erholungspause) Also gut. Geben Sie mir eine garantiert süße Melone.

Zuriel: (Prozedur von Wurf bis Nummer vier wie zuvor.) 9 Kilo 30.

Dr. Feinholz: Einen Augenblick! Ich möchte sie kosten.

Zuriel: Bitte sehr. (Schneidet ein pyramidenförmig zugespitztes Stück aus der Melone heraus, und zwar dergestalt, daß die Spitze der Pyramide dem geometrischen Mittelpunkt des Meloneninhalts entspringt.)

Dr. Feinholz: (beißt die Spitze ab.) Sehen Sie, guter Mann, das ist eine süße Melone!

Zuriel: (steckt die Pyramide rasch an ihren Platz zurück.) 2 Pfund 10.

Dr. Feinholz: (zahlt, schwitzt, taumelt heimwärts.) Ich habe ihn gezwungen, sie umzutauschen. Und jetzt koste einmal.

Elsa: (kostet, spuckt aus.)

Die Melone: (vollkommen schal, schmeckt bestenfalls nach Abwaschwasser, besteht fast ausschließlich aus Samenkernen, verwandelt sich in unmittelbarer Nähe des geometrischen Mittelpunktes in feuchte Watte.)

Elsa: Zurücktragen!

Dr. Feinholz: (Qualprozedur wie zweimal zuvor bis zum Ende.) Und das? Was ist das?

Zuriel: (antwortet nicht.)

Dr. Feinholz: Was ist das?!?

Zuriel: Sie haben ja gekostet.

Dr. Feinholz: Was ich gekostet habe, war süß.

Zuriel: Hier ist es süß, und zu Hause ist es sauer? Was machen Sie zu Hause mit den Melonen? Marinieren?

Dr. Feinholz: (bekommt einen Erstickungsanfall und flucht auf deutsch.)

Zuriel: (klopft ihm auf den Rücken.) Wollen Sie eine andere?

Dr. Feinholz: (keuchend) Ja …

Zuriel: (beginnt mit dem Prüfungsritual.)

Dr. Feinholz: Werfen Sie Ihre Großmutter in die Luft! Ich suche mir meine Melone selbst aus.

Zuriel: Wie Sie wünschen.

Dr. Feinholz: (fühlt sich nach kurzem Umblick mit magischer Gewalt von einer flaschengrünen Frucht angezogen, betastet sie und weiß mit jener unfehlbaren Sicherheit, die sonst nur den schöpferischen Augenblicken des Geistes innewohnt, daß diese einfach süß sein muß.)

Zuriel: 16 Kilo 80. Wollen Sie die Garantie schriftlich?

Dr. Feinholz: Krepier! (Stöhnen, Schwitzen, Ankunft zu Hause.) Der Lump hat mir eine andere geben müssen.

Elsa: Das sehe ich.

Dr. Feinholz: (schließt sich mitsamt der Melone im Eiskasten ein, kommt aber, da es dort sehr kalt ist, schon nach wenigen Minuten wieder heraus und schneidet die Melone auf.)

Die Melone: (süß, reif, rot, zart, saftig, kernlos, delikat, Exportqualität.)

Dr. Feinholz: (strahlt, verjüngt sich, das Leben ist wieder schön, die Sonne geht in großer Farbenpracht unter, Vöglein zwitschern.) Das nenne ich Melone, was? Liebling, so eine Melone hast du noch nie gegessen! Weil ich sie selbst ausgesucht habe. Dieser Verbrecher. Dreimal hintereinander hat er nichts Brauchbares gefunden. Und ich, gleich beim erstenmal, von einem geheimnisvollen Instinkt geleitet –

Elsa: Sprich keinen Unsinn.

Dr. Feinholz: Unsinn? Du wirst ja sehen. Von jetzt an mache ich's immer so. (Sucht am nächsten Tag seine Melone wieder selbst aus, fühlt sich wieder mit unerklärlicher Magie zu einer bestimmten Frucht hingezogen, zahlt, schwitzt, taumelt, Kühlschrank, halbe Stunde, Schnitt.)

Die Melone: (schmeckt nach verfaultem Laub, ist vollkommen ungenießbar und spottet der menschlichen Eitelkeit.)

Dr. Feinholz: (versucht sich eine Kugel in den Kopf zu schießen, zielt schlecht, trifft daneben und lebt weiter.)

Aus guten Gründen habe ich mir die Beschäftigung mit einem Edelprodukt der Menschheit bis zum Schluß des Buches aufgespart. Ich meine natürlich den Handwerker. Er ist auch in Israel Herr über Leben und Tod derer, die auf ihn angewiesen sind – sei er nun Tischler, Schmied oder Installateur. Nur der Messias wird annähernd so sehnsüchtig erwartet. Aber da kommt noch eher der Messias.

Warten auf Nebenzahl

7. April

Heute war es endlich soweit, daß unser Tisch unter der Last des festlichen Mahles zusammenbrach. Meine Frau war damit sehr einverstanden. Sie hatte das wackelige Möbelstück ohnehin schon seit langem loswerden wollen. Ich zersägte es freudig, und wir machten einen schönen Scheiterhaufen daraus.

Meine Frau behauptet, daß man in Jaffa Tische direkt beim Erzeuger kaufen kann. Das geht rascher und ist billiger.

8. April

Der Erzeuger, bei dem wir den Tisch bestellt haben, heißt Josef Nebenzahl. Seine Persönlichkeit machte auf uns einen besseren Eindruck als die seiner Konkurrenten. Er ist ein ehrlicher, aufrechter Mann von gewinnender Wesensart. Als wir bei ihm erschienen, steckte er bis über beide Ohren in der Arbeit. Sein gewaltiger Brustkorb hob und senkte sich mit imposanter Regelmäßigkeit, während er Brett um Brett zersägte, und die tadellos gehaltenen Maschinen stampften den Takt dazu. Für den Tisch verlangte er 360 Pfund Anzahlung. Meine Frau versuchte zu handeln, hatte aber kein Glück.

»Madame«, sagte Josef Nebenzahl und sah ihr mit festem Blick ins Auge, »Josef Nebenzahl leistet ganze Arbeit und weiß, was sie wert ist. Er verlangt nicht einen Piaster mehr und nicht einen Piaster weniger!«

So ist's recht, dachten wir beide. Das ist die Rede eines ehrlichen Mannes.

Ich fragte, wann der Tisch fertig wäre. Nebenzahl zog ein kleines

Notizbuch aus seiner Hosentasche. Montag mittag. Meine Frau schilderte ihm in lebhaften Farben, wie es ohne Tisch bei uns zuginge, daß wir stehend essen müßten und daß unser Leben kein Leben sei. Nebenzahl ging in die Nebenwerkstatt, um sich mit seinem Partner zu beraten, kam zurück und sagte: »Sonntag abend.« Aber wir müßten den Transport bezahlen. Nachdem ich die Hälfte der Transportkosten erlegt hatte, nahmen wir Abschied. Nebenzahl schüttelte uns kräftig die Hand und sah uns mit festem Blick in die Augen: Mir könnt ihr vertrauen!

14. April

Bis Mitternacht haben wir auf den Tisch gewartet. Er kam nicht. Heute früh rief ich Nebenzahl an. Sein Partner sagte mir, daß Nebenzahl auswärts zu tun hätte, und er selbst wüßte nichts von einem Tisch. Aber sobald Nebenzahl zurückkäme, würde er uns anrufen. Nebenzahl rief uns nicht an. Wir sind in einiger Verlegenheit. Unsere Mahlzeiten nehmen wir, wie ich beschämt gestehen muß, auf dem Teppich ein.

15. April

Ich fuhr nach Jaffa, um Krach zu schlagen. Nebenzahl steckte bis über beide Ohren in der Arbeit. Die Kreissäge, die er mit mächtiger Hand bediente, warf Garben von Sägespänen um sich. Ich mußte mich vorstellen, da er sich nicht mehr an mich erinnern konnte. Dann erklärte er mir, daß sein bester Arbeiter verfrüht zum Militärdienst eingezogen worden sei, und versprach mir den Tisch für morgen 4 Uhr nachmittags. Wir einigten uns auf 3.30 Uhr. Ursprünglich hatte ich auf 3 Uhr bestehen wollen, aber das ließ sich nicht machen. »Nebenzahl ist wie eine Präzisionsuhr«, sagte Nebenzahl. »Keine Sekunde früher und keine Sekunde später.«

17. April

Nichts. Ich rief an. Nebenzahl, so erfuhr ich von seinem Kompagnon, hatte sich in die Hand geschnitten, so daß der Tisch erst morgen zugestellt werden könnte. Nun, ein Tag mehr oder weniger spielte wirklich keine Rolle.

18. April

Der Tisch kam nicht. Meine Frau behauptet, das von Anfang an gewußt zu haben. Nebenzahls schiefer, betrügerischer Blick hätte ihr sofort mißfallen. Dann rief sie in Jaffa an. Nebenzahl selbst war am Telefon und fand überzeugende Worte des Trostes. Das Tischholz hätte unvorhergesehene Schwellungen entwickelt, jetzt aber sei es im Druckrahmen und der Tisch sei so gut wie fertig. Wie er denn aussähe? fragte meine Frau. Das ließe sich telefonisch schwer sagen, antwortete Nebenzahl, der ein Feind aller unbestimmten Auskünfte war. Außerdem seien die Beine noch nicht eingesetzt, aber das würde nicht länger als drei Tage dauern, und das Polieren nicht länger als zwei.

Wir haben bereits große Übung im Sitzen mit untergeschlagenen Beinen. Die Japaner, ein altes Kulturvolk, nehmen ihre Mahlzeiten seit Jahrtausenden auf diese Weise ein.

21. April

Nebenzahls Partner rief uns aus freien Stücken an, um uns vorsorglich mitzuteilen, daß der Polierer Mumps bekommen hätte. Meine Frau erlitt am Telefon einen hysterischen Anfall. »Madame«, sagte Nebenzahls Partner, »wir könnten den Tisch im Handumdrehen fertig machen, aber wir wollen Ihnen doch eine erstklassige Handwerkerarbeit liefern. Morgen um zwei Uhr bringen wir Ihnen den Tisch und trinken zusammen eine Flasche Bier.«

22. April

Sie brachten den Tisch weder um zwei Uhr noch später. Ich rief an. Nebenzahl kam ans Telefon und wußte von nichts, versprach uns aber einen Anruf seines Partners.

23. April

Ich fuhr mit dem Bus nach Jaffa. Nebenzahl steckte bis über beide Ohren in der Arbeit. Als er mich sah, fuhr er mich unbeherrscht an: ich sollte ihn nicht immer stören, unter solchem Druck könne er seinen Verpflichtungen nicht nachkommen. Der Tisch, so setzte er etwas ruhiger fort, sei in Arbeit. Was wollte ich also noch? Er führte mich in die Werkstatt und zeigte mir die Bretter. Ein ganz spezielles Holz erster Qualität. Stahlhart. Wann? Ende nächster Woche. Sonntag vormittag. Um zehn Uhr würde er mich anrufen.

5. Mai

Selbst diesen strahlenden Sonntag mußte mir meine Frau durch ihre Unkenrufe verderben. »Sie werden nicht liefern«, sagte sie. »Sie werden liefern«, sagte ich. »Ich habe das Gefühl, daß es diesmal klappen wird.«

»Sie werden nicht liefern«, wiederholte meine Frau mit typisch weiblicher Hartnäckigkeit. »Du wirst schon sehen. Die Säge ist abgebrochen.«

Zu Mittag rief ich an. Nebenzahl teilte mir mit, daß sie noch an der Arbeit wären. Sie hätten im Holz ein paar kleinere Sprünge entdeckt und wollten keine zweitklassige Handwerkerarbeit abliefern. Meine Frau hatte wieder einmal unrecht gehabt. Es war nicht die Säge, es waren Sprünge im Holz. Ende nächster Woche.

12. Mai

Nichts. Meine Frau hat sich bereits damit abgefunden, daß wir noch mindestens einen Monat warten müßten. Höchstens vierzehn Tage, sagte ich.

Ich rief an. Der Kompagnon teilte mir mit, daß Nebenzahl seit vorgestern abwesend sei; irgendwelche Geschichten am Zollamt. Aber er glaubte von ihm ganz deutlich gehört zu haben, daß der Tisch in spätestens drei Wochen fertig wäre. Wir brauchten gar nicht mehr anzurufen – pünktlich am Morgen des 3. Juni würde der Tisch vor unserem Haus abgeladen.

»Siehst du«, wandte ich mich an meine Frau. »Du hast von einem Monat gesprochen, ich von vierzehn Tagen. Drei Wochen sind ein schöner Kompromiß.«

Wir essen zurückgelehnt, wie die Römer. Sehr reizvoll.

3. Juni

Nichts. Anruf: keine Antwort. Meine Frau: Mitte August. Ich: Ende Juli. Fuhr mit dem Bus nach Jaffa. An der Endstation hielt gerade ein

Taxi, der Fahrer steckte den Kopf zum Fenster heraus und brüllte: »Nebenzahl, Nebenzahl!« Sofort stiegen zwei weitere Passagiere ein. Einer von ihnen hatte seit sechs Monaten Präsenzdienst bei Nebenzahl, wegen einer Sesselgarnitur. Der andere, ein Physikprofessor, wartete erst seit zwei Monaten auf seinen Arbeitstisch. Unterwegs freundeten wir uns herzlich an. In Nebenzahls Werkstatt fanden wir nur den Kompagnon vor. Alles würde sich bestens regeln, sagte er. Mir raunte er verstohlen ins Ohr, daß Nebenzahl ganz ausdrücklich von Ende Juli gesprochen hätte, hundertprozentig Ende Juli. Ich warf einen Blick in die Werkstatt. Die stahlharten Bretter waren verschwunden. Auf dem Rückweg diskutierten wir über Nebenzahls Persönlichkeit, über die Arbeit, die ihn so sehr in Anspruch nimmt, und über sein Bestreben, es allen recht zu machen. Daran wird er noch zugrunde gehen. Schon jetzt sieht er aus wie ein gehetztes Wild. Wir beschlossen, uns nächste Woche wieder an der Ausgangsstation der Nebenzahl-Linie zu treffen.
Meine Frau leugnet, sich jemals auf Ende August festgelegt zu haben. In gerechtem Zorn verlangte ich, daß von jetzt an alles schriftlich niedergelegt werden müßte.

30. Juli
Ich wette 5 Pfund auf den Termin Laubhüttenfest, das heuer in die erste Oktoberhälfte fällt. Meine Frau konterte mit dem Jahresende (gregorianischer Kalender). Ihre Begründung: Geburt eines Sohnes bei Nebenzahls. Meine Begründung: Kurzschluß? Alles schriftlich festgehalten. An der Haltestelle stieß ein weiterer Nebenzahl-Satellit zu uns, ein älteres Mitglied des obersten Gerichtshofs (Büchergestell, zwei Jahre). Der Konvoi rollte nach Jaffa. Nebenzahl steckte bis über beide Ohren in der Arbeit. Durch Garben von Sägespänen und das Dröhnen der Maschinen rief er uns zu, daß er unmöglich mit jedem einzelnen von uns sprechen könne. Ich wurde durch Akklamation zum Sprecher der Gruppe bestimmt. Nebenzahl versprach – diesmal feierlich –, daß Ende November alles geliefert sein würde, mein Tisch sogar etwas früher, um das jüdische Neujahr herum. Warum so spät? Weil Nebenzahls eine Tochter erwarteten. Der Physikprofessor schlug vor, daß wir auch untereinander Wetten abschließen sollten. In der gleichen Straße

befände sich ein Buchdrucker (Schaukelstuhl, 18 Monate), der uns die nötigen Toto-Formulare drucken würde. Gründung eines Nebenzahl-Klubs.

21. August

Diesmal fand die Klubsitzung bei uns statt. 31 Teilnehmer. Das Mitglied des Obersten Gerichtshofs brachte die endgültig formulierten Statuten des Nebenzahl-Klubs mit. Wer ordentliches Mitglied werden will, muß mindestens 6 Monate gewartet haben. Mit geringerer Wartezeit wird man nur Kandidat. Genehmigung der Wettformulare. Es sind jeweils drei Sparten auszufüllen: a) versprochenes Datum der Fertigstellung, b) Ausrede, c) tatsächliches Datum der Lieferung (Tag, Monat, Jahr). Mit großer Mehrheit wurde beschlossen, ein Porträt in Auftrag zu geben: Josef Nebenzahl, bis über beide Ohren in Arbeit steckend und dem Beschauer mit festem Blick in die Augen sehend. Die Klubmitglieder sind ungewöhnlich nette Leute, ohne Ausnahme. Wir bilden eine einzige, große, glückliche Familie. Alle essen auf dem Fußboden.

2. Januar

Heute war ich an der Reihe, bei Nebenzahl vorzusprechen. Er entschuldigte sich für die Verspätung: Zeugenaussage vor Gericht. Zeitverlust. Dann zog er ein kleines Notizbuch aus seiner Hosentasche, blätterte, überlegte angestrengt und versprach mir bindend, übermorgen nachmittag mit der Arbeit an unserem Tisch zu beginnen. Wir füllten sofort die Formulare aus. Meine Frau: 1. Juni. Ich: 7. Januar nächsten Jahres.

1. Februar

Festversammlung des Nebenzahl-Klubs. Ständiges Anwachsen der Mitgliedschaft. Am Toto beteiligen sich bereits 104 Personen. Die Inhaberin eines Schönheitssalons hatte 50 Pfund auf die Lieferung einer Ersatz-Schublade gewettet (15. Januar, Grippe, 7. Juli) und gewann 500 Pfund, da sie sowohl die beiden Daten als auch die Ausrede richtig erraten hatte. Die Festsitzung wurde durch eine musikalische Darbietung unseres Kammerquartetts eröffnet (drei Stühle, eine

Gartenbank). Im Rahmen des Kulturprogramms hielt der Prorektor des Technikums in Haifa einen Vortrag über das Thema »Der Tisch – ein überflüssiges Möbel«. Seine lichtvollen Ausführungen über die Speisegewohnheiten des frühen Neandertalers fanden größtes Interesse. Nach dem Bankett erfolgte in drei Autobussen die traditionelle Pilgerfahrt nach Jaffa. Nebenzahl steckte bis über beide Ohren in der Arbeit. Er versprach, bis Freitag nachmittag alles fertigzustellen. Die Verzögerung sei auf einen Todesfall in seiner Familie zurückzuführen.

4. September
Unser Exekutivkomitee bereitet die Errichtung eines medizinischen Hilfsfonds für Nebenzahl-Kunden vor. Es wurde ferner beschlossen, eine Monatszeitschrift mit dem Titel »Ewigkeit« herauszugeben, die sich mit aktuellen Fragen beschäftigen soll: Beschreibung neuer Maschinen in den Nebenzahl-Werkstätten (mit Fotos), Namenslisten der zum Militärdienst einberufenen Werkmeister, Gesellen und Gehilfen, Resultate des Nebenzahl-Totos, Führungen durch Jaffa, eine ständige Rubrik »Neues aus der Welt der Tischlerei« und anderes mehr. Das Training unserer Korbballmannschaft findet jetzt zweimal wöchentlich statt. Wir machen gute Fortschritte. Die Mittel für den Bau eines Klubhauses sollen durch Anleihen aufgebracht werden.
Nach Schluß der Sitzung wurde der in den Statuten vorgeschriebene Anruf nach Jaffa durchgeführt. Nur der Kompagnon war da. Nebenzahl befindet sich auf Hochzeitsreise. Der Kompagnon versprach, für beschleunigte Abwicklung zu sorgen. Meine Frau setzte 300 Pfund auf den 17. August in drei Jahren.

10. Januar
Etwas vollkommen Unerklärliches ist geschehen. Heute vormittag erschien Josef Nebenzahl vor unserem Haus und zog eine Art Tisch hinter sich her. Wir fragten uns vergebens, was er wohl im Schilde führen mochte. Nebenzahl erinnerte uns, daß wir vor geraumer Zeit – er wüßte nicht mehr genau, wann – bei ihm einen Tisch bestellt hätten, und der wäre jetzt also fertig. Offenbar handelte er in geistiger Um-

nachtung. Seine Augen flackerten. »Nebenzahl verspricht, Nebenzahl liefert«, sagte er. »Bitte zahlen Sie den Transport.«

Es war ein fürchterlicher Schlag für uns. Adieu, Nebenzahl-Klub, adieu, Vorstandssitzungen, Kulturprogramm und Wetten. Aus und vorbei. Und das Schlimmste ist: Wir wissen nicht, was wir mit dem Tisch machen sollen. Wir können längst nicht mehr im Sitzen essen. Meine Frau meint, wir sollten uns nach den Mahlzeiten unter dem Tisch zur Ruhe legen.

Die Kommunikationsschwierigkeiten, unter denen unsere Konsumgesellschaft leidet und ohne die es keine zeitgenössische Dramatik gäbe, rühren angeblich daher, daß ein im Unterbewußtsein klaffender Abgrund die Menschen verhindert, sich miteinander zu verständigen, manchmal pausenlos, manchmal in drei Akten. Ich erlaube mir, eine wesentlich einfachere, auf persönliche Erfahrung gestützte Theorie vorzubringen, nämlich daß einer dem andern nicht zuhört.

Niemand hört zu

Was ich da entdeckt habe, geht – wie so manche bedeutende Entdeckung – auf einen Zufall zurück. Ich saß an einem Tisch des vor kurzem neu eröffneten Restaurants Martin & Maiglock und versuchte ein Steak zu bewältigen, das es an Zähigkeit getrost mit Golda Meir aufnehmen könnte. Von den beiden Inhabern beaufsichtigte Herr Martin den Küchenbetrieb, während Herr Maiglock gemessenen Schrittes im Lokal umherwandelte und jeden Gast mit ein paar höflichen Worten bedachte. So auch mich. Als er meinen Tisch passierte, beugte er sich vor und fragte:

»Alles in Ordnung, mein Herr? Wie ist das Steak?«

»Grauenhaft«, antwortete ich.

»Vielen Dank. Wir tun unser Bestes.« Maiglock setzte ein strahlendes Lächeln auf, verbeugte sich und trat an den nächsten Tisch.

Zuerst vermutete ich einen Fall von gestörtem Sensorium oder von Schwerhörigkeit, wurde jedoch alsbald eines anderen belehrt, und zwar in der Redaktion meiner Zeitung. Dort war gerade eine stürmische Debatte über das Wiederengagement eines kurz zuvor entlassenen Redakteurs namens Schapira im Gang. Sigi, der stellvertretende Chefredakteur, eilte mir entgegen und packte mich bei den Rockaufschlägen:

»Hab ich dir nicht gesagt, daß Schapira in spätestens drei Wochen zurückkommen wird? Hab ich dir das gesagt oder nicht?«

»Nein, du hast mir nichts dergleichen gesagt.«

»Also bitte!« Triumphierend wandte sich Sigi in die Runde. »Ihr hört es ja!«

Sie hören eben nicht, unsere lieben Mitmenschen. Das heißt: Sie hören zwar, aber nur das, was sie hören wollen. Der folgende Dialog ist längst nichts Außergewöhnliches mehr:
»Wie geht's?«
»Miserabel.«
»Freut mich, freut mich. Und die werte Familie?«
»Ich habe mit ihr gebrochen.«
»Das ist die Hauptsache. Hoffentlich sehen wir uns bald.«
Niemand hört zu. Ich erinnere nur an das letzte Fernsehinterview unseres Finanzministers.
»Herr Minister«, sagte der Reporter, »wie erklären Sie sich, daß trotz der gespannten Lage die israelischen Bürger ehrlich und ohne zu klagen ihre enormen Steuern bezahlen?«
»Mir ist dieses Problem sehr wohl bewußt«, antwortete der Minister. »Aber solange wir zu unseren Rüstungsausgaben gezwungen sind, ist an eine Steuersenkung leider nicht zu denken.«
Tatsächlich: Die Menschen können sich kaum noch miteinander verständigen. Sie reden aneinander vorbei. Sie drücken auf einen Knopf und lassen den vorbereiteten Text abschnurren. Ein durchschnittlich gebildeter Papagei oder ein Magnetophonband täten die gleichen Dienste. Vorige Woche suchte ich den kaufmännischen Direktor unserer Zeitung auf und verlangte, wie jeder andere auch, eine Erhöhung des monatlichen Betrages für meinen Wagen. Der Herr Direktor blätterte in den Papieren auf seinem Schreibtisch und fragte:
»Wie begründen Sie das?«
»Die Versicherung ist gestiegen«, erklärte ich. »Und außerdem ist nicht alles Gold, was glänzt. Nur Morgenstunde hat Gold im Munde. Eile mit Weile und mit den Wölfen heulen.«
»Damit wird die Verlagsleitung nicht einverstanden sein«, lautete die Antwort. »Aber ich will sehen, was sich machen läßt. Fragen Sie Ende Oktober wieder nach.«
Niemand hört zu. Man könnte daraus ein anregendes Gesellschaftsspiel machen. Ich würde es den »Magnetophontest« nennen. Zum Beispiel trifft man einen unserer führenden Theaterkritiker und beginnt erregt auf ihn einzusprechen:
»Es gibt im Theaterbetrieb keine festen Regeln, Herr. Sie können ein

Vermögen in ein neues Stück hineinstecken, können die teuersten Stars engagieren und für eine pompöse Ausstattung sorgen – trotzdem wird es ein entsetzlicher Durchfall. Umgekehrt kratzt eine Gruppe von talentierten jungen Leuten ein paar hundert Pfund zusammen, holt sich die Schauspieler aus einem Seminar, verzichtet auf Bühnenbilder, auf Kostüme, auf jedes sonstige Zubehör – und was ist das Resultat? Eine Katastrophe.«

»Ganz richtig«, stimmt der Kritiker begeistert zu. »Die jungen Leute haben eben Talent.«

Niemand hört zu. Wollen Sie sich selbst eine Bestätigung holen? Dann wenden Sie sich, wenn Sie nächstens beim Abendessen sitzen, mit schmeichelnder Stimme an Ihre Frau:

»Als ich nach Hause kam, Liebling, hatte ich keinen Appetit. Aber beim ersten Bissen deiner rumänischen Tschorba ist er mir restlos vergangen.«

Die also Angeredete wird hold erröten:

»Wenn du willst, mein Schatz, mache ich dir jeden Tag eine Tschorba.«

Offenbar kommt es nicht auf den Inhalt des Gesagten an, sondern auf den Tonfall:

»Wie war die gestrige Premiere?«

»Zuerst habe ich mich ein wenig gelangweilt. Später wurde es unerträglich.«

»Fein. Ich werde mir Karten besorgen.«

Als ich unlängst auf dem Postamt zu tun hatte, trat ich dem Herrn, der in der Schlange hinter mir stand, aufs Hühnerauge. Ich drehte mich um und sah ihm fest in die Augen:

»Es war Absicht«, sagte ich.

»Macht nichts«, lautete die Antwort. »Das kann passieren.«

Niemand hört zu. Wirklich niemand. Erst gestern gab ich der Kindergärtnerin, die gegen das Temperament meines Töchterchens Renana etwas einzuwenden hatte, unzweideutig zu verstehen, was ich von ihr hielt: »Liebes Fräulein«, schloß ich, »ein Lächeln meiner kleinen Tochter ist mir mehr wert als alle Übel der Welt.«

»Sie sind ein Affenvater«, sagte die Kindergärtnerin. Und da hatte sie zufällig recht.

Erfahrung lehrt, daß sich die meisten Dinge nach einer gewissen Zeit von selbst erledigen, sogar während einer Kabinettskrise. Echte Schwierigkeiten entstehen erst, wenn der Botenjunge ausbleibt. Anscheinend ist es leichter, Minister zu finden als einen Botenjungen. Sie müssen ja auch nicht radfahren können.

Wo steckt Tuwal?

Gottes unerforschlicher Ratschluß hatte entschieden, daß unser Kühlschrank in Streik treten sollte. Mich beunruhigte das in keiner Weise, denn ich besaß einen Garantieschein und brauchte nichts weiter zu tun, als ihn ausgefüllt an die Fabrik zu schicken. Dann lehnte ich mich zurück und wartete.

Nach einigen Tagen begannen die im ehemaligen Kühlschrank aufbewahrten Nahrungsmittel zu gären. Ich rief die Fabrik an.

»Sie sind nicht der einzige, Herr«, teilte mir der Manager bedauernd mit. »Wir bekommen schon seit drei Tagen keine Post.«

»Was heißt das? Warum?«

»Unser Botenjunge ist nicht gekommen.«

Ich erfuhr, daß Tuwal, der vierzehnjährige Botenjunge des Unternehmens, der am Morgen immer die Post holte, seit Sonntag ausgeblieben war und dadurch den ganzen Betrieb zum Stocken gebracht hatte. Das Postamt ist ziemlich weit von der Fabrik entfernt, und Tuwal hatte ein Fahrrad.

»Wir wissen nicht, was mit ihm los ist«, fuhr der Manager fort. »Er hat uns noch nie sitzen lassen. Vielleicht ist er krank.«

Da unser Eisschrank weiter vor sich hingärte, rief ich zwei Tage später den Manager abermals an.

»Nichts Neues«, sagte er bereitwillig. »Bei uns geht's drunter und drüber, Briefe, Rechnungen, Bestellscheine und alle möglichen Schriftstücke, die schon längst unterwegs sein sollten, häufen sich auf meinem Schreibtisch, und ich habe keinen Botenjungen, der sie befördern würde. Auch die innerbetrieblichen Verbindungswege sind unterbrochen. Versuchen Sie sich das Chaos vorzustellen. Wir sind bekanntlich Armeelieferanten.«

Mir kam ein rettender Gedanke:
»Könnten Sie sich nicht erkundigen, was mit Tuwal geschehen ist?«
»Daran haben wir auch schon gedacht. Aber er wohnt weit außerhalb der Stadt, und wir haben keinen Botenjungen …«
Um diese Zeit stank es aus unserem Kühlschrank schon so erbärmlich, daß man es nicht mehr riskieren konnte, ihn zu öffnen. Ich telefonierte dreimal täglich mit dem Manager, um mich nach Tuwal zu erkundigen. Er war immer noch nicht gekommen. Niemand wußte, was mit diesem sonst immer so verläßlichen Jungen los war. Eine typisch israelische Tragödie: wenn es feststünde, daß Tuwal nicht mehr zurückkäme, dann, so erläuterte mir der Manager, würde man die Fabrik vielleicht zusperren oder eine näher zum Postamt gelegene aufbauen. Aber so? Diese quälende Ungewißheit war entsetzlich. Das Direktorium hatte das Problem bereits dem Verteidigungsminister unterbreitet. Auf den Fließbändern herrschte die reinste Anarchie, denn es gab keinen Botenjungen, der die Anweisungen und Entwürfe ausgetragen hätte. Auch die Finanzgebarung stand vor einer Katastrophe, da Schecks weder ab- noch eingingen.
»Haben Sie«, erkundigte ich mich vorsichtig, »schon daran gedacht, einen anderen Botenjungen zu suchen?«
»Unmöglich. Diese jungen Bengel wollen ja nicht arbeiten. Sie lassen sich das Geld für zehn Busfahrten geben und verschwinden. Aber Tuwal hat ein Fahrrad. Wir müssen auf ihn warten …«
Auf der Börse fielen die Aktien der Gesellschaft um vier Punkte, als bekannt wurde, daß ihr Botenjunge sie verlassen hatte. Aus diesem Grund waren auch größere Unternehmen schon in Konkurs gegangen. Wo steckte Tuwal? Warum kam er nicht?
Wir schoben den Kühlschrank, der nun schon ganz eindeutig ein Pestschrank geworden war, auf den Balkon hinaus und versperrten die Türe. In den Zeitungen lasen wir von neuen Spannungen an der syrischen Grenze. Sollten die Syrer beabsichtigen, Tuwals Erkrankung auszunützen?
Als ich gestern wieder den Manager anrief, meldete sich an seiner Stelle der Konkursverwalter, der zu retten versuchte, was noch zu retten war. Angeblich hat der Handelsminister einen genauen Bericht über den Hergang des Bankrotts angefordert. Der Bericht ist seit

Tagen fertig, kann aber nicht zugestellt werden, weil kein Botenjunge da ist.
In seiner nächsten Sitzung wird sich der Ministerrat mit der Angelegenheit beschäftigen.

Die Gastfreundschaft gehört im Vorderen Orient zu den heiligsten Geboten. Ein Beduinenscheich, bei dem du eingekehrt bist, wird dich – auch wenn du monatelang bleibst – nie zum Aufbruch mahnen. Leider ist die Zahl der Beduinenscheichs unter den Oberkellnern von Tel Aviv sehr gering.

Sperrstunde

Das Theater hatte um acht Uhr abends begonnen. Kurz vor elf war es zu Ende. Wir hatten noch keine Lust, schlafen zu gehen. Unschlüssig schlenderten wir die hell erleuchtete Dizengoffstraße hinunter.

»Laß uns noch eine Tasse Tee trinken«, sagte die beste Ehefrau von allen. »Irgendwo.«

Wir betraten das nächste Café-Restaurant, ein kleines, intimes Lokal mit diskreter Neonbeleuchtung, einer blitzblanken Espressomaschine und zwei Kellnern, die sich gerade umkleideten. Außer uns war nur noch ein glatzköpfiger Mann vorhanden, der mit einem schmutzigen Fetzen die Theke abwischte. Bei unserem Eintritt sah er auf seine Uhr und brummelte etwas Unverständliches zu einem der beiden Kellner hinüber, der daraufhin seinen Rock wieder auszog und in ein Jackett von unbestimmter Farbe schlüpfte; irgendwann einmal muß es weiß gewesen sein.

Die Luft war mit Sozialproblemen geladen. Aber wir taten, als wäre es eine ganz normale Luft, und ließen uns an einem der Tische nieder.

»Tee«, bestellte ich unbefangen. »Zwei Tassen Tee.«

Der Kellner zögerte, dann öffnete er die Türe zur Küche und fragte mit demonstrativ angewiderter Stimme:

»Ist das Wasser noch heiß?«

Unterdessen schob draußen auf der Terrasse der andere Kellner die Tische zusammen, mit harten, präzisen Rucken, deren Staccato den unerbittlichen Ablauf der Zeit zu skandieren schien.

Der Tee schwappte ein wenig über, als der erste Kellner die beiden Tassen vor uns hin knallte. Aber was verschlug's. Wir versuchten, die farblose Flüssigkeit durch emsiges Umrühren ein wenig zu wärmen.

»'tschuldigen!«

Es war der Glatzkopf. Er hob das Tablett mit unseren beiden Tassen und nahm das fleckige Tischtuch an sich. Nun, auch der Tisch als solcher war nicht ohne.

Der erste Kellner hatte den unterbrochenen Kostümwechsel wieder aufgenommen und stand jetzt in einem blauen Regenmantel zwischen der Türe. Er machte den Eindruck, als wartete er auf etwas. Der zweite Kellner war mit dem Zusammenfalten der Flecktücher fertig geworden und drehte die Neonlichter ab.

»Vielleicht«, flüsterte ich meiner Ehefrau zu, »vielleicht möchten sie, daß wir gehen? Wäre das möglich?«

»Es wäre möglich«, flüsterte sie zurück. »Aber wir müssen es ja nicht bemerken.«

Wir fuhren fort, an unserem im Halbdunkel liegenden Tisch miteinander zu flüstern und nichts zu bemerken. Auch das Tablett mit der Rechnung, das mir der Regenmantelkellner kurz darauf unter die Nase hielt, nahm ich nur insoweit zur Kenntnis, als ich es beiseite schob.

Der Glatzkopf nahm das schicke Hütchen meiner Ehefrau vorn Haken und legte es mitten auf den Tisch. Sie lohnte es ihm mit einem freundlichen Lächeln:

»Vielen Dank. Haben Sie Kuchen?«

Der Glatzkopf erstarrte mit offenem Mund und wandte sich zum zweiten Kellner um, der vor dem großen Wandspiegel seine Haare kämmte. Es herrschte Stille. Dann verlor sich der erste Kellner, der mit dem blauen Regenmantel, im dunklen Hintergrund, tauchte wieder auf und warf uns einen käsigen Klumpen vor, der beim Aufprall sofort zerbröckelte. Eine Gabel folgte klirrend. Meine Gattin konnte das Zittern ihrer Hände nicht unter Kontrolle bekommen und ließ die Gabel fallen. Da sie nicht mehr den Mut hatte, eine neue zu verlangen, tat ich es an ihrer Stelle. Wenn Blicke töten könnten, wäre jede ärztliche Hilfe zu spät gekommen.

Die Neonlichter wurden einige Male in rascher Folge an- und abgeschaltet. Das gab einen hübschen Flackereffekt, der uns aber nicht weiter beeindruckte. Auch die Tatsache, daß der Glatzkopf sich gerade jetzt vergewissern mußte, ob der Rollbalken vor der Eingangsture richtig funktionierte, ließ uns kalt.

Aus der Küche kam eine alte, bucklige Hexe mit Kübel und Besen hervorgeschlurft und begann den Boden zu wischen. Warum sie damit bei unserem Tisch begann, weiß ich nicht. Jedenfalls hoben wir, um ihr keine Schwierigkeiten zu machen, die Füße und hielten sie so lange in die Luft, bis die Hexe weiterschlurfte.
Der gekämmte Kellner hatte um diese Zeit fast alle Stühle auf die dazugehörigen Tische gestellt. Eigentlich fehlten nur noch die unseren.
»Warum sagen sie uns nicht, daß wir gehen sollen?« fragte ich meine Frau, die in solchen Fällen meistens die richtige Antwort weiß.
»Weil sie uns nicht in Verlegenheit bringen wollen. Es sind höfliche Leute.«
Im Orient wird das Gastrecht heiliggehalten, auch heute noch. Mit uralten Traditionen bricht man nicht so leicht. Der erste Kellner stand bereits draußen auf der Straße, von wo er uns aufmunternde Blicke zuwarf. Der zweite half dem Glatzkopf soeben in den Mantel. Der Glatzkopf öffnete einen kleinen schwarzen Kasten an der Wand und tauchte mit zwei knappen Handgriffen das Lokal in völliges Dunkel. Im nächsten Augenblick spürte ich die Sitzfläche eines Stuhls auf meinem Rücken.
»Könnte ich ein paar Zeitschriften haben?« hörte ich meine Frau sagen.
Ich tastete durch die Dunkelheit nach ihrer Hand und drückte sie anerkennend.
Ein Zündholz flammte auf. In seinem schwachen Schein kam der Glatzkopf auf uns zu:
»Sperrstunde. Wir schließen um Mitternacht.«
»Ja aber – warum haben Sie das nicht gleich gesagt?« fragte ich. »Woher sollen wir das wissen?«
Wir ließen die Stühle von unseren Rücken gleiten, standen auf und rutschten über den nassen Fußboden hinaus. Nachdem wir ein wenig ins helle Straßenlicht geblinzelt hatten, sahen wir nach der Uhr. Es war genau 20 Minuten vor 12.

Das Klima in unserem Land ist streng geregelt und beinahe ein Fall von Modellplanung: neun Monate totaler Sommer mit ungetrübter Sonne und wolkenlosem Himmel, zwei Übergangsmonate, und nur ein einziger Monat mit Regen, der aber nicht ganz ernst zu nehmen ist. Infolgedessen ist die Institution des Regenschirms noch nicht in das Bewußtsein unserer Nation gedrungen. Selbst ehemalige Europäer, die dann und wann mit einem Regenschirm ausgehen, kommen immer ohne Regenschirm zurück.

Wettervorhersage: Neigung zu Regenschirmverlusten

Das ist heuer wirklich ein unmöglicher Winter. Man weiß nicht: Hat er endlich begonnen, oder ist er schon vorüber? Manchmal ballen sich dunkle Wolken am Himmel zusammen, ein sibirischer Wind heult durch die Gegend – zehn Minuten später scheint die Sonne, als wäre nichts geschehen – und wird nach weiteren fünf Minuten durch einen kleinen Platzregen oder durch ein Lokalgewitter abgelöst. In solchen Zeiten empfiehlt es sich nicht, das Haus ohne Regenschirm zu verlassen. Zumindest war das der Standpunkt meiner Gattin, als ich mich anschickte, unseren Wagen aus »Mike's Garage« abzuholen, wo er sich in Reparatur befand. »Nimm meinen Regenschirm, Liebling«, sagte sie. »Aber bitte, verlier ihn nicht!«

Jedesmal, wenn ich mit einem Regenschirm das Haus verlasse, wiederholt sie diese völlig überflüssige Mahnung. Wie ein Papagei. Wofür hält sie mich? Für ein unmündiges Kind?

»Teuerste«, sagte ich mit einem unüberhörbar sarkastischen Unterton, »wann habe ich jemals meinen Regenschirm verloren?«

»Vorgestern«, lautete die prompte Antwort. »Eben deshalb möchte ich nicht, daß du jetzt auch noch meinen verlierst.«

Dieser Triumph in ihrer Stimme? Mit welchem Genuß sie mir unter die Nase reibt, daß ich meinen Regenschirm zufällig irgendwo stehenließ und daß ich jetzt den ihren nehmen muß! Obendrein beleidigt sie damit meine männliche Würde, weil ihr Regenschirm geradezu aufreizend feminin wirkt: klein, gebrechlich, blaßblau und statt eines anständigen Griffs ein Hundekopf aus Marmor oder Elfenbein oder

was weiß ich. Angewidert nahm ich das Wechselbalgerzeugnis an mich und begab mich in den strömenden Regen.
Es muß nicht erst gesagt werden, daß das Wetter, als ich dem Autobus entstieg, sich wieder in ein völlig sommerliches verwandelt hatte. Der Himmel war klar, die Bäume blühten, die Vögel zwitscherten, die Sonne schien, und ich ging mit einem Damenregenschirm unterm Arm durch die Straßen.
Der Wagen war noch nicht fertig. Mike hatte noch etwas im Getriebe entdeckt. Aber es würde nicht mehr lange dauern.
Den Heimweg benützte ich, um auf der Bank etwas Geld zu beheben. Anschließend nahm ich kurzen Aufenthalt im Café California, plauderte mit Freunden über die Krise der zeitgenössischen Theaterkritik und traf pünktlich um 13 Uhr 45 zu Hause ein.
Die Frage, mit der meine Frau mich empfing, lautete:
»Wo ist der Regenschirm?«
Tatsächlich: Wo war er? Ich hatte ihn vollständig vergessen. Aber wo? Ruhige Überlegung tat not. Und schon kam die Erleuchtung:
»Er ist im ›California‹! Ich erinnere mich ganz deutlich, daß ich ihn zwischen meinen Knien versteckt hielt, damit ihn niemand sieht. Natürlich. Ich hole ihn sofort, Liebling. In zwei Minuten bin ich zurück.«
Durch den Regen, der inzwischen aufs neue eingesetzt hatte, sauste ich zum Bus. Während der Fahrt hatte ich Zeit, über die Engländer nachzudenken, die ohne Regenschirm keinen Schritt machen und ihn auch dann nicht verlieren, wenn der Regen aufhört. Auf diese Weise haben sie ein Empire aufgebaut, und auf diese Weise haben sie es wieder verloren. Man müßte der Wechselbeziehung zwischen Regenschirm und Weltgeschichte einmal genauer nachgehen … Unter derlei globalen Gedanken kam ich an meinem Bestimmungsort an. Ich erwachte erst im letzten Augenblick, sprang auf, ergriff den Regenschirm und drängte zum Ausgang.
»He! Das ist mein Schirm!«
Der Ausruf kam von einer sehr dicken Dame, die während der ganzen Zeit neben mir gesessen war. In meiner Zerstreutheit hatte ich ihren Regenschirm genommen. Na und? So etwas kann vorkommen. Aber die sehr dicke Dame machte einen fürchterlichen Wirbel, bezeichnete

mich als Taschendieb und drohte mir sogar mit der Polizei. Vergebens suchte ich ihr zu erklären, daß ich auf ihren schäbigen Schirm nicht anstünde und mehrere eigene besäße, die strategisch über die ganze Stadt verteilt wären. Die sehr dicke Dame schimpfte ungerührt weiter, bis ich mich ihren Attacken durch die Flucht entzog.

Im »California« fand ich sofort den Regenschirm meiner Frau, oder genauer: dessen Überbleibsel. Man hatte ihn achtlos in eine Ecke geworfen und war barbarisch über ihn hinweggetrampelt, so daß er vor lauter Schmutz kaum wiederzuerkennen war. Was würde meine Frau sagen? Wirklich, das Leben in unserem Land wird in letzter Zeit immer schwieriger …

»Siehst du«, rief ich mit forcierter Fröhlichkeit, als ich meiner Frau gegenüberstand. »Ich habe ihn gefunden.«

»*Was* hast du gefunden?«

»Deinen Regenschirm!«

»Das soll mein Regenschirm sein?«

Wie sich herausstellte, war der blaue Regenschirm inzwischen von der Bank zurückgeschickt worden. Jetzt fiel mir auch ein, daß ich ihn dort vergessen hatte. Natürlich, auf der Bank. Aber wem gehörte dann dieses schwarze, schmierige Zeug?

Das Telefon läutete.

»Hier ist der Oberkellner vom ›California‹«, sagte der Oberkellner vom »California«. »Sie haben meinen Regenschirm mitgenommen. Das ist nicht schön von Ihnen. Ich mache um drei Uhr nachmittag Schluß, und draußen regnet es.«

»Entschuldigen Sie. Ich bringe ihn sofort zurück.«

Die beste Ehefrau von allen legte abermals Symptome von Nervosität an den Tag.

»Nimm meinen Regenschirm«, sagte sie. »Aber bitte, verlier ihn nicht wieder.«

»Wozu brauche ich deinen Regenschirm? Ich hab ja den vom Kellner!«

»Und für den Rückweg, du Dummkopf?«

Haben Sie, verehrter Leser, jemals in einer heißen, sonnenüberglänzten Mittelmeerlandschaft zwei Regenschirme unterm Arm getragen, von denen der eine wie ein schadhafter schwarzer Fallschirm aussah und der andere in einen marmornen Hundekopf auslief? Die Wartenden an der Bushaltestelle konnten sich nicht satt sehen. Es war so peinlich, daß ich einen Schwindelanfall erlitt. Ich suchte eine nahe gelegene Apotheke auf, wo ich zwei Beruhigungstabletten einnahm und so lange warten wollte, bis es wieder zu regnen begänne. Mein Vorsatz scheiterte an dem mörderischen Hunger, der mich plötzlich überkam und mich in ein Buffet an der nächsten Ecke trieb. Dort konnte ich in aller Eile ein paar Brötchen ergattern, die ich dann im Bus verschlang.

Vor dem Café California wartete der Kellner und sah mich fragend an: »Wo ist mein Regenschirm?«

Tatsächlich. *Er* fragte *mich*, wo sein Regenschirm ist. Wie soll ich das wissen? Was kümmert mich sein Regenschirm? Ich möchte wissen, wo der Regenschirm meiner Frau ist. Ich möchte wissen, warum alle Regenschirme der Welt sich in meiner Hand Rendezvous geben und dann spurlos verschwinden.

»Nur ein wenig Geduld«, beruhigte ich den Kellner. »Sie werden Ihren Regenschirm sofort haben.«

Ungeachtet des niederprasselnden Wolkenbruchs rannte ich zur Haltestelle zurück. Schön, den Regenschirm meiner Frau habe ich also verloren, das bleibt in der Familie. Aber wie kommt der arme Kellner dazu?

Atemlos riß ich die Türe zur Apotheke auf:

»Ich … hier … vor ein paar Minuten …«

»Weiß schon«, unterbrach mich der Apotheker. »Ist er das?«

Ich nahm den Schirm an mich und rannte weiter. Natürlich hätte ich nicht schwören können, daß es der Schirm meiner Frau war. Er sah ihm ähnlich, gewiß, aber er flößte mir trotzdem Zweifel ein. Schon deshalb, weil er grün war und als Griff keinen Elfenbeinmops hatte, sondern einen flachen Schnabel mit den eingravierten Worten: »Meiner Schwester Dr. Lea Pickler.« Es schien doch nicht ganz der Schirm meiner Frau zu sein. Aber irgend etwas mußte ich dem Kellner schließlich zurückbringen. Der Kampf ums Dasein ist hart. Nur die Tüchtigsten überleben. Heute du, morgen ich, es hilft nichts. Wenn du dich nicht wehrst, stehst du plötzlich ohne Regenschirm da. Angeblich werden im Depot der Städtischen Autobuslinien täglich frische Regenschirme verteilt. Jetzt geh hin und sage ihnen: »Ich habe meinen Regenschirm in einem Bus der Linie 94 stehenlassen!« 94 ist eine sehr stark befahrene Linie. »Ist das Ihr Schirm?« fragt ein Beamter der Fundabteilung. »Dieser Fetzen?« fragst du zurück. »Zeigen Sie mir etwas Besseres!« Und wenn du Glück hast – »Hallo, Sie!«

Der Buffetinhaber winkte mich in seinen Laden. Und da, in eine Ecke gelehnt, wie Bruder und Schwester, standen die beiden streunenden Schirme, der des Verbrechers vom Café California und der meiner Witwe.

Den Blick fest zu Boden gerichtet, reihte ich mich an der Bushaltestelle in die Schlange der Wartenden ein. Von meinem Arm baumelten drei Regenschirme, ein schwarzer, ein blauer und ein grüner. Wenn es wenigstens geregnet hätte! Aber woher denn, es herrschte schon wieder strahlendes Sommerwetter mit leicht auffrischendem Südwestwind. Ich rollte die drei Schirme in ein Bündel zusammen, als wäre ich ein Schirmvertreter, der mit seinen neuesten Mustern unterwegs ist. Aber das Volk der Juden hat in seiner langen Geschichte gelernt, sich nicht so leicht täuschen zu lassen. Mißtrauische Blicke trafen mich, und ein paar Halbwüchsige deuteten mit Fingern nach mir, wobei sie unverschämt kicherten. Eine feine Jugend, die uns da heranwächst!

Im Bus verdrückte ich mich ganz nach hinten, in der Hoffnung, daß man von meinen Schirmdrillingen keine Notiz nehmen würde. Die Umsitzenden enthielten sich auch wirklich aller Kommentare. Offenbar hatten sie sich bereits an mich gewöhnt.

Nach einigen Stationen wagte ich aufzublicken. Und da – da – mir gegenüber – direkt mir gegenüber … um Himmels willen!

Die sehr dicke Dame. Dieselbe sehr dicke Dame, mit der ich schon einmal zusammengestoßen war. Sie fixierte mich. Sie fixierte meine drei Regenschirme. Und sie sagte:

»Guten Tag gehabt heute, eh?!«

Dann wandte sie sich an die Umsitzenden und erklärte ihnen den Sachverhalt: »Der Kerl schnappt Regenschirme, wo er sie sieht, und macht sich aus dem Staub. Ein gesunder junger Mensch, gut gekleidet, und stiehlt Regenschirme, statt einen anständigen Beruf auszu-

üben. Eine Schande. Vor zwanzig Jahren hat es in unserem Land keine solchen Typen gegeben.«
Es folgte allgemeine Zustimmung mit anschließendem Tatendrang.
»Polizei«, sagte jemand. »Man muß ihn der Polizei übergeben.«
Die Haltung der Menge wurde immer drohender. Mir blieb keine Rettung, als zum Ausgang zu flüchten und in höchster Eile den Bus zu verlassen. Mit einer gewaltigen Kraftanstrengung machte ich mir den Weg frei und warf mich hinaus in den Regen. Schützend hob ich die Hände über meinen Kopf …
Die Hände? Beide Hände?
In einem Wagen der Autobuslinie 5 sind drei Regenschirme auf dem Weg in die Ewigkeit.
Ich stehe mit geschlossenen Augen im Regen, ein später Nachfahre König Lears am Ende seines Lebens. Ich stehe und rühre mich nicht. Das Wasser rinnt in meinen Kragen, durch meine Unterwäsche, in meine Schuhe. Ich stehe und werde hier stehenbleiben, bis die Sintflut kommt oder der Frühling.

Wie rächt man sich an Verkehrspolizisten

Aufgrund praktischer Erfahrungen und zahlreicher Statistiken steht fest, daß der durchschnittliche israelische Bürger eine heftige Vorliebe für Gerichtsverhandlungen hat, gleichgültig, ob er an ihnen als Kläger, als Beklagter oder als Verteidiger teilnimmt. Die einzige Funktion, in der er an einer Gerichtsverhandlung nicht und niemals teilzunehmen wünscht, ist die des Zeugen. Als Angeklagter kann man freigesprochen werden. Als Zeuge auf keinen Fall.

Der Prozeß (nicht von Kafka) (oder doch?)

In der letzten Zeit mußte mein Freundeskreis wiederholt feststellen, daß ich fehlte. Ich fehlte nicht ohne Grund. Ich war in eine gerichtliche Angelegenheit verwickelt, die einen Verkehrsunfall mit tödlichem Ausgang zum Gegenstand hatte und die mich zweifeln läßt, ob ich in Hinkunft jemals wieder erhobenen Hauptes und offenen Blicks vor das Angesicht meiner ehrlichen, gesetzestreuen Mitbürger treten darf.
Der Verkehrsunfall, dessen Zeuge ich geworden war, hatte sich auf der Autostraße nach Tel Giborim zugetragen, und zwar um die Mittagszeit, und zwar stieß eine Regierungslimousine mit einem Radfahrer zusammen, der den Unfall nicht überlebte. Die Limousine hatte ein rotes Haltesignal überfahren, benützte eine Einbahnstraße in falscher Richtung und wurde von einem unzweifelhaft Volltrunkenen gesteuert. Als einziger Zeuge am Tatort ließ ich mir von der Polizei das Versprechen abnehmen, bei der Gerichtsverhandlung zu erscheinen und auszusagen, die Wahrheit, die volle Wahrheit, und nichts als die Wahrheit.
Der Gerichtssaal war dicht gefüllt. Es hatte sich herumgesprochen, daß der Fahrer der Limousine eine bekannte Persönlichkeit war, die im Scheinwerferlicht der Öffentlichkeit stand, wenn auch in keinem vorteilhaften. Da die Persönlichkeit über beträchtliche Barmittel verfügte, stand ihr als Verteidiger einer der führenden Anwälte des Landes zur Seite, der sich sorgfältig auf die Verhandlung vorbereitet hatte. Wie sorgfältig, sollte ich bald zu merken bekommen.
Entsprechend meinem Rang als einziger Augenzeuge wurde ich gleich zu Beginn der Verhandlung einvernommen und nach der Beant-

wortung der üblichen Fragen dem Verteidiger der beklagten Partei ausgeliefert. Dieser erhob sich und informierte den Gerichtshof in kurzen, präzisen Worten von seiner Absicht, mich als einen unverantwortlichen Lügner und kriminellen Charakter zu entlarven, dessen Aussagen keinerlei Anspruch auf Glaubwürdigkeit besäßen. Dann wandte er sich zu mir und begann mit dem Kreuzverhör:

Verteidiger: »Herr Kishon, ist es wahr, daß Sie im Jahre 1951 wegen eines bewaffneten Raubüberfalls von der Interpol gesucht wurden?«

Ich: »Das ist nicht wahr.«

Verteidiger: »Wollen Sie damit sagen, daß es kein bewaffneter Raubüberfall war, weswegen Sie von der Interpol gesucht wurden?«

Ich: »Ich will damit sagen, daß ich überhaupt nicht gesucht wurde. Warum hätte ich plötzlich von der Interpol gesucht werden sollen?«

Verteidiger: »Wenn es also nicht die Interpol war – von welcher Polizei wurden Sie dann gesucht?«

Ich: »Ich wurde überhaupt nicht gesucht.«

Verteidiger: »Warum nicht?«

Ich: »Wie soll ich das wissen?«

Das war ein Fehler, ich merkte es sofort. Meine Antwort hätte lauten müssen: »Ich wurde von keiner wie immer gearteten Polizei der Welt jemals gesucht, weil ich mich nie im Leben gegen ein Gesetz vergangen habe.« Offenbar hatten mir die Nerven versagt. Nicht nur die große, angespannt lauschende Zuschauermenge machte mich nervös, sondern mehr noch die zahlreichen Pressefotografen und Reporter, die schon während meiner Aussage zu den Telefonen stürzten, um ihre Zeitungen über jedes von mir gesprochene Wort zu unterrichten.

Der Verteidiger wechselte ein paar leise Worte mit seinem Mandanten und setzte das Kreuzverhör fort.

Verteidiger: »Trifft es zu, daß Sie wegen Verführung einer Minderjährigen zu Gefängnis von zwei Jahren und acht Monaten verurteilt wurden?«

Ich: »Nein, das trifft nicht zu.«

Verteidiger: »Nicht? Zu welcher Strafe wurden Sie wegen Verführung einer Minderjährigen verurteilt?«

Ich: »Ich wurde wegen Verführung einer Minderjährigen weder verurteilt noch angeklagt.«
Verteidiger: »Sondern? Was für eine Anklage war es, die zu Ihrer Verurteilung geführt hat?«
Ich: »Es gab keine Anklage.«
Verteidiger: »Wollen Sie behaupten, Herr Kishon, daß man in unserem Land zu Gefängnisstrafen ohne Anklage verurteilt werden kann?«
Ich: »Ich war nie im Gefängnis.«
Verteidiger: »Ich habe nicht gesagt, daß Sie im Gefängnis waren. Ich habe nur gesagt, daß Sie zu einer Gefängnisstrafe verurteilt wurden. Verdrehen Sie mir nicht das Wort im Mund, Herr Kishon. Antworten Sie mit Ja oder Nein.«
Ich: »Ich wurde nie zu einer Gefängnisstrafe verurteilt und bin nie im Gefängnis gesessen.«
Verteidiger: »Dann sagen Sie mir doch bitte, welches Urteil gegen Sie wegen Verführung einer Minderjährigen gefällt wurde!«
Ich: »Es wurde überhaupt kein Urteil gefällt.«
Verteidiger: »Warum nicht?«
Ich: »Was heißt das: warum nicht? Weil es keinen solchen Prozeß gegen mich gegeben hat!«
Verteidiger: »Was für einen Prozeß hat es denn sonst gegeben?«
Ich: »Wie soll ich das wissen?«
Abermals hatte er mich erwischt. Kein Wunder. Ich war gekommen, um über einen Verkehrsunfall auszusagen, und statt dessen überrumpelte man mich mit unmöglichen autobiographischen Fragen. Zudem irritierte mich die feindselige Haltung der Zuschauer immer mehr. Ununterbrochen flüsterten sie miteinander, stießen sich gegenseitig an, deuteten auf Bekannte und verzogen ihre Gesichter zu sarkastischem Grinsen. Am Beginn der fünften Stunde meines Kreuzverhörs schlich sich auch noch ein Zeitungsverkäufer in den Saal ein und erzielte reißenden Absatz mit einer Spätausgabe der »Abendzeitung«. Die Schlagzeile lautete: KISHON VERFÜHRT MINDERJÄHRIGE. Darunter, in bedeutend kleinerer Type: BESTREITET ALLES – VERHÖR DAUERT AN. Mir zitterten die Knie, als ich das las, und der Gedanke an meine arme Frau verursachte mir große Bangigkeit. Meine

Frau verfügt über eine Reihe vortrefflicher Eigenschaften, aber ihr geistiger Zuschnitt ist eher simpel, und da sie den Unterschied zwischen »Gerichtshof« und »Rechtsanwalt« vielleicht nicht ganz genau ermessen kann, wird sie am Ende glauben, daß all diese absurden Anschuldigungen vom Gericht erhoben worden wären und nicht vom Anwalt des Angeklagten … Aber was half's.

Verteidiger: »Stimmt es, daß Ihre erste Frau sich von Ihnen scheiden ließ, nachdem Sie aus einer Irrenanstalt entsprungen waren, und daß sie die Hilfe der Polizei in Anspruch nehmen mußte, um wieder in den Besitz der von Ihnen verpfändeten Schmuckstücke zu gelangen?«

Der Vorsitzende machte mich aufmerksam, daß ich Fragen über meinen Ehestand nicht beantworten müsse. Nach einigem Nachdenken beschloß ich, von dieser Möglichkeit Gebrauch zu machen, um so mehr, als meine Frau sich von mir niemals scheiden ließ und mir in treuer ehelicher Liebe zugetan ist. Leider wurde die Animosität des Publikums durch mein Schweigen noch weiter gesteigert, und eine Dame mit Brille, die in der ersten Reihe saß, spuckte mir sogar ins Gesicht. Ich aber trotzte allen Fährnissen und verweigerte auch die Antwort auf die nächsten Fragen des gegnerischen Anwalts: ob es zutreffe, daß ich im Jahre 1949 vom Militär desertiert sei? Und ob ich meinen kleinen Sohn mit Stricken oder mit einer Kette ans Bett zu fesseln pflege?

An dieser Stelle kam es zu einem bedauerlichen Zwischenfall. Der Vorwurf der Kindesmißhandlung erregte einen Automechaniker im Zuschauerraum so sehr, daß er unter wilden Flüchen aufsprang und nur mit Mühe daran gehindert werden konnte, sich auf mich zu stürzen. Der Vorsitzende ließ ihn aus dem Saal weisen, womit die Würde des Gerichts wiederhergestellt war. Auf meine eigene Position indessen wirkte sich das alles höchst nachteilig aus, und als ich in der Hand des Verteidigers die lange Liste der Fragen sah, die er noch an mich zu richten plante, erlitt ich den längst fälligen Nervenzusammenbruch. Mit schluchzender Stimme rief ich aus, daß ich ein Geständnis abzulegen wünsche: Ich, nur ich und niemand als ich hätte den Radfahrer auf der Straße nach Tel Giborim überfahren.

Der Vorsitzende belehrte mich, daß ich bis auf weiteres nur als Zeuge hier stünde, und das Kreuzverhör nahm seinen Fortgang.

Verteidiger: »Trifft es zu, daß Sie zum Lohn für eine ähnliche … hm … Zeugenaussage in Sachen eines Verkehrsunfalls, der sich im Dezember vorigen Jahres zutrug, von einem der reichsten Importeure des Landes mit drei kostbaren Perserteppichen beschenkt wurden?«

Ich: »Nein.«

Verteidiger: »Heißt das, daß Sie keine Teppiche in Ihrer Wohnung haben?«

Ich: »Doch, ich habe Teppiche in meiner Wohnung.«

Verteidiger: »Heimische oder ausländische?«

Ich: »Ausländische.«

Verteidiger: »Und wie viele?«

Ich: »In jedem Zimmer einen.«

Verteidiger: »Wie viele Zimmer hat Ihre Wohnung, Herr Kishon?«

Ich: »Drei.«

Verteidiger: »Danke. Ich habe keine weiteren Fragen.«

Mit selbstgefälliger Grandezza begab sich der Verteidiger auf seinen Platz. Im Publikum brach ein Beifallssturm los. Der Vorsitzende drohte mit der Räumung des Saales, meinte das jedoch nicht ganz ernst. Im gleichen Augenblick erschien der Zeitungsverkäufer mit einer neuen Spätausgabe. Auf der Titelseite sah ich ein offenbar während des Verhörs aufgenommenes Foto von mir und dazu in balkendicken Lettern die Überschrift: TEPPICHSKANDAL IM GERICHT AUFGEROLLT – KISHON: »BESITZE AUSLÄNDISCHE TEPPICHE, ABER NICHT VOM IMPORTEUR!« – GEGENANWALT: »LÜGNER!«

Ich bat, mich entfernen zu dürfen, aber der Staatsanwalt hatte noch einige Fragen an mich. Sie betrafen, zu meiner nicht geringen Überraschung, den Verkehrsunfall von Tel Giborim. Der Staatsanwalt fragte mich, ob der Beklagte meiner Meinung nach rücksichtslos gefahren sei. Ich bejahte und wurde entlassen. Ein Gerichtsdiener schmuggelte mich durch einen Seiteneingang hinaus, um mich vor der wütenden Menge zu schützen, die sich nach Erscheinen der dritten Spätausgabe zusammengerottet hatte und mich lynchen wollte. Seither lebe ich, wie schon eingangs angedeutet, äußerst zurückgezogen und gehe nur selten aus. Ich warte, bis genügend Zeit verstrichen ist und die Fragen des Anwalts allmählich aus dem Gedächtnis der Öffentlichkeit entschwinden.

Zweierlei war für die Juden in der Diaspora charakteristisch: der brennende Wunsch, ihren Kindern die beste Erziehung angedeihen zu lassen, und das hartnäckige Bestreben, ihren Lebensstandard zu verbessern. Wir aber, die wir den zionistischen Traum verwirklicht haben, sind in der glücklichen Lage, einen Kompromiß zu schließen. Wir verzichten auf den erzieherischen Teil und begnügen uns mit dem Rest.

Lebensstandard

Wenn ich nicht irre, begann der Kampf um den Lebensstandard zwischen den Behörden und dem Mann auf der Straße bereits am Tage der Staatsgründung. Diejenigen, die dem historischen Ereignis beiwohnen durften, werden sich vielleicht erinnern, daß während der feierlichen Proklamation unserer staatlichen Unabhängigkeit ein führender Politiker den Saal verließ und erst nach einigen Minuten zurückkehrte. Heute kann enthüllt werden, was er draußen getan hat: Er erkundigte sich telefonisch nach den Preisen der neuesten amerikanischen Automodelle für Mitglieder der provisorischen Regierung. Kurz darauf wurde einstimmig beschlossen, die Angehörigen des Konstitutionsrates von den Postgebühren zu befreien.

Die neuen Staatsführer richteten unverzüglich einen bewegten Appell an die Bevölkerung, den Lebensstandard zu senken:

»Die jetzt bevorstehende Masseneinwanderung«, führte der Minister für Volksernährung aus, »wird von uns allen große Opfer fordern. Wir müssen das wenige, das wir haben, möglichst gerecht unter die Schwarzhändler verteilen ...«

Wie sich zeigte, war die Bevölkerung keineswegs auf eine Minderung ihres Wohlergehens erpicht, sondern im Gegenteil auf dessen Steigerung. Und die neu einwandernden Bürger fanden sich in der Atmosphäre des Mittelmeeres erstaunlich schnell zurecht. Sie schmuggelten Waren durch die Schluchten des Libanon und durch den Zoll, entwickelten blühende industrielle Beziehungen zu Verwandten in New York, übersäten das Land mit Realitätenbüros und vermieteten nichtexistente Wohnungen.

Die Knesset, unser neugewähltes Parlament, berief eine dringende

Sitzung ein, erhöhte die Repräsentationsspesen für die Abgeordneten und entschloß sich zu einer strengen Warnung an die Öffentlichkeit:
»Wenn der Lebensstandard weiterhin in diesem Maß ansteigt, droht unserem jungen Staatswesen der Bankrott. Wir dürfen unsere eigene Zukunft, wir dürfen die Zukunft unserer Kinder nicht konsumieren!«
Kaum hatten die Leute etwas von »konsumieren« gehört, eilten sie in die Restaurants, bestellten Doppelportionen Gefilte Fisch, kauften Möbel und Schallplattenspieler und elektrische Rasierapparate und was es sonst noch zu kaufen gab. Die Kabinettsmitglieder gerieten in Rage, riefen nach ihren Fahrern, begaben sich nach Hause und formulierten auf den Dachgärten ihrer Villen einen neuerlichen, zornbebenden Appell:
»Es ist nicht genug von allem da!« schleuderten sie der Bevölkerung ins Gesicht. »Versteht ihr denn nicht? Es ist nicht genug da!«
»Was?« fragte Weinreb. »Wovon ist nicht genug da?«
»Wir haben keine Bodenschätze, wir haben keine Industrie, wir haben keinen Export, wir haben keine wie immer geartete Basis für einen hohen Lebensstandard!«
»Das ist nicht mein Problem«, lautete Weinrebs Antwort. »Ich brauche einen Kühlschrank.«
Und er kaufte einen großen Kühlschrank mit automatischem Entfroster, eine zusammenklappbare Couch mit belgischen Gummimatratzen und eine Nähmaschine, die man auch als Aquarium verwenden konnte.
Die Regierung merkte, daß eine Politik der starken Hand not tat, bewilligte den Abgeordneten höhere Diäten und wandte sich nochmals gebieterisch an die konsumgierigen Plebs:
»Herunter mit dem Lebensstandard! Sofort herunter damit!«
»Selber herunter«, sagte Weinreb. »Ich will ein Auto haben.«
Was blieb der Legislative übrig, als nicht nur die Einfuhrzölle für Personenkraftwagen, sondern auch die Einkommensteuer auf das Doppelte zu erhöhen, um solcherart wenigstens die Hälfte des in Umlauf gesetzten Nationalvermögens an sich zu reißen.
Daraufhin begannen die starrköpfigen Juden doppelt soviel zu arbeiten wie bisher, und alles blieb beim alten. Als die aufs Doppelte erhöh-

ten Steuern nochmals verdoppelt wurden, arbeiteten die Juden viermal soviel, und als die Zollgebühren für importierte Wagen auf 560 Prozent im Schatten anstiegen, kaufte Weinreb noch einen Zweitwagen für seine Frau, weil das eine gute Investition war.

Die Regierung mußte zu neuen Gegenmaßnahmen greifen. Es galt, den Gürtel enger zu schnallen. Mahlzeiten in Luxusrestaurants durften hinfort nur von aktiven Parlamentsmitgliedern auf Spesenkonto abgesetzt werden. Gegen die Normalbürger wurde mit neuen Steuern vorgegangen, mit neuen Einfuhrzöllen, Zwangsanleihen, Zusatzgebühren, Schlangen und Skorpionen.

Um diese Zeit arbeiteten die Juden bereits in drei Nachtschichten, nahmen Nebenbeschäftigungen an, fungierten als Babysitter und Zeugen vor dem Rabbinat, entfernten die Schutzmarken von den Halsbändern aller erreichbaren Hunde und spielten Poker mit Anfängern. Auf diese Weise gelang es ihnen, ihr Budget auszugleichen, Wohnungen zu erwerben und Gruppenflüge nach Hongkong zu veranstalten, wo sie billige Kameras einkauften.

Die Regierung antwortete mit einer radikalen Erhöhung der Gebühren für Auslandsreisen und setzte eine Kommission ein, die das Phänomen des ständigen Steigens eines sinkenden Lebensstandards untersuchen sollte.

Nach wochenlangen Sitzungen am Swimming-pool des Sharon-Hotels legte die Kommission das Ergebnis ihrer Untersuchung vor. Es analysierte den Ausgaben-Etat des Durchschnittsbürgers Weinreb, dessen deklariertes Monatseinkommen 1590 Pfund brutto oder 610 Pfund netto betrug und sich auf folgende Posten verteilte:

Hypothek	560
Kanalisation	80
Pkw	140
Devisenankauf	1050
Haushaltshilfe	400
Versicherung	92
Bücher, Theater, Museen	3
Steaks	510
Kleidung	100

Urlaub	350
Verschiedenes	2010
Summe	610

Gleichzeitig mit dem Bericht gab die Kommission ihren Rücktritt bekannt, worauf die Regierung unverzüglich zuschlug. Die Einkommensteuer wurde um 65 Prozent erhöht, die Einfuhrzölle um 92 Prozent, die Postgebühren um 108 Prozent.

Jetzt gewöhnten sich die Juden das Schlafen ab, arbeiteten in fünf Nachtschichten, stahlen Milchflaschen am Morgen und elektrische Birnen aus den Toilettenräumen der öffentlichen Ämter, ihre Frauen verschafften sich einen kleinen Nebenverdienst, indem sie an Stelle verschämter Bräute ins rituelle Bad stiegen, aber der Lebensstandard senkte sich um keinen Millimeter.

Führende Persönlichkeiten aus Politik und Wirtschaft wurden nicht müde, ihre warnenden Stimmen zu erheben:

»Unsere Produktionsrate ist nur um 0,3 Prozent gestiegen. Unsere internationale Verschuldung beläuft sich auf mehr als 5 Milliarden Dollar. Bürger, ihr spielt mit dem Feuer!«

Im Gegenzug ließ sich Weinreb einen Kamin in sein Empfangszimmer einbauen und tauschte seinen Wagen gegen ein neues Modell um. Die Regierung, nicht faul, bewilligte den Parlamentariern eine noch nicht dagewesene Gehaltserhöhung und traf eine Reihe von Maßnahmen zur Senkung des Lebensstandards, darunter eine 102prozentige Einkommensteuer unverheirateter Väter mit zwei Kindern. Tatsächlich kam es zu einer vorübergehenden Standard-Stabilisierung, aber nach einigen Tagen wurden neue Steigerungen registriert, die sich besonders in der Lederwarenbranche und im Einkauf importierter Delikatessen geltend machten.

»Warum?« schluchzte die Regierung. »Warum senkt ihr nicht … den Lebensstandard … warum?«

Weinreb zog die Regierung beiseite und flüsterte ihr ins Ohr, so daß es kein Unbefugter hören konnte:

»Wir schätzen einen hohen Lebensstandard genauso wie ihr.«

»Wirklich?«

»Ja.«

»Ach so«, machte die Regierung. »Warum haben Sie das nicht gleich gesagt?«
Und das war die Einleitung zur Debatte über die Inflation.

Die Versicherung gehört zu den tiefsten Mysterien des modernen Lebens. Es beginnt verhältnismäßig harmlos: Der Versicherungsagent hat dich zu Hause erwischt, will dich zu einem Abschluß überreden, du sagst nein, die beste Ehefrau von allen sagt ja, und du unterschreibst. Eines Tages hast du einen Unfall, ein Vertreter der Versicherungsgesellschaft nimmt den Tatbestand auf und errechnet, daß du nur 15 Prozent des erlittenen Schadens ersetzt bekommen kannst, weil es ein Mittwoch war. An dieser Stelle tritt der jüdische Genius in Erscheinung.

Wie man sich die Versicherung sichert

Als ich gestern nacht mit meinem Wagen den Parkplatz verlassen wollte, trat ein gutgekleideter Bürger auf mich zu und sprach:
»Entschuldigen Sie – aber wenn Sie nur ein ganz klein wenig rückwärtsfahren, beschädigen Sie meinen Kotflügel.«
»In Ordnung«, sagte ich mit respektvollem Blick auf den amerikanischen Straßenkreuzer, dem der Kotflügel gehörte. »Ich werde aufpassen.«
Der gutgekleidete Bürger schüttelte den Kopf:
»Im Gegenteil, es wäre mir sehr recht, wenn Sie meinen Kotflügel beschädigten. Ich sammle Blechschäden.«
Das klang so interessant, daß ich ausstieg und mir die Sache genauer erklären ließ.
Mein Partner deutete zunächst auf eine waschbeckenartige Vertiefung in seinem Wagendach:
»Ich hatte einen Zusammenstoß mit einer Verkehrsampel. Es war windig, und sie ist heruntergefallen. Max, der Inhaber meiner Reparaturwerkstätte, den ich sofort aufsuchte, zeigte sich skeptisch. ›Herr Doktor Wechsler‹, sagte er, ›eine solche Kleinigkeit zu reparieren ist nicht der Mühe wert. Dafür zahlt Ihnen die Versicherung nichts. Holen Sie sich noch ein paar Blechschäden und kommen Sie dann wieder zu mir.‹ Soweit Max. Er wußte, wovon er sprach.«
Wir nahmen auf dem vorläufig noch intakten Kühler seines Wagens Platz, und Wechsler fuhr fort:
»Jede Versicherungspolice enthält eine Klausel, die den Versiche-

rungsnehmer verpflichtet, Schäden bis zu einer bestimmten Summe selbst zu bezahlen. Bei uns beläuft sich diese Selbstbehaltsklausel in der Regel auf 230 Pfund. Da die Reparatur meines Wagens nur etwa 200 Pfund kosten würde, wäre es sinnlos, den Schaden anzumelden. Wenn ich aber der Versicherungsgesellschaft noch ein paar andere Schäden präsentieren kann –«

»Einen Augenblick, Doktor Wechsler«, unterbrach ich. »Auch wenn Sie alle Ihre Kotflügel zertrümmern, müssen Sie die ersten 230 Pfund immer noch selbst bezahlen.«

»Herr«, entgegnete Doktor Wechsler, »überlassen Sie das meinem Max.«

So wurde ich mit einer Lehre vertraut gemacht, die ich als »Maximalismus« bezeichnen möchte. Anscheinend besteht zwischen der Internationalen Gewerkschaft der Karosseriespengler (Hauptsitz New York) und dem Weltverband der Pkw-Fahrer in Kopenhagen ein Geheimabkommen, demzufolge die Spengler den Versicherungsgesellschaften sogenannte »frisierte Rechnungen« vorlegen, in denen die Selbstbehaltsumme nur scheinbar berücksichtigt wird. In Wahrheit läßt sie der Spengler unter den übrigen Posten seiner Rechnung unauffällig verschwinden – allerdings nur unter der Voraussetzung, daß diese Rechnung eine Gesamthöhe von mindestens 1500 Pfunderreicht. Und dazu bedarf es natürlich mehrerer Schäden.

Wie sich im Verlauf des Gesprächs herausstellte, war mein Partner ein alter Routinier auf diesem Gebiet. Einmal hatte er es innerhalb weniger Tage auf eine Schadenssumme von 2000 Pfund gebracht.

»Aber diesmal« – aus seiner Stimme klang tiefe Verzweiflung – »komme ich über die lächerliche Schramme auf meinem Wagendach nicht hinaus. Seit Wochen versuche ich, mir noch andere Beschädigungen zuzuziehen – vergebens. Ich bremse dicht vor einem Fernlaster, ich überhole städtische Autobusse, ich parke neben Militärfahrzeugen – es hilft nichts. Niemand läßt sich herbei, meinen Wagen auch nur zu streifen. Deshalb wende ich mich jetzt an Sie. Wenn Sie vielleicht die Güte hätten …«

»Aber selbstverständlich«, antwortete ich bereitwillig. »Man muß seinen Mitmenschen behilflich sein, wo man kann.«

Damit setzte ich mich ans Lenkrad, schaltete den Rückwärtsgang ein und begann vorsichtig zu reversieren.
»Halt, halt!« rief Wechsler. »Was soll das? Steigen Sie anständig aufs Gas, sonst machen Sie höchstens 60 Pfund!«
Ich nahm mich zusammen und rammte mit voller Wucht seinen Kotflügel. Es klang durchaus zufriedenstellend. »In Ordnung?« fragte ich.
Wechsler wiegte bedächtig den Kopf.
»Nicht schlecht. Aber mehr als 600 Pfund sind da nicht drin. Früher einmal, als der Selbstbehalt nur 100 Pfund betrug, genügte ein anständig zertrümmerter Kotflügel. Heute muß man praktisch den ganzen Wagen demolieren, um überhaupt etwas zu erreichen. Wären Sie so freundlich, meine Türe einzudrücken?«
»Gerne.«
Nach Abschätzung der Distanz startete ich einen Flankenangriff mit Vollgas. Meine hintere Stoßstange schien dafür wie geschaffen. Es gab einen dumpfen Knall, Glassplitter flogen umher, Wechslers Türe fiel aus den Angeln – wirklich, es ist etwas Erhebendes um die Solidarität der Autofahrer.
»Soll ich noch einmal?«
»Danke«, sagte er. »Das genügt. Mehr brauche ich nicht.«
Seine Ablehnung enttäuschte mich ein wenig, aber schließlich war er der Schadennehmer. Ich stieg aus und betrachtete die von mir geleistete Arbeit. Sie konnte sich sehen lassen. Nicht nur die Türe, die ganze Längsseite des Wagens war verwüstet. Das wurde eine saftige Reparatur erfordern!
Als ich zu meinem Wagen zurückkehrte, mußte ich feststellen, daß meine eigene Stoßstange wesentliche Krümmungen aufwies.
»Typisch für einen Anfänger«, bemerkte Dr. Wechsler mitleidig. »Sie dürfen nie in schrägem Winkel auffahren, merken Sie sich das für die Zukunft. Die Stoßstange wird Sie leider nicht mehr als 50 Pfund kosten … Warten Sie. Ich verschaffe Ihnen noch 400 Pfund.«
Dr. Wechsler brachte seinen Straßenkreuzer in Position und steuerte ihn gefühlvoll gegen meine linke Seitentüre.
»Und jetzt bekommen Sie von mir noch einen neuen Scheinwerfer.«
Er machte es genau richtig: mit einem Mindestmaß an Einsatz ein Höchstmaß an Wirkung.

»Nichts zu danken«, wehrte er ab. »Gehen Sie morgen zu Max – hier seine Adresse – und grüßen Sie ihn von mir. Sie werden keinen Pfennig zu zahlen haben.«
Ungeahnte Perspektiven öffneten sich vor meinem geistigen Auge. Oder war es nur die Zerstörungswut aus lang zurückliegenden Kindertagen, die mich überkam? Ich schlug Wechsler vor, jetzt gleich, an Ort und Stelle, einen Frontalzusammenstoß unserer Kraftfahrzeuge zu veranstalten, aber er winkte ab:
»Nicht übertreiben, lieber Freund. So etwas kann leicht zur Gewohnheit werden. Jetzt lassen Sie erst einmal die Versicherung zahlen. Dann können Sie überlegen, was Sie weiter machen wollen.«
Wir verabschiedeten uns mit einem kräftigen Händedruck. Wechsler ging zu Max und ich zu einem Autohändler, um einen neuen Wagen zu kaufen.

Um die Triologie über die israelischen Haustiere zu vervollständigen, möchten wir noch die geflügelte Schallplatte anführen: den Papagei. Die in unserem Land auftretende Abart produziert ihre Sprechkünste per Telefon.

Eine abwechslungsreiche Konversation

Vor einigen Tagen suchte ich das Büro einer großen Fluggesellschaft auf, bei der ich einen Flug buchen wollte, und sprach mit einer der Damen am Buchungsschalter. Sie hatte ein sehr junges Gesicht, das einen reizvollen Kontrast zu ihrem grauen, in einen Pferdeschwanz gebundenen Haar ergab. Zum Abschluß unseres Gesprächs bat sie mich, meine Adresse zurückzulassen, worauf ich meiner Brieftasche eine Visitenkarte entnahm und sie ihr übergab. Am nächsten Tag mußte ich feststellen, daß bei dieser Gelegenheit die Notizblätter mit den Telefonnummern herausgefallen waren, kleine, rechteckig geschnittene Blätter, blau liniert, mit einem roten Querstreifen, sehr übersichtlich. Und sehr wichtig. Ich rief sofort im Büro der Fluggesellschaft an. Eine weibliche Stimme sagte: »Guten Morgen.«

»Guten Morgen«, antwortete ich. »Ich war gestern bei Ihnen und habe mit einer Ihrer Beamtinnen gesprochen, ihren Namen weiß ich nicht mehr, sie hat ein sehr junges Gesicht und trägt ihr graues Haar in einem Pferdeschwanz. Sie bat mich, meine Adresse zurückzulassen, und als ich meiner Brieftasche eine Visitenkarte entnahm, müssen einige Papiere herausgefallen sein, mit Telefonnummern, die ich dringend brauche. Bitte würden Sie –«

»Einen Augenblick, mein Herr. Ich bin nur die Telefonistin. Ich verbinde Sie mit dem Sekretariat.«

»Danke.«

»Hallo.« Das war jetzt eine männliche Stimme. »Hier das Sekretariat.«

»Es handelt sich um folgendes«, begann ich. »Ich war gestern bei Ihnen und habe mit einer Ihrer Beamtinnen gesprochen, ihren Namen weiß ich nicht mehr, sie hat ein sehr junges Gesicht und trägt ihr graues Haar in einem Pferdeschwanz. Sie bat mich, meine Adresse zurückzulassen, und ich erinnere mich sehr deutlich, daß ich meine Brieftasche herauszog und ihr eine Visitenkarte entnahm. Zu Hause habe ich festgestellt, daß bei dieser Gelegenheit auch einige Blätter mit wichtigen Notizen herausgefallen waren, und –«

»Bitte warten Sie«, unterbrach mich die männliche Stimme. »Ich gebe Sie zum Buchungsschalter durch.«

Es vergingen nur wenige Minuten, bis eine weibliche Stimme sich am Buchungsschalter meldete.

»Ich weiß nicht, ob Sie es waren, mit der ich gestern vormittags gesprochen habe«, begann ich. »Es war jedenfalls eine Ihrer Beamtinnen, eine Dame mit sehr jungem Gesicht und grauen Haaren in einem Pferdeschwanz. Sind Sie das?«

»Leider nicht. Aber vielleicht kann ich Ihnen trotzdem helfen?«

»Danke vielmals. Also die Dame, mit der ich zu tun hatte, bat mich, meine Adresse zurückzulassen, und ich erinnere mich deutlich, daß ich meine Brieftasche herausgezogen habe, um ihr eine Visitenkarte zu entnehmen. Bei dieser Gelegenheit sind einige wichtige Notizblätter –«

»Wann ist das passiert?«

»Gestern vormittag. Am frühen Vormittag, Fräulein.«

»Ich bedaure. Gestern hatte ich keinen Dienst. Sie müssen mit Alissa sprechen. Bitte bleiben Sie am Apparat.«

Nach einer Pause meldete sich eine neue Frauenstimme:

»Guten Morgen.«

»Guten Morgen, Fräulein. Ich war gestern in Ihrem Büro und sprach mit einer Ihrer Buchungsbeamtinnen, an ihren Namen erinnere ich mich nicht mehr, aber sie hat ein junges Gesicht mit einem grauen Ponyschwanz und bat mich, meine Adresse –«

»Verzeihen Sie, daß ich unterbreche. Hier ist wieder die Telefonistin. Sie haben heute schon einmal angerufen, nicht wahr? Mit wem wollen Sie jetzt verbunden werden?«

»Mit Fräulein Alissa.«

»Sofort … Alissa! Du wirst am Telefon verlangt … Bitte sprechen Sie.«

»Guten Tag, Fräulein Alissa. Man hat mich wegen dieser herausgefallenen Notizblätter an Sie gewiesen. Ich war gestern in Ihrem Büro und habe am Buchungsschalter mit einer Ihrer Damen gesprochen, ihren Namen weiß ich nicht mehr, ich erinnere mich nur, daß sie ein junges Gesicht und graue Haare in einem Pferdeschwanz hatte und daß ich meine Brieftasche herausnahm, um ihr eine Visitenkarte zu geben, weil sie meine Adresse haben wollte, und –«

»Welche Alissa meinen Sie? Alissa von der Luftfracht oder Alissa von der Buchung?«

»Von der Buchung.«

»Das bin ich nicht. Ich gebe Sie an die Zentrale zurück.«

»Hallo?« flötete die Zentrale. »Was wünschen Sie?«

»Alissa von der Buchung.«

Ein kurzes Geräusch, ein kurzes Knacken, ein abgehobener Hörer.

»Fräulein Alissa von der Buchung?« fragte ich.

»Ja.«

»Endlich. Ich habe eine Anfrage, weiß aber nicht, ob ich mit der richtigen Abteilung verbunden bin.«

»Sagen Sie mir bitte, um was es sich handelt. Dann werden wir's wissen.«

»Ich war gestern bei Ihnen. Gestern vormittag. Eine Ihrer Beamtinnen, ich erinnere mich nicht mehr an ihren Namen, sie hat ein sehr junges Gesicht und trägt ihr graues Haar in einem Pferdeschwanz, also diese Dame bat mich, meine Adresse zurückzulassen –«

»Nein, nein«, unterbrach mich Alissa. »Das war nicht meine Abteilung. Haben Sie schon mit dem Sekretariat gesprochen?«

»Ja. Mit einem Herrn.«

»Mit Stern?«

»Möglich. Ich konnte das durchs Telefon nicht erkennen.«

»Sicherlich war es Stern. Ich verbinde.«

»Guten Abend«, sagte Stern. »Hier Stern.«

»Habe ich vor einigen Stunden mit Ihnen gesprochen, Herr Stern?«

»Worüber?«

»Über die Visitenkarte aus meiner Brieftasche, gestern vormittag, und über die verlorenen Notizblätter mit den Telefonnummern.«

»Nein, das muß jemand anders gewesen sein. Um was handelt es sich?«

»Es handelt sich um folgendes. Gestern vormittag war ich bei Ihnen, das heißt am Buchungsschalter, wegen einer Buchung. Die Beamtin, eine Dame mit sehr jungem Gesicht und grauem Haar in einem Pferdeschwanz, wollte meine Adresse haben –«

»Entschuldigen Sie, hier herrscht ein solcher Lärm, daß ich Sie nicht hören kann. Bitte bleiben Sie am Apparat. Ich melde mich aus einem anderen Zimmer.«

Tatsächlich meldete er sich etwas später aus einem anderen Zimmer: »Hallo? Ja, jetzt ist es besser. Also wenn ich richtig verstanden habe, dann waren Sie gestern bei uns …«

»Stimmt. Gestern vormittag. Und ich habe mit einer Ihrer Beamtinnen gesprochen, ihren Namen weiß ich nicht mehr, sie hat ein sehr junges Gesicht und trägt ihr graues Haar in einem Pferdeschwanz. Sie bat mich, meine Adresse zurückzulassen, und als ich meiner Brieftasche eine Visitenkarte entnahm, müssen einige sehr wichtige Notizblätter herausgefallen sein –«

»Das kann vorkommen«, tröstete mich Stern. »Ich nehme an, daß diese Blätter irgendwo bei uns liegen. Lassen Sie mich doch einmal herumfragen …«

Ich hörte seine gedämpfte Stimme, die der Belegschaft im Nebenraum bekanntgab, daß gestern vormittag jemand hier gewesen sei und mit einem der Mädchen gesprochen hätte, einem Mädchen mit jungem Gesicht und grauem Ponyschwanz, wahrscheinlich Stella, er wollte ihr seine Adresse geben und hatte sein Taschenbuch herausgenommen und bei dieser Gelegenheit sein Notizbuch verloren oder die Blätter mit den wichtigen Telefonnummern …

»Augenblick«, hörte ich eine andere Stimme rufen. »Ich glaube, der Portier hat etwas davon gesagt, daß er ein Notizbuch gefunden hat.«

Es dauerte nicht lange, und ich war mit dem Portier verbunden.

»Waren es rechteckige Blätter, blau liniert?« fragte er.

»Richtig. Und es standen Telefonnummern drauf.«

»Ich habe die Blätter heute an Ihre Adresse geschickt. Sie müßten morgen in der Post sein.«

»Danke. Danke vielmals.«

»Was war denn eigentlich los?«

»Nichts Besonderes. Ich hatte vorgestern in Ihrem Büro mit einer Ihrer Damen gesprochen, ihren Namen weiß ich nicht mehr, sie hat ein sehr junges Gesicht und trägt ihr graues Haar in einem Pferdeschwanz. Sie bat mich, meine Adresse zurückzulassen, und als ich meiner Brieftasche eine Visitenkarte entnahm, müssen diese Papiere herausgefallen sein, mit Telefonnummern, die ich sehr dringend brauche –«

»Na, Hauptsache, daß sich die Blätter gefunden haben«, sagte der Portier.

»Ja, wirklich. Das ist die Hauptsache. Gute Nacht.«

»Gute Nacht«, sagte der Portier.

In dieser unserer Zeit, einer Zeit der Umwertung aller Werte, in der sogar Begriffe wie »Gerechtigkeit« allmählich ihren Bedeutungsinhalt verlieren, gibt es eine bewundernswert hartnäckige Gruppe von Menschen, die bis zum letzten Tropfen deines Bluts für die Gerechtigkeit kämpfen. Man nennt sie Anwälte, und sie kennen sich im Labyrinth der Gesetze so gut aus, daß sie nicht einmal merken, wenn sie sich verirren. Hauptsache bleibt, daß dem Gesetz Genüge getan wird.

Nur keine Rechtsbeugung!

Eines Tages in den frühen Abendstunden der vergangenen Woche tauchte vor unserer Wohnungstür eine Gestalt auf und nahm alsbald die unverkennbaren Umrisse eines Polizisten an.
Er händigte mir eine Vorladung aus, derzufolge ich mich am nächsten Morgen um acht Uhr auf der nächsten Polizeistation einzufinden hatte.
Meine Frau betrachtete die Vorladung und erbleichte.
»Warum laden sie dich so dringend vor?« fragte sie. »Was hast du angestellt?«
»Nichts«, antwortete ich.
Meine Frau streifte mich mit einem prüfenden Blick.
»Du solltest nicht allein hingehen. Nimm einen Anwalt mit.«
»Wozu?«
»Frag nicht so dumm. Damit du jemanden bei dir hast, wofern du in Schwierigkeiten kommst.«
Die Tatsache, daß meine Frau zum erstenmal in ihrem Leben das Wort »wofern« gebrauchte, übte eine zutiefst demoralisierende Wirkung auf mich aus. Noch am Nachmittag setzte ich mich mit Dr. Jonathan Shay-Sheinkrager in Verbindung, dem weithin bekannten Juristen, der als einer der gefinkeltsten Rechtsanwälte unseres Landes gilt. Shay-Sheinkrager ließ sich den Fall in allen Details vortragen, überlegte eine Weile und erklärte sich sodann bereit, meine Verteidigung zu übernehmen. Ich unterzeichnete die nötigen Papiere, die sofort in Kraft traten, und ging erleichtert nach Hause. Am nächsten Morgen verabschiedete ich mich schweren Herzens von meiner Ehefrau und

begab mich in Begleitung meines Rechtsanwaltes zur Polizeistation. Der wachhabende Polizeisergeant, ein schnurrbärtiger junger Mann, empfing uns freundlich.
Er überflog die Vorladung, die Shay-Sheinkrager ihm einhändigte, griff ohne viel Federlesens in eine Schublade und zog die Aktentasche heraus, die ich vor ein paar Wochen verloren hatte.
»Wir haben Ihre Aktentasche gefunden, Herr Kishon«, sagte er mit gewinnendem Lächeln. »Hier ist sie.«
»Danke vielmals. Ich weiß Ihre Mühe zu schätzen.« Damit griff ich nach der Aktentasche und schickte mich wohlgelaunt zum Verlassen des Lokals an.
Ich hatte die Rechnung ohne meinen Anwalt gemacht.
»Sehr rührend«, sagte Shay-Sheinkrager, und seine Lippen kräuselten sich sarkastisch. »Aber darf ich Sie, Herr Inspektor, fragen, woher Sie wissen, daß es sich um die Aktentasche meines Klienten handelt?«
Der Sergeant grinste gutmütig:
»Wir haben in der Aktentasche eine Wäschereirechnung auf den Namen dieses Herrn gefunden.«
»Und es ist Ihnen kein Gedanke gekommen«, fuhr Shay-Sheinkrager fort, »daß die Aktentasche Eigentum der Wäscherei sein könnte?«
»Aber sie gehört mir«, versicherte ich meinem Anwalt. »Ich habe sie an den Joghurtflecken auf der rechten Seite sofort erkannt.«
»Bitte enthalten Sie sich jeder Einmischung in ein schwebendes Verfahren«, wies Shay-Sheinkrager mich zurecht.
»Herr Inspektor, ich bitte um die Ausfertigung eines Protokolls!«
»Was heißt da Protokoll! Nehmen Sie die Aktentasche und gehen Sie.«
»Wir sollten wirklich gehen«, stimmte ich ein. »Hier haben wir nichts mehr zu tun.«
Mein Anwalt trat ans Fenster, verschränkte die Hände hinterm Rücken und sah hinaus. Nach ungefähr einer Minute drehte er sich um:
»Ich werde Ihnen sagen, was wir hier noch zu tun haben, meine Herren. Wir haben den Inhalt der Aktentasche zu überprüfen.«
Schweigen. Shay-Sheinkrager hatte natürlich recht. Zu dumm, daß mir das nicht von selbst eingefallen war. Da zeigt sich wieder einmal der Unterschied zwischen einem Laien und einem geschulten Kenner

der Materie. »Dann machen wir sie eben auf«, seufzte der Sergeant und griff nach der Aktentasche.

»Ich protestiere!« Wie ein Tiger fuhr Shay-Sheinkrager dazwischen. »Das strittige Objekt muß unbedingt in Anwesenheit eines offiziellen Zeugen geöffnet werden.« Mit einem deutlich sichtbaren Aufwand an Selbstbeherrschung zwirbelte der Sergeant seinen Schnurrbart und ging einen Kollegen holen. Als die beiden eintraten, lag leichte Zornesröte über ihren Gesichtern.

»Herr Kishon«, ließ sich mein Anwalt vernehmen, »wollen Sie jetzt bitte eine Liste der Gegenstände anfertigen, die, soweit Sie sich erinnern können, den Inhalt dieser Aktentasche bilden.«

»Gerne«, antwortete ich. »Aber ich kann mich nicht erinnern.«

»Um so besser«, sagte der Sergeant und traf neuerdings Anstalten, die Aktentasche zu öffnen. Aber mein Anwalt hinderte ihn daran:

»Das Eingeständnis meines Klienten, den Inhalt der Aktentasche nicht rekonstruieren zu können, darf amtlicherseits nicht dahin verstanden werden, daß die Aktentasche zur Zeit ihres Verlustes keinerlei Wertgegenstände enthalten hätte.« Die Blicke, mit denen die beiden Sergeanten ihn daraufhin ansahen, ließen sich auch bei äußerster Nachsicht nicht mehr als »liebevoll« bezeichnen. Shay-Sheinkrager schien dergleichen gewohnt zu sein. Ungerührt zog er mich zur Seite: »Bitte sprechen Sie von jetzt an kein Wort, ohne mich vorher zu fragen«, schärfte er mir ein. »Von jetzt an liegt die Sache in meinen Händen!«

Dann begann er in trockenem, aber höchst lichtvollem Fachjargon das Protokoll zu diktieren:

»Aufgrund einer freiwillig gemachten Aussage meines Klienten, und ohne seine Rechte als einziger gesetzlicher Eigentümer des strittigen Fundobjektes im mindesten zu präjudizieren, wird hiermit festgestellt, daß mein Klient infolge einer Erinnerungslücke außerstande ist, verbindliche Angaben über den Inhalt der in Rede stehenden Aktentasche zu machen, die sich zur Zeit der Ausfertigung dieses Protokolls auf der das Protokoll ausfertigenden Polizeistation befindet, deren diensthabendes Organ die in Rede Stehende, vor einer bestimmten Anzahl von Tagen aufgefundene Aktentasche nach bestem Wissen und Gewissen als Eigentum meines Klienten bezeichnet und –«

»Einen Augenblick«, unterbrach der Sergeant und stand auf, um aus dem Nebenzimmer einen Oberinspektor herbeizuholen.

Noch ehe der Oberinspektor seine Übellaune in Worten äußern konnte, hatte sich Shay-Sheinkrager ihm vorgestellt und bat ihn, die mißliche Angelegenheit fair und objektiv zu behandeln. Dann wandte er sich nochmals an mich:

»Ich muß Sie pflichtgemäß darüber belehren, daß von jetzt an jedes Ihrer Worte gegen Sie ausgenützt werden kann.«

Ich fragte ihn, ob ich vereidigt werden müßte, aber er beruhigte mich: so weit wären wir noch nicht.

Nachdem alle Anwesenden das Protokoll unterzeichnet hatten, erklärte Shay-Sheinkrager laut und langsam:

»Mein Klient erhebt keine Einwände gegen die Öffnung des strittigen Fundobjekts.«

Der Oberinspektor steckte die Hand in die Aktentasche und zog einen Bleistift heraus.

»Herr Kishon«, fragte mein Anwalt, wobei er jede Silbe scharf betonte, »ist das Ihr Bleistift?«

Ich sah mir den Bleistift an. Er war kurz und abgenützt, ein ganz gewöhnlicher Bleistift.

»Wie soll ich das heute noch wissen?« fragte ich. »Beschwören kann ich's nicht.«

In Shay-Sheinkragers Augen glomm ein heiliges Feuer: »Meine Herren, jetzt kommt alles darauf an, kühlen Kopf zu bewahren. – Herr Kishon! Sind Sie ganz sicher, daß Sie dieses Schreibinstrument nicht als Bestandteil der von Ihnen ständig gebrauchten Schreibutensilien agnoszieren können?«

»Ich habe Ihnen doch schon gesagt, daß ich das nicht kann.«

»Dann verlange ich die sofortige Vorladung des Bezirkskommandanten!«

»Des Bezirkskommandanten?« schnaubte der Oberinspektor. »Und warum, wenn ich fragen darf?«

Er durfte fragen. Jede Frage war meinem Anwalt willkommen, weil er auf jede Frage eine Antwort hatte. Diesmal lautete sie:

»Herr Oberinspektor! Wenn der sogenannte ›ehrliche Finder‹ einen nicht meinem Klienten gehörigen Bleistift in diese Aktentasche hineinpraktiziert hat, kann er ebensogut ein anderes und möglicherweise wertvolleres Objekt aus dieser Aktentasche entfernt haben.«

Nach einer Weile erschien der Bezirkskommandant und prallte bereits in der Tür entsetzt zurück:

»Um Gottes willen! Sie hier, Shay-Sheinkrager? Schon wieder? Das darf nicht wahr sein!«

Auch jetzt ließ mein Anwalt sich im gleichmütigen Aufundabgehen nicht stören. Nach einer Weile pflanzte er sich vor dem Bezirkskommandanten auf. Seine Stimme bebte vor Bedeutsamkeit:

»Im Namen meines Klienten erstatte ich hiermit Anzeige gegen den Finder dieser Aktentasche, und zwar a) wegen widerrechtlichen Gebrauchs der meinem Klienten gehörigen Schreibutensilien, und b) wegen möglicher Entfernung von Gegenständen aus der gefundenen Aktentasche.«

»Soll das heißen«, fragte drohend der Bezirkskommandant, »daß Sie hier einen Diebstahl unterstellen?«

»Allerdings. Mein Klient glaubt mit ausreichender Sicherheit behaupten zu können, daß im Zusammenhang mit der ihm gehörigen Aktentasche ein Diebstahl unbestimmten Ausmaßes begangen wurde.«

»Na schön«, stöhnte der Bezirkskommandant. »Wer hat die verdammte Aktentasche gefunden?«

Unmutig kramte der Sergeant in seinen Papieren: »Der Verkehrspolizist vom Dienst. Vorgestern nachmittag.«

»Sie wollen einen Polizisten des Diebstahls beschuldigen?« fragte mich der Bezirkskommandant.

»Nicht antworten!« Shay-Sheinkrager war mit einem Satz bei mir und hielt mir den Mund zu. »Sagen Sie kein Wort! Die Kerle wollen ihnen einen Strick drehen. Ich kenne ihre Tricks. – Herr Bezirkskommandant«, fuhr er amtlich fort, »wir haben dem bereits Gesagten nichts mehr hinzuzufügen. Weitere Aussagen machen wir nur vor dem zuständigen Gerichtshof.«

»Wie Sie wünschen. Sie sind sich hoffentlich klar darüber, daß Sie soeben eine ehrenrührige Behauptung gegen einen Beamten des öffentlichen Dienstes vorgebracht haben?«

»Ich erhebe Einspruch«, brüllte Shay-Sheinkrager. »Das grenzt an Erpressung.«
»Erpressung?« Auch die Stimme des Bezirkskommandanten steigerte sich zu imposanter Lautstärke. »Sie beleidigen einen uniformierten Polizisten im Dienst! Paragraph 18 des Strafgesetzbuches!«
»Einspruch! Ich beziehe mich auf Anhang 47 zur Verordnung über Pflichten und Rechte der öffentlichen Sicherheitsorgane, Gesetzblatt Nr. 317!«
»Darüber wird das zuständige Gericht entscheiden«, schnurrte der Bezirkskommandant und wandte sich an mich: »Im Namen des Gesetzes erkläre ich Sie für verhaftet.«
Shay-Sheinkrager begleitete mich bis an die Zellentür.
»Kopf hoch«, sagte er. »Man kann Ihnen nichts anhaben. Es gibt kein Beweismaterial gegen Sie. Wir werden das Alleinverschulden des Polizisten nachweisen und notfalls einen Haftbefehl gegen den Polizeiminister erwirken. Dann soll er uns einmal erklären, warum der ›ehrliche Finder‹ nicht verhaftet wurde! Schlafen Sie gut. Ich verständige Ihre Frau.« Und er verabschiedete sich mit einem kräftigen, trostreichen Händedruck.
Es hilft nichts: Der beste Freund eines einsamen Häftlings ist sein Anwalt. Ich durfte mich glücklich schätzen, einen so brillanten Kopf als Verteidiger zu haben. Vielleicht setzt er es sogar durch, daß ich gegen Kaution entlassen werde.

Was der Hund für die Katze und der Kritiker für den Autor, ist der Verkehrspolizist für den kleinen Mann hinterm Steuer. Zwischen diesen beiden gibt es keine Kompromisse, keine Verhandlungen, keine Möglichkeit einer friedlichen Koexistenz.
Es ist ein Kampf auf Biegen oder Brechen, den einer von beiden verlieren muß. Der Fahrer.

Amtshandlung mit menschlichen Zügen

Es beginnt damit, daß man zu seinem geparkten Wagen zurückkommt, wo ein Uniformierter soeben dabei ist, ein Strafmandat auszuschreiben.
»Was steht auf dieser Tafel, Herr?« fragte er ohne aufzublicken.
»Hier steht«, antwortete ich zaghaft, »Parken verboten bis 19 Uhr …«
»Und wie spät ist es?«
»19 Uhr 30«
»Also?«
»Also darf ich hier parken.«
Das Auge des Gesetzes blinzelt verblüfft, sieht mich an, sieht die Verbotstafel an, dann wieder mich, dann den Wagen, dann seine Uhr, und dann das Ganze noch einmal.
»Hm … ja … richtig. Aber was mache ich jetzt mit dem Zettel? Wir haben strenge Vorschrift, ein einmal ausgeschriebenes Strafmandat nicht mehr zurückzuziehen. Und das ist eine sehr gute Vorschrift, Herr. Sonst würden die Fahrer, die wir bei einem Verstoß ertappen, so lange betteln und winseln, bis wir –«
»Aber ich habe ja gar keinen Verstoß begangen«, unterbrach ich.
Der Hüter des Gesetzes dachte nach:
»Was Sie da sagen, hat etwas für sich. Ich behaupte nichts Gegenteiliges. Und wenn Sie mich rechtzeitig gewarnt hätten, so hätte ich diesmal, ausnahmsweise, fünf gerade sein lassen. Aber jetzt kann ich nichts mehr machen. Sie sind zu spät gekommen, Herr. Also unterschreiben Sie hier auf der punktierten Linie und passen Sie nächstes Mal besser auf die Verkehrszeichen auf.«
Ich betrachtete ihn genauer. Für einen Verkehrspolizisten wirkte er

verhältnismäßig sympathisch. Er war keiner von diesen Glattrasierten ohne Schnurrbart. Er schien ein Mensch zu sein.
»Ich habe nichts verbrochen«, sagte ich. »Ich zahle keinen Cent.«
»So?« Er hob drohend die Stimme. »Und wer wird zahlen? Vielleicht ich? Von meinem Gehalt? Ich bin Familienvater, Herr!« Dann wurde er etwas sanfter. »Es sind ohnehin nur fünfzig Pfund. Wenn ich aufsässig wäre, hätte ich Ihnen den Paragraph 5/T verpassen können. Also unterschreiben Sie endlich.«
»Aber ich bin doch vollkommen schuldlos!«
»Vollkommen schuldlos?« Jetzt wurde er zornig. »Und wie oft haben Sie die Verkehrsvorschriften gebrochen, ohne daß man Sie erwischt hätte? He? Ein merkwürdiges Benehmen, das muß ich schon sagen. Wenn man Ihnen den Wagen stiehlt, rennen Sie sofort zur Polizei. Wenn Sie einen Unfall haben, können wir gar nicht rasch genug zur Stelle rein. Aber wenn Sie lumpige 50 Pfund zahlen sollen, werden Sie renitent!«
»Schon gut, schon gut«, sagte ich entschuldigend, unterschrieb und nahm das Strafmandat entgegen. »Man wird vielleicht noch fragen dürfen.«
»Aber nur, wenn's etwas zu fragen gibt«, belehrte mich das Amtsorgan und ging ab.

Zu den Ursachen der schweren Existenzkrise, in die sich die Menschheit verstrickt sieht, gehört der Mangel an Parkplätzen. Eine Lösung dieses Problems ist – abgesehen von den Staaten des Ostblocks – noch nirgends geglückt. Im Gegenteil, die Situation verschärft sich von Tag zu Tag. In Amerika ist jede fünfte Person ein Autobesitzer. In Israel ist jede fünfte Person ein Verkehrspolizist.

Wie rächt man sich an Verkehrspolizisten?

Wir saßen auf der Terrasse unseres Lieblings-Cafés, Jossele und ich, schlürften unseren Lieblings-Espresso und warfen sehnsüchtige Blicke auf die Parkverbotstafeln entlang des Gehsteigs. Um diese dämmerige Abendstunde pflegten wir das »Espresso-Cambit« zu eröffnen, auch »Auto-Adoptivspiel« genannt. Aber noch wollte sich kein Verkehrspolizist zeigen. Es dauerte eine gute Stunde, ehe der erste Vertreter dieser liebenswerten Spezies auftauchte, schlank, rank, schlenkernden Schritts und gestutzten Schnurrbarts.

In fiebriger Anspannung warteten wir, bis er vor einem knallroten, zwischen zwei Parkverbotstafeln parkenden Sportwagen haltmachte und den Strafzettelblock aus seiner Brusttasche zog. Als er den Bleistift ansetzte, also genau im richtigen Augenblick, sprang Jossele auf und stürzte hinzu:

»Halt, halt!« keuchte er. »Ich bin da nur für eine Minute hineingegangen … nur um rasch einen Espresso zu trinken …«

»Herr«, antwortete das Gesetz, »erzählen Sie das dem Verkehrsrichter.«

»Wenn ich doch aber wirklich nur für eine Minute …«

»Sie stören eine Amtshandlung, Herr!«

»Wirklich nur für einen raschen Espresso … Wie wär's und Sie drücken ausnahmsweise einmal ein Auge zu, Inspektor?«

Der Polizist füllte mit genießerischer Langsamkeit den Strafzettel aus, befestigte ihn am Scheibenwischer und sah Jossele durchdringend an:

»Können Sie lesen, Herr?«

»Gewiß.«

»Dann lesen Sie, was auf dieser Tafel steht!«

»Parken verboten von 0 bis 24 Uhr«, murmelte Jossele schuldbewußt. »Aber wegen einer lächerlichen Minute … wegen einer solchen Lappalie …«

»Noch eine einzige derartige Bemerkung, Herr, und ich bringe auch den Paragraph 17 in Anwendung, weil Sie zu weit vom Randstein geparkt haben.«

»Sehen Sie?« fragte Jossele. »Das ist der Grund, warum die Menschen Sie hassen.«

»Paragraph 17«, antwortete der Ordnungshüter, während er ein neues Strafmandat ausschrieb. »Und wenn Sie mich noch lange provozieren, verhafte ich Sie.«

»Warum?«

»Ich schulde Ihnen keine Erklärungen, Herr. Ihre Papiere!«

Jossele reichte sie ihm.

»Herr! Ihre Krankenkasse interessiert mich nicht! Wo ist Ihr Führerschein?«

»Ich habe keinen.«

»Sie haben keinen?! Paragraph 23. Haben Sie einen Zulassungsschein? Eine Steuerkarte? Eine Unfallversicherung?«

»Nein.«

»Nein?«

»Nein. Ich habe ja auch keinen Wagen.«

Stille. Lastende, lähmende Stille.

»Sie haben … keinen … Wagen?« Das Auge des Gesetzes zwinkerte nervös. »Ja, aber … wem gehört dann dieses rote Cabriolet?«

»Wie soll ich das wissen?« replizierte Jossele, nun schon ein wenig verärgert. »Ich bin ja nur für einen raschen Espresso hier ins Café gegangen. Das ist alles, und das versuche ich Ihnen die ganze Zeit zu erklären. Aber Sie hören ja nicht zu …«

Das Amtsorgan erbleichte. Seine Kinnladen bewegten sich lautlos, wenn auch rhythmisch. Langsam zog er das zweite Strafmandat hinter dem Scheibenwischer hervor und zerriß es in kleine Teilchen, einen Ausdruck unendlicher Trauer in seinem Gesicht. Dann verschwand er in der Dunkelheit.

Alles in allem: ein vergnüglicher Abend.

Als Gott der Herr den Himmel und die Erde schuf, achtete er darauf, daß ein jegliches Geschöpf wider die Unbill der grausamen Natur geschützt sei. Dem Löwen gab er Stärke, dem Reh die schnellen Beine, der Schildkröte den Panzer. Nur ein einziges seiner Geschöpfe hat er vergessen: mich.

Die Macht der Feder

Meine obige Klage bezieht sich unverkennbar auf die Regierung und die von ihr Beamteten. Das Gefühl der unrettbaren Hilflosigkeit, das mich vor amtlichen Pulten, Schaltern, Schiebefenstern und dergleichen überkommt, ist nicht zu schildern, nicht einmal von mir. Wann immer ich einem Verkörperer staatlicher Autorität gegenüberstehe, werde ich von wilden Zweifeln an meiner Existenz gepackt und reduziere mich auf den Status eines geistig zurückgebliebenen Kindes, das nicht nur kurzsichtig ist, sondern auch stottert.

Eines Tages jedoch …

Eines Tages betrat ich das Postamt, um ein Paket abzuholen. Der Beamte saß hinter den Gitterstäben seines Schalters und spitzte Bleistifte. Es gibt, wie man weiß, viele Arten, Bleistifte zu spitzen: mit einem der eigens dafür hergestellten Bleistiftspitzer oder mit einer dieser durch Handkurbel betriebenen Spitzmaschinen, die man an der Wand befestigen kann, oder mit einer Rasierklinge. Der Beamte, vor dem ich stand, verwendete ein Renaissancetaschenmesser, dessen eigentliche Bestimmung irgendwann einmal das edle Schnitzhandwerk gewesen sein muß. Er leistete harte Arbeit. Jedesmal, wenn er einen festen Ansatzpunkt für die Klinge gefunden hatte, rutschte sie ab. Wenn sie ausnahmsweise einmal nicht abrutschte, riß sie große Keile Holz aus dem Bleistift. Manchmal nahm sie auch etwas Mine mit.

Lange Zeit sah ich ihm still und aufmerksam zu. Ich ließ meine stürmische Jugend vor meinem geistigen Auge Revue passieren, erwog und entschied einige brennende politische Probleme, dachte auch über Fragen des Haushalts nach und erinnerte mich bei dieser Gelegenheit, daß der undichte Wasserhahn in unserem Badezimmer noch

immer nicht repariert war. Da ich ein pedantischer Mensch bin, zog ich Notizbuch und Bleistift hervor und notierte das Stichwort »Installateur«, mit einem Rufzeichen dahinter.
Und dann geschah es. Der bleistiftspitzende Beamte hörte mit dem Bleistiftspitzen auf und fragte: »Darf ich fragen, was Sie da aufgeschrieben haben?« Er fragte das keineswegs hämisch, sondern höflich.
»Ich habe mir eine Notiz gemacht«, antwortete ich tapfer. »Darf man das nicht?«
Der gesamte Bleistiftvorrat des Beamten verschwand mit einem Hui in seiner Lade. Er selbst, der Beamte, setzte ein Lächeln auf, das mir nicht ganz frei von einer leisen Nervosität schien:
»Entschuldigen Sie bitte, daß ich nicht sofort zu Ihrer Verfügung war. Was kann ich für Sie tun?«
Er wurde immer höflicher, erledigte mein Anliegen auf die liebenswürdigste Weise, entschuldigte sich nochmals, daß er mich hatte warten lassen, und bat mich, meiner Gemahlin seine besten Empfehlungen zu überbringen.
Und das alles, weil ich – offenbar im richtigen Augenblick und mit dem richtigen Gesichtsausdruck – etwas in mein Notizbuch geschrieben hatte.
Kein Zweifel: Ich war einer der umwälzendsten Entdeckungen des Jahrhunderts auf die Spur gekommen. Ein zweckmäßig verwendetes Notizbuch wirkt Wunder. Die Menschen im allgemeinen, und die vom Staat beamteten erst recht, stehen allem Geschriebenen, dessen Inhalt sie nicht kennen, mit Mißbehagen und Angstgefühlen gegenüber. »Verba volant, scripta manent«, das wußten schon die alten Römer. Gesprochenes verfliegt, Geschriebenes bleibt.
Seit damals mache ich Notizen, wann immer ich die Gelegenheit für gekommen erachte. Vor einigen Tagen ging ich in ein Schuhgeschäft und wurde bis Einbruch der Dämmerung nicht bedient. Ich zückte das Notizbuch, zückte meinen Bleistift, zählte bis zehn und trug eine Sentenz in das Büchlein ein, die sich mir aus Toussaint-Langenscheidts Übungsbuch der französischen Sprache unvergeßlich eingeprägt hat: »Das Loch in der Tasche meines Bruders ist größer als der Garten meines Oheims.«

Es wirkte. Der Ladeninhaber hatte mich gesehen und näherte sich ebenso bleich wie devot, um mich zu bedienen. Nicht einmal Polizisten vermögen den geheimen Kräften meines Zauberbuchs zu widerstehen. Alltäglich, wenn die Stunde der Strafzettelverteilung an parkenden Autos kommt, lauere ich im Hintergrund, trete im geeigneten Augenblick hervor und trage mit meiner Füllfeder (niemals einen Kugelschreiber benützen!) aufs Geratewohl ein paar Worte in mein Büchlein ein. Schon schmilzt das Auge des Gesetzes, schon entkrampft sich seine offizielle Haltung, er schimpft nicht, er schreit nicht, er flötet: »Also gut, noch dieses eine Mal …«

Denn auch er fürchtet die Macht der Feder. Auch er beugt sich vor dem, was da geschrieben steht.

Schließlich sind wir das Volk des Buches, nicht wahr?

Die vollkommene Ehe

Im Lande Israel – und unsere Touristen-Propaganda sorgt dafür, daß man das weiß – erinnert jeder Hügel, jeder Felsen, jeder Fußbreit Boden an unsere große biblische Vergangenheit. Wir stehen auf dem historischen Grund unserer Vorväter. Leider sitzen wir zugleich auf den modernen Rohrmöbeln unserer Nachkommen.

Aus Neu mach Alt

Es begann mit Chassia. Chassia ist eine Freundin meiner Frau und jagt nach Antiquitäten. Eines schwarzen Tages gingen sie mitsammen aus, und als sie nach Hause kamen, war es geschehen.

In der Mitte unseres Speisezimmers steht ein wunderschöner, moderner, aus Dänemark, dem Land der geschmackvollsten Möbel, importierter Speisezimmertisch. Nach diesem trat mein kleiner Liebling mit dem Fuße, was unverkennbar eine Regung des Abscheus bedeutete.

»Grauenhaft. Von einer nicht zu überbietenden Geschmacklosigkeit. Kein Vergleich mit antiken Möbeln, wie sie bei kultivierten Menschen gang und gäbe sind. Ab heute werden antike Möbel gekauft.«

»Weib«, gab ich zurück, »was ficht dich an? Was fehlt dir in unserer Wohnung?«

»Atmosphäre«, sagte sie.

Am nächsten Tag zog sie mit Chassia los und brachte einen niedrigen Sessel angeschleppt, der statt einer Sitzfläche eine Art Anti-Sitz aus dünnen Stricken aufwies. Es war, Chassia zufolge, ein »ländliches Originalstück« und ein Gelegenheitskauf. Trotzdem wollte ich wissen, wozu es dienen sollte.

»Zu Dekorationszwecken«, belehrte mich meine Ehefrau. »Ich werde einen Toilettentisch daraus machen.«

Den Gelegenheitskauf verdankte sie Wexler. Es gibt in unserem Land insgesamt drei fachmännisch geschulte Antiquitätenhändler: Wexler, Joseph Azizao und den jungen Bendori in Jaffa, der zugleich ein fachmännischer Restaurator ist, das heißt: Er verwandelt neue Möbelstücke fachmännisch in alte. Diese großen Drei herrschen eisern und unerbittlich über die achtundzwanzig annähernd echten Stücke, die in Israel von Hand zu Hand und von Antiquitätenhändler zu Antiquitätenhändler gehen. Denn Israel ist nicht nur ein sehr junges, sondern auch ein sehr armes Land, und in bezug auf alte Stilmöbel ist es vermutlich das ärmste Land der Welt. Weder die illegalen Einwandererschiffe noch irgendwelche fliegenden Teppiche haben größere Bestände von Louis Quatorzen ins Land gebracht, geschweige denn von Louis Seizen. Wenn da und dort einmal ein Endchen Barock oder ein Eckchen Empire auftaucht, wissen es fünf Minuten später sämtliche Professionals. Man denke nur an das berühmte Florentiner Nähkästchen in Kirjat Bialik.

»Alle meine Freundinnen wollen das Kästchen haben«, flüsterte meine Frau, und ihre Augen funkelten. »Aber die Eigentümer verlangen 1200 Pfund dafür. Das ist den Händlern zu teuer. Sie warten.«

»Und die Freundinnen?«

»Kennen die Adresse nicht.«

Hier liegt das Geheimnis des Antiquitätenhandels: in der Adresse. Hat man eine Adresse, dann hat man auch Antiquitäten. Ohne Adresse ist man erledigt. Ein echtblütiger Antiquitätenhändler wird sich eher zu Tode foltern lassen, ehe auch nur die Andeutung einer Adresse über seine Lippen kommt.

So werden wir zum Beispiel nie den Namen des ursprünglichen Eigentümers jener neapolitanischen Großvater-Standuhr erfahren (1873), die zugleich die Mondpositionen anzeigt. Während des letzten halben Jahrhunderts hat sie allerdings nur noch Mondfinsternisse angezeigt, weil ein Teil des Räderwerkes mittlerweile verrostet war und nicht ersetzt werden konnte, so daß die ganze Pracht zu überhaupt nichts mehr zu gebrauchen ist, außer vielleicht als Toilettentisch. Sei dem wie immer: Die Freundinnen meiner Frau gieren nach dem Stück. Chassia ihrerseits bevorzugt den vergoldeten Vogelkäfig (1900). Dieser Gelegenheitskauf wurde uns von Bendori, dem bewährten »Aus Neu mach Alt«-Restaurator, auf Schleichwegen zugeschanzt. Er hat ihn einem Einwanderer aus Kenya abgenommen, der ihn zuerst an Azizao verkauft hatte, durch Wexler. Azizao hat meiner Frau auch ein original Windsor-Tischbein verschafft. Sehr groß, sehr dick, mit lockigen Intarsien, eine helle Freude, und schwer von Gewicht.

»Wozu brauchst du dieses einmalige Ersatzteil?« hatte ich meine Frau gefragt, nachdem die beiden Möbelpacker gegangen waren.

Ihre Antwort war unbestimmt. Sie hoffe, sagte sie, daß Azizao noch ein paar ähnliche Tischbeine auftreiben wurde, und wenn sie genug beisammen hätte, könnte man vielleicht an die Herstellung eines Tisches denken.

Jedenfalls ist unsere Wohnung jetzt voll von Atmosphäre. Man kann kaum noch einen Schritt machen, ohne über Rokoko oder Renaissance zu stolpern. Besucher verlassen unsere Wohnung in gut gefirnißtem Zustand. Von Zeit zu Zeit geht das Telefon, und wenn ich »Hallo!« sage, wird am anderen Ende wortlos aufgelegt. Ich weiß: Es ist Wexler. Und von Zeit zu Zeit spricht die beste Ehefrau von allen aus dem Schlaf. Es klingt wie »Kiriat Bialik« und »Nähkästchen«.

Der Tropfen, der das Faß zum Überlaufen brachte, war ein Biedermeier-Sekretär. Um diese Zeit hatte ich bereits eine schwere Allergie gegen Treppensteigen entwickelt. Immer, wenn ich Schritte auf der Treppe hörte, erlitt ich einen Schweißausbruch. Diesmal waren es besonders schwere Schritte, die besonders mühsam die Treppe emporstapften. Der Nachttisch, den sie transportierten, wog mindestens eine halbe Tonne. Als Draufgabe kam das zusammenklappbare Feldbett des Feldmarschalls Hindenburg (1917).

»Ich bin kein Feldmarschall«, brüllte ich. »Und wozu hast du den Nachttisch gekauft?«

»Um ihn neben mein Bett zu stellen.«

»So. Und was steht neben *meinem* Bett?«

Die beste Ehefrau von allen kauft immer nur Einzelstücke. Einen Stuhl, einen Kerzenhalter, einen Nachttisch. Als ob wir nicht zwei Betten besäßen und jetzt auch noch den zusammenklappbaren Hindenburg.

»Schon gut, schon gut«, tröstete sie mich. »Ich werde mich um Pendants umschauen.«

Am nächsten Morgen ging ich zu Wexler. Mein Entschluß stand fest. Wexler oblag gerade einer Art Innendekoration. Er griff wahllos nach antiken Gegenständen und warf sie durcheinander. Dieses Durcheinander gilt als Kennzeichen eines leistungsfähigen Antiquitätenladens. Je größer und unübersichtlicher es ist, desto größer ist die Chance, daß man lange suchen muß, um etwas zu finden, und desto größer die Freude des Finders. Des weiblichen Finders, versteht sich.

Ich bat Wexler, sich nicht stören zu lassen, und sah mich in seinem Privatgewölbe um. An der einen Wand hing eine Karte von Israel, die mit etwa zehn verschiedenfarbigen Papierfähnchen besteckt war. Die Fähnchen trugen Inschriften wie »Renaissance-Schemel«, »Spanischer Gobelin« (1602) und – natürlich in der Nähe Haifas – »Florentiner Nähkästchen«. Im Norden Tel Avivs steckte eine schwarze Flagge: »Neu installiert. Biedermeier-Sekretär, Louis XIV.-Käfig, Feldbett.«

Das Blut gefror mir in den Adern. Es war unsere eigene Wohnung.

Ich stellte mich unter dem Namen Zwi Weisberger vor. Wexler sah mich kurz an, blätterte ein wenig in einem Photoalbum und fragte mit maliziösem Lächeln: »Wie geht es Ihrem Windsor-Tischbein, Herr Kishon?«

Man kann Wexler nicht betrügen. Wexler weiß alles.

»Und wie geht es der gnädigen Frau?« fragte er höflich.

»Herr Wexler«, sagte ich, »es geht ihr gut. Aber sie darf niemals erfahren, daß ich bei Ihnen war. Erwarten Sie ihren Besuch?«

Aus dem Fernschreiber in der Ecke des Raumes tickte eine Nachricht: »Madame Recamier vor zehn Minuten bei Azizao eingetreten. Jagt hinter Barockharfe her. Schluß.«

Wexler vernichtete das Band und stellte seine Prognose:

»Sie wird wahrscheinlich weiter zu Bendori gehen, weil er eine Barockharfenadresse hat. Das gibt uns noch ungefähr eine halbe Stunde. Was wünschen Sie?«

»Herr Wexler«, sagte ich, »ich verkaufe.«

»Ganz recht. Es hat keinen Sinn, monatelang auf Antiquitäten festzusitzen. Hoffentlich haben Sie noch niemandem etwas gesagt.«

»Nur Ihnen. Aber bitte, schicken Sie Ihren Einkäufer, wenn meine Frau nicht zu Hause ist.«

»Einen Einkäufer zu einer Adresse?! Das wäre Selbstmord! Wir sind sogar davon abgekommen, ihnen die Augen zu verbinden. Es ist zu unsicher. Überlassen Sie den Transport Ihrer Sachen mir.«

Das rote Telefon auf Wexlers Schreibtisch gab ein merkwürdiges Signal. Wexler hob den Hörer ab, lauschte ein paar Sekunden und legte auf. Dann trat er an die Karte heran und steckte das Fähnchen mit der

Aufschrift »Barockharfe« nach Tel Aviv-Nord um. Madame Recamier hatte soeben die Harfe gekauft …
Die Organisation klappte hervorragend. Wexler verständigte Bendori von der bevorstehenden Adressen-Liquidation. Bendori gab die Nachricht unverzüglich an Azizao weiter, der soeben in Gestalt einer geistesschwachen Millionärsgattin aus Südamerika einen neuen Kundenfang getätigt hatte. Genau um 12 Uhr mittags begab sich die beste Ehefrau von allen auf ihre tägliche Inspektionstour, genau um 12.30 Uhr erschienen drei taubstumme Möbelpacker, die sich durch ein verabredetes Zeichen als Sendboten Wexlers zu erkennen gaben und mit dem Abtransport unserer Wohnungseinrichtung nach Jaffa begannen, zu Bendori. Punkt 13 Uhr war ich allein in der ausgeräumten Wohnung. Ich streckte mich auf eine verbliebene Couch (1962) und trällerte ein fröhliches Liedchen. Etwa eine halbe Stunde später hörte ich auf der Treppe wieder diese ominösen schweren Schritte. Ich stürzte zur Türe. Himmel, da war es wieder, das ganze Zeug: der Strickleiter-Sessel, das Windsor-Tischbein, der Hindenburg und die Harfe.
»Liebling!« erklang dahinter die jauchzende Stimme meiner Gattin. »Ich hatte phantastisches Glück! Denk dir nur, was ich gefunden habe: den zweiten Sekretär, und – und –«
An dieser Stelle brach sie in wildes Schluchzen aus. Sie hatte die ausgeräumte Wohnung betreten.
»Ihr Schlangen!« schluchzte sie. »Ihr scheinheiligen Betrüger! Azizao hat mir gesagt, daß es sich um die Adresse einer verrückten Millionärsgattin aus Südamerika handelt … Und ich … Und jetzt … Meine ganzen Ersparnisse sind beim Teufel … Oh, ihr Lumpen …«
Es war in der Tat bemerkenswert. Daß dieselben Antiquitäten unter denselben Käufern rotieren, hatte ich gewußt, aber daß meine eigene Frau die Möbel ihres Ehemannes kaufte … Tröstend, legte ich meinen Arm um die haltlos Schluchzende.
»Beruhige dich, Liebling. Wir fahren jetzt sofort nach Kirjat Bialik und kaufen das Florentiner Nähkästchen …«
Wie wir die Adresse ausfindig gemacht hatten, gehört nicht hierher. Es wird noch auf Jahre hinaus Gegenstand heftiger Debatten in den Kreisen der Antiquitätenhändler sein. Chassia erzählte uns, daß Wexler meine Frau verdächtigte, sich eines Nachts bei ihm in einem

Empire-Schrank versteckt zu haben, von wo aus sie ein Gespräch belauschte, das er mit einem seiner Geschäftspartner über das Nähkästchen geführt hat.
Das Prachtstück trägt jetzt seinen Teil zur Atmosphäre unseres Haushalts bei, vorerst nur in der niedrigen Funktion eines Toilettentischchens. Und wir zählen heute zu den führenden Antiquitätenfachleuten des Landes. Alle Radarschirme und Fernschreiber sind auf uns eingestellt. Erst gestern fiel Azizao vor mir auf die Knie und beschwor mich, ihm irgend etwas zu verkaufen, damit er seinen Ruf als Fachmann wiederherstellen könne. Ich wies ihm die Türe. Das Nähkästchen bleibt bei uns. Dieses Wunderwerk florentinischer Möbeltischlerkunst hat die ganzen antiquitären Machtverhältnisse zu unseren Gunsten verschoben. Neun von den insgesamt achtundzwanzig echten Stücken des Landes befinden sich in unserem Besitz. Unsere Weigerung, etwas zu verkaufen, hat den Markt lahmgelegt. Wexler und Azizao stehen vor dem Ruin. Einzig der junge Bendori, der bewährte Restaurator und Alt-Neu-Verwandlungskünstler, macht uns noch ein wenig Konkurrenz.

Einer der bewundernswerten Fehlschläge der Zivilisation ist die Einrichtung der Ehe. Ursprünglich um der Kinder willen geplant, nahm sie keinerlei Rücksicht auf die Interessen der Eltern, was zu unausweichlichen Zerwürfnissen zwischen den beiden Ehepartnern führte. Gewöhnlich beginnt das Unheil mit der Frage: »Was ist mir damals nur eingefallen?« und endet mit einem Toast auf eine lange, glückliche Scheidung. Nach Meinung mancher Experten besteht die einzige Möglichkeit einer erfolgreichen Ehe darin, sie nicht zu schließen. Oder sie möglichst weit zu lockern.

Die vollkommene Ehe

Wie das bei gesellschaftlichen Veranstaltungen mit intellektueller Schlagseite üblich ist, zogen sich die Damen in eine entgegengesetzte Ecke des Salons zurück, und wir Männer blieben für den Rest des Abends unter uns. Der Bogen unserer Gesprächsthemen reichte von den Problemen der Einkommensteuer über die Watergate-Affäre bis zum »Letzten Tango in Paris«, bei dem wir uns ein wenig länger aufhielten, wahrscheinlich deshalb, weil die meisten Anwesenden im ungefähr gleichen Alter standen wie Marlon Brando.

»In diesem Alter«, bemerkte Ingenieur Guck, »kommt man als Mann nicht länger um die Erkenntnis herum, daß die Institution der Ehe eine Katastrophe ist.«

Wie eine sofort durchgeführte demoskopische Umfrage ergab, sind 85 Prozent aller Ehen schlecht, 11 Prozent schlechthin unerträglich, 3 Prozent gehen gerade noch an, und von einer weiß man's nicht.

Wäre es möglich, so fragten wir uns, daß die Schuld an diesen deprimierenden Ziffern bei uns Männern läge? Die Ansichten divergierten. Jemand erzählte von seinem Wohnungsnachbarn, der seit 32 Jahren glücklich verheiratet sei, allerdings mit fünf Frauen hintereinander.

»Das ist keine Kunst.« Einer der bisher schweigsamen Gäste namens Gustav Schlesinger meldete sich zu Wort.

»Sich scheiden lassen und immer wieder eine andere heiraten – mit solchen Tricks kann man natürlich glücklich verheiratet sein. Aber

nehmen Sie Clarisse und mich. Wir leben seit zwanzig Jahren miteinander in vollkommen harmonischer Ehe.«
Alle starrten den gutaussehenden, eleganten, an den Schläfen schon ein wenig ergrauten Sprecher an.
»Nicht als wäre Clarisse ein Himmelsgeschöpf«, fuhr er fort. »Oder als wären unsere Kinder keine ungezogenen Rangen. Nein, daran liegt es nicht. Sondern wir haben entdeckt, warum so viele Ehen auseinandergehen.«
»Warum? Was ist der Grund?« Von allen Seiten drangen die wißbegierigen Fragen auf ihn ein. »Erklären Sie sich deutlicher! Was ist es, weshalb die meisten Ehen scheitern?«
»Es sind Kleinigkeiten, meine Herren. Es sind die kleinen Dinge des Alltags, die täglichen Reibereien, die zwei miteinander verbundenen Menschen das Leben zur Hölle machen. Lassen Sie mich einige Beispiele anführen.
Ich möchte schlafen gehen – meine Frau möchte noch lesen. Ich erwache am Morgen frisch und tatendurstig – meine Frau fühlt sich müde und wünscht noch zu schlafen. Ich lese beim Frühstück gerne die Zeitung – meine Frau würde es vorziehen, mit mir zu plaudern. Ich esse gerne Radieschen – sie kann keinen Lärm vertragen. Ich gehe gerne spazieren – sie hört gerne Musik. Ich erwarte einen dringenden geschäftlichen Anruf aus New York – sie plappert stundenlang mit einer Freundin über das Dienstbotenproblem. Ich lege Wert darauf –«
An dieser Stelle wurde er von mehreren Gästen unterbrochen:
»Keine Details, bitte. Wir wissen, was Sie meinen. Sie sprechen zu erfahrenen Ehegatten. Was ist die Lösung des Problems?«
»Die Lösung liegt im guten Willen der Beteiligten. Man muß die kleinen Gegensätzlichkeiten, wie sie sich unter Eheleuten zwangsläufig ergeben, im Geiste der Toleranz, der Güte, des wechselseitigen Verständnisses bewältigen. Ich erinnere mich eines Abends, als Clarisse den von unserm heimischen Fernsehen ausgestrahlten Tarzan-Film, ich hingegen im jordanischen Fernsehen die Darbietung der vermutlich auch Ihnen bekannten Bauchtänzerin Fatimah sehen wollte. Damals hätte es beinahe einen Krach gegeben. Aber dazu kam es nicht. Mitten in der Auseinandersetzung hielten wir plötzlich inne und begannen zu lachen. ›Warum‹, so fragten wir einander, ›warum sollte

jeder von uns nur seine eigenen Handtücher haben? Warum machen wir von dieser Methode nicht auch bei anderen Anlässen Gebrauch?‹ Und am nächsten Tag kaufte ich ein zweites Fernsehgerät für Clarisse. Von da an waren alle Streitigkeiten über die Frage, welches Programm wir einschalten wollten, endgültig vorbei.«

Gustav Schlesinger machte eine Pause.

»Ist das alles?« wurde er gefragt.

»Nein, das war erst der Anfang. Nach und nach setzte sich dieses dualistische Prinzip auch für die anderen Aspekte unseres Zusammenlebens durch. Ich abonnierte je zwei Exemplare der von uns bevorzugten Zeitungen und Zeitschriften, wir hatten zwei Transistoren zu Hause, zwei Filmkameras, zwei Kinder. Ich schenkte Clarisse einen Zweitwagen, um ihre Bewegungsfreiheit zu fördern, und wir vermauerten unseren Balkon, um für mich ein zweites Schlafzimmer daraus zu machen.«

»Aha!« Beinahe einstimmig brach der Kreis der Umstehenden in diesen Ruf aus. »Aha!«

»Kein Aha«, replizierte Schlesinger. »Im Gegenteil, unsere eheliche Beziehung erklomm einen neuen Gipfel, und der Erwerb eines zweiten Telefons beseitigte die letzte Möglichkeit einer Störung unserer Harmonie.«

»Aber all diese Dinge kosten doch eine Menge Geld?« lautete die jetzt an Schlesinger gerichtete Frage.

»Für eine glückliche Ehe darf kein Opfer zu groß sein. Mit etwas gutem Willen lassen sich auch die finanziellen Probleme bewältigen, die durch den guten Willen entstehen. So habe ich zum Beispiel ein Atelier im obersten Stockwerk unseres Hauses gemietet, obwohl ich dafür einen Bankkredit aufnehmen mußte.«

»Atelier? Was für ein Atelier?«

»Meines. Der umgebaute Balkon war zweifellos eine große Hilfe, aber es blieben immer noch ein paar kleinere Reibungsflächen übrig. Etwa das gemeinsame Badezimmer. Oder unsere Kleiderablage. Oder unsere Gespräche. Als Clarisse in Erfahrung brachte, daß oben ein Atelier frei würde, war unser Entschluß sogleich gefaßt, und eine Woche später übersiedelte ich hinauf. Sie können sich nicht vorstellen, wie gut das unserer Ehe getan hat. Am Morgen brauchten wir einander nicht mehr mit gelangweilten Gesichtern gegenüberzusitzen, ich konnte Radieschen essen, soviel ich wollte, die Post wurde uns gesondert zugestellt –«

»Wie das?«

»Clarisse hatte wieder ihren Mädchennamen angenommen. Damit begann eine der glücklichsten Perioden unserer Ehe. Aber nichts ist so gut, daß es sich nicht verbessern ließe. Nach wie vor mußte ich damit rechnen, meiner Frau im Stiegenhaus zu begegnen, wenn weder sie noch ich für ein solches Zusammentreffen in der richtigen psychologischen Verfassung wären. Auch der Lärm der Kinder könnte mich stören. Deshalb beschlossen wir meine Übersiedlung ans andere Ende der Stadt.«

»Und das hatte keine nachteiligen Auswirkungen auf Ihr Eheleben?«

»Sie meinen …«

»Ja.«

»Nun, schließlich gibt es ja noch Hotels. Auch im Kino begegneten wir einander dann und wann oder auf der Straße. Bei jeder solchen Gelegenheit winkten wir einander freundlich zu. Und was die Hauptsache war: Es bestanden keine Spannungen mehr zwischen uns. Darüber waren wir für alle Zeiten hinaus. Der einzige vielleicht noch mögliche Streitpunkt hätte sich im Zusammenhang mit den Kindern ergeben können. Aber auch hier fanden wir einen Ausweg. Als ich meinen Wohnsitz nach Jerusalem verlegte, nahm ich meinen Buben mit mir, und das Mädchen blieb bei Clarisse. Ich kann ihnen versichern, daß sich dieses Arrangement hervorragend bewährt hat.«

»Und Ihre Frau ist mit alledem zufrieden?«

»Sie ist entzückt. Die letzte Ansichtskarte, die sie mir im Sommer schrieb, war von echter Herzlichkeit getragen. Wir sind stolz, daß es uns gelungen ist, die Probleme unseres täglichen Zusammenlebens mit den Mitteln der Vernunft und des guten Willens aus der Welt zu schaffen. Deshalb möchte ich Ihnen einen Rat geben, meine Freunde: Bevor Sie mit der Idee einer Scheidung zu spielen beginnen, bevor Sie erwägen, aus dem Hafen der Ehe auszulaufen, oder an irgendeine andere mondäne Lösung denken, sollten Sie eine gemeinsame Anstrengung unternehmen, die kleinen, unwesentlichen Schwierigkeiten, mit denen Sie es zu tun haben, im gegenseitigen

Einverständnis zu beseitigen. Dann werden Sie eine ebenso glückliche Ehe führen wie ich.«
Gustav Schlesinger lehnte sich in seinen Sessel zurück und bot sich nicht ohne Selbstgefälligkeit unseren neidischen Blicken dar.
»Trotzdem«, sagte Ingenieur Glick. »Ich bleibe dabei, daß es mit dem ehelichen Zusammenleben in unserer Zeit nicht mehr richtig funktioniert. Ihr Fall ist eine Ausnahme.«

Nicht jeder ist so glücklich wie der Schreiber dieser Zeilen. Manche kinderlosen Eltern müssen sich um ihrer Nachkommen willen in verzweifelte Auseinandersetzungen verwickeln, die bis zu zwei Stunden dauern und meistens in meiner Wohnung stattfinden.

Kleine Beinchen, trippel-trapp

Eines Abends besuchte mich das Ehepaar Steiner, zwei nette Leute mittleren Alters. Herr Steiner ist ein ruhiger, bescheidener Mann mit guten Manieren, Frau Steiner ist ein wenig schüchtern und hält sich gern im Hintergrund, zumal wenn dieser mit der Küche identisch ist. Kurzum: ein Paar, dem man sein stilles Lebensglück schon von weitem ansieht.

»Es ist wahr«, ließ sich Herr Steiner vernehmen, nachdem wir uns gemütlich niedergelassen hatten. »Wir dürfen zufrieden sein, meine Frau und ich. Wir erfreuen uns bester Gesundheit, sind einander herzlich zugetan, haben ein Dach über dem Kopf und ein kleines Konto auf der Bank. Nicht einmal unsere Steuererklärung bringt einen Mißton in unser friedliches Leben, denn sie wird von meinem Schwager besorgt, einem anerkannten Experten. Und doch, und doch. Es fehlt uns etwas. Wir sind kinderlos. Wie sehr haben wir uns ein Kind gewünscht! Aber es war uns nicht vergönnt.«

Herr Steiner schwieg. Frau Steiner seufzte.

»Es ist immer so ruhig bei uns zu Hause!« Abermals seufzte sie. »Und wir wären glücklich, wenn in diese Ruhe ein wenig Abwechslung käme. Helles Kinderlachen, zum Beispiel. Oder ein süßes Babystimmchen aus der Wiege.«

Frau Steiner schwieg. Herr Steiner seufzte.

»Nach gründlicher Beratung«, sagte er dann, »haben wir uns entschlossen, ein Kind zu adoptieren.«

»Ich gratuliere«, sagte ich.

»Wir wollen einen Sohn«, sagten Herr und Frau Steiner gleichzeitig.

»Das liegt auf der Hand«, sagte ich.

»Wir haben sogar schon einen Namen für ihn: Ben.«

»Ein schöner Name«, sagte ich.
»Die Sache ist nicht ganz einfach«, sagte Frau Steiner. »Wir sind nicht mehr die Jüngsten, und ich zweifle, ob ich mich noch um ein Baby kümmern kann, wie man sich um ein Baby kümmern muß. Deshalb dachten wir an ein Kind im Alter von zwei bis drei Jahren.«
»Sehr richtig«, stimmte ich zu. »Das Alter ist ein wichtiger Faktor. Mit zwei, drei Jahren ist das Kind noch klein und süß – und dennoch schon imstande, alles aufzunehmen und wieder von sich zu geben.«
»Eben davor fürchten wir uns ein wenig«, warf jetzt Herr Steiner ein. »Das Kleinkind befindet sich ständig in Bewegung und rennt den ganzen Tag herum. Meine Füße aber tragen mich nicht mehr so geschwind wie ehedem. Ein Kind von sechs Jahren« – er hob den Finger, um seine Worte zu unterstreichen – »wäre das richtige. Es ist bereits um vieles selbständiger. Außerdem hat es Spielgefährten.«
»Sie müssen unbedingt ein sechsjähriges Kind adoptieren«, bestätigte ich.
»Mit sechs Jahren«, wandte Frau Steiner ein, »beginnt es allerdings zur Schule zu gehen, und das, wie Sie wissen, ist ein Wendepunkt im Leben eines jeden Kindes. Vielleicht wäre es besser, ein Kind zu adoptieren, das diesen Wendepunkt bereits hinter sich hat, das an Schule und Leben bereits einigermaßen gewöhnt ist. Ein zehn- oder zwölfjähriges Kind.«
»Was Sie sagen, klingt sehr vernünftig«, gestand ich.
Frau Steiner, sichtlich erfreut über meine anerkennenden Worte, fuhr fort:
»Andererseits darf man nicht vergessen, daß ein Kind in diesem Alter bei seinen Schul- und Hausaufgaben der elterlichen Hilfe bedarf. Wer weiß, ob wir – zwei bescheidene Bürgersleute mittleren Alters – dazu noch in der Lage sind?«
»Bestimmt nicht«, sagte Herr Steiner mit dem Überzeugungston der Brust. »Und das bedeutet nicht mehr und nicht weniger, als daß wir einen Jungen adoptieren müssen, der zumindest seine Mittelschulstudien abgeschlossen hat.«
»Nein.« Frau Steiner schüttelte bekümmert den Kopf. »Da wird er ja sofort zum Militär eingezogen.«

»Richtig«, nickte Herr Steiner. »Ich fürchte, wir müssen mit dem Adoptieren bis zur Beendigung seiner Militärdienstzeit warten.«
»Dann«, gab Frau Steiner zurück, »wird er sich um einen Posten kümmern müssen. Vergiß nicht: Er ist um diese Zeit ein erwachsener Mensch ohne jedes Einkommen und ohne finanzielle Mittel. Oder willst du für seinen Lebensunterhalt aufkommen?«
»Das ginge leider über meine Kräfte«, gestand Herr Steiner.
Ich schaltete mich wieder ins Gespräch ein:
»Frau Steiner hat recht. Ein Dreißigjähriger wäre in jeder Hinsicht vorteilhafter.«
»Dessen bin ich nicht so sicher«, widersprach Frau Steiner. »In diesem Alter pflegt man zu heiraten, gründet eine eigene Familie und kümmert sich nicht mehr um seine Eltern.«
»Also was wollen Sie eigentlich?« Ich konnte nicht verhindern, daß in meiner Stimme ein leiser Beiklang von Ungeduld mitschwang.
Das Ehepaar Steiner sah mich verwundert an; dann räusperte sich Herr Steiner und sprach:
»Unserer wohlerwogenen Meinung nach wäre es am besten, ein Kind zu adoptieren, das seinen Platz im Leben und in der Gesellschaft bereits gefunden und seine Fähigkeiten bereits bewiesen hat. Schließlich weiß ja nur Gott allein, was aus einem kleinen Buben werden mag, wenn er heranwächst, und das Risiko ist groß, aber wenn er bereits auf beiden Beinen im Leben steht, hat man nichts mehr zu fürchten. Auf so einen Sohn kann man stolz sein. Auch ist er gegebenenfalls in der Lage, seine Eltern zu unterstützen.«
»Goldene Worte«, sagte ich. »Und haben Sie jemand Bestimmten im Auge?«
»Ja«, sagte das Ehepaar Steiner. »Ben Gurion.«

Noch um die Jahrhundertwende waren ein dicker Bauch und eine dicke goldene Uhrkette das Status-Symbol des Bürgers. Heute wünscht er nichts sehnlicher, als so mager zu sein, daß ihm die Armbanduhr ums Handgelenk schlottert. Das ist nicht leicht im Land, wo Milch und Honig fließt. Von Palatschinken mit Schokoladefüllung ganz zu schweigen.

Die Rache des Kohlrabi

»Ephraim«, fragte mich eines Tages die beste Ehefrau von allen. »Ephraim, bin ich dick?«

»Nein, Frau«, antwortete ich, »du bist nicht dick.«

»Aber du bist dick!«

»Ach so? Dann muß ich dir allerdings sagen, daß du noch viel dicker bist.«

In Wahrheit ist niemand von uns beiden »dick« im buchstäblichen Sinne des Wortes. Die beste Ehefrau von allen mag vielleicht an einigen Ecken und Enden ihres Körpers gewisse Rundungen aufweisen, und was mich betrifft, so sehe ich im Profil manchmal ein wenig schwammig aus. Aber das sind mehr persönliche Eindrücke als das Verdikt der Waage.

Trotzdem und für alle Fälle traten wir mit einer der Gewichtsüberwachungsstellen in Verbindung, wie sie heute im Schwange sind. Die Freundinnen meiner Frau wissen wundersame Geschichten von diesen Kontrollstationen zu erzählen, die dem leichten Leben der Schwergewichtler ein Ende setzen. Zum Beispiel haben sie das Gewicht eines stadtbekannten Friseurs derart verändert, daß er jetzt 40 kg wiegt statt 130, und ein Theaterdirektor soll in zwei Monaten von 90 kg auf den absoluten Nullpunkt gesunken sein.

An einer Zweigstelle der erwähnten Organisation wurden wir von einer Direktrice und einem spindeldürren Dozenten in Empfang genommen. Noch wenige Monate zuvor – so berichteten seine hingerissenen Schüler – wurden zwei Sitzplätze frei, wenn er aus dem Autobus ausstieg; heute tritt er gelegentlich in einem »Grand Guignol«-Stück als Gespenst auf …

Der Dozent gab uns ohne Umschweife die Grundlagen des Kommenden bekannt: Über jeden Abmagerungskandidaten wird ein eigenes Dossier angelegt. Gegen geringes Aufgeld wird er einmal wöchentlich einer mündlichen Gehirnwäsche unterzogen und bekommt ein schriftliches Menü. Man muß nicht gänzlich auf Nahrungszufuhr verzichten, man muß nur bestimmte Dinge aufgeben, einschließlich der Geschmacksnerven. Kein Brot, kein Weißgebäck, keine Teigwaren, keine Butter. Nichts, was Fett, Stärke oder Zucker enthält. Statt dessen Kohlrabi in jeder beliebigen Menge, ungesäuertes Sauerkraut und aus dem Wasser gezogenen Fisch. Zwei Gläser Milch pro Tag. Keinerlei sportliche Betätigung, weil sie den Appetit anregt. Besonders empfohlen: einmal wöchentlich eine Stunde lang ausgestreckt auf dem Boden liegen und dazu lauwarmes Wasser trinken. Nach Ablauf von sieben Tagen wird man auf der Kontrollstelle gewogen, und wenn man kein Gewicht verloren hat, ist man selber schuld und soll sich schämen. Hat man Gewicht verloren, wird man anerkennend gestreichelt.
»Ausgezeichnet«, sagte ich. »Wir sind sehr zärtlichkeitsbedürftig.«
Die Direktrice führte uns in einen andern Raum, wo wir eine Waage besteigen mußten, ohne Schuhe, aber mit dem kompletten Inhalt unserer Taschen. Das Resultat war niederschmetternd:
»Es tut mir leid«, sagte die Direktrice. »Sie können das erforderliche Übergewicht nicht beibringen.«
Mir wurde es schwarz vor den Augen. Nie hätte ich geglaubt, daß man uns einer solchen Formalität halber des Rechts auf Abmagerung berauben würde. Schließlich fehlten mir nur drei Kilo zu einem amtlich beglaubigten Fettwanst, und meine Frau, obschon von kleiner Statur, wäre mit einem Zuschlag von eineinhalb Kilo ausgekommen. Aber die Gewichtsüberwacher ließen nicht mit sich handeln.
So kehrten wir denn nach Hause zurück und begannen alles zu essen, was verboten war. Zwei Wochen später meldeten wir uns abermals auf der Kontrollstation, mit der begründeten Hoffnung daß unserer Aufnahme nun nichts mehr im Wege stünde. Zur Sicherheit hatte ich meine Taschen mit 50 Pfund in kleinen Münzen vollgestopft.
»Herzlich willkommen«, sagte die Direktrice nach der Abwage. »Jetzt kann ich ein Dossier für Sie anlegen.«
Hierauf erteilte uns der Dozent seine Instruktionen:

»Drei große Mahlzeiten täglich. Sie dürfen sich nicht zu Tode hungern. Sorgen Sie für Abwechslung! Wenn Ihnen das Sauerkraut zu widerstehen beginnt, wechseln Sie zum Kohlrabi, und umgekehrt. Hauptsache: kein Fett, keine Stärke, kein Zucker. Kommen Sie in einer Woche wieder.«

Sieben Tage und sieben Nächte lang hielten wir uns sklavisch an diese Vorschriften. Unser Käse war weiß und mager, unser Brot war grün von den Gurken, die es durchsetzten, unser Sauerkraut war bitter.

Als wir am achten Tag die Waage bestiegen, hatten wir beide je 200 g zugenommen, und das mit leeren Taschen.

»So etwas kann passieren«, äußerte der Dozent. »Sie müssen etwas strenger mit sich sein.«

In der folgenden Woche aßen wir ausschließlich Kohlrabi, der uns in eigenen Lieferwagen direkt vom Güterbahnhof zugestellt wurde. Und wirklich: Wir hatten keine Gewichtssteigerung zu verzeichnen. Allerdings auch keine Abnahme. Wir stagnierten. Der Zeiger der kleinen Waage, die wir für den Hausgebrauch angekauft hatten, blieb immer an derselben Stelle stehen. Es war ein wenig enttäuschend.

In einer alten Apotheke in Jaffa entdeckte die beste Ehefrau von allen eine schlecht funktionierende Waage, aber dort stand die halbe weibliche Bevölkerung von Tel Aviv Schlange. Außerdem käme auf der Kontrollstation ja doch die Wahrheit heraus.

Allmählich begann ich zu verzweifeln. Sollten wir für alle Ewigkeit bei unserem jetzigen Gewicht steckenbleiben? Wieso hatte meine Frau nicht abgenommen? Für mich selbst gab es ja eine Art Erklärung dieses Phänomens: Mir war ein Gerücht zu Ohren gekommen, daß ich allnächtlich in die Küche ging, um mich dort über größere Mengen von Untergrund-Käsen und Resistence-Würstchen herzumachen …

Die Rache des Kohlrabi, zu dem ich in den folgenden Wochen zurückkehrte, ließ nicht lange auf sich warten.

In der siebenten Woche unserer Qual – die siebente Woche ist bekanntlich die kritische – fuhr ich mitten in der Nacht aus dem Schlaf hoch. Ich verspürte ein unwiderstehliches Bedürfnis nach dem betörenden Geruch und Geräusch von bruzzelndem Fett. Ich mußte unbedingt sofort etwas Gebratenes essen, wenn ich nicht verrückt werden wollte. Ich war bereit, für ein paar lumpige Kalorien einen Mord zu

begehen. Der bloße Gedanke an die Buchstabenfolge »Baisers mit Cremefüllung« ließ mich erzittern. Fiebervisionen von »Stärke« suchten mich heim. Ich glaubte den Begriff der »Stärke« in körperlicher Gestalt zu sehen: ein süßes, anmutiges Mädchen, das in einem weißen Brautkleid und mit wehendem Goldhaar über eine Wiese lief. »Stärke!« rief ich hinter ihr her. »Warte auf mich, Stärke! Ich liebe dich! I love you! Je t'aime! Ja tibja ljublju! Entflieh mir nicht, Stärke!«
In der nächsten Nacht hatte ich sie tatsächlich eingeholt. Ich glitt aus dem Bett, schlich in die Küche, leerte einen vollen Sack Popcorn in eine Pfanne mit siedendem Öl, streute Unmengen von Zucker darüber und verschlang das Ganze auf einen Sitz. Und das war nur der Beginn des Kalorien-Festivals. Gegen Mitternacht stand ich am Herd, um Birnen zu braten, als plötzlich neben mir die fragile Gestalt der besten Ehefrau von allen auftauchte. Mit geschlossenen Augen strebte sie dem Wäschekorb zu und entnahm ihm etwa ein Dutzend Tafeln Schokolade, die sie sofort aus der Silberpapierhülle zu lösen begann. Auch mir bot sie davon an, und ich machte von ihrem Anerbieten wohlig grunzend Gebrauch.
Mittendrin erwachte mein Abmagerungsinstinkt. Ich kroch zum Telefon und wählte mit letzter Kraft die Nummer der Überwachungs-Zweigstelle:
»Kommen Sie schnell … schnell … sonst essen wir … Schokolade …«
»Wir kommen sofort!« rief am andern Ende der Dozent. »Wir sind schon unterwegs …«
Bald darauf hielt mit kreischenden Bremsen das Auto der Gewichtsüberwacher vor unserem Haus. Sie brachen durch die Tür und stürmten die Küche, wo wir uns in Haufen von Silberpapier, gebratenen Obstüberbleibseln und flüssiger Creme herumwälzten. Eine halbe Tafel Schokolade konnten sie noch retten. Alles andre hatte den Weg in unsere Mägen gefunden und hatte uns bis zur Unkenntlichkeit aufgebläht.
Der Dozent nahm uns auf die Knie, rechts mich, links die beste Ehefrau von allen.
»Macht euch nichts draus, Kinder«, sprach er in väterlich tröstendem Ton. »Ihr seid nicht die ersten, denen das zustößt. Schon viele unse-

rer Mitglieder haben in wenigen Stunden alles Gewicht, das sie in Jahren verloren hatten, wieder zugenommen. Lasset uns von vorne anfangen.«

»Aber keinen Kohlrabi!« flehte ich mit schwacher Stimme. »Ich beschwöre Sie: keinen Kohlrabi!«

»Dann sei es«, entschied der Dozent, »nur grüner Salat …«

Wir haben die Reihen der überwachten Gewichtsabnehmer verlassen. Wir waren völlige Versager.

Manchmal sehe ich im Profil wieder ein wenig schwammig aus, und die beste Ehefrau von allen weist an einigen Stellen ihres Körpers wieder gewisse Rundungen auf. Na und? Gut genährte Menschen haben bekanntlich den besseren Charakter, sie sind freundlich, großzügig und den Freuden des Daseins zugetan, sie haben, kurzum, mehr vom Leben. Was sie nicht haben, ist Kohlrabi und Sauerkraut. Aber das läßt sich verschmerzen.

»Wen hast du lieber – Mutti oder Vati?« Diese Idiotenfrage bekommen kleine Kinder, besonders solche, die noch nicht sprechen können, immer wieder zu hören. Unserm Sohn Amir ergeht es nicht anders. Könnte er schon sprechen, so würde er antworten: »Mir ist es gleich. Ich bemühe mich, beide in Atem zu halten.«

Die Stimme des Blutes

Es ist eine weithin bekannte Tatsache, daß wir beide, meine Frau und ich, unsere Fanlilienangelegenheiten streng diskret behandeln und daß ich mir niemals einfallen ließe, sie etwa literarisch auszuwerten. Es kann ja auch keinen Menschen interessieren, was bei uns zu Hause vorgeht.

Nehmen wir beispielsweise unser jüngstes Kind, den Knaben Amir, der in Wahrheit noch ein Baby ist, und zwar ein außerordentlich gut entwickeltes Baby. Nach Ansicht der Ärzte, die wir gelegentlich zu Rate ziehen, liegt sein Intelligenzniveau 30–35% über dem absoluten Minimum, und die restlichen 65–70% werden mit der Zeit noch hinzukommen. Amir hat blaue Augen, wie König David sie hatte, und rote Haare, ebenfalls wie König David. Das mag ein faszinierendes Zusammentreffen sein – für die Öffentlichkeit ist es uninteressant.

Manchmal allerdings kommt es im Leben des Kleinkinds zu einem Ereignis, über das man unmöglich schweigend hinweggehen kann. So auch hier. Amir stand nämlich eines Tages auf und blieb stehen. Auf beiden Beinen.

Man glaubt es nicht? Nun ja, gewiß, früher oder später lernen alle Kinder, auf beiden Beinen zu stehen. Aber Amir stand auf beiden Beinen, ohne es jemals gelernt zu haben, ohne Ankündigung oder Vorbereitung.

Es war ungefähr fünf Uhr nachmittags, als aus dem Baby-Trakt unserer Wohnung ein völlig unerwartetes, sieghaftes Jauchzen erklang – wir stürzten hinzu – und tatsächlich: Klein Amir stand da und hielt sich am Gitter seiner Gehschule fest. Tatsächlich, er stand fest auf bei-

den Beinen, sehr zum Unterschied von der Exportwirtschaft des Staates Israel.
Unsere Freude war grenzenlos.
»Großartig!« riefen wir. »Gut gemacht, Amir! Bravo! Mach's noch einmal!«
Hier ergaben sich nun einige Schwierigkeiten. Das Kind hatte erstaunlich frühzeitig, oder in jedem Fall nicht zu spät, das Geheimnis des Aufstehens ohne Hilfe erforscht, aber die Technik des Wiederhinsetzens war ihm noch nicht geläufig. Und da ein Kleinkind unmöglich den ganzen Tag lang stehen kann, gab der kleine Liebling deutliche Zeichen von sich, daß wir ihm beim Niederlassen behilflich sein sollten. Was wir auch taten.
Amir steht sehr gerne auf. Er ist, wenn man so sagen darf, darauf versessen, zu stehen. Mindestens siebzigmal am Tag erklingt aus seiner Ecke der Ruf:
»Pappi! Pappi!«
Ich bin es, den er ruft. Ich, sein Vater, der ihn gezeugt hat. Darin liegt etwas zutiefst Bewegendes. Seine Mutter beschäftigt sich mit ihm fast ununterbrochen, sie füttert ihn mit allerlei Milch und verschiedenen Sorten von Brei, sie hegt und pflegt ihn nach besten Kräften – aber der wunderbare, fast atavistische Urinstinkt des Kindes spürt ganz genau, wer der Herr im Haus ist und wem er vertrauen darf. Deshalb bricht Amir jedesmal, wenn er aufsteht und sich nicht wieder hinsetzen kann, in den gleichen Ruf aus, in den Ruf:
»Pappi! Pappi!«
Und Pappi kommt. Pappi eilt herbei. Gleichgültig, was ich gerade tue und in welcher Lage ich mich befinde, vertikal oder horizontal – wenn mein Kind nach mir ruft, lasse ich alles stehen und liegen und bin an seiner Seite. Zugegeben: Es ist ein schwerer Schlag für das Selbstbewußtsein meiner Frau. Es bringt selbst mich in eine gewisse Verlegenheit, daß das Kind, obwohl es in gewissem Sinn auch das ihre ist, sich so klar und eindeutig für seinen Vater entscheidet. Zum Glück ist meine Frau eine intelligente, aufgeklärte Person und weiß ihre Eifersucht zu verbergen. Vor ein paar Tagen gab sie mir sogar ausdrücklich zu verstehen, daß ich mir keine Sorgen machen müsse:
»Es ist alles in Ordnung, Ephraim«, sagte sie, als ich wieder einmal

von einer der Niederlassungs-Zeremonien zurückkam. »Amirs Liebe gehört dir. Damit muß ich mich abfinden.«
So etwas kann einem richtig wohltun.
Andererseits möchte man von Zeit zu Zeit auch schlafen.
Solange das Kind nur während des Tags aufstand, war es mir eine frohe Selbstverständlichkeit, ihm beim Niedersetzen zu helfen. Aber als ich ihm immer öfter bis in die frühen Morgenstunden zu Hilfe eilen mußte, hätte ein scharfer Beobachter bei mir gewisse Anzeichen von Nervosität entdecken können. Ich brauche mindestens drei Stunden Schlaf, sonst beginne ich zu stottern. Und nicht einmal diese drei Stunden wollte der Balg mir gönnen.
In jener unvergeßlichen Bartholomäusnacht hatte ich zwecks Ableistung Erster Hilfe schon dreißigmal mein Lager verlassen, während die beste Ehefrau von allen friedlich auf dem ihren ruhte, in tiefem Schlaf, mit regelmäßigen Atemzügen, und manchmal mit einem sanften Lächeln um ihre Lippen, wenn sie, in den Schlummer hinein, den fernen »Pappi!«-Ruf vernahm. Ich verargte ihr dieses Lächeln nicht. Mein Sohn hatte ja schließlich mich gerufen und nicht sie. Trotzdem empfand ich es irgendwie als ungerecht, daß ich, der überarbeitete, abgeschundene Vorstand des Haushalts, zwischen meinem Bett und dem Baby-Winkel pausenlos hin- und herflitzen mußte, während die hauptberufliche Mutter ungestört neben mir dahinschnarchte.
Ein leiser Groll gegen Amir keimte in meinem Innern auf. Erstens hätte er schon längst gelernt haben können, sich ohne Hilfe hinzusetzen, wie die anderen erwachsenen Kinder. Und zweitens war es kein schöner Zug von ihm, sich seiner lieben Mutter gegenüber, die ihn aufopfernd und unermüdlich hegte, so schlecht zu benehmen. Er ist eben rothaarig, wie ich schon sagte.
Als die beste Ehefrau von allen wieder einmal ihre Zeit beim Friseur vergeudete, nahm ich Amir auf meine Knie und sprach langsam und freundlich auf ihn ein:
»Amir – ruf nicht immer ›Pappi‹, wenn du etwas brauchst. Gewöhn dir an, ›Mammi‹ zu rufen. Mammi, Mammi. Hörst du, mein kleiner Liebling? Mammi, Mammi, Mammi.«
Amir, auch das glaube ich schon gesagt zu haben, ist ein sehr aufge-

wecktes Kind. Und die beste Ehefrau von allen ist sehr oft beim Friseur.

Nie werde ich den historischen Augenblick vergessen, als mitten in der Nacht zum ersten Mal aus Amirs Ecke der revolutionäre Ruf erklang:

»Mammi! Mammi!«

Ich griff mit starkem Arm nach meiner Ehefrau und rüttelte sie so lange, bis sie erwachte.

»Mutter«, flüsterte ich in die Dunkelheit, »dein Sohn steht auf beiden Beinen.«

Mutter brauchte einige Zeit und einige weitere Rufe, ehe sie die Situation erfaßte. Schwerfällig, um nicht zu sagen: widerwillig, erhob sie sich, schlaftrunken torkelnd kam sie nach einer Weile zurück. Aber sie sagte nichts und streckte sich wieder hin, wie jemand, der aus dem Halbschlaf wieder in den ganzen zu verfallen plant.

»Mach dich darauf gefaßt, Liebling«, raunte ich ihr zu, »daß unser Sohn dich noch öfter rufen wird.«

Und so geschah es.

In den folgenden Wochen durfte ich mich nach langer, langer Zeit wieder eines völlig ungestörten Schlummers erfreuen. Unser kleines, süßes, blauäugiges Wunder hatte unter meiner Führung den richtigen Weg gefunden und hatte die Bedeutung der Mutterschaft vollauf begriffen. Die Lage normalisierte sich. Mutter bleibt Mutter, so will es die Natur. Und wenn ihr Kind nach ihr ruft, dann muß sie dem Ruf folgen. In einer besonders gesegneten Nacht stellte sie mit zweiundvierzig Ruf-Folgeleistungen einen imposanten Rekord auf.

»Ich bin von Herzen froh, daß Amir zu dir zurückgefunden hat«, sagte ich eines Morgens beim Frühstück, als sie endlich so weit war, die Augen halb offen zu halten. »Findest du nicht auch, daß die Mutter-Kind-Beziehung das einzig Natürliche ist?«

Leider nahm die einzig natürliche Situation ein jähes Ende. Es mochte vier Uhr früh sein, als ich mich unsanft wachgerüttelt fühlte.

»Ephraim«, flötete die beste Ehefrau von allen, »dein Sohn ruft dich.«

Ich wollte es zuerst nicht glauben. Aber da klang es aufs neue durch die Nacht:

»Pappi! Pappi!«

Und dabei blieb es. Amir hatte wieder zu mir herübergewechselt. Sollte das etwa daran liegen, daß ich um diese Zeit beinahe täglich in der Stadt zu tun hatte und oft viele Stunden lang von zu Hause wegblieb?

In der jüdischen Ehe spielt die jüdische Frau eine seit Urzeiten verehrungsvoll respektierte Rolle: die Mutterrolle. Sie spielt diese Rolle sowohl ihren Kindern wie ihrem Mann gegenüber. Der jüdische Gatte fragt sich vor jeder Entscheidung, ob er nicht zuerst seine Frau fragen soll. Meistens fragt er sie. Und manchmal antwortet sie ihm sogar. Seine etwaigen Gegenäußerungen werden in der Mappe »Kindermund« abgelegt.

Was schenken wir der Kindergärtnerin?

Ich liege voll angekleidet auf meiner Couch. Hell leuchtet die Lampe über meinem Kopf. Und in diesem Kopf jagen einander die wildesten Gedanken.

Vor dem Spiegel am anderen Ende des Zimmers steht die beste Ehefrau von allen und krümmt sich. Das tut sie immer, wenn sie ganz genau sehen will, was sie tut. Jetzt eben bedeckt sie ihr Gesicht mit Bio-Placenta-Creme, diesem bekanntlich wunderbaren Mittel zur Regenerierung der Hautzellen. Ich wage nicht, sie zu stören. Noch nicht.

Für einen schöpferischen Menschen meines Alters kommt unweigerlich die Stunde der Selbsterkenntnis. Seit Wochen, nein, seit Monaten bedrängt mich ein grausames Dilemma. Ich kann es allein nicht bewältigen. Einen Schritt, der über den Rest meines Lebens entscheiden wird, muß ich mit jemandem besprechen. Wozu bin ich verheiratet? Ich gebe mir einen Ruck. »Liebling«, sage ich mit ganz leicht zitternder Stimme, »ich möchte mich mit dir beraten. Bitte reg dich nicht auf und zieh keine voreiligen Schlüsse. Also. Seit einiger Zeit habe ich das Gefühl, daß ich am Ende meiner kreativen Laufbahn angelangt bin und daß es besser wäre, wenn ich mit dem Schreiben Schluß mache. Oder zumindest für ein paar Jahre pausiere. Was ich brauche, ist Ruhe, Sammlung und Erholung. Vielleicht geht's dann wieder … Hörst du mir zu?«

Die beste Ehefrau von allen bedeckt ihr Gesicht mit einer neuen Lage Bio-Placenta und schweigt.

»Was rätst du mir?« frage ich zaghaft und dennoch eindringlich. »Sag mir die Wahrheit.«

Jetzt wandte sich die Bio-Placenta-Konsumentin um, sah mich lange an und seufzte.
»Ephraim«, sagte sie, »wir müssen etwas für die Kindergärtnerin kaufen. Sie wird nach Beer-Schewa versetzt und fährt Ende der Woche weg. Es gehört sich, daß wir ihr ein Abschiedsgeschenk machen.«
Das war, genau genommen, keine befriedigende Antwort auf meine Schicksalsfrage. Und darüber wollte ich Madame nicht im unklaren lassen.
»Warum hörst du mir eigentlich niemals zu, wenn ich etwas Wichtiges mit dir besprechen will?«
»Ich habe dir genau zugehört.« Über die Bio-Placenta-Schicht lagerte sich eine ziegelrote Salbe. »Ich kann mich an jedes Wort erinnern, das du gesagt hast.«
»Wirklich? Was habe ich gesagt?«
»Du hast gesagt: Warum hörst du mir eigentlich niemals zu, wenn ich etwas Wichtiges mit dir besprechen will.«
»Stimmt. Und warum hast du mir nicht geantwortet?«
»Weil ich nachdenken muß.«
Das hatte etwas für sich. Es war ja schließlich kein einfaches Problem, mit dem ich sie da konfrontierte.
»Glaubst du«, fragte ich vorsichtig, »daß es sich vielleicht nur um eine vorübergehende Lustlosigkeit handelt, die ich aus eigener Kraft überwinden könnte? Eine schöpferische Pause, sozusagen?«
Keine Antwort.
»Hast du mich verstanden?«
»Natürlich habe ich dich verstanden. Ich bin ja nicht taub. Eine schöpferische Pause aus eigener Kraft überwinden oder so ähnlich.«
»Nun?«
»Wie wär's mit einer Bonbonniere?«
»Wieso?«
»Das schaut nach etwas aus und ist nicht übermäßig teuer, findest du nicht auch?«
»Ob ich's finde oder nicht – mein Problem ist damit nicht gelöst, Liebling. Wenn ich für ein bis zwei Jahre zu schreiben aufhöre, oder vielleicht für drei – womit soll ich mich dann beschäftigen? Womit soll

ich das intellektuelle Vakuum ausfüllen, das in mir entstehen wird? Womit?«
Jetzt wurden die cremebedeckten Wangen einer Reihe von leichten Massage-Schlägen ausgesetzt, aus deren Rhythmus man mit ein wenig Phantasie das Wort »Kindergärtnerin« heraushören konnte.
»Hörst du mir zu?« fragte ich abermals.
»Frag mich nicht ununterbrochen, ob ich dir zuhöre. Natürlich höre ich dir zu. Was bleibt mir schon übrig. Du sprichst ja laut genug.«
»So. Und wovon habe ich jetzt gesprochen?«
»Von der Beschäftigung mit einem Vakuum, das du intellektuell ausfüllen willst.«
Sie hat tatsächlich jedes Wort behalten. Ich nahm den Faden wieder auf.
»Vielleicht sollte ich's mit der Malerei versuchen? Oder mit der Musik? Nur für den Anfang. Gewissermaßen als Übergang.«
»Ja, meinetwegen.«
»Ich könnte natürlich auch auf die Wasserbüffel-Jagd gehen oder Reißnägel sammeln.«
»Warum nicht.«
Ein Löschpapier über die ziegelrote Creme, künstliche Wimpern unter die Augenbrauen, und dann ihre Stimme:
»Man muß sich das genau überlegen.«
Darauf wußte ich nichts zu sagen.
»Warum sagst du nichts, Ephraim?«
»Meiner Meinung nach ist es höchste Zeit, die Leiche unserer Waschfrau auszugraben und sie in den grünen Koffer zu sperren … Hast du mir zugehört?«
»Die Leiche der Waschfrau in den Koffer sperren.«
So leicht ist meine kleine Frau nicht zu beeindrucken. Jetzt bürstet sie mit einem winzigen, selbstverständlich aus dem Ausland importierten Bürstchen ihre Augenlider. Ich unternehme einen letzten Versuch.
»Wenn sie kinderliebend ist, die Tiergärtnerin, dann könnten wir ihr ein Zebrapony schenken.«
Auch das ging ins Leere. Meine Gesprächspartnerin stellte das Radio an und sagte:
»Keine schlechte Idee.«

»In diesem Fall«, schloß ich ab, »laufe ich jetzt rasch hinüber zu meiner Lieblingskonkubine und bleibe über Nacht bei ihr.«
»Ja, ich höre. Du bleibst über Nacht.«
»Also?«
»Wenn ich's mir richtig überlege, kaufen wir ihr doch besser eine Vase als eine Bonbonniere. Kindergärtnerinnen lieben Blumen.«
Damit verfügte sich die beste Ehefrau von allen ins Badezimmer, um sich von der Gesichtspflege zu reinigen.
Ich werde wohl noch eine Zeitlang schreiben müssen.

Folterungen, unter denen selbst der stärkste Mann zusammenbricht, galten früher einmal als Spezialität der Geheimpolizei in Diktaturstaaten. Heute sind sie überall ohne Mühe erhältlich. Alles, was man dazu braucht, ist ein versperrtes Zimmer, ein Bett, Nylonstrümpfe, einige Kleidungsstücke, einige Handtaschen und eine Ehefrau.

Im neuen Jahr wird alles anders

»Ephraim!«rief meine Frau, bekanntlich die beste Ehefrau von allen, aus dem Nebenzimmer. »Ich bin beinahe fertig!«

Es war halb neun Uhr am Abend des 31. Dezember. Meine Frau saß seit Einbruch der Dämmerung vor dem großen Spiegel ihres Schlafzimmers, um für die Silvesterparty, die unser Freund Tibi zu Ehren des Gregorianischen Kalenders veranstaltete, Toilette zu machen. Die Dämmerung bricht am 31. Dezember kurz nach drei Uhr nachmittags ein. Aber jetzt war sie beinahe fertig, meine Frau. Es sei auch schon Zeit, sagte ich, denn wir haben Tibi versprochen, spätestens um zehn Uhr bei ihm zu sein.

Mit einer Viertelstunde Verspätung rechne ein Gastgeber sowieso, replizierte die beste Ehefrau von allen, und eine weitere Viertelstunde würde nicht schaden. Partys, besonders Silvesterpartys, seien am Anfang immer langweilig. Die Atmosphäre entwickle sich erst nach und nach. Und überdies, so schloß sie, wisse sie noch nicht, welches Kleid sie nehmen solle. Lauter alte Fetzen. »Ich habe nichts anzuziehen«, sagte die beste Ehefrau von allen.

Sie sagt das bei jeder Gelegenheit, gleichgültig wann und zu welchem Zweck wir das Haus verlassen. Dabei kann sie die Tür ihres Kleiderschranks kaum noch ins Schloß pressen, denn er birst vor lauter Garderobe. Daß Bemerkungen wie die oben zitierte dennoch zum Wortschatz ihres Alltags gehören, hat einen anderen Grund: Sie will mir zu verstehen geben, daß ich meinen Unterhaltspflichten nicht genüge, daß ich zu wenig Geld verdiene, daß ich minderwertig sei. Ich meinerseits, das gebe ich gerne zu, verstehe nichts von Frauenkleidern. Ich finde sie entsetzlich, alle ohne Ausnahme. Dessenungeachtet schiebt meine Frau die Entscheidung, was sie heute anziehen soll, jedesmal auf mich ab.

»Ich könnte das glatte Schwarze nehmen«, erwog sie jetzt. »Oder das hochgeschlossene Blaue.«

»Ja«, sagte ich.

»Was: ja? Also welches?«

»Das Hochgeschlossene.«

»Paßt zu keiner Silvesterparty. Und das Schwarze ist zu feierlich. Wie wär's mit der weißen Seidenbluse?«

»Klingt nicht schlecht.«

»Aber wirkt eine Bluse nicht zu sportlich?«

»Eine Bluse sportlich? Keine Spur!«

Eilig sprang ich hinzu, um ihr beim Zuziehen des Reißverschlusses behilflich zu sein und einer neuerlichen Meinungsänderung vorzubeugen. Während sie nach passenden Strümpfen Ausschau hielt, zog ich mich ins Badezimmer zurück und rasierte mich.

Es scheint ein elementares Gesetz zu sein, daß passende Strümpfe niemals paarweise auftreten, sondern immer in Unikaten. So auch hier. Von den Strümpfen, die zur Bluse gepaßt hätten, war nur ein einziger vorhanden, und zu den Strümpfen, von denen ein Paar vorhanden war, paßte die Bluse nicht. Folglich mußte auf die Bluse verzichtet werden. Die Suche unter den alten Fetzen begann von vorne.

»Es ist zehn Uhr vorbei«, wagte ich zu bemerken. »Wir kommen zu spät.«

»Wenn schon. Dann versäumst du eben ein paar von den abgestandenen Witzen, die dein Freund Stockler immer erzählt.«

Ich stand fix und fertig da, aber meine Frau hatte die Frage »Perlmutter oder Silber« noch nicht entschieden. Von beiden Strumpfgattungen gab es je ein komplettes Paar, und das erschwerte die Entscheidung. Vermutlich würde sie bis elf Uhr nicht gefallen sein.

Ich ließ mich in einen Fauteuil nieder und begann die Tageszeitungen zu lesen. Meine Frau suchte unterdessen nach einem zu den Silberstrümpfen passenden Gürtel. Den fand sie zwar, fand aber keine Handtasche, die mit dem Gürtel harmonierte. Ich übersiedelte an den Schreibtisch, um ein paar Briefe und eine Kurzgeschichte zu schreiben. Auch für einen längeren Essay schwebte mir bereits ein Thema vor.

»Fertig!« ertönte von nebenan die Stimme meiner Frau. »Bitte hilf mir mit dem Reißverschluß!«

Manchmal frage ich mich, was die Frauen täten, wenn sie keine Männer als Reißverschlußhelfer hätten. Wahrscheinlich würden sie dann nicht auf Silvesterpartys gehen. Meine Frau hatte einen Mann als Reißverschlußhelfer und ging trotzdem nicht. Sie setzte sich vor den Spiegel, schmückte sich mit einem schicken Nylonfrisierumhang und begann an ihrem Make-up zu arbeiten. Erst kommt die flüssige Teintgrundlage, dann Puder. Die Augen sind noch unberührt von Wimperntusche. Die Augen schweifen umher und hoffen auf Schuhe zu stoßen, die zur Handtasche passen würden. Das eine Paar in Beige ist leider beim Schuster, die schwarzen mit den hohen Absätzen sind wunderschön, aber nicht zum Gehen geeignet, die mit den niedrigen Absätzen sind zum Gehen geeignet, aber sie haben niedrige Absätze.

»Es ist elf!« sagte ich und stand auf. »Wenn du noch nicht fertig bist, gehe ich allein.«

»Schon gut, schon gut! Warum die plötzliche Eile?«

Ich bleibe stehen und sehe, wie meine Frau den Nylonumhang ablegt, weil sie sich nun doch für das schwarze Cocktailkleid entschieden hat. Aber wo sind die dazugehörigen Strümpfe?

Um halb zwölf greife ich zu einer List. Ich gehe mit weithin hörbaren Schritten zur Wohnungstüre, lasse einen wütenden Abschiedsgruß erschallen, öffne die Türe und schlage sie krachend zu, ohne jedoch die Wohnung zu verlassen. Dann drücke ich mich mit angehaltenem Atem an die Wand und warte.

Nichts geschieht. Es herrscht Stille.

Eben. Jetzt hat sie den Ernst der Lage erkannt und beeilt sich. Ich habe sie zur Raison gebracht. Ein Mann muß gelegentlich auch seine Souveränität hervorkehren können.

Fünf Minuten sind vergangen. Eigentlich ist es nicht der Sinn der Silvesternacht, daß man sich in einem dunklen Vorzimmer reglos an die Wand preßt.

»Ephraim! Komm und zieh mir den Reißverschluß zu!«

Nun, wenigstens hat sie sich jetzt endgültig für die Seidenbluse ent-

schieden (am schwarzen Kleid war eine Naht geplatzt). Sie ist auch schon im Begriff, die Strümpfe zu wechseln, Perlmutter oder Silber.
»So hilf mir doch ein bißchen, Ephraim! Was würdest du mir raten?«
»Daß wir zu Hause bleiben und schlafen gehen«, sagte ich, entledigte mich meines Smokings und legte mich ins Bett.
»Mach dich nicht lächerlich. In spätestens zehn Minuten bin ich fertig …«
»Es ist zwölf Uhr. Das neue Jahr hat begonnen. Mit Orgelton und Glockenschlag. Gute Nacht.« Ich drehe die Bettlampe ab und schlafe ein. Das letzte, was ich im alten Jahr noch gesehen habe, war meine Frau, die sich vor dem Spiegel die Wimpern tuschte, den Nylonumhang umgehängt. Ich haßte diesen Umhang, wie noch kein Umhang je gehaßt wurde. Der Gedanke an ihn verfolgte mich bis in den Schlaf. Mir träumte, ich sei der selige Charles Laughton, und zwar in der Rolle König Heinrichs VIII. – Sie erinnern sich, sechs Frauen hat er köpfen lassen. Eine nach der anderen wurde unter dem Jubel der Menge zum Schafott geführt, eine nach der anderen bat um die letzte Gunst, sich noch einmal im Nylonumhang zurechtmachen zu dürfen …
Nach einem tiefen, wohltätigen Schlummer erwachte ich im nächsten Jahr. Die beste Ehefrau von allen saß in einem blauen, hochgeschlossenen Kleid vor dem Spiegel, und pinselte sich die Augenlider schwarz. Eine große innere Schwäche kam über mich.
»Ist dir klar, mein Junge«, hörte ich mein Unterbewußtsein wispern, »daß du eine Irre zur Frau hast?«
Ich sah nach der Uhr. Es ging auf halb zwei. Mein Unterbewußtsein hatte recht: Ich war mit einer Wahnsinnigen verheiratet. Schon zweifelte ich an meiner eigenen Zurechnungsfähigkeit. Mir war zumute wie den Verdammten in Sartres »Bei geschlossenen Türen«. Ich war zur Hölle verdammt, ich war in einen kleinen Raum gesperrt, mit einer Frau, die sich ankleidete und auskleidete und ankleidete und auskleidete für immer und ewig …
Ich fürchte mich vor ihr. Jawohl, ich fürchte mich. Eben jetzt hat sie begonnen, eine Unzahl von Gegenständen aus der großen schwarzen Handtasche in die kleine schwarze Handtasche zu tun und wieder in die große zurück. Sie ist beinahe angekleidet, auch ihre Frisur steht

beinahe fest, es fragt sich nur noch, ob die Stirne frei bleiben soll oder nicht. Die Entscheidung fällt zugunsten einiger Haarsträhnen, die über die Stirn verteilt werden. So schwinden nach längerer Betrachtung die letzten Zweifel, daß eine freie Stirn doch besser wirkt.
»Ich bin fertig, Ephraim! Wir können gehen.«
»Hat das denn jetzt überhaupt noch einen Sinn, Liebling? Um zwei Uhr früh?«
»Mach dir keine Sorgen. Es werden noch genug von diesen ungenießbaren kleinen Zahnstocherwürstchen übrig sein …« Sie ist mir offenbar ein wenig böse, die beste Ehefrau von allen, sie nimmt mir meine hemmungslose Ungeduld und mein brutales Drängen übel. Aber das hindert sie nicht an der nunmehr definitiven Vollendung ihres Makeup. Sie hat sogar den kleinen, schicken Nylonumhang schon abgestreift. Er liegt hinter ihr auf dem Fußboden. Leise, mit unendlicher Bedachtsamkeit, manövriere ich mich an ihn heran …
Ich habe den Nylonumhang eigenhändig verbrannt. In der Küche. Ich hielt ihn ins Abwaschbecken und zündete ihn an und beobachtete die Flammen, die ihn langsam auffraßen.
So ähnlich muß Nero sich gefühlt haben, als er Rom brennen sah.
Als ich ins Zimmer meiner Frau zurückkam, war sie tatsächlich so gut wie fertig. Ich half ihr mit dem Reißverschluß ihres schwarzen Cocktailkleides, wünschte ihr viel Erfolg bei der Strumpfsuche, ging in mein Arbeitszimmer und setzte mich an den Schreibtisch.
»Warum gehst du weg?« rief schon nach wenigen Minuten meine Frau. »Gerade jetzt, wo ich beinahe fertig bin? Was treibst du denn?«
»Ich schreibe ein Theaterstück.«
»Mach schnell! Wir gehen gleich!«
»Ich weiß.«
Die Arbeit ging zügig vonstatten. In breiten Strichen umriß ich die Hauptfigur – es müßte ein bedeutender Künstler sein, vielleicht ein Maler oder ein Klaviervirtuose – oder ein satirischer Schriftsteller – er hat voll Tatendrang und Lebenslust seine Laufbahn begonnen – die aber nach einiger Zeit hoffnungslos versickert und versandet, er weiß nicht, warum. Endlich kommt er drauf: Seine Frau bremst und lähmt ihn, hemmt seine Bewegungsfreiheit, hält ihn immer wieder zurück, wenn er etwas vorhat. Er kann's nicht länger ertragen. Er

wird sich aus ihren Fesseln befreien. In einer langen, schlaflosen Nacht beschließt er, sie zu verlassen. Schon ist er auf dem Weg zur Türe –

Da sieht er sie im Badezimmer vor dem Spiegel stehen, wo sie gerade ihr Gesicht säubert. Die Farbe ihres Lidschattens hat ihr mißfallen, und sie will einen neuen auflegen. Dazu muß man das ganze Makeup ändern, mit allem, was dazugehört, abschmieren, Öl wechseln, Batterie nachschauen, alles.

Nein, ein solches Leben hat keinen Sinn. Hoffentlich ist der Strick, den ich neulich in meiner Gerätekammer liegen sah, noch dort. Und hoffentlich hält er …

Irgendwie muß meine Frau gespürt haben, daß ich bereits auf dem Stuhl unterm Fensterkreuz stand.

»Ephraim!« rief sie. »Laß den Unsinn und mach mir den Reißverschluß zu! Was ist denn jetzt schon wieder los?«

Ach nichts. Gar nichts ist los. Es ist halb drei am Morgen, und meine Frau steht im Badezimmer vor dem Spiegel und sprüht mit dem Zerstäuber Parfüm auf ihr Haar, während ihre andere Hand nach den Handschuhen tastet, die seltsamerweise im Badezimmer liegen. Und seltsamerweise beendet sie beide Operationen erfolgreich, die Parfümzerstäubung und die Handschuhe. Es ist soweit. Kaum zu fassen, aber es ist soweit.

Ein leiser, schwacher Hoffnungsstrahl schimmert durch das Dunkel. So war's also doch der Mühe wert, geduldig auszuharren. In einer kleinen Weile werden wir wirklich weggehen, zu Tibi, zur Silvesterparty, es ist zwar schon drei Uhr früh, aber ein paar Leute werden bestimmt noch dort sein und noch in guter Stimmung, genau wie meine kleine Frau, sie funkelt vor Energie und Unternehmungslust, sie tut die Gegenstände aus der großen schwarzen Handtasche in die kleine weiße, sie wirft einen letzten Blick in den Spiegel, und ich stehe hinter ihr, und sie wendet sich scharf zu mir und sagt: »Warum hast du dich nicht rasiert?!«

»Ich habe mich rasiert, Liebling. Vor langer, langer Zeit. Als du begannst, Toilette zu machen. Da habe ich mich rasiert. Aber wenn du meinst …«

Ich ging ins Badezimmer. Aus dem Spiegel starrte mir das zerfurchte

Gesicht eines jäh gealterten, von Schicksalsschlägen heimgesuchten Melancholikers entgegen, das Gesicht eines verheirateten Mannes, dessen Gattin im Nebenzimmer steht und von einem Fuß auf den andern steigt, bis sie sich nicht mehr beherrschen kann und ihre mahnende Stimme an sein Ohr dringt:
»So komm doch endlich! Immer muß man auf dich warten!«

Der Fisch stinkt vom Kopfe

Nicht nur heimliche Elefanten und pinkelfreudige Hunde, auch anspruchsvolle Katzen genießen die Zuneigung des israelischen Bürgers. Und auch diese Zuneigung wird ihm schlecht gelohnt.

Ein Fläschchen fürs Kätzchen

Wir alle haben unsere Schwächen. Manche von uns trinken, manche sind dem Spielteufel verfallen, manche sind Mädchenjäger oder Finanzminister. Meine Frau, die beste Ehefrau von allen, ist Katzenliebhaberin. Die Katzen, die sie liebhat, sind aber keine reinrassigen Edelprodukte aus Siam oder Angora, sondern ganz gewöhnliche, ja geradezu ordinäre kleine Biester, die in den Straßen umherstreunen und durch klägliches Miauen kundtun, daß sie sich verlassen fühlen. Sobald die beste Ehefrau von allen eine dieser armseligen Kreaturen erspäht, bricht ihr das Herz, Tränen stürzen ihr aus den Augen, sie preßt das arme kleine Ding an sich, bringt es mit nach Hause und umgibt es mit Liebe, Sorgfalt und Milch. Bis zum nächsten Morgen.

Am nächsten Morgen ist ihr das alles schon viel zu langweilig.

Am nächsten Morgen spricht sie zu ihrem Gatten wie folgt:

»Möchtest du mir nicht wenigstens ein paar Kleinigkeiten abnehmen? Ich kann nicht alles allein machen. Rühr dich gefälligst.«

Und so geschah es auch mit Pussy. Sie hatte Pussy tags zuvor an einer Straßenecke entdeckt und ohne Zögern adoptiert. Zu Hause stellte sie sofort einen großen Teller mit süßer Milch vor Pussy hin und schickte sich an, mit mütterlicher Befriedigung zuzuschauen, wie Pussy den Teller leerlecken würde.

Pussy tat nichts dergleichen. Sie schnupperte nur ganz kurz an der Milch und drehte sich wieder um.

Fassungslos sah es die Adoptivmama. Wenn Pussy keine Milch nähme, würde sie ja verhungern. Es mußte sofort etwas geschehen. Aber was?

Im Verlauf der nun einsetzenden Beratung entdeckten wir, daß Pussy zur großen, glücklichen Familie der Säugetiere gehörte und folglich die Milch aus einer Flasche eingeflößt bekommen könnte.

»Das trifft sich gut«, sagte ich. »Wir haben ja für unsern Zweitgeborenen, das Knäblein Amir, nicht weniger als acht sterilisierte Milchflaschen im Hause, und –«
»Was fällt dir ein?! Die Milchflaschen unseres Amirlein für eine Katze?! Geh sofort hinunter in die Apotheke und kauf ein Schnullerfläschchen für Pussy!«
»Das kannst du nicht von mir verlangen.«
»Warum nicht?«
»Weil ich mich schäme. Ein erwachsener Mensch, noch dazu ein anerkannter Schriftsteller, den man in der ganzen Gegend auch persönlich kennt, kann doch unmöglich in eine Apotheke gehen und ein Schnullerfläschchen für eine Katze verlangen.«
»Papperlapapp«, replizierte meine Gattin. »Nun geh schon endlich.«
Ich ging, mit dem festen Entschluß, die wahre Bestimmung des Fläschchens geheimzuhalten.
»Ein Milchfläschchen, bitte«, sagte ich dem Apotheker.
»Wie geht es dem kleinen Amir?« fragte er.
»Danke, gut. Er wiegt bereits zwölf Pfund.«
»Großartig. Was für eine Flasche soll es denn sein?«
»Die billigste«, sagte ich.
Ringsum entstand ein ominöses Schweigen. Die Menschen, die sich im Laden befanden – es waren ihrer fünf oder sechs –, rückten deutlich von mir ab und betrachteten mich aus feindselig geschlitzten Augen. »Seht ihn euch nur an, den Kerl«, bedeuteten ihre Blicke. »Gut gekleidet, Brillenträger, fährt ein großes Auto – aber für seinen kleinen Sohn kauft er die billigste Flasche. Es ist eine Schande.«
Auch vom Gesicht des Apothekers war das freundliche Lächeln verschwunden:
»Wie Sie wünschen«, sagte er steif. »Ich möchte Sie nur darauf aufmerksam machen, daß diese billigen Flaschen sehr leicht zerbrechen.«
»Macht nichts«, antwortete ich leichthin. »Dann leime ich sie wieder zusammen.«
Der Apotheker wandte sich achselzuckend ab und kam mit einer größeren Auswahl von Milchflaschen zurück. Es waren lauter Prachterzeugnisse der internationalen Milchflaschen-Industrie. Nur ganz am

Ende des Assortiments, schamhaft versteckt, lag ein kleines, häßliches, schäbiges Fläschchen in Braun.
Ich nahm alle Kraft zusammen:
»Geben Sie mir das braune.«
Das abermals entstandene Schweigen, noch ominöser als das erste, wurde von einer dicklichen Dame unterbrochen:
»Es geht mich nichts an«, sagte sie, »und ich will mich nicht in Ihre Privatangelegenheiten mischen. Aber Sie sollten sich das doch noch einmal überlegen. Ein Kind ist der größte Schatz, den Gott uns schenken kann. Wenn Sie so schlecht dran sind, mein Herr, daß Sie sparen müssen, dann sparen Sie überall anders, nur nicht an Ihrem kleinen Sohn. Für ein Kind ist das Beste gerade gut genug. Glauben Sie einer mehrfachen Mutter!«
Ich tat, als hätte ich nichts gehört, und erkundigte mich nach den Preisen der verschiedenen Flaschen. Sie rangierten zwischen 5 und 8 Israelischen Pfunden. Die braune, auf die meine Wahl gefallen war, kostete nur 35 Aguroth.
»Mein kleiner Bub ist sehr temperamentvoll«, sagte ich ein wenig stotternd. »Ein rechtes Teufelchen. Zerschlägt alles, was ihm in die Hände kommt. Es wäre ganz sinnlos, eine teure Flasche für ihn zu kaufen. Er ruiniert sie sofort.«
»Warum sollte er?« fragte der Apotheker. »Wenn Sie sein kleines Köpfchen mit der linken Hand vom Nacken aus stützen … sehen Sie: so … während Sie ihm mit der rechten Hand die Milch einflößen, ist alles in Ordnung. Oder scheint Ihnen das nicht der Mühe wert?«
Vor meinem geistigen Auge erschien Pussy, in sauberen Windeln gegen meine linke Hand gestützt und begehrlich nach dem Fläschchen schnappend. Ich schüttelte den Kopf, um das Spukbild zu vertreiben.
»Sie wissen wohl nicht, wie man ein Kleinkind behandelt?« ließ die dicke mehrfache Mutter sich vernehmen. »Ja, ja, die jungen Ehepaare von heute … Aber dann sollten Sie wenigstens eine Nurse haben. Haben Sie eine Nurse?«
»Nein … das heißt …«
»Ich werde Ihnen eine sehr gute Nurse verschaffen!« entschied die Dicke. »So, wie Sie ihr Baby behandeln, kriegt es ja einen Schock fürs ganze Leben … warten Sie … ich habe zufällig die Telefonnummer

bei mir …« Und schon war meine Wohltäterin am Telefon, um eine Nurse für mich zu engagieren. Verzweifelt sah ich mich um. Die Ausgangstür war nur drei Meter von mir entfernt: Hätten die beiden untersetzten Männergestalten, die meinen Blick offenbar bemerkt hatten, nicht die Tür blockiert, dann wäre ich mit einem Satz draußen gewesen und heulend im Nebel verschwunden. Aber es war zu spät.

»Sie sollten der Dame dankbar sein«, empfahl mir der Apotheker. »Sie hat vier Kinder und alle sind bei bester Gesundheit. Verlassen Sie sich drauf: Sie verschafft Ihnen eine ausgezeichnete Nurse, die den kleinen Amir von seinen nervösen Zuständen heilen wird.«

Ich darf bei dieser Gelegenheit einflechten, daß mein zweitgeborener Sohn Amir das normalste Kind im ganzen Nahen Osten ist und keinerlei ›Zustände‹ hat, von denen ihn irgend jemand heilen müßte. Es blieb mir nur noch die Hoffnung, daß die geschulte Nurse am andern Ende des Telefons nicht zu Hause wäre.

Sie war zu Hause. Die feiste Madame, die sich nicht in meine Privatangelegenheiten mischen wollte, teilte mir triumphierend mit, daß Fräulein Mirjam Kussevitzky, diplomierte Nurse, bereit wäre, morgen bei mir vorzusprechen. »Paßt Ihnen elf Uhr vormittag?« fragte das Monstrum.

»Nein«, antwortete ich, »da habe ich zu tun.«

»Und um eins?«

»Fechtstunde.«

»Auch Ihre Frau?«

»Auch meine Frau.«

»Dann vielleicht um zwei?«

»Da schlafen wir.«

Um vier?«

»Da schlafen wir noch immer. Fechten macht müde.«

»Sechs?«

»Um sechs erwarten wir Gäste.«

»Acht?«

»Um acht gehen wir ins Museum.«

»Das hat man davon, wenn man jemandem uneigennützig helfen will!« rief die uneigennützige Helferin mit zornbebender Stimme und schmiß den Hörer hin. »Dabei hätte Ihnen dieser Informationsbesuch

keine Kosten verursacht, wie Sie in Ihrem Geiz wahrscheinlich befürchten. Es ist wirklich unerhört.«
Ein leichter Schaum trat auf ihre Lippen. Die übrigen Anwesenden zogen einen stählernen Ring um mich. Es sah bedrohlich nach Lynchjustiz aus.
Aus dem Hintergrund kam die eisige Stimme des Apothekers:
»Soll ich Ihnen also die braune Flasche einpacken? Die billigste?«
Ich bahnte mir den Weg zu ihm und nickte ein stummes Ja. Insgeheim gelobte ich, wenn ich gesund und lebendig von hier wegkäme, ein Waisenhaus für verlassene Katzen zu stiften.
Der Apotheker unternahm einen letzten Bekehrungsversuch:
»Sehen Sie sich doch nur diesen billigen Gummiverschluß an, oben auf der Flasche. Er ist von so schlechter Qualität, daß er sich schon nach kurzem Gebrauch ausdehnt. Das Kind kann Gott behüte daran ersticken.«
»Na wennschon«, erwiderte ich mit letzter Kraft. »Dann machen wir eben ein neues.«
Aus dem drohenden Ring, der mich jetzt wieder umgab, löste sich ein vierschrötiger Geselle, trat auf mich zu und packte mich am Rockaufschlag. »Sind Sie sich klar darüber«, brüllte er mir ins Gesicht, »daß man mit diesen billigen Flaschen keine Babys füttert, sondern Katzen?!«
Das war zuviel. Ich war am Ende meiner Widerstandskraft. »Geben Sie mir die beste Flasche, die Sie haben«, hauchte ich dem Apotheker zu.
Ich verließ den Laden mit einer sogenannten »Super-Pyrex«-Babyflasche, der eine genaue Zeit- und Quantitätstabelle beilag sowie ein Garantieschein für zwei Jahre und ein anderer gegen Feuer-, Wasser- und Erdbebenschaden. Preis: 8.50 Pfund.
»Warum, du Idiot«, fragte die beste Ehefrau von allen, als ich die Kostbarkeit ausgepackt hatte, »warum mußtest du die teuerste Flasche kaufen?«
»Weil ein verantwortungsbewußter Mann an allem sparen darf, nur nicht an seinen Katzen«, erwiderte ich.

Jeder von uns hat sich schon einmal die Frage vorgelegt: »Was täte ich, wenn ich auf der Straße einen Schatz fände?« Wer auf diese Frage antwortet, daß er den Schatz für sich behalten würde, kann möglicherweise noch ein reicher, niemals aber ein feiner Mensch werden. Wer behauptet, er würde den Fund abliefern, hat noch nie etwas gefunden. Wer aber fragt, was der Schatz eigentlich wert ist: Der ist ein ehrlicher Finder.

Ein ehrlicher Finder

Kurzdrama in einem Akt

Personen: *Sa'adja Schabatai*
Die Witwe
»Mao-Mao«

Ort der Handlung: Ein Zimmer in der Wohnung der Witwe.

Witwe: (lehnt sich zum Fenster hinaus, ruft mit trauriger Stimme) Clarisse! Komm nach Hause, Clarissilein! (Nichts geschieht. Die Witwe seufzt, zieht sich ins Zimmer zurück. Es klopft.) Wer ist draußen?

Sa'adja: (von draußen) Ich.

Witwe: Was wollen Sie?

Sa'adja: Daß Sie die Tür öffnen.

Witwe: (öffnet die Tür spaltbreit und erblickt einen unrasierten, vollbärtigen Mann von unverkennbar orientalischer Herkunft, der einen großen Korb im Arm hält) Ich brauche nichts. (Schlägt die Tür zu.) Unverschämt …

Sa'adja: (klopft abermals)

Witwe: (reißt zornig die Tür auf) Ich brauche nichts, sage ich Ihnen.

Sa'adja: Sch-sch-sch. (Überprüft das Türschild.) Ist Herr Har-Schoschanim zu Hause?

Witwe: In welcher Angelegenheit?

Sa'adja: Persönlich. Wann kommt er nach Hause?

Witwe: Er kommt überhaupt nicht nach Hause.

Sa'adja: Warum nicht?

Witwe: Weil er tot ist.

Sa'adja: Tot? Das ist schade.

Witwe: (tupft sich mit dem Taschentuch eine Träne aus dem Auge) Er ist vor zwei Jahren gestorben. An Lungenentzündung.

Sa'adja: Wir alle müssen sterben, früher oder später.

Witwe: Zuerst dachten wir, es wäre nur eine Grippe. Er hustete ein wenig, das war alles. Dann hat man ihm Penicillin gegeben …

Sa'adja: Penicillin ist gut. Das hilft. Wenn auch nicht immer … Also er ist nicht zu Hause.

Witwe: Nein. Zu Hause bin nur ich. Ich bin seine Witwe.

Sa'adja: Arme Frau. (Zieht ein Zeitungsblatt aus der Tasche) Haben Sie dieses Inserat aufgegeben? (Liest unter Schwierigkeiten) »Hauskatze verloren. Hört auf den Namen …« (noch größere Schwierigkeiten) »… Clarisse.«

Witwe: (jauchzend) Clarisse! Ja, das Inserat ist von mir. Bitte treten Sie ein, lieber Herr! Clarisse! Sie haben meine Clarisse gefunden?

Sa'adja: (rührt sich nicht) Einen Augenblick. Ich bin noch nicht fertig (Liest drohend zu Ende) »Reicher Finderlohn!«

Witwe: (aufgeregt) Ja, ja, natürlich. Das versteht sich von selbst. Aber so kommen Sie doch weiter, lieber Herr.

Sa'adja: (tritt ein, setzt sich und behält den großen Korb auf den Knien) Mir brauchen Sie nicht »lieber Herr« zu sagen. Sa'adja. Ich heiße Sa'adja Schabatai. Wegen so einer Katze bin ich noch kein lieber Herr.

Witwe: Es ist nicht »so eine Katze«. Es ist Clarisse. Sie ahnen ja nicht, wie glücklich ich bin, daß Sie Clarisse gefunden haben. Bitte nehmen Sie Platz. Clarisse. Wollen Sie etwas trinken? Mein Liebling. Mein süßer kleiner Liebling.

Sa'adja: Wer?

Witwe: Clarisse. Wie haben Sie sie gefunden? Sie müssen mir alles erzählen! Entschuldigen Sie, daß ich Sie nicht besser empfangen kann. Ich bin eine einsame Witwe. Lesen Sie viele Zeitungen?

Sa'adja: Alle. Aber nur die Verlustanzeigen.

Witwe: Wo ist sie? Wo ist meine Clarisse? Haben Sie jemals etwas so Schönes gesehen? Ich frage Sie, Herr Schabatai, ob Sie jemals etwas so Wunderschönes gesehen haben!

Sa'adja: Katze wie Katze.

Witwe: (gekränkt) Ich muß schon bitten. Da gibt es denn doch noch Unterschiede. Meine Clarisse! Die herrlichen grünen Augen … das süße rosa Näschen … das schneeweiße Fell.

Sa'adja: Weiß?

Witwe: Schneeweiß. Fleckenlos weiß. Daran müssen Sie ja erkannt haben, daß sie eine edelrassige Katze ist.

Sa'adja: Ich erkenne gar nichts. Ich kann das nicht unterscheiden. Katzen sind für mich Katzen. Eine mehr, eine weniger, aber etwas anderes ist keine.

Witwe: Wie mag es ihr wohl ergangen sein, meiner armen Clarisse! Wo haben Sie sie gefunden?

Sa'adja: Gefunden? Wieso gefunden?

Witwe: Sie sagten doch, Sie haben –

Sa'adja: Ich? Nicht ich. Ich habe nur gefragt, ob Sie dieses Inserat aufgegeben haben.

Witwe: Ja, gewiß … Aber wenn Sie sie nicht gefunden haben, warum sind Sie dann hergekommen?

Sa'adja: Ich habe nicht gesagt, daß ich sie nicht gefunden habe.

Witwe: Jetzt verstehe ich kein Wort mehr.

Sa'adja: Nehmen wir an, ich habe sie gefunden.

Witwe: Wo ist sie?

Sa'adja: An einem sicheren Platz. Unter Freunden.

Witwe: Gott sei Dank. Ich hoffe, Sie sind behutsam mit ihr umgegangen.

Sa'adja: Sehr sanft habe ich sie gefangen. Sehr sanft. Mit zwei Fingern … so … beim Schwanz.

Witwe: (unterdrückt ihr Entsetzen) Gut, gut. Und jetzt bekommen Sie eine schöne Belohnung.

Sa'adja: Wie schön?

Witwe: Wie es in solchen Fällen üblich ist.

Sa'adja: Üblich genügt nicht. Es ist eine edelrassige Katze. So ein Tier kostet Geld.

Witwe: (wird unruhig) Wieviel … was haben Sie sich vorgestellt?

Sa'adja: Das, was die Regierung sagt. Die Regierung sagt alles. Auch was man für eine edelrassige Katze bekommt.

Witwe: Ein Pfund? Eineinhalb Pfund?

Sa'adja: Wofür?

Witwe: Für Clarisse.

Sa'adja: Eineinhalb Pfund für eine gesunde Edelkatze? Ein halbes Kilo Wurst kostet drei!

Witwe: Also zwei Pfund. Das ist sehr viel Geld.

Sa'adja: Vielleicht für einen Hund. Nicht für eine Katze. Ich mache Ihnen einen Vorschlag. Verlieren Sie einen Hund, und ich finde ihn für ein Pfund. Wenn er räudig ist, genügen mir 80 Piaster. Eine Katze ist teurer.

Witwe: Warum?

Sa'adja: Haben Sie schon einen Hund auf einen Baum klettern sehen?

Witwe: Sie haben sie auf einem Baum gefunden?

Sa'adja: Erst denken, dann reden. Zehn.

Witwe: Was: zehn?

Sa'adja: Zehn.

Witwe: Zehn Pfund?

Sa'adja: Das ist der Preis. Zu hoch? Wie viele Katzen findet man schon im Monat? Zwei? Drei? Man muß von etwas leben. Zehn Pfund.

Witwe: Für zehn Pfund kann ich mir ja einen Tiger kaufen.

Sa'adja: Einen Tiger? Was machen Sie mit einem Tiger? Er frißt Sie zum Frühstück. Einen Tiger will sie … Solche Weiber müßte man einsperren.

Witwe: (kramt in ihrer Tasche, die sie durch eine Körperwendung vor den Blicken Sa'adjas deckt) Zehn Pfund für eine Katze unverschämt …

Sa'adja: (versucht den Inhalt der Tasche zu erspähen) Nur beim erstenmal. Nächstens finde ich Ihnen eine billigere. Wir können einen Vertrag schließen. Gegen eine monatliche Zahlung von –

Witwe: (schreit auf) Sie haben Clarisse gestohlen!

Sa'adja: Sch-sch-sch. Ich bin ein ehrlicher Finder. Sa'adja Schabatai stiehlt nicht. Keine Katze. Wer wird eine Katze stehlen? Wenn man schon etwas stiehlt, dann stielt man ein Pferd. Sie glauben, daß ich diese zehn Pfund brauche, Frau Schoschanim? Ich weiß, es ist viel Geld. Ich und meine Witwe könnten ein Jahr davon leben. Aber

Mordechai muß in die Schule gehen, damit er klüger wird als sein Vater. Und der Lehrer hat gesagt: »Ohne zehn Pfund gibt es keine Schulgeldbefreiung.« Das hat mich auf den Gedanken gebracht, Clarisse zu finden.

Witwe: Wo haben Sie sie gefunden?

Sa'adja: Auf dem Dach.

Witwe: Auf welchem Dach?

Sa'adja: Auf welchem Dach? Auf dem Dach in unserem Barackenlager.

Witwe: In der Zeitung steht, daß es schon längst keine Barackenlager mehr gibt.

Sa'adja: Die Zeitungen müssen über etwas schreiben. Wenn Sie mich fragen, werden noch die Kinder von Clarisse in Baracken leben.

Witwe: (nervös) Die Kinder?

Sa'adja: Bis jetzt hat sie noch keine. Aber die Zeit vergeht schnell.

Witwe: Na schön. Kommen wir zum Ende. Ich gebe Ihnen die zehn Pfund, aber nur, weil Sie so viel gelitten haben.

Sa'adja: Ich bin ein sozialer Fürsorgefall.

Witwe: Und jetzt bringen Sie mir Clarisse!

Sa'adja: Jetzt?

Witwe: Natürlich jetzt.

Sa'adja: Zuerst den Finderlohn, Frau Schoschanim.

Witwe: Was fällt Ihnen ein? Soll ich eine Katze im Sack kaufen?

Sa'adja: Sack? (Deutet auf den Korb) Das ist ein Sack?

Witwe: (mit unterdrücktem Jubel) Clarisse ist in diesem Korb?

Sa'adja: So Gott will.

Witwe: Zeigen Sie her! Clarisse! Ich will Clarisse sehen!

Sa'adja: Sie können sie hören. (Hält den Korb an das Ohr der Witwe) Macht es tick-tack?

Witwe: Nein.

Sa'adja: (klopft an den Korb) Clarisse! Sag der Frau Schoschanim Miau!

Witwe: (schreit auf) Clarisse! Ich hab sie gehört! Clarisse!

Sa'adja: So wie ich sagte.

Witwe: Machen Sie den Korb sofort auf! In dem Korb ist ja keine Luft! Machen Sie ihn auf! Auf was warten Sie?

Sa'adja: Ich bin wie Ben Gurion. Sicherheit über alles. (Streckt die Hand aus) Zehn Pfund.

Witwe: Zuerst Clarisse.

Sa'adja: Zuerst den Finderlohn.

Witwe: (bricht in Tränen aus) Was soll ich mit Ihnen machen …

Sa'adja: Warten Sie. Lassen Sie mich nachdenken … (denkt nach) Also. Damit wir beide sichergehn, Frau Schoschanim, werde ich bis drei zählen. Wenn ich »drei« sage, dann geben Sie, Frau Schoschanim, mir den Finderlohn in diese Hand, und ich, Sa'adja Schabatai, gebe Ihnen die Katze mit jener. Sehen Sie, so. (Zeigt es.)

Witwe: Schon gut, schon gut. Machen wir's rasch. (Nimmt eine Zehnpfundnote heraus) Clarisse! Jetzt wirst du bald wieder bei mir sein, Clarissilein! Und dann trennen wir uns nie, nie, nie wieder …

Sa'adja: In dem Korb ist nicht viel Luft.

Witwe: Dann also los, um Himmels willen.

Sa'adja: Ich bin soweit. Ich zähle bis drei. Fertig?

Witwe: Fertig.

Sa'adja: Aber daß Sie sich nicht verspäten!

Witwe: Nein!

Sa'adja: Es muß auf die Sekunde klappen!

Witwe: Ja.

Sa'adja: Wie auf einer Uhr.

Witwe: (schluckt verzweifelt)

Sa'adja: Also. Damit wir keine Zeit verlieren. In Gottes Namen. Eins – zwei – drei! (Er zieht aus dem Korb eine kleine, magere, pechschwarze Katze heraus und hält sie der verdatterten Witwe hin.) Wo sind die zehn Pfund?

Witwe: Wo ist Clarisse?

Sa'adja: Hier.

Witwe: Das ist nicht Clarisse.

Sa'adja: Nicht? Vielleicht ist es auch keine Katze?

Witwe: Sie sind verrückt geworden. Was soll ich mit diesem Tier da machen?

Sa'adja: Was man eben mit einer Katze macht. Füttern. Pflegen. Dann wird sie schon wachsen.

Witwe: Um keinen Preis der Welt nehme ich diese Katze.

Sa'adja: Warum nicht?

Witwe: Weil es nicht Clarisse ist.

Sa'adja: Woher wissen Sie das?

Witwe: Dumme Frage. Ich kenne doch meine Clarisse. Die hier ist viel kleiner als Clarisse.

Sa'adja: Sie hat vielleicht ein bißchen abgenommen, weil sie soviel zu Fuß gehen mußte. Deshalb wirkt sie nicht wie Clarisse.

Witwe: Reden Sie keinen Unsinn. Diese Katze ist doch pechschwarz. (Schweigen.)

Sa'adja: Schwarz.

Witwe: Das sehen Sie doch.

Sa'adja: Aha. Ich hab's ja gewußt. Sie wollen diese Katze nicht haben, weil sie schwarz ist. Wenn es eine weiße gewesen wäre, hätten Sie sie genommen!

Witwe: Nein.

Sa'adja: Eine schwarze wollen Sie nicht im Haus haben, das ist es.

Witwe: Ich möchte …

Sa'adja: Es kommt Ihnen nicht auf die Katze an, sondern auf die Farbe. Das habe ich mir gedacht. Diskriminierung. Rassenhaß.

Witwe: Ich weiß nicht, wovon Sie sprechen, Herr Schabatai. Ich kenne diese Katze nicht.

Sa'adja: Nicht? Darf ich vorstellen? Clarisse, das ist Frau Schoschanim … Clarisse …

Witwe: Sie rufen sie Clarisse?

Sa'adja: Ich habe ihn von Anfang an Clarisse gerufen, damit er sich daran gewöhnt, daß er Clarisse ist. Aber der Name gefällt ihm nicht. Er ist ein Kater.

Witwe: Und wie heißt er wirklich?

Sa'adja: Mao-Mao.

Witwe: Was ist das für ein Name?

Sa'adja: Ich habe ihn so genannt, weil er nicht ganz weiß ist. Aber sonst ist er ein prachtvolles Tier. Ich würde ihn nicht für hundert Clarissen hergeben.

Witwe: Wie können Sie sich unterstehen, die zwei in einem Atem zu nennen!

Sa'adja: Sehen Sie sich doch mal seinen Bart an, Frau Schoschanim.

Wie das blitzt. So was Gescheites von einem Tier gibt es kein zweitesmal. Vor Menschen, die er gern hat, geht er nie über die Straße, weil er weiß, daß schwarze Katzen Unglück bringen. So gescheit ist er.

Witwe: Aber zu mager.

Sa'adja: Auch das hat seine Vorteile. Er braucht wenig Treibstoff. Rennt den ganzen Tag herum und kommt mit einem halben Liter Magermilch aus. Fängt Mäuse wie ein Besessener.

Witwe: In meinem Haus sind keine Mäuse.

Sa'adja: Ich kann Ihnen welche bringen. Außerdem ist Mao-Mao gar nicht so klein, wie er nach außen wirkt. Wenn er will, kann er wie eine Edelrasse ausschauen, jetzt steht er nicht ganz gerade, weil er Hunger hat. Steh gerade, Dummkopf, wenn man von dir spricht!

Witwe: Warten Sie, ich bringe ihm ein wenig Milch. (Bringt ihm ein wenig Milch) Na, trink schön, Kleiner … Clarisse hat immer so gerne mit den Kindern im Hof gespielt.

Sa'adja: Kinder? Das ist gut.

Witwe: Sie hat mit ihnen Verstecken gespielt. Die Kinder haben sich versteckt, und Clarisse hat sie gefunden …

Sa'adja: In meinem Barackenlager kann man solche Spiele nicht spielen. Wer soll sich schon in einem einzigen Zimmer verstecken … (Betrachtet den trinkenden Kater) Trinkt schön, was? Die kleine rote Zunge arbeitet wie geölt, was?

Witwe: Ich hab's mir überlegt, Herr Schabatai. Sie können ihn hierlassen.

Sa'adja: Trotz allem?

Witwe: Ja. Hier haben Sie Ihre zehn Pfund.

Sa'adja: Wofür?

Witwe: Für Mao-Mao.

Sa'adja: Frau Har-Schoschanim! Zehn Pfund für dieses prachtvolle Tier?

Witwe: Aber das war doch der Preis, den Sie verlangt haben?

Sa'adja: Frau Har-Schoschanim, die zehn Pfund waren der Finderlohn. Jetzt müssen Sie auch noch für die Katze zahlen.

Witwe: Sie machen Witze.

Sa'adja: Ihre Katze war Clarisse. Das hier ist eine vollkommen neue. Fünfzehn Pfund alles zusammen.

Witwe: Das ist nicht schön von Ihnen.

Sa'adja: Nicht schön? Was ich immer sage. Man soll kein weiches Herz haben. (Steckt den Kater in den Korb zurück.) Nicht schön, hat sie gesagt. Komm, Mao-Mao. Hier haben wir nichts mehr verloren. Wir gehen nach Hause.

Witwe: Warten Sie. Da sind die fünfzehn Pfund.

Sa'adja: Fünfzehn Pfund?

Witwe: Sie wollten doch fünfzehn Pfund haben?

Sa'adja: Ja. Aber ich hatte den Eindruck, daß Sie nicht damit einverstanden sind.

Witwe: Ich bin einverstanden. Nehmen Sie die fünfzehn Pfund und geben Sie mir den Kater.

Sa'adja: Für die Nachbarskinder?

Witwe: Wollen Sie das Geld haben, ja oder nein?

Sa'adja: Ich brauche es. Damit Mordechai in die Schule gehen kann. Ich brauche es sehr dringend. Gut, zählen wir. Fertig.

Witwe: Ja. Hier ist Ihr Geld.

Sa'adja: Eins … zwei … er fängt keine Mäuse. Ich habe gelogen. Er fürchtet sich vor Mäusen.

Witwe: Macht nichts.

Sa'adja: Gut. Eins … zwei … er wächst auch nicht mehr. Er ist eine Mißgeburt.

Witwe: Zählen Sie weiter.

Sa'adja: Wie Sie wollen. Eins … zwei … drei …

Witwe: (hält ihm die Banknote hin, die Sa'adja nicht nimmt) Nehmen Sie!

Sa'adja: Ich will nicht.

Witwe: Was ist los?

Sa'adja: Ich kann nicht.

Witwe: Warum können Sie nicht, um Gottes willen?

Sa'adja: Ich war nicht ehrlich zu Ihnen, Frau Har-Schoschanim. Sa'adja Schabatai war nicht ehrlich. Der Kater gehört meinen Kindern.

Witwe: Aber Sie sagten mir doch, daß Sie ihn gefangen haben?

Sa'adja: Natürlich habe ich ihn gefangen. Ich bin auf das Dach unserer Baracke hinaufgestiegen und habe ihn gefangen. Ich habe ihn gefangen, damit ich Ihre Clarisse aus ihm machen kann. Ich schäme mich. Einen Mann in ein Weib zu verwandeln, für ein paar schäbige Pfunde.

Witwe: So schlimm ist es gar nicht. Wollen Sie noch zwei Pfund haben?

Sa'adja: Frau Har-Schoschanim, meine Kinder lieben ihn über alles. Sie lieben ihn, weil er so schwarz und arm ist. Und jetzt wollen Sie ihn Ihrer Nachbarsbrut hinwerfen. Sie haben kein Herz im Leibe. (Geht zur Tür.)

Witwe: Warum haben Sie ihn dann überhaupt hergebracht?

Sa'adja: Jetzt bringe ich ihn wieder zurück. Zu Mordechai. Zu meinen Kindern. Er wird mit ihnen Verstecken spielen.

Witwe: Sie treiben mich in den Wahnsinn. Was soll ich jetzt machen?

Sa'adja: Das weiß ich nicht. Fangen Sie sich eine schneeweiße Katze. Mao-Mao ist nicht zu haben. Und nächstes Mal geben Sie keine Inserate in die Zeitung. Ich komme nicht mehr! (Ab)

Vorhang

Unsere Sympathie für Elefanten rührt daher, daß wir – eine kleine, um ihre Existenz kämpfende Nation – instinktiv die Partei des Schwächeren ergreifen. Wir stellen dabei nur eine einzige Bedingung: Der Schwächere muß zimmerrein sein.

Wohin das Hündchen will

Zwinji, ein Wechselbalg aus der mongolischen Steppe, wurde eines frostigen Morgens in meinem damals noch sehr gepflegten Garten von mir entdeckt. Es mochte etwa fünf Uhr sein, eine Zeit, zu der die meisten Menschen noch schlafen – mit Ausnahme der Politiker, die sehr früh aufstehen müssen, sonst dreht sich das Rad der Geschichte nicht weiter. Um diese trübe Morgenstunde also hörte ich draußen vor dem Fenster ein leises, verzweifeltes Winseln. Ich zog die Vorhänge beiseite und blinzelte mit schlafverhangenen Augen hinaus. In der Mitte meines – ich wiederhole: damals sehr gepflegten – Gartens sah ich ein sehr kleines Hündchen, das mit sehr kleinen Pfötchen den Garten umgrub und mit sehr großem Appetit das umstehende Gras verzehrte. Das Hündchen war nicht nur sehr klein und sehr weiß, es war auch von sehr unbestimmbarer Rasse und völlig außerstande, seine vier Beine miteinander zu koordinieren. Ich wollte die Vorhänge wieder zuziehen, um mich ins warme Bettchen zurückzubegeben, aber da war die beste Ehefrau von allen schon aufgewacht und fragte:
»Was ist los?«
»Junges vom Hund«, antwortete ich mißmutig.
»Lebt es?«
»Ja.«
»Dann laß es herein.«
Ich öffnete die Tür zum Garten. Das sehr junge Hündchen trottete in unser Schlafzimmer und pinkelte auf den roten Teppich.
An dieser Stelle möchte ich bemerken, daß ich meine Teppiche nur ungern anpinkeln lasse. Deshalb ergriff ich das kleine weiße Bündel und setzte es im Garten wieder ab. Meine stille Hoffnung war, daß Er, der die Vögel des Waldes ernährt, sich auch um die Hündchen des Gartens kümmern würde.

Er kümmerte sich nicht. Vielmehr stimmte das Hündchen ein durchdringendes Jaulen und Jammern an, was zur Folge hatte, daß aus dem Nachbarhaus Frau Kaminski im Morgenrock herbeigeeilt kam. Nun ist Frau Kaminski im Morgenrock kein besonders schöner Anblick, und was sie uns zu sagen hatte, war auch nicht besonders schön. Das änderte sich jedoch, als ihr Blick auf die Ursache des morgendlichen Lärms gefallen war. In wohlgesetzter Rede versuchte Frau Kaminski uns zu überzeugen, daß wir die kleine Waise unbedingt adoptieren müßten. Sie versäumte nicht, auf die wenig bekannte Tatsache hinzuweisen, daß der Hund ein treues Tier sei, und nicht nur treu, sondern auch klug und reinlich. Man könnte, wie Frau Kaminski ruhig sagte, ruhig sagen: Der Hund ist der beste Freund des Menschen; abgesehen, vielleicht, von der Regierung.

»Wenn das alles so ist, Frau Kaminski«, erlaubte ich mir einzuwerfen, »warum adoptieren Sie den kleinen Hund nicht selbst?«

»Bin ich meschugge?« replizierte die Hundeliebhaberin. »Als ob ich nicht schon genug Sorgen hätte.«

So kam es, daß wir das sehr kleine, sehr junge Hündchen adoptierten. Ein sofort einberufener Familienrat beschloß nach lebhafter Debatte zwischen meiner Frau und mir, dem sehr jungen, sehr kleinen Hündchen den Namen Zwinji zu geben, wegen seiner gesprenkelten Ohren, oder weil es irgendwie nach mongolischer Steppe klang, oder vielleicht aus anderen Gründen, ich erinnere mich nicht mehr.

Zwinji fühlte sich bei uns alsbald wie zu Hause und stahl sich in unsere Herzen. Er war leicht zu verköstigen, weil er alles fraß, was in seine Reichweite kam, Knöpfe, Spagat, Armbanduhren, alles mögliche. Auch liebte er es, kleinere Kadaver aus Nachbars Garten in den unseren zu tragen. Er war uns in rührender Anhänglichkeit zugetan und wedelte mit seinem kurzen Schweifchen vor lauter Freude jedesmal, wenn wir ihn riefen, vorausgesetzt, daß er in unserer Hand eine ungarische Salami sah. In erstaunlich kurzer Zeit hatte ich ihm beigebracht, meinen Befehlen zu gehorchen. Dafür nur einige Beispiele:

»Sitz!« (Zwinji spitzt die Ohren und leckt mein Gesicht.)

»Spring!« (Zwinji kratzt sich den Bauch.)

»Gib's Pfötchen!« (Zwinji rührt sich nicht.)

Ich könnte noch eine ganze Reihe weiterer Beispiele anführen, aber schon aus den bisherigen geht hervor, daß Zwinji kein blödsinnig dressierter, serviler, mechanisch gehorchender Hund war, sondern ein unabhängiges, selbständig denkendes Lebewesen.

Nur schade, daß er immer auf den Teppich pinkelte.

Er pinkelte immer, und nur auf den Teppich.

Warum? Ich weiß es nicht. Nach den Erkenntnissen der neueren Tiefenpsychologie wäre anzunehmen, daß diese unglückselige Gewohnheit auf ein traumatisches Kindheitserlebnis zurückginge oder auf etwas noch Früheres. Vielleicht ist Zwinji in einem Mohnfeld auf die Welt gekommen und muß deshalb pinkeln, sobald er einen roten Teppich sieht, für den ich ein Vermögen gezahlt habe. Im übrigen bleiben die Ursachen unwesentlich, und die Flecken bleiben Flecken.

Ich wollte mich mit Zwinjis sonderbaren Pinkelgewohnheiten nicht abfinden und begann mein wohldurchdachtes Erziehungswerk:

»Es ist verboten, auf den Teppich zu pinkeln«, sagte ich ihm langsam und deutlich, mit lehrhaft erhobenem Finger. »Verboten, hörst du? Verboten! Pfui!« Und nach jedem Zuwiderhandeln wurde meine Stimme strenger und mein Finger erhobener. Andererseits überschüttete ich ihn mit Lob, Liebkosungen und Leckerbissen, wenn er sein Geschäft einmal irrtümlich im Ziergarten vollzog, der auch damals noch einigermaßen gepflegt aussah und erst nach und nach, unter der Einwirkung von Zwinjis kräftig wachsenden Zähnen, zu verwildern begann.

Wahrscheinlich zog Zwinji aus meinem abwechslungsreichen Verhalten den Schluß, daß diese zweibeinigen, bald wütenden und bald zärtlichen Geschöpfe, mit denen er's zu tun hatte, sehr launenhaft sein müßten … Wer kennt sich mit den Menschen schon aus.

Da Zwinji nicht imstande war, die primitivsten Gesetze der Hygiene zu begreifen und zu befolgen, mußte ich mir immer neue, immer raffiniertere Erziehungsmaßnahmen einfallen lassen. Ich legte mir eine Art Eskalation zurecht. Als erstes würde ich ihn daran gewöhnen, nicht auf rote Teppiche zu pinkeln, sondern auf andersfarbige, und dann würde ich ihn aus dem Haus locken, so daß er sein Bedürfnis im Freien verrichten könnte, vorzugsweise in den benachbarten Gärten.

Mit diesem Ziel vor Augen bedeckte ich unseren roten Teppich mit

einem grauen und stellte für jedes graue Pipi eine Bratwurst als Prämie bereit.
Nach etwa zwei Wochen, in denen Zwinji sich an den grauen Teppich gewöhnt hatte, legte ich den roten wieder bloß. Zwinji, der sich gerade im Garten befand, kam freudig bellend herbeigesaust und pinkelte auf den roten Teppich. Hunde sind bekanntlich treu.
Natürlich war mein Vorrat an Pädagogik noch lange nicht erschöpft. Ich beschloß, in Zwinjis Herzen die Liebe zur Natur zu wecken, kaufte eine lange, grüne Leine und ging mit ihm allnächtlich nach Petach-Tikvah. Ein schöner Spaziergang durch eine schöne Gegend, zumal im Mondschein. Zwinji bewahrte während des ganzen Wegs bewundernswerte Zurückhaltung. Erst kurz vor unserem Haus wurde er unruhig, und kaum hatte ich die Tür geöffnet, machte er einen Satz auf den roten Teppich, wo er sofort in Aktion trat.
Mit der Zeit begann ich mich zu fragen, warum das alles denn sein müßte und warum ich's mir eigentlich gefallen ließ.
Ich brachte das Problem auch meiner Frau gegenüber zur Sprache. Sie verwies mich auf den französischen Philosophen Rousseau, der bekanntlich die These aufgestellt hat, daß alles, was natürlich ist, auch schön sei. Mit anderen Worten: Es war natürlich, daß Zwinji immer nur auf den Teppich pinkelte.
Was aber tat die Natur in ihrer grenzenlosen Weisheit? Eines Morgens, als Frau Kaminski wieder einmal mit einigen Knochen für den Hund herüberkam, erzählte ich ihr von Zwinjis hygienischen Schwierigkeiten und bekam folgendes von ihr zu hören:
»Weil Sie ihn schlecht erzogen haben. Weil Sie nicht wissen, wie man mit Hunden umgeht. Weil Sie ihn falsch behandeln. Sie müssen jedesmal, wenn er den roten Teppich benützt, müssen Sie ihm jedesmal die Schnauze hineinstecken, dann müssen Sie ihm einen Klaps geben und ihn zum Fenster hinauswerfen. So macht man das.«
Obwohl ich kein Freund körperlicher Züchtigung bin, machte ich es so.
Zwinji kam, sah und pinkelte – ich steckte seine Schnauze hinein, gab ihm einen Klaps und warf ihn zum Fenster hinaus. Die Prozedur wiederholte sich mehrmals am Tag, aber ich ließ nicht locker. Es war mein

Lebensehrgeiz geworden, Zwinji seine schlechten Pinkelsitten abzugewöhnen.
Langsam, sehr langsam, begannen sich die Früchte meiner Geduld zu zeigen. Zwinji hat sich doch manches gemerkt und manches abgewöhnt. Ich stelle das nicht ohne Genugtuung fest.
Gewiß, er pinkelt noch immer auf den roten Teppich – aber nachher springt er ganz von selbst aus dem Fenster, ohne die geringste Hilfe von meiner Seite, und wartet draußen auf mein Lob und meine Leckerbissen.
Immerhin ein Teilerfolg.

Man kann die Menschheit in zwei große Gruppen einteilen: armselige, mitleiderregende Nervenbündel – und fröhliche, beneidenswerte Lebensbejaher. Zum Wechsel von der einen Kategorie in die andere ist ein kleiner, wundersamer Passierschein erforderlich: ein sogenanntes »Hobby«. Wer hätte noch nie im Leben Briefmarken, Pfeifen, Münzen oder sonstiges Bargeld gesammelt? Wer hätte noch nie das Bedürfnis verspürt, die fünf Bücher Moses mit einer Stecknadel auf ein fingernagelgroßes Papier einzuritzen oder den Tadsch Mahal aus türkischem Honig nachzubilden? Kein Wunder, wenn dann selbst der fröhlichste Lebensbejaher zum armseligen Nervenbündel wird.

Der Fisch stinkt vom Kopfe

Hätten uns die Stocklers an jenem unglückseligen Donnerstag nicht eingeladen, so wäre ich heute noch ein freier Mensch. Die Stocklers jedoch haben uns eingeladen, und der Anblick, der sich uns gleich beim Betreten ihrer Wohnung bot, benahm uns den Atem. Überall standen traumhaft schöne Aquarien herum, die von innen farbenprächtig beleuchtet waren und deren kleine Bewohner sich offenkundig so wohl fühlten wie Fische im Wasser. »Das hat meinem Leben einen neuen Sinn gegeben«, sagte Stockler mit einer vor Dankbarkeit vibrierenden Stimme. »Ihr ahnt ja nicht, was für eine himmlische Nervenberuhigung davon ausgeht, sich einfach hinzusetzen und diese kleinen Geschöpfe anzuschauen … nur anzuschauen … nichts weiter …«

Wir setzten uns einfach hin und schauten die kleinen Geschöpfe an, nichts weiter. Im zweiten Aquarium von rechts entdeckten wir einen ungewöhnlich schönen Fisch, dessen Schuppen in allen Regenbogenfarben glitzerten.

»Der da?« Stockler machte eine verächtliche Handbewegung. »Das ist eine der billigsten Sorten. Jeder, der sie hat, will sie loswerden.«

»Warum?« fragte meine Frau.

»Weil es so kindisch einfach ist, sie zu züchten! Hingegen –« und Stockler deutete mit unendlich liebevoller Gebärde auf ein paar ordinäre, reizlos gestreifte Fische in einem anderen Behälter – »wissen nur die wenigsten Leute, wie man den berühmten Pyjama-Fisch züchtet.«

Nach und nach erfuhren wir, daß Stockler jeden einzelnen Fisch in seiner Wohnung persönlich großgezogen hatte, worauf er mit Recht sehr stolz war. Überflüssig zu sagen, daß er schon seit geraumer Zeit ganze Bataillone von Fischen an Masalgowitsch liefert, die führende Tierhandlung der Stadt, und daß ihm das nicht selten bis zu zweihundert Pfund einbringt. Nach der letzten Laichperiode, die offenbar besonders lebhaft verlaufen war, steigerte sich sein wöchentlicher Durchschnittsverdienst sogar auf dreihundert Pfund.

Die Fische begannen mir zu gefallen. Fische zu züchten ist ein sehr liebenswertes Hobby. Und so nervenberuhigend.

»Vor einem halben Jahr hatte ich ein einziges kleines Aquarium«, erinnerte sich unser Gastgeber mit verträumtem Lächeln. »Heute habe ich achtundzwanzig in verschiedenen Größen. Demnächst installiere ich zwölf weitere im Nebenzimmer, das seit meiner Scheidung leersteht.«

»Machen Ihnen die Fische nicht sehr viel Arbeit?«

»Arbeit?« Die Borniertheit meiner Frage ging sichtlich über Stocklers Fassungsvermögen. »Allerhöchstens fünf Minuten am Tag. Was brauchen diese süßen kleinen Kerle denn schon? Ein bißchen Verständnis, ein bißchen Aufmerksamkeit, das ist alles. Und ich kenne jeden einzelnen von ihnen, als wäre er ein alter Freund.«

Bei diesen Worten steckte Stockler seinen Zeigefinger ins nächste Aquarium und gab einen gurrenden Laut von sich, worauf sämtliche Pyjama-Fische von Panik erfaßt wurden und in die entfernteste Ecke des Behälters stoben. Einige versuchten sich in den Bodensand einzugraben, an allen Flossen zitternd. Zwei trafen Anstalten, aus dem Wasser zu springen. »Sie sind schwanger, die Guten«, erläuterte Stockler. »Ich erwarte ungefähr tausend Fingerlinge …«

Muß ich weitererzählen? Am nächsten Tag gingen wir zu Masalgowitsch.

»Willkommen in der großen, glücklichen Familie der tropischen Fischliebhaber!« begrüßte er uns. »Bei mir bekommen Sie alles, was Sie brauchen, und in der besten Qualität, die es gibt.«

Tatsächlich strahlte der ganze Laden die unverkennbare Atmosphäre professioneller Kennerschaft aus. Es wimmelte von Aquarien in allen erdenklichen und in jeder nur möglichen Ausführung, von Zubehören und Füllungen, von Schlingpflanzen und Algen und Korallenriffen, von elektrischen Spülapparaten und Unterwasserheizkissen. Angesichts der schier unübersehbaren Pracht hatten wir Mühe, eine Auswahl zu treffen, die unseren einigermaßen beengten Finanzverhältnissen halbwegs entsprach. Schließlich erstanden wir ein mittelgroßes Aquarium, das wir jedoch mit einer Vielfarbenbatterie und einer elektrischen Luftpumpe ausstatten ließen. Natürlich kauften wir auch die nötigen Spezialfilter zur Reinigung des Wassers. Und die nötigen Reinigungsutensilien. Und ein verstellbares Netz. Masalgowitsch überzeugte uns, daß wir auch eine Abkratzvorrichtung für Seitenwandalgen brauchten. Und ausreichende Mengen weißen Sandes, feinkörnig. Und einen Warmwasserkocher, der 25 Liter faßte. Und einen Korb für Würmer.

Und Würmer. Denn der Wurm ist des Fisches Lieblingsspeise.

»Daran darfst du dich nicht stoßen«, tröstete ich meine kleine Frau. »Auch die Eskimos essen Würmer. In manchen Provinzen Chinas gelten sie sogar als Delikatesse. Die Würmer, nicht die Eskimos.«

Meine kleine Frau, schweigsam wie nur sehr selten, begnügte sich mit der Mitteilung, daß sie weder ein Eskimo sei noch in einer chinesischen Provinz lebe. Ehrlicherweise mußte man ja auch zugeben, daß diese Würmer, zumindest auf den ersten Blick, tatsächlich wie Würmer aussahen: längliche rote Fleischnudeln, die sich ununterbrochen krümmten und ununterbrochen gar nicht gut rochen … nun ja. Schönes Wetter heute. Lieben Sie Brahms?

Als wir unsere Fracht abtransportieren wollten, erinnerte uns Masalgowitsch, daß es unter den gegebenen Umständen eigentlich üblich sei, auch Fische zu kaufen. Unsere Barschaft reichte gerade noch für zwei Pyjama-Fische. Mit kundigem Griff holte Masalgowitsch das glückliche Paar aus seinem Behälter hervor, tat es in ein Glas und überreichte es uns: »Sie sind leicht zu unterscheiden. Das Weibchen ist immer etwas größer als das Männchen.« Wir prüften unser Paar und stellten fest, daß sie beide absolut gleich groß waren.

»Kommt vor«, lachte Masalgowitsch. »Es ist ein besonders fettes Männchen und ein besonders mageres Weibchen. Aber seien Sie unbesorgt – sie werden Ihnen eine Menge kleiner Pyjamas schenken, die beiden Schlingel, hahaha …«

Zu Hause installierten wir alles genau nach der Gebrauchsanweisung. Wir setzten die ein wenig lärmende elektrische Pumpe in Betrieb und drehten den Warmwasserkocher an, damit unsere kleinen Lieblinge sich nicht erkälteten. Schwierigkeiten ergaben sich bei der Unterbringung der Würmer. Masalgowitsch hatte als geeigneten Aufenthaltsort den Kühlschrank empfohlen, aber meine Frau drohte mit Hungerstreik, falls etwas dergleichen geschähe. Sie war als Kind sehr verhätschelt worden, und die Folgen einer so grundfalschen Erziehungsmethode müssen sich früher oder später zeigen. Unter dem Bett wäre genügend Platz gewesen, aber da wollte meine Frau – es ist nicht ihre Schuld, es ist die Schuld ihrer Eltern – unbedingt wissen, ob eine Garantie dagegen bestünde, daß die Würmchen in der Nacht nicht vielleicht aus dem Körbchen kröchen und in unser Bettchen hinein … Schließlich verbannten wir sie ins Badezimmer.
Am nächsten Morgen standen wir frühzeitig auf, denn wir konnten es kaum erwarten. Wir setzten uns einfach hin und schauten die kleinen Geschöpfe an, nichts weiter. Ihr Anblick wirkte im höchsten Grad nervenberuhigend, obwohl uns nach einiger Zeit auffiel, daß sie sich überhaupt nicht bewegten. Sie lagen auf dem Boden des Aquariums, mit den Bauchflossen nach oben. Sie waren – es ließ sich auf die Dauer nicht leugnen – tot. Als wir dem Vorfall nachgingen, entdeckten wir, daß das Wasser siedend heiß war. Wir hatten die beiden Pyjamas über Nacht gargekocht.
An diesem Punkt stellte sich uns ein Problem, mit dem es jeder tropische Fischliebhaber immer wieder zu tun bekommt: Wie wird man tote Fische los? Soll man sie zum Küchenabfall werfen? Meine Frau erbleichte bei dem bloßen Gedanken. Soll man sie im Hof begraben? Wir wohnen im dritten Stock. Soll man sie der Katze des Wohnungsnachbarn geben? Er hat keine Katze. Man kann nur versuchen, sie dort, wo hinuntergespült wird, hinunterzuspülen.
Wir versuchten es, und es gelang. Dann gingen wir zu Masalgowitsch, um ihn von unserem Mißgeschick in Kenntnis zu setzen.
»Was ist Ihnen da eingefallen?« fragte Masalgowitsch tadelnd. »Seit

wann läßt man den Boiler die ganze Nacht lang laufen? Hat man so etwas je gehört? Wissen Sie denn nicht, daß die Wassertemperatur unbedingt jede Stunde kontrolliert werden muß?«
Eine rasche Kopfrechnung nahm dieser Mitteilung viel von ihrem Schrecken: wenn man für jede Kontrolle nicht mehr als zehn Sekunden veranschlagte, würde das im Tag eine Gesamtsumme von fünf Minuten ergeben, ganz wie Stockler gesagt hatte. Beruhigt kaufte ich sechs neue Pyjamas, um den Wahrscheinlichkeitsquotienten für das Überleben eines Paares zu steigern. Was die Wassertemperatur betraf, einigte ich mich mit meiner Frau auf eine gestaffelte Kontrolle; sie kontrollierte die Temperatur bei Tag, in der Nacht hingegen wurde die Kontrolle von mir durchgeführt. Meine Frau lehnte jede weitere Mitarbeit ab und wünschte sogar das baldige Ende der sechs neuen Pyjamas herbei. Sie ist, wie ich schon angedeutet habe, ein verzogenes Kind.
So sitze ich denn allein vor dem Aquarium und sehe zu, wie sich die kleinen Geschöpfchen vermehren. Bisher haben sie sich zwar noch nicht vermehrt, aber jetzt muß es sehr bald losgehen.

Wieder ein kleines Mißgeschick. Es spielt keine Rolle, wirklich nicht, und ich erwähne es nur der Vollständigkeit halber: Eines Morgens waren unsere Pyjamas mit einem weißen Punktmuster besät, kratzten sich wie verrückt und segelten mit einer deutlichen Schlagseite nach links durch das Aquarium.
»Tut mir leid, Kinder«, sagte ich. »Das ist eure Sache. Ich kann euch da nicht helfen.«
Als sie zwei Tage später jede Ähnlichkeit mit Fischen eingebüßt hatten und nur noch auf dem Rücken schwammen, entschloß ich mich zu einer Gegenmaßnahme und spritzte eine kleine Ladung DDT ins Wasser. Offenbar kam ich mit diesem vorzüglichen Einfall zu spät. Denn schon nach zwei Minuten stiegen die Fische an die Oberfläche und hauchten ihre Pyjamaseele aus. Ich stürzte zu Masalgowitsch, kaufte fünf neue Paare und brachte ihn durch geschickte Fangfragen so weit, daß er mir ein paar Geheimnisse aus dem Born seiner reichen Erfahrung preisgab:
»Sie müssen die Paare getrennt unterbringen. Jedes in einem eigenen

Aquarium, sonst vermehren sie sich nicht. Oder würden Sie und Ihre Frau in einem Zimmer leben wollen, das Sie mit zehn Fremden teilen müssen?«

Der Vergleich hinkte. Meine Frau lebte längst nicht mehr in einem Zimmer mit mir, schon seit jenem Tage nicht, da sie die Würmer auf meinem Schreibtisch gefunden hatte. Trotzdem dankte ich Masalgowitsch für seinen einleuchtenden Ratschlag und erwarb vier bequeme Behälter für verheiratete Pyjamas. Zu Hause stellte ich die Paare sorgfältig zusammen, immer einen fetten Pyjama mit einem mageren. Dann wartete ich darauf, daß sie sich zu vermehren begännen. Sie begannen sich nicht zu vermehren. Sie flirteten und knutschten ein wenig herum, aber zu einer seriösen Beziehung kam es nicht. Es machte den Eindruck, als wären alle Pyjamas männlich. Und das war ein sehr trauriger Eindruck.

Stockler erwies sich in diesen schweren Tagen als eine wahre Säule des Trostes und der Zuversicht. Er beschwor mich, den Glauben an die Zukunft nicht zu verlieren, und gab mir wertvolle Tips für die Pyjamazucht. Zum Beispiel sollte ich zwei Teelöffel feines Tafelsalz mit je drei Litern Wasser mischen. Ich mischte. Nichts rührte sich. Nur ein salzempfindlicher Pyjama biß mich in den Finger. Masalgowitsch machte mich auf einen verhängnisvollen Fehler aufmerksam: Ich hatte vergessen, den Sand mit Regenwasser zu versetzen, das durch einen Seidenstrumpf passiert werden mußte. Ich passierte. Meine Frau verließ die gemeinsame Wohnung. Von einer Pyjamavermehrung war nichts zu sehen. Stockler verriet mir einen alten Kunstgriff der japanischen Perlenfischer: kleine farbige Glasstückchen auf den Grund des Aquariums zu verstreuen. Ich verstreute. Die Pyjamas, statt für künftige Generationen zu sorgen, spielten mit dem bunten Glas und freuten sich sehr.

Daß es nach einiger Zeit trotzdem zu einem Zeugungsakt kam, war ein böser Irrtum: Zwei ordinäre Goldfische hatten sich in einen der Behälter eingeschlichen, wahrscheinlich mit der letzten Lieferung von 30 Pyjamas. Das Ergebnis war eine Goldfischbrut von nicht weniger als 50 Exemplaren. Ich spülte sie die Toilette hinunter. Wollte ich Goldfische züchten? Ich wollte Pyjamas. Nur Pyjamas. Viele Pyjamas.

Dann erschütterte ein heftiger Schock die Welt der Fischzucht. Stockler war auf eine Bananenschale getreten und hatte sich ein Bein gebrochen.

Ich besuchte ihn an einem der nächsten Abende. Als ich seine von neugeborenen Pyjamas überquellende Wohnung sah, verlor ich den letzten Rest meiner Selbstbeherrschung und fiel auf die Knie:

»Stockler«, schluchzte ich. »Lieber, lieber Stockler. Es muß da irgendein Geheimnis geben, ein altes Ritual, das vielleicht schon den Drusen bekannt war und das auch Sie und Masalgowitsch kennen. Aber Sie verbergen es vor mir. Warum sollten Sie auch etwas preisgeben, was Sie in langen Jahren aufreibender Forschungsarbeit entdeckt haben. Trotzdem bitte ich Sie, Stockler: Sagen Sie's mir. Haben Sie Erbarmen. Was ist es? Was muß man tun, damit sich die Pyjamas vermehren? Erlösen Sie mich um Gottes willen, Stockler!«

Stockler sah mich lange an. Es fiel ihm schwer, seine Erregung zu meistern. Endlich sagte er: »Gehen Sie nach Hause und lösen Sie die Schale einer halbverfaulten Banane in Benzin auf. Lassen Sie die Flüssigkeit verdampfen, warten Sie, bis der Rückstand getrocknet ist und pulverisieren Sie ihn. Eineinhalb gehäufte Teelöffel auf zwei Liter Wasser ...«

Wie von Furien gejagt, sauste ich nach Hause – nein, zuerst zu Masalgowitsch. Die Rolläden vor seinem Laden waren bereits heruntergelassen. Ich stürzte zur Hintertür. Sie war geschlossen. Durch das Guckloch sah ich Masalgowitsch im Zwielicht eines Ladenwinkels stehen. Er griff gerade in eine große Kiste mit der Aufschrift »Made in Germany«. Was er aus der Kiste hervorzog, waren kleine Nylonsäckchen. Und was in den kleinen Nylonsäckchen wimmelte, waren lauter kleine Pyjamas. Mit einem heiseren Aufschrei warf ich mich gegen die Tür. Sie barst. Schreckensbleich starrte mich Masalgowitsch an.

»Ich ... ich kann nichts dafür«, stammelte er. »Wer weiß denn schon, wie sich diese verdammten Viecher vermehren ... Aber in Hamburg gibt es ein Versandhaus, das liefert in die ganze Welt. Auch an mich. Erst gestern hat Herr Stockler 250 Fingerlinge bei mir gekauft. Wenn Sie wollen, können Sie mir einen Wechsel geben, so wie er. Ich sag's keinem Menschen ...«

Das also war das Ritual der alten Drusen. Das war Stocklers Geheimnis. Vermehrung durch die Post.
»Was kostet die ganze Kiste!« fragte ich.
Wenige Tage später besuchte mich Stockler. Ich fiel ihm um den Hals, und Freudentränen glänzten in meinen Augen.
»Ich danke Ihnen, mein Freund. Ich danke Ihnen aus tiefstem Herzen. Die Bananen-Benzin-Mischung hat Wunder gewirkt!«
Stockler stand sprachlos. Sein Blick wanderte langsam über die sechzehn Aquarien, die alle Ecken meines Zimmers füllten und in denen sich Unmengen munterer Pyjamas tummelten. Plötzlich begannen seine Augenbälle wild zu rollen, wie das unmittelbar vor Ausbruch eines Tobsuchtsanfalls üblich ist. Dann, mit einem unartikulierten Aufwimmern, stürzte er davon.
Gestern traf ich ihn bei Masalgowitsch. Er übersah meinen Gruß. Mich ließ das gleichgültig. Einen erfahrenen Fischzüchter wie mich kann man nicht so schnell beleidigen. Mit demonstrativer Selbstverständlichkeit kaufte ich sieben Behälter und verließ den Laden mit dem festen Schritt eines Fachmanns, der ganz genau weiß, wie man Fische kauft und Aquarien züchtet.

Kontakt mit dem Jenseits

Eine der ausgeprägtesten jüdischen Eigenschaften ist das sogenannte »Familiengefühl«. Wenn ein jüdischer Vater die »Bar-Mizwah« seines Sohnes feiert – den Tag, an dem der hoffnungsvolle Sproß das 13. Lebensjahr erreicht und zum Manne wird – oder wenn er, der Vater, gar seine Lieblingstochter verheiratet, dann kennt der familiäre Aufwand keine Grenzen. Dutzende, Hunderte, Tausende von Gästen, die den Gastgeber oft erst bei dieser Gelegenheit kennenlernen, werden eingeladen und überreichlich bewirtet. Hernach ist der Gastgeber ruiniert, und die Gäste haben einen Abend verbracht, den sie nie vergessen werden, auch wenn sie noch so gerne möchten.

Es zuckt

Die Sache begann buchstäblich unter dem Hochzeitsbaldachin des jungen Pomerantz. Sein Vater, Doktor Pomerantz, hatte mich schon seit Wochen brieflich, mündlich und telefonisch beschworen, der Hochzeitsfeier durch meine Gegenwart Glanz zu verleihen; wenn man ihm glauben wollte, machte sein Sohn die Hochzeit überhaupt davon abhängig, daß ich ihr beiwohnte, und dementsprechend ließ es auch die Braut an Bitten und Beschwörungen nicht fehlen. Das Ganze war mir außerordentlich lästig, um so mehr, als ich Doktor Pomerantz nur von einer einzigen flüchtigen Begegnung her kannte. Bei irgendeinem Gesandtschaftsempfang war er auf mich zugetreten, hatte mich mit »verehrter Meister« angesprochen und mir einige Artigkeiten über mein letztes Violinkonzert gesagt. Das war alles. Und deshalb sollte ich jetzt seinen Sohn in den Hafen der Ehe geleiten?

»Hochzeitseinladungen sind etwas Fürchterliches«, klagte ich meiner Frau. »Weiß der Teufel, warum ich zugesagt habe. Ich kenne die Leute kaum. Was soll ich machen?« Die beste Ehefrau von allen dachte eine Weile nach. Dann kam sie, wie nicht anders zu erwarten, mit der einzig richtigen Lösung:

»Wenn du eingeladen bist, mußt du hingehen«, sagte sie.

Ich ging hin. Und es war noch schlimmer, als ich's mir vorgestellt hatte. Doktor Pomerantz hatte sichtlich keine Ahnung, wer ich war, sein Sohn drückte mir geistesabwesend die Hand, die Braut tat nicht einmal das. Ich fühlte mich richtig erlöst, als das Buffet zum Sturm freigegeben wurde.

In diesem Augenblick trat der Mann mit dem nervösen Tick in mein Leben. Er stand neben mir, und sein Gesicht zuckte. Es zuckte unaufhörlich und mit schöner Regelmäßigkeit. Im übrigen sprachen wir kein Wort, abgesehen von seiner Bitte, ihm den Senf zu reichen; wenn ich nicht irre, bin ich dieser Bitte nachgekommen.

Der trostlos langweilige Abend erfuhr eine gewisse Belebung, als der Bräutigam das strahlendweiße Kleid der Braut versehentlich mit Rotwein anschüttete. Den entstandenen Tumult nützte ich aus, um mich zu entfernen.

Bald darauf vergaß ich die Familie Pomerantz, die Hochzeit und alles, was damit zusammenhing.

Ein halbes Jahr mochte vergangen sein. Ich machte Einkäufe in einer Papierwarenhandlung. Neben mir stand ein Herr, den ich nicht kannte.

Er sah mich an:

»Na?« fragte er. »Wie geht es den jungen Leuten?«

»Welche jungen Leute meinen Sie?«

Ich wußte wirklich nicht – aber ein plötzliches Zucken in seinem Gesicht frischte mein Gedächtnis auf. Er meinte das junge Ehepaar Pomerantz.

»Ich habe nie wieder von ihnen gehört«, gab ich wahrheitsgemäß an.

»Ich auch nicht. Aber ich erinnere mich, daß der junge Pomerantz ein Glas Rotwein über seine Braut geschüttet hat …«

»Ganz richtig, ganz richtig. Wollen wir hoffen, daß es ihnen gutgeht.«

Und ich wandte mich hastig ab, denn ich rede sehr ungern mit Leuten, mit denen ich nichts zu reden habe. Wir waren auf einer Hochzeit zufällig nebeneinander am Buffet gestanden, er hatte gezuckt, ich hatte ihm den Senf gereicht, hier bitte, danke schön, aus, vorbei. Wozu soll man eine so läppische Erinnerung mit sich herumtragen? Ich löschte sie aufs neue aus meinem Gedächtnis, und es glückte mir aufs neue.

Bis ich eines Tages ein »Scherut«-Taxi bestieg und mich einem Mitfahrer gegenüber fand, der mir sogleich bekannt vorkam. Als mir klar wurde, daß es der Mann mit dem nervösen Tick war, erfaßte mich wilder Schrecken. Ich sandte ein Stoßgebet zum Himmel, des Inhalts, daß einer von uns beiden ans Ziel gelangen und aussteigen möge, bevor wir ins Gespräch kämen … vergebens. In einer Kurve wurde mein Gegenüber gegen meine Kniescheibe geschleudert, sah mich entschuldigend an, zuckte – und veranlaßte mich dadurch zu einem verhängnisvollen Fehler:

»Hallo«, sagte ich. »Wie geht's den beiden jungen Leuten?«

In der nächsten Sekunde verfluchte ich meine Voreiligkeit: Der Gesichtsausdruck des Tickbesitzers ließ keinen Zweifel daran, daß er mich gar nicht erkannt hatte. Erst mein Leichtsinn brachte ihn auf die richtige Fährte.

»Ach ja«, murmelte er. »Natürlich. Pomerantz, oder wie die geheißen haben. Ich habe sie seit damals nicht mehr gesehen.«

»Ich auch nicht«, sagte ich rasch und in der verwegenen Hoffnung, daß es damit sein Bewenden hätte.

Mein Gegenüber nahm sein Zucken in vollem Umfang wieder auf: »Jetzt erinnere ich mich. Ein Glas Wein –«

»– wurde ausgeschüttet«, ergänzte ich.

»Über das Kleid der Braut.«

»Rotwein, glaube ich.«

»Stimmt. Rotwein. Es geht ihnen also gut, sagen Sie?«

»Ich habe nichts Gegenteiliges gehört.«

»Nun, hoffen wir's.«

Damit war die anregende Diskussion zu Ende. Ein anderes Thema hatten wir nicht. Den Rest der Strecke legten wir schweigend zurück.

Fast sah es danach aus, als sollte dieser garstige Zwischenfall der letzte seiner Art bleiben. Zwei oder drei Jahre waren störungsfrei ins Land gegangen, als ich den Zug nach Jerusalem bestieg. Und hier geschah es, daß das Schicksal zuschlug.

Ich fand ein leeres Abteil und lehnte mich behaglich auf meinem Fensterplatz zurück. Vielleicht war ich ein wenig eingenickt – jedenfalls blickte ich erst wieder auf, als der Zug sich in Bewegung setzte. Und da sah ich, mir gegenüber, in dem bis dahin leeren Abteil, auf dem Weg nach Jerusalem, allein mit mir …

»Hehehe!« In seinem Gesicht zuckte es fröhlich. »Was wohl die beiden jungen Leute treiben?«
Offenkundig konnte er sich nicht einmal an ihren Namen erinnern, sowenig wie ich.
»Ich weiß nicht«, sagte ich. »Ich habe sie längst aus den Augen verloren.«
»Ich auch. Längst. Keine Ahnung, wie es ihnen geht.«
Stille. Beklemmende Stille. Sie verdickte sich allmählich zu undurchdringlichen Schwaden und ließ den Rhythmus der Räder nur wie aus weiter Ferne an mein Ohr dringen. Auf geheimnisvolle Weise schien er den Rhythmus der Gesichtszuckungen mir gegenüber zu kontrapunktieren. Kalter Schweiß trat mir auf die Stirn. Ich merkte, daß auch ich zu zucken begann. Und plötzlich kam die Stimme meines Gegenübers unabwendbar auf mich zu:
»Der Wein … erinnern Sie sich an den Wein …?«
»Ja … die Braut …«
»Rot …«
»Ausgeschüttet …«
»Übers Kleid …«
»Der Hund!« sagte ich in einer plötzlichen Eingebung und sprang auf. »Entschuldigen Sie, ich muß nachsehen!« Damit stürzte ich auf den Gang hinaus und zwängte mich zum nächsten Waggon durch und durch den übernächsten und bis in den letzten hinein, bis zur hintersten Plattform des letzten Waggons, wo es nicht mehr weiterging. Dort bot ich meine fieberheiße Stirn dem Winde dar.
»Warum, warum?« stöhnte ich. »Warum verfolgt mich dieses zuckende Gesicht? Soll ein unglückseliger Zwischenfall bei einer Hochzeit mich endlos quälen?«
Von da an wurde ich vorsichtig und mied alle öffentlichen Verkehrsmittel. Ich kaufte ein Auto. Ich saß im Kaffeehaus nur noch hinter Säulen. Ich fuhr nicht mehr nach Jerusalem. Als ich das zuckende Gesicht einmal von weitem auf der Straße sah, flüchtete ich in ein Haustor, sauste alle sechs Stockwerke hinauf und versteckte mich auf dem Dachboden. Denn ich wußte: wenn dieser Kerl mich noch einmal nach den »beiden jungen Leuten« fragt, springe ich ihm an die Kehle, wahrscheinlich mit letalem Ausgang.

Gestern führte ich meinen Sohn Raphael zur Nachmittagsvorstellung der Eisrevue. Es war rührend, wie der Kleine sich freute, und ich freute mich mit ihm. Selig saß ich da, meinen kleinen Rafi auf den Knien. Er wußte sich kaum zu halten, er wollte die ganze Welt an seinem Glück teilhaben lassen, auch den kleinen Jungen, der in der Nebenloge auf seines Vaters Knien saß. Recht so! Man kann nicht früh genug anfangen, menschliche Kontakte zu suchen. Ich nickte dem Knaben in der Nachbarloge freundlich zu. Er nickte freundlich zurück. Und in seinem Gesicht … Gott helfe mir … in seinem Gesicht zuckte es, rhythmisch und unaufhörlich …
Von der Eisrevue sah ich nichts mehr. Ich hatte mich mit dem Rücken zur Nachbarloge gekehrt. Aber dann kam die Pause, und in der Pause kam aus der Nachbarloge der Vater des zuckenden Knaben, zuckte seinerseits und sagte: »Haben Sie«, sagte er, »haben Sie zufällig … Sie wissen ja … die beiden jungen Leute … wie geht es ihnen?«
»Meine Schlüssel! Um Himmels willen, wo sind meine Schlüssel?«
Mit einem Panthersatz verschwand ich in der brodelnden Menge. Raphael war ganz verweint, als er mich endlich wiederfand. Glücklicherweise beruhigte er sich bald. »Pappi«, plauderte er drauflos, »mein neuer Freund sagt, daß sein Pappi dich kennt … Ihr wart zusammen auf einer Hochzeit … Ist es wahr, daß der Bräutigam die Braut mit Rotwein angeschüttet hat?«
Es ist alles vergebens. Ich werde das zuckende Gesicht, zu dem die Ehe Pomerantz mich verflucht hat, niemals loswerden. Es wird wider mich zucken bis ans Ende meiner Tage, bis ins dritte und vierte Geschlecht, es wird sich vererben vom Vater auf den Sohn und vom Sohn auf den Enkel, es wird zucken in alle Ewigkeit.

»Alle Juden sind Brüder«, sagte der legendäre Schnorrer zu Rothschild und wollte damit andeuten, daß er und der Baron eigentlich Verwandte wären. Rothschilds Antwort wird von der Geschichte nicht überliefert. Vermutlich ist er seiner inneren Bewegung Herr geworden. In Israel treten diese verwandtschaftlichen Bande sehr stark zutage. Zu den Dingen, die uns brüderlich vereinen, gehört auch die Liebe zur Musik. Wir sind geradezu verrückt nach Musik. Er macht uns geradezu wahnsinnig, dieser ewige Krach.

Überwältigung in A-Dur

Gestern nacht ging ich zeitig zu Bett, weil ich am Morgen schon um halb zehn aufstehen mußte. Es glückte mir, verhältnismäßig rasch einzuschlafen. Aber nach etwa einer Stunde wurde ich rüde geweckt.

»Wir wollen schlafen!« brüllte eine haßerfüllte Stimme. »Es ist zehn Uhr vorbei. Stellen Sie das Radio ab, Sie Idiot!«

Ich setzte mich im Bett auf. Von fern, aus der äußersten Ecke unseres Häuserblocks, glaubte ich leise Musikklänge zu vernehmen. Ganz sicher war ich nicht, weil das zornig anschwellende Stimmengewirr alles übertönte: »Wir wollen schlafen! Ruhe! Das Radio abdrehen! Ruhe!« Nach und nach erwachten auch die Bewohner der angrenzenden Häuser. In vielen Fenstern wurde es hell. Der Delikatessenhändler uns gegenüber formte aus seiner Zeitung einen Schalltrichter und verlangte Respekt vor der neuen Anti-Lärm-Verordnung. Der jemenitische Eisverkäufer Salah im Stockwerk unter uns stieß mehrmals den Namen Ben Gurion hervor, was bei ihm ein sicheres Zeichen hochgradiger Erregung ist. Ich selbst schlüpfte rasch in meinen Schlafrock, um mich besser hinausbeugen zu können. Ich liebe es über alles, Leute streiten zu sehen. Das ist ein menschlicher Zug von mir. »Ruhe!« brüllte ich in die Nacht hinaus. »Wo ist das Hauskomitee? Komitee!«

Manfred Toscanini, den meine Leser bereits aus früheren Geschichten kennen und der mit dem gleichnamigen Dirigenten noch immer nicht verwandt ist, erschien auf dem Balkon seiner Wohnung und murmelte etwas Unverständliches. Manfred Toscanini ist Vorsitzender unseres Hausverwaltungskomitees. Aufmunternde Zurufe klangen ihm entgegen.

»Auf was warten Sie? Sind Sie der Vorsitzende des Komitees oder sind Sie es nicht? Rühr dich! Mach was! Rufen Sie die Polizei! Für diese Art von Ruhestörung gibt es heute bis zu einem Jahr Gefängnis! Los!«

»Einen Augenblick!« schrie Toscanini. »Wenn ihr so einen Lärm macht, kann ich ja gar nicht feststellen, wo der Lärm herkommt!«

Wir verstummten. Es zeigte sich, daß die Musik aus der rechten Eckwohnung im Parterre kam.

»Katzenmusik!« Das war Salah. Seine Stimme überschlug sich. »Sofort die Katzenmusik abstellen! Ben Gurion!« Toscanini stieg nervös von einem Fuß auf den anderen. Er ist keine Kämpfernatur. Wir haben ihn nur gewählt, weil er eine schöne Handschrift hat und leicht zu behandeln ist.

»Bitte das Radio abzustellen«, stammelte er. »Bitte. Wirklich.«

Nichts geschah. Die Musik strömte in unverminderter Stärke durch die laue Nacht.

Manfred Toscanini merkte, daß sein Prestige, sein Schicksal, seine Zukunft und das Glück seiner Kinder auf dem Spiel standen. Er hob die Stimme:

»Wenn diese Katzenmusik nicht sofort aufhört, rufe ich die Polizei.«

Einige Augenblicke atemloser Spannung folgten. Der Zusammenstoß zwischen Staatsgewalt und Rebellion schien bevorzustehen.

Plötzlich wurde die Musik noch lauter: Die Tür der Wohnung, aus der sie kam, hatte sich geöffnet. Im Türrahmen erschien Dr. Nathaniel Birnbaum, Seniorchef der nahe gelegenen Zweigstelle des Staatlichen Israelischen Reisebüros.

»Wer ist der Ignorant«, fragte Dr. Birnbaum mit volltönender Stimme, »der die Siebente von Beethoven als Katzenmusik bezeichnet?«

Stille. Tiefe, lautlose Stille. Beethovens Name schwebte zwischen den Häusern einher, drang den Bewohnern in Mark und Bein und wurde wie ein rasch wirkendes Gift von ihrem Nervensystem absorbiert. Manfred Toscanini, das Gesicht zu einer entsetzten Grimasse verzerrt,

krümmte sich wie ein Wurm. Ich meinerseits trat einen Schritt vom Fenster zurück, um klarzustellen, daß ich mich mit seinem niveaulosen Verhalten in keiner Weise identifizierte.
Während all dieser Zeit blieb die himmlische Musik diskret hörbar. Dr. Birnbaum verabsäumte es nicht, seinen Sieg bis zur Neige auszukosten:
»Nun? Wo steckt der Analphabet? Für wen ist Beethovens Siebente eine Katzenmusik? Beethovens Siebente!« Verlegenes Räuspern. Beschämtes Husten. Schließlich flüsterte der schurkische Delikatessenhändler mit verstellter Stimme: »Es war der Vorsitzende des Komitees …«
»Ich gratuliere!« Der Hohn in Dr. Birnbaums Stimme war nur zu berechtigt. »Ich gratuliere uns allen zu einem solchen Vorsitzenden!« Damit drehte er sich um und verschwand gelassenen Schritts in seiner Wohnung. Eine schwer zu beschreibende Welle kultureller Überlegenheit ging von ihm aus. Kläglich und vereinsamt blieb Manfred Toscanini auf der Walstatt zurück, ein geschlagener Mann.
»Ich war so zornig«, sagte er entschuldigend, »ich war vor Wut so zornig, daß ich vor Zorn die Siebente von Beethoven nicht erkannt habe …«
»Pst!« zischte es von allen Seiten auf ihn los. »Ruhe! Mund halten! Man kann die herrliche Musik nicht hören!«
Mit gesenktem Kopf zog sich Manfred Toscanini in seinen Bau zurück. Wir andern lauschten im Zustand völliger Verzauberung dem Titanenwerk jenes größten aller Musikgenies. Zahlreiche Hausbewohner streckten sich behutsam auf ihren Liegestühlen aus und schlossen die Augen, um sich den unsterblichen Klängen besser hingeben zu können. Und ich? Ich sah zum sternenbedeckten Himmel empor, und meine Lippen formten leise und demütig ein einziges Wort: »Beethoven.«
Nur der Jemenite Salah und sein Weib Etroga störten die weihevolle Stille mit ihrem Getuschel.
»Wer ist das?« fragte Etroga.
»Wer ist wer?«
»Dieser Herr … wie heißt er nur … Betovi …«
»Ich weiß nicht.«

»Muß ein wichtiger Mann sein, wenn alle solche Angst vor ihm haben.«
»Ben Gurion«, sagte Salah. »Ben Gurion.«
»Und warum hast du geschrien, wenn du nichts weißt?«
»Alle haben geschrien.«
»Alle dürfen. Du darfst nicht. Deine Verkaufslizenz ist nicht in Ordnung. Hast du vergessen, was deinem Freund Shimuni passiert ist, weil er sein großes Maul zu weit aufgerissen hat?«
Salah schlotterte vor Angst.
»Herrlich!« rief er so laut, daß jeder es hören konnte. »Eine herrliche Musik!«
Uri, der Sohn des Apothekers, den die plötzliche Stille geweckt hatte, kam auf den Balkon gestürzt und zeterte: »Katzenmusik!«
Er bekam von seinem Papa sofort eine Ohrfeige, was allgemeine Billigung fand. Ein Kind, dem man nicht schon im zartesten Alter den nötigen Respekt für die großen Kunstschöpfungen beibringt, kann niemals ein nützliches Mitglied der menschlichen Gesellschaft werden und endet am Galgen.
Der Professor in der Wohnung rechts von uns, der seit dem letzten Streit mit seiner Frau, also seit ungefähr vierzig Jahren, kein Wort mehr mit ihr gesprochen hatte, stand jetzt friedlich neben ihr am Fenster. Beethovens Himmelsmusik hatte die entzweiten Ehepartner wieder vereint.
Im Bestreben, seine Blamage gutzumachen, summte Manfred Toscanini demonstrativ ein paar Takte mit. Aber seine schamlose Unterwürfigkeit ging noch weiter.
»Doktor Birnbaum!« rief er. »Bitte drehen Sie den Apparat doch ein wenig stärker auf! Man kann von hier aus nicht so gut hören … Danke vielmals!«
Die Musik war lauter geworden. Wie eine große, glückliche Familie saßen die Hausbewohner beisammen und lauschten. Wir alle liebten einander.
»Gigantisch, dieses Rondo«, flüsterte der Apotheker, dessen ältester Sohn Harmonika-Unterricht nahm. »Obwohl ich nicht ganz sicher bin, ob es nicht vielleicht ein Scherzo ist …«
Der Delikatessenhändler äußerte einige verächtliche Worte über

gewisse Zeitgenossen, die zwischen einem Rondo und einem Scherzo nicht unterscheiden können.
Die Gattin des Professors flüsterte mehrmals hintereinander: »A-Dur … A-Dur …«
Salah beugte sich weit aus dem Fenster und legte beide Hände an die Ohren.
Ich schlug verstohlen meinen »Konzertführer« auf und suchte nach der Siebenten von Beethoven. Der »Konzertführer« ist ein handliches Büchlein, das man mühelos vor den Blicken Neugieriger verbergen kann.
»Bekanntlich«, so ließ ich mich vernehmen, »gehört die Symphonie in A-Dur zu Beethovens gewaltigsten Meisterwerken. Die einleitenden Akkorde werden in verschiedenen Variationen wiederholt, ehe sie in das Hauptthema des ersten Satzes übergehen. Moderne Kritiker finden an dieser Exposition etwas auszusetzen …«
Mein Ansehen unter den Hausbewohnern stieg sprunghaft, ich fühlte das ganz deutlich. Bisher, wohl irregeführt durch mein übertrieben bescheidenes Wesen, hatten sie mich nicht richtig eingeschätzt. Um so zündender wirkte jetzt das Feuerwerk meiner profunden Musikalität. Die Gärtnerstochter von gegenüber schickte ihren kleinen Bruder zu mir und ließ fragen, ob ich ihr nicht mein Opernglas leihen könnte.
In einem lendenlahmen Versuch, mir zu widersprechen, sagte der Apotheker: »Die Exposition ist vollkommen in Ordnung. Auch ein Bartók hätte sie nicht anders aufbauen können.«
Gleich bei seinen ersten Worten hatte ich eilig in meinem »Konzertführer« zu blättern begonnen.
»Vergessen Sie nicht«, hielt ich dem wichtigtuerischen Tölpel jetzt entgegen, »daß der vierte Satz sich zu unwiderstehlicher Rasanz emporschwingt und besonders im Finale alle irdischen Maße sprengt!«
Der ganze Häuserblock lag mir zu Füßen. Beethovens Genius und meine eigene Brillanz flossen zu sphärischer Einheit zusammen. So stelle ich mir das Nirwana vor.
»Auch Bach ist nicht schlecht«, brummte der Apotheker und hoffte damit sein Gesicht zu wahren.
Die Musik kam noch einmal auf das Hauptthema zurück. Bläser und

Streicher entfalteten sich in einer letzten, vollen Harmonie, ehe die unsterblichen Klänge endgültig verschwebten.
Ein Seufzer namenlosen Entzückens entrang sich den Lippen der Zuhörer. Augenblicke einer nahezu heiligen Stille folgten. Dann meldete sich der Ansager:
»Sie hörten die Suite ›An den Mauern von Naharia‹ von Jochanan Stockler, gespielt von der Kapelle der Freiwilligen Feuerwehr Petach Tikwah. Im zweiten Teil unseres Abendkonzertes bringen wir klassische Musik auf Schallplatten. Als erstes hören Sie Beethovens Siebente Symphonie in A-Dur.«
Abermals Stille. Unheilschwangere Stille.
Manfred Toscaninis Gestalt wurde im Fensterrahmen sichtbar und schien gespenstisch über sich hinauszuwachsen.
»Katzenmusik!« röhrte er, besessenen Triumph in der Stimme. »Hören Sie mich, Birnbaum, Katzenmusik! He, Birnbaum! Das nennen Sie Beethoven? Ich nenne es Katzenmusik!«
Die Empörung griff unter den Hausbewohnern um sich wie ein Waldbrand.
»Beethoven!« kreischte die Gattin des Professors und eilte zu einem anderen Fenster. »Was jetzt, Birnbaum?« Der Jemenite Salah packte sein Weib am Arm:
»Sie haben uns betrogen!« zischte er. »Wieder einer von ihren schäbigen Tricks!«
»Wenn die Polizei kommt, dann haben wir nichts gesehen«, schärfte ihm seine Gattin ein.
»Ben Gurion«, sagte der Jemenite Salah.

Sollte Dr. Birnbaum in seiner lächerlichen Überheblichkeit einem guten Ratschlag noch zugänglich sein, dann sucht er sich eine andere Wohnung. Bei uns hat er ausgespielt.

Die Demokratie hat so gewaltige Fortschritte gemacht, das jedermann heutzutage mit den bedeutendsten Persönlichkeiten in Gedankenaustausch treten kann – allerdings unter der Voraussetzung, daß ein gutes Medium zur Hand ist. Am besten haben es natürlich die israelischen Spiritisten, da sie als einzige in der Lage sind, ohne Zuhilfenahme eines Dolmetschers mit Moses zu sprechen.

Kontakt mit dem Jenseits

Auf dem Heimweg begegnete mir Kunstetter. Wir plauderten eine Weile über die Atombombe, die Wasserstoffbombe und den bevorstehenden Weltuntergang. Dann zuckte Kunstetter die Schultern:

»Eigentlich interessiert mich das alles nicht. Ich bin Spiritist.«

Aus meinem Gesichtsausdruck muß klar hervorgegangen sein, daß ich ihn für das Opfer eines Wahnsinnsanfalls hielt, denn er zeigte sich beleidigt.

»Ihr blödsinniges Grinsen«, sagte er, »beweist mir nur, daß Sie ein vollkommener Ignorant sind. Was wissen Sie denn überhaupt vom Spiritismus?«

»Nicht viel«, gestand ich. »Ein paar Leute setzen sich zusammen, beginnen mit den Geistern der Verstorbenen zu reden und verraten niemandem, wie der Schwindel zustande kommt.«

Kunstetters Gesicht verfärbte sich. Mit rauhem Griff packte er mich am Arm und schleppte mich ab. Ich protestierte leidenschaftlich, ich machte geltend, daß ich zum Medium völlig ungeeignet und überdies ein Skeptiker sei – es half nichts …

In dem kleinen Zimmer waren fünf traurige Männer und drei schläfrige Frauen versammelt. Erst nachdem er mich vorgestellt hatte, ließ Kunstetter meinen Arm los und sagte:

»Dieser Bursche glaubt nicht an –«

Er brauchte nicht weiterzusprechen. Das empörte Murren der Anwesenden nahm ihm das ab.

Einer von ihnen informierte mich, daß auch er vor fünfzehn Jahren so ein hochnäsiger Zweifler gewesen sei; aber dann hätte Rabbi Akiba bei einer Séance auf Befragen seine Telefonnummer auswendig gewußt (die des Fragestellers, versteht sich) und seither hätte er Nacht für Nacht jeden beliebigen Geist beschworen. Dadurch wäre er innerlich so gefestigt, daß die Welt, was ihn beträfe, getrost in Trümmer gehen könnte.

Ich erkundigte mich bei den Mitgliedern des Cercles, ob sie schon einmal einen wirklichen, lebendigen Geist gesehen hätten. Sie lächelten nachsichtig, etwa so, wie ein milder Vater seinem zurückgebliebenen Kind zulächelt. Kunstetter verdunkelte das Zimmer und bedeckte den Tisch mit einem Wachstuch, auf dem sämtliche Buchstaben des Aleph-Beths, sämtliche Ziffern von 0 bis 9, einige gebräuchliche hebräische Abkürzungen, die Worte »Ja« und »Nein« sowie ein Fragezeichen aufgemalt waren. Dann stellte er ein leeres Glas auf den Tisch und sprach:

»Wir werden uns jetzt um den Tisch setzen und mit unseren Fingerspitzen ganz leicht das Glas berühren. Drücken ist überflüssig, denn schon nach wenigen Minuten werden wir Kontakt mit einem Geist hergestellt haben, und das Glas wird sich von selbst bewegen.«

Minutenlang saßen wir reglos im geheimnisvollen Halbdunkel. Nur die Spitzen der glimmenden Zigaretten bewegten sich wie nervöse Glühwürmer. Dann begann mein rechter Arm einzuschlafen. Ich wechselte auf den linken. »Nun?« fragte ich. »Nun?«

Ein vielfaches »Pst!« zischte mich nieder, und die Kontaktsuche ging weiter.

Eine Viertelstunde später, als meine Nerven das Schweigen nicht länger ertrugen, kam mir ein großartiger Einfall: Ich stieß mit der Spitze meines Zeigefingers ganz leicht gegen das Glas. Wunder über Wunder: Es bewegte sich. »Kontakt!« verkündete Kunstetter und wandte sich an den Geist. »Sei gegrüßt in unserer Mitte, teurer Bruder. Gib uns ein Zeichen deiner Freundschaft.«

Das Glas begann zu wandern und hielt auf einer der hebräischen Abkürzungen inne. Höchste Spannung ergriff die Runde. Auch ich fühlte einen seltsamen Druck in der Magengrube.

»Danke, teurer Bruder«, flüsterte Kunstetter. »Und nun sage uns, wo du bist und wie du heißt.«

Wieder rutschte das Glas auf dem Wachstuch hin und her, um von Zeit

zu Zeit auf einem bestimmten Buchstaben stehenzubleiben. Eine der Spiritistinnen setzte das Ergebnis zusammen. Es lautete:
»M-R-4-K-?-L-L-L.«
»Komischer Name«, bemerkte ich. Kunstetter klärte mich auf:
»Offenbar handelt es sich um einen Spion. Spione haben immer chiffrierte Namen, damit man sie nicht erkennt.« Sodann nahm er das Gespräch mit dem Geist des Spions wieder auf:
»Aus welchem Land kommst du, teurer Bruder?«
Das Glas zögerte einen Augenblick, dann entschloß es sich zu einer Art Pendelverkehr zwischen zwei Buchstaben: »B-L-B-L-B-L.«
»Der arme Kerl scheint ein Stotterer zu sein«, stellte Kunstetter fest.
»Aber es ist klar, daß er aus Belgien kommt.«
»Wieso spricht er dann hebräisch?« fragte ich.
»Teurer Bruder!« Aus Kunstetters Stimme zitterte unterdrückter Ärger.
»Sprichst du hebräisch?«
Unverzüglich sprang das Glas auf »Nein«. Es war eine sehr peinliche Situation, die Kunstetter nur dadurch zu bereinigen wußte, daß er den Geist kurzerhand entließ. »Danke, teurer Bruder. Komm wieder, wenn du hebräisch sprechen kannst. In der Zwischenzeit sende uns jemand andern ...«
Der Geist machte sich eilends davon, und die Kontaktsuche nahm ihren grimmigen Fortgang. Kunstetter fragte, mit wem wir jetzt am liebsten sprechen würden. Ich beantragte Moses, vor allem deshalb, weil er des Hebräischen mächtig war. Mein Vorschlag wurde aus Gründen der Pietät abgelehnt. Schließlich einigten wir uns auf Moses' Bruder Aaron, legten unsere Finger an den Rand des Glases und warteten. Um diese Zeit war ich bereits mit den meisten wissenschaftlichen Grundlagen des Spiritismus vertraut. Blitzartig hatte mich die Erkenntnis überkommen, daß das Glas sich nur bewegte, wenn es geschoben wurde. Warum sollte sich auch ein ganz gewöhnliches Wasserglas ohne fremde Hilfe bewegen? Ein Glas und kein Ringelspiel. Um die ganze Wahrheit zu sagen: Das Eingeständnis des Spions, daß er nicht hebräisch spräche, war mein Werk gewesen. Und? Gibt es vielleicht ein Gesetz gegen gute Medien?

Als ich meinen rechten Arm kaum noch spürte, erschien Aaron. Er begrüßte uns regelrecht auf der entsprechenden hebräischen Abkürzung und erklärte sich zu jeder Mitarbeit bereit.
»Woher kommst du, teurer Bruder?« fragte Kunstetter mit begreiflicher Erregung (sprach er doch zu einem nahen Verwandten unseres Lehrers Moses).
Das Glas vollzog die Antwort S-I-N-A-l. Es waren erhabene Augenblicke. Wir wagten kaum zu atmen. Eine der Frauen kreischte auf, weil sie über dem Blumentopf einen grünlichen Schimmer gesehen hatte. Nur Kunstetter blieb ruhig.
»Die richtige Antwort überrascht mich nicht«, sagte er. »So ist es immer, wenn wir einen vollkommenen Kontakt hergestellt haben … Teurer Bruder!« wandte er sich an Aarons Geist. »Sage uns, welche Juden dir die liebsten sind!«
Unter lautloser Stille kam Aarons Antwort:
»D-A-V-I-D … J-U-D-A M-A-K-K-A-B-I … B-E-N G-U-R-I-O-N … E-P-H-R-A-I-M K-I-S-H-O-N …« Zornige Blicke trafen mich, als wäre es meine Schuld, daß Aaron gerne gute Satiren las. Die Finger schmerzten mich, denn Kunstetter hatte durch außerordentlich starken Gegendruck die für mich so schmeichelhafte Äußerung Aarons zu hintertreiben versucht.
Jetzt war die Reihe an mir.
»Aaron, mein teurer Bruder«, fragte ich, »glaubst du an Spiritismus?«
Kein Geist sah jemals solchen Streit der Finger. Meine Handmuskeln sind nicht die schwächsten, aber Kunstetter leistete verzweifelten Widerstand. Selbst im Halbdunkel konnte ich sehen, wie sein Gesicht purpurrot anlief – mit solcher Anstrengung wollte er eine negative Antwort des Geistes verhindern. Denn ein Geist, der nicht an Spiritismus glaubt, wäre ja wirklich kein Geist.
Ich war entschlossen, nicht nachzugeben, und sollte es mein Handgelenk kosten. Mit übermenschlicher Kraft drückte ich das Glas in die Richtung »Nein«, während Kunstetter es zum »Ja« hinmanövrieren wollte.
Minutenlang tobte der stumme Kampf im Niemandsland des Fragezeichens.
Dann brach das Glas entzwei.

»Der Geist ist böse«, sagte jemand. »Kein Wunder bei solchen Fragen.«
Kunstetter massierte sich die verkrampften Finger und haßte mich. Ich wollte wissen, ob ich eine Frage stellen könnte, deren Antwort nur mir allein bekannt wäre. Kunstetter bejahte widerwillig und warf ein frisches Glas in den Ring.
»Was hat mir mein Onkel Egon zur Bar-Mizwah geschenkt?« fragte ich.
»Teurer Bruder Egon, gib uns ein Zeichen!« Kunstetters Stimme klang flehentlich in die Dunkelheit. »Erscheine, Onkel Egon! Erscheine!«
Ich zog meine Hand zurück, um nicht verdächtigt zu werden, daß ich den Gang der Ereignisse beeinflusse.
Und dann geschah es. Nach einigen Minuten erschien Onkel Egons Geist, das Glas bewegte sich, und die Antwort lautete: »P-I-N-G-P-O-N-G.«
Draußen auf dem Balkon kam ich wieder zu mir. Der triumphierende Kunstetter flößte mir gerade ein drittes Glas Brandy ein. Tatsächlich: An meinem dreizehnten Geburtstag, zur Feier meiner Mannwerdung, hatte ich von Onkel Egon ein Ping-Pong geschenkt bekommen.
Schweißgebadet verließ ich die Séance. Ich kann mir das alles bis heute nicht erklären. Auch Onkel Egon, der in Jaffa lebt und sich bester Gesundheit erfreut, weiß keine Antwort.

Nichts ist unseren Künstlern so zuwider wie die aufdringliche Verehrung, die ihnen von der großen Masse entgegengebracht wird. Nur eines ist ihnen noch zuwiderer: wenn ihnen die große Masse keine aufdringliche Verehrung entgegenbringt.

Inkognito

Der bedeutende Maler, der im ganzen Lande höchstes Ansehen genießt, will eine Krawatte kaufen und betritt inkognito ein Modewarengeschäft. Insgeheim hat er jedoch keinen sehnlicheren Wunsch, als daß der Ladeninhaber sein Inkognito durchschaut und ihm nicht nur die gebührende Bewunderung zuteil werden läßt, sondern auch den gebührenden Preisnachlaß.

Der Ladeninhaber seinerseits mißt den bedeutenden Maler mit einem völlig leeren, gleichgültigen Blick. Offenbar ahnt er nichts von der Ehre, die ihm da widerfährt. Im allgemeinen ist der bedeutende Maler immer von einem Schwarm junger Bewunderer begleitet, die in solchen Fällen den betreffenden Ladeninhaber vorsorglich informieren, welche prominente Persönlichkeit seinen Laden betritt. Diesmal hat der bedeutende Maler aus irgendwelchen Gründen den Laden allein betreten und befindet sich somit in einiger Verlegenheit. Er kann ja dem Ladeninhaber nicht gut sagen: »Ich bin Jizchak Bar Honig, der bedeutende Maler.« Das ließe seine Bescheidenheit niemals zu. Was kann er also tun? Er kann versuchen, das Gespräch unauffällig in seine Richtung zu lenken, die ihm Gelegenheit gibt, seinen Namen wie zufällig fallenzulassen. Und das spielt sich also folgendermaßen ab:

Der Ladeninhaber: Bitte sehr?

Der bedeutende Maler: Ich möchte eine Krawatte.

Der Ladeninhaber: Was für eine?

Der bedeutende Maler: Eine Krawatte für einen Künstler.

Der Ladeninhaber: Bitte sehr. (Legt Krawatten vor.)

Der bedeutende Maler: Darf ich meine Tasche auf diesen Sessel legen? Sie enthält Malutensilien.

Der Ladeninhaber: Bitte sehr.

Der bedeutende Maler: (eine Krawatte prüfend) Sehr geschmackvolles Muster …

Der Ladeninhaber: Unsere Krawatten werden von ersten Künstlern entworfen.

Der bedeutende Maler: Ja, das sieht man. Von diesen Dingen verstehe ich etwas. In gewissem Sinn könnte ich mich sogar als Fachmann bezeichnen, hehehe.

Der Ladeninhaber: Sie sind aus der Branche?

Der bedeutende Maler: Nein, ich bin Kün –

Verkäufer: (unterbricht) Kassa 1 Pfund 70, Herr Steiner!

Der Ladeninhaber: Besten Dank, gnädige Frau.

Der bedeutende Maler: Also, wie ich sagte …

Der Ladeninhaber: Entschuldigen Sie die Unterbrechung. Ich zeige Ihnen gerne noch andere Muster. Wie gefällt Ihnen die gelbe Krawatte hier?

Der bedeutende Maler: Ein wenig zu schreiend, mein Freund. Ich habe eine ähnliche in Venedig gesehen, als ich einen Preis gewann.

Der Ladeninhaber: Wieso denn? Ich finde dieses Gelb sehr hübsch.

Der bedeutende Maler: Ich sagte Ihnen ja schon, daß ich eine ganz ähnliche Krawatte in Venedig gesehen habe, gelegentlich der Preisverteilung damals.

Der Ladeninhaber: Sie waren in Venedig?

Der bedeutende Maler: Ich habe dort einen ersten Preis gewonnen.

Der Ladeninhaber: Ich war auch einmal in Italien. Wunderschön, was man dort alles sieht. Ich sagte noch zu Dwascha, meiner Frau, sagte ich noch: »Dwascha, wenn ich ein Maler wäre, Ehrenwort, das würde ich machen!«

Der bedeutende Maler: Ich habe in Venedig als Maler einen ersten Preis gewonnen.

Der Ladeninhaber: Zu Hause hab ich auch ein paar Preise. Zwei für Auslagen-Arrangements und einen Gymnastik-Preis. In meiner Jugend war ich ein sehr guter Turner. Sogar heute mache ich noch jeden Morgen Gymnastikübungen. Außer es regnet. Ich sage immer: Gesundheit ist das wichtigste. Hab ich nicht recht?

Der bedeutende Maler: Ja.

Der Ladeninhaber: Das Blau hier ist auch sehr schön. Eine satte Farbe.

Der bedeutende Maler: Niemand weiß besser als ich, wie satt ein Farbton sein kann, mein Freund.

Der Ladeninhaber: Stimmt, für Farben muß man Verständnis haben. Besonders in meiner Branche. Gott sei Dank habe ich einen ausgezeichneten Farbensinn. Er hat sich jedenfalls in den letzten siebenundzwanzig Jahren bestens bewährt. Siebenundzwanzig Jahre …

Der bedeutende Maler: Sonderbar. Ich hätte geschworen, daß Sie nicht immer Geschäftsmann waren.

Der Ladeninhaber: Ich bin seit siebenundzwanzig Jahren in der Branche.

Der bedeutende Maler: Nicht jedem Menschen ist der Beruf ins Gesicht geschrieben. Nicht jedem. Nehmen Sie mich, zum Beispiel. Man könnte mich für einen Arzt halten, obwohl ich –

Der Ladeninhaber: Sie arbeiten für die Krankenkasse, Herr Doktor?

Das verdammte Telefon: (läutet)

Der Ladeninhaber: Entschuldigen Sie, das Telefon. (Hebt ab, führt ein Gespräch, kommt zurück.) Wo sind wir stehengeblieben. Richtig, ich erinnere mich. Da habe ich erst gestern einen sehr guten Ärztewitz gehört. Hoffentlich werden Sie nicht beleidigt sein, wenn ich ihn erzähle. Also ein Mann sagt zu seinem Arzt: »Herr Professor, sind Sie sicher, daß ich Lungenentzündung habe? Einer meiner Bekannten wurde auf Lungenentzündung behandelt und ist an Typhus gestorben.« Sagt der Professor: »Herr, ich behandle Sie auf Lungenentzündung, und Sie werden an Lungenentzündung sterben!« Hahahaha …

Der bedeutende Maler: Ha.

Der Ladeninhaber: Was kann ich Ihnen sonst noch zeigen, Herr Professor?

Der bedeutende Maler: Haben Sie Leinwand zum Malen?

Der Ladeninhaber: Großer Gott, wo soll ich die hernehmen?

Der bedeutende Maler: Ich dachte nur. Falls Sie nämlich Leinwand für mich als Maler hätten …

Der Ladeninhaber: Nein. Führen wir nicht.

Der bedeutende Maler: Halt! Bleiben Sie in dieser Stellung! Ohne sich zu bewegen! Großartig … Was für ein großartiges Profil … Wohl wert, von eines Künstlers Pinsel festgehalten zu werden.

Der Ladeninhaber: (ohne sich zu bewegen) Ja, das hat man mir schon öfter gesagt. An meinem Profil scheint etwas dran zu sein.

Der bedeutende Maler: Ich bin bereit, Sie zu porträtieren.

Der Ladeninhaber: Leider habe ich zuviel zu tun.

Der bedeutende Maler: Es würde nur ein paar Minuten dauern. Porträts sind meine Spezialität. Und es würde ein wunderbares Bild werden.

Der Ladeninhaber: Danke vielmals, aber bei uns zu Hause hängen schon genug Bilder herum. Zwei im Salon und eins im Kinderzimmer. Ich habe sehr viel für Malerei übrig, müssen Sie wissen.

Der bedeutende Maler: Oh. Das freut mich.

Der Ladeninhaber: Mein Bub malt sehr hübsch. Er ist erst acht Jahre alt, aber der Lehrer schwört auf sein Talent.

Der bedeutende Maler: Ich komme demnächst einmal zu Ihnen, um mir die Arbeiten Ihres Sohnes anzuschauen.

Der Ladeninhaber: Sie werden staunen. Der Lehrer behauptet, daß es an der ganzen Schule noch nichts dergleichen gegeben hat.

Der bedeutende Maler: Ich bin selbst Maler.

Der Ladeninhaber: Der Bub ist auch in Arithmetik sehr gut.

Der bedeutende Maler: Ich bin der berühmte Maler Bar Honig.

Der Ladeninhaber: Mit der Grammatik tut er sich ein bißchen schwer. Na, ich frage Sie, ist Grammatik gar so wichtig?

Der bedeutende Maler: Jizchak Bar Honig, der große Maler! Ich bin der weltberühmte Jizchak Bar Honig!!

Der Ladeninhaber: Sogar die Lehrer machen manchmal grammatikalische Fehler – aber – was ist mit Ihnen? Sind Sie verrückt? Lassen Sie sofort meine Kehle los … Hilfe … Mörder …!

Der bedeutende Maler: Bar Honig! Der große Maler! Ich bin der weltberühmte Bar Honig! Ich! Jizchak Bar Honig!

Der Ladeninhaber: Moment, Moment – sagten Sie Bar Honig?

Der bedeutende Maler: Ja. Der bin ich.

Der Ladeninhaber: Ausgeschlossen.

Der bedeutende Maler: Ich schwöre.

Der Ladeninhaber: Nein, diese Freude! Ist es die Möglichkeit?

Der bedeutende Maler: Fassen Sie sich, guter Freund. Vor Ihnen steht Jizchak Bar Honig persönlich.

Der Ladeninhaber: Wenn ich das gewußt hätte … nein, wirklich … darf ich Sie küssen?

Der bedeutende Maler: Nur zu.

Der Ladeninhaber: Es ist kaum zu glauben! Und in meinem Geschäft! Sie sind doch verwandt mit Getzl Bar Honig aus Czernowitz? Dem Bürstenhändler?

Der bedeutende Maler: Ein Cousin von mir. Warum?

Der Ladeninhaber: Ich bin mit Getzl in die Schule gegangen. Er war mein bester Freund. So eine Überraschung. Entschuldigen Sie, daß ich Sie wie eine gewöhnliche Kundschaft behandelt habe! Wählen Sie, was Ihnen gefällt … der ganze Laden gehört Ihnen …. Dwascha! Dwascha! Weißt du, wer da ist? Getzls Cousin!

Dwascha: (eilt mit ausgebreiteten Armen herbei.)

Für das ethische Empfinden des Juden gibt es nichts Schmählicheres, als keinen Broterwerb zu haben. Besser eine Beschäftigung, die überhaupt nichts einbringt, als ein hochbezahlter Posten, der nur ein Posten ist. Dieses Paradox kann nur verstehen, wer hauptberuflich Jude ist.

Im Schweiße deines Angesichtes

Vor drei Jahren erschien der Hausierer zum erstenmal in unserem Haus. Er kletterte alle Stiegen hinauf, läutete an allen Wohnungstüren und hob, wenn eine Tür sich öffnete, seinen kleinen Handkoffer ein wenig vom Boden ab:

»Seife? Rasierklingen?«

»Nein, danke«, lautete die regelmäßige Antwort.

»Zahnbürsten?«

»Danke, nein.«

»Kämme?«

»Nein!«

»Toilettenpapier?«

Wenn es soweit war, wurde die Tür gewöhnlich zugeschlagen.

Seither kommt der Hausierer ungefähr alle drei Wochen in unser Haus, läutet an den Türen, sagt sein Sprüchlein auf, wartet, bis die Tür zugeschlagen wird, und geht ab. Einmal, von einer jähen menschlichen Regung überwältigt, wollte ich ihm ein paar Münzen zustecken. Er wies sie entrüstet zurück, belehrte mich, daß er kein Bettler sei, und schlug die Tür zu.

Gestern läutete er wieder bei mir an:

»Seife? Rasierklingen?«

Mich packte die Abenteuerlust:

»Ja. Geben Sie mir eine Rasierklinge.«

»Zahnbürsten?« fragte er unbeirrt weiter.

»Ich wollte eine Rasierklinge haben.«

»Kämme?«

»Verstehen Sie nicht? Sie sollen mir eine Rasierklinge geben!«

»Was?«

»Eine Rasierklinge!!«
Grenzenlose Verblüffung malte sich auf seinem Gesicht:
»Warum?«
»Eine neue Rasierklinge! Ich – will – von Ihnen – eine Rasierklinge – kaufen! Jetzt!«
»Toilette ...«, wimmerte der Hausierer. »Papier ...«
Ich riß ihm den Koffer aus der Hand und öffnete ihn. Der Koffer war leer. Vollkommen leer.
»Was – was heißt das?«
Seine Adern schwollen zornig an:
»Was heißt das: Was heißt das? Noch nie hat jemand etwas von mir gekauft. Keine Seife, keine Zahnbürsten, keine Rasierklingen, nichts. Wozu soll ich das ganze Zeug mit mir herumschleppen?«
»Ich verstehe«, lenkte ich mit besänftigender Stimme ein. »Aber warum steigen Sie dann die vielen Stiegen hinauf und läuten an jeder Tür?«
»Weil man sich irgendwie sein Brot verdienen muß, Herr!« sagte der Hausierer. Dann drehte er sich um und läutete nebenan bei Selig.

Die Wissenschaft hat alle erdenklichen Meßapparate erfunden. Es gibt Instrumente, um die Intensität ultravioletter Strahlen zu messen, oder den Feuchtigkeitsgehalt der Luft, oder den Erfolg eines Raketenabschusses. Meßapparate für gesellschaftlichen Erfolg gibt es noch nicht. Der einzige, den es gibt, ist ein israelisches Erzeugnis und nicht exportfähig.

Menasche weiß es ganz genau

An jenem trüben, regnerischen Abend saßen Jossele und ich wieder auf unserem Beobachtungsposten im Café, als der Dichter Tola'at Shani sich den Weg an unseren Tisch bahnte und seine Nägel zu beißen begann.
»Ich bin fürchterlich nervös«, sagte er. »Das erweiterte Dramaturgenkomitee, das auch mit der Spielplangestaltung betraut ist, berät gerade über das Schicksal meines Stückes.«
Wir wandten ihm unsere aufrichtige Anteilnahme zu. Die Situation war ja auch wirklich spannungsgeladen. Wurde sein Stück abgelehnt, dann hatte er's hinter sich. Wurde es aber angenommen, dann ließ sich die Möglichkeit, daß es infolge eines technischen Versehens auch zur Aufführung käme, nicht gänzlich ausschließen. Wir versuchten den hartgeprüften Autor zu beruhigen, aber er hörte uns kaum zu, brach von Zeit zu Zeit in ein hysterisches Kichern aus und drohte zu emigrieren.
Plötzlich geschah etwas Merkwürdiges. Ein großer, hagerer Mensch kam am Tisch vorbei, grüßte Jossele mit einem freundlichen Winken seiner Hand, hielt direkt vor Tola'at Shani inne, legte den Kopf schräg und schien in die Luft zu schnuppern, wobei seine Nasenflügel sich blähten und sein Gesicht den Ausdruck konzentriertester Nachdenklichkeit annahm. Das Ganze dauerte höchstens eine Sekunde. Dann entspannte sich der Mann, stach mit spitzem Finger nach Tola'at Shani und ließ ein eiskaltes »Hallo« hören.
Gleich darauf verschluckte ihn der dichte Rauchvorhang, der über dem Kaffeehaus lag.
»Schade, Tola'at Shani«, sagte Jossele mit belegter Stimme. »Das

Dramaturgenkomitee hat Ihr Stück abgelehnt. Ich fürchte: einstimmig!«
Der Angesprochene begann zu zittern und hielt sich mit beiden Händen am Tischrand fest:
»Aber wieso … woher wissen Sie das?«
»Vom Erfolgsmesser.«
Jossele nickte in die Richtung, in die sich der Hagere entfernt hatte. »Menasche weiß es ganz genau.«
Aus Josseles weiteren Erklärungen ging hervor, daß Menasche eine schlechthin geniale Fähigkeit besaß, die Erfolgsaussichten seiner Mitmenschen richtig einzuschätzen. Man könnte auch sagen: Einer, mit dem sich Menasche abgibt, hat Erfolg. Und sowie der Erfolg ihn verläßt, verläßt ihn auch Menasche. Menasche ist die perfekte Ein-Mann-Marktforschung. Aus der Art, wie er jemanden grüßt, kann man bis auf drei Dezimalstellen berechnen, wieviel der Betreffende im Augenblick wert ist.
Jetzt fielen auch mir ein paar Bestätigungen dafür ein. Natürlich! Vor ein paar Jahren hatte Menasche niemals versäumt, mir wohlwollend auf die Schulter zu klopfen, wenn er mich sah. Einmal geschah das, kurz nachdem das State Department mich zu einer Reise nach Amerika eingeladen hatte – nein, es war einen Tag *bevor* die Einladung eintraf! Damals hatte Menasche sich sogar zu mir gesetzt und sich nach meiner Gesundheit erkundigt. »Sein Nervensystem«, erläuterte Jossele, »arbeitet wie ein Seismograph und registriert die kleinsten sozialen Beben. Nichts entgeht ihm, kein noch so geringes Anzeichen eines Erfolges oder Mißerfolges. Und danach richtet er sich. Ein lautes, herzliches ›Schalom!‹ ist das sicherste Zeichen, daß der also Begrüßte auf der Erfolgsleiter ganz oben steht oder demnächst ganz oben stehen wird. Bei Leuten mit unsicherem Erfolgs-Status beschränkt er sich auf ein mehr oder weniger gleichgültiges Winken. Und wenn ein Geschäftsmann in Konkurs gegangen ist oder ein Künstler schlechte Kritiken hat, wird Menasches ›Hallo‹ so leise, daß man die Lautverstärker eines Flughafens einschalten müßte, um es zu hören. Das Unglaublichste aber ist, daß der Erfolgsmesser sich nicht unbedingt auf den gerade gegebenen Zustand einstellt. Manchmal umarmt er einen Schriftsteller, der in der letzten Literaturbeilage grauenhaft ver-

rissen wurde. Dann hat sein Radargehirn einen Erfolg vorausgespürt, von dem noch niemand etwas ahnt. Oder einen Literaturpreis. Oder eine Erbschaft. Menasche ist imstande, den Erfolgs-Koeffizienten eines Menschen auf Monate hinaus zu berechnen. Verstehst du das?«
»Nein«, antwortete ich wahrheitsgemäß.
»Ich werde es dir an dem Beispiel erklären, dessen Zeugen wir soeben waren. Menasche wirft den ersten Blick auf Tola'at Shani, und seine Meßapparatur setzt sich sofort in Bewegung. ›Ein Dichter mit schwankendem Status‹, signalisiert die Empfangsantenne. ›Gut für Standardbegrüßung Nr. 8, mittelherzlich: Wie geht's, mein Freund? Leichte Verlangsamung des Schrittes, denn der Kritiker Birnbaum hat vor kurzem seine Gedichte lobend erwähnt.‹ Soweit ist alles klar. Aber beim Näherkommen erinnert sich Menasche, daß Kunstetter der Große schon seit zwei Wochen mit Tola'at Shani nicht mehr am selben Tisch sitzt. Das ›mein Freund‹ fällt weg. Andererseits hat Tola'at Shanis Gattin einen reichen Onkel in Amerika; das ist ein freundliches Lächeln wert, unter Umständen sogar ein lässiges Winken beim ›Wie geht's?‹ Als Menasches Berechnungen bis hierher gediehen sind, leuchtet auf seinem Radarschirm plötzlich die bevorstehende Ablehnung des Stücks durch das Dramaturgenkomitee auf. Folglich wird in der letzten Sekunde das freundliche Lächeln abgestellt, das ›Wie geht's‹ durch ›Hallo‹ ersetzt und das Winken mit der Hand durch ein Stechen mit dem Zeigefinger. Dieses Stechen war es, aus dem ich auf die einstimmige und endgültige Ablehnung des Stücks geschlossen habe. Andernfalls hätte Menasche mindestens zwei Finger eingesetzt und nicht gestochen.«
In diesem Augenblick betrat der Sekretär des Theaters das Café und steuerte direkt auf Tola'at Shani zu:
»Leider«, sagte er. »Ihr Stück wurde abgelehnt. Alle waren dagegen.«
Gegen Mitternacht trugen wir das, was von Tola'at Shani noch übrig war, zu einem Taxi. Plötzlich bog Menasche um die Ecke. Er blieb vor Jossele stehen, kniff ihn in die Backe und fragte mit breitem, freundlichem Grinsen:
»Wo steckst du denn die ganze Zeit, mein Alter?«
Ich zählte mit: Das Grinsen dauerte 1 – 2 – 3 – 4 volle Sekunden. Jossele begann zu zittern, riß einem gerade vorbeikommenden Zeitungs-

verkäufer die Morgenausgabe aus der Hand, sah unter »Gestrige Lotterieziehung« nach und stieß einen lauten Schrei aus: Er hatte 4000 Pfund gewonnen.

»Eines verstehe ich nicht ganz«, brummte er, nachdem er sich vergewissert hatte, daß er tatsächlich das Gewinnlos besaß. »Warum hat mich Menasche nicht geküßt? Bei mehr als 3000 Pfund küßt er sonst immer ...« Dann schlug er sich mit der flachen Hand gegen die Stirn. »Richtig! Ich habe ja noch 1600 Pfund Schulden ...«

Wir machten uns auf den Heimweg. Sicherheitshalber wandte ich mich zu Menasche um und schmetterte ihm ein fröhliches »Gute Nacht« zu. Menasche sah durch mich hindurch, als wäre ich Luft. Was ist geschehen? Um Himmels willen, was ist geschehen?

In einem nicht sehr weit zurückliegenden Kapitel nannte ich als Beispiele latenter Gegnerschaft die Paarungen Hund und Katze, Kritiker und Autor, Verkehrspolizist und Fahrer. Es gibt noch zwei andere Erzfeinde: Bademeister und Badegast.

Allzu sauber ist ungesund

Vorige Woche entschloß ich mich, das in unserer Nachbarschaft neu errichtete Schwimmbad aufzusuchen. Man hatte mir Märchen aus Tausendundeiner Nacht davon erzählt: Es sei klein, aber rein, werde unablässig gepflegt, den sonst üblichen Lärm gebe es dort nicht, im Gegenteil herrsche Ruhe und Ordnung, Disziplin und Hygiene, Höflichkeit und Entgegenkommen, Wasser und Luft, Sonne und Schatten. Und das wollte ich nachprüfen.

Schon beim Eintritt konnte ich feststellen, daß die märchenhaften Schilderungen der Wirklichkeit entsprachen. Das Wasser war klar wie eine Steuerhinterziehung, man sah bis auf den Grund und auf diesem auch nicht den kleinsten Fremdkörper, nirgends ein weggeworfenes Papier oder sonstige Abfälle, überall Sauberkeit und Zivilisation.

Auf Zehenspitzen näherte ich mich der Kasse:

»Bitte um eine Eintrittskarte.«

»Schalom, mein Herr«, sagte der Kassier. »Wir grüßen hier mit Schalom.«

»Schalom«, sagte ich und wurde rot vor Scham, während ich ihm das Geld für die in geschmackvollen Farbtönen gehaltene Eintrittskarte überreichte.

Auf dem Weg zur Kabine wurde ich durch ein ohrenbetäubendes Pfeifsignal aufgehalten. Das »Huiii-huiii« schnitt so scharf in meine Membranen, daß ich zusammenfuhr und stehenblieb.

Es kam aus der doppelläufigen Alarmpfeife des Bademeisters.

»Bitte den Schwimmanzug in der Kabine anzulegen«, rief er mir zu.

»Selbstverständlich«, antwortete ich. »Ich bin ja gerade auf dem Weg dorthin.«

»Dann bitte etwas schneller, mein Herr, um Mißverständnissen vorzubeugen.«

Damit wandte er sich ab und ließ von der Höhe seines Wachtturms die Blicke wieder über das Schwimmbecken wandern, einem Scheinwerfer vergleichbar, dem nichts verborgen bleibt.
In der Kabine entledigte ich mich meiner Kleider, hängte sie auf die nagelneuen Plastikbügel und übergab sie dem jungen, adrett gewandeten Kabinenwärter, der sich mit ausgesuchter Höflichkeit an mich wandte:
»Wollen Sie nicht lieber Ihr Hemd zuknöpfen, mein Herr? Es könnte sonst vom Träger fallen, und das wäre doch schade, nicht?«
Dankbar befolgte ich seine Anweisung und nahm aus seiner Hand eine runde Nummernscheibe entgegen, die er mir mit den besten Wünschen für einen schönen Aufenthalt und gute Gesundheit übergab.
Kaum hatte ich den Kabinenraum verlassen, überfiel mich abermals das schneidende »Huiii-huiii« des Bademeisters. Es sei, so ließ er mich wissen, aus hygienischen Gründen verboten, den Raum um das Schwimmbecken in Sandalen zu betreten; sommerliche Fußpilzerkrankungen, fügte er erläuternd hinzu, hätten diese Maßnahme im Interesse der Badegäste notwendig gemacht.
Widerspruchslos schlüpfte ich aus meinen Sandalen und trug sie in der Hand weiter.
Wenn ich geglaubt hatte, daß damit alles in Ordnung sei, belehrte mich ein scharfer Doppelpfiff sogleich eines anderen:
»Fußbekleidungen welcher Art immer dürfen nicht zum Schwimmbecken mitgenommen werden, auch nicht von Hand«, instruierte mich das hochschwebende Aufsichtsorgan.
Es blieb mir nichts übrig, als meine Sandalen zurückzutragen und sie der Obhut des adretten Jünglings zu übergeben.
Auf dem Rückweg zum Schwimmbecken erreichten mich abermals Pfiff und Mahnung des Bademeisters:
»Wünschen Sie nicht vielleicht, eine Dusche zu nehmen, mein Herr?«
Seine taktvolle Frage bedeutete nichts anderes, als daß die Benutzung des Schwimmbeckens ohne vorherige Säuberung verboten war.
Noch während ich unter der Dusche stand, ertönte das »Huiii-huiii« aufs neue; diesmal kam sein Erreger sogar eigens herabgestiegen und auf mich zu:

»Entschuldigen Sie, mein Herr, aber Ihre Schwimmhose macht einen übermäßig lockeren Eindruck. Bitte wählen Sie eine andere, die nicht herunterrutschen kann. Und wählen Sie bitte rasch.«
Ich riskierte die Frage, wie er denn gemerkt haben könne, daß der Gummizug meiner Schwimmhose nicht mehr ganz vorschriftsmäßig saß.
Höflich erteilte mir der kundige Experte die Auskunft, daß er bereits seit fünfzehn Jahren in seinem Beruf tätig sei und einen sechsten Sinn für ausgeleierte Gummibänder entwickelt habe.
Ich nickte respektvoll, begab mich zur Verleihstelle für Schwimmanzüge, sagte Schalom, bat um ein Paar Schwimmhosen mit straffem Gummizug, legte sie an, trat hervor, schlug den Weg zum Schwimmbecken ein und hörte einen schrillen, pfeifenden Ton, der wie »Huiii-huiii« klang. Es dauerte nicht lange, bis ich entdeckte, daß es der Bademeister war. Er unterrichtete mich, daß man beim Verlassen des Schwimmbecken-Areals in den Status eines Neuankömmlings versetzt werde und gut daran täte, eine Dusche zu nehmen. Ich nahm eine zweite Dusche und wollte mich nach all den Anstrengungen auf einem der ums Bassin angeordneten Liegestühle ausruhen – aber »Huiii-huiii«: es war verboten, die Liegestühle in nassem Schwimmanzug zu benützen.
Einigermaßen gedrückt schlich ich zum Büfett und erwarb ein Sandwich, mit dem ich mich in nunmehr getrocknetem Zustand auf meinem Liegestuhl stärken wollte. Auch daraus wurde nichts. Das vertraute »Huiii-huiii« brachte mir zur Kenntnis, daß jegliche Nahrungsaufnahme nur unmittelbar am Büfett gestattet war. Ein Sklave des Bademeisters scheuchte mich weg und sprühte ein Desinfektionsmittel über den von mir mißbrauchten Platz.
Um diese Zeit traten bei mir die ersten Anzeichen von Verfolgungswahn auf. Ich kroch auf allen vieren zur Schmalseite des Bassins und machte zwischen Umrandung und Wasserspiegel eine Stelle ausfindig, wo ich mich hinter einer dicken Betonsäule dergestalt verbergen konnte, daß ich nur den Himmel sah und niemand auf Erden mich. Dort fühlte ich mich verhältnismäßig sicher und schlief ein.
Es überraschte mich nicht im geringsten, durch ein schrilles »Huiii-

huiii« geweckt zu werden. Die Überraschung bestand lediglich darin, daß es aus nächster Nähe an mein Ohr drang.
Er selbst stand vor mir und rüttelte mich sanft an der Schulter:
»Hier dürfen Sie nicht schlafen, mein Herr. Sie setzen sich ja der Gefahr eines Sonnenstichs aus. Gehen Sie doch ins Wasser!«
Meine Absicht, diese Aufforderung prompt zu befolgen, wurde von einem »Huiii-huiii« in meinem Rücken jäh gebremst:
»Zuerst auf die Toilette!«
»Aber ich muß ja nicht …«
»Doch, Sie müssen!«
Ich ging, blieb drei Minuten, kam heraus und wollte mich mit Anlauf ins Wasser stürzen, um einem neuerlichen »Huiii-huiii« zu entgehen – aber da hatte es mich schon erwischt. Der Bademeister winkte mich zu sich und untersuchte mich von allen Seiten, ob ich mir in der Zwischenzeit nicht vielleicht eine ansteckende Krankheit zugezogen hätte, Lepra oder dergleichen. Obwohl er nichts finden konnte, schickte er mich aufs neue unter die Dusche. Während die sanften Strahlen auf mich herniederrieselten, durchzuckte mich der Verdacht, daß ich in die Hölle geraten sei und es nicht gemerkt hatte, weil sie hygienisch getarnt war.
Langsam, um nur ja kein Eingreifen höherer Mächte zu provozieren, schritt ich auf das Schwimmbecken zu und schickte mich zu einem Kopfsprung an.
»Huiii-huiii!« erklang es. »Gesprungen wird nur vom Trampolin. Überall anders ist es verboten.«
Jetzt riß mir die Geduld:
»Zum Teufel!« brüllte ich. »Was ist hier eigentlich erlaubt?«
»Huiii-huiii«, antwortete der Bademeister. »Kein Lärmen und Schreien im Umkreis des Schwimmbeckens.«
Ich senkte schuldbewußt den Kopf, verzog mich in die entgegengesetzte Richtung, glitt unauffällig ins Wasser und tauchte unter, in der Hoffnung, daß er mich nicht sehen würde.
Die vorbildliche Sauberkeit des Wassers machte mir einen Strich durch die Rechnung. Kaum war ich aufgetaucht, pfiff er mich aufs neue an:
»Huiii-huiii, Sie dürfen nicht mit offenen Augen schwimmen. Das Wasser ist chlorhaltig.«

Ich schwamm mit geschlossenen Augen weiter.
»Huiii-huiii, spritzen Sie nicht!«
»Ohne Spritzen kann ich nicht schwimmen.«
»Dann schwimmen Sie nicht.«
Ich hörte auf zu schwimmen und ertrank.

Öffentliche Schwimmbäder – sei's im Binnenland, sei's am Meeresstrand – bringen noch eine andere unheilvolle Erscheinung hervor. Sie ist mit einer Kamera bewaffnet.

Der Schnappschütze

Der Leser wird gebeten, sich die Situation vorzustellen: einen heißen Sommertag, eine öffentliche Badeanstalt und mich, der ich mich an der Sonne und an den knapp geschneiderten Bikinis ringsum freue. Plötzlich steht ein vollständig angekleideter Mensch vor mir, bringt eine Kamera in Anschlag und fragt:
»Aufnahme?«
Im allgemeinen komme ich den Angehörigen freier und insbesondere künstlerischer Berufe freundlich entgegen, nicht nur, weil sie ihr Brot durch harte Arbeit verdienen, sondern weil sie sehr leicht ausfällig werden, wenn man ihre Bestrebungen nicht unterstützt.
Deshalb sagte ich mit aller mir zu Gebote stehenden Milde:
»Nein, danke.«
»Drei Postkarten vier Pfund«, antwortete der Photograph und ging in Schnappschußposition. »Legen Sie den Arm um Ihre Frau, und Sie bekommen das schönste Familienporträt.«
Durch unmißverständliche Zeichen forderte er die neben mir sitzende Dame auf, ein frohes Lächeln zur Umarmung beizusteuern.
»Einen Augenblick!« rief ich. »Erstens habe ich Ihnen gesagt, daß ich keine Aufnahme haben will, und zweitens ist diese Dame nicht meine Frau. Ich kenne sie gar nicht.«
Die Unbekannte, die mich bereits heftig umschlungen hielt und ebenso heftig in die Kamera grinste, ließ sichtlich gekränkt von mir ab.
Nicht so der Photograph:
»Zwei Bilder matt sechs mal neun kosten nur 3,50, wenn Ihnen das lieber ist. Vielleicht wollen Sie einen Handstand machen?«
»Nein. Und lassen Sie mich endlich in Ruhe.«
»Warum?«
»Was heißt warum? Weil ich nicht photographiert werden will!«

»Ein Erinnerungsbild zum Einkleben ins Album um lumpige 2,70. Auf Glanzpapier. Achtmal vierzehn. Sie können's auch einrahmen lassen.«
»Ich will nichts einrahmen, und ich will nichts einkleben. Ich will, daß Sie mich in Ruhe lassen.«
»Die Badesaison geht zu Ende. Drei Abzüge matt vier mal acht um 2,50«
»Nein!! Wenn ich mich sehen will, schaue ich in den Spiegel.«
»Sie schauen in den Spiegel? Können Sie bei einem Kopfsprung in den Spiegel schauen? Also. Ich mache Ihnen einen Vorschlag, Herr. Sie brauchen jetzt nichts zu zahlen. Sie zahlen erst, wenn die Bilder fertig sind. Zwei matt elf mal fünf.«
»Nein, zum Teufel! Schauen Sie, daß Sie weiterkommen.«
»Schon gut, schon gut. Warum sagen Sie nicht gleich, daß Sie nicht geknipst werden wollen? Ich habe keine Zeit, mit Ihnen zu debattieren.«
Er entfernte sich ungehalten. Ich mietete einen Liegestuhl, streckte mich aus und schloß die Augen. Nach einer kleinen Weile überkam mich jenes unangenehm kribbelnde Gefühl, das sich immer dann einstellt, wenn man mit geschlossenen Augen in einem Liegestuhl liegt und photographiert werden soll. Infolgedessen öffnete ich die Augen und sah den Photographen dicht vor mir, Kamera in Stellung, Finger am Abzug.
»Schon wieder?! Verstehen Sie denn kein – k'k – Hebräisch?«
Das »k'k« rührte nicht etwa von einem plötzlichen Schluckauf her, sondern vom meuchlings betätigten Auslöser der Kamera.
Ich erhob mich und trat auf den Heckenschützen zu:
»Sie wußten doch, daß ich nicht photographiert werden will. Warum haben Sie es trotzdem getan?«
»Aus künstlerischen Gründen«, antwortete mein Widersacher, während er sein Gerät versorgte. »Es war eine so schöne Abendbeleuchtung und ein so interessanter Schatten auf Ihrem Gesicht.«
»Ist ihnen klar, daß ich das Bild nicht kaufen werde?«
»Habe ich Sie gebeten, es zu kaufen?«
»Ohne meine Zustimmung hätten Sie mich gar nicht aufnehmen dürfen. Auch aus künstlerischen Gründen nicht.«

»Das können Sie mir nicht verbieten. Künstler dürfen sich in diesem Land frei betätigen. Wir leben in einer Demokratie.«
»Möglich. Aber ich bin kein Modell.«
»Sind Sie Rumäne?«
»Nein.«
»Dann bestellen Sie drei Abzüge, sieben mal dreiundzwanzig, Glanzpapier, fünf Pfund.«
»Nein! Verschonen Sie mich!«
»Dreizehn mal sechs?«
Er zielte – ich ließ mich zu Boden fallen – k'k – der Schnappschuß verfehlte mich – ich sah seine blutunterlaufenen Augen und faßte Mut – rannte zum Bassin – er hinter mir her – ich springe ins Wasser – k'k – er mir nach – ich tauche – er versucht eine Unterwasseraufnahme – ich entwische ihm – tauche auf – klettere an Land – sause zu meinem Lehnstuhl und bedecke mein Gesicht mit einem Badetuch.
Es ist still, aber ich fühle, daß der schnappschußfreudige Gangster wieder vor mir steht.
Unendlich langsam kriecht die Zeit dahin.
Eines ist klar: Wenn das Badetuch verrutscht und auch nur einen Zentimeter meines Gesichts freigibt, schießt er.
Ich beginne zu schnarchen. Vielleicht täuscht ihn das.
Plötzlich fühle ich, daß jemand an meinem Badetuch zieht. Ohne im Schnarchen innezuhalten, wende ich blitzschnell den Kopf und beiße in die fremde Hand.
»Auweh!« Eine dicke Dame schreit vor Schmerz laut auf. »Ich habe geglaubt, Sie sind mein Sami.«
Und noch dazu ein abermaliges K'k.
Ich springe auf und zerschmettere ihm die Kamera. Das heißt: Ich will sie zerschmettern. Aber er muß etwas geahnt haben. Und jetzt bin's *ich*, der *ihn* verfolgt.
»Drei … neun mal zehn … 1,50 …« ruft er mir über die Schulter zu.
»Nicht einmal … wenn Sie … bezahlen …«
»Ein Pfund … matt …«, röchelt er im Rennen und streut dabei kleine weiße Kärtchen um sich. »Die Adresse … meines Ateliers … täglich geöffnet … Kinder die Hälfte … auch in Farbe … sechzehn mal einundzwanzig …«

Der verzweifelte Sprung, mit dem ich ihn knapp vor dem Ausgang abzufangen versuche, kommt zu spät. Er ist draußen. Und ich kann ihm nicht folgen, ohne öffentliches Ärgernis zu erregen.

Gestern ging ich ins Atelier. Warum auch nicht. Ich meine: Warum soll ich nicht ein paar von den Bildern kaufen, vielleicht sind sie ganz gut geworden. Man sagt mir, daß ich sehr photogen bin, und die beste Ehefrau von allen wird sich bestimmt freuen, wenn sie mich in einer ungezwungenen Pose zu sehen bekommt.
Der Photograph begrüßte mich wie einen alten Freund, aber er hatte leider kein einziges Photo von mir. Es sei, so erklärte er verlegen, professionelle Gepflogenheit, die ersten Schnappschüsse immer mit einer leeren Kamera zu machen. Der Film wird erst eingelegt, wenn die Kundschaft weichgeklopft und zur Aufnahme bereit ist …
Ich bedauerte seine vergebliche Mühe, er bedauerte meine Enttäuschung. Ich würde eine kleine Geschichte darüber schreiben, tröstete ich ihn zum Abschied. »Wie klein«, fragte er. »Fünf mal acht«, sagte ich. »Matt.«

Die Häuser sind überfüllt, die Straßen vermehren sich wie die sprichwörtlichen Kaninchen. Wo, um des Himmels willen, soll man noch Namen für so viele Straßen finden? Die großen Wohltäter der Menschheit sind längst durch Straßenschilder unsterblich geworden, die Helden sind müde, und die Geschichte hat nur noch ein paar Brosamen für uns übrig. Zum Beispiel den Zionistenkongreß von Helsingfors. Das war der Name der finnischen Hauptstadt, als die Finnen ihn noch aussprechen konnten.

Kein Weg nach Oslogrolls

Das ganze Malheur wäre nicht geschehen, wenn Sulzbaum sich nicht eingebildet hätte, daß ich der richtige Mann für diesen Posten wäre. Sulzbaum hatte schon seit langem nach einem Mann mit Hirn Ausschau gehalten, nach einem wirklichen Kopf, dem er wirklich vertrauen könnte. Jetzt, nachdem wir einige Zeit verhandelt hatten, machte er eine unmißverständliche Andeutung, daß er sich ernsthaft mit dem Gedanken trug, die Sache in meine Hände zu legen.
Als ich ihn an jenem schicksalsträchtigen Abend anrief, ließ er mich wissen, daß er den Abschluß unserer Verhandlungen nun nicht mehr länger hinauszögern wolle, und bat mich, ihn sogleich aufzusuchen. Meine Freude läßt sich in Worten gar nicht schildern. Sulzbaum ist immerhin Sulzbaum, das steht außer Zweifel. Ich fragte ihn also ohne Umschweife nach seiner Adresse.
»Helsingforsstraße 5«, sagte er.
»Fein«, sagte ich. »In ein paar Minuten bin ich bei Ihnen.«
»Ausgezeichnet«, sagte er.
Ich machte mich unverzüglich auf den Weg. Aber schon nach wenigen Schritten stellte sich mir ein Hindernis entgegen, das schwerer zu übersteigen war als eine Barrikade. Ich hatte den Straßennamen vergessen. Glatt vergessen. Ich konnte mich nur noch erinnern, daß der erste Buchstabe ein P war. Rasch entschlossen betrat ich eine Telefonzelle und wollte Sulzbaums Adresse aus dem Telefonbuch heraussuchen.
Es war kein Sulzbaum im Telefonbuch. Um ganz sicherzugehen, sah ich noch unter Z nach. Es war auch kein Zulzbaum im Telefonbuch.

Wahrscheinlich hat er einen neuen Anschluß, dachte ich. Ein Glück, daß ich mir die Nummer aufgeschrieben hatte. Ich läutete bei ihm an.
»Mir ist etwas Komisches passiert«, sagte ich. »Ich habe den Namen Ihrer Straße vergessen.«
»Helsingfors«, sagte Sulzbaum. »Helsingforsstraße 5.«
»Danke vielmals.«
Durch Schaden gewitzt, wiederholte ich unablässig und leise »Helsingfors … Helsingfors …«, bis ich endlich, hoch oben im Norden der Stadt, einen Passanten nach der genauen Lage der Straße fragen konnte:
»Entschuldigen Sie bitte, wo ist hier die –«
»Leider«, unterbrach mich der Befragte. »Ich bin selber fremd hier. Ich suche die Uziel-Straße.«
»Uziel-Straße … Zufällig weiß ich, wo die ist. Geradeaus, und dann die zweite rechts.«
»Vielen Dank. Ich bin Ihnen sehr verbunden. Übrigens – wie heißt die Straße, die Sie suchen?«
»Ich? Ich suche … nein, so was!«
Tatsächlich: Dieser verdammte Uziel hatte mich meinen eigenen Straßennamen vergessen lassen. Ich erinnerte mich nur noch, daß die Straße mit einem K anfing. Die Nummer war 9 oder 19, das wußte ich nicht mehr so genau.
Es widerstrebte mir, nochmals bei Sulzbaum anzurufen. Sonst hielte er mich vielleicht für einen jener gedächtnisschwachen Menschen, die imstande sind, Straßennamen zu vergessen, auch wenn man sie ihnen zweimal sagt. Ich zermarterte mein Hirn nach dem vergessenen Namen.
Aber da bestätigte sich wieder einmal die alte Erfahrung, daß ich – wie jeder höher organisierte Intellekt – ein plötzlich mir aufgezwungenes Problem nicht lösen kann. Unter solchen Umständen tat ich das einzig mögliche: Ich setzte mich in ein Kaffeehaus, entspannte mich und wartete auf die fällige Erleuchtung. Sie kam nicht. Der einzige Straßenname, der mir einfiel, war Schmarjahu Levin (an den ich mich bis dahin niemals hatte erinnern können, weiß der Teufel warum). Nun wußte ich aber, daß der Name, den ich suchte, nicht Schmarjahu Levin war. Es war ein ausländischer

Name, das schon, und er begann mit einem L. Aber weiter kam ich nicht.
Also läutete ich nochmals bei Sulzbaum an.
»Hallo«, sagte ich. »Ich bin bereits unterwegs. Könnten Sie mir sagen, wie ich am schnellsten zu Ihrem Haus komme?«
»Wo sind Sie jetzt?«
»Ben-Jehuda-Straße.«
»Da sind Sie schon ganz in der Nähe. Lassen Sie sich's von irgendeinem Passanten zeigen.«
»Mach ich. Und wie buchstabiert man den Straßennamen?«
»So wie man ihn ausspricht. Warum?«
»Ich habe den Eindruck, daß die Leute hier den Namen nicht recht kennen. Es scheint eine neue Straße zu sein.«
»Gar so neu ist sie nicht.«
»Trotzdem. Ein so langer Straßenname ...«
»Wieso? Da gibt es noch viel längere. Die Hohepriester-Matitjahu-Straße zum Beispiel. Oder die Straße der Tore von Nikanor. Oder die Akiba-Kolnomicerko-Straße.«
»Gewiß, gewiß. Aber bei Ihrer Straße verstaucht man sich die Zunge.«
»Kann ich nicht finden. Man gewöhnt sich. Und überhaupt: Warum machen Sie sich plötzlich so viel Sorgen aber einen Straßennamen? Ich warte auf Sie. Kommen Sie oder nicht?«
»Natürlich. In fünf Minuten.«
»Gut.«
Sulzbaum legte den Hörer auf, und ich stand in der Zelle. Es waren vielleicht die schwierigsten Augenblicke meines bisherigen Lebens. Die Namen »Hohepriester Matitjahu«, »Tore von Nikanor« und »Akiba Kolnomicerko« hatten sich unauslöschlich in mein Gedächtnis eingegraben, ohne daß ich die geringste Verwendung für sie gehabt hätte. Eine Weile verstrich, ehe ich mich entschloß, den Hörer abzuheben und meinen Finger an die Drehscheibe zu setzen.
»Sulzbaum«, flüsterte ich, »lieber Sulzbaum. Wie heißt Ihre Straße?«
Sulzbaums Stimme kam mit eisigem Zischen:
»Helsingfors. Vielleicht schreiben Sie sich's auf!«
Ich griff in die Tasche, um einen Kugelschreiber hervorzuholen, fand aber keinen.

Und bevor ich Sulzbaum noch informieren konnte, daß ich in fünf Minuten bei ihm sein würde, hatte er schon abgehängt.
Diesmal würde ich die Fehler der Vergangenheit nicht wiederholen.
Diesmal machte ich's mit der Mnemotechnik. Ich analysierte den Namen Helsingfors. Der erste Teil erinnert an die finnische Hauptstadt Helsinki. Der zweite Teil ist nahezu identisch mit der bekannten amerikanischen Automarke Ford. Und die beiden sind durch ein »g«, den siebenten Buchstaben im Alphabet, miteinander verbunden. Ganz einfach. Helsin(ki)-g-for(d)-s Nummer 5.
Schon war ein Taxi zur Stelle. Ich warf dem Fahrer ein gleichgültiges »Helsingforsstraße 5« hin.
»Helsingforsstraße 5«, wiederholte er und gab Gas.
Ich lehnte mich in die Kissen zurück und sinnierte, wie seltsam es doch war, daß ein Mann meines geistigen Kalibers, der sich noch an die entlegensten Antworten längst vergangener Mittelschulprüfungen erinnert, zum Beispiel: »Die Hauptstadt von Dazien hieß Sarmisegetuza«, – daß ein solcher Mann, der fast schon ein Elektronenhirn sein eigen nennt, einen so kindisch einfachen Straßennamen vergessen konnte wie … wie …
»Entschuldigen Sie.« Der Fahrer wandte sich zu mir um. »Wie heißt die Straße?«
Graue Schleier senkten sich über meine Augen. Alles, was mir einfiel, war »Sarmisegetuza«, aber so hieß sie bestimmt nicht. Ich tat das nächstliegende und verfluchte den Fahrer. Er schwor, daß er den Namen an der Ecke der Frischmannstraße noch gewußt hatte.
»Na schön.« Ich fand die Ruhe wieder, die meiner intellektuellen Überlegenheit angemessen war. »Wir wollen versuchen, den Namen zu rekonstruieren. Gehen wir systematisch vor. An was erinnern Sie sich?«
»An nichts«, lautete die unverschämte Antwort des motorisierten Wegelagerers. »Höchstens an die Hausnummer 173.«
»Konzentrieren Sie sich, Mann! Denken Sie!«
»Seeligbergstraße … Salmanowskistraße … irgend so was.« Plötzlich fiel mir die Mnemotechnik ein. Ich war gerettet. Die Hauptstadt von Norwegen heißt Oslo – in der Mitte kommt ein »g« – und dann der erste Teil dieser berühmten englischen Automarke.

»Oslogrolls-Straße, Sie Vollkretin«, sagte ich mit schneidendem Hohn.

Der Fahrer nickte dankbar, machte eine scharfe Kehrtwendung und sauste nach Süden. An der nächsten Ecke blieb er stehn:

»Tut mir leid. Eine solche Straße gibt es nicht.«

Offen gesagt: Auch ich hatte nicht recht daran geglaubt, daß es sie gäbe. Aber der prompte Start des Fahrers hatte mich wieder unsicher gemacht. Jetzt wußte ich sogar, wo mein Irrtum steckte: Es war kein »s« in der Mitte. Oslorolls …

»Was jetzt?« fragte der Fahrer. Tatsächlich, er fragte: »Was jetzt?«

In stummer Verachtung schleuderte ich ihm eine Pfundnote ins Gesicht, sprang aus dem Wagen, eilte federnden Schrittes auf die nächste Telefonzelle zu und läutete bei Sulzbaum an.

»Ich bin sofort bei Ihnen«, beschwichtigte ich ihn, »aber es ist etwas geradezu Unglaubliches geschehen. Ich –«

»Helsingfors!« brüllte Sulzbaum, daß die Wände der Telefonzelle zitterten. »Helsingfors!! Und Sie brauchen überhaupt nicht mehr zu kommen!!«

Peng. Er hatte abgehängt.

Na, wennschon. Kann mir nur recht sein. Mit einem so ordinären Menschen will ich nichts zu tun haben.

Ich verließ die Telefonzelle. Sie befand sich unterhalb einer Straßentafel. Sie lag in der Helsingforsstraße.

Auch das interessierte mich nicht mehr. Das Schicksal hatte seinen Wahrspruch gefällt. Es war mir nicht bestimmt, für Sulzbaum zu arbeiten.

Aber auch den mir angebotenen Posten bei der Stadtverwaltung werde ich nicht annehmen. Was soll ich bei einer Stadtverwaltung machen, die so läppische Straßennamen ausheckt wie … wie … zum Teufel, wie …

Der Mensch hat sich die Kräfte der Natur dienstbar gemacht und bringt sogar die Wüste zum Blühen. Im Negev wächst bereits Baumwolle. Die einzige Wüste, die dem Menschen noch Widerstand leistet, befindet sich auf seinem Kopf.

Tagebuch eines Haarspalters

9. Juni

Heute beim Frühstück sah ich in der Zeitung ein Foto von Chruschtschow und mußte laut auflachen. Wie kann ein Mann, und noch dazu der Führer eines großen Volkes, einen Glatzkopf haben, der von einer polierten Billardkugel kaum zu unterscheiden ist? So etwas müßte sich doch vermeiden lassen!

Unter Chruschtschows Einfluß trat ich an den Spiegel, um den Zustand meines Haupthaares zu prüfen. Nach einigen Minuten sorgfältiger Beobachtung schien es mir, als wäre der Haaransatz an den Schläfen ein wenig zurückgewichen. Nun, das kann den durchgeistigten Charakter meines Gesichtsausdrucks nur noch steigern. In meinem Alter ist das ganz normal. Und weiter existiert dieses »Problem« für mich nicht.

10. Juni

Zufällig fiel mein Blick heute nach der Morgentoilette auf meinen Kamm. Ich zählte 23 einzelne Haare. Aber ich mache mir keine Sorgen. Mein Friseur, den ich zufällig in seinem Laden antraf, bestätigte mir, daß ein tägliche Ausfall von 10–23 Haaren allgemein üblich sei. »Hat nichts zu bedeuten«, sagte er (und er muß es wissen). »Kahlköpfigkeit ist erblich. Nur Männer, deren Vorfahren Glatzen hatten, sind in Gefahr.«

Zu Hause geriet mir zufällig ein Familienbild meines Großvaters und seiner acht Brüder in die Hand. Alle hatten Glatzen. Ich finde, daß mein Friseur sich um sein Geschäft kümmern sollte, statt Fragen der Vererbungstheorie zu diskutieren und dummes Zeug zu schwätzen.

3. September

Es ist doch merkwürdig. Seit ich meinen Haaren so viel Aufmerksamkeit schenke, fallen sie aus. Natürlich merkt das niemand außer mir, der ich ihnen so viel Aufmerksamkeit schenke. Immerhin belief sich in der letzten Woche der tägliche Durchschnitt bereits auf 30. Kein Grund zur Beunruhigung, nein, nur zur Wachsamkeit. Ich schrieb an meine Lieblingszeitung um Auskunft und fand in der Rubrik »Ratgeber für Verliebte« folgende Antwort: »*Wachsam, Tel Aviv*. Das Haar ist ein zarter, fadenförmiger Auswuchs an bestimmten Körperpartien der Säugetiere. Erfahrungsgemäß kann an bestimmten Körperpartien mancher Säugetiere Haarausfall eintreten. Bei Menschen männlichen Geschlechts ist das ein durchaus normaler Vorgang, der erst dann Beachtung verdient, wenn er auffällige Dimensionen annimmt. Konsultieren Sie einen Arzt.«

Ich konsultierte einen Arzt. Er untersuchte mich auf Herz und Nieren, ferner auf Lunge, Blinddarm und Milz, prüfte meinen Blutdruck, röntgenisierte mich, machte einen Grundumsatz-Test, nahm ein Elektrokardiogramm auf und erklärte mich für vollkommen gesund. In bezug auf meine Haare erklärte er, daß man da leider gar nichts tun könne. Wenn sie ausfallen, dann fallen sie aus.

11. Februar

Meine neue Frisur paßt ausgezeichnet zur verschmitzten Koboldhaftigkeit meiner Gesichtszüge. Das ganze Haar vereinigt sich in einem lustigen kleinen Knäuel und reicht bis zu einer imaginären Verbindungslinie zwischen meinen beiden Ohren, von wo es salopp und ein wenig genialisch nach hinten ausstrahlt, über den haarlosen Rest meiner Kopfhaut.

In einem bemerkenswerten Artikel, der sich auf historische Unterlagen stützt, lese ich, daß eine Menge bedeutender Männer teilweise oder zur Gänze kahl waren: Dschingis Khan, Yul Brynner, der Bürgermeister von Tel Aviv. Es gab sogar einen französischen König namens Karl der Kahle.

27. Mai

Mein Friseur sagt, daß glatzköpfige Männer zumeist begabter sind als die nicht glatzköpfigen, besonders auf gewissen Gebieten. Das ist eine wissenschaftlich erhärtete Tatsache. Aber ich hätte trotzdem nichts zu befürchten, sagt er. Er empfahl mir, meinen Kopf zu rasieren, damit das natürliche Sonnenlicht besseren Zutritt zu den Haarwurzeln fände. Dadurch wird der Haarwuchs angeregt und das Haar erhält wieder seine jugendliche Frische. Nicht als ob ich etwas dergleichen nötig hatte – ich ließ es ihn nur spaßeshalber versuchen. Als ich nachher in den Spiegel sah, wurde ich beinahe ohnmächtig: Das jugendlich brutale Gesicht eines Gangsters starrte mir entgegen. Ich versteckte mich in einer dunklen Ecke des Ladens. Nach Einbruch der Dunkelheit schlich ich nach Hause. Samson, Samson, wie gut verstehe ich dich jetzt!

27. August

Heute habe ich mich zum erstenmal wieder bei Tageslicht aus dem Haus gewagt. In meiner Klausur las ich zahlreiche Literatur über Chruschtschow und seine großen Leistungen. Chruschtschow hat bereits in früher Jugend sein Haar verloren. Ich kann mir nicht helfen, aber der Kommunismus ist nicht so ohne.

Daß meine Haare mittlerweile zum großen Teil verschwunden sind, rührt wahrscheinlich daher, daß sie drei Monate lang keinem Sonnenlicht ausgesetzt waren. Mein Kopf gleicht einer Mondlandschaft, die nur von einem kleinen Streifen üppiger Vegetation am Äquator unterbrochen wird. Ich war am Rande der Verzweiflung, als ich in der Zeitung das folgende Inserat entdeckte:

Ich war am Rande der Verzweiflung!

Mein Kopf glich einer Mondlandschaft, die nur von einem kleinen Streifen üppiger Vegetation am Äquator unterbrochen wurde.

Ich verzweifelte nicht!

Ich behandelte mein Haar mit dem amerikanischen Wundermittel und bin jetzt vollkommen geheilt sowie auch glücklicher Vater zweier Kinder.

Erhältlich in armselig kleinen Probetuben für Geizhälse zu 1 Pfund 20, in gigantischen Riesentuben für den ökonomisch denkenden Mann zu 9 Pfund 80.

Ich kaufte eine gigantische Riesentube, um den Prozeß zu beschleunigen.

17. November

Eines muß man diesem Isotropium Superflex lassen: Es hat den Prozeß beschleunigt.

Die Zahl meiner Haare ist auf 27 gesunken, und ich beginne die Welt mit abgeklärten Augen zu sehen. Kein Zufall, liebe Leute, daß fast alle großen Industriemagnaten, Wirtschaftskapitäne, Wissenschaftler und Forscher glatzköpfig sind, besonders nach Überschreitung einer bestimmten Altersgrenze. Bei mir bemerkt man das allerdings noch nicht, weil ich mein Haar auf so raffinierte Weise von hinten nach vorn kämme, daß es den zwingenden Eindruck erweckt, als sei es von vorn nach hinten gekämmt. Dieser kleine Trick wird höchstens im Schwimmbad sichtbar, wenn meine Haare naß sind und an den Schultern kleben.

29. Januar

Ein häßlicher Zwischenfall vergällte mir heute die Laune. Ich hatte mich um eine Kinokarte angestellt, als ein Halbstarker an seine etliche Meter vor mir stehende Freundin die Frage richtete:

»Wo ist Pogo?«

Das Mädchen – ein primitives, taktloses Geschöpf – deutete auf mich und sagte:

»Er steht hinter dem Glatzkopf dort.«

Es war das erstemal, daß ich eine solche Andeutung zu hören bekam. Vorausgesetzt, daß diese Ziege überhaupt mich gemeint hat. Angesichts meiner Frisur möchte ich das eher bezweifeln. Acht Haare laufen wellenförmig von links nach rechts, drei andere – Gustl, Lili und

Modche – streben in rechtem Winkel auf sie zu und überschneiden sie schräg. Für den Hinterkopf sorgt Jossi. Nein, je länger ich darüber nachdenke, desto sicherer bin ich, daß dieses dumme kleine Mädchen einen andern gemeint haben muß.
Irgendeinen Glatzkopf.

2. März
Ich werde immer abgeklärter und reifer. Mein wachsendes Interesse an religiösen Problemen hat ein neues Lebensgefühl in mir geweckt, und die großartige Strahlkraft der Tradition tut ein übriges. Ich entdecke den tiefen Sinn unserer Gebote und Gesetze. Zumal den Sabbat beobachte ich aufs strengste und halte meinen Kopf ständig bedeckt – wie man weiß, ein Zeichen geistiger Überlegenheit (Leviticus VIII,9). Unter meiner Kopfbedeckung herrscht eiserne Disziplin.
Bei der heutigen Morgenparade fehlte Gustl. Ich führte eine nochmalige Aufrufkontrolle durch und mußte feststellen, daß die Gesamtzahl der Erschienenen sich auf 4 belief. Später fand ich Gustl leblos an meinem Hemdkragen. Es war das längste und stärkste von allen Haaren, die ich noch hatte. Unerforschlich sind die Wege des Schicksals. Ich warf Modche in die Bresche und bürstete ihn ein wenig auf, damit er nach mehr aussähe, als er ist.
Abigail wird grau.

13. April
Nun ist Jossi ganz allein. Der Friseur erging sich in Lobeshymnen über ihn und schlug mir vor, ihn im Interesse einer kräftigen Wiedergeburt abzurasieren. Ich ließ das nicht zu. Ich möchte kein zweitesmal wie ein Glatzkopf aussehen. Ich spendierte Jossi ein Chlorophyll-Shampoo gegen Schuppenbildung. Als er trocken war, legte ich ihn im Zickzack über meinen Kopf. Er soll Grund und Boden haben, soviel er will.

28. Juli
Das Unvermeidliche ist geschehen. Jossi ist nicht mehr. Er verfing sich im Innenleder meines Hutes und wurde mit der Wurzel ausgerissen. Mir fiel das tragische Ende der Isadora Duncan ein. Selbstmord?

29. Juli
Ich werde mich damit abfinden müssen, daß ich eine gewisse Neigung zur Kahlköpfigkeit habe.

Kommt zu mir, liebe Kinder, und setzt euch um mich herum. Wißt ihr wohl auch, was eine »straight flush« ist? Wenn ihr mir versprecht, ruhig zuzuhören, erzähle ich euch die Geschichte von einem Manne namens Sulzbaum, der es weiß. Er hat es durch Erfahrung gelernt.

Poker mit Moral

Herr Sulzbaum war ein bescheidener Mann, der still und friedlich dahinlebte, ohne mit seinem Erdenlos zu hadern. Er nannte eine kleine Familie sein eigen: eine liebende Frau wie eure Mutti, und zwei schlimme Buben wie ihr selbst, haha. Herr Sulzbaum war ein kleiner Angestellter in einem großen Betrieb. Sein Einkommen war karg, aber die Seinen brauchten niemals zu hungern. Eines Abends hatte Herr Sulzbaum Gäste bei sich, und als sie so beisammensaßen, schlug er ihnen spaßeshalber vor, Karten zu spielen. Gewiß, liebe Kinder, habt ihr schon von einem Kartenspiel gehört, welches »Poker« heißt. Erst vor kurzem haben unsere Gerichte entschieden, daß es zu den verbotenen Spielen gehört.

Herr Sulzbaum aber sagte: »Warum nicht? Wir sind doch unter Freunden. Es wird ein freundliches kleines Spielchen werden.«

Um es kurz zu machen: Herr Sulzbaum gewann an diesem Abend 6 Pfund. Das war sehr viel Geld für ihn, und deshalb spielte er am nächsten Abend wieder. Und am übernächsten. Und dann Nacht für Nacht. Und meistens gewann er.

Das Leben war sehr schön.

Wen das Laster des Kartenspiels einmal in den Klauen hat, den läßt es so geschwind nicht wieder los. Herr Sulzbaum gab sich mit freundlichen kleinen Spielchen nicht länger zufrieden. Er wurde Stammgast in den Spielklubs.

Ein Spielklub, liebe Kinder, ist ein böses finsteres Haus, das von der Polizei geschlossen wird, kaum daß sie von seiner Wiedereröffnung erfährt. Vielleicht habt ihr davon schon in den Zeitungen gelesen.

Anfangs blieb das Glück Herrn Sulzbaum treu. Er gewann auch in den Spielklubs, er gewann sogar recht ansehnliche Beträge und kaufte für seine kleine Familie eine große Wohnung mit Waschmaschine und allem Zubehör. Sein treues Weib wurde nicht müde, ihn zu warnen: »Sulzbaum, Sulzbaum«, sagte sie, »mit dir wird es ein schlimmes Ende nehmen.« Aber Sulzbaum lachte sie aus: »Wo steht es denn geschrieben, daß jeder Mensch beim Kartenspiel verlieren muß? Da die meisten Menschen verlieren, muß es ja auch welche geben, die gewinnen.«

Immer höher wurden die Einsätze, um die Herr Sulzbaum spielte, und dazu brauchte er immer mehr Geld. Was aber tat Herr Sulzbaum, um sich dieses Geld zu verschaffen? Nun, liebe Kinder? Was tat er wohl? Er nahm es aus der Kasse des Betriebs, in dem er angestellt war.

»Morgen gebe ich es wieder zurück«, beruhigte er sein Gewissen. »Niemand wird etwas merken.«

Wahrscheinlich wißt ihr schon, liebe Kinder, wie die Geschichte weitergeht. Wenn man einmal auf die schiefe Bahn geraten ist, gibt es kein Halten mehr. Nacht für Nacht spielte Herr Sulzbaum Poker mit fremdem Geld, Nacht für Nacht wurden die Einsätze höher, und als er sich eines Morgens bleich und übernächtigt vom Spieltisch erhob, war er ein steinreicher Mann. (Ich muß aus Gerechtigkeitsgründen zugeben, daß Herr Sulzbaum wirklich sehr gut Poker spielt.) In knappen sechs Monaten hatte er ein gewaltiges Vermögen gewonnen. Das veruntreute Geld gab er nicht mehr in die Betriebskasse zurück, denn in der Zwischenzeit hatte er den ganzen Betrieb erworben, und dazu noch eine Privatvilla, zwei Autos und eine gesellschaftliche Position. Heute ist Herr Sulzbaum einer der angesehensten Bürger unseres Landes. Seine beiden Söhne genießen eine hervorragende Erziehung und bekommen ganze Wagenladungen von Spielzeug geschenkt.

Moral: Geht schlafen, liebe Kinder, und kränkt euch nicht zu sehr, daß euer Papi ein schlechter Pokerspieler ist.

Um auch einmal etwas Konstruktives zu leisten, wollen wir uns jetzt mit den neuesten Errungenschaften der zeitgenössischen Medizin befassen. Es läßt sich nicht leugnen, daß beispielsweise dank der sogenannten »Antibiotika« sehr viele Patienten, die noch vor wenigen Jahren gestorben wären, heute am Leben bleiben und daß andererseits sehr viele Patienten, die noch vor wenigen Jahren am Leben geblieben wären … aber wir wollen ja konstruktiv sein.

Die Medikamenten-Stafette

Es begann im Stiegenhaus. Plötzlich fühlte ich ein leichtes Jucken in der linken Ohrmuschel. Meine Frau ruhte nicht eher, als bis ich einen Arzt aufsuchte. Man kann, so sagte sie, in diesen Dingen gar nicht vorsichtig genug sein.
Der Arzt kroch in mein Ohr, tat sich dort etwa eine halbe Stunde lang um, kam wieder zum Vorschein und gab mir bekannt, daß ich offenbar ein leichtes Jucken in der linken Ohrmuschel verspürte.
»Nehmen Sie sechs Penicillin-Tabletten«, sagte er. »Das wird Ihnen gleich beide Ohren säubern.«
Ich schluckte die Tabletten. Zwei Tage später war das Jucken vergangen, und meine linke Ohrmuschel fühlte sich wie neugeboren. Das einzige, was meine Freude ein wenig trübte, waren die roten Flecken auf meinem Bauch, deren Jucken mich beinahe wahnsinnig machte.
Unverzüglich suchte ich einen Spezialisten auf; er wußte nach einem kurzen Blick sofort Bescheid:
»Manche Leute vertragen kein Penicillin und bekommen davon einen allergischen Ausschlag. Seien Sie unbesorgt. Zwölf Aureomycin-Pillen – und in ein paar Tagen ist alles wieder gut.«
Das Aureomycin übte die erwünschte Wirkung: Die Flecken verschwanden. Es übte auch eine unerwünschte Wirkung: Meine Knie schwollen an. Das Fieber stieg stündlich. Mühsam schleppte ich mich zum Spezialisten. »Diese Erscheinungen sind uns nicht ganz unbekannt«, tröstete er mich. »Sie gehen häufig mit der Heilwirkung des Aureomycins Hand in Hand.«
Er gab mir ein Rezept für 32 Terramycin-Tabletten. Sie wirkten Wun-

der. Das Fieber fiel, und meine Knie schwollen ab. Der Spezialist, den wir an mein Krankenlager riefen, stellte fest, daß der mörderische Schmerz in meinen Nieren eine Folge des Terramycins war, und ich sollte das nicht unterschätzen. Nieren sind schließlich Nieren.

Eine geprüfte Krankenschwester verabreichte mir 64 Streptomycin-Injektionen, von denen die Bakterienkulturen in meinem Innern restlos vernichtet wurden.

Die zahlreichen Untersuchungen und Tests, die in den zahlreichen Laboratorien der modern eingerichteten Klinik an mir vorgenommen wurden, ergaben eindeutig, daß zwar in meinem ganzen Körper keine einzige lebende Mikrobe mehr existierte, daß aber auch meine Muskeln und Nervenstränge das Schicksal der Mikroben geteilt hatten. Nur ein extrastarker Chloromycin-Schock konnte mein Leben noch retten.

Ich bekam einen extrastarken Chloromycin-Schock.

Meine Verehrer strömten in hellen Scharen zum Begräbnis, und viele Müßiggänger schlossen sich ihnen an. In seiner ergreifenden Grabrede kam der Rabbiner auch auf den heroischen Kampf zu sprechen, den die Medizin gegen meinen von Krankheit zerrütteten Organismus geführt und leider verloren hatte.

Es ist wirklich ein Jammer, daß ich so jung sterben mußte. Erst in der Hölle fiel mir ein, daß jenes Jucken in meiner Ohrmuschel von einem Moskitostich herrührte.

Nichts auf der Welt ist so schwer zu ertragen wie eine moralische Schuld, außer einer finanziellen Schuld. Eine Kombination dieser beiden ist absolut mörderisch.

Harte Währung

In der Regel habe ich immer einen Vorrat von Zehnpiastermünzen bei mir. An jenem Morgen hatte ich keine. Ratlos stand ich vor dem grausamsten Instrument unseres technischen Zeitalters: dem Parkometer. Sollte ein städtisches Amtsorgan des Weges kommen, dann könnte mich der Mangel eines Zehnpiasterstücks fünf Pfund kosten. Ich versuchte ein Fünfundzwanzigpiasterstück in den Schlitz zu zwängen, aber das Parkometer weigerte sich.

»Zehn Piaster?« fragte eine Stimme in meinem Rücken. »Werden wir gleich haben.«

Ich fuhr herum und erkannte Ingenieur Glick, der eifrig in seinen Hosentaschen stöberte.

»Hier!« Und damit warf er selbst die erlösende Münze in den gefräßigen Schlitz.

Ich wußte nicht, wie ich ihm danken sollte. Die von mir sofort angebotene Fünfundzwanzigermünze wies er von sich: »Lassen Sie. Es ist nicht der Rede wert.«

»Wenn Sie einen Augenblick warten, gehe ich wechseln«, beharrte ich.

»Machen Sie sich nicht lächerlich. Sie werden schon einen Weg finden, sich zu revanchieren.«

Damit wandte er sich zum Gehen und ließ mich in schweren, bedrückenden Gedanken zurück. Schulden sind mir zuwider. Ich mag das nicht.

»Sie werden schon einen Weg finden« – was heißt das? Was für einen Weg? Wieso?

Um sicherzugehen, suchte ich auf dem Heimweg einen Blumenladen auf und schickte Frau Glick zehn rote Nelken. So benimmt sich ein Kavalier, wenn ich richtig informiert bin.

Warum es leugnen: Ich hätte zumindest einen Telefonanruf vom

Hause Glick erwartet. Nicht als ob mein Blumenarrangement besondere Dankesbezeigungen erfordert hätte, aber trotzdem …
Als bis zum Einbruch der Dämmerung noch nichts geschehen war, erkundigte ich mich telefonisch im Blumenladen nach dem Schicksal meiner Nelken. Ja, alles in Ordnung, die Nelken wurden um 16 Uhr 30 durch Boten befördert. Ich wartete noch eine Stunde. Als meine Nerven zu zerreißen drohten, rief ich bei Glicks an.
Glick war selbst am Telefon. Wir unterhielten uns über die neuen Hafenanlagen in Ashdod und über die neue Einkommensteuer und noch über allerlei Neues. Eine Viertelstunde lang. Schließlich konnte ich nicht länger an mich halten.
»Da fällt mir ein«, sagte ich. »Hat Ihre Gattin die Blumen bekommen?«
»Ja. Meiner Meinung nach sollte Eschkol dem Druck der Religiösen nicht nachgeben. Er hat genügend Rückhalt, um …«
Und so weiter, und so weiter. Was war da los? Kein Zweifel, mit meinen Blumen stimmte etwas nicht.
Nachdem die läppische Konversation zu Ende war, berichtete ich den Vorfall meiner Ehefrau. Sie wunderte sich überhaupt nicht.
»Natürlich«, sagte sie. »Auch ich hätte mich beleidigt gefühlt. Wer schickt heute noch Nelken? Die billigsten Blumen, die es überhaupt gibt.«
»Aber ich habe zehn Stück geschickt.«
»Na wenn schon. Es muß einen fürchterlichen Eindruck auf die Glicks gemacht haben. Jetzt werden sie uns für Geizhälse halten.«
Ich preßte die Lippen zusammen. Alles darf man mich nennen, nur keinen Geizhals. Am folgenden Morgen ging ich in die nächste Buchhandlung, erstand Winston Churchills vierbändige »Geschichte des Zweiten Weltkriegs« und ließ sie an Ingenieur Glick schicken. Der Abend kam. Ein Anruf kam nicht. Zweimal wählte ich Glicks Nummer, zweimal legte ich im letzten Augenblick wieder auf. Vielleicht hatte Glick übersehen, daß es sich um ein Geschenk von mir handelte?
»Unmöglich«, versicherte mir der Buchhändler. »Ich habe auf einer Begleitkarte ganz deutlich Ihren Namen angegeben.«
Zwei Tage verstrichen, zwei fürchterliche, zermürbende Tage. Am dritten Tag wurden mir die vier Bände Churchill zurückgestellt,

in einem mangelhaft verschnürten Paket, dem folgender Brief beilag:
»Mein lieber Freund, begreifen Sie doch, daß ich für die Hilfe, die ich Ihnen am 15. November um 9 Uhr geleistet habe, weder Dank noch Belohnung verlange. Was ich tat, tat ich aus gutem Willen und aus dem Bedürfnis, einem Mitmenschen, der in eine schwierige Situation geraten war, meine brüderliche Hand hinzustrecken. Das ist alles. Ich bin sicher, Sie an meiner Stelle hätten ebenso gehandelt. Mein schönster Lohn liegt in dem Bewußtsein, daß ich unter schwierigsten Bedingungen, in einem Dschungel von Eigensucht und Grausamkeit, ein menschliches Wesen bleibe. Herzlichst Ihr Glick. PS: Den Churchill habe ich schon.«
Abermals wunderte sich meine Gattin nicht im geringsten, als ich ihr den Brief vorlas:
»Ganz klar. Es gibt eben Dinge, die sich mit schnödem Mammon nicht abgelten lassen. Manchmal ist eine kleine Aufmerksamkeit mehr wert als das teuerste Geschenk. Aber ich fürchte, das wirst du nie verstehen, du Büffel.«
Was werde ich nie verstehen, was? Noch am selben Tag bekam Ingenieur Glick ein Geschenkabonnement für die Vorzugsserie der Philharmonikerkonzerte.
Am Abend des ersten Konzerts lag ich an der Ecke der Hubermanstraße im Hinterhalt. Würde er kommen?
Er kam. Beide kamen. Ingenieur Glick und Gattin wohnten dem von mir gestifteten Vorzugskonzert bei.
Aufatmend ging ich nach Hause. Zum erstenmal seit vielen Tagen fühlte ich mich von schwerem Druck befreit, zum erstenmal war ich wieder ich selbst. Pünktlich um zehn Uhr abends läutete das Telefon.
»Wir sind in der Pause weggegangen«, sagte Glick, und seine Stimme klang sauer. »Ein miserables Konzert. Ein miserables Programm. Ein miserabler Dirigent.«
»Ich … ich bin verzweifelt«, stotterte ich. »Können Sie mir je verzeihen? Ich hab's gut gemeint, wirklich. Ich wollte mich ja nur für ihre Hilfe von damals erkenntlich zeigen …«
»Hoho, alter Junge«, unterbrach mich Glick. »Das ist es ja. Geben ist eine Kunst. Mancher lernt's nie. Man darf nicht nachdenken und nicht

nachrechnen, man gibt aus vollem Herzen oder gar nicht. Wenn ich mich selbst als Beispiel anführen darf – Sie erinnern sich. Als ich Sie damals in hoffnungsloser Verzweiflung vor dem Parkometer stehen sah, hätte ich mir ebensogut sagen können: ›Was kümmert's dich, du bist kein Autobesitzer und brauchst dich mit einem Autobesitzer nicht solidarisch zu fühlen. Tu, als hättest du ihn nicht gesehen. Er wird es nie erfahren.‹ Aber so zu handeln, wäre eben nicht meine Art. ›Hier ist ein Mensch in Not‹, sagte ich mir. ›Er braucht dich.‹ Und schon – Sie erinnern sich –, schon war das Zehnpiasterstück im Schlitz Ihres Parkometers. Eine kleine Geste, weiter nichts. Und doch …«
Ich glaubte buchstäblich in die Erde zu versinken vor so viel Humanismus. Eine kleine Geste. Warum, lieber Gott, ermangle ich so völlig der Fähigkeit zu kleinen Gesten. Nicht nachdenken, nicht nachrechnen, nur geben, aus vollem Herzen geben …
»Glick hat vollkommen recht«, konstatierte die beste Ehefrau von allen. »Und jetzt ist der Karren natürlich völlig verfahren. Jetzt kann uns nur noch eine spektakuläre Aktion retten.«
Die ganze Nacht überlegten wir, was wir tun sollten. Den Glicks eine Eigentumswohnung kaufen? Mündelsichere Wertpapiere? Sie zu unseren Universalerben einsetzen? Wir zermarterten uns die Köpfe …
Schließlich brachte uns eine beiläufige Bemerkung des Ingenieurs auf den rettenden Einfall. Wie hatte er doch in seinem ausführlichen Monolog gesagt? Ich habe keinen Wagen, hatte er gesagt.
»Das ist die Lösung«, stellte die beste Ehefrau von allen befriedigt fest. »Du weißt, was du zu tun hast.«
»Aber ich kann auf meinen Wagen schon aus Berufsgründen nicht verzichten«, wimmerte ich. »Ich brauche ihn.«
»Das ist wieder einmal typisch für dich. Du bist und bleibst eine levantinische Krämerseele.«
Der Wagen wurde mit einer ganz kurzen Begleitnote zu den Glicks befördert: »Gute Fahrt«, schrieb ich, und: »Nochmals Dank.«
Diesmal reagierte Glick positiv. Gleich am nächsten Morgen rief er mich an:
»Entschuldigen Sie, daß ich Sie schon zu so früher Stunde aufwecke. Aber ich kann den Wagenheber nirgends finden.«

Das Blut schoß mir zu Kopf. Vor mehr als einem Jahr war der Wagenheber gestohlen worden, und ich hatte noch immer keinen neuen gekauft.

Jetzt wird Glick womöglich auf einer einsamen Landstraße einen Pneudefekt haben und mich bis an sein Lebensende verfluchen.

»Ich komme!« rief ich ins Telefon, kleidete mich in sausender Eile an, nahm ein Taxi und kaufte einen Wagenheber, den ich sofort bei Glick abliefern wollte.

Am Rothschild-Boulevard, auf den vom Magistrat zugelassenen Parkplätzen, deren Zulassung durch Parkometer kenntlich ist, sah ich einen Wagen stehen, der mir bekannt vorkam.

Er war es. Mein Wagen stand vor einem Parkometer, vor dem Parkometer stand Ingenieur Glick und kramte verzweifelt in seinen Taschen.

Ich ließ das Taxi anhalten und stürzte mit einem heiseren Aufschrei auf Glick zu:

»Zehn Piaster? Werden wir gleich haben!«

Glick wandte sich um und erbleichte:

»Danke! Ich brauche keine. Ich habe sie selbst! Ich habe sie selbst!«

Er setzte die fieberhafte Suche fort. Ich nahm die meine auf. Wir keuchten beide vor Anstrengung. Denn uns beiden war klar, was auf dem Spiel stand. Glick stülpte eine Tasche nach der anderen um, ohne ein Zehnpiasterstück zu finden.

Nie werde ich das schreckensbleiche Gesicht vergessen, mit dem er zusah, wie ich mein Zehnpiasterstück langsam und genießerisch in den Schlitz des Parkometers versenkte:

»Hier, bitte!«

Vor meinen Augen begann Glick um mehrere Jahre zu altern. Er schrumpfte sichtbar zusammen, während er in die Hosentasche griff und mir die Schlüssel zu meinem Wagen einhändigte. Aus seiner Brusttasche zog er das Abonnement für die Philharmonie und übergab es mir unter leisem Schluchzen. Gegen Abend kamen Blumen für meine Frau. Man muß es ihm lassen: Er ist ein guter Verlierer.

Unsere Kinder, unsere Jugend, unsere Augäpfel, unsere Zukunft, unser ganzer Stolz! Sie messen 1,85 m im Schatten und nehmen ihren Eltern gegenüber eine liebevolle, väterliche Haltung ein. In unseren Schulen wurde schon längst die körperliche Züchtigung eingeführt. Wie sollte man sonst den Lehrern beikommen?

Tagebuch eines Jugendbildners

13. September. Heute begann ich meine pädagogische Karriere an einer Elementarschule, wo ich einen flüchtig gewordenen Lehrer ersetze. Es ist ein wunderbares Gefühl für einen Jugenderzieher, wenn eine Schar von jungen, süßen Sabres[1] an seinen Lippen hängt.

Die erste Stunde begann schön und verheißungsvoll. Etwas später jedoch – es mochten zwei oder drei Minuten vergangen sein – drehte ein in der ersten Reihe sitzender Schüler namens Taussig seinen Transistor an. Nachdem ich ihn mehrmals vergebens darauf aufmerksam gemacht hatte, daß ich in meiner Klasse keine Schlagermelodien dulden könnte, ging mein Temperament mit mir durch, und ich verwies ihn des Raumes.

»Marsch hinaus«, sagte ich. Taussig schaltete auf Kurzwelle um, die bekanntlich von Beatmusik beherrscht wird, und sagte: »Marsch selber hinaus!«

Ich nahm seine Anregung auf, ging zum Anstaltsleiter und berichtete ihm den Vorfall. Der Anstaltsleiter gab mir zu verstehen, daß ich unter gar keinen Umständen das Klassenzimmer hätte verlassen dürfen.

»Wenn jemand hinauszugehen hatte, dann ganz entschieden Taussig«, erklärte er wörtlich. »Sie dürfen niemals Anzeichen von Schwäche zeigen!«

Ich kehrte zur Klasse zurück und begann demonstrativ einen Vortrag über das Siegeslied Deborahs. Aber ich glaube nicht, daß Taussig mir verziehen hat.

27. September. Ein unangenehmer Zwischenfall. Es steht noch nicht

1 »Sabre«, zu deutsch »Distel«, ist die in Israel gebräuchliche Bezeichnung für die im Land Geborenen.

ganz fest, wer daran schuld ist. Soviel ich weiß, begann die Auseinandersetzung damit, daß ich in Taussigs Schularbeit einen orthographischen Fehler entdeckte. In dem Satz: »Am liebsten von allen Büchern lesen wir die Bibel« hatte er »wir« mit ie geschrieben, »wier«. Ich stand hinter ihm, während er schrieb, und zeigte ihm den kleinen Irrtum an. Taussig ergriff sein Lineal und schlug es mir auf die Finger. Es tat weh. Da ich kein Anhänger blinder Disziplin bin, lehne ich die körperliche Züchtigung als pädagogisches Mittel ab. Ich ersuchte den irregeleiteten Knaben, seine Eltern zu mir zu schicken, und beschwerte mich beim Anstaltsleiter.

»Nach ottomanischem Gesetz – das auf manchen Gebieten unseres öffentlichen Lebens noch in Geltung ist, wie Sie wissen – darf der Schüler seinen Lehrer schlagen, aber der Lehrer darf nicht zurückschlagen«, erklärte mir der gewiegte Fachmann. »Kommen Sie den Kindern nicht zu nahe.«

29. September. Heute hatte ich den Besuch von Taussigs Eltern: eine Mutter, zwei Väter und mehrere Onkel. »Also mein Junge ist ein Idiot?« brüllte der eine Vater, und: »Mein Sohn kann nicht schreiben, he?« brüllte der andere. Nach einem kurzen, heftigen Schlagwechsel versuchte man, mich gegen die Wand zu drücken, aber ich war von diesem primitiven Vorgehen nicht weiter beeindruckt, schlüpfte durch eine Lücke, die im Kreis der mich Umzingelnden entstanden war, und flüchtete ins Zimmer des Anstaltsleiters, das ich rasch versperrte. Die vielen Eltern hämmerten gegen die Tür. »Sie werden sie noch einschlagen«, flüsterte der verschreckte Schulmeister. »Ergeben Sie sich!« Ich versuchte, ihm begreiflich zu machen, daß dies meiner Vaterimago in den Augen der Schüler abträglich wäre. Die Schüler hatten unterdessen allerlei Bücher und Aktenstöße vor den Fenstern aufgeschichtet, um bessere Sicht zu haben, und feuerten die Taussigs mit erstaunlich rhythmischen Zurufen an.

Einem Beamten des Unterrichtsministeriums, der zufällig auf der Szene erschien, gelang es schließlich, einen Waffenstillstand herbeizuführen. Die durch seine Vermittlung zustande gekommene Abmachung sah vor, daß Taussigs Eltern das Gebäude evakuieren sollten; wir hingegen würden in Hinkunft gegen die individuellen Schreibarten der Schüler keine kleinlichen Einwände mehr erheben.

9. Oktober. Die heutigen Demonstrationen nahmen ungewöhnliche Ausmaße an. Etwa ein Dutzend Angehörige des VII. Jahrgangs rotteten sich vor dem Drahtverhau zusammen, der unser Schulgebäude umgibt, und verbrannten mich in effigie. Es ließ sich nicht leugnen, daß die Ereignisse meiner Kontrolle entglitten. Ich beriet mich mit dem Anstaltsleiter.

»Tja«, meinte der abgeklärte Veteran des Erziehungswesens. »Das ist eben unsere vitale, kampflustige Pionierjugend. Wetterharte Wüstensöhne, in einem freien Land geboren. Keine Spur von Minderwertigkeitsgefühlen. Da helfen keine konventionellen Methoden wie Vorwürfe oder gar Strafen. Denen imponiert höchstens ein Bulle wie Blumenfeld ...«

Blumenfeld gehört zu unseren jüngeren Lehrkräften. Er ist ein netter, umgänglicher Mann von massivem Äußeren und beachtlichem Gewicht. Seltsamerweise herrscht in seinen Unterrichtsstunden immer Ruhe und Ordnung. Auch von elterlicher Seite sind noch keine Beschwerden gegen ihn eingelaufen. Ich fragte den Anstaltsleiter nach Blumenfelds Geheimnis.

»Ganz einfach: Er ist ein Pädagoge«, lautete die Antwort. »Er hebt nie eine Hand gegen seine Schüler. Er tritt sie mit Füßen.«

Ich habe mich in einen Judokurs einschreiben lassen. Alle zwölf Teilnehmer sind Lehrer. Außerdem habe ich mir vorgenommen, von jetzt an zurückzuschlagen, ottomanisches Gesetz hin oder her. Der Anstaltsleiter weiß noch nichts davon.

21. Oktober. Von unserer Gewerkschaft kam die Nachricht, daß das Finanzministerium nicht bereit ist, dem Gesetzentwurf, betreffend eine »körperliche Gefahrenzulage für Lehrer«, zuzustimmen, da an der Erziehungsfront noch keine offenen Kampfhandlungen stattgefunden hätten. Schade. Ich bin allen möglichen Leuten Geld schuldig: dem Lebensmittelhändler, dem Versicherungsagenten und dem Notar, der mein Testament aufgesetzt hat. Ich habe mich nämlich entschlossen, Taussig bei den morgen beginnenden Abschlußprüfungen in Grammatik durchfallen zu lassen. Mein halbes Vermögen, 25 Pfund in bar, habe ich dem Erholungsheim für schwerbeschädigte Lehrer vermacht, die andere Hälfte den Witwen jener, die in Erfüllung ihrer Pflicht einen vorzeitigen Tod fanden.

Gestern informierte ich den Anstaltsleiter, daß vom Dach des Schulgebäudes mehrere Schüsse auf mich abgegeben wurden. Er legte mir nahe, das Gebäude durch einen andern Ausgang zu verlassen.
22. Oktober. Taussig ist durchgefallen. Aber ich hatte vergessen, daß sein Bruder Sergeant in einem Artillerieregiment ist. Das Bombardement begann am Morgen, während wir das Thema »Herzls Vision vom Judenstaat« behandelten. Zum Glück hatten wir schon vor einigen Jahren einen Bunker angelegt, als der Sohn eines Luftwaffenmajors beim Abitur durchgefallen war. In diesen Bunker flüchteten wir. Die Granaten schlugen in bedrohlicher Nähe ein.
Gegen Mittag verließ der Anstaltsleiter mit einer weißen Flagge das Schulgebäude. Nach einer bangen Wartezeit brachte er die Bedingungen der Rebellen: »Befriedigend« für Taussig und eine Entschuldigung an die ganze Klasse. Ich erklärte mich einverstanden, aber die Rebellen wiesen meine eilig dargebrachte Entschuldigung als »nicht aufrichtig gemeint« zurück und nahmen den Anstaltsleiter als Geisel gefangen.
Erst einige Stunden später – denn mittlerweile war der rechte Flügel des Schulgebäudes, wo sich die Telefonzentrale befand, durch Granateinschläge beschädigt worden – konnte ich die Verbindung mit dem Unterrichtsminister herstellen und protestierte gegen die Erniedrigungen, die der Lehrkörper zu erdulden hatte. Wie sollen wir den Schülern als Muster dienen, wenn wir die Anstalt immer nur paarweise verlassen können, um gegen Anschläge aus dem Hinterhalt gesichert zu sein? Es ist – so gab ich dem Minister zu bedenken – eine Frage der beruflichen Würde. Ein Lehrer, der von seinen Schülern jeden Tag geohrfeigt wird, verliert allmählich das Gesicht. Der Minister versprach, meine Beschwerde zu prüfen, warnte mich aber vor weiteren Erpressungsversuchen. Damit war die Angelegenheit bis auf weiteres erledigt.
15. November. Was ich die ganze Zeit befürchtet hatte, ist eingetreten. Taussig hat sich erkältet. Eine Polizeistreife erschien in der Schule und verhaftete mich, da Taussig mich als den Schuldigen bezeichnet hatte. Die Anklage lautete auf »sträfliche Vernachlässigung der pflichtgemäßen Obsorge«. Meine Beteuerungen, daß nicht ich es gewesen sei, der das Fenster offengelassen hatte, waren vergebens.

Alle Eltern Taussigs sagten übereinstimmend gegen mich aus. Ein Vertreter des Roten Kreuzes fragte mich, ob ich vor Beginn der Verhandlung noch einen Wunsch hätte.

18. November. Ein Wunder! Die Probleme des israelischen Erziehungswesens sind gelöst! Wie den heutigen Zeitungen – als Untersuchungshäftling habe ich Anspruch auf Zeitungslektüre – zu entnehmen ist, wird in Israel das Fernsehen eingeführt. Und als einer der ersten Punkte steht der sogenannte »dritte Bildungsweg« auf dem Programm, der Fernunterricht vom Bildschirm.

Ich bin gerettet.

»Ein widerborstiges Volk«, nannte uns der Allmächtige, womit er schonend ausdrücken wollte, daß wir störrisch sind wie die Maulesel. Zum Beispiel leben wir seit 5000 Jahren in der ständigen Versuchung, unseren Glauben aufzugeben – aber wir glauben noch immer. Seit 2000 Jahren bemüht man sich, uns anderswo anzusiedeln – aber wir siedeln wieder in Jerusalem. Und jetzt verlangt man von uns, das Rauchen aufzugeben.

Wie man sich's abgewöhnt

»Entschuldigen Sie bitte – haben Sie vielleicht eine Zigarette?«
»Leider. Ich rauche nicht mehr. Seit ich diese alarmierenden Berichte in der Zeitung gelesen habe ...«
»Auch ich habe sie gelesen. Aber ich hab's überwunden.«
»Wie ist Ihnen das geglückt?«
»Willenskraft, nichts weiter. Am Anfang glaubte ich es nicht ertragen zu können. Es ist ja keine Kleinigkeit, wenn man Tag für Tag lesen muß, daß man einem Lungenkrebs entgegensteuert oder Magengeschwüren und Hämoglobin und dergleichen. An dem Tag, an dem in der ›Jerusalem Post‹ das Gutachten des amerikanischen Gesundheitsamtes über die schädlichen Auswirkungen des Rauchens erschien, verfiel ich in Panik. An diesem Tag stand mein Entschluß fest. Ich hörte auf, Zeitungen zu lesen.«
»Ein genialer Einfall!«
»Warten Sie. So einfach ist das alles nicht. Eine Woche lang stand ich es durch. Ich las nicht einmal die Überschriften, ich las keine Leitartikel und keine Sportberichte, nichts. Aber um die Mitte der zweiten Woche hat's mich erwischt. Wenn ich jetzt nicht sofort eine Zeitung lese, dann, das fühlte ich, brechen meine Nerven zusammen. Man kann sich ja nicht vollkommen von der Umwelt isolieren, nicht wahr. Ich wurde schwach. Ich ging zu meinem Nachbarn und borgte mir die gestrige Zeitung aus. Ich habe sie von der ersten bis zur letzten Seite gelesen. Was sage ich: gelesen. Verschlungen! Die erste Zeitung nach mehr als einer Woche!«
»Kann ich mir gut vorstellen.«
»Gar nichts können Sie sich vorstellen. Auf der dritten Seite stand ein

Artikel, der sich mit den jüngsten Forschungsergebnissen eines englischen Nikotinexperten beschäftigte. Ein Keulenschlag. Dreißig Zigaretten am Tag, so hieß es dort, ziehen unweigerlich den Verlust der Männlichkeit nach sich. Und ich rauche am Tag zwei Päckchen.«

»Hm. Dann allerdings …«

»Es war mir klar, daß ich jetzt zu drastischen Maßnahmen greifen müßte, um diesem Alpdruck nicht völlig zum Opfer zu fallen. Die Zeitungslektüre einfach aufzugeben, genügt nicht. Man muß sich, sagte ich mir, beherrschen können. Man muß imstande sein, zu lesen, was man lesen will, und nicht zu lesen, was man nicht lesen will. Ein furchtbarer innerer Kampf begann. Am ersten Tag meines freiwilligen Entwöhnungsprozesses wußte ich mir keinen anderen Rat, als die Zeitung zu verbrennen. Sonst wäre ich der Versuchung erlegen, den Artikel einer anerkannten medizinischen Kapazität über das sogenannte ›Raucherbein‹ zu lesen. Es war nicht leicht, glauben Sie mir. Aber nach ein paar Tagen begann sich mein Zustand zu bessern. Ich las die politischen Meldungen und den Leitartikel, überschlug rasch die nächsten Seiten und nahm erst wieder die Theater- und Sportberichte zur Kenntnis. Auf diese Weise ging es eine Zeitlang ganz gut. Bis eines Nachts der Teufel mich aufs neue versuchte: Mein Blick fiel auf eine vom Weizmann-Institut ausgearbeitete Statistik der Kreislaufstörungen mit tödlichem Ausgang bei Rauchern und Nichtrauchern. Die Lockung war fürchterlich. Was hätte ich nicht alles drum gegeben, die Tabellen wenigstens zu überfliegen! Aber ich blieb stark. Ich biß meine Lippen blutig, stopfte mir ein Taschentuch in den Mund und blätterte weiter. Ich habe kein einziges Wort des Artikels an mich herangelassen, kein Wort und keine Ziffer.«

»Ich bewundere Sie aufrichtig.«

»Es war die Entscheidung. Jetzt kann mir nichts mehr geschehen. Wenn ich jetzt einen Artikel dieser Art in der Zeitung sehe, gleitet mein Auge achtlos darüber hinweg. Es interessiert mich nicht mehr. Und glauben Sie mir: Seither fühle ich mich wie neugeboren.«

»Liebe deinen Nächsten wie dich selbst«, lautet ein altes hebräisches Gebot, das, wie man weiß, allgemein respektiert und befolgt wird. Seine etwas vulgärere Fassung ist das Sprichwort: »Was du nicht willst, daß man dir tu, das füg auch keinem andern zu.« Jedenfalls empfiehlt es sich, seinem Nächsten kein Geld zu borgen. Denn wer möchte selbst in die Lage geraten, seinem Nächsten Geld schuldig zu sein?

Keine Gnade für Gläubiger

7. September. Traf heute zufällig Manfred Toscanini (keine Verwandtschaft) auf der Straße. Er war sehr aufgeregt. Wie aus seinem von Flüchen unterbrochenen Bericht hervorging, hatte er sich von Jascha Obernik 100 Pfund ausborgen wollen, und dieser Lump, dieser Strauchdieb, dieses elende Stinktier hatte sich nicht entblödet, ihm zu antworten: »Ich habe sie, aber ich borge sie dir nicht!« Der kann lange warten, bis Manfred wieder mit ihm spricht!

Ob wir denn wirklich schon so tief gesunken wären, fragte mich Manfred. Ob es denn auf dieser Welt keinen Funken Anständigkeit mehr gäbe, keine Freundschaft, keine Hilfsbereitschaft?

»Aber Manfred!« beruhigte ich ihn. »Wozu denn die Aufregung?« Und ich händigte ihm lässig eine Hundertpfundnote ein.

»Endlich ein Mensch«, stammelte Manfred und kämpfte tapfer seine Tränen nieder. »In spätestens zwei Wochen hast du das Geld zurück, du kannst dich hundertprozentig darauf verlassen!«

Wenn ich meine Frau richtig verstanden habe, bin ich ein Idiot. Aber ich wollte Manfred Toscanini den Glauben an die Menschheit wiedergeben. Und ich will ihn nicht zum Feind haben.

18. September. Als ich das Café Rio verließ, stieß ich in Manfred Toscanini hinein. Wir setzten unseren Weg gemeinsam fort. Ich vermied es sorgfältig, das Darlehen zu erwähnen, doch schien gerade diese Sorgfalt Manfreds Zorn zu erregen. »Nur keine Angst«, zischte er. »Ich habe dir versprochen, daß du dein Geld in vierzehn Tagen zurückbekommst, und diese vierzehn Tage sind noch nicht um. Was willst du eigentlich?« Ich verteidigte mich mit dem Hinweis darauf, daß ich kein Wort von Geld gesprochen hätte. Manfred meinte, ich sei nicht besser als alle anderen, und ließ mich stehen.

3. Oktober. Peinlicher Zwischenfall auf der Kaffeehausterrasse. Manfred Toscanini saß mit Jascha Obernik an einem Tisch und fixierte mich. Er war sichtlich verärgert. Ich sah möglichst unverfänglich vor mich hin, aber das machte es nur noch schlimmer. Er stand auf, trat drohend an mich heran und sagte so laut, daß man es noch drin im Kaffeehaus hören konnte: »Also gut, ich bin mit ein paar Tagen in Verzug. Na wennschon. Deshalb wird die Welt nicht einstürzen. Und deshalb brauchst du mich nicht so vorwurfsvoll anzuschauen!« Ich hätte nichts dergleichen getan, replizierte ich. Daraufhin nannte mich Manfred einen Lügner und noch einiges mehr, was sich der Wiedergabe entzieht. Ich fürchte, daß es Komplikationen geben wird.
Meine Frau sagte, was Frauen in solchen Fällen immer sagen: »Hab ich's dir nicht gleich gesagt?« sagte sie und lächelte sardonisch.

11. Oktober. Wie ich höre, erzählt Manfred Toscanini überall herum, daß ich ein hoffnungsloser Morphinist sei und daß außerdem zwei bekannte weibliche Rechtsanwälte Vaterschaftsklage gegen mich eingebracht hätten. Natürlich ist an alledem kein wahres Wort. Morphium! Ich rauche nicht einmal.
Meine Frau ist trotzdem der Meinung, daß ich um meiner inneren Ruhe willen auf die 100 Pfund verzichten soll.

14. Oktober. Sah Toscanini heute vor einem Kino Schlange stehen. Bei meinem Anblick wurden seine Augen starr, seine Stirnadern schwollen an, und seine Nackenmuskeln verkrampften sich. Ich sprach ihn an: »Manfred«, sagte ich gutmütig, »ich möchte dir einen Vorschlag machen. Vergessen wir die Geschichte mit dem Geld. Das Ganze war ohnehin nur eine Lappalie. Du bist mir nichts mehr schuldig. In Ordnung?« Toscanini zitterte vor Wut. »Gar nichts ist in Ordnung!« fauchte er. »Ich pfeife auf deine Großzügigkeit. Hältst du mich vielleicht für einen Schnorrer?« Er war außer Rand und Band. So habe ich ihn noch nie gesehen. Obernik, mit dem er das Kino besuchte,

mußte ihn zurückhalten, sonst hätte er sich auf mich geworfen. Ich machte rasch kehrt und lief nach Hause.
Meine Frau sagte zu mir: »Hab ich's dir nicht gleich gesagt?«

29. Oktober. Immer wieder werde ich gefragt, ob es wahr ist, daß ich mich freiwillig zum Vietcong gemeldet habe und wegen allgemeiner Körperschwäche zurückgewiesen wurde. Ich weiß natürlich, wer hinter diesen Gerüchten steckt. Es dürfte derselbe sein, der mir in der Nacht mit faustgroßen Steinen die Fenster einwirft. Als ich gestern das Café Rio betrat, sprang er auf und brüllte: »Darf denn heute schon jeder Vagabund hier hereinkommen? Ist das ein Kaffeehaus oder ein Asyl für Obdachlose?« Um Komplikationen zu vermeiden, drängte mich der Cafétier zur Tür hinaus.
Meine Frau hatte es gleich gesagt.

8. November. Heute kam mein Lieblingsvetter Aladar zu mir und bat mich, ihm 10 Pfund zu leihen. »Ich habe sie, aber ich borge sie dir nicht«, antwortete ich. Aladar ist mein Lieblingsvetter, und ich möchte unsere Freundschaft nicht zerstören. Ich habe ohnehin schon genug Schwierigkeiten. Das Innenministerium hat meinen Paß eingezogen. »Wir erwarten Nachricht aus Nordvietnam«, lautete die kryptische Antwort auf meine Frage, wann ich den Paß wiederbekäme. Soviel zu meinem Plan, ins Ausland zu fliehen.
Meine Frau – deren Warnungen ich in den Wind geschlagen hatte, als es noch Zeit war – läßt mich nicht mehr allein ausgehen. In ihrer Begleitung suchte ich einen Psychiater auf. »Toscanini haßt Sie, weil Sie ihm Schuldgefühle verursachen«, erklärte er mir. »Er leidet Ihnen gegenüber an einem verschobenen Vaterkomplex. Sie könnten ihm zum Abreagieren verhelfen, wenn Sie sich für einen Vatermord zur Verfügung stellen. Aber das ist wohl zu viel verlangt?« Ich bejahte. »Dann gäbe es, vielleicht, noch eine andere Möglichkeit. Toscaninis mörderischer Haß wird Sie so lange verfolgen, als er Ihnen das Geld nicht zurückzahlen kann. Vielleicht sollten Sie ihn durch eine anonyme Zuwendung dazu in die Lage setzen.«
Ich dankte dem Seelenforscher überschwenglich, sauste zur Bank,

hob 500 Pfund ab und warf sie durch den Briefschlitz in Toscaninis Wohnung.

11. November. Auf der Dizengoffstraße kam mir heute Toscanini entgegen, spuckte aus und ging weiter. Ich erstattete dem Psychiater Bericht.
»Probieren geht über studieren«, sagte er. »Jetzt wissen wir wenigstens, daß es auf diese Weise nicht geht.«
Eine verläßliche Quelle informierte mich, daß Manfred eine große Stoffpuppe gekauft hat, die mir ähnlich sieht. Jeden Abend vor dem Schlafengehen, manchmal auch während des Tages, sticht er ihr feine Nadeln in die Herzgegend. Die Polizei weigert sich, einzuschreiten.

20. November. Unangenehmes Gefühl im Rücken, wie von kleinen Nadelstichen. In der Nacht wachte ich schweißgebadet auf und begann zu beten. »Ich habe gefehlt, o Herr!« rief ich aus. »Ich habe einem Nächsten in Israel Geld geliehen! Werde ich die Folgen meines Aberwitzes bis ans Lebensende tragen müssen? Gibt es keinen Ausweg?«
Von oben hörte ich eine tiefe, väterliche Stimme: »Nein!«

1. Dezember. Nadelstiche in den Hüften und zwischen den Rippen. Vaterkomplexe überall. Auf einen Stock und auf meine Frau gestützt, suchte ich einen praktischen Arzt auf. Unterwegs sahen wir auf der gegenüberliegenden Straßenseite Obernik. »Ephraim«, flüsterte meine Frau, »schau ihn dir einmal ganz genau an! Das rundliche Gesicht … die leuchtende Glatze … eine ideale Vaterfigur!« Sollte es noch Hoffnung für mich geben?

3. Dezember. Begegnete Toscanini vor dem Kaffeehaus und hielt ihn an. »Danke für das Geld«, sagte ich rasch, bevor er mich niederschlagen konnte. »Obernik hat deine Schuld auf Heller und Pfennig an mich zurückgezahlt. Er hat mich zwar gebeten, dir nichts davon zu sagen, aber du sollst wissen, was für einen guten Freund du an ihm hast. Von jetzt an schuldest du also die hundert Pfund nicht mir, sondern Obernik.« Manfreds Gesicht entspannte sich. »Endlich ein

Mensch«, stammelte er und kämpfte tapfer seine Tränen nieder. »In spätestens zwei Wochen hat er das Geld zurück.«

22. Januar. Als wir heute Arm in Arm durch die Dizengoffstraße gingen, sagte mir Manfred: »Obernik, diese erbärmliche Kreatur, sieht mich in der letzten Zeit so unverschämt an, daß ich ihm demnächst ein paar Ohrfeigen herunterhauen werde. Gut, ich schulde ihm Geld. Aber das gibt ihm noch nicht das Recht, mich wie einen Schnorrer zu behandeln. Er wird sich wundern, verlaß dich darauf!«
Ich verlasse mich darauf.

Der Fuchs im Hühnerstall

Aus Gesundheitsgründen

»... Ich komme nun zum Ende meiner Ausführungen, da meine Zeit abgelaufen ist, aber bevor ich zusammenfasse, möchte ich noch einige allgemeine Bemerkungen zum Thema selbst machen.« Hier hob Amitz Dulnikker die Stimme und hieb mit der Faust auf den Tisch, daß die Gläser hüpften. »Unser Kampf um die politische Unabhängigkeit geht weiter! Unser Kampf um die nationale Disziplin geht weiter! Unser Kampf zur Stärkung unserer Sicherheit, zur Stärkung unserer Kraft, zur Stärkung unserer Macht, zur Stärkung unserer Stärke ...«

An diesem Punkt, der eigentlich erst der Beginn seiner Rede war, erlitt Amitz Dulnikker den ersten Herzanfall. Der kleine dynamische Staatsmann, schlampig wie gewöhnlich, hatte seine Zuhörer mit seinen gewohnten rhetorischen Fähigkeiten über zwei volle Stunden lang fasziniert. Plötzlich durchlief ihn ein Schauer, er beugte sich vor und griff sich an die Brust. Sein Gesicht lief rot an, und die Stirnadern quollen vor wie Würmer nach dem Regen. Das Publikum hielt das plötzliche Schweigen des Redners für eine Kunstpause zur Erhöhung der Spannung und merkte daher nicht, was passiert war. Als jedoch Dulnikker vornüber auf den Tisch zusammensackte, durchlief das Auditorium eine zitternde Bewegung. Aus den ersten Reihen ertonte der Ruf: »Ein Arzt! Ein Arzt!«, und einige Leute starteten zur Rednertribüne. Als erster war ein schlaksiger junger Mann zur Stelle, der aus den Kulissen zu Dulnikker hinstürzte und ihn in einen Nebenraum schleifte. Er setzte den Staatsmann hin, lockerte den Kragen und riß die Fenster auf.

»Ein unerwarteter Anfall«, keuchte der Staatsmann und holte mit zitternden Fingern zwei Pillen aus einer Kapsel. »Genau wie letzte Woche bei der Planungssitzung ...«

Sein Privatsekretär schaute ihn durch seine randlose Brille mit schlecht verhehlter Ungeduld an.

»Bitt' Sie, Dulnikker, rühren Sie sich nicht, und hören Sie zu reden auf«, sagte er. »Ich hol' sofort den Chauffeur.«

»Nein, Zev, nur ja nicht«, stöhnte Dulnikker und versuchte aufzustehen. »Ich muß in den Vortragssaal zurück.«
»Ich fleh Sie an, Dulnikker, seien Sie jetzt nicht dickköpfig!« zischte der Sekretär und drückte den Staatsmann sanft auf den Stuhl zurück. Als er das Zimmer verließ, sperrte er vorsichtshalber die Türe von außen zu und bahnte sich mit Hilfe seiner besonders spitzen Ellbogen einen Weg durch die Menschenmenge im Gang.
»Bring den Wagen zum Tor«, befahl er dem Chauffeur. »Der Alte hat schon wieder einen Herzanfall gehabt.«
»Verrückt!« versicherte der Chauffeur. »Ich möchte schwören, der fällt demnächst in einer Rede um und ist tot.«
Dulnikker lehnte sich in den gepolsterten Wagensitz zurück und massierte sich genüßlich mit dem Handrücken die Nasenspitze, wie immer, wenn er in Spannung war. »Bitte, mein Freund«, sagte er mit schwacher Stimme zum Chauffeur, »bring mich schnell heim. Um 8 Uhr 20 kommt meine Rede im Rundfunk.«
Der Chauffeur trat auf das Gaspedal.
»Schön, Dulnikker«, sagte der Sekretär zornig. »Machen Sie, was Sie wollen.« Der Staatsmann schien etwas zusammenzuschrumpfen.
»Also gut, vielleicht widme ich den morgigen Tag meiner Erholung«, sagte er. »Aber bevor ich mich endgültig entscheide, möchte ich, daß du mir mein Programm vorliest.«
Der Sekretär zog einen dicken Vormerkkalender aus der gelbledernen Aktentasche neben sich und reichte ihn Dulnikker. »Also Dienstag«, las der Staatsmann. »Diese Besprechung um 9 Uhr 30 im Büro des Premierministers kann abgesagt werden, da ich den Geheimbericht ohnehin noch nicht lesen konnte, weil ich ihn irgendwo verloren habe. Übrigens, mein Freund, hast du dich schon mit dem Stenogramm meiner Rede in der Sitzung des Hilfskomitees beschäftigen können?«
»Ja. Ich hab' den Schluß ein kleines bißchen gekürzt. Sie haben die Rede geistesabwesend mittendrin wieder von vorn begonnen.«
»Die Eröffnung der Keramikausstellung der Antituberkulose-Liga um 11 Uhr 45 unter meiner Schirmherrschaft«, las Dulnikker. Mit gefurchter Stirn fügte er hinzu: »Was mach' ich dort eigentlich?«
»Das übliche: Sie begrüßen die Gäste, sagen ein paar Worte über das

Keramikhandwerk und verleihen dem Stück, das Ihnen am besten gefällt, den ersten Preis.«
»Schön«, sagte Dulnikker. »Was ist denn eigentlich Keramik?«
»Diese kleinen Tondinger.«
»Ah, ja. Ich habe sogar einige hübsche Stücke daheim, gleich neben den Kristallsachen. Schön, also verständige sie, daß ich verhindert bin, der Eröffnung beizuwohnen, aber ich schicke ihnen eine Grußbotschaft. Ich bitte dich, mein Freund, zuck nicht so! Vor ungefähr zwei Jahren haben wir eine ähnliche Glückwunschnote zur Einweihung des Blumenmuseums geschickt, also brauchst du den Text nur ein bißchen abzuändern. Natürlich wirst du sehr achtgeben müssen, daß alle ›Blumen‹ ...«
»Ich weiß, Dulnikker«, unterbrach ihn der Sekretär, »redigier' ich so was vielleicht zum erstenmal?«
»Zev, mein Freund, ich sage dir, der Grund, warum man mir zu viele Funktionen aufbürdet, ist einzig der, mich ins Grab zu hetzen. Demnächst wirst du es erleben, daß ich tot umgefallen bin.«
»Herr Dulnikker«, sagte der Chauffeur über die Schulter nach hinten, »dann vergessen Sie bitte nicht, mir dieses Empfehlungsschreiben für eine Wohnung gleich jetzt zu geben.«
»Zev wird es schreiben, und ich unterzeichne es.«
»Entschuldigen Sie schon, Herr Dulnikker, aber es macht einen ganz anderen Eindruck, wenn der ganze Brief in ihrer Handschrift ist.«
»Das ist ja die Tragödie, meine Herren«, sagte der Staatsmann verbittert. »Immer muß ich alles selber machen!«
Der elegante Wagen hielt am Stadtrand vor einem schäbigen Haus mit abblätterndem Verputz. Dulnikker kletterte langsam, jedoch ohne Hilfe in den zweiten Stock hinauf. Kaum war er in der Wohnung, stellte er zuerst den Rundfunkapparat an, ließ sich dann in einen samtbezogenen Lehnstuhl fallen und bat mit schwacher Stimme um ›Post und Presse‹.
»Was gibt es Neues im Spitalwesen?« ertönte die schmelzende Stimme des Ansagers. »Ein Interview mit Amitz Dulnikker über den Stand unseres Gesundheitswesens.«
Der Staatsmann bedeutete Zev, den Apparat lauter einzustellen, und rieb sich höchst behaglich die Nase. Ja, er erinnerte sich, das war's,

worum er damals den Ansager gebeten hatte. Nicht »Amitz Dulnikker, Exmitglied der Knesset« oder »Amitz Dulnikker, ehemaliger Parteisekretär«, sondern schlicht: »Meine Herren, am Mikrofon Amitz Dulnikker.«

Das Telefon läutete: »Ja«, sagte Dulnikker. »Dulnikker!«

Dabei sah er wieder seine Post durch, ohne Brille, zu seinem großen Stolz: »An Herrn Dulnikker«, murmelte er immer wieder, »A. Dulnikker« … »Genosse Dulnikker« … »Amitz Dulnikker« …

»Herr Dulnikker«, fragte der Ansager, »wie steht es heute, nach zwanzigjährigem Bestand unseres Staates, um die staatlichen Spitäler?«

»Die Lage ist äußerst ernst«, erwiderte Dulnikkers Stimme. »Trotz der Schritte, die unsere Regierung unternommen hat, entspricht die Lage den Bedürfnissen einer wachsenden Bevölkerung in keiner Weise …«

Dulnikker verstand nicht genau, um was sich das Interview eigentlich drehte. Schon als es seinerzeit auf Band aufgenommen wurde, hatte er sich nicht besonders in das Thema vertieft. Nach der letzten Koalitionskrise war er irrtümlich zum Stellvertretenden Generaldirektor des Gesundheitsministeriums ernannt worden. Dulnikker hatte das Amt genau eine Woche bekleidet, das jedoch war für die ›Stimme Israels‹ Zeit genug gewesen, ihn zu interviewen.

»Trotzdem hole ich lieber einen Arzt«, bemerkte der Sekretär. »Bin gleich wieder da, Dulnikker.«

»Dulnikker …«, murmelte der Staatsmann. »Spitalwesen …«

»Frau Dulnikker«, erklärte Professor Tannenbaum, »nach dem Blutdruck Ihres Mannes zu schließen, kann es jeden Augenblick zu einer Katastrophe kommen.«

»Mir egal«, erwiderte Frau Dulnikker. »Der Idiot hört eh nie auf mich.«

Professor Tannenbaum entfernte das Gummiband des Blutdruckmeßgeräts von Dulnikkers Arm und legte es neben die klebrigen Kaffeetassen, die noch vom Morgen her auf dem krümelübersäten Tischtuch standen.

Professor Tannenbaum war seit Jahrzehnten der Leibarzt der Parteihierarchie und an die Situation gewöhnt: Die Schöpfer des Staates lebten in erschreckend bescheidenen Verhältnissen. Dulnikkers Wohnung bestand bloß aus zwei kleinen Zimmern, und da Gula Dulnikker aktives Parteimitglied war, hatte sie nie Zeit, gründlich zu fegen. Die abgenutzten Möbel standen, mit Staub und Zigarettenasche bedeckt, in einer Ecke, und an den Wänden hingen zwei Landschaften in Goldrahmen, von der Art, wie sie auf den Straßen verhökert werden. Zwischen ihnen hing ein prachtvolles Original van Goghs, ein Geschenk der jüdischen Gemeinde von Kopenhagen.

Gula Dulnikker, eine dicke, häßliche Person, stand wütend am Bett. Sie war nach einem schweren Arbeitstag, an dem sie apathische Frauenzimmer organisiert hatte, spät heimgekommen und hatte ihren Gatten am Fuß seines Lehnstuhls unter einem Haufen Papier auf dem Boden ausgestreckt vorgefunden. Trotz der Volksmusik aus dem plärrenden Radio stöhnte und schnarchte er vor sich hin, den Telefonhörer noch immer in der verkrampften Hand. Das einzige, das der benommene Dulnikker hörte, als Gula ihn ins Bett verfrachtete, waren ihre äußerst bissigen Bemerkungen. Das Auftauchen Zevs mit Professor Tannenbaum einige Minuten später hatte ihn gerettet.

»Herr Dulnikker«, erwiderte Professor Tannenbaum energisch, »ich will offen zu Ihnen sein. Die geringste Aufregung kann eine Katastrophe herbeiführen!«

Dulnikkers Gesicht lief wieder rot an, und die Stirnadern schwollen erschreckend. »Was«, stöhnte er, »was könnte denn geschehen?«

»Herzinfarkt.«

»Hörst du es, Dulnikker?« sagte Gula. »Hörst du? Wenn du nicht aufpaßt, krepierst du wie ein Hund.«

»Nur eine radikale Änderung seiner Gewohnheiten kann ihn retten. Wenn er weiterhin die Rolle eines wichtigen Politikers spielt ...«

»Ich bin kein Politiker. Ich bin Staatsmann!«

»Vom medizinischen Standpunkt aus ist das ein und dasselbe. Mein Herr, Sie müssen sich für lange Zeit aus dem öffentlichen Leben zurückziehen. Sie werden auf alles verzichten müssen, was Sie aufregen könnte. Und dazu gehören auch sämtliche Formen des Vergnügens.«

»Hörst du, Dulnikker?« keifte seine Frau. »Also keine Reden mehr!«

»Die sind im ersten Monat Ihrer Erholung auf jeden Fall absolut verboten«, versicherte der Parteiarzt. »Nachher, wenn wir Anzeichen einer Besserung sehen, werden wir ihm erlauben, einmal in der Woche einen Vortrag zu halten, aber nicht länger als zwanzig bis fünfundzwanzig Minuten, und vor einem möglichst freundlich gesinnten Publikum.«

»Doktor«, kam Dulnikkers heisere Frage, »wie lange muß ich ausfallen?« – »Mindestens drei Monate.«

Da geschah etwas Erschütterndes: Amitz Dulnikker, das Symbol einer Generation der Eroberung und des Aufbaus, brach in Tränen aus.

»Schauen Sie, Dulnikker«, beruhigte ihn Zev, und seine Stimme war voll menschlichen Verständnisses, »wir zwei machen auf zwei Monate eine Reise in die Schweiz und bleiben mit dem Parteihauptquartier in ständiger telefonischer Verbindung.«

»Tut mir leid, aber auch das ist keine Lösung«, lautete die Reaktion des Arztes. »Herr Dulnikker muß alle Brücken hinter sich abbrechen. Er muß sich in irgendeinen einsamen Winkel zurückziehen.«

»Aber meine Herren«, sagte Dulnikker mit ausgebreiteten Händen vorwurfsvoll, »denken Sie doch einen Augenblick an unser Land!«

»Der größte Nutzen für unseren Staat ist Amitz Dulnikkers schnelle Genesung.«

Dieses Argument berührte eine empfängliche Saite in der Seele des erschöpften Staatsmannes. Dulnikker beherrschte sich, setzte sich steil im Bett auf und sagte: »Genossen, ich bin bereit!«

»Bravo!« rief Professor Tannenbaum und klatschte Beifall. Aber Gula brachte ihn sofort zum Schweigen.

»Hören Sie auf damit, Professor, hören Sie auf! Nichts als Gerede. Dulnikker kann ohne Konferenzen und Presseleute und Radio nicht leben.«

»Nun, Sie sollen wissen, Madame«, brüllte Dulnikker, »daß ich inkognito in ein so winziges Dorf reisen werde, daß dort überhaupt keiner weiß, wer ich bin! Falls es einen so rückständigen Ort in unserem Land überhaupt gibt«, fügte er hinzu.

»Gibt's keinen«, meinte der Sekretär. »Daher ist es besser, wir fahren auf zwei Monate in die Schweiz.«

»Geht nicht. Aus Prinzip nicht«, versicherte ihm Dulnikker. »Ich habe den Schwur getan, daß ich das Heilige Land niemals verlassen werde. Außer in einer Mission.«

»Das ließe sich richten«, murmelte der Sekretär sehr enttäuscht.

Es läutete an der Tür, und Frau Dulnikker meldete: »Der Schultheiß von der Tnuva-Kooperative! Um die Zeit! Elf Uhr nachts! ...«

Dulnikkers Arbeitszimmer paßte gut zu der übrigen Wohnung: Ein breiter, schwerer Schreibtisch in Barock nahm die Mitte des Zimmers ein, beladen mit Wochenzeitschriften, Broschüren, Jahrbüchern, Flugblättern und Parteiliteratur. Eine Büste Dulnikkers, das Werk eines italienischen zionistischen Bildhauers der frühen dreißiger Jahre, beherrschte die eine Ecke des Zimmers. Über dem Schreibtisch hing ein achtflammiger Stillüster, dessen einzige Glühbirne den Raum nur trüb erhellte.

»Guten Abend, Schultheiß, setz dich«, begrüßte der Staatsmann im verdrückten Pyjama seinen Besucher. »Kommt zur Sache, Genossen. Worum geht's?«

Das war wieder der alte, zähe Dulnikker, ›das alte Pulverfaß‹, wie ihn seine engsten Freunde jahrelang genannt hatten. Selbst der Leiter der Tnuva, der riesigen Marktgenossenschaft mit Zweigstellen im ganzen Land, neigte respektvoll den Kopf, bevor er 300 000 Pfund aus dem Entwicklungsanleihefonds verlangte.

»Schön«, erwiderte Dulnikker. »Du hast Glück, Schultheiß, daß du nicht einen Tag später gekommen bist. Zev! Setz dich mit der Kreditkommission in Verbindung. Ich bin dafür.«

»Danke, Dulnikker«, sagte der Manager mit einem breiten Grinsen. »Ich weiß wirklich nicht, wie ich dir für deine Hilfe danken soll.«

Nachdenklich saß Dulnikker hinter seinem Barockschreibtisch. »Ich nehme an, Schultheiß, daß du mit den entferntesten Landgemeinden in Fühlung bist.«

Zev begann sich zu räuspern, drang jedoch damit nicht bis zu Dulnikker durch, der sich plötzlich erstaunlich verjüngte.

»Schultheiß, nenne mir das fernste und einsamste Dorf.«

Schultheiß warf dem Staatsmann einen erstaunten Blick zu und brauchte eine Weile, bis er antwortete: »Im obersten Ostgaliläa, praktisch an der libanesischen Grenze, liegt ein winziges Dorf, von dem noch kaum ein Mensch gehört hat. Der einzige Grund, warum ich mich an den Flecken erinnere, ist der, weil er das ganze Land mit Karawija-Samen versorgt.«

»Karawija?« erkundigte sich der junge Sekretär grollend. »Was ist denn das?«

»In der alten Heimat war es als Kimmel oder Kümmel bekannt«, sagte Dulnikker in Entfaltung seiner berühmten weitreichenden Sprachkenntnisse. Der Manager nickte achtungsvoll zustimmend und erklärte dem Sekretär, daß die Karawijastaude wenig Bewässerung brauche und daher dem dürren, felsigen Bergboden entspreche.

»Zev«, wandte sich Dulnikker mit einem verschmitzten Lächeln an seinen Sekretär, »was sagst du dazu?«

»Ich sage, Dulnikker, daß die Regenperiode bevorsteht.«

»Nu wennschon? Ich nehme den Regenschirm mit.«

»Verzeihung«, stammelte Schultheiß, und sein verblüffter Blick schoß vom Staatsmann zum Sekretär und wieder zurück. »Was hast du vor, Dulnikker? Dort ist nichts Besonderes los. Im Gegenteil, es ist ein völlig abgelegenes Dorf, ein wahres Drecknest. Ich verstehe wirklich nicht …«

»Wie heißt der Ort?«

Schultheiß starrte Dulnikker an. »Kimmelquell«, flüsterte er.

Irgendwo auf dem Land

Unermüdlich fraß sich der große Tnuva-Lastwagen über die gewundenen Landstraßen von Obergaliläa vor, Dulnikker und Zev hatten jedoch die Fahrt schon satt. Chef und Sekretär saßen eng aneinandergequetscht in der Fahrerkabine und streckten ihre starren Glieder von Zeit zu Zeit so gut wie möglich, aber sie erstarrten ja doch wieder. Als die Berge erreicht waren, wurde die Landschaft etwas eintönig, und die Mittagssonne machte die Fahrerkabine unerträglich heiß.

»Wie lange dauert es noch bis Kimmelquell, mein Freund?« fragte Dulnikker.

»Mindestens noch zwei Stunden«, erwiderte der Fahrer verschlossen. »Nach der Kreuzung biegen wir auf eine ungepflasterte Straße ab.«

»Warum pflastert man keine Straße zu dem Dorf?« erkundigte sich der Sekretär. Der Fahrer erklärte, das Pflastern stünde kaum dafür, weil er der einzige Mensch sei, der je in das Dorf fuhr.

»Hören Sie, Dulnikker?« sagte Zev. »Ich habe Ihnen ja gesagt, wir hätten Ihren Wagen nehmen sollen.«

»Gott behüte«, meinte Dulnikker, »wie hätte ich mein Inkognito wahren können, wenn ich in einem Parteiwagen daherkomme? Ich hoffe«, wandte er sich an den Fahrer, »daß auch Sie, mein Freund, absolut verschwiegen sind!«

Der Ausdruck des Fahrers wurde etwas feierlich, und er nickte zustimmend. Der Staatsmann entnahm der gelben Aktenmappe einige Zeitungsausschnitte und sah sie flüchtig durch:

AMITZ DULNIKKER AUF URLAUB

Amitz Dulnikker reiste zu einem längeren Genesungsurlaub irgendwo auf dem Land ab. Unser Berichterstatter sprach im Heim Herrn Dulnikkers vor, aber Frau Gula Dulnikker lehnte es ab, den Aufenthaltsort Herrn Dulnikkers bekanntzugeben, und behauptete, sie habe selbst keine Ahnung, wo er eigentlich stecke. Gewisse Quellen verbinden das plötzliche Verschwinden Amitz Dulnikkers mit weitverbreiteten Gerüchten über gewisse internationale Verhandlungen.

Der Staatsmann freute sich über den Unsinn, den er in den Zeitungen las. Also wußte wirklich niemand, wo er war. Das war genau jene Sorte Rätselhaftigkeit, die das öffentliche Interesse zu wecken pflegt.
»Mein Freund«, fragte Dulnikker den Fahrer, »wann erreichen die Morgenblätter das Dorf?«
»Tun sie nicht.«
»Nein? Ja, wie halten sich denn dann die Dorfbewohner über die Weltereignisse auf dem laufenden?«
»Halten sich nicht.«
Schweigen senkte sich über die Reisenden. Der Sekretär starrte den Staatsmann in stummer Anklage an.
»Wunderbar«, bemerkte Dulnikker schwach. »Das wird eine völlig gesunde Ruhepause; keine Presse, kein Lärm …«
»Und kein Strom«, fügte der Sekretär hinzu, worauf beide schwiegen.
»Das Dorf wird Ihnen gefallen«, tröstete sie der Fahrer. »Sie werden dort anständige, friedliche Juden treffen, die ihr eigenes Leben leben und sich um diese verrückte Welt überhaupt nicht scheren. Weiß Gott, die haben recht! Wer braucht schon den ganzen Wirbel. Ich versorge sie mit allem, was sie brauchen, von Kerosin bis zu Modewaren – wofür sie mit Karawija bezahlen. Sie verlassen ihr Dorf nie. Ihre Ahnen waren arme Holzfäller in den Urwäldern von Rosinesco in Nordungarn, und als die Katastrophe zuschlug, bezahlten sie mit allem, was sie besaßen, einen Agenten, der sie nach Amerika bringen sollte; aber der Agent war aktiver Zionist und brachte sie nach Palästina. Man behauptet, sie hätten jahrelang geglaubt, sie seien in Amerika. Wenn man es sich überlegt, ist es in einem so abgelegenen Dorf wirklich egal, was einer glaubt.«
Der Fahrer brach in überschäumendes, ohrenbetäubendes Gelächter aus, das Dulnikker sehr bald auf die Nerven ging. Er zog eine Straßenkarte aus der geräumigen Aktenmappe, breitete sie auf den Knien aus und begann auf ihr begierig ihren Bestimmungsort zu suchen.
»Meine Herren«, erklärte er nach einer Weile leicht verblüfft, »ich kann hier kein Kimmelquell finden.«
»Vielleicht hat man es für die Landkarte noch nicht entdeckt«, bemerkte der Fahrer, »weil das Dorf völlig in den Bergen versteckt liegt.«

»Wie die weißen Flecken auf der Landkarte von Zentralafrika«, sagte der Sekretär und nickte. In diesem Augenblick machte der Lastwagen eine plötzliche Kurve und bog mitten auf die Mauer von Felsblöcken längs der Straßenseite ein.

»Was ist los?« kreischte Zev verwirrt. »Ich kann nichts sehen!«
»Ruhe«, sagte der Fahrer und schaltete die Scheinwerfer ein. Der große Lastwagen kroch im Schneckentempo durch einen finsteren Tunnel über einen mit urzeitlichen Felserhebungen versetzten Boden. Von Zeit zu Zeit schaukelte das Fahrerhaus wie ein Ruderboot auf hoher See, so daß die Passagiere mehr als einmal mit den Köpfen heftig zusammenstießen. Dennoch wagten sie kein Wort zu äußern, solange sie nicht das am Tunnelende winkende Tageslicht erreicht hatten.
»Na?« fragte der Fahrer mit triumphierender Miene. »Verstehen Sie jetzt, meine Herren?«
»Erholung!« knurrte Zev und klopfte sich den Staub von der Hose. »Erholung!«
»Jedenfalls ist die Landschaft herrlich«, sagte Dulnikker entschuldigend. »Zu schade, daß ich meine Kamera nicht mitgenommen habe.«
Die Landschaft war wirklich faszinierend. Die schmale Landstraße wand sich spiralförmig sanft aufwärts über Schichten von glattem Fels, der da und dort mit vereinzelten Gruppen von Pinien gesprenkelt war. Die Luft war plötzlich frisch und scharf geworden, und von Norden her wehte stetig ein starker Wind.
»Das ist der berühmte Flußberg.« Der Fahrer wies auf einen kahlen, schwarzen Berg, der streng und stolz die Landschaft überragte. »In der Regenperiode stürzt das Wasser herunter wie die Sintflut. Wenn es nicht die großen Erddämme gäbe, hätte der Wildbach das ganze Dorf bestimmt schon weggeschwemmt.«
»Herrlich, nicht, Zev?« Dulnikker war hingerissen. »Von Zeit zu Zeit muß der Mensch an den Busen der Natur zurückkehren.«
»Verzeihung«, flüsterte der Sekretär, »ich muß aussteigen ... schnell ...«
Das Fahrzeug hielt, der seekranke junge Mann taumelte hinaus und an den Straßenrand. Auch Dulnikker stieg aus und streckte sich genüßlich.

»Mein Freund«, wandte er sich an den Fahrer und wies auf den leidenden Zev, »das erinnert mich an die Geschichte von dem Schächter, der zu Rosh Hashanah nicht Schofar blasen durfte. Der arme Kerl ging zum Rebbe und weinte. ›Rebbe, Rebbe‹, jammerte er, ›warum läßt man mich am Rosh Hashanah nicht blasen?‹ Und was erwiderte der Rebbe, meine Herren? Der Rebbe sagte: ›Ich habe gehört – ä-hm –, daß du nicht in die reinigenden Gewässer der Mikve untergetaucht bist.‹ Der Schächter begann sich zu entschuldigen. ›Rebbe, das Wasser war kalt, oi, war das kalt, Rebbe!‹ Und der Rebbe erwiderte: ›Oif Kalts blust men nischt!‹ Auf Kaltes bläst man nicht! Ha, ha, ha!«
Dulnikker brach in ein so dröhnendes Gelächter aus, daß seine, Augen ganz schmal wurden und in den umgebenden Falten verschwanden. Der Fahrer lächelte gezwungen, er verstand kein Wort. Inzwischen hatte der Sekretär verrichtet, was zu verrichten war, und kam schwankend zu ihnen zurück. »Mein Freund«, begrüßte ihn Dulnikker, »wenn du so schwach bist, wird es dir sicher nicht schaden, eine Weile auszuruhen.«
Der Sekretär schwieg, und der Lastwagen fuhr weiter. Die Landschaft wurde zivilisierter.
»Das sind die Karawijafelder«, erklärte der Fahrer und wies auf die niedrigen, saftigen Büsche, von denen sämtliche winzigen Parzellen überquollen.
»Jetzt aber Vorsicht, meine Herren, die Straße wird sehr steil.«
Der Lastwagen überquerte den Bergrücken und fuhr unter ohrenzerreißendem Kreischen der Bremsen hinunter. Tief im Tal konnten die Männer zwei Reihen kleiner Häuser aus roh behauenem Gestein sehen.
»Hier also«, behauptete Dulnikker, »beginnt das Dorf.«
»Nein«, antwortete der Fahrer. »Das ist das ganze Dorf.«

Plötzlich hörte das schrille Pfeifen des starken Windes auf, denn die Berge hielten alle Winde ab. Kurz darauf hörten die Passagiere Hundegebell, und dann tauchten einige einzelne Bauern auf, die gemessenen Schrittes heimwärts gingen. Sie waren fest gebaut, bedächtig in ihren Bewegungen und von der Sonne tief gebräunt. Ihr Anzug – schwarze Hose, weißes, am Hals zugeknöpftes Hemd und Schaftstie-

fel – erinnerte an die ukrainische Bauerntracht. Die Frauen trugen weite Röcke, die fast bis zum Boden reichten und im Rhythmus ihrer Schritte schwangen. Die Dörfler begrüßten den Tnuva-Lastwagen mit einem Nicken, ohne in ihrem friedlichen Tempo innezuhalten.
Dulnikker zupfte am Schirm seiner Mütze, zog sie tief in die Stirn und setzte auch eine schwarze Sonnenbrille auf. Sein Sekretär spähte mit einer Ängstlichkeit, die an Panik grenzte, aus dem Fenster.
»Hören Sie, Mister«, wandte er sich an den Fahrer, »wann kommen Sie das nächste Mal her?«
»Je nachdem. Gewöhnlich komme ich einmal in zwei Monaten, aber manchmal – wenn sie die Taube früher schicken …«
»Was für eine Taube?«
Der Fahrer langte unter seinen Sitz und zog einen kleinen Käfig hervor, der zwei weiße, schläfrige Tauben enthielt.
»Sie fliegen geradewegs zur Tnuva-Zentrale«, erklärte er, »und das ist für mich das Zeichen, zu kommen. Eine andere Möglichkeit, in Kontakt zu treten, gibt es nicht.«
»Wie lange dauert es zu Fuß?«
»Mindestens eine Woche bis zur nächsten Siedlung.«
Der Lastwagen blieb vor einem niedrigen, schachtelförmigen Gebäude stehen, das mehrere hundert Schritte vor den Dorfhäusern stand. Aus den Tiefen dieses Lagerhauses tauchte ein Mann auf, der den Fahrer mit einem Nicken begrüßte, die beiden Vögel entgegennahm und sie in einen Taubenschlag steckte. Beide Männer – der Fahrer und der stimmlose Dörfler – begannen dann den Lastwagen abzuladen, während Dulnikker und seine rechte Hand den beiden Männern bei ihren Rundreisen mit Kisten und Paketen zusahen. Nach einer Weile verlor jedoch der Staatsmann die Geduld und rief dem Fahrer zu: »Mein Freund, wo ist hier der Gasthof?«
»Gasthof? Hier war noch nie ein Gast.«
»Wo also können wir denn wohnen?«
»Keine Ahnung. Manager Schultheiß sagte mir, ich solle Sie herbringen, und das ist alles. Aber es wäre besser, meine Herren, Sie gehen los, weil es nach der Uhr schon zwei ist.«
Der Fahrer wies auf eine schief an die Straßenseite gestellte Steintafel, in deren Mitte ein Stab gesteckt war

»Was soll das sein?« erkundigte sich Dulnikker beunruhigt.
»Die Sonnenuhr des Dorfes.«
Plötzlich fragte Zev: »Wann fahren wir zurück?« Eben in diesem Augenblick kam ein primitiver Bauernkarren vorbei, mit einer ältlichen Kuh bespannt und mit einer Menge grüner Stengel beladen. Der Fahrer hielt den Karren an.
»Diese Herren möchten ein paar angenehme Tage im Dorf verbringen«, sagte er zu dem Mann, der auf den Stengeln thronte und eine lange Pfeife rauchte. »Könntest du sie irgendwohin fahren?«
Einen Augenblick war der Kärrner unangenehm überrascht, dann nickte er zustimmend.
»Sind die hier alle so gesprächig?« fragte Dulnikker, während der Fahrer ihre Koffer auf den Karren lud.
»Nein«, erwiderte der, »es gibt einige, die noch weniger reden. Aber Sie haben Glück, meine Herren, weil das der einzige Karren im Dorf ist. Setzen Sie sich auf diese Karawijastengel. Sie sind Kuhfutter.«
Der Karren bewegte sich über die Haupt- und einzige Dorfstraße und blieb auf halbem Weg vor einem kleinen weißen, zweistöckigen Haus stehen. Der Mann deutete mit der Pfeife auf das Haus, und die beiden Fremden glitten von den Stengeln hinunter.
»Wieviel schulden wir Ihnen, mein Herr?« fragte der Sekretär.
Der Kärrner zog eine Augenbraue hoch: »Mir schulden? Ich kenne Sie nicht.«
Weg war er. Dulnikker trat verwirrt auf dem tiefen Sand herum. Ein Gefühl, das er fast nie gekannt hatte – Vereinsamung –, überfiel ihn. Er schlug den Mantelkragen hoch und zog die Mütze noch tiefer in die Stirn. »Zev«, sagte er zu seinem Sekretär, »geh hinein, mein Freund, und verlange zwei Einzelzimmer.«
Zev ging achselzuckend auf die Tür zu.
»Ich bitte dich noch einmal, mein Inkognito zu wahren«, rief ihm Dulnikker nach. »Du darfst auf keinen Fall meinen Namen verraten! Verstanden?«
»Verstanden, Dulnikker«, sagte Zev und betrat das Wirtshaus. Er befand sich in einer sehr langen Halle, deren Decke von dicken Holzbalken getragen wurde. Der Raum enthielt einige leichte Stühle, rohe Holzbänke und Katzen, die zwischen den Tischbeinen aus Ästen her-

umstrichen. Aus der Küche nebenan wehte dichter, mit Ruß gemischter Dampf, der sich in dieser Halle zu einem wohlduftenden Nebel verdichtete. Ein beleibter Mann stand in der Küchentür und sah Zev aus zusammengekniffenen Augen an.

»Hallo«, sagte Zev. »Ich bin der Sekretär von Amitz Dulnikker. Wir sind soeben angekommen, und Amitz Dulnikker wartet draußen. Wir hätten gern zwei Zimmer, eines für mich und eines für Amitz Dulnikker.«

Der Wirt blinzelte verdutzt und sagte nichts. Der Sekretär war es seit langem gewöhnt, daß die Leute verwirrt wurden, wenn man sie davon unterrichtete, daß der große Mann persönlich erschienen war.

»Wir, Amitz Dulnikker und ich, bleiben ziemlich lange in eurem Dorf«, fügte er herrisch hinzu. »Bitte stellen Sie keine Fragen und nehmen Sie die Dinge, wie sie sind.«

»Malka«, schrie der Mann, »komm her, Liebe! Ich verstehe kein Wort.«

Aus der Küche trat eine mollige Frau, die sich die Hände an der Schürze abtrocknete. Zwei Fratzen mit dicken Köpfen, eineiige Zwillinge, die sich an den Rock der Mutter klammerten, folgten ihr auf dem Fuß. Auch sie betrachteten offenen Mundes den Sekretär von allen Seiten.

»Was gibt's da schon zu verstehen?« fragte Zev ärgerlich. »Amitz Dulnikker will sich in Ihrem Dorf ausruhen.«

»Ausruhen?« fragte der Wirt verblüfft. »Wenn man sich ausruhen will, geht man ins Bett, aber nicht nach Kimmelquell.«

»Das geht Sie nichts an. Ich brauche ein Zimmer sowie ein zweites für Amitz Dulnikker.«

»Der Teufel soll ihn holen!« explodierte der Schankwirt. »Wer ist das?«

»Meine Herren!« Der Sekretär wand sich. »Herr Dulnikker ist stellvertretender Generaldirektor des Ministeriums für Entwicklung ...«

»Was für ein Direktor?«

»Stellvertretender General ... direktor ...«

»So einen Direktor kennen wir nicht. Wir kennen nur den Herrn Schultheiß, den Direktor der Tnuva. Und der ist ein so großer Herr, daß es im ganzen Land keinen größeren gibt, außer vielleicht den

Mann von der Wassergesellschaft, der uns das Wasser gebracht hat. Aber der«, fügte er ehrfurchtsvoll hinzu, »war auch ein Ingenieur!« Der Sekretär stolperte zu dem Staatsmann hinaus, der auf den Koffern saß. »Na«, fragte Dulnikker eifrig, »haben sie noch nicht erraten, wer ich bin?«
»Nein. Nichts haben sie erraten.«

Beide saßen in der ›Dorfrunde‹, wie die Dorfbewohner ihre Zusammenkünfte am Samstagabend im Wirtshaus nannten. Die Tische waren aneinandergestellt und mit blütenweißen Tischtüchern bedeckt. Gläser, Weinflaschen und Sträuße roter Nelken – die in den winzigen Gärten blühten – waren schön ordentlich langhin aufgestellt. Nachher – so informierte der Wirt seine geheimnisvollen Gäste – blieben die Dörfler bis zum Morgengrauen beisammen und sangen zur Begleitung der Leier des Vaters vom Schuhflicker melancholische Lieder, wie das die Bauern in Rosinesco, ihrer alten Heimat, getan hatten. Dulnikker und Sekretär waren von ihrem verzweifelten Kampf mit dem Wirt und seiner Ehefrau vollkommen erschöpft. Elifas Hermanowitsch konnte nämlich einfach nicht verstehen, warum ausgerechnet er sie mit zwei Zimmern versorgen sollte. Erst nach einer halben Stunde Verhandlungen, Flehen und verhüllten Drohungen willigte er ein, ihnen ein einziges Zimmer neben seinem eigenen Schlafzimmer im zweiten Stock zur Verfügung zu stellen. Dulnikker bedeutete jedoch seinem Sekretär sofort mit einem kräftigen Wink der Hand, daß er aus offenkundigen Gründen nicht gewillt war, ein Zimmer mit ihm zu teilen, woraufhin der Sekretär Maßnahmen zur Unterbringung in dem großen Haus des Dorfschusters gegenüber dem Wirtshaus traf. Dulnikkers Zimmer enthielt zwei wacklige Schränke, zwei eiserne Bettgestelle mit rostigen Federn und einen Küchenschemel. Malka hatte Dulnikkers Habe bei dem zweifelhaften Licht einer zerbrochenen Kerosinlampe aus den Koffern in einen der Schränke geräumt. Der Staatsmann selbst war schweigend auf dem engen Balkon gestanden und hatte sich hinter dem Standessymbol der Sonnenbrille die Augen angestrengt, um den großen gepflegten Garten zu seinen Füßen zu betrachten. Die Zwillinge waren heimlich auf den Balkon zu ihm hinausgeschlichen und hatten ihn weiter von Kopf bis Fuß

gemessen. Einer von ihnen – wer konnte schon sagen, welcher – hatte an den Jackenschößen des Staatsmannes gezupft und gefragt: »Onkel, bist du blind?«
»Nein«, erwiderte Dulnikker. Damit war das Gespräch beendet.
Jetzt, in der Dorfrunde, saßen auch die Dörfler unnatürlich stumm da. Sie aßen und tranken mit der Hingabe arbeitender Menschen, welche die Wichtigkeit der Nahrung im göttlichen Schöpfungsplan zu schätzen wissen. Außer dem Kratzen der Messer war im Speisesaal kein Laut zu hören – mit einer weiteren Ausnahme: dem eintönigen, ärgerlichen Schmatzen, das Amitz Dulnikkers gierige und genüßliche Vernichtung von Kalbfleisch mit Essigfrüchten begleitete. Der Sekretär sah sich hie und da in wachsender Besorgnis um, trotz seines Gefühls, daß es eine hoffnungslose Lage sei. Das war etwas, dessen sich die gesamte Parteihierarchie durchaus bewußt war: Wenn Amitz Dulnikker aß, klang es wie eine zerbrochene Wassermühle. Bei diplomatischen Empfängen und anderen großen Anlässen vermochte der Sekretär gewöhnlich für Deckung zu sorgen: Während Dulnikker entweder aß oder in den Zähnen stocherte, pflegte die Kapelle – auf Anordnung des Sekretärs – lebhafte Musik zu spielen. Hier allerdings konnte Zev nur hoffen, daß sich die Tischgenossen als geduldig erweisen würden. Und tatsächlich machten sie keine Bemerkung über das lärmende Malmen des Staatsmannes. Genauso wie sie auch sonst keine Notiz von seiner Existenz nahmen.
Auch Dulnikker war das nicht entgangen.
»Ich wußte von vornherein, daß ich mein Inkognito nicht würde wahren können«, flüsterte er mitten im Essen seinem Sekretär zu. »Sie haben entdeckt, wer ich bin!«
»Wieso wissen Sie das, Dulnikker?«
»Ich habe Augen im Kopf, mein Freund, sie respektieren mich so sehr, daß sie mich nicht einmal anzuschauen wagen«, erklärte der Staatsmann. »Das ist die höchste – und ich kann wohl sagen, übelste – Ebene des Respekts. Glaube mir, mein Freund, ich finde diesen Personenkult ekelerregend. Ich habe es gern, wenn sich die Leute in meiner Gegenwart frei und gleichberechtigt fühlen. Ich glaube daher, daß ich viel dazu beitragen könnte, die Atmosphäre aufzulockern, wenn ich ein paar Worte an die Leute richtete.«

Zev fiel die Gabel aus der Hand. »Nein!« sagte er in panischer Angst. »Sagen Sie nur ja kein Wort, Dulnikker!«

»Warum denn nicht?« erwiderte der Staatsmann und erhob sich. Es war schon vier Tage her, seit er seine letzte Rede gehalten hatte, und jetzt strömten ihm plötzlich alle seine berühmten Energien wieder zu. Ein milder Schimmer leuchtete in Dulnikkers Augen, als er Glas und Stimme erhob: »Bürger von Kimmelquell! Meine Damen und Herren! Altansässige und Neueinwanderer! Zu Beginn möchte ich Ihnen meine tiefe Genugtuung über diesen rührenden Empfang zum Ausdruck bringen. Ich genieße die Hochachtung, die Sie mir bezeigt haben, aber ich suche sie nicht. Ich bin hergekommen, um mich auszuruhen, zu erholen – nicht um an Festlichkeiten teilzunehmen. So fahrt denn fort, Genossen, in euren friedlichen täglichen Pflichten« (»Laß mich los«, flüsterte er seinem Sekretär zu, der ihn immer heftiger an der Jacke zupfte), »behandelt mich informell ...«

Und da geschah es.

Der Schuhflicker, ein ältlicher, verschlampter Witwer mit derben Kinnbacken, zerschmetterte das allgemeine überraschte Schweigen, indem er dem Redner mit tiefer Stimme zubrüllte: »Ruhe! Wir essen!«

In Dulnikkers Brust erwachte der schlummernde Löwe der Knesset, und die Erwiderung des großen Redegewaltigen ließ nicht auf sich warten.

»Ja, meine Freunde«, rief er mit erhobener Stimme, »Friede euren Herzen und Brot auf den Tisch! Das sind die Säulen der Welt des Werktätigen! ...«

Hier aber fielen sämtliche Zuhörer zornig ein: »Hol dich der Teufel, halt endlich den Mund«, brüllte es aus allen vier Ecken des Saals. »Wer ist denn der? Wer hat denn den eingeladen?«

Der Sekretär zerrte einen erschreckend blassen und nach Luft ringenden Dulnikker an die frische Luft.

»Leider, Dulnikker«, keuchte er, »Ob es Ihnen paßt oder nicht, aber in diesem Dorf bleiben Sie inkognito.«

Nach dem Vorfall in der ›Dorfrunde‹ ließen sich zwischen den Dorfbewohnern und den beiden Männern fast keine Bande anknüpfen. Sie waren gezwungen, ihre Freizeit trotz ihrer Unerfahrenheit in Tatenlosigkeit, in Zweisamkeit zu verbringen.

»Mein Freund«, platzte Dulnikker heraus, als er mit seinem Sekretär die Dorfstraße auf und ab schlenderte, »das ist ja nicht einmal ein Dorf; es ist ein übelriechendes Loch! Nicht nur, daß diese Leute Hunderte von Jahren hinter der Zivilisation zurückgeblieben sind, sondern schlimmer: Sie sind auch geistig schrecklich unterentwickelt.«

Der Sekretär bohrte mit den Schuhen im Kies der Straße.

»Ich spreche zu dir, Freund Zev! Warum bist du geistesabwesend?«

»Ich hab' letzte Nacht kein Auge zugemacht, Dulnikker. Die ganze Nacht haben die Hunde gebellt und die Grillen gezirpt, und selbst die Hähne fangen in diesem Dorf schon um Mitternacht zu krähen an.«

»Das ist noch nichts im Vergleich zu dem, was ich gelitten habe, mein Freund. Mein Zimmer wimmelt von Mäusen, während die Katzen auf dem Dach im Chor jaulen. Als ich endlich einschlief, nachdem ich zwei Schlaftabletten genommen hatte, wachte ich plötzlich auf und entdeckte, daß mich jemand rüttelte, weil ich – sagte er – laut schnarche. Da entdeckte ich, daß in meinem Zimmer noch jemand wohnt und in dem anderen Bett schläft. Dieser Zimmergenosse ist niemand anderer als der Dorfhirte und schwachsinnige Verwandte meines Hauswirtes. Genossen, habt ihr schon je von einer solchen Frechheit gehört?«

»Hören Sie, Dulnikker, ich habe Sie rechtzeitig gewarnt, Sie sollten lieber auf zwei Monate in die Schweiz fahren. Aber Sie wollten ja unbedingt hierher kommen.«

»Wer wollte unbedingt?« fuhr der Politiker auf. »Ich?«

»Ja, Sie, Dulnikker!«

»Nu und – wennschon?« brüllte Dulnikker, und sein Gesicht lief wieder rot an. »Habe ich mir nicht etwas Ruhe verdient?«

»Etwas Ruhe?« höhnte Zev. »Stellen Sie sich nur vor, Dulnikker, was

geschehen würde, wenn Sie, Gott behüte, in diesem grandiosen Kurort Zahnweh bekommen.«
Sie waren kaum zwanzig Schritt weitergegangen, als Dulnikker einen immer stärkeren Schmerz in einem unteren Backenzahn verspürte, und sein Zorn auf seinen Sekretär war nun doppelt gerechtfertigt. Er hätte den Burschen schon längst im Stich gelassen, wenn er nur von irgendeinem anderen Menschen in der Gegend gewußt hätte, imstande und bereit, sich mit ihm zu unterhalten. Der Staatsmann hatte keine große Lust, in seinem Zimmer zu bleiben, schon deshalb nicht, weil ihm die Kinder mit den Wasserköpfen auf die Nerven gingen. Dulnikkers Verhältnis zu Kindern war immer schon sehr kühl gewesen. Seine Frau war nicht mit Nachkommen gesegnet worden, und der Politiker hatte sich seinerzeit fast mit einem Gefühl der Erleichterung dringenderen Angelegenheiten zugewandt. Die Zwillinge schienen ihn jedoch für einen Gegenstand immerwährenden Interesses zu halten, und vom ersten Augenblick an ließen sie ihn nicht aus den Augen. Dulnikker merkte deutlich, daß er früher oder später mit ihnen ins Gespräch würde kommen müssen. »Wie heißt ihr denn, meine Jungen?« fragte er sie am zweiten Tag seiner Wanderung durch das Dorf.
»Majdud!« erwiderte der eine. – »Hajdud!« erwiderte der andere.
Dulnikker hatte keine Ahnung, wie das Gespräch fortsetzen. Er war imstande, Jugendlichen aller Arten und politischer Bewegungen stundenlang Vorträge zu halten, aber die Kunst, mit Kindern zu reden, hatte er noch nicht gemeistert,
»Ihr seid einander ähnlich«, stellte er schließlich mit äußerst begrenzter Einfallskraft fest. Die kleinen Lümmel brachen in Gelächter aus.
»Blödsinn. Hajdud ist ähnlicher«, erklärte Majdud. Sie kicherten wieder und rannten davon. Dulnikker schloß, daß sich die Unverschämtheit der Kinder auf die Meinung der älteren Generation gründete, obwohl die Dörfler keinerlei Interesse an ihm zeigten. Wenn die Leute auf der Straße an dem Staatsmann vorbeigingen, taten sie es, ohne mit der Wimper zu zucken. Der Staatsmann hatte in jenen mißlichen Tagen das Gefühl, als sei ihm die Kehle zugestöpselt worden.
In der zweiten Nacht konnte er sich nicht länger zurückhalten. Nachdem sich der riesige Kuhhirte geräuschvoll auf sein Bett hatte fallen

lassen, raffte Dulnikker seinen Mut zusammen und sprach seinen Zimmergenossen an:
»Entschuldige, Mischa, daß ich dich zu so später Stunde störe, da du bestimmt erschöpft bist, aber vielleicht könntest du mir sagen, ob ihr die Kühe kollektiv melkt oder jeder Farmer seine Kühe persönlich melkt?«
»Wer?« fragte Mischa. Diese prompte, wenn auch etwas unklare Antwort ermutigte den Staatsmann, weiterzureden, um an den Kern der Sache heranzukommen. Das laute Schnarchen des Kuhhirten setzte jedoch seinen Hoffnungen ein Ende. »Primitiver Esel«, zischte Dulnikker in die bedrückende Dunkelheit und versuchte, ein bißchen zu sich selbst zu sprechen. Aber bald war er gezwungen aufzuhören, weil er entdeckte, daß er es nicht aushielt, sich zuzuhören.
Dulnikker und sein Sekretär saßen bei einem nahrhaften Frühstück im Eßzimmer des Wirtshauses. Die Qualität der Nahrung befriedigte beide; sie beanstandeten einzig, daß Malka mit zuviel Kümmel kochte. Auch waren sie durch das an sie gerichtete Ersuchen leicht verstört, mit dem Wasser zu sparen, da dieser Gebrauchsartikel wegen der großen Höhenlage nur in beschränkter Menge in das Dorf gepumpt wurde.
Ein junger, ausgemergelter Bursche in Schwarz mit einem schütteren Bart tauchte oft in der Küche auf und spähte in die Töpfe und Pfannen. Dulnikker fragte den dicken Elifas, was da vor sich gehe, und erhielt hierauf die Auskunft, daß der Ausgemergelte der Dorfschächter sei, der die Küche persönlich überwache.
»Heißt das, daß Sie koscher kochen?« fragte Dulnikker.
»Nein«, erwiderte der Wirt, »warum sollte es koscher sein?«
»Aber warum«, fragte Dulnikker hartnäckig, »warum muß dann die Küche vom Schächter überwacht werden?«
»Weil kein Rabbi in ein so kleines Dorf käme.«
»Ich werde noch verrückt in diesem Loch«, sagte Dulnikker zu seinem Sekretär. »Kannst du das verstehen?«
»Natürlich. Sie halten das als ein Symbol dessen aufrecht, was ihre frommen Vorfahren in Rosinesco zu tun pflegten. Übrigens überwacht der Schächter nicht nur die Küche, er ist auch der Dorfschulmeister.«
»Wieso weißt du das?«

»Ich habe es mit der Tochter des Schuhflickers erörtert.«
›Ich habe es erörtert? Er unterhält sich mit jemandem!‹ grübelte Dulnikker und hörte zu kauen auf, weil sein Mund voll des bitteren Speichels der Eifersucht war. »Zev!« sagte er heiser. »Diese lächerliche Situation kann so nicht weitergehen! Bitte setz dich sofort mit dem Ortsrat in Verbindung und finde heraus, wie die Situation eigentlich steht. Ich verlange ja keinen offiziellen Empfang für mich, aber es gibt Grenzen!«
Zev rief den Wirt auf den Plan.
»Herr Elifas, ich möchte mit den Leitern des Ortsrates sprechen.«
»Was?« sagte Elifas erstaunt und blinzelte heftig. »So was gibt's hier nicht.«
»Warum nicht?«
»Weil einfach keiner da ist.«
»Meine Herren«, sagte Dulnikker tadelnd zu ihm, »wir fragen Sie, wer die Angelegenheiten dieses Dorfes leitet!«
»Malka!« rief Elifas. »Komm her, meine Liebe; sie reden schon wieder unverständlich.«
Dulnikker führte das Gespräch mit bemerkenswerter Selbstbeherrschung, wiederholte seine Frage in Gegenwart der Frau und betonte deutlich jede Silbe.
»Also, Madame, wer kümmert sich um die Dorfaffären?«
»Wir haben keine solchen Affären.«
»Heiliger Himmel!« brüllte Dulnikker. »Gibt es denn niemanden hier, der alles richtet, der zum Beispiel die Dorfbewohner informiert, wann, sagen wir, der Tnuva-Lastwagen fällig ist?«
»Das richtet niemand im besonderen«, erwiderte Malka. »Der Barbier sagt es den Bauern beim Rasieren.«
Noch am selben Abend ging Dulnikker zum Barbier. Um die Wahrheit zu sagen, angesichts der Tatsache, daß sein elektrischer Rasierapparat zuunterst im Schrank lag, rechtfertigte sein zwei Tage alter Bart seinen Entschluß. Der Barbierladen befand sich neben dem Wirtshaus, im Vorderteil des Hauses von Barbier Salman Hassidoff. Dulnikker war deprimiert, als er den Barbierladen betrat, obwohl sein Zahnweh wunderbarerweise in der Nacht vorher verschwunden war, als er entdeckt hatte, daß seine unteren Backenzähne links ja alle falsch waren.

In dem kleinen Barbierladen drängten sich ungefähr ein Dutzend Bauern auf einigen Bänken zusammen und warteten in einem Schweigen, das üblicherweise nicht zu Barbierläden gehört. Der magere Schächter stand in einer Ecke des Ladens und betete in einem flüsternden Singsang, während sein hagerer Körper vor und zurück schwankte: Die wartenden Kunden bildeten sein Quorum. Der Staatsmann setzte sich ans Ende der letzten Bank, ohne auch nur irgendeine menschliche Reaktion hervorzurufen. Kurz darauf kam der breitschultrige Schuhflicker herein – Dulnikker bemerkte zum erstenmal, daß er hinkte – und sagte zum Barbier:

»Zwei Schachteln Holznägel Nr. 3.«

Der Barbier, klein, untersetzt und völlig kahl, gab mit einem Nicken zu verstehen, daß er gehört hatte, und schrieb etwas in ein dickes Notizbuch. Der Schuhflicker nickte und setzte sich wortlos neben Dulnikker.

›Und wenn du dich auf den Kopf stellst, ich sag kein Wort zu dir!‹ sprach der Staatsmann stumm seine Verurteilung aus, weil er dem Kerl sein aufrührerisches Benehmen nicht vergessen konnte.

»Mein Freund«, wandte er sich an den Schuhflicker, »sind Sie der Dorfschuster?«

»Ja.«

»Warum haben Sie dann, wenn ich fragen darf, ausgerechnet den Barbier um Holznägel gebeten?«

»Für Reparaturen.«

Wieder senkte sich das drückende Schweigen über die gewandten Sprecher, und Dulnikker konnte in jedem Glied spüren, wie sein Blutdruck hemmungslos stieg und stieg. Plötzlich stand der Staatsmann auf und überraschte die Bauern mit der Bitte, ihn vorzulassen, weil ihm schwindlig sei. Sie waren alle, etwas verblüfft, einverstanden, und der Staatsmann setzte sich vor den erblindeten und verzerrenden Spiegel über dem schaumgefüllten Becken.

»Rasieren? Haarschneiden?« fragte der Barbier.

»Natürlich nur rasieren, mein Freund«, erwiderte Dulnikker und fuhr sich mit der Hand über die vereinzelten grauen Haarsträhnen auf dem Kopf. »Aber bitte, schleifen Sie Ihr Rasiermesser, weil ich einen harten Bart habe. Ehrlich gesagt bin ich es gewöhnt, mich mit einem elektrischen Rasierapparat zu rasieren, daher könnte meine Gesichtshaut empfindlich auf ein Rasiermesser reagieren. Aber das ist unwichtig. Mit der Zeit werden wir das schon überwinden. Warum verlangt ihr keinen Strom, mein Freund?«

»Wir verlangen«, erwiderte der Barbier und seifte den Staatsmann mit schnellen Pinselstrichen ein.

»Wann habt ihr verlangt, wenn ich fragen darf?«

»Jedes Jahr, seit den letzten fünfundzwanzig Jahren.«

»Und?«

»Es wird erwogen.«

»Jetzt geht nicht herum und verurteilt die Regierung, Genossen!« Hier erhob Dulnikker die Stimme und ignorierte den Schaum, der ihm in den Mund geriet. »Die Regierung unternimmt höchste Anstrengungen in allem, was die Entwicklung der unterentwickelten Gebiete betrifft. Natürlich ist hier weder Zeit noch Ort, die Frage zu prüfen, aber ich werde versuchen, euch die wahre Situation sehr kurzgefaßt zu erklären. Nun, die Frage ist die: Was hat Vorrang, die Entwicklung des Industriepotentials oder die Bedürfnisse der Bevölkerung? Mich dünkt – beides!«

»Fertig«, sagte der Barbier und wischte dem Staatsmann das Gesicht ab.

»Schön«, sagte Dulnikker, »dann Haarschneiden auch. Also, wie ich gesagt habe …«

»Tut mir leid, mein Herr, dazu habe ich keine Zeit.«

Als der Staatsmann den Barbierladen verlassen hatte – ohne Haarschnitt –, verfiel der Laden wieder in seine vorherige Stille. Die Bauern saßen auf den Bänken und rauchten friedlich ihre Pfeife.

»Wer ist das?« fragte ein neugieriger Bursche nach einer Weile, und man sagte ihm: »Er wohnt im Wirtshaus, kein Mensch weiß, warum.«

»Ist mit Koffern gekommen«, unterbrach der Schächter eine Sekunde lang sein Beten.

»Es heißt, er ist irgendein Schauspieler«, bemerkte jemand. »Er deklamiert Gedichte.«

»Er ist krank«, meinte der Schächter, »und der Junge pflegt ihn.«

In dem Punkt waren sie alle einer Meinung.

»Sein Krankenwärter schläft in meinem Haus«, informierte sie der

Schuhflicker. »Er erzählte meiner Tochter, daß der Alte ein großer Politiker oder so ist.«
»Politiker-oder-so?« staunten sie. »Warum?«
Etwas Grundlegendes war da nicht klar.
»Was ist eigentlich«, fragte endlich jemand, »ein Politiker-oder-so?«
»Ein Mensch«, meinte der Barbier, »der Befehle gibt. Fast wie ein Ingenieur.«
»Bestimmt besitzt er Grund und Boden.«
»Ich kenne die Art«, sagte der Schuhflicker. »Sie verpachten ihren Boden, dann gehen sie hin und lassen sich's gutgehen.«
»Jedenfalls«, bemerkte der Schächter, »hoffe ich, er fährt bald heim. Er ist lästig.«
»Stimmt«, versicherten die Versammelten, »er ist lästig.«

Dulnikker überquerte die Straße mit jener eisernen Entschlossenheit, die alle seine schicksalhaften Entschlüsse begleitete, und platzte ohne anzuklopfen in das Haus des Schuhflickers. Bei seinem Eintritt traf er den Sekretär in einer Ecke des Wohnzimmers mitten in einem höchst persönlichen Zwiegespräch mit einer jungen Blonden an. Das Auftauchen des Staatsmannes ließ zwischen den beiden jungen Leuten eine kleine Lücke entstehen. Der Sekretär setzte hastig wieder seine Brille auf, aber die Blonde mit dem Babygesicht starrte Zev weiter an, als sei er ein junger Gott in Person. Das befriedigte Lächeln auf ihren Lippen erregte aus irgendeinem Grund die Wut des Staatsmannes. Mit einer energischen Geste winkte er seinen Sekretär heran.
»Zev«, flüsterte er ihm zu, »ich bin nicht bereit, auch nur einen Tag länger in diesem Sauloch zu verbringen, wo selbst die Friseure taubstumm sind! Von mir aus kannst du ja dableiben, wenn du willst. Falls du aber Lust hast, mitzukommen, pack sofort deine Sachen, mein Freund. Morgen früh fahren wir!«
»Meine Sachen sind bereits gepackt!« Zev lachte herzlich, und ohne die düster dreinblickende junge Dame zu beachten, eilte er mit Dulnikker zum Wirtshaus.
»Das Dorf hat ein entsetzlich niedriges politisches Niveau«, erklärte der Staatsmann die Faktoren seines Entschlusses. »Mit vierzig Jahren Intellektualität, Programmerstellung und Funktionärsleben hinter mir

kann man mich nicht zwingen, meine unschätzbare Zeit mitten in einem Haufen ungebildeter Nullen zu verbringen! In diesem Loch gibt's ja nicht einmal Strom, geschweige denn eine einzige Zeitung!«
»Endlich!« Zev seufzte erleichtert auf. »Morgen nachmittag werde ich für uns Zimmer in irgendeinem schicken Schweizer Hotel reservieren.«
»Einverstanden«, erklärte Dulnikker, »aber sei nicht überrascht, mein Freund, wenn ich in Zukunft in Sachen Ferien und Genesungsurlaub deinen Rat nicht mehr beachte.«
Der Sekretär schwieg, wohl wissend, daß zu solchen Zeiten auch nur ein einziges übereiltes Wort alles verderben konnte. In bester Laune – am Horizont winkte die Freiheit – packten sie miteinander Dulnikkers Habe zusammen. Dann hüpfte Zev eilig die Treppe hinunter, um mit Elifas abzurechnen. Ehrlich gesagt, verriet der Wirt unverkennbare Zeichen der Erleichterung, als er den Sekretär ihre Abreise verkünden hörte.
»Großartig«, sagte er. »Alles Gute Ihnen, Herr Krankenwärter.«
Der Sekretär hielt sich nicht lange mit Verabschiedungen auf, sondern erkundigte sich ungeduldig, wo man im Dorf telefonieren könne.
»Telefonieren?« Elifas begann wieder zu blinzeln. »Was meinen Sie damit?«
Zev erbleichte auf der Stelle. In ihrer großen Freude, trunken vor Abschiedswonne, hatten sie offensichtlich ein paar Kleinigkeiten übersehen. »Wie kann ich einen Brief von hier absenden?« fragte Zev zögernd. Elifas klärte die Sache auf, daß sie seit nunmehr fast zwanzig Jahren keine postalische Verbindung mehr mit der Außenwelt hatten. Vorher war immer zweimal im Jahr jemand nach Safad gefahren, um die Post von draußen abzuholen, aber schließlich hatten sie diese überflüssige Dienstleistung aufgelassen. »Danke«, flüsterte der Sekretär und schleppte sich schwer die Treppe hinauf.

In der folgenden Nacht schlüpfte Dulnikker um halb zwei aus dem Bett, in das er sich angezogen gelegt hatte, und ging auf Fußspitzen auf die Straße hinunter. Sein Sekretär erwartete ihn bereits hinter einer Linde versteckt. Beide waren – unter emotionalem Druck – so gespannt und aufgeregt, daß sie einander feierlich die Hand drückten,

etwas, das sie noch nie getan hatten. »Gehen Sie zurück, Dulnikker«, flüsterte Zev, »ich kümmere mich selbst darum.«
»Nicht daran zu denken«, erwiderte der Staatsmann. »Ich will sichergehen, daß alles laut Plan klappt.«
Bei Vollmondschein – wie das bei solchen Vorgängen üblich ist – huschten sie von Baum zu Baum bis zum Rand des Dorfes. Bevor sie jedoch die letzten Häuser hinter sich gelassen hatten, brach zorniges Gebell los, und zwei Dorfhunde schlossen sich ihnen an. Dulnikker konnte Hunde nie ausstehen, besonders seit dem Vorjahr, als ihn der Terrier des persischen Delegierten bei der Asiatischen Landwirtschaftskonferenz gebissen hatte. Jetzt, mitten in der Nacht, war er einfach wütend. Er begann die bellenden Kreaturen mit Rasenstücken zu bewerfen und verfluchte sie in den abscheulichsten Ausdrücken, bis die lärmenden Tiere am Ende des Dorfes umkehrten und sich mit eingezogenem Schwanz zu ihren Häusern zurückzogen.
»Immer muß ich alles selber machen!« sagte Dulnikker vorwurfsvoll zu seinem Sekretär. Als sie zum Lagerhaus kamen, atmeten sie freier. Die Tauben schliefen friedlich in ihrem Taubenschlag und plusterten sich im Schlaf gelegentlich mit einem freundlichen Gurren auf. Dulnikker zog den Zettel aus der Tasche und las ihn noch einmal durch:

Hilfe! Sendet sofort Wagen. Es geht auf Tod und Leben!
Amitz Dulnikker

»Soll ich hinzufügen, daß auch Reporter mitkommen sollen?« fragte er Zev, der bereits langsam die Leiter emporkletterte.
Zev brachte ihn nervös zum Schweigen, indem er sagte, Reporter würden ohnehin kommen. Dulnikker starrte liebevoll die hübschen Tauben an, in denen er die Boten der Erlösung aus der Falle namens ›Kimmelquell‹ erblickte. Inzwischen öffnete sein Sekretär das Türchen des Taubenschlags, fing mit zitternder Hand eine der Tauben und zog sie heraus.
Der überraschte Vogel begann mit den Flügeln zu schlagen, und der Sekretär purzelte fast von der Leiter. Er brachte die Taube dem Staatsmann hinunter, sie banden ihr den Zettel ans Bein und ließen sie los.

»Kleines Vögelchen, Vögelchen!« flüsterte der Sekretär und warf den Vogel in die Luft. Aber die treue Taube kehrte auf seine Schulter zurück. Dulnikker, der vor Aufregung fast platzte, brach einen dünnen Zweig von einer Hecke und versuchte mit ihm, den goldigen Vogel wegzuscheuchen.

»Flieg, Vögelchen, flieg! Wenn nicht, bring' ich dich um!« drohte er der Taube und fuchtelte ihr mit seinem Zweig vor dem Schnabel herum, bis schließlich der Lagerhauswächter durch die seltsamen Geräusche geweckt wurde und aus seiner Wohnung im Hinterhaus herauskam.

»Was geht hier vor?« schrie er, während er seine Hose festband. Sein plötzliches Auftauchen änderte das Gleichgewicht der Kräfte völlig. Die erschrockene Taube stieg auf und verschwand in der Finsternis, während sich die beiden Verbrecher so tief wie möglich duckten und ins Dorf zurück entwichen. Das Geschrei des Wächters beschleunigte ihren Lauf, so daß sie sich ihren eigenen Pfad durch die stacheligen Heckenzäune bahnten. Nach einer Viertelstunde stummen Kampfes gegen die zerstörenden Kräfte der Natur blieben die beiden Flüchtenden stehen und blickten zurück, nur um zu entdecken, daß sie, statt gegen Dornen anzukämpfen, die Straße hätten hinunterlaufen können, die parallel und nur wenige Schritte entfernt von ihrem Weg verlief.

»Ich kann nicht verstehen, warum du das nicht selber hättest tun können!« beklagte sich Dulnikker bei seinem Sekretär. »Muß ein alter Mann von fast siebzig Jahren wirklich solche Aufregungen mitmachen?«

Der Sekretär reinigte keuchend seine Brille vom Schlamm und sagte nichts. Sie trennten sich in einer Atmosphäre stummer Feindseligkeit. Dulnikker kroch fast die Holztreppe hinauf. Er öffnete die Tür, hinkte zum Bett, und ohne die Schuhe auszuziehen, ließ er sich total erschöpft mit dem Gesicht nach unten darauffallen. Unverzüglich umfingen ihn zwei warme Arme, und eine erschrockene Stimme flüsterte ihm ins Ohr: »Mein Mann ist da!«

Wenige Sekunden später wurde neben dem Bett ein Streichholz angezündet, eine Männerhand packte Dulnikker und zog ihn unwiderstehlich geradewegs zur Tür. Dann versetzte Elifas Hermanowitsch dem

Staatsmann einen Fußtritt in den Hintern und warf ihn wirbelnd die Treppe hinunter.
Dulnikker fiel vor der Küchentür flach auf den Boden und schlief auf der Stelle ein.

Es war die erste Nacht, in der Dulnikker geschlafen hatte. Der Staatsmann lag als ein Haufen am Fuß der Treppe und schlief ohne eine einzige Pille tief und gesund, bis er ungefähr bei Sonnenaufgang durch das sanfte Streicheln seines zerzausten Haares geweckt wurde. Malka, die früh aufgestanden war, um die Kühe zu melken, war in der Finsternis über Dulnikker gestolpert.

»Herr Dulnikker, Herr Dulnikker«, hauchte sie ihm warm ins Ohr, »ich hoffe, Sie haben sich nicht schlimm weh getan.«

Der Staatsmann öffnete die Augen, konnte sich aber nicht zusammenreimen, was los war. Er warf der Frau einen äußerst törichten Blick zu und versuchte aufzustehen; aber wenn er auch nur eines seiner angeschlagenen Glieder rührte, gab es ihm einen schmerzhaften Stich.

»Heiliger Himmel!« staunte Malka, als sie den zerrissenen und zerlumpten Anzug des Staatsmannes bemerkte. »Sie schauen ja gräßlich aus, Herr Dulnikker! Ich habe nicht gewußt, daß ihr so wild gerauft habt! Oj, ihr Männer, ihr Männer!« Sie seufzte befriedigt. »Ihr seid doch alle gleich.«

»Madame«, stammelte Dulnikker, »erlauben Sie mir, diesen verhängnisvollen Irrtum aufzuklären ...«

»Da gibt's nichts aufzuklären, Herr Dulnikker«, sagte Malka lächelnd. »Das nächste Mal werden Sie vorsichtiger sein und es mir vorher sagen. Wie kann ein Mann in Ihrem Alter so verrückt sein?«

Ein seltsames Zittern durchlief den Staatsmann, ein undeutliches, perlendes Gefühl, anders als alles, was er seit mehr als dreißig Jahren erlebt hatte; das heißt, seit jenem Augenblick, als er zum regionalen Parteisekretär ernannt worden war. Vorher war sein jugendlicher Geist intakt und er imstande gewesen, den jungen Damen Zeit zuzuteilen. Seit jener Ernennung hatte jedoch der Gegenstand für ihn zu existieren aufgehört. Dulnikker pflegte bei jedem gewagten Witz, der in der Parteihierarchie erzählt wurde, herzlich zu lachen, aber dieser ganze Sektor des Lebens hatte in seinem Gemüt eine absolut abstrakte Eigenschaft angenommen. ›Und jetzt glaubt dieses große, dicke Frauenzimmer – schlimmer, ist überzeugt –, daß ich ...‹ Dulnikker betrachtete Malka von einem funkelnagelneuen Gesichtspunkt aus: Nein, man hätte nicht geglaubt, daß sie Zwillinge geboren hatte. Plötzlich wurde der Staatsmann von dem Wunsch gepackt, der Frau etwas Süßes und dennoch sehr Geistreiches zu sagen.

»Es hat nichts zu bedeuten«, murmelte er schließlich. »Was war, das war.«

Malka begrüßte diese einfallslose Bemerkung mit einem verständnisvollen Lächeln, legte ihre vollen, runden Arme um Dulnikker und zog ihn hoch. Unter stechenden Schmerzen kletterte der Staatsmann, an die schwingenden Hüften der Frau gelehnt, die Treppe hoch. Mischa, der Kuhhirte, schlief noch immer. Malka ging zum Bett des Staatsmannes und schlug es auf. Plötzlich dämmerte es Dulnikker, daß noch nie eine Frau in seiner Gegenwart ein Bett gemacht hatte. Dann fiel ihm freilich ein, daß Gula genau das Abend für Abend seit Dutzenden von Jahren machte. Schließlich fuhr ihm die idiotische Vorstellung durch den Kopf, daß seine Frau ein Mann sei. Aus irgendeinem Grund versuchte er ein Bild heraufzubeschwören, wie Gula vor ihrer Ehe ausgesehen hatte, und entdeckte, daß er sich eine völlig Fremde vorstellte.

»Ich danke Ihnen aus Herzensgrund, Madame.«

»Nennen Sie mich Malka.«

Wieder erschien das gleiche alberne Lächeln in Dulnikkers Gesicht. Er bedeckte das Knie mit der rechten Hand, weil dort ein ziemlich großes Stück Stoff fehlte.

»Elifas ist ein reißendes Tier«, versicherte ihm die Frau. »Ich schlag vor, Sie lügen ihn an und sagen, Sie seien irrtümlich in mein Zimmer gekommen.«

Nachdem die Frau gegangen war, ging der Staatsmann wieder schlafen, und als ihn die Sonne weckte, war er allein im Zimmer. Trotz seiner immer schlimmer werdenden Schmerzen stand Dulnikker auf und wusch sich hastig in der Tonschüssel, die der Wirt für ihn besorgt hatte. Dann ging er wieder ins Bett, um stumm zu leiden. Das Auftauchen von Elifas unterbrach seine seltsamen Gedanken.

»Ich wollte Ihnen wirklich nicht weh tun, mein Herr«, entschuldigte sich der dicke Mann, als er ängstlich das zerschundene, bös zugerichtete Gesicht seines Opfers betrachtete. »Ich bin vielleicht ein bißchen hitzig, wo es um meine Frau geht.«

»Meine Herren«, erwiderte Dulnikker, »seien Sie versichert, daß ich Ihr Zimmer irrtümlich betrat, weil ich es irrtümlich für das meine hielt.«
Nein, das war nicht überzeugend! Der Staatsmann spürte, daß das alles schrecklich falsch klang. ›Was kann ich tun?‹ sagte er sich. ›Ich kann eben nicht lügen! Ich bin zu ehrlich.‹ Also beeilte er sich, den Wirt zu fragen, wie es seinem Sekretär gehe.
»He, Kinder«, rief Elifas aus dem Fenster, »ist der Krankenwärter des Herrn schon da?«
»Er ist nicht mein Krankenwärter«, verbesserte ihn Dulnikker. »Er ist mein Privatsekretär.«
»Ihr Sekretär?« fragte Elifas verständnislos. »Was meinen Sie mit ›Sekretär‹?«
»Wollen Sie jetzt bitte einen Arzt rufen.« Dulnikker schloß müde die Augen. Elifas richtete ihm emsig die Kopfkissen und ging auf Fußspitzen hinaus. Sofort schlichen die Zwillinge herein und begannen ihr Ritual des Anstarrens. Dulnikker beschloß, die Provokation zu ignorieren und so zu tun, als schliefe er. Bald hörte er zwei Kinderstimmen: »Er heißt Dulnikker.«
»Warum?«
»Ich weiß nicht. Der Papa sagt, er ist fast ein Ingenieur.«
»Wann ingenieurt er?«
»Wenn er redet.«
Das Gehirn des Staatsmannes arbeitete auf vollen Touren, aber er war nicht imstande, sich aus dem Gespräch etwas zusammenzureimen. Zu seiner großen Erleichterung verscheuchte Zev die Kleinen, als er eintrat. Er trug ein mit Leckerbissen beladenes Tablett, das er vor Dulnikker hinsetzte.
»Empfehlungen von Frau Malka«, berichtete er. »Aber Sie sehen ja wie ein Wrack aus, Dulnikker! Sind Sie wirklich die Treppe hinuntergefallen?«
Der Staatsmann empfand einen seltsamen flüchtigen Wunsch, seinen Sekretär zu empören und zu verblüffen. Er zog Zev dicht an sich heran:
»Ich kehrte etwas deprimiert heim, als ich heute nacht zurückkam«, flüsterte er schalkhaft. »Kurz gesagt, ich ging in Malkas Zimmer.«

»Ich verstehe«, reagierte der Sekretär sofort. »Sie haben sich im Zimmer geirrt, Dulnikker.«
»Der Schmerz ist unerträglich«, stöhnte der leidende Staatsmann. »Ich wußte ja gleich, daß das so enden würde. Ich hoffe nur, daß uns der Wächter nicht erkannt hat.«
»Ich glaube schon.«
»Guter Gott!« sagte Dulnikker aufs äußerste beunruhigt. »Wir müssen sofort ein Dementi veröffentlichen. Wieso glaubst du das?«
»Nun ja, er brachte heute morgen drei Tauben in die Küche, Dulnikker, damit Sie nicht gehen und sie bei Nacht stehlen müssen ...«
Im Zimmer herrschte Stille, nur durch das Schmatzen von Dulnikkers Lippen und das Malmen seiner Backenzähne unterbrochen.
»Seien wir objektiv«, meinte der Staatsmann nach einer nachdenklichen Weile. »So wie die Dinge stehen, war es sehr nett vom Wächter, mir ein so hübsches Geschenk zu bringen. Außerdem mußt du zugeben, daß die Dorfbewohner größtenteils wohlmeinende Juden sind, die – herrschte nicht die Finsternis des Mittelalters in ihnen –, glaube ich, eine solide, ordentliche Gesellschaft in diesem Waldwinkel schaffen könnten ...«
»Hauptsache«, bemerkte Zev, Gefahr witternd, »Hauptsache, unsere Taube kommt bald in der Tnuva-Zentrale an.«
»Ich glaube, daß eine bloße Diagnose des Leidens nicht genügt«, fuhr Dulnikker unbeirrt fort. »Ich sage euch, Genossen, ein Minimum an elementaren politischen Begriffen in diese Unglückseligen einzuimpfen – das ist eine Aufgabe, ein wirklicher Schöpfungsakt. Unterbrich mich bitte nicht, mein guter Freund, ich weiß genau, was du sagen willst. Natürlich habe ich nicht vor, diesen primitiven Juden ein Parteiprogramm zu schenken. Aber ich wünsche wirklich, diesen Genossen eine Anzahl soziologischer und staatspolitischer Begriffe beizubringen. Ich denke dabei an ein Seminar in kleinem Maßstab, Zev, mein Freund, nichts sonst. Und jetzt möchte ich gerne deine Meinung hören.«
Amitz Dulnikker richtete sich mit dem gewissen ›tatkräftigen Funkeln‹ in den Augen – wie das seine Kollegen nannten – im Bett auf.
»Hören Sie, Dulnikker«, sagte Zev. »Die Idee hat was für sich, aber traurigerweise fahren wir demnächst fort.«

»Und inzwischen soll ich nichts tun?« fragte der Staatsmann anmaßend.
»Nein, mein Freund. Eine vollständige politische Erziehung kann ich ihnen nicht angedeihen lassen, aber wenn es mir gelänge, das Dorf seiner ideologischen Genesung auch nur einen Schritt näherzubringen, wird meine Mühe nicht umsonst gewesen sein!«
»Bravo!« rief der Sekretär und packte die schwitzige Hand des Staatsmannes mit einem männlich harten Griff. Dulnikker errötete leicht, wie immer, wenn er das Gefühl hatte, daß er seinem Ruf gerecht geworden war.

Als der Arzt kam, hatte Dulnikker schon das Bett verlassen und bemühte sich, im Zimmer auf und ab zu gehen. Der Arzt, ein glattrasierter Mann mittleren Alters, begrüßte ihn freundlich.
»Hermann Spiegel«, stellte er sich vor. »Ich bin wirklich froh, den Ingenieur persönlich kennenzulernen.«
»Ich bin kein Ingenieur«, erwiderte der Staatsmann. »Ich heiße Amitz Dulnikker!«
Der Name sagte dem Arzt nichts. Er bat Dulnikker, sich flach auf dem Rücken auszustrecken, betrachtete dann lange seine Fingernägel, spähte in seine Ohren und öffnete schließlich Dulnikkers Mund zu einer schnellen Besichtigung seiner faulenden Zähne.
»Sie sind sechzig, äh?«
Dulnikker war sprachlos. Als man vor kurzem seinen 58. Geburtstag zum zweitenmal gefeiert hatte, war er 61 gewesen. Er hielt sich jedoch nur für 55, obwohl er in Wirklichkeit über 67 war. Insgeheim hatte er beschlossen, Anfang des nächsten Jahres seinen 65. Geburtstag zu feiern.
»Ich habe unmenschliche Schmerzen, Doktor Spiegel«, klagte er. Der Arzt legte ihm die Hand auf den Nacken.
»Sie sind Internist?« fragte Dulnikker.
»Nein, Tierarzt.«
»Was haben Sie gesagt?« donnerte der Staatsmann. »Hat denn dieser Ort keinen Menschendoktor?«
»Natürlich nicht!« donnerte Hermann Spiegel zurück. »Wer wäre schon so verrückt, in dieses erbärmliche Dorf zu kommen?«

Der Tierarzt nahm sofort die Gelegenheit wahr und erzählte Dulnikker die betrübliche Geschichte seines Pechs. Man hatte ihn nach Ausbruch einer Maul- und Klauenseuche nach Kimmelquell gehetzt. Hier verliebte er sich auf den ersten Blick in eine der Dorfwitwen, und der Schächter hatte sie unverzüglich getraut. Inzwischen war jedoch der Tnuva-Lastwagen abgefahren.
»Und so bin ich in diesem verdammten Nest hängengeblieben«, goß Hermann Spiegel sein Herz aus. »Dabei bin ich ein echter westeuropäischer Intellektueller, und die Leute hier sind die reinsten Tiere. Ich mache keine Besuche, ich habe keine Freunde, ich kann mich nicht an die Verhältnisse in diesem Dorf gewöhnen.«
»Wie lange sind Sie schon hier?«
»Dreißig Jahre. Und woher sind Sie, Herr Ingenieur?«
»Ich bin kein Ingenieur«, sagte Dulnikker. »Ich heiße Amitz Dulnikker!«
Die deutliche Aussprache seines Namens trug gesegnete Früchte.
»Guter Himmel!« rief der Tierarzt aufgeregt aus. »Sind Sie wirklich Dulnikker?«
Ja – das war dasselbe süß-schwindlige Gefühl, das ihm so lange versagt geblieben war: jemanden atemlos zu sehen und sich seiner schmeichelhaften Verwirrung zu erfreuen.
»Also, das ist unglaublich!« Hermann Spiegel war begeistert. »Da sind Sie also ein Verwandter des Optikers Dulnikker aus Frankfurt am Main?«
»Nein!« Der Staatsmann machte sich aus der Umarmung Spiegels frei. »Ich bin mit keinem Optiker verwandt! Ich *habe* nur Verwandte!«
Der Tierarzt wies den Staatsmann an, eine Woche im Bett zu bleiben und seine heilenden Glieder mit kalten Umschlägen zu behandeln. Er verbot ihm, zuviel Wasser zu trinken, weil das seinen Magen aufschwellen lassen könnte. In den folgenden Tagen genoß Dulnikker Malkas hingebungsvolle Pflege. Sie strahlte vor schmeichelnder Bewunderung für den Mann, der um ihretwillen ein solches Risiko auf sich genommen hatte. Jedesmal, wenn sie mit dem Staatsmann sprach, enthielt ihr Lächeln etwas wie eine geheimnisvolle Ermutigung, und ihre flinken Finger ließen Dulnikkers Blut jedesmal prickeln, wenn sie seine Verbände wechselte.

Abgesehen davon fühlte sich der Staatsmann nicht wohl, an seine harte Matratze gefesselt zu sein. Jedermann kannte seine legendäre, angestrengte, überströmende Energie – die angeborene Fähigkeit ›Dulnikkers, der Maschine‹, für die er sich selbst gern hielt. Und mit Ausnahme seiner häufigen Herzanfälle lag Dulnikker nie krank im Bett. Nur einmal, vor langer, langer Zeit, als er noch der junge Leiter einer neuen Zementfabrik war, war er gezwungen gewesen, seine Tätigkeit einige Tage wegen eines Magengeschwürs zu unterbrechen. An sein Bett gefesselt, hatte sich Dulnikker fast verzehrt vor Sorge, daß das Produktionsniveau unter seiner Abwesenheit leiden könnte. Er flehte seine Mitdirektoren an, es ihn unverzüglich und sofort wissen zu lassen, sollte die Produktionskurve – Gott behüte – einen Trend nach unten zeigen, in welchem Fall er selbst noch aus dem Grab in die Fabrik zurückkehren würde, um die Dinge wieder in Ordnung zu bringen. Dulnikker blieb einen Monat im Krankenhaus, während die Produktion um acht Prozent anstieg. Seither war er nie wieder krank geworden.

Es war daher nicht überraschend, daß der Staatsmann nicht durchhalten konnte. Sein erhabenes Ziel – die Erziehung des Dorfes – brachte ihn schnell auf die Beine. Am dritten Tag war Dulnikker aus dem Bett und begab sich auf die Straße, wo ihn Zev mit einem wartenden Pferd und einem zweirädrigen Wagen überraschte. Es war derselbe Karren, der dem stummen Pfeifenraucher gehörte. Der Sekretär hatte das Gefährt für zwei Wochen von ihm gemietet. Es wurde bald klar, daß das Holpern des bäuerlichen Fahrzeugs dem Staatsmann große Schmerzen verursachte, und daher zog es Dulnikker vor, zu Fuß dahinzuhinken, während ihm der Karren langsam folgte.

Der Staatsmann zog bald einige Aufmerksamkeit auf sich, weil er – wie das Gerücht verlautete – mit seinem Krankenwärter zusammen versucht hatte, für die Frau von Elifas Hermanowitsch eine Taube zu stehlen. Die Bauern drückten ihre Hochachtung dadurch aus, daß sie Dulnikker zunickten, wenn sie auf der Straße an ihm vorbeikamen. Darüber hinaus aber blieben sie dieselben friedlichen Leute, deren gemessener Schritt ihn so sehr erbitterte.

»Selbstgefälligkeit«, versicherte Dulnikker seinem Sekretär auf einem ihrer Spaziergänge. »Es ist klar, daß sie in dem Sumpf der kollektiven Apathie versinken. Einer einzigen starken Persönlichkeit, in der der gewisse Funke der Führernatur lebt, könnte es gelingen, ein bißchen Gärung in dem Dorf zu erzeugen. Aber wer sollte das sein? Vielleicht der Schuhflicker?«

»Wie soll ich das wissen?« erwiderte der Sekretär gleichgültig. »Jedenfalls ist seine Tochter recht lebhaft.«

»Dir, mein fauler Freund, geht es nur um dein Vergnügen«, sagte Dulnikker wütend. »Immer muß ich alles selber machen!«

An diesem Punkt kehrte der Staatsmann seinem Sekretär den Rücken und betrat gleich darauf den Schusterladen. Zev setzte sich unter eine große Linde, riß einen Grashalm ab, legte ihn quer über seine gespitzten Lippen und begann auf ihm zu blasen. Er hatte sich noch nie so gelangweilt wie in den letzten paar Tagen.

Der Laden Zemach Gurewitschs war nichts als ein kleiner Raum an der Seite seines Hauses und enthielt einen Tisch, zwei Schemel, einen Hammer, ein Stemmeisen, etwas Pech und eine Menge über den ganzen Fußboden verstreute Schuhleisten. Auf dem einen Schemel saß ein alter Mann mit einem fahlen Gesicht, der Holznägel in eine Schuhsohle trieb. Zemach Gurewitsch war soeben von seinem Feld zurückgekehrt und hatte seinen Lederschurz angelegt. Er begrüßte den Staatsmann mit einem leichten Nicken, aber der alte Mann hob kein Auge, um ihn auch nur anzusehen.

»Meine Herren«, sagte der Staatsmann zum Schuhflicker, »ich habe ein Paar guter Schuhe, aber ich möchte, daß Sie Gummiabsätze daraufgeben, damit mein Schritt elastischer wird. Wenn Sie nichts dagegen haben, schicke ich Ihnen morgen meinen Sekretär mit den Schuhen herüber.«

»Habe nichts dagegen«, erwiderte der Schuhflicker, »aber nicht morgen, Herr Ingenieur.«

»Ich bin kein Ingenieur.«

»Trotzdem nicht morgen, weil ich die Absätze erst durch den Barbier bei der Tnuva bestellen muß.«

Der im taktischen Manöver so erfahrene Staatsmann ergriff sofort die sich ihm bietende Gelegenheit.

»Ich möchte wissen«, sagte er, während er Gurewitsch und seinem

Gehilfen Zigaretten anbot, »warum es der Barbier sein muß, der die Warenliste aufstellt?«
Der Schuhflicker und der Alte tauschten verblüffte Blicke.
»Er stellt nichts auf«, versicherte der Schuhflicker. »Er schreibt nieder, was ihm die Leute sagen.«
»Selbst das ist eine achtbare Funktion im Dorfleben«, meinte Dulnikker. »Es liegt mir fern, mich in Ihre Angelegenheiten zu mischen, meine Herren, aber es scheint, daß Sie, Herr Gurewitsch, die Aufgabe genauso getreu erfüllen könnten. Die Dorfbewohner besuchen nicht nur den Friseurladen; Ihre Institution, als Grundlage aller Schusterarbeit, kommt in häufigen, direkten Kontakt mit ihnen. Ist Ihnen nie eingefallen zu fragen, warum der Barbier ernannt wurde, um die Liste zu führen, und nicht Sie?«
»Ich hab' mir darüber Gedanken gemacht, Herr Ingenieur«, gab Gurewitsch zu, »und recht ist es nicht!«
»Also dann«, begann Dulnikker seine Schnellfeuerrede, »treten Sie an das Tor des Dorfes hinaus und sagen Sie den Mitbürgern: ›Auch ich bin ein Handwerker, nicht weniger als der Barbier, und auch ich will Anteil haben an der Aufstellung der Liste!‹ Würden Sie das tun, Genosse?«
»Nur wenn ich verrückt wäre, Herr Ingenieur«, erwiderte Gurewitsch gelassen. »Es war wirklich nicht recht von uns, dem Barbier das ganze Zeug aufzuladen. Aber von mir verlangen, mir freiwillig noch eine Arbeit auszusuchen, der jeder sonst versucht, aus dem Weg zu gehen – Sie werden schon entschuldigen, Herr Ingenieur, aber ich bin doch nicht auf den Kopf gefallen.«
Woraufhin sich der Schuhflicker an seinen Tisch setzte, seinen Hammer hob und zum Staatsmann sagte:
»Sie schicken also Ihren Krankenwärter nächste Woche her, Herr Ingenieur.«
»Er ist mein Sekretär«, murmelte Dulnikker, als er den Laden verließ.
Er fand seinen Krankenwärter unter der Linde ausgestreckt, auf seinem Grashalm hohe Töne blasend. Die Wut des Staatsmannes erreichte einen bisher ungeahnten Gipfel.
Mit einer schnellen, wütenden Gebärde entriß er Zev den Grashalm, und während er den Sekretär die Straße mit entlang zog, erzählte er

ihm die ganze schändliche Angelegenheit. Er beschloß sein Klagelied:
»Dieses Dorf verkommt hoffnungslos.«
Der Sekretär warf einen besorgten Blick auf die vorquellenden Adern des Staatsmannes.
»Nur einem zurückgebliebenen Geistesschwachen könnte es entgehen, was sich hier abspielt!« brüllte Dulnikker. »Wo ist das Dorfratsgebäude, frage ich! Wo ist die öffentliche Parkanlage, frage ich! Wo ist das Industrieviertel, frage ich! Ist es nicht abnormal, daß ein Dorf dieser Größe nicht einmal – einen Bürgermeister hat?«
»Wozu brauchen diese guten Leute einen Bürgermeister?« plädierte Zev. »Ich sehe nicht ein, warum Sie es nötig finden, sich so über sie aufzuregen.«
»Der Mensch hat ein Gewissen«, erwiderte der Staatsmann. »Was mich wirklich wurmt, ist, daß ich keine Möglichkeit finde, sie aus ihrer chronischen Dumpfheit zu ziehen – und niemand will mir dabei helfen! Ich glaube«, Dulnikker warf einen zornigen Blick auf den Karren zurück, der sie mit ohrenzerreißendem Kreischen begleitete, »ich glaube, es ist an der Zeit, daß wir dieses Transportmittel loswerden.«
»Wie Sie wünschen«, sagte der Sekretär nachdenklich, »obwohl gerade das *die* Lösung sein könnte.«

Dulnikker hatte seinen Sekretär vor sechs Jahren entdeckt, bei der Versammlung einer kleinen Jugendgruppe. Der Staatsmann pflegte Vorlesungen auch vor so unbedeutenden Einzelgrüppchen zu halten, um seine Unparteilichkeit zu zeigen, indem er keinen Unterschied zwischen den einzelnen Größenordnungen machte. Zev, der Gruppenkoordinator, hatte Dulnikker mit einigen Worten etwa folgendermaßen begrüßt:
»Ich freue mich, in unserer Mitte Amitz Dulnikker zu begrüßen, einen der Gründerväter und Former unseres Staates, einen der Gründer und Baumeister der Bewegung, einen Mann der Arbeit, des Schöpferischen, des Kampfes, der Eroberung und Leistung; den Pionier und Verwirklicher!«
Dulnikker war der gewitzte Jüngling aufgefallen; er erblickte ein noch unbehauenes Talent in ihm. Nach seinem Vortrag hatte er sich mit Zev in eine Ecke abgesondert, wo sie die Ansichten des Staatsmannes über zuchtvolle Organisation, Entwicklung, Wirtschaft, Sicherheit und das Atom erörtert hatten. An jenem Tag nahm Dulnikker den begierig lauschenden Jüngling unter seine Fittiche. Aufgrund Dulnikkers persönlicher Anordnung wurde der unbekannte Jugendkoordinator innerhalb von vierundzwanzig Stunden zur Zentralexekutive versetzt und innerhalb eines halben Jahres von dem Staatsmann in die Stellung eines Ersten Sekretärs befördert. Es ist anzunehmen, daß der bekannte Scharfblick des Staatsmannes ihn auch diesmal nicht im Stich gelassen hatte. Zev erwies sich als ein gewandter Sekretär, den Dulnikker im Lauf der Zeit in einen Großteil seiner Tätigkeit einweihte und ihm sogar Gelegenheit gab, sich ideologisch zu entwickeln, indem er selbständige Berichte, Reden und Aufsätze entwerfen durfte, wann immer Dulnikker nicht selbst die Zeit dafür fand. Er überraschte Dulnikker mehr als einmal mit einer schwer zu fassenden glänzenden Idee, der der Staatsmann erst zu folgen vermochte, als man sie ihm erklärte. Auch jetzt wieder hatte der Knabe mit irritierender Einfachheit seine Meinung zur Lage hingeworfen: ›Das Fuhrwerk ist die Lösung.‹
»Ich sehe, daß du zum Kern der Sache vorgedrungen bist«, sagte Dul-

nikker vorsichtig, »aber ich möchte doch gern hören, wie du dir vorstellst, die Idee in die Tat umzusetzen.«

»Sehr einfach, Dulnikker«, erwiderte Zev. »Wir haben beide bemerkt, daß die Bauern größtenteils zufriedene Menschen sind. Aber sie müssen zu Fuß zu ihren Feldern und wieder zurückgehen, so daß sie todmüde heimkommen. Also habe ich mir gedacht, wenn man dem Bürgermeister die Benutzung irgendeines Beförderungsmittels bewilligen würde, so ungefähr, wie es den Staatsbeamten dritter Klasse erlaubt ist, wären sie eifriger dahinter, den Job zu übernehmen.«

»Probe bestanden, mein Freund«, versicherte der Staatsmann, als ihm Zevs Plan aufging. »Genau das, was ich meinte, als ich dir, wenn ich mich recht erinnere, sagte, der erste Schritt sei, ihren Wunsch nach einem Beförderungsmittel zu wecken. Nur bin ich bei der Entwicklung meiner Idee etwas weiter gegangen und habe beschlossen, sie zu verwirklichen.«

Dulnikker wartete, bis der Karren sie einholte.

»Genossen«, wandte er sich an den Kutscher, »würde es euch etwas ausmachen, jemanden anderen statt uns zu befördern?«

»Nein«, erwiderte der Pfeifenraucher. »Im Gegenteil.«

An diesem Abend strich Dulnikker um die Häuser herum, bis die Kunden den Barbierladen verlassen hatten. Salman Hassidoff wollte eben die Rolläden herunterlassen, und seine Frau kehrte bereits die Haare vom Fußboden zusammen, als der Staatsmann hereinstürzte und sich auf den Sessel vor den Zerrspiegel setzte.

»Wie sieht's mit der Ernte aus, meine Herren?« erkundigte er sich. »Wie steht's mit den Feldern?«

Hassidoff beschleunigte das Einseifen beträchtlich, blieb jedoch stumm.

»Kein Naserümpfen, meine Herren! In der Landwirtschaft rackern, im Barbierladen rackern, und noch dazu offizielle Dorfangelegenheiten besorgen«, sagte der Staatsmann, blind für seine feindselige Umgebung. »Ich möchte sagen, Genossen, daß sich der Mensch manchmal eine größere Last aufbürdet, als er tragen kann.«

»Ja«, erwiderte der Barbier vorsichtig, »und deshalb bekommen Sie auch heute keinen Haarschnitt.«

»Nur recht und billig«, sagte Dulnikker verzeihend. »Wenn es einen gibt, der den kleinen Mann versteht, dann bin ich es. Wie kann ich Ihnen helfen, Herr Hassidoff?«

Hassidoff machte sich das Angebot des Staatsmannes zunutze: »Bitte bewegen Sie die Haut neben Ihrem Mund nicht soviel, so werden wir früher fertig.«

»Wie Sie wünschen«, antwortete Dulnikker und fügte sofort hinzu: »Ich nehme an, ihre Felder liegen vom Dorf ziemlich weit weg.«

»Und wie weit!« schaltete sich die Frau des Barbiers ins Gespräch ein.

Dulnikker war voll Mitleid. »Wirklich? In dem Fall kann ich Ihnen vielleicht helfen, meine Herren. Woran ich denke? Ich habe mir und meinem Krankenwärter für zwei Wochen einen Wagen gemietet, aber ich brauche ihn nicht mehr. Also dachte ich daran, ihn Herrn Hassidoff zu leihen.«

Herr Hassidoff hielt mitten im Rasieren inne.

»Was?« fragte er. »Warum?«

»Weil ich helfen will, Genossen. So einfach ist das!«

»Warum ausgerechnet mir?«

»Weil Sie, Herr Hassidoff, der Bürgermeister sind.«

»Was für ein Bürgermeister?«

»Amtierender Bürgermeister, Leiter der Dorfangelegenheiten. Bürgermeister de facto!«

»Ich bin kein de facto! Ich leite nichts.«

»Lassen Sie die Bescheidenheit, Genossen. Herr Hassidoff, sind Sie denn nicht der Mann, der die Bestellungen für die Tnuva aufstellt? Sind Sie denn nicht derjenige, der den Leuten sagt, wann der Lastwagen eintrifft?«

»Das stimmt«, gab Hassidoff verschämt zu. »Sie lassen immer mich das tun. Nur ein Narr wie ich läßt sich eine solche Arbeit aufhalsen.«

»Das ist genau der Grund, der mich bewog, Ihnen meinen Wagen zu leihen, Genossen. Ich habe ihn ohnehin schon bezahlt, also wird es Sie keinen Heller kosten.«

»Was soll das, Herr?« protestierte der Barbier. »Glauben Sie, ich setze mich auf einen Karren? Ein Karren ist dazu da, um Futter zu befördern, nicht Leute.«

Plötzlich tauchte eine mächtige Verstärkung auf.

»Wird es dir schon weh tun, Salman, ein paar Tage auf einem Karren zu fahren, wenn ihn der Herr Ingenieur ohnehin schon für dich gemietet hat?« übertönte ihn die Stimme seiner Frau. »Bist du Bürgermeister de facto, oder wie das der Herr Ingenieur genannt hat – oder bist du's nicht?«
»Sei nicht blöd!« sagte der Barbier zornig und begann Dulnikker erneut einzuseifen. »Was werden die Leute hier sagen? Nein, Herr«, wandte er sich an Dulnikker, »hören Sie nicht auf das Geschwätz der Frau. Das kommt nicht in Frage.«
Als der Barbier zum erstenmal in dem Karren auf sein Feld hinausfuhr, trauten die Dorfbewohner ihren Augen nicht, besonders da Frau Hassidoff strahlend hinter dem Rücken des teilnahmslosen Frächters saß und den Leuten, die offenen Mundes vorbeigingen, liebenswürdig zuwinkte. Wann immer Leute in Rufweite herankamen, hielt der Barbier das Fahrzeug an, um sich zu entschuldigen: Es sei nicht seine Schuld, er habe den Karren als Leihgabe für ein paar Tage von dem Ingenieur bekommen, der halte ihn für den Bürgermeister *de facto* – und ähnliche, mindestens ebenso unklare Ausflüchte.. Hassidoff entdeckte jedoch, daß seine Angst übertrieben gewesen war, denn das Spannende verlor sich von Tag zu Tag, und der Barbier auf dem Karren wurde zu einem untrennbaren Teil der Szenerie – genau wie der Staatsmann und sein bebrillter Krankenwärter, wenn sie tief ins Gespräch versunken die Dorfstraße hinunterwanderten.
Was Dulnikker betraf, fühlte er sich seit Beginn seines nun schon ziemlich langen Aufenthaltes in Kimmelquell befriedigt. Sein Erfolg, den Barbier auf den Karren zu setzen, war zwar keine der großen Leistungen auf seinem Konto, aber er betrachtete es als einen guten Start. Zu seiner großen Erleichterung sollte die Fortsetzung nicht lange auf sich warten lassen, wenn auch nicht durch eine Bemühung seinerseits. Es geschah am Samstag abend in der ›Dorfrunde‹ und so still, daß nur wenige der Speisenden bemerkten, daß es überhaupt geschah. Zemach Gurewitsch, der Schuhflicker, der neben Dulnikker saß, eröffnete mitten im Mahl eine lebhafte Diskussion mit ihm. Das war bemerkenswert, weil es das erste Mal war, daß es, mit Ausnahme der Zwillinge, je ein Dorfbewohner getan hatte.

»Herr Ingenieur«, sagte der Schuhflicker zu Dulnikker, »meine Felder liegen sehr weit vom Dorf entfernt.«
»Wirklich?«
»Daher«, fuhr der Schuhflicker fort, »geben Sie auch mir einen Karren.«
Die Schuhflickerstochter, die kleine Blonde, die neben dem »Herrn Krankenwärter« saß, begann ihren Vater sachte anzustoßen, aber der materialistisch gesonnene Mann brachte sie mit einem Knurren zum Schweigen.
»Laß mich in Ruhe, Dwora«, donnerte Zemach Gurewitsch, »ich bin älter als der Barbier und habe außerdem ein schlechtes Bein. Ich schwöre, es wäre wunderbar, wenn ich ein paar Tage nicht zu Fuß gehen müßte …«
»Ich würde mit Freude Ihr Ansuchen bewilligen, meine Herren«, rechtfertigte sich Dulnikker, »aber was kann ich tun, wenn Sie, Herr Gurewitsch, keine öffentliche Funktion im Dorf versehen? Das Recht auf einen Karren gebührt dem Bürgermeister, und da gegenwärtig der Barbier die Liste zusammenstellt, steht der Karren zu seiner Verfügung.«
»Das versteh' ich nicht«, platzte der Schuhflicker heraus. »Wieso verdient der größte Dummkopf im Dorf den Karren?«
»Weil er der Bürgermeister ist, meine Herren.«
»Und wenn ich der Bürger- oder Teufel-was-weiß-ich wäre, könnte ich dann auf dem Karren fahren?«
»Natürlich.«
»Schön, das kann im Handumdrehen geregelt werden. Der Barbier ist mein Freund«, sagte Zemach Gurewitsch kichernd. Er stand auf und hinkte zu Hassidoff hinüber. »Salman«, sagte er und klopfte ihm freundlich auf den Rücken, »weißt du was? Wie wär's, wenn du an deiner Stelle mich die Tnuva-Liste machen läßt? Es ist wirklich nicht gerecht, es die ganze Zeit dir anzuhängen. Also wechseln wir auf ein paar Tage ab, ja?«
»Gott sei Dank!« rief der Barbier erleichtert, als würde ihm eine Last vom Herzen genommen. Aber gleich darauf jaulte er auf: »Au!« und rieb sich mit saurer Miene den Knöchel unter dem Tisch.
»Salman wollte sagen«, informierte die Barbiersfrau den Schuhflicker, »daß du dafür zuviel zu tun hast, Zemach, und außerdem

kannst du nicht lesen und schreiben, und außerdem bist du auch nicht so de facto, verstehst du.«

»Weib«, knurrte Gurewitsch, »dich hab' ich nicht gefragt. Ich habe mit Salman gesprochen.«

»Ich glaube«, stöhnte Salman, »wir lassen die Dinge vorläufig so, wie sie sind.«

Der Schuhflicker klopfte ihm wieder auf den Rücken. Diesmal aber angewidert. Er kehrte auf seinen Platz zurück, wo er verbittert berichtete:

»Der kleine Barbier ist plötzlich ein großes Tier geworden!«

»Natürlich«, bemerkte Dulnikker befriedigt, »er ist ja auch Bürgermeister!«

Jener Abend grub sich in Dulnikkers Herz als ein wunderbares Vergnügen ein. Er stopfte sich mit jedem verbotenen Leckerbissen voll, von Bratenfett bis Sauerkraut, er sog sich mit Schnaps voll, bis er selig besoffen war und der Schmerz in seinen verletzten Gliedern spurlos verschwand. Er sprach mit vielen Bauern fast wie mit seinesgleichen und war diesen Wohltätern herzlich dankbar. Außerdem verabredete Dulnikker an jenem Abend sein erstes Stelldichein mit Malka. Ehrlich gesagt, war es eine durchaus einseitige Handlung. Nach dem schweren Abendessen kam die Frau zu ihm und flüsterte ihm sehr deutlich zu, daß sie nach Mitternacht in der strohgedeckten Hütte hinten im Garten auf ihn warten würde.

Einen Augenblick war Dulnikker bis in die Tiefen seiner Seele erschüttert.

»Wozu?« stammelte er. »Warum sollten Sie auf mich warten, Madame?«

Malka lachte, genoß die bei Männern so übliche Schäkerei von Herzen und ließ dabei zwei Reihen tadelloser, schimmernder Zähne sehen.

»Bringen Sie eine Decke mit«, flüsterte sie, »benützen Sie aber nicht die Treppe, sonst wecken Sie vielleicht wieder den Narren auf.«

Zum erstenmal dämmerte Dulnikker der ganze Ernst seiner schwierigen Lage. In seinem Kopf jagten einander wundersame Gedanken und Verzweiflungsschreie.

»Aber wenn ich nicht die Treppe hinuntergehen kann, kann ich einfach nicht hinuntergelangen.«
»Muß ich es ihnen erst beibringen, Herr Dulnikker?« sagte das Weib lächelnd. »Sie sind ein Mann von Welt!«
»Ha, ha, ha«, kicherte Dulnikker. »Das bin ich ja wirklich.«
Die seltsame, berauschende Spannung begleitete den Staatsmann, selbst nachdem er zu Bett gegangen war. Er lag mit weit offenen Augen da und versuchte nicht einmal einzuschlafen. Hie und da schaute er ungeduldig auf die Uhr und zählte die Minuten. Was er jedoch die ganze Zeit wirklich wollte, war, einige Worte mit einem Mitmenschen zu tauschen. Genau wie ein Gewohnheitsraucher, der sich mit einigen Zügen an einer Zigarette entspannt, konnte Dulnikker bloß mit ein paar Worten, und wenn es die kürzeste Rede war, Spannung loswerden. Zum Glück für ihn ging Mischa nach ihm – sehr spät – zu Bett, und Dulnikker beutete diese Gelegenheit aus.
»Sag mir, Mischa«, wandte sich der Staatsmann in der Dunkelheit an den Kuhhirten, »warst du je verliebt?« Die Frage kam ihm unerwartet, fast unwissentlich auf die Zunge, aber der Kuhhirte war überhaupt nicht überrascht. Er antwortete sogar mit ungewohntem Eifer:
»Herr Ingenieur, ich bin gerade jetzt verliebt, in die Dwora Gurewitsch, aber ihr Vater läßt sie mich nicht heiraten.«
»Augenblick«, unterbrach ihn Dulnikker. »Mit welchem Recht mischt sich der Schuster ein?«
»Sie ist seine Tochter.«
»Ich sage dir, mein Freund Mischa, diese Situation wird so lange andauern, solange den Frauen von Rechts wegen nicht gleiche Rechte gewährt werden. Nur eine gesamtstaatliche Regelung wird das Problem lösen helfen.«
»Stimmt.«
»Nun, in deinem speziellen Fall, Mischa, gehen wir der Sache auf den Grund. Bei aller Hochachtung vor dir, mein Freund, schließlich bist du nur der Dorfhirte, während Zemach Gurewitsch der Besitzer einer mit assortierten Produktionsmitteln ausgestatteten Werkstätte ist.«
»Stimmt. Ausgestattet.«
»Hör auf, mich jeden Augenblick zu unterbrechen, Mischa. Laß mich zu Ende reden, genauso wie ich schweige, wenn du redest. Es steht

nicht in eurer Macht, Genossen, in diesem Stadium unserer Entwicklung die grausamen Gesetze der Gesellschaft zu ändern. Die Begüterten – und es ist im Augenblick unerheblich, auf weiche Weise sie ihre Profite angehäuft haben – errichten Schranken zwischen sich und den unteren Klassen, selbst im Rahmen eines so winzigen Dorfes wie diesem hier. Aller Wahrscheinlichkeit nach ist sich auch Fräulein Dwora der finanziellen und sozialen Kluft bewußt, und sie ist von sich aus nicht bereit, die gesellschaftlichen Schranken niederzureißen, die ich im Vorgehenden erörtert habe. Kannst du mir folgen?«

»Ich verstehe Sie. Was also kann ich tun, Herr Ingenieur?«

»Sich zusammenschließen, Genossen. Das ist das ganze Geheimnis. Ein einziger öffentlicher Kuhhirte ist noch keine öffentliche Macht; aber alle Hirten zusammen, in einem vereinigten Block, stellen eine Macht dar, die niemand übergehen kann. Wie viele Hirten gibt es außer dir im Dorf, einschließlich aller Hirtengattungen?«

»Nur mich.«

Einen Augenblick schwieg Dulnikker, nahm jedoch bald das Gespräch wieder auf und faßte dessen Schlußfolgerungen zusammen: »Du mußt durchhalten, Mischa, und dir eine öffentliche Stellung im Dorf erringen, denn eine solche Stellung würde deinen Mangel an materiellen Hilfsmitteln aufwiegen.«

»Öffentliche Stellung?«

»Ja. Irgendeine respektgebietende Funktion, die dich ins Scheinwerferlicht rückt. Wen hält man für die respektierteste Person im Dorf?«

»Man sagt«, berichtete Mischa, »den Kuhhirten.«

»Dich?«

»Ja.«

»Warum?«

»Weil ungefähr die Hälfte des Viehs mir gehört.«

»Dir?«

»Sicher. Ich bin der Reichste im ganzen Dorf, Herr Ingenieur.«

»Jedenfalls, es wird spät, mein Freund, und du mußt schon im Morgengrauen aufstehen«, meinte Dulnikker. »Gute Nacht, Mischa, überlege dir, was ich dir gesagt habe.«

»Jawohl«, antwortete der Kuhhirt und schlief unter schweren Gedanken ein, während sich die Stirn des jungen Riesen vielleicht zum erstenmal im Leben runzelte. Dulnikker wartete, bis es Mitternacht schlug, wusch sich dann schnell das Gesicht und begab sich an das von ihm geplante Unternehmen. Er knüpfte den Ärmel seines Bademantels an das Balkongitter, klemmte eine gefaltete Decke unter den Arm und begann unter lautem Herzklopfen den Abstieg via Bademantel. Sowie der Staatsmann in dem schwachen Mondlicht von oben sah, daß seine Füße fast den Boden berührten, ließ er den Bademantelstrick los und fiel ungefähr zwei Meter tief auf den weichen Gartenboden. Er schlug mit dem Kopf auf und rollte dann in einen Blumenteppich. Während all dieser Manöver kreischte Dulnikker immer wieder entsetzt auf, raffte sich jedoch schnell zusammen, klopfte flüchtig den Staub von seinem Pyjama und kroch auf allen vieren zu der strohgedeckten Hütte.

Es gärt

Bei Tagesanbruch kehrte Dulnikker in sein Bett zurück, geschwächt und schwindlig, dennoch voll angenehmer Erinnerungen an ein unvergeßliches Erlebnis. Diese Nacht in der strohgedeckten Hütte übertraf mit ihrer lebendigen Erquicklichkeit alle Vorstellungen. Der Staatsmann sagte sich, daß es allein um dieser leidenschaftlichen Nacht willen wert gewesen war, zur Erholung nach Kimmelquell zu kommen.

Als Dulnikker zum Ort des Stelldicheins gekrochen kam, hatte er Malka schon wartend vorgefunden. Sie saß in der efeuüberwucherten Hütte in einem rosa Nachthemd und begrüßte den Staatsmann mit ihrem üblichen ermutigenden Lächeln. Dulnikker atmete schwer, und trotz der kalten Nacht spürte er eine seltsame Wärme in sich. Er breitete die Decke auf dem Boden aus und setzte sich neben Malka auf die aus dicken Ästen gezimmerte Bank. »Ihr Hals ist sehr schmutzig«, sagte die Frau. »Sind Sie auf den Rücken gefallen?«

»Kann schon sein«, erwiderte Dulnikker etwas beleidigt. »Ich habe keinen Fallschirm mit.«

Malka begann den Lehm mit einem kitzelnden Kratzen abzuschälen. »Sie haben einen schönen dicken Nacken«, flüsterte sie, während sie drauflosarbeitete.

»Ja, in meiner Familie haben meine engsten Verwandten alle den gleichen dicken Nacken«, erwiderte Dulnikker männlich stolz. Dank der Entdeckung der Dicke seines Nackens durchflutete seinen Körper plötzlich eine neue warme Welle. Der Staatsmann rückte der Frau ein bißchen näher und von diesem Punkt an entwickelte sich alles vollkommen natürlich. Malka erschauerte durch seine Nähe, schloß die Augen und lehnte den Kopf an die Schulter ihres Galans. Eine Weile saßen sie in heiligem Schweigen wie zwei Götzendiener da trunken von der kalten Pracht der zwinkernden Sterne. Dulnikker erkannte mit einem erschreckten Zusammenzucken, daß sie außer der leichten Hülle nichts anderes trug, und diese neue Entdeckung ließ sein Herz stocken.

»Malka«, flüsterte er in die feuchte Nachtluft, »ich bin kein Jüngling mehr, mein Frühling ist vorbei, und mein Haar wird langsam grau. Aber glaube mir, Malka, von der ersten Stunde an fühlte ich, wie uns eine spontane, fast mystische Anziehung zueinanderzog ...«

Dulnikkers Herz öffnete sich von der Gewalt seiner Worte. Malka beugte den Kopf zurück, ihr schwarzes Haar fiel in Wellen auf ihre Schultern, und ihre Lippen öffneten sich leicht.

»Ein solches Gefühl hat ein Mann nur in entscheidenden Augenblicken seines Lebens«, fuhr Dulnikker flüsternd fort. »Seine Seele steht still, und der Flügelschlag des Schicksals wird hörbar. Ich erinnere mich nur an ein einziges Mal, daß ich ihn so deutlich hörte wie jetzt in deiner Gegenwart, Malka. Wenn ich mich recht erinnere, fand das zu Beginn eines besonders heißen Sommers statt, als ich noch ein schmucker Jüngling war: Zvi Grinstein ließ mich ins Parteihauptquartier kommen und fragte mich, ob ich bereit sei, die Leitung einer Propagandakampagne zur Verdoppelung der Mitgliederzahl zu übernehmen. Damals – damals hatte ich ein Gefühl, als sei ich kein von einer irdischen Frau geborener Mensch. Ich hatte das Gefühl, daß ich irgendein Vogel sei, ein Vogel, der steil himmelwärts fliegen wollte. Stelle dir das vor, Malka: ich, der junge Verkaufsleiter des Parteiblattes – und Zvi Grinstein!« Hier unterbrach sich Amitz zu einer kurzen, aber dramatischen Pause.

»Gott der Allmächtige!« flüsterte er in die geheimnisvolle Dunkelheit. »Wer hätte je gedacht oder vorausgesagt, daß der Sohn des armen Hausierers eine solche Bedeutung im Heiligen Land erlangen würde? Es stimmt, mein lieber Vater – Friede seiner Seele – setzte große Hoffnungen in mich. Denn während die anderen Schulkinder auf der Straße spielten, pflegte ich im Heder zu sitzen, Humesh zu studieren und nicht herumzurennen, weil ich viel zu dick war. Aber gleichzeitig war ich hübsch wie ein kleiner Engel – mit meinen krausen Seitenlocken –, würdig des Pinsels eines van Gogh. Die Leute wollten mich immer hochheben und meine Pausbacken mit Küssen überschütten. Zu meinem großen Kummer war ich gezwungen, mit meinem Studium an der Jeshiva aufzuhören, bevor ich meinen Rabbinergrad erreichen konnte, weil wir plötzlich nach Palästina auswanderten, wo wir eine schwere Zeit knochenbrechender Arbeit durchmachten. Heute mag es Ihnen lächerlich klingen, Madame, aber einst arbeitete

Amitz Dulnikker als gewöhnlicher Markthelfer. Ich bin auf jene kurze Zeit der körperlichen Arbeit stolzer als, sagen wir, auf den Literaturpreis für die Veröffentlichungen des ersten Bandes meiner gesammelten Leitartikel. Kehren wir jedoch zum Thema zurück, um die Dinge nicht durcheinanderzubringen. Es war mein Glück, bald eine Anstellung als erster Diener bei dem verstorbenen Rabbi Zuckermann von Jerusalem zu finden. Mein Gehalt war minimal, dennoch war es eine intellektuelle Beschäftigung, eines gebildeten Mannes würdig. Er war ein lieber Mensch, voll frommen Eifers, zugleich aber ein aufgeklärter, fortschrittlicher geistiger Führer und tief im Herzen ein vorbildlicher Zionist. Einmal – ich muß Ihnen das erzählen, Madame – kam ein Schächter, dem man nicht erlaubt hatte, an Rosh Hashanah Schofar zu blasen, zu ihm. Der arme Kerl jammerte: ›Rebbe, Rebbe, warum läßt man mich nicht an Rosh Hashanah blasen?‹ Und was erwiderte der Rebbe, meine Herren? ›Ich habe gehört – ähm –, daß du nicht in der Mikve untergetaucht bist!‹ Der Schächter begann sich zu entschuldigen: ›Rebbe, das Wasser war kalt. Oj, war das kalt, Rebbe!‹ Und der Rebbe erwiderte: ›Oif Kalts blust men nischt! Ha, ha, ha … Der verstorbene Rabbi Zuckermann war ein sehr kluger und geistreicher Mann, obwohl ich nur kurz in seinen Diensten blieb, um mich einer der zionistischen Arbeiterbewegungen anzuschließen. Erlauben Sie mir, Freunde, mit einem Gefühl der Genugtuung zu bemerken, daß dieser Schritt einen Wendepunkt in meinem Leben darstellte. Ich begann zweimal wochentlich für das Parteiorgan zu schreiben. Siedlungen! In jedem Artikel wiederholte ich mein Schlagwort: Siedlungen! Entweder wir werden eine unabhängige jüdische Landwirtschaft haben, oder es wird auf der Welt überhaupt keine Landwirtschaft geben! Gott, war ich damals kühn! Als der verstorbene Rabbi Zuckermann hörte, daß ich Zionist geworden war, verfluchte er mich schrecklich und entließ mich; und von da an verdiente ich mir mein Leben mit Hebräisch-Unterricht. Selbst damals war ich schon gezwungen, immer alles selber zu machen, und daher gründete ich aus eigener Initiative mit einigen anderen Genossen zusammen den Kibbuz Givat Tushija. Aber jener Teil meiner Memoiren gehört, glaube ich, zu den Annalen unserer historischen Wiedergeburt. Wir kultivierten, meine Damen und Herren, jene Wüstengebiete wie die

Irren, weil wir alle der Romantischen Schule angehörten, und wenn der anonyme Korrekter im Stab des Parteiorgans nicht plötzlich tot umgefallen wäre, dann wäre ich vielleicht mehr als zwei Jahre im Kibbuz geblieben. Nachher forderte mich Zvi Grinstein auf, wie du dich vielleicht erinnerst, ihn zu besuchen, und in jener Stunde von so großer Tragweite, Genossen, war ich ein Mann von neunundzwanzig Jahren der Selbsthingabe und Standhaftigkeit.«

Der junge Dulnikker hatte das 35. Lebensjahr erreicht, viele Kämpfe durchgestanden, viele Erfolge zu seiner Ehre verbucht, als Malkas regelmäßiger Atem seine Laufbahn für einige Sekunden unterbrach. Der Kopf der Frau war hinuntergerutscht und ruhte nun auf der Brust des Staatsmannes. Dulnikker ignorierte ihren tiefen Schlaf und setzte seinen Vortrag weitere zehn Minuten fort, nach denen auch ihn die Müdigkeit überkam. Seine Augenlider wurden schwer, seine fleißige Zunge wurde schläfrig und machte dem tiefen Schnarchen Platz, das seiner Kehle entströmte.

Dulnikker erwachte durch Malkas erschrockenen Aufschrei.

»Oh, Himmel!« rief die Frau aus und sprang auf. »Es ist schon fast Sonnenaufgang!«

Dulnikker packte ihr rosa Nachthemd. »Wann kommst du wieder?« fragte er stürmisch. Die Frau warf ihm einen völlig verblüfften Blick zu und lief davon. Der schläfrige Staatsmann wollte ebenfalls zu seinem warmen Bett zurückeilen. Als er jedoch unter seinem Balkon angelangt war, entdeckte er, daß er seinen Bademantel nicht erreichen konnte, um an ihm emporzuklettern. Daher kehrte er wieder in die strohgedeckte Hütte zurück, um abzuwarten, bis er in Ruhe die knarrende Treppe emporsteigen konnte, ohne das Mißtrauen Elifas' zu wecken.

Kaum hatte sich Dulnikker auf der Bank niedergelassen, als er ein schwaches Rascheln hörte, das aus dem Garten vor dem Haus des Schuhflickers dem Wirtshaus gegenüber kam. Langsam kroch der neugierige Staatsmann zur Hecke, spähte durch ihr Laub und war niedergeschmettert. Im Licht der frühen Morgendämmerung nahm er zwei schattenhafte Gestalten wahr, die vorsichtig zu Zemach Gurewitschs Haus zurückkehrten und es betraten. Es war Zev, mit einer gefalteten Decke unter dem Arm, begleitet von der kleinen Dwora.

Dulnikkers wütender Blick folgte ihnen. Er hatte sich sofort zusammengereimt, was im Garten des Schuhflickers vor sich gegangen war: ›Zev hat Fräulein Dwora den Kopf verdreht, ist dann nachts in den Garten hinausgegangen, und dann …‹ Konnte der Sekretär ihr bis zum Tagesanbruch seinen Lebenslauf erzählt haben? Nein, dazu hatte Zev noch nicht lange genug gelebt. Dulnikker verstand allmählich, warum sein Sekretär jetzt immer so schläfrig dreinsah. Er verführte Mädchen bei Nacht!

Dulnikker kletterte so entsetzt und so sehr in düstere Gedanken versunken die Treppe hoch, daß er sich in letzter Minute daran hinderte, wieder das Schlafzimmer des Wirts zu betreten. Er fiel wie ein Holzklotz auf sein Bett, streckte sich genießerisch in Erwartung angenehmer Träume aus und schlief sofort ein.

Der Zeiger der Sonnenuhr hatte seinen Schatten gerade auf die Ziffer 10 geworfen, als Dulnikker von einem fröhlichen Lärm erwachte, der aus dem Garten kam. Er stolperte mit noch halb geschlossenen Augen auf den Balkon hinaus und entdeckte die Zwillinge, die unten standen und über den Anblick des Bademantels lachten, der noch immer am Geländer festgebunden war und im Morgenwind heftig flatterte.

»He, Ingenieur«, schrie Hajdud, »Majdud sagt, es ist ein Fetzen. Ist es nicht eine Fahne für den Bürgermeister?«

Dulnikker versuchte auch diesmal nicht, das Geschwätz der Fratzen zu ergründen. Er tat, als habe er sie nicht gehört, und versuchte unter ständigen Selbstvorwürfen den verknüpften Ärmel aufzubinden. »Sieht so aus, daß der Mantel schon trocken ist!« sagte er absichtlich laut. Aber zu seinem großen Ärger gelang es ihm erst nach einem längeren Kampf der Fingernägel, den Knoten aufzumachen, da der Mantel mit Tau vollgesogen war. Anschließend ging er schläfrig, jedoch angenehm ermattet, in den Speisesaal hinunter, entschlossen, von seinem Sekretär für dessen unverantwortliches Tun eine ausführliche Erklärung zu verlangen.

»Genossen«, beabsichtigte er ihm entgegenzuschleudern, »ein Mann, der unfähig ist, seine Triebe zu beherrschen, und ein Sklave seines Fleisches wird, sollte besser auf seine Berufung zum Dienst an Volk und Partei verzichten!«

Auch Malka sah etwas müde aus, aber als sie Dulnikker sein ausgiebiges Frühstück servierte, sah sie ihn träumerisch an und drückte ihm leidenschaftlich den Arm. »Joj!« staunte die Frau. »Wo haben Sie es gelernt, so hübsch und so viel zu reden, Herr Dulnikker? Und so viele Fremdwörter, und in einem Zug. Ich hab' noch nie so reden gehört.«
Wieder wogte die gleiche warme Welle in Dulnikker hoch. Noch immer spürte er Malkas Kopf an seiner Brust. Er stand auf und trat zu ihr.
»Komm heute nacht wieder hin, Malka«, flüsterte er heiser. »Ich werde auf dich warten.«
»Pst, mein Mann!«
Sehr verwirrt begann Dulnikker in der Küche herumzuwandern, als suche er etwas. Er stieß gegen den Schächter und verwickelte ihn sofort in ein Gespräch. Er erzählte ihm einen Witz über einen Schächter, dem verboten worden war, Schofar zu blasen, und fragte ihn, wie viele gottesfürchtige Mitglieder übrigens seine Gemeinde zähle.
»Nur eines«, erwiderte der Schächter und deutete mit einem traurigen Lächeln auf sich.
»Das ist nicht viel«, spottete der Staatsmann, »aber auf eine solche Gemeinde können Sie sich wenigstens verlassen.«
»Weiß ich? Es ist schwer, in einem Ort fromm zu bleiben, der keine Synagoge hat, nicht einmal eine schundige.«
»Das ist ja großartig«, sagte der Staatsmann in einem professionell scherzenden Ton klagend. »Für eine Synagoge ist kein Geld da, aber der Bürgermeister fährt in einem Wagen herum! Einfach wundervoll!«
Der Schächter blickte ihn überrascht an.
»Verzeihung, Herr Ingenieur«, erwiderte er, »aber sind denn nicht Sie es gewesen, der den Karren für ihn gemietet hat?«
»Na und? Hat man ihn gezwungen, den Wagen von mir anzunehmen?«
Die klare Logik des erfahrenen Staatsmannes traf ins Schwarze. Der Schächter klopfte auf den Busch. »Herr Ingenieur, würden Sie mir helfen, eine Synagoge zu bauen?«
»Ich würde Ihnen gern Ihr Ansuchen bewilligen, meine Herren, aber ich habe kein Budget für andere dringende Bedürfnisse als die des Bürgermeisters.«

»Ich kann kein Bürgermeister werden, Herr Ingenieur, ich bin Schächter.«
»Na und? Ist der Schächter weniger als der Barbier? Im Gegenteil! Salman Hassidoff tut, was für ihn am besten ist, und Sie, Herr Rabbi, tun, was für Gott am besten ist.«
»Da ist viel Wahres dran«, meinte der Schächter, »aber ich bin kein Rabbi.«
»Praktisch sind Sie einer! Sie sind ein Rabbi de facto!«
Hier ließ Dulnikker den aufgeregten Schächter stehen, weil sein Sekretär mit den Spuren der nächtlichen Ausschweifung im Gesicht im Speisesaal erschien. Kühn näherte sich Dulnikker, pflanzte sich vor ihm auf und sagte leicht hüstelnd: »Ich möcht mit dir reden, mein Freund Zev.«
Der Sekretär setzte sich mit aufreizender Fassung nieder.
»Ja, Dulnikker. Was gibt's?«
Der Politiker beugte sich über den Tisch, das Gesicht nahe an Zev, und betonte jedes Wort: »Ich meine die Ereignisse heute nacht, Genosse!«
»Keine Sorge, Dulnikker«, antwortete der Sekretär, während er sich Butter aufs Brot strich, »nur ich und Dwora haben euch beide im Garten gesehen. Beruhigen Sie sich, es wird nicht weiterdringen.«
»Danke«, murmelte Dulnikker und begann sein weiches Ei aufzuklopfen.

Am Nachmittag, als das Vieh von der Weide zurückkehrte, spielten sich Ereignisse ab, die in der Geschichte Kimmelquells noch nie dagewesen waren. Niemand wußte, wie es begonnen hatte. Die Leute sahen, wie die Tür der Schusterwerkstätte aufflog und Zemach Gurewitsch zusammen mit Mischa, dem Kuhhirten, herausstürmte.
»Glaubst du, ich bin ein Narr, Gurewitsch?« schrie der Kuhhirte. »Ich weiß, daß du Dwora verboten hast, mich zu sehen!«
»Ich es ihr verboten?« schrie ihn der Schuhflicker gellend an. »Dwora läuft vor dir davon, Mischa, das ist alles! Warum sollte ich es verbieten?«
»Warum? Du fragst noch, warum?« brüllte der Kuhhirte wütend. »Glaubst du, ich weiß es nicht? Glaubst du, es wird dir durchgehen,

daß du alle möglichen Schranken zwischen uns aufrichtest, nur weil ich ein Mann der materiellen Hilfsmittel bin?«
»Was?«
»Ja, ja, du hast richtig gehört, Zemach Gurewitsch! Gott sei Dank habe ich Augen im Kopf! Glaubst du, daß du das Recht hast, dich einzumischen, nur weil du Mittel produzieren kannst?«
»Ich schwöre, er ist betrunken!« kreischte der Schuhflicker. »Schau, daß du weiterkommst, bevor ich mich vergesse!«
Der Kuhhirte war fuchsteufelswild. »Sag du mir ja nicht, was ich tun soll, Gurewitsch! Noch bist du nicht Bürgermeister!«
Der Schuhflicker sprang hoch, als hätte ihn eine Schlange gebissen. Seit zwei Tagen war er überzeugt, daß der Bürgermeister-Barbier unnötig vor seiner Werkstart herumfuhr, um ihn zu provozieren. Gurewitsch ballte die Fäuste und ging wütend auf den Kuhhirten los.
»Ich werde früher Bürgermeister sein, als du denkst!« schrie er. »Selbst wenn es einigen Leuten nicht paßt!«
Dulnikker beobachtete die Auseinandersetzung mit kaum unterdrückter Genugtuung. »Endlich ein etwas menschlicher Ton«, sagte er zu seinem Sekretär. »Es sieht zwar aus, als sei es nicht mehr als ein persönlicher Kampf zwischen zwei Einzelmenschen, aber meiner bescheidenen Meinung nach ist dieser Konflikt der erste Vorbote einer gesunden politischen Gärung im Dorf Kimmelquell!«
»*Unser* Vorbote«, bemerkte der Sekretär nervös, »müßte jetzt schon bei Manager Schultheiß eingetroffen sein.«
»Dessen kann man nicht so sicher sein«, erwiderte Dulnikker. »Ich habe irgendwo gelesen, daß sich in diesem Sommer die Raubvögel ungeheuer vermehrt haben.«
Hermann Spiegel kam herbeigelaufen und fragte atemlos: »Worüber streiten sie?«
»Über das Bürgermeisteramt«, erwiderte Dulnikker. »Natürlich.«
»Lächerlich«, bemerkte der Tierarzt. »Erst gestern abend habe ich zufällig das Thema mit meiner Frau besprochen. Sie meinte, ich würde einen perfekten Bürgermeister abgeben, wegen meiner wunderbar klaren Handschrift. Ich habe ihr gesagt: ›Was redest du da, mein Schatz? Das könnte ich gerade brauchen!‹«
»Warum nicht?« fragte Dulnikker. »Selbst ein Intellektueller könnte

einen guten Bürgermeister abgeben. Oder haben nur Handwerker das Recht, in Kutschen herumzufahren?«

»Meinen Sie wirklich, Herr Ingenieur?« überlegte Hermann Spiegel und eilte zu den Streitenden hinüber, obwohl sich die Menge inzwischen mangels Handlung zerstreut hatte.

»Immer muß ich alles selber machen!« erklärte der Staatsmann befriedigt. »Ich werde jetzt den Schuhflicker besuchen und ihm einige elementare Dinge erklären.« Er drehte sich nach seinem Sekretär um. »Sag mir, mein Freund Zev, als ich dir die Idee mit dem Karren das erste Mal auseinandersetzte, hast du da geglaubt, daß sie ermutigende Entwicklungen erzeugen würde?«

»Nein, Dulnikker. Wirklich nicht.«

Zev und die kleine Blonde kletterten langsam einen schmalen Pfad hinauf, der sich durch den Tannenwald schlängelte. Der langarmige Sekretär schien das Mädchen unter seiner Achselhöhle zu tragen, während Dworas große Augen an seinem Gesicht hingen.

»Hörst du die Vögel zwitschern?« fragte sie begeistert. Der Sekretär versicherte ihr, daß er den Lärm höre, er sei ja nicht taub.

»Sie zwitschern nicht nur«, versicherte er ihr, »sie beflecken einem auch die Kleider.«

»Ihr Stadtfräcke sucht in allem immer nur das Schlechte.«

»Im Gegenteil, mein Huhn, wir suchen uns das Gute heraus.«

Um zu beweisen, daß es ihm ernst damit sei, nahm Zev seine Brille ab, lehnte das Mädchen gegen einen Baumstamm und küßte es auf die Lippen. Da dies seine einzige Zerstreuung im rückständigen Kimmelquell war, war es nur natürlich, daß die beiden ihren Weg erst nach einer langen Pause fortsetzten. »Warum seid ihr hergekommen?« fragte Dwora.

»Der Ingenieur kam zur Erholung.«

»Das stimmt nicht. Der Ingenieur ist nicht zur Erholung gekommen, er ist gekommen, um das Dorf aufzuhetzen.«

»Möglich. Das ist sein Geschäft.«

»Geschäft? Warum lassen ihn das die Leute tun?«

»Vielleicht, weil sich die Leute gern aufhetzen lassen.«

Sie hatten eine kleine, bewachsene Waldlichtung erreicht. Dwora setzte sich auf einen umgestürzten Baumstamm, und Zev legte sich zu ihren Füßen hin. »Weißt du, Zev, der Pappi benimmt sich seit neuestem so seltsam«, klagte das Mädchen, während es genußvoll Zevs Haare zauste. »Plötzlich hat er sich entschlossen, anstelle des Barbiers Bürgermeister zu werden. In den letzten Tagen ist er nicht zur Arbeit hinausgegangen, er bespricht sich nur immer mit dem Herrn Ingenieur, und nachher sitzt er stundenlang in seiner Werkstatt und ›klärt‹. Es ist einfach nicht mit ihm zu reden. Du weißt ja, wie dickköpfig er ist!«

»Wie soll ich das wissen?«

»Er ist störrisch wie ein Maulesel. Ich weiß, es ist nicht nett, daß ich meinen Vater einen Maulesel nenne, aber was er vorhat, ist schrecklich. Gestern abend kam er vom Herrn Ingenieur heim und sagte mir: ›Ich muß beweisen, daß ich wirklich für das öffentliche Wohl arbeite, nicht wie Hassidoff, der keine Ahnung vom Rasieren hat!‹ Wir saßen da und haben den ganzen Tag geklärt. Ich habe verschiedenes vorgeschlagen, was wir wirklich brauchen, wie zum Beispiel mehr Kinder im Dorf oder kühleres Wetter, aber erst am Abend hatten wir eine gute Idee: Es gibt nicht genug Wasser im Dorf. Der Papa war schrecklich glücklich, und ich hab' sofort ein großes Schild in Großbuchstaben machen müssen: ›WIR WERDEN SO LANGE NICHT GENUG WASSER HABEN, SOLANGE DER BARBIER BÜRGERMEISTER IST. WENN ICH BÜRGERMEISTER BIN, WERDE ICH FÜR EINEN GROSSEN BRUNNEN MITTEN IN DER STADT DE FACTO SORGEN.‹ Und jetzt will der Papa diese Ungeheuerlichkeit in der Werkstatt aufhängen, damit es jedermann sehen kann. Wieso lachst du so? Es ist gar nicht komisch!«

Zev wälzte sich vor Vergnügen.

»Fabelhaft!« keuchte er zwischendurch. »Gärung!«

»Was soll denn das, Genossen?« schrie Dulnikker Zemach Gurewitsch gellend an, als er das Schild an der Wand las. »Was für einen Zweck soll denn das eigentlich haben, wenn ich fragen darf?«

»Eine Art schriftlicher Verständigung«, stammelte der Schuhflicker. »Haben Sie mir denn nicht selbst gesagt, Herr Ingenieur, und ich zitiere: ›Wasser ist eine feine Idee, aber Sie werden sie dem Dorfpu-

blikum zur Kenntnis bringen müssen‹? So habe ich mir vorgestellt, daß sie alles darüber lesen.«
»Die Idee eines Plakats ist durchführbar«, meinte der Staatsmann, »aber es müßte gedrängter und pointierter ausgedrückt werden. Sie müssen es zu einem Schlagwort machen!«
»Einem Schlagwort?«
»Ja. So ist es wirksamer, Genossen. Schweigen Sie – ich möchte etwas Ruhe haben.«
Dulnikker versank in Gedanken, während der Schuhflicker und sein Assistent auf ihren Schemeln zu Statuen unendlicher Ehrfurcht erstarrten. Der Staatsmann hob die Augenbrauen zum Zeichen der geistigen Anstrengung, genoß eine Weile das erwartungsvolle Schweigen und verkündete dann seinen Slogan:

DER BARBIER BAUT KEINEN BRUNNEN!
DER SCHUSTER EINEN FEINEN BRUNNEN!

Am nächsten Tag schlenderte Dulnikker allein über die Dorfstraße. Im tiefsten Herzen war er froh, daß sich sein fauler Sekretär in diesen letzten paar Tagen nicht blicken ließ; denn Zevs zynische, verächtliche Einstellung seiner Erziehungskampagne gegenüber hatte den Zorn des Staatsmannes erregt. Dulnikker vermerkte mit tiefer Befriedigung, daß der Karren, komplett samt alternder Eselin und rauchendem Kutscher, noch immer vor Hassidoffs Haus wartete, trotz der Tatsache, daß die Frist, für die ihn Dulnikker gemietet hatte, schon vor einigen Tagen abgelaufen war. Dulnikker vermutete, daß der Barbier nicht gewillt war, auf sein königliches Gefährt zu verzichten, damit ein solcher Schritt nicht den Eindruck machte, als gebe er seinem Gegner Zemach Gurewitsch nach. Und genauso war es: Salman Hassidoff hielt aus Anmaßung an dem Karren fest und bezahlte ihn aus eigener Tasche. Außerdem fuhr er an einem äußerst heißen Tag zu dem direkt gegenüberliegenden Schuhflickerhaus und sagte von oben her zu Zemach Gurewitsch, der neiderfüllt nur mit den Zähnen knirschen konnte: »Morgen schicke ich meinen Kutscher um den Schuh herüber.«
Als Dulnikker den Barbierladen betrat, kehrte die Frau ihren Fußbo-

den genauso, wie sie es getan hatte, als er zum erstenmal aufgekreuzt war. Diesmal jedoch war ihre Haltung dem Staatsmann gegenüber völlig verändert. Dulnikker setzte sich auf den Sessel, stopfte sich das Handtuch in den Kragen und – dann bemerkte er den kleinen Zettel, der am Spiegel klebte:

SCHUSTER BAUT KEINEN BRUNNEN!
DER BARBIER EINEN FEINEN BRUNNEN!

In des Staatsmannes Seele begannen laut die Siegesglocken zu erschallen. »Verzeihung, mein Freund«, fragte der Staatsmann unschuldig, »was ist denn das?«
»Ich weiß nicht«, flüsterte der verlegene Barbier. »Alle erzählen mir, daß Gurewitsch ein Schild hat, auf dem das Gegenteil steht.«
Hassidoff wandte sich bekümmert seiner Frau zu, die ihm unverzüglich zu Hilfe kam: »Daß es ein Gedicht ist, verstehen wir, Herr Ingenieur«, sagte sie. »Aber wozu der Brunnen?«
»Zufällig weiß ich, was hier vorgeht, Madame«, erwiderte der Staatsmann. »Der Schuster verspricht dem Dorf einen Brunnen, wenn er zum Bürgermeister ernannt wird.«
»Aber in diesen Bergen gibt es unterirdisch doch keinen Tropfen Wasser!«
»Meine Herren, er verspricht nicht Wasser, er verspricht einen Brunnen.«
»Höre, Salman«, brüllte sein Heldenweib, »dann wirst du eben auch einen Brunnen versprechen! Sogar zwei Brunnen! Drei!«
»Nützt nichts, Madame.« Der Staatsmann schüttelte traurig sein Haupt. »Der Schuster hat die Glaubwürdigkeit *a priori* für sich. Daher wird man ihm eher glauben.«
»A priori?«
»A priori.«
»Warum?«
»Weil er die Opposition ist. Er tritt mit der Regierung in Konkurrenz.«
»Das ist eine Schweinerei!« schrie der Barbier himmelwärts. Sein Weib begann dem warmen, menschlich so mitfühlenden Ingenieur ihr Herz auszuschütten. »Schauen Sie, Herr Ingenieur«, sagte Frau Has-

sidoff weinerlich, »jetzt auf einmal wollen sie alle Bürgermeister de facto werden, nur weil es Mode ist. Und trotzdem haben wir bis jetzt nicht einmal gewußt, daß wir einen Bürgermeister haben.«

»Sie haben recht, Madame«, entschied Dulnikker. »Das Seniorat Ihres Gatten ist unbestreitbar.«

»Hörst du, Salman? Der Herr Ingenieur sagt auch, daß du irgendein Seniorat hast.«

»So?« brüllte Hassidoff, und sein Blick war mörderisch. »Was will also dieser dreckige Kerl, der die Schuhe so flickt, daß man nicht in ihnen gehen kann? Was will er eigentlich?«

»Eine Regierungsumbildung«, erklärte Dulnikker und fügte höchst erheitert hinzu: »Benutzen Sie nicht Ihre Zunge, Herr Hassidoff; benützen Sie auch Ihre Klinge!«

Das Rasiermesser in Salman Hassidoffs Hand tanzte tatsächlich wie das Schwert in der Hand eines nervösen Fechters. Der Barbier errötete bis zum Scheitel seines kahlen Schädels.

»Salman«, jammerte die Frau, »denk daran, was dir Hermann Spiegel gesagt hat! Du darfst dich nicht aufregen! Diese ganze Bürgermeisterei de facto ist deine Gesundheit nicht wert.«

»Recht hast du, Weib. Ich trete zurück, und damit hat sich's!«

»Zurücktreten?« Frau Hassidoff richtete sich hoch auf. »Niemals!«

»Aber meine Herren, meine Herren«, beruhigte sie Dulnikker sanft. »Um Himmels willen, wohin sind wir geraten? Was ist mit diesem soliden Dorf geschehen?«

»Herr Ingenieur, Sie sind ein zu gütiger Mensch, um so etwas zu verstehen«, bemerkte die Frau. »Seit neuestem hat sich hier eine Menge verändert!«

»Jedenfalls möchte ich gern helfen. Bitte informieren Sie mich, meine Herren, wie hier der Bürgermeister gewählt wird.«

»Er wird nicht gewählt«, klärte ihn der Barbier auf. »Bisher hat sich das immer ungefähr so abgespielt: Wenn sie mich zuviel belästigt haben, hab' ich zu schreien angefangen, daß ich genug habe, und von jetzt an soll jemand anderer die Liste zusammenschreiben. Dann sind sie alle über mich hergefallen und haben behauptet, daß ich fehlerlos hebräisch schreibe und daß ich viel mehr Zeit habe, weil ich nicht immer warten muß, bis ich beim Barbier drankomme. So war's, wie sie mich immer gewählt haben.«

»In jedem Fall muß das Wahlsystem unverzüglich geändert werden«, verkündete Dulnikker. »Nicht länger soll ein blindes Schicksal eine so gewichtige Frage entscheiden; sie wird einem fairen Wettkampf auf Gemeindebasis unterzogen,«

»Fein!« rief der Barbier. »Ich bin bereit dazu!«

»In nächster Zukunft werden wir einen Provisorischen Dorfrat einberufen, als oberste Instanz, welche die Interessen des Dorfes repräsentiert«, fuhr Dulnikker fort, seinen Geheimplan zu erläutern. »Von nun an, meine Herren, wird nur eine Gemeindekörperschaft festsetzen und entscheiden, wer Bürgermeister von Kimmelquell wird!«

»Gemeindekörperschaft?« wunderte sich Frau Hassidoff. Der Gatte brachte jedoch das feige Frauenzimmer sofort zum Schweigen.

»Keine Sorge, Weib. Ich bin zwar nicht groß gewachsen, aber ich fürchte mich nicht vor dem hinkenden Schuhflicker!«

»In welchem Fall wir anscheinend einer Meinung sind«, versicherte Dulnikker befriedigt und verließ den Laden in bester Laune. Salman Hassidoff trat vor den Spiegel und ließ seine Muskeln spielen.

»Fein«, rief er seiner Frau kraftvoll zu, »lassen wir also die stärkste Körperschaft der Gemeinde entscheiden!«

Und es gärt weiter

Die nächsten drei Tage waren von fieberhaften Beratungen gekennzeichnet. Der Staatsmann widmete seine besten Talente der Bildung eines Dorfrats und benützte zu diesem Zweck seinen durchaus nicht begeisterten Sekretär. Wieder wurde er zur ›Dampfwalze Dulnikker‹, der dynamischen Kraft, die ein ganzes Dorf hinter sich herzuziehen vermochte. Diese wundersame Genesung war zum Teil seiner Entdeckung eines bequemeren Weges als den Balkon zu seinem zweiten Stelldichein mit Malka zu verdanken. Auch dieses Stelldichein prägte sich der Seele des Staatsmannes ein, obwohl es sich vom ersten insofern unterschied, als Malka in warmen Kleidern kam und auch ein Wollknäuel mitbrachte, aus dem sie einen grünen Pullover zu stricken anhub. Dulnikker hatte das Alter von 43 erreicht, sein Stern war aufgegangen, und er war zum stellvertretenden Parteisekretär ernannt worden, trotz der Opposition Shimshon Groidiss', als ein schlafloser Hahn Malka aufweckte und beide die Hütte verließen, um in den Morgennebeln zu verschwinden. Das hielt ihn in keiner Hinsicht von seinen Bemühungen ab, die ›oberste, den Dorfwillen repräsentierende Instanz‹ zu errichten.

»Es ist wirklich nicht recht, daß wir beide die Räte auswählen, statt es das Dorf selbst tun zu lassen«, versicherte Dulnikker in der Gegenwart seines gähnenden Sekretärs, »aber ich glaube, wir können uns noch nicht auf diese Bauern verlassen, denen selbst die minimalste politische Erfahrung abgeht.«

Zev deutete an, daß ja auch der Staatsmann zum erstenmal im Leben einen Dorfrat wählte, aber Dulnikker beruhigte ihn und sagte, Zev wäre überrascht, wenn er sähe, wie leicht das sei. Man brauche dazu nur die verschiedenen Klassen im Dorf, die sozialen Ebenen mit ihren unterschiedlichen und entgegengesetzten politischen Bestrebungen zu unterscheiden. Nach dieser kurzen, jedoch pointierten ideologischen Aufklärung begannen sie, die Bauern nach der obenerwähnten Skizzierung einzuteilen. Drei Stunden später hörten sie verschwitzt und enttäuscht mit ihrer Öffentlichkeitsarbeit auf.

»Gott steh uns bei!« Dulnikker war höchst erstaunt. »Es gibt überhaupt keine Unterschiede zwischen ihnen! Sie sind alle gleich!«

»Stimmt!« bemerkte Zev. »Sie sind alle Bauern, stammen alle aus Rosinesco, bauen Kümmel, besitzen Kühe und tragen Schwarz.«

»Von einem Gummistempel gezeugt«, stöhnte der Staatsmann. »Der Inbegriff politischer Rückständigkeit!«

»Schauen Sie, Dulnikker: Das Endziel jeder sozialistischen Partei ist, die Unterschiede zwischen den Menschen niederzureißen.«

»Natürlich ist es das Endziel, aber in diesem elenden Dorf stehen wir doch erst am Anfang!«

Sie gingen an eine neue Klassifizierung und sonderten die Bauern aus, die einer zweiten Beschäftigung nachgingen. Dulnikker meinte, daß der Barbier – als Bürgermeister de facto – den natürlichen Kern der herrschenden Partei darstelle, während der Schuhflicker naturgemäß die mächtige Opposition der arbeitenden Menschen repräsentiere.

»Das stimmt nicht«, kicherte der Sekretär. »Der Schuhflicker hat einen alten Mann in seiner Werkstatt angestellt.«

»Schön«, sagte Dulnikker, »dann soll er die Kleingewerbetreibenden darstellen. Darauf kommt es wirklich nicht an. Wir brauchen diese Unterscheidungen nur für uns, um das Ganze in eine Perspektive zu bringen. Die Dorfbewohner können solche Feinheiten nie begreifen. Wen haben wir sonst noch?« Zev schlug den Tierarzt als Sprecher der Dorfintelligenz vor, aber Dulnikker, der sich an den Optiker aus Frankfurt am Main erinnerte, erhob Einspruch gegen Hermann Spiegel.

»Er repräsentiert das Vieh«, behauptete er. »Ich ziehe ihm bei weitem Elifas Hermanowitsch vor.«

»Der ist auch blöd«, bemerkte Zev. »Erst vor einigen Tagen gab er zu, daß er nie versteht, was der Herr Ingenieur sagt.«

»Wenigstens du, mein Freund, könntest dich zurückhalten, mich Herr Ingenieur zu nennen. Es regt mich auf.«

»Ich habe nur den Wirt zitiert.«

Elifas wurde dank der Majorität von Dulnikkers Stimme trotzdem in den Rat gewählt, als Repräsentant der parteiunabhängigen Rückständigen. Der Staatsmann nominierte auch den Schächter mit der Bemerkung, daß der religiöse Glaube überall eine mächtige Kraft sei. Der

Sekretär grinste breit und wagte zu bemerken, daß der Schächter keinen einzigen religiösen Anhänger im Dorf habe. Das erweckte den Zorn des Staatsmannes.
»Bitte, hör mit diesem dummen Lachen auf«, sagte Dulnikker wütend. »Du weißt sehr gut, daß ich ein Sozialist bin, der keinen Deut für die Einhaltung längst überlebter religiöser Bräuche gibt, daß ich Schweinefleisch esse, kein Käppchen trage und nicht eine Spur von dem Unsinn einhalte, den man mich in meiner Jugend gelehrt hat. Aber als Jude sprechend dulde ich keine so abfälligen Bemerkungen über einen jüdischen Schächter, der durch das Hauptrabbinat geweiht wurde!«
»Verzeihen Sie mir, Dulnikker.«
»Ich kann es dir nicht verzeihen, mein Freund. Dieser primitive Haß um seiner selbst willen gegen alle traditionellen jüdischen Werte und diese Verhöhnung unserer heiligen Thora sind typisch für einen antisemitischen Schweinefleischfresser. Nicht jedoch für einen Zionisten, gleichgültig, wie sehr er auch Atheist ist!«
Der Sekretär hielt den Mund, weil er wußte, daß das gefährliche Stadium des Adernschwellens auf der Stirn seines Herrn und Meisters erreicht war. Erst als sich der Anfall legte, bemerkte Zev höflich, daß sie, da die Räte endlich zu jedermanns Befriedigung gewählt waren, in Erwartung ihrer nahenden Abreise aus Kimmelquell ihre Koffer packen konnten.
»Unsere Taube«, sagte der Sekretär hoffnungsvoll, »ist jetzt bestimmt schon bei der Tnuva angekommen.«
»Wer weiß«, bemerkte Dulnikker, noch immer zornig, »diese gebrauchten Tauben sind nie sehr stark. Außerdem fallen sie nach einem Flug von 50 oder 60 Kilometern wie ein Stein zu Boden.«
»Nein, Dulnikker. Unsere Taube war eine starke.«
Dulnikker runzelte die Stirn.
»Solange wir hier sind, werden wir für das Wohl des Dorfes weiterarbeiten«, sagte er mit warnender Stimme. »Daher bitte ich dich, unverzüglich allen Betroffenen einen Brief zu senden:

›Mein Herr, wir beglückwünschen Sie zu Ihrer Wahl durch die Einwohner von Kimmelquell (Ober-Ostgaliläa) in ihren Provisorischen

Dorfrat. Sie werden hiermit eingeladen, kommenden Mittwoch um Punkt 3.30 Uhr in der Ratskammer des örtlichen Gasthofes zu erscheinen, um an der ersten Sitzung des Provisorischen Rates unter Ausschluß der Öffentlichkeit teilzunehmen.
Tagesordnung:
1. Ratifizierung des Dorfrats.
2. Die Oberste Kommunalkörperschaft wird die Frage der Besetzung des Bürgermeisters entscheiden.
Streng geheim. Um pünktliches Erscheinen wird gebeten. Schwarzer Anzug erwünscht.‹«

»Praktisch tragen sie nie was anderes als Schwarz«, unterbrach der Sekretär den Staatsmann, aber dieser hieß ihn schweigen und beschloß sein Diktat mit: »Datum! Unterschrift!«
»Wessen Unterschrift, Dulnikker?«
»Juristisch gesprochen habe ich kein Recht, das Dorf zu vertreten. Also unterzeichne den Brief mit einer allgemeinen Unterschrift wie etwa ›Direktion‹.«
»Schön«, sagte der Sekretär zuvorkommend und schrieb: »Direktion, Abtlg. Ingenieurwesen.«
»Noch etwas«, fuhr Dulnikker fort. »Ich bin durchaus nicht glücklich, daß wir nur vier Mitglieder für den Rat finden konnten. Die gerade Zahl ist unbefriedigend, weil sich dadurch Stimmengleichheit ergeben kann. Daher brauche ich ein Zünglein an der Waage.«
»Vielleicht den Kärrner?«
»Statt eines unabhängigen Unternehmers wäre mir irgendein Kommunist oder extremer Linker lieber, um den Rat auszubalancieren. Hat dieses Dorf keine ausgebeuteten Arbeitskräfte oder Angestellte?«
»Soweit ich weiß, bin ich der einzige.«
»Hör zu witzeln auf, Zev! Ich kann meinen Krankenwärter nicht in den Rat einsetzen.«
»Ich bin Ihr Sekretär, Dulnikker.«
»Natürlich. Wer hat das je geleugnet?« wollte Dulnikker wissen. »Ich glaube, ich kann vielleicht meinen Kommunisten in dem Gehilfen des Schuhflickers bekommen! Jetzt hör mit dem dummen Gelächter auf,

mein Freund, und notiere dir, daß ich morgen in der Schusterwerkstatt vorsprechen muß.«
»Ganz wie Sie meinen, Dulnikker«, erwiderte der Sekretär. »Ich jedenfalls gehe jetzt packen.«

Dulnikker warf einen Blick in die Schusterwerkstatt, und als er sah, daß der Gehilfe allein war, betrat er die dunkle Kammer. Der Staatsmann studierte aufmerksam das verwitterte Gesicht des bleichen alten Mannes, der, den zahnlosen Mund voller Nägel, an seiner Werkbank arbeitete. ›Er ist alt genug, um der Vater des Schusters zu sein‹, überlegte Dulnikker. ›Aber statt so geehrt zu werden, wie es ihm gebührt, muß er sich von früh bis spät ausbeuten lassen.‹
»Guten Morgen, Genossen«, begrußte der Staatsmann den Arbeiter und fügte mit wohlüberlegter Diplomatie hinzu: »Ist mein Schuh schon fertig?«
»Nein«, erwiderte der Alte schrill mit seinem unverkennbaren rosineskanischen Akzent. »Sie haben uns keine Reparatur gebracht, Herr Ingenieur.«
»Natürlich nicht.« Dulnikker steuerte das Gespräch in die richtigen Bahnen: »Wie kann ich mir eure Preise leisten?«
»Bitte richten Sie sich das mit Salman.«
»Nein, Genossen. Dafür seid ihr zuständig!«
»Warum?«
Diese naive Frage entfesselte einen Redeschwall Dulnikkers, der rapid auf den unglücklichen nichtorganisierten Arbeiter herunterprasselte.
»Wieviel bekommen Sie für ein gewöhnliches Besohlen?«
»Ungefähr dreißig Agoroth.«
»Und wie viele Reparaturen machen Sie im Durchschnitt täglich?«
»Vielleicht drei.«
»Das kommt auf ungefähr ein Pfund pro Tag! Sie arbeiten fünfundzwanzig Tage im Monat. Nun, das kommt auf fünfundzwanzig Pfund im Monat. Stimmt's?«
»Ich weiß nicht.«
»Wie hoch ist Ihr Monatsgehalt?«
»Weiß nicht.«

»Bekommen Sie vierzig Pfund?«
»Die bekomme ich.«
»Aha!« brüllte Dulnikker. »Und wer steckt den Unterschied ein, ha?«
»Weiß nicht.«
»Das ist es ja gerade, Genossen! Ihr habt überhaupt kein Klassenbewußtsein. Und dann wacht ihr eines schönen Tages auf und entdeckt, daß die Jahre an euch vorbeigegangen sind, daß selbst eure wenigen übriggebliebenen Zähne wie Herbstblätter verweht sind. Und dann werdet ihr alle kommen und ›Dulnikker, Dulnikker, Dulnikker‹ schreien. Aber dann wird es zu spät sein!«
»Aber«, stammelte der Alte verzweifelt und rückte von seinem Besucher ab, »aber Sie haben uns wirklich keinen Schuh zur Reparatur gegeben, Herr Ingenieur.«
Dulnikker ging auf den Arbeiter zu und stand wie ein dräuender Schicksalsbote vor ihm. »Ihr müßt für euch denselben Lebensstandard verlangen, den Zemach Gurewitsch aufrechterhält!«
»Nein! Nein!« rief der erschrockene Alte flehend. »Bitte, Herr Ingenieur, bitte, verlangen Sie das nicht von mir! Ich kann nicht so schwer arbeiten wie Zemach. Er ist noch jung und kann auf das Feld gehen, aber ich komme gerade nur mit meiner Arbeit in der Werkstatt zurecht.«
Der Staatsmann wischte sich den Schweiß von der Stirn. In dem engen Raum war es ausgesprochen heiß.
»Ihr seid schwach, Genossen!« rief er. »Deshalb verdient ihr einen kürzeren Arbeitstag! Wie viele Stunden am Tag arbeitet ihr jetzt?«
»Soviel ich mag.«
»Das ist zuviel! Der Schuster beutet euer Pflichtgefühl als Arbeiter aus! Er weiß sehr gut, daß euer Gewissen euch zwingen wird, so lange zu arbeiten, solange ihr noch einen Finger rühren könnt. Und was ist das Resultat? Ihr beginnt zu husten, und ihr ertrinkt im Abgrund von Armut und Hunger. Nein, Genossen! Ihr müßt Zemach Gurewitsch informieren, schwarz auf weiß, daß ihr unter keinen Umständen so viel arbeiten werdet, wie ihr mögt. Von nun an, Genossen, werdet ihr eine Stunde weniger arbeiten! Und wenn das der Schuster ablehnt, werdet ihr unverzüglich einen Streik ausrufen!«

»Ja, unverzüglich ... einen Streik ... Herr Ingenieur.«
Allmählich wurde Dulnikker böse, weil er im Unterbewußtsein witterte, daß der Arbeiter die Grundtatsachen des Problems noch immer nicht begriffen hatte.
»Streiken bedeutet, mit der Arbeit aufhören«, erklärte er schreiend. »Und wollen Sie bitte diese Nägel aus dem Mund nehmen! Sie könnten sie ja schlucken!«
»Nur wenn ich bei der Arbeit gestört werde, Herr Ingenieur.«
»Keine Angst, Genossen! Wenn Gurewitsch vom Feld heimkehrt, steht ihr auf, mutig und gerade, und sagt ihm auf meine Verantwortung: ›Zemach Gurewitsch, von nun an werde ich um eine Stunde weniger arbeiten!‹ Der Schuster wird das ablehnen, und ihr werdet ihn von einer Arbeitsniederlegung informieren.«
»Oh, Gott!«
»Keine Angst, Genossen! Zemach Gurewitsch braucht euch, Zemach Gurewitsch wird euch nie mit leeren Händen wegschicken! Er wird euch eine halbe Stunde anbieten; ihr werdet dreiviertel verlangen, und ihr werdet höchstens zehn Minuten nachgeben! Im Fall einer völligen Ablehnung – streikt ihr! Ihr müßt euch organisieren, Genossen. Ihr müßt einen bescheidenen Streikfonds beiseite legen. Nur so werdet ihr imstande sein, euch in eurem Kampf gegen die Industrieunternehmer sicher zu fühlen. Verstanden?«
»Ich verstehe, ich verstehe«, sagte der Alte, mit dem Rücken an die Wand gepreßt, und nickte. »Jetzt gehen Sie ganz ruhig nach Hause, Herr Ingenieur, und ich kümmere mich um alles hier. Es wird schon alles gut werden.«
»Nein, Genossen«, erklärte Dulnikker und setzte sich auf den zweiten Schemel. »Ich beabsichtige zu warten, bis der Schuster heimkommt. Jetzt kann ich Ihnen ja ruhig sagen, daß ich beabsichtige, Sie, mein Freund, in den Dorfrat aufzunehmen! Das ist der Prüfstein, Genossen!«
Der Alte zuckte die Achseln und arbeitete mit einem bekümmerten Ausdruck weiter. Gelegentlich warf er dem starr dasitzenden Dulnikker einen ängstlichen Blick zu, aber es fiel kein Wort. Nach einer Weile hörten sie den schweren Schritt des Schuhflickers. Er trat ein, begrüßte Dulnikker und band seinen Schurz um.

»Jetzt!« flüsterte Dulnikker dem zögernden Arbeiter zu. »Ich stehe hinter euch!«
»Höre, Zemach«, sprach der Alte den Schuhflicker demütig an und gestikulierte entschuldigend, »der Herr Ingenieur will, daß ich heute eine Stunde weniger arbeite.«
»Fein«, sagte der Schuster, »es ist heute ohnehin nicht viel zu tun.«
Die Adern an Dulnikkers Schläfen begannen wieder zu schwellen.
»Nein!« schrie er heiser. »Nein! Nicht nur heute! Von heute an!«
Der Schuhflicker sah ihn erstaunt an. »Schön«, sagte er und setzte sich mit einer fragenden Grimasse auf den leeren Schemel.
»Schneiden Sie keine Grimassen, mein Freund! Dieser alte Mann ist voll berechtigt, eine Stunde weniger zu arbeiten!«
»In Ordnung!«
»Täglich!«
»Herr Ingenieur« – Zemach Gurewitsch war außer sich –, »natürlich kann mein Vater arbeiten, wann es ihm paßt! Sie brauchen mich nicht die ganze Zeit daran zu erinnern, daß die Werkstatt ihm gehört!«

Das Stelldichein in der Hütte hatte einige Tage nicht stattgefunden, weil sich Dulnikker verkühlt hatte. Der Staatsmann nieste sehr oft, und dank seiner tropfenden Nase klang seine Stimme wie die eines Wildenterichs. Aber betrachtete man es genau, so rettete ihn seine Verkühlung vor einem schlimmeren Schicksal. Wäre sie nicht gewesen, hätte ihn Elifas Hermanowitsch am frühen Mittwoch morgen nicht in seinem Bett angetroffen.
»Wer ist da?« Der Staatsmann wachte bei der Berührung der Hand des Wirts auf. »Wer stört mich?«
»Ich«, kam Elifas' Stimme aus der pechschwarzen Finsternis. »Stehen Sie bitte auf, Herr Ingenieur, es ist alles so vorbereitet, wie Sie es haben wollen. Der Dorfrat wartet auf Sie.«
Der Staatsmann fuhr zusammen. »Was? Aber ich habe sie für dreidreißig eingeladen.«
»Stimmt«, erwiderte der Wirt. »Es ist jetzt drei-dreißig.«
Dem Staatsmann wirbelte es im Kopf. »Guter Gott«, murmelte er, »habt ihr geglaubt, der Dorfrat würde sich nachts um halb vier versammeln?«

»Es ist nicht nachts. Es ist halb vier morgens«, korrigierte ihn Elifas. »Es tut mir sehr leid, Herr Ingenieur, aber in dem Geheimbrief stand nicht, daß Sie es für Nachmittag gemeint haben.«
»Jedenfalls«, knurrte Dulnikker, als er sich die Decke wieder über den Kopf zog, »unterrichten Sie bitte die Räte von ihrem peinlichen Irrtum.«
»Unmöglich, Herr Ingenieur, das ganze Dorf ist unten ...«
Diese originelle Wendung der Ereignisse konnte nur Dulnikker selbst überraschen. Die Einladungen, die der Krankenwärter persönlich an die Gewählten verteilt hatte, wurden trotz der düsteren Geheimhaltungspflicht innerhalb von Stunden Allgemeingut der Öffentlichkeit. Alles in allem billigten die Dorfbewohner die Initiative, die von der ›Direktion, Abtlg. Ingenieurwesen‹ an den Tag gelegt wurde, und sie billigten einhellig die glänzende Idee, die strittigen Fragen zwischen dem Barbier und dem Schuhflicker durch einen Kampf von Mann zu Mann zu bereinigen, besonders da in den Dörfern ihrer Ahnen in Rosinesco der Dorfvorsteher ebenfalls von Zeit zu Zeit gezwungen gewesen war, seinen Gegnern seine körperliche Tüchtigkeit vor Augen zu führen. Die Dorfbewohner waren vom Ingenieur selbst angenehm überrascht, weil sie nie geahnt hätten, daß sich ein so verweichlichter Stadtfrack so leicht an das bäuerliche Naturgesetz anpassen konnte. Sie billigten auch seine Wahl einer frühen Morgenstunde, wodurch die Teilnehmer instand gesetzt waren, ungestört an ihr Tagewerk zu gehen.
Das Geheime an der Sache hielt die Dörfler natürlich nicht davon ab, schon um Mitternacht dem Wirtshaus zuzustreben. Einige Leute bezogen schon früher am Abend Stellung in der Nähe der Fenster, um garantiert eine gute Sicht zu haben. Andere hatten Stühle und Schemel mitgebracht, während die Kinder auf den Schultern ihrer Väter saßen und Majdud und Hajdud beneideten, die das Glück hatten, alles durch das Schlüsselloch der Küchentür mitansehen zu können. Der Ausgang des bevorstehenden Zweikampfes war umstritten. Einige behaupteten, der Schuster sei größer und schwerer, während andere meinten, seine Lahmheit sei ein Nachteil, und die Aufmerksamkeit ihrer Nachbarn auf die Festigkeit der Gemeindekörperschaft des Barbiers lenkten.

Der Speisesaal des Wirtshauses, von einem Dutzend Kerosinlampen erleuchtet, war selbst durch die Fenster ein prachtvoller Anblick. Elifas Hermanowitsch und seine Frau hatten sich lobenswert bemüht, den Raum auf Glanz zu bringen. Auf die Bitte des Ingenieurs hin hatten sie an einem Ende des Saals einige umgestülpte Holzkisten und auf dieses provisorische Podium den Präsidialtisch gestellt. Außerdem verteilten sie auf dem Tisch Gläser, Obstsaft, Kuchen, Zettel, Bleistifte und sogar einen mittelgroßen Hammer – mit Empfehlungen vom Schuhflicker. Ein breiter, von Nelken umrahmter Streifen Packpapier hing über dem Podium. Darauf stand in riesigen roten Buchstaben eine Schlagzeile, die der Herr Ingenieur verfaßt hatte: »Eine gesunde Stadtverwaltung – Grundlage einer gesunden Regierung. Zvi Grinstein.« Das Spruchband setzte lebhafte Argumente der Menschenmenge in Gang, weil es nicht ganz klar war, warum dieser Zvi Grinstein die Grundlage der Regierung sein sollte, wenn man bedachte, daß keiner dieses Namens im Dorf lebte.

Die streitenden Parteien kamen nacheinander zum Wirtshaus und wurden von der Menge begeistert empfangen. Zuerst kam der hinkende Schuhflicker, der einen schwarzen Festtagsanzug trug. Er zerrte eine in einen Mantel gewickelte Gestalt mit geschlossenen Augen hinter sich her, die sofort an dem nächstgelegenen Tisch niedersank und einschlief. Nach der von einem Ohr baumelnden Brille und der gelben Aktentasche in der einen verkrampften Hand zu schließen, so rechnete sich die Menge aus, mußte das der Krankenwärter des Ingenieurs sein. Nach ihm traf der Schächter ein, den Kopf mit einem ungewöhnlich großen und dekorativen Käppchen bedeckt. Er wurde mit besonderen Hochrufen von den Schulkindern begrüßt, die sich freuten, ihren Lehrer zu sehen. Der dritte Mann war zur Überraschung der Menge ein kleines Individuum plumpen Schrittes, namens Ofer Kisch, der Dorfvagabund, den Dulnikker nach dem vergeblichen Versuch, den Vater des Schuhflickers zu organisieren, ›in tiefstem Elend‹ entdeckt hatte. Ofer Kisch war Schneider von Beruf, da jedoch seit Jahren niemand Schneiderarbeit bestellt hatte, war der arme landlose Kerl gezwungen gewesen, sich sein Leben als Amateurspaßmacher bei Hochzeiten und als Totengräber zu verdienen. Angesichts letzterer Funktion verursachte sein Erscheinen im Wirtshaus, was den

Ausgang des Kampfes betraf, eine ziemliche Bewegung im Publikum. Als letzter kam der Barbier in Begleitung seiner Frau, die – da die Einladungen an Einzelpersonen gerichtet waren – offiziell zur Privatkrankenschwester ernannt worden war. Beide betraten das Wirtshaus hastig und gespannt.

Alle Räte saßen um den Saal herum, hatten keine blasse Ahnung, was vor sich ging, und kraulten die Katzen, die zwischen ihren Beinen herumwanderten. Es war ihnen allen schwergefallen, ihre Schläfrigkeit zu bekämpfen, daher waren sie erleichtert, als Elifas auftauchte und den Ingenieur mitschleppte. Dulnikker taumelte die Treppe hinunter, ebensosehr von seiner Verkühlung wie von seinem Schlafmangel bedrückt. Der Staatsmann war schrecklich müde, bezog aber Trost vom Anblick seines Krankenwärters: Verglichen mit dem Aussehen des halbtoten jungen Mannes sah Dulnikker geradezu energiegeladen aus. Der Staatsmann befriedigte seinen Wunsch nach Rache, weil sich sein Verhältnis zu Zev dank eines kurzen Gesprächs besonders abgekühlt hatte. Dulnikker hatte seine rechte Hand gefragt, ob er von Anfang an gewußt habe, daß der Alte, der im Hintergrund der Schuhflickerwerkstatt dahinmoderte, sowohl der Vater des Schuhflickers als auch der Besitzer der ›Firma‹ persönlich war?

»Natürlich habe ich's gewußt«, erwiderte Zev. »Ich wohne beim Schuhflicker.«

»Warum hast du mir das denn nicht erzählt, wenn ich fragen darf?«

»Sie haben mich nie gefragt, Dulnikker.«

Jetzt näherte sich Dulnikker seinem schlummernden Sekretär und rüttelte ihn kräftig. Es bedurfte noch einiger ordentlicher Rüttler, um wenigstens eins seiner Augen aufzubekommen.

»Laßt mich schlafen«, stöhnte Zev. »Bitte sagen Sie ihnen, sie sollen nachmittags wiederkommen.«

»Unmöglich, mein Freund Zev.« Dulnikker rieb sich sehr vergnügt die Nase. »Ich habe sie für jetzt eingeladen!«

»Für jetzt?« Der Sekretär wurde noch ein bißchen munterer. »Haben Sie wirklich drei Uhr dreißig nachts gemeint?«

»Nicht nachts, morgens, mein fauler, schläfriger Freund!« höhnte Dulnikker. »Ich schlage vor, Ihr wacht auf, Genosse, damit Ihr ordnungsgemäß das Protokoll führen könnt.«

»Hol's der Teufel!« fluchte Zev. »Wozu brauchen wir diesen ganzen Mist?«
»Muß ich dir Rechenschaft über mein Tun ablegen?« entgegnete der Staatsmann kühl. »Wenn du gegen konstruktives Handeln bist, werde ich dich von der aktiven Teilnahme an der Debatte befreien. Alles, was du zu tun hast, ist, das Protokoll zu führen, nichts weiter! Hallo, Genossen, was geht hier vor?« Dieser fast hysterische Schrei bezog sich auf Salman Hassidoff und Zemach Gurewitsch, die auf dem Fußboden herumrollten und abgerissene Schlachtrufe blökten.
Es war eine ganz natürliche Entwicklung. Als der Schuhflicker merkte, daß der Ingenieur mit seinem Krankenwärter kostbare Zeit mit internen Diskussionen vertat, stand er auf und nahm die Sache selbst in die Hand. Er zog sein schwarzes Jackett aus, hinkte zum Tisch des Barbiers hinüber und fragte:
»Bereit, Salman?«
Hassidoff zog sich wortlos aus, und im nächsten Augenblick waren sie in der Arena und in einen mächtigen Kommunalkampf verwickelt. Der Barbier war wendiger und packte Gurewitsch an der Gurgel, diesem jedoch gelang es, Hassidoff mit einem Tritt seines lahmen Beins in dessen Magen abzuschütteln. Die Dörfler draußen standen auf den Fußspitzen und drückten sich die Nasen an den Fensterscheiben platt; die leichter Erregbaren unter ihnen begleiteten jede Wendung der Entscheidungsschlacht mit begeisterten Zurufen. Einen Augenblick schien es, daß der Schuhflicker die Oberhand hatte, weil er den Kopf des Barbiers in einem Würgegriff hielt, aber in letzter Sekunde gelang es Hassidoff, ein Tischbein zu packen, und der Tisch schleifte überallhin mit, wohin Gurewitsch den Barbier zerrte.
Amitz Dulnikker sah all dem vom Podium aus zu. Sein Gesicht war krebsrot, die Augen fielen ihm fast aus dem Kopf, und seiner Kehle entrangen sich ständig wildes Grunzen und sinnloses Knurren. Als der Staatsmann merkte, daß mit seinen Stimmbändern etwas nicht stimmte, hob er den Hammer und begann wild auf den Tisch einzuschlagen, aber seine Bemühungen fruchteten nichts gegen den Lärm der Menge draußen. Die einzige Anwesende, die ihren Gefühlen freien Lauf ließ, war das Heldenweib, das ständig kreischte:
»Gib's ihm, Salman! Gib's ihm!«

Salman hatte die Unterstützung seines Weibes grausam nötig, denn er lag auf dem Bauch, der Schuhflicker kniete auf seinem Rücken und trommelte ihm mit den Fäusten auf den Kopf. In diesem Stadium der Schlacht mischte sich eine neue Stimme in den allgemeinen Lärm: Der Sekretär brach in ein heulendes Hyänenlachen aus und wand sich auf seinem Stuhl. Mittlerweile war es dem Barbier gelungen, der Kommunalkörperschaft des Schuhflickers zu entrinnen und wie ein wütender Stier mit Kopfstößen zum Angriff überzugehen. Eifrig sprang der Schneider auf und begann die Tische beiseite zu rücken. Jetzt endlich fand Dulnikker die Sprache wieder.

»Idiot, was machst du da?« fragte er Ofer Kisch.

»Platz«, erwiderte Ofer Kirch. In diesem Augenblick gaben die dünnen Beine des Präsidialtisches unter Dulnikkers Hammerschlägen nach und brachen zusammen. Der plötzliche Krach ließ die Kämpfer einen Augenblick ihren Griff lockern. Dulnikker machte sich die kurze Flaute zunutze, sprang über die Ruinen seines Tisches und stürmte in die Arena.

»Huligane!« brüllte er und warf sich mit ausgebreiteten Armen zwischen die Kämpfer. Beide waren jedoch schon längst jenseits aller Beherrschung ihrer Reaktionen und setzten den Kampf fort, ohne auf den Staatsmann zwischen ihnen zu achten. Dulnikker zappelte wie ein Fisch im Netz. Zum Glück gelang es ihm, mitten in einem dreifachen Salto einer der streunenden Katzen auf den Schwanz zu treten, und das ohrenzerreißende Gekreisch des Tieres brachte die Kämpfer augenblicklich zur Vernunft.

Dulnikker saß mit einer dicken Staubschicht bedeckt und zerrauft auf dem Boden. »Schluß!« kreischte eine fremde Stimme aus seiner Lunge. »Schluß, ihr Mörder! Ihr verrückten, bösartigen Viecher, jeder einzelne von euch! Schluß, ihr Metzger! Schluß, sage ich! Zev!« schrie Dulnikker plötzlich seinen Ersten Sekretär an, der noch immer gelassen auf dem Podium saß. »Warum rührst du keinen Finger, du Taugenichts, wenn du siehst, daß man mich vor deinen Augen ermordet?«

»Herr Ingenieur, Sie haben mich angewiesen, mich nicht in die Debatte zu mischen«, erwiderte der Sekretär. »Meine Aufgabe ist es, mechanisch Protokoll zu führen, nichts weiter.«

Amitz Dulnikker stampfte auf und brach buchstäblich in Tränen der Enttäuschung aus. Malka umarmte seinen zitternden Körper und führte ihn auf die Rednertribüne. Das Schluchzen des kranken Staatsmannes wirkte auf die Menge genauso wie die Tränen eines Lehrers auf ungebärdige Schüler.

»Was haben wir denn falsch gemacht?« flüsterte Zemach Gurewitsch den übrigen Repräsentanten zu, während er sich seine blauen Flecken rieb. »War denn nicht er es, der uns geschrieben hat, daß die Oberste Kommunalkörperschaft die Bürgermeisterei entscheiden würde? Weshalb weint er also?«

Die Räte glätteten ihre Kleider und kehrten höchst verblüfft auf ihre Sitze zurück. Diese plötzliche Stille löste ein böses Geschrei der Menge draußen aus. Die Bürgerschaft reagierte auf die unerwartete Unterbrechung höchst unmutig mit mißbilligendem Pochen an die Fensterscheiben.

Dulnikker stand auf und stürzte, eine Hand auf seine verletzte Seite gedrückt, wütend zur Tür. Er schob den Riegel zurück und stellte sich dem tobenden Mob.

Er ergoß seine ganze Wut auf sie: »Ruhe! Sonst schmeiß' ich euch alle miteinander aus diesem Dorf hinaus!«

Sein vulkanartiger Wutausbruch brachte sie zum Schweigen. Eine einsame Stimme wagte es, ihn respektvoll über das Meer von Köpfen hinweg auf die Tatsache hinzuweisen:

»Entschuldigen Sie, Herr Ingenieur, aber bis jetzt ist noch keiner besiegt worden!«

»Ihr Erbauer von Babel!« zischte der Staatsmann zwischen zusammengebissenen Zähnen und kehrte dem blutdürstigen Gesindel den Rücken. Er versperrte die Tür hinter sich, schneuzte sich mit einem empörten Trompetenstoß und kehrte auf seinen Platz am Präsidialtisch zurück.

»Meine Herren«, rief er dem Rat kummervoll zu, »was um Himmels willen hat sich hier getan?«

Fast die ganze nächste Stunde lang erhielten Dulnikker und Sekretär eine aufschlußreiche Belehrung über ›Begriffe und Bedingungen in Kimmelquell und ihre Bedeutung für die Funktionen des Dorfrates als einer kommunalen Körperschaft‹. Mit wachsender Bestürzung hörte

sich Dulnikker die lokalen Ansichten an und versetzte das Dorf im Geist vom Mittelalter in die Steinzeit zurück.
»Genossen!« sprach er den Rat mit schwacher Stimme an, »zivilisierte Menschen entscheiden Führungsfragen nicht durch Faustkämpfe, sondern durch demokratische Wahlen.«
»Demokratische Wahlen?« wiederholten die Räte unter viel schnellem Blinzeln. »Wozu?«
»Weil die Dorfbewohner – sie und nur sie – entscheiden dürfen, wer sie regieren darf, Genossen.«
»Herr Ingenieur«, platzte der Schuhflicker flehentlich heraus, »ist unser System nicht einfacher?«
Dulnikker war am Ende seiner Geduld angelangt und warnte Gurewitsch unter energischen Hammerschlägen, daß er keinerlei provokante Zurufe dulden würde.
»Meine Herren!« wandte er sich scharf an seinen Sekretär. »Warum nehmen Sie kein Protokoll auf?«
»Entschuldigen Sie, Dulnikker, aber das habe ich doch!« protestierte der andere höflich und las dem Dorfrat unverzüglich vor, was er auf ein Stück Papier gekritzelt hatte: »Nach Ankunft des Vorsitzenden fand ein Kommunalkampf de facto zwischen zwei provisorischen Ratsmitgliedern statt, den Herren Zemach Gurewitsch und Salman Hassidoff. Verletzt wurde ein Anwesender: der Herr Ingenieur.«
Nach Verlesung des Protokolls verbeugte sich der Sekretär und setzte sich feierlich nieder. Dulnikker beherrschte sich bewundernswert und dankte dem jungen Taugenichts für seinen Fleiß. Dann erhob sich der Staatsmann, legte seine Uhr vor sich auf den Tisch, zog eine Rolle Papier aus der Tasche und ergriff das Wort. »Ehrenwerter neuer Dorfrat«, eröffnete Dulnikker die Inaugurationsrede, die er vor zwei Tagen vorbereitet hatte. Er sprach ruhig, aber mit weit ausholenden Gesten und keinerlei Zeichen von Müdigkeit oder Niedergeschlagenheit. »Ich muß mich streng beschränken, weil es schon spät wird, aber bevor ich meine Rede auf ein bloßes Mindestmaß zusammendränge, fühle ich mich verpflichtet, ein Wort der Begrüßung an die höchste Vertretung der Dorfinteressen zu richten – an den ersten Dorfrat der Geschichte von Kimmelquell seit der Zerstörung des Zweiten Tempels!«

Hier hielt der Staatsmann inne, um dem Publikum zu erlauben, in lauten Beifall auszubrechen, aber nur Malka applaudierte – einmal.
»Erlauchter Dorfrat! Meine Damen und Herren! Alteingegessene und Neueinwanderer!« fuhr Dulnikker fort. »Wir haben uns heute abend hier versammelt, nicht um neue Siedlungen zu gründen; wir haben uns nicht versammelt, um große Industrieunternehmen zu errichten; wir haben uns nicht versammelt, um Ölquellen in den Einöden der Wüste anzubohren; wir haben uns nicht versammelt, um edle, schnelle Pferde zu züchten; wir haben uns nicht ...«

Um ungefähr 11.30 Uhr, als der Schatten des Zeigers der Sonnenuhr fast verschwunden war, wurde Amitz Dulnikker durch einen unerwarteten Herzanfall gefällt und war gezwungen, mitten in seiner Inaugurationsansprache eine Pause einzulegen. Zu der Zeit schliefen schon sämtliche Zuhörer, vielleicht mit Ausnahme Malkas, die etwas Erfahrung im Zuhören erworben hatte. Der eine schlief, den Kopf auf den Arm gelegt, ein anderer offenen Mundes zurückgelehnt. Der Barbier schlief mit offenen, glasigen Augen, die den Sprecher leblos anstarrten. Zev hatte sich die Ohren mit den Fingern verstopft und schlief, das Kinn auf den Rand des Präsidialtisches gestützt, mit einem seligen Lächeln auf den Lippen. Vor den Fenstern stand schon seit Stunden niemand mehr; die Dörfler hatten jedoch eine Kinderwache organisiert, die der Reihe nach häufig durch die Fenster in die Kammer blickten. Dann rannten die Kleinen immer wieder heim und sagten ihren Eltern beeindruckt:
»Redet noch immer!«
Ehrlich gesagt, hatte Dulnikker während der Inaugurationsansprache selbst das Gefühl, daß er zu weit gegangen war und das Publikum schon lange aufgehört hatte zuzuhören. Aber er wußte einfach nicht, wie er den Redefluß aufhalten sollte, der aus seinem Munde strömte; es war ein von ihm unabhängiger Sturzbach, den er nicht unter Kontrolle zu bringen vermochte. Um ungefähr 10 Uhr spürte er einige einzelne Nadelstiche um sein Herz, und die Warnung Professor Tannenbaums schoß ihm durch den Kopf. Aber seine Zunge weigerte sich, seinem Willen zu gehorchen, und der alternde Staatsmann wurde wie Strandgut von der Strömung seiner eigenen Worte mitgerissen.

Als Dulnikker quer über dem Tisch zusammenbrach, verzog sich sein Gesicht, und seine Stimme versickerte. Die plötzliche Stille weckte alle. Malka stürzte sofort an die Seite ihres Galans und flößte ihm etwas lauwarmen Tee ein. Der verwirrte Sekretär sah auf die Uhr, und als er sah, wie spät es war, trat plötzlich ein erschrockener Blick in seine Augen. Er erholte sich jedoch schnell und tätschelte unter protestierenden Seufzern dem hartnäckigen Staatsmann den Rücken. Dulnikker riß sich jedoch schnell zusammen, obwohl seine rote Gesichtsfarbe krankhaft blaß wurde und seine Hand weiter in die Brust verkrampft blieb.

»Also gehen wir heim«, schlug der Schächter vor. Die Dorfräte erhoben sich, der Staatsmann hielt sie jedoch mit einer schwachen Geste zurück:

»Zev«, flüsterte er seinem Sekretär zu, »lies die Resolution vor, mein Freund.«

Zev verdrehte die Augen in stummem Tadel himmelwärts und begann in schwindelerregendem Tempo die grundlegenden Punkte vorzulesen, die er schon früher nach dem Entwurf des Staatsmannes vorbereitet hatte:

»Der Provisorische Dorfrat beschloß in seiner heutigen ersten Sitzung einstimmig:

a) Der Bürgermeister ist die höchste Verwaltungsspitze des Dorfrates.
b) Der Bürgermeister wird von den Dorfbewohnern für eine Zeitspanne von sechs Monaten gewählt.
c) Die ersten verfassungsmäßigen Wahlen werden in zwei Monaten, vom heutigen Tage an gerechnet, abgehalten. Bis dahin bleibt der Status quo de facto und de jure in Kraft.
d) Die Wahl wird geheim und demokratisch erfolgen.«

Die Dorfräte scharrten ungeduldig mit den Füßen herum, die Augen halb geschlossen. Noch nie hatte sie die Arbeit eines ganzen Tages auf den Feldern derart schrecklich ermüdet.

»Irgendwelche Fragen?« sagte Dulnikker schwach, aber der Schächter wollte nur wissen, ob sie schon heimgehen könnten. Der Staatsmann bat sie, das Dokument zu unterzeichnen, und sie kritzelten ihre

Namen unter die Resolution, einschließlich des Schuhflickers, der einen Davidstern statt einer Unterschrift zeichnete. Dann liefen sie alle heim und fielen wie die Mehlsäcke auf ihre Betten. Mehlsäcke, die das Pech gehabt hatten, zu kommunaler Größe erhoben zu werden.

Das Ergebnis der Sitzung des Provisorischen Dorfrates wurde den Einwohnern von Kimmelquell nur verschwommen bekannt. Die Repräsentanten der kommunalen Elemente erinnerten sich an nichts von der Sitzung über den Zeitpunkt hinaus, als sich der Ingenieur erhob, seine Uhr vor sich auf den Tisch legte und zu sprechen begann. Was nachher geschah, war in den Köpfen der Teilnehmer ein völlig unbeschriebenes Blatt.

An jenem Nachmittag kam der Lastwagen der Tnuva – diesmal unaufgefordert –, und der Chauffeur brachte so überraschende Nachrichten, daß sie den bürgermeisterlichen Wettkampf überschatteten. Der Chauffeur sagte nicht mehr und nicht weniger, als daß Gula, die Gattin des Staatsmannes, am folgenden Tag an der Spitze einer Delegation von Würdenträgern ins Dorf kommen würde, um Amitz Dulnikker und seinen Sekretär heimzuholen. Er, der Chauffeur, war persönlich vom Manager Schultheiß entsandt worden, um sie sowohl von dem Ereignis in Kenntnis zu setzen, als auch den Wagen der Würdenträger an der Kreuzung vor dem Höhlentunnel zu treffen, damit sie sich nicht verirrten.

»Mein Herr«, sagte der Chauffeur zu Dulnikker, dessen Gesicht von einem riesigen Tuch fast versteckt wurde, »Sie werden mit einem Schwups heimfahren. Ich wäre nicht überrascht, wenn man eine Siegesparade für Sie abhielte ...«

»Eh?« Dulnikker wurde neugierig. »Was ist los?«

Der Chauffeur war verblüfft.

»Herr Dulnikker! Wollen Sie sagen, daß Sie wirklich nicht wissen, was sich tut?«

Nach dem, wie es der Tnuva-Chauffeur erzählte, beschwor der Staatsmann ein äußerst interessantes Bild von sich herauf. Es schien, daß sich knapp nach Dulnikkers Verschwinden an jenem Morgen seltsame Geschichten über seine Abdankung zu verbreiten begannen, und in mehreren von ihnen wurde auch angedeutet, daß eine Unterschlagung mit im Spiel sei. Nachdem jedoch Manager Schultheiß enthüllt hatte, was geschehen war, wuchs die Bewunderung der

Öffentlichkeit ins Grenzenlose. Das Image des Staatsmannes, der auf dem Höhepunkt seiner Laufbahn auf seine Stellung verzichtet hatte, damit die rückständigen Bewohner eines winzigen, unwichtigen Dorfes aus seiner Anwesenheit Nutzen ziehen konnten, hatte die Öffentlichkeit im Sturm gewonnen. Selbst die scharfzüngigen Zeitungen der Opposition mußten zugeben, daß der Erfahrungsschatz des Staatsmannes ihn dazu geführt hatte, sich über den Alltagskram zu erheben und wie ein Stern am Firmament auf die Zwerge hinunterzublicken.

Dulnikkers Parteiorgan quetschte die letzte Möglichkeit aus dem Ereignis und krönte die glorreiche Begebenheit in ihren Glossen und Leitartikeln mit einer eigenen Wortschöpfung: ›Dulnikkerismus‹. Dieses lehrreiche persönliche Beispiel hatte auch auf die Hierarchie selbst eine wohltätige Wirkung. Einige Regierungsfunktionäre reichten ihre Rücktrittsgesuche ein, übersiedelten in irgendeinen Außenposten und entsagten im echten Geist des Dulnikkerismus der Bequemlichkeiten und der Ehre, an die sie gewöhnt waren.

»Einen Augenblick, Genossen!« unterbrach Dulnikker den Chauffeur und fragte gierig: »Haben Sie vielleicht einige Zeitungen, die meine Leistungen beschreiben?«

Der Chauffeur entschuldigte sich, daß er keine einzige Zeitung mitgebracht hatte, aber er hatte gedacht, daß Herrn Dulnikker nichts mehr daran lag, wie die Zeitungen über ihn schwätzten, weil er hoch über solchen Sachen stand, wie ein Stern. Den Anforderungen des Augenblicks entsprechend versuchte Dulnikker, die Miene eines allwissenden chinesischen Weisen aufzusetzen; es gelang ihm jedoch nicht, weil er tief in seiner Seele den ›taktlosen Idioten‹ verfluchte. Außerdem vermochte ihn selbst die Neuigkeit seiner bevorstehenden Rettung durchaus nicht aufzuheitern. Tatsächlich hatte er sich gerade in den letzten, von Handlung erfüllten Tagen bei den Dorfleuten behaglich zu fühlen begonnen. Außerdem quälte ihn ein Problem sehr: Wie konnte eine so dumme Kreatur wie eine Taube von so weit her die richtige Adresse finden?

Zev andererseits war eitel Glück und Sonnenschein.

»Juchhe!« heulte der Sekretär vor Freude. »Schön, ich gehe sofort heim, packen!«

»Höre, mein Freund!« sagte Dulnikker verärgert. »Wie oft mußt du noch packen? Wo brennt's?«
»Entschuldigen Sie, Dulnikker«, sagte der Sekretär verwundert, »Sie selbst haben mich dazu angespornt, die Taube abzuschicken, damit wir so schnell wie möglich aus diesem stinkenden Loch entfliehen können!«
»Ich habe dich angespornt?« Der Staatsmann kochte vor Wut. »Ich habe diesen Ort ein ›stinkendes Loch‹ genannt? Zev, mein Freund, ich bin Gott sei Dank mit einem bemerkenswerten Gedächtnis gesegnet! Du warst es, der mich dazu überredete, meinen angenehmen Aufenthalt in diesem stillen, friedlichen Dorf abzubrechen. Ich habe nur einen einzigen Fehler gemacht: auf dich zu hören ...«

»Lieber Herr Ingenieur«, jammerte die kleine Blonde, »bitte nehmen Sie mir Zev nicht weg! Er ist jetzt oben im Haus und packt ...«
Der Ingenieur wand sich und vermied den tränenfeuchten Blick Dworas. »Was kann ich tun, mein Kind?« fragte er schließlich. »Er ist mein Krankenwärter.«
»Aber ich liebe ihn so!«
Wieder verdroß den Staatsmann das allzu naive Mädchen. Warum war sie wegen dieses zynischen Rüpels so verzweifelt?
»Liebe junge Dame« – er stellte sich vor Dwora auf, »glauben Sie mir, Zevs Charakter paßt ganz und gar nicht zu Ihrer Persönlichkeit. Es wäre am besten, mein Mädchen, wenn Sie ihn so schnell wie möglich vergessen.«
»Ich kann ihn nicht vergessen, Herr Ingenieur. Er ist so klug und schön.«
»Schön!«
»Ja. Sehr. Er trägt Brillen.«
»Jetzt hören Sie, meine Freundin!« tobte der Staatsmann. »Wie können Sie sich vorstellen – ein Mädchen, dessen Wurzeln im landwirtschaftlichen Sektor liegen –, daß Sie fähig wären, die Bedürfnisse eines absolut städtischen intellektuellen Typs zu befriedigen?«
»Aber ich liebe ihn so!«
»Das ist nicht der richtige Weg, Genossin! Dieses Problem kann nicht auf einer individuellen Basis gelöst werden, mit Hilfe flüchtiger emo-

tionaler Kanäle, sondern nur mittels einer staatlichen Regelung, die den Frauen gesetzesmäßig gleiche Rechte garantieren wird.«

»Das verstehe ich nicht.« Dwora brach in bittere Tränen aus, die eine Stelle in Dulnikkers Herz berührten, denn er war aus irgendeinem Grund unfähig, weinenden Frauen zu widerstehen. Der verwirrte Staatsmann trat auf das Mädchen zu und tätschelte ihr das strohgelbe Haar. »Schon gut, junge Dame, schon gut.« Der Staatsmann räusperte sich, »Gehen Sie heim, mein Mädchen, und versuchen Sie Zev zu überzeugen. Was mich betrifft, so bin ich bereit, noch ein paar Tage länger zu bleiben, oder sogar noch länger ...«

Die Hoffnungen, die Dulnikker auf Dworas Einfluß über seinen Ersten Sekretär gesetzt hatte, verschwanden wie ein Wachtraum. Am frühen Nachmittag erschien Zev im Wirtshaus und begann, die Sachen des Staatsmannes zu packen. Dulnikker saß ihm die ganze Zeit in bedeutungsvollem Schweigen versunken gegenüber.

»Fertig, Dulnikker!« verkündete der Sekretär, nachdem er den Koffer geschlossen hatte. Und fügte in samtweichem Ton hinzu: »Ihren Bademantel habe ich draußen gelassen ...«

Dulnikkers Wut war grenzenlos. Genügte es nicht, daß dieser verächtliche Rüpel die Reinheit der dörflichen Familien befleckte? Sollte er es auch wagen, gegen das warme, menschliche Verhältnis zwischen Malka und ihm zu intrigieren? Der Staatsmann empfand eine wachsende Zuneigung zu der gutherzigen Frau, besonders seit es bei einem ihrer Treffen klargeworden war, daß Malka den grünen Pullover für ihn strickte. Sie hatte Dulnikkers Maße bei Mondlicht genommen, und die sanfte Berührung ihrer Finger ließ seinen Brustkasten von einem derartigen Herzklopfen durchwogen, daß er sie an sich gezogen und kräftiger denn je die Fäden seiner Lebensgeschichte entwirrt hatte ...

Als Dulnikker nun die Andeutung seines jungen Packers gehört hatte, fühlte er einen mächtigen Drang in sich, seinem Privatsekretär einen Hieb auf die Nase zu versetzen.

»Höre, Freund«, sagte er leise, »rufe doch netterweise den Provisorischen Rat für heute abend zu einer außerordentlichen Sitzung zusammen.«

»Dulnikker, um Himmels willen!« Der Sekretär erblaßte. »Wir verschwinden doch morgen von hier!«

»Ich weiß«, erwiderte der Staatsmann und rieb seine Nasenflügel kurz mit dem Handrücken, »deshalb sagte ich ja, heute abend.«
Diesmal trat der Dorfrat unter sehr bescheidenen Umständen zusammen, die Atmosphäre war jedoch unermeßlich gelöster als bei der letzten Sitzung. Von den Höhen des Podiums herab informierte Dulnikker die Teilnehmer über zwei wichtige Angelegenheiten: daß er gezwungen war, sie infolge der angespannten internationalen Lage am folgenden Tag zu verlassen, und daß sie, die Delegierten, ihm verzeihen müßten, wenn er infolge Zeitmangels und seiner labilen Gesundheit keine Eröffnungsansprache halten könne. Die beiden Punkte ›wurden von den Ratsmitgliedern aufmerksam aufgenommen‹ – um das Protokoll zu zitieren. Mit anderen Worten, vor Beginn der Sitzung hatte Dulnikker Zev aufmerksam gemacht, daß er das Protokoll so führen solle, als schriebe er das Protokoll der Knesset, und falls er das nicht täte, würde er – Dulnikker – sich nichts dabei denken, die drastischen Disziplinarmaßnahmen durch Parteikanäle zu treffen, sobald sie heimkämen. Möge also das Protokoll den Trend der Diskussion spiegeln, wie es von dem Krankenwärter persönlich niedergeschrieben wurde:

Vorsitzender: Da wir nunmehr die Machtbefugnis des Bürgermeisters definiert und die Art und Weise umrissen haben, in der er gewählt werden soll, können wir zur Klärung der Einzelheiten fortschreiten. Irgendwelche Fragen?

Ofer Kisch, Mitglied des Provisorischen Rates: Ich wollte schon lange fragen – wozu brauchen wir einen Bürgermeister?

Vorsitzender: Was meint ihr damit, Genossen?

Ofer Kisch, Mitglied des Provisorischen Rates: Nur das. Warum einen Bürgermeister? Was gibt's für ihn zu tun? (Schweigen)

Sekretär: Entschuldigung, meine Herren. Sie werden doch sicherlich jemanden brauchen, der sich darum kümmert, das Gehalt des Bürgermeisters einzusammeln, stimmt's?

Vorsitzender: Du glaubst, daß du witzig bist, mein Freund, aber du hast eine interessante Frage aufgeworfen. Eine der Pflichten des Bürgermeisters wird es sein, die Einhebung von Steuern zu planen und zu überwachen. Denn die gegenwärtige Laxheit auf diesem

Gebiet kann nämlich nicht so weitergehen! Jeder Bürger des Dorfes muß nach Maßgabe seiner Mittel zum Budget beitragen. (Schweigen) Irgendwelche Fragen?

Ofer Kisch, Mitglied des Provisorischen Rats: Wozu brauchen wir ein Budget?

Vorsitzender: Stellen Sie nicht so viele Fragen, ja? (Hammerschlag) Ich bitte um Ruhe. (Ruhe) Oj, oj, liebe Genossen! Habt ihr noch nie gehört, wie ein bestimmtes Dorf etwas aus seinem Budget erbaut hat?

Elifas Hermanowitsch, Mitglied des Provisorischen Rats: Welches Dorf?

Vorsitzender: Wir sprechen natürlich von Kimmelquell!

Elifas Hermanowitsch, Mitglied des Provisorischen Rats: Wie kann Kimmelquell etwas bauen: Menschen bauen Häuser, aber Kimmelquell? Das ist doch nur ein Name!

Sekretär: Ein Kommunalname!

Vorsitzender: (Hammerschlag) Ich bitte nicht zu unterbrechen, meine Herren!

Sekretär: Ja, Euer Ehren.

Ja'akov Sfaradi, Mitglied des Provisorischen Rats: Ich verstehe schon, was der Herr Ingenieur meint. Ich glaube auch, es ist an der Zeit, daß wir in Kimmelquell aus den Beiträgen der Bürger eine Synagoge bauen.

Salman Hassidoff, Bürgermeister de facto, Mitglied des Provisorischen Rats: Völlig überflüssig. Du kannst weiter in meinem Barbierladen beten.

Elifas Hermanowitsch, Mitglied des Provisorischen Rats: Einen zweiten Fanatiker findest du hier ohnehin nicht.

Ja'akov Sfaradi, Mitglied des Provisorischen Rats: Atheist!

Vorsitzender: (Hammerschlag) Ratsmitglied Hermanowitsch: Ich bitte Sie, sich eines höflicheren Tones zu befleißigen.

Frau Hassidoff, Krankenschwester des Salman Hassidoff, Bürgermeister de facto, Mitglied des Provisorischen Rats: Ich schlage vor, daß wir ein Büro für den Bürgermeister bauen. Salman findet es sehr schwierig, sich in unserem winzigen Barbierladen um Dorfangelegenheiten zu kümmern.

Zemach Gurewitsch, Mitglied des Provisorischen Rats: (brüllend) Ich sage euch, wir werden mit dem Budget einen Brunnen bauen!

Vorsitzender: Nu, endlich rührt sich was, ä bissel Leben!

Diese Bemerkung wurde später auf Befehl des Vorsitzenden aus dem Protokoll gestrichen.

Salman Hassidoff, Bürgermeister de facto, Mitglied des Provisorischen Rats: Dieser Brunnen ist widerlich.

Vorsitzender: (Hammerschlag) Ratsmitglied Hassidoff! Erlauben Sie mir, darauf hinzuweisen, daß meiner Meinung nach das Bohren eines Brunnens im Rahmen eines Arbeitsbeschaffungsprogramms die Beseitigung der Arbeitslosigkeit im Dorf möglich machen könnte.

Zemach Gurewitsch, Mitglied des Provisorischen Rats: Stimmt!

Vorsitzender: Wie hoch ist die Zahl der Arbeitslosen im Dorf?

Elifas Hermanowitsch, Mitglied des Provisorischen Rats: Es gibt keinen. (Langes Schweigen)

Sekretär: Vielleicht könnte man den Gegenstand aufgreifen. Wie können wir Arbeitslosigkeit im Dorf schaffen?

Vorsitzender: (Hammerschlag) Ruhe bitte! (Ruhe) Ich habe die angenehme Pflicht, Ihnen die Angelegenheit des Projektes zur Abstimmung vorzulegen. Wer für die Errichtung eines Büros für den Bürgermeister ist, möge bitte die Hand heben. (Herr Hassidoff stimmt dafür.) Und nun: Wer für das Bohren eines Brunnens ist, wird die Hand erheben. Erheben Sie bitte nur eine Hand! (Herr Gurewitsch stimmt dafür.) Was heißt das, meine Herren? Jeder Delegierte muß irgendeinen Standpunkt einnehmen! Ich verlange eine zweite Abstimmung! (Die Ergebnisse bleiben dieselben.) Meine Herren, soll das eine Provokation sein?

Sekretär: Euer Ehren, Herr Ingenieur, gestatten Sie, daß ich ausnahmsweise um die Erlaubnis ersuche, mit einer Gegenabstimmung vorzugehen! (Er erhält die Erlaubnis.) Meine Herren, wer gegen den Brunnen ist, hebt die Hand. (Herr Hassidoff, Herr Sfaradi und Herr Kisch heben die Hand.) Jetzt hebt die Hand, wer gegen ein Büro für den Bürgermeister ist. (Herr Gurewitsch, Herr Hermanowitsch und Herr Kisch heben die Hand.) Euer Ehren,

Herr Ingenieur, zugunsten der beiden Projekte steht die Abstimmung drei zu drei.

Vorsitzender: Mir scheint, das Ratsmitglied Kisch hat zweimal abgestimmt

Ofer Kisch, Mitglied des Provisorischen Rats: Natürlich, ich möchte mit allen gut stehen!

Vorsitzender: Meine Herren, wir sprechen von den Interessen des Dorfes!

Ofer Kisch, Mitglied des Provisorischen Rats: Es ist im Interesse des Dorfes, wenn wir alle Freunde sind.

Vorsitzender: (Hammerschlag) Machen wir eine kurze Pause.

Auf Ersuchen des Vorsitzenden servierte Malka den Delegierten Tee und Kuchen. Die Atmosphäre im Saal war dank der faszinierenden Debatte herzlich.

»Das Bürgermeisterbüro wird sehr billig sein«, erklärte Frau Hassidoff den Ratsmitgliedern während des Essens. »Vier Pfosten und zwischen ihnen Wände aus unbehauenem Stein, genau wie ein gewöhnliches kleines Haus. Ein Raum für Salman und einer als Wartezimmer. Und vielleicht noch ein Raum für die Leute, die Salman nicht warten lassen will ...«

Dulnikker staunte über die verwaltungstechnische Reife der Frau Hassidoff, aber sie bewies, daß ihre Talente sogar noch weiter gingen. Sie zog das ›Zünglein an der Waage‹ in eine der dunkleren Ecken des Saales und sagte charmant zu ihm: »Salman hat schwarze Hosen, die gewendet und gebügelt werden müssen, weil die Sitzfläche derzeit für einen Bürgermeister de facto zuviel glänzt. Wir zahlen, was immer es kostet ...«

»Sicher, Frau Hassidoff.« Der Schneider verbeugte sich. »Ich werde für den Herrn Bürgermeister glänzende Arbeit leisten.«

Am Ende der kurzen Pause brachte Dulnikker die Frage des öffentlichen Projekts wieder zur Gegenabstimmung. Diesmal hoben sich nur zwei Hände gegen die Erbauung eines Bürgermeisteramtes.

Zemach, Gurewitsch, Mitglied des Provisorischen Rats: Ofer, du Gauner, vor der Pause hast du dagegen gestimmt!

Ofer Kisch, Mitglied des Provisorischen Rats: Ich stimme ab, wie ich will. Du kannst ja auch Arbeit an deinen Hosen bestellen!

Diese Bemerkung wurde wegen mangelnder Klarheit auf Anweisung des Vorsitzenden aus dem Protokoll gestrichen.

Vorsitzender: Der Dorfrat hat zugunsten eines Büros für den Bürgermeister entschieden. (Laute Bravorufe aus den Bänken der Frau Hassidoff.) Somit müssen wir nur noch die Steuerangelegenheit entscheiden. (Stille) Muß ich wirklich immer alles selber machen, meine Herren? Bitte, Genossen, versucht selbst, die Kriterien zu entscheiden, die ihr bei der Einhebung von Steuern bei der Bewohnerschaft anwenden wollt. (Stille) Vielleicht die Größe ihrer Parzellen?

Salman Hassidoff, Bürgermeister de facto, Mitglied des Provisorischen Rats: Nix gut, Herr Ingenieur, mir gehört ein prachtvolles Stück Boden. Ich schlage vor, wir berechnen die Steuer nach der Zahl der Räume in einem Haus.

Zemach Gurewitsch, Mitglied des Provisorischen Rats: Pfui, Salman!

Vorsitzender: Bitte werden wir nicht persönlich!

Ja'akov Sfaradi, Mitglied des Provisorischen Rats: Vielleicht erheben wir die Steuern nach der Anzahl der Kinder?

(*Elifas Hermanowitsch, Mitglied des Provisorischen Rats:* Und diese Kreatur überwacht meine Küche!)

Vorsitzender: (Hammerschlag) Meine Herren! Meine Herren! Ich muß ausdrücklich gegen diesen egozentrischen Ton protestieren. Ich möchte als Basis für eine Luxussteuer den Umfang der Einkäufe von der Tnuva vorschlagen. (Die Majorität der Räte stimmt gegen seinen Vorschlag.) Vielleicht die Anzahl der Kühe? (Die Majorität der Räte stimmt gegen seinen Vorschlag.) Couch? Kaffeetischchen? Lüster?

Salman Hassidoff, Mitglied des Provisorischen Rats: Haben wir.

Sekretär: Euer Ehren, Herr Ingenieur! Erlauben Sie mir, darauf hinzuweisen, daß Mangel an Zeit und der gesunde Menschenverstand eine völlig andere Einstellung verlangen.

Vorsitzender: Na schön.

Sekretär: Meine Herren, was hat keiner von Ihnen?

Elifas Hermanowitsch, Mitglied des Provisorischen Rats: Ich erinnere mich, daß wir einmal diskutierten, daß alle von uns Schränke haben, die zu klein sind. (Der Dorfrat nimmt einstimmig seinen Vorschlag an.)

Beschlüsse des Provisorischen Dorfrats bei seiner heutigen zweiten Sitzung: Zum Zweck der Erbauung eines Büros für den Bürgermeister wird eine einmalige Luxussteuer von drei Tnuva-Pfund von jedem Einwohner erhoben, dem ein dreitüriger Kleiderschrank gehört. Ofer Kisch, Mitglied des Provisorischen Rats, wurde beauftragt, ein Verzeichnis der Steuerpflichtigen anzulegen.

Im Namen des Provisorischen Dorfrats von Kimmelquell:

Elifas Hermanowitsch
Salman Hassidoff

Ofer Kisch
Ja'akov Sfaradi

Gula eilt zu Hilfe

Am Morgen jenes großen Tages wollte niemand auf die Felder hinausgehen, jedermann saß im Dorf herum und wartete ungeduldig auf die Ankunft der Abordnung aus der Stadt. Der Staatsmann selbst machte wenig Vorbereitungen für die Ankunft seiner Wohltäter. Die einzige Mühe, die er sich nahm, betraf seine Kleidung, das heißt, er vergewisserte sich, daß sein Anzug so schmutzig und zerknittert wie möglich war, weil mit den Abgeordneten ein Bildreporter kommen sollte, soweit man dem Tnuva-Chauffeur glauben konnte. Im letzten Augenblick wurde Dulnikker die Bedeutung klar, die er persönlich in verhältnismäßig kurzer Zeit bei den Dorfbewohnern erlangt hatte, als der Barbier in das Wirtshaus gestürmt kam und, fast auf den Knien, vor dem Staatsmann herausplatzte: »Lassen Sie uns nicht im Stich, Herr Ingenieur. Wenn Sie nicht mehr bei uns sind, wird alles auf dem Kopf stehen, und Gurewitsch wird mich erledigen. Glauben Sie denn, Herr Ingenieur, daß ich eine Ahnung habe, was ein Bürgermeister de facto zu tun hat?«

Dulnikkers schwarzes Auto fuhr vormittags vor dem Wirtshaus neben der Sonnenuhr vor, und heraus kletterten sieben sehr müde Menschen. Das Septett verwandelte sich sofort in einen Magnet für die starrenden Blicke der örtlichen Menge, die sich in einer Zangenbewegung um die Ankömmlinge schloß.

Aus dem Zwang der Gewohnheit heraus wartete Dulnikker hinter der Wirtshaustür, um die erwartungsvolle Spannung zu erhöhen, und schlüpfte dann in Begleitung seines Sekretärs hinaus. Die beiden wichtigen Parteifunktionäre und Professor Tannenbaum, die zur Abordnung gehörten, brachen sofort in Applaus aus, der sich in der Menge der Zuschauer verbreitete. Ein Bildreporter stolzierte unter ihnen äußerst lange herum und verewigte die historische Szene für die Nachwelt und die Nachrichtenblätter. Zwei nach erstklassigem Material ausgehungerte Reporter zogen ihre Notizblöcke heraus und hefteten ihre ungeduldigen Blicke auf Amitz Dulnikkers Lippen.

Gula Dulnikker ging ruhig auf ihren Gatten zu, pflanzte den Schatten eines Kusses auf seine Wangen und bemerkte apathisch:

»Dulnikker, du bist schon wieder nicht rasiert.«
»Weiß ich«, erwiderte der Staatsmann und beschloß hiermit die familiäre Seite der Zeremonie. Dann hob Gula ihre Hand Zevs Nase zu einem Kuß entgegen und entzog sie gleichzeitig seinem Griff so, wie es einer Parteiaktivistin zukommt. Hierauf betrat sie das Wirtshaus erschreckend munter und bestellte bei der Wirtin ein frühes Mittagessen. Malka war über die plumpe Erscheinung ihres korpulenten Gastes höchst erfreut.
Draußen trat einer der Würdenträger aus der Besuchergruppe hervor, blieb in respektvoller Entfernung vor Dulnikker stehen und schrie ihn an: »Wir sind heute hierher gekommen, in das Dorf Kimmelquell, um Ihnen, Amitz Dulnikker, die Grüße der Nation zu überbringen, die Grüße der Regierung, die Grüße der Institution, die Grüße der Fonds und die Grüße der Partei. Wir sind heute hergekommen, Amitz Dulnikker; wir sind hergekommen in der Hoffnung, daß Sie sich im Dorf Kimmelquell erholt haben, daß Sie sich erholt haben und Ihre Kräfte wieder der Nation zur Verfügung stellen können, zur Verfügung der Regierung, der Institution, der Fonds und der Partei. Wir sind heute hergekommen, Amitz Dulnikker …«
Der Sprecher der Abordnung hatte seine Rede kaum in das Windelstadium bekommen, als Dulnikker Kindesmord beging. In seinem ganzen Leben hatte der Staatsmann noch nie bereitwillig die Idioten geduldet, »die ihre endlosen Phrasen tausendundeinmal wiederholen wie zurückgebliebene Papageien«. Obendrein waren die beiden ›Würdenträger‹ Anhänger Shimshon Groidiss', und gleich von ihrem politischen Debüt an war das Verhältnis des Staatsmannes zu ihnen von gegenseitiger Verabscheuung gekennzeichnet gewesen. Dulnikker war mehr als nur leicht verärgert, daß ausgerechnet diese beiden zu seiner Begrüßung entsandt worden waren.
»Danke, liebe Genossen«, unterbrach er den Sprecher herzlich. »Ich schätze die Beredsamkeit eurer Begrüßung, glaube jedoch, daß ihr von eurer äußerst ermüdenden Reise erschöpft sein müßt und eines nahrhaften Mahls und eines gesunden Mittagsschläfchens mehr bedürft als langer, langweiliger Reden. Dennoch – bevor ich meine Worte in wenigen Augenblicken damit beende, daß ich eure Hände in die meinen nehme und euch mit ›Willkommen, Genossen‹ begrüße,

möchte ich euch nur mit einem Minimum an Worten – im Telegrammstil – über die Entwicklung dieses Dorfes während meines Aufenthaltes erzählen …«
Der Staatsmann hatte aufrichtig vorgehabt, der Abordnung vorzuführen, wie es tatsächlich möglich ist, eine Feierlichkeit mit einigen wenigen treffenden Bemerkungen zu konzentrieren und zu beenden. Inzwischen verfing er sich jedoch in einer Erörterung der Entwicklung der Handelsmarine, aus der es ihm nicht gelang, sich herauszuwinden, bis er eine Telegrammrechnung im Wert von 7500 Dollar für eine halbe Million Wörter zustande gebracht hatte. Inzwischen fiel ein Reporter, der im Gegensatz zu Dulnikker nicht an die Hitze gewöhnt war, in Ohnmacht und maß den Boden Kimmelquells vom Scheitel bis zur Sohle aus.
Die Dorfbewohner hatten sich schon lange von der Abordnung getrennt. Einige der Höflichen jedoch, wie die Mitglieder des Provisorischen Dorfrats, gingen heim, aßen zu Mittag und kehrten dann zu Dulnikker zurück, der noch immer in voller Lautstärke seine Telegrammrede hielt. Schließlich wurde diese Handvoll Getreuer reich belohnt, als Dulnikker, nachdem der Professor den schwächlich gebauten Reporter dem Leben wiedergegeben hatte, die Creme des Dorfes seinen Gästen systematisch vorstellte: »Erlauben Sie, meine Herren: Professor Tannenbaum – Herr Salman Hassidoff, Tonsurkünstler, Bürgermeister de facto. Erlauben Sie, meine Herren: Professor Tannenbaum – Herr Elifas Hermanowitsch, Berufsgastgeber, einer der ursprünglichen Siedler. Erlauben Sie, meine Herren: Professor Tannenbaum – Herr Zemach Gurewitsch, Fachmann der Schuhmacherkunst, eine dynamische Persönlichkeit …« Und so weiter, bis der Fotograf das alles mit der Bitte an Dulnikker unterbrach, sich, bevor es dunkel würde, für eine Einzelaufnahme zu stellen. Das Ersuchen des Fotografen wurde ohne Schwierigkeit bewilligt. Dulnikker stand zwischen zwei Kühen mit traurigen Augen, die aus den Reihen der heimkehrenden Herde ausgewählt worden waren. Zusätzlich packte Dulnikker ›ein süßes, lächelndes kleines Mädchen, des Pinsels eines van Gogh würdig‹, und schwang es trotz der Tränen der Kleinen hoch in die Luft. Danach ersuchte der Staatsmann den Bildreporter, ›eine Aufnahme jenseits der Dorfgrenzen, im Herzen der Felder‹ zu

machen, bei der er, Dulnikker, wie in seiner Jugend die Griffe eines Pfluges halten würde. Es stellte sich jedoch heraus, daß Kümmelfelder nicht gepflügt werden.
Das Ritual des Fotografierens bewirkte große Aufregung unter den Bürgern, die ehrfurchtsvoll vor der Linse standen. Andererseits kam es fast zu Blutvergießen, als der Fotograf ersuchte, Dulnikker solle mit dem Dorfchef posieren. Herr und Frau Hassidoff stürzten sofort heran und stellten sich rechts neben den Ingenieur. Genau im selben Augenblick teilte jedoch Zemach Gurewitschs stattliche Figur die mit knisternder Spannung geladene Luft und landete genau vor dem Staatsmann, während dem Mund des Schuhflickers immer wieder die Erklärung entströmte, daß das Dorf zwar im Augenblick einen Bürgermeister habe, dieser jedoch nur de facto sei, was – sagte er – ›aus Mitleid‹ bedeute. Dulnikker verlor seine Haltung nicht und rettete die brenzlige Situation, indem er sich bei beiden Gegnern einhängte. Während der Staatsmann sie kraft seiner Persönlichkeit auseinanderhielt und in die Kamera lächelte, stöhnte er innerlich und dachte: ›Ich schwöre, die zwei hätten sich an der Gurgel, wenn ich nicht zufällig in dieses Dorf gekommen wäre!‹

Nach dem ›Unternehmen Foto‹ kehrte Dulnikker ins Wirtshaus zurück. Sein Magen war dank des erzwungenen Fastens während eines halben Tages von den saugenden Flammen des Hungers etwas zusammengeschrumpft. Dulnikker war sehr böse, daß die Delegation ihm nicht wenigstens ein einziges ›gelbes‹ Nachmittagsblatt mitgebracht hatte. Nicht nur, daß er aus Mangel an einer Zeitung dazu verdammt war, in Unwissenheit über die Entwicklungen zu verharren, die während seiner Abwesenheit im In- und Ausland stattgefunden hatten, sondern seine Gattin vergrößerte seinen Ärger noch, indem sie sich zu ihrem zweiten Mittagessen an seinen Tisch setzte. Während Gula aß, leitete sie einen Frontalangriff ein und verständigte Dulnikker, daß sie unmöglich vor dem folgenden Tag abfahren konnten, weil sie nicht bereit war, an einem einzigen Tag eine zweite Fahrt durch den Schreckenstunnel zu unternehmen. Die unseligen Delegationsmitglieder waren somit gezwungen, sich aufzuteilen und eine Unterkunft in den Häusern der verschiedenen Bauern zu suchen. Und wozu das

alles? Weil Dulnikker zufällig auf den Kopf gefallen war und beschlossen hatte, daß er sich nirgendwo anders erholen könne als in dem vernachlässigtsten Winkel des Staates. Denn der dickköpfige Dulnikker hört ja nie auf seine Frau, geht einfach rücksichtslos auf und davon und muß dann beschämt SOS-Rufe aussenden, damit sie ihn aus, der Patsche hole …
Immerhin kam der Staatsmann mit dem Leben davon und legte sich in seiner Bude nieder, während Gula, vereinsamt, den Zwillingen als Gegenstand einer eingehenden Betrachtung diente.
»Dicke Tante, bist du dem verrückten Ingenieur sein Mädchen?« fragte schließlich einer von ihnen.
»Nein«, erwiderte Gula, »betrüblicherweise bin ich Herrn Dulnikkers Ehefrau.«
»Bist du seine Ehefrau de facto oder nur einfach so?«
Gula, plötzlich neugierig geworden, hob die Augenbrauen. Vor ihrer Ehe mit Dulnikker war sie Kindergärtnerin gewesen, daher wußte sie, daß ein Kind immer die Wahrheit wiederholt, wie es sie von den Erwachsenen hört. »Wer seid ihr, Kinder?«
»Wir sind die kommunalen Zwillinge«, sagten die kleinen Lümmel kichernd. Majdud wurde jedoch ernst. »Stimmt gar nicht«, verbesserte er, »ich habe das Seniorat, weil ich ein paar Minuten früher geboren bin.«
»Wo habt ihr diese Ausdrücke gelernt?«
»Vom Ingenieur und seinem mageren Krankenwarter.«
Gula zog die pausbäckigen Kinder an ihren mächtigen Busen. »Hört zu, Kinder«, sagte sie mit einem herzlichen Lächeln, »möchtet ihr mir gern erzählen, was der Onkel Ingenieur die ganze Zeit hier getan hat?«
»Nein«, erwiderte Majdud. »Nur für Schokolade mit Nüssen drin.«
Gula war eine verständnisvolle, praktische Frau, die den Wert kleiner Geschenke in sozialen Beziehungen kannte. Daher steckte sie unverzüglich die Hand in die Handtasche, die ihr ständig an einem Riemen von der Schulter hing, und fischte ein Päckchen Süßigkeiten heraus. Sie reichte ihnen einige als Vorschuß, die im Nu in den Mündern der Zwillinge verschwanden.
»Und jetzt, Kinder, erzählt mir hübsch, was der Onkel Ingenieur hier alles gemacht hat.«

»Wirst du's niemandem sagen?«
»Nein.«
»Der verrückte Ingenieur hat einen Mordsspaß«, flüsterte Majdud – mit Seniorat – als erster. »In der Nacht klettert er auf Leitern herum und fängt Tauben. Der Papa hat ihn geprügelt, und darum macht er es jetzt so, daß die Schuhflicker mit den Barbieren raufen, weil jeder sich selber einen Wagen kaufen will.«
Mit flatterndem Herzen nahm Gula Dulnikker die Schreckensnachrichten auf. Es war wahr, sie liebte Dulnikker gar nicht; aber immerhin hatte sie ihn mehr als dreißig Jahre lang verabscheut.
»Aber Kinder«, flüsterte Gula, »wieso ›Ingenieur‹?«
»Weil er allen erzählt, daß er ein Ingenieur ist. Er hat auch eine große rote Fahne, die er jede Nacht auf seinem Balkon heraushängt.«
Die Frau drückte ihnen den Rest des Päckchens in die Hand und murmelte leise: »Gott im Himmel, ich habe doch immer gefürchtet, daß es einmal so weit kommen würde ...«

Das Klopfen an seiner Tür weckte Dulnikker aus seinem Nickerchen, und er stand auf, um Professor Tannenbaum zu begrüßen, der ihn untersuchen kam. Der Professor horchte eine Weile seine Herzschläge ab und zog den Schluß, daß das leichte Leben und Dulnikkers völlige Enthaltsamkeit von Aufregungen ihr Werk getan hatten und Dulnikkers Gesundheit sich so weit gebessert hatte, daß er ihm erlauben konnte, mit den Reportern, die unten auf ihn warteten, zehn Minuten zu sprechen. Dulnikker hüpfte behende die Treppe hinunter und eröffnete sofort die Pressekonferenz, die in Anwesenheit der Würdenträger und einer großen neugierigen Menge örtlich Ansässiger in den Räumen des Provisorischen Dorfrats stattfand. Die Reporter erhielten zwar nur 300 Wörter, aber sie waren eine richtige Bombe, ein Reißer, der hohes Lob und eine Gehaltserhöhung einzubringen versprach:

WIR SPRACHEN MIT ALMIZ DULNIKKER
LAGE ERNST ABER NICHT HOFFNUNGSLOS– SICHERHEIT ÜBER ALLES – »MAN BLÄST NICHT WENN ES KALT IST«
– ES KOMMT ZU KEINER INFLATION –

Von unserem Korrespondenten in Kimmelquell

Während wir in diesem winzigen Dorf in Ober-Galiläa Amitz Dulnikker gegenübersitzen, wissen wir nicht, was uns mehr überrascht: Dulnikkers anregendes Gemüt, seine Herzenswärme den Dorfbewohnern gegenüber (siehe Bericht und Fotos im Inneren des Blattes) oder das Wunder, daß es trotz seiner völligen Isolierung und einer höchst primitiven Lebensweise dem ›Wegbereiter‹ Dulnikker gelang, mit den jüngsten Entwicklungen im In- und Ausland dank einem erstaunlichen politischen Fingerspitzengefühl auf dem laufenden zu bleiben.

Frage: Herr Dulnikker, wie denken Sie über die neue Koalitionskrise?

Antwort: Die Lage ist ernst, aber in keiner Weise als hoffnungslos zu betrachten. Alle an einer Beendigung der Krise interessierten Parteien müssen sich bewußt sein, daß nur gegenseitiges Verständnis eine dauernde Regelung sichern kann.

Frage: Und wenn die Krise trotzdem länger andauern sollte?

Antwort: Diese Brücke überqueren wir, wenn wir zu ihr kommen.

Frage: Selbst angesichts aller wahrscheinlichen Auswirkungen der Änderung in der Außenpolitik?

Antwort: Bis zu einem gewissen Grad. (Allgemeines überraschtes Aufhorchen)

Frage: Herr Dulnikker! Stehen wir vor einer neuen Inflationswelle?

Antwort: Mit Ihrer Erlaubnis, meine Herren, werde ich diese Frage mit einer Anekdote beantworten. Eines Tages kam der Schächter tränenüberströmt zum Rebbe. ›Rebbe, Rebbe, warum läßt man mich nicht am Rosh Hashanah den Schofar blasen?‹ Und was antwortete der Rebbe, meine Herren? ›Ich habe gehört – hm –, daß du nicht in der Mikve untergetaucht bist.‹ Der Schächter begann sich zu entschuldigen: ›Rebbe, das Wasser war kalt, oj, war das kalt, Rebbe!‹ Und der Rebbe erwiderte: ›Oif Kalts blust men nischt!‹ (Langanhaltendes herzliches Gelächter.)

Frage: Verstehen wir Sie richtig, Herr Dulnikker, daß Sie die Inflation nicht für eine Bedrohung halten?

Antwort: Ich glaube, ich habe mich verständlich gemacht.

Frage: Dürfen wir Ihre Schlußfolgerungen veröffentlichen?

Antwort: Gewiß.

Die Pressekonferenz war noch in vollem Gang, als Frau Dulnikker, fast zu Tode gelangweilt, den Wirt aus dem Ratszimmer schleppte und ihn fragte, wie sie mit dem Ortsrat der werktätigen Frauen in Kontakt kommen könne. Elifas machte »hmhm« und »ä-ä« und erwiderte schließlich, daß die Ratsangelegenheiten im Dorf derzeit nicht allzu klar seien. Da Gula nicht nachließ, rief Elifas seine Frau für sie heraus und stürzte verwirrt zu der Pressekonferenz zurück. Nach einer Weile öffnete sich wieder die Tür, und diesmal wurde Frau Hassidoff gebeten, herauszukommen.

»Genossinnen«, wandte sich Gula Dulnikker an die beiden von der Ehre geschmeichelten Frauen, »möchtet ihr nicht gern im Dorf ein kleines Sozialprojekt unternehmen?

Frau Hassidoff und Malka tauschten einen Blick voller Minderwertigkeitsgefühle.

»Jetzt gleich?«

»Natürlich jetzt gleich«, donnerte die geschäftige Aktivistin. »Ich hoffe, ich fahre morgen früh weg …«

Es sei der Ordnung halber angemerkt, daß Gula vom Augenblick ihrer Ankunft im Dorf an einen unwiderstehlichen Drang empfunden hatte, etwas zu organisieren. Sie konnte nicht zulassen, einen ganzen Tag müßig zu verbringen, und hier winkte jungfräulicher Boden.

»In Tel Aviv steht ein ganz modernes Waisenhaus unter unserer Obhut«, unterrichtete sie die zwei Frauen. »In seinem Rahmen haben wir es mit zweihundertvier schmerzlich beraubten, einsamen Waisenkindern aus sämtlichen jüdischen Gemeinden zu tun, ohne irgendeine Hilfe oder Unterstützung von der Regierung.«

»Gott! Zweihundertvier Waisenkinder!« Malka war erschüttert. »Und nur der Herr Ingenieur und Frau Dulnikker?«

»Ich heiße Gula«, erklärte die Aktivistin, »und nicht ich mit Dulnikker leiten das Projekt, sondern unsere Sozialabteilung.«

»Selbst so ist das sehr nett, Frau Dulnikker.«

»Ich heiße Gula«, bemerkte die geschäftige Frau und begann ihnen alles über die kleinen Unschuldigen zu erzählen, die so sehr von den großmütigen Einwohnern von Kimmelquell abhingen. Sie zog ein dickes Quittungsbuch aus ihrer Tasche, auf dem in Blau ein Foto glücklicher Kinder gedruckt war, die Münder vollgestopft mit Butter-

brot, und auf dem in klaren Blockbuchstaben stand: ›Danke sehr, Liga der werktätigen Frauen für die Rettung der jüdischen Waisenkinder G.m.b.H.‹ Gula übergab das Quittungsbuch in die Obhut der Frau Hassidoff und erklärte den freiwilligen Helferinnen, wie sie von Haus zu Haus zu gehen hatten und wie sie einen Betrag gegen Quittung in der Höhe von einem Israeli-Pfund erbitten sollten.
»Wenn es uns gelingt, die Leiden dieser unglücklichen Waisenkinder auch nur ein wenig zu lindern, wird unser Projekt der Mühe wert gewesen sein«, beendete Gula ihre Rede und fügte hinzu: »Und jetzt viel Glück, Genossinnen ...«
Die beiden Frauen starrten verblüfft die gutherzige Frau und ihr buntes Quittungsbuch an, wagten jedoch nicht, ihr offen zu widersprechen.
»Höre, Malka«, brummte Frau Hassidoff auf der Straße, »das ist nichts als ordinäre Bettelei!«
Malka zuckte schweigend die Achseln und klopfte leise an der Tür des Tierarzthauses, das am Rand des Dorfes lag.
»Reden wirst du«, platzte Frau Hassidoff heraus.
»Nein, du wirst reden«, sagte Malka beharrlich.
Die Tür öffnete sich einen schmalen Spalt, durch den Hermann Spiegels verschlafene und zornige Stimme drang.
»Wenn ihr der Kuh nicht soviel Wasser gegeben hättet, würde sie nicht soviel muhn!« keifte er durch den Spalt. Er versuchte sich wieder einzuschließen, aber Frau Hassidoff steckte gerade rechtzeitig die Schuhspitze zwischen Tür und Schwelle.
»Herr Spiegel, jetzt sind wir wegen etwas ganz anderem da. Wir sammeln Geld für arme Waisenkinder.«
»Was?« Er machte die Tür weit auf. »Wer ist gestorben?«
»Das wissen wir nicht, Herr Spiegel. Das weiß nur die Frau vom Ingenieur. Aber wenn Sie jetzt für die zweihundertvier Waisenkinder ein einziges Pfund spenden, gebe ich Ihnen ein kleines Bild, so wie das hier, und Ihr Name wird auch in die Kontobücher eingeschrieben. Das alles steht wirklich dafür, Herr Spiegel, weil es die Leiden der Waisenkinder lindert, deren Eltern nicht genug Geld haben, um sie in die Schule zu schicken. Natürlich, wenn Sie nicht wollen, brauchen Sie nicht, wir sind auch nicht sehr gern hergekommen, aber wir wollten

Frau Dulnikker nicht beleidigen, nachdem sie nun schon einmal diese kleinen Bilder hat drucken lassen. Ich weiß sehr gut, daß der Herr Spiegel nie genug Geld hat, weil ihn die Bauern nicht bezahlen, wenn sie sollten. Ich glaube, auch mein Mann schuldet dem verehrten Doktor etwas, aber Sie müssen auch Salman verstehen: Die Ernte war letztes Jahr so gut, daß die Tnuva einen sehr niedrigen Preis für den Kümmel bezahlte. Es sieht danach aus, daß wir auch heuer wieder leider genauso eine große Ernte haben werden. Deshalb sagte Salman erst gestern zu mir: ›Wir werden den Gürtel enger schnallen müssen, Weib, wir müssen mit allen unnötigen Ausgaben aufhören.‹ Daher sage ich Ihnen, Herr Spiegel, daß ich selbst keinen roten Heller für Waisenkinder hergeben würde, die nicht meine eigenen sind. Wenn die Frau vom Ingenieur ihnen gar so sehr helfen will, dann soll sie selber für sie arbeiten gehen, dick genug ist sie dazu! Was glaubt sie eigentlich? Ein ganzes Pfund verlangen? Und was kommt als nächstes? Es macht mich wirklich bös! Entschuldigen Sie, Herr Spiegel, daß wir gestört haben. Empfehlungen an Ihre Gnädige.«

Die Abordnung besuchte neun weitere Häuser. Aber das Paar hatte kein Glück, und es kehrte in das Wirtshaus zurück,
»Sie geben nichts«, klagte Genossin Hassidoff. »Keiner will ein Bild kaufen. Die Leute sind sehr hartherzig, Frau Dulnikker …«
»Ich heiße Gula«, erwiderte die Genossin enttäuscht. Aber der absolute Fehlschlag diente nur dazu, sie anzuspornen, ihr Projekt in einer anderen Dimension zu erneuern, und ohne zu zögern wandte sie sich an die Zwillinge, damit sie das Versagen ihrer Mutter sühnen konnten. Gula eröffnete das Spiel mit einem volkstümlichen Schachzug: »Sagt mir, Majdudl und Hajdudl, seid ihr mit Papa und Mama zufrieden?«
»Je nachdem.«
»Jetzt stellt euch einen Augenblick vor, daß es viele Kinder gibt, die keinen Papa und keine Mama haben. Wollt ihr, daß auch sie glücklich sind?«
»Nein«, erwiderte Majdud. »Warum sollen sie glücklich sein?«
Schließlich war Gula Dulnikker eine Frau mit klarem Kopf. Wortlos ging sie zum Wagen hinaus, weckte den Chauffeur, der am Lenkrad ein Nickerchen machte, und zog mit seiner Hilfe acht Sammelbüch-

sen aus dem Kofferraum. Sie wählte zwei unzerbeulte aus der Masse, die ihr durch den ganzen Staat wie soundso viele treue Lieblingstiere folgte, und kehrte mit den zweien zu den Zwillingen zurück.
»Kommt, Kinder«, sagte sie zu ihnen, »sekkieren wir die Großen ordentlich. Spielen wir ›Geldsammeln‹; es ist ein Riesenspaß ...«
Also sprach Gula und grub ein zweites Quittungsbuch aus den Tiefen ihrer Handtasche. Es war kleiner, auf Straßensammlungen abgestimmt. Sie übergab der Jugend alles Werkzeug des Gewerbes. Diesmal brauchte Gula Dulnikker nicht erst lange Anweisungen zu geben, denn die Zwillinge – trotz ihrer absoluten Isolierung von allen übrigen Jugendlichen des Landes – waren mit einer natürlichen Neigung aller Kinder der Nation gesegnet: Geld bei ausweichenden Passanten zu sammeln. Majdud und Hajdud verließen das Wirtshaus gegen Abend, und es gelang ihnen in kurzer Zeit, die unschuldigen Dörfler zu terrorisieren. Sie versteckten sich in einiger Entfernung voneinander hinter den Linden und fielen einer nach dem anderen in getrennten Angriffen plötzlich über die betrunkenen Bauern her. Blitzschnell hielt einer der beiden ihnen die Quittungen mit dem Singsang unter die Nase: »Der Papa is' tot! Der Papa is' tot! Onkel, gib wenigstens zehn Heller für die armen Waisenkinder!«
Die Dörfler ergründeten den Zweck des Projektes nicht ganz und versuchten, den zähen Fratz abzuschütteln. Aber der kleine Sturmtruppler hatte inzwischen schon die Hand in die Tasche seines Opfers gesteckt und ihm seines meisten Kleingeldes beraubt. Nach der bedingungslosen Kapitulation, zu der ihn die rauhe Wirklichkeit gezwungen hatte, erntete jeder Spender die warmen Worte des Lümmels:
»Du bist prima, Onkel. Danke im Namen der Ingenieurin, die auch ein großes, dickes, altes Waisenkind ist.«
Das jedoch war noch nicht das Ende des qualvollen Alptraums des verwirrten Spenders. Einige ermutigende Schritte vorwärts, und derselbe Lümmel stürzte aus der Dunkelheit und klapperte mit seiner Büchse zweimal so laut vor der langen Nase des Opfers.
»Kind!« donnerte der geduldige Bauer. »Gerade vor einer Minute habe ich dir schon zehn Heller gegeben!«
»Das hast du dem Majdud gegeben«, pflegte dann der kleine Sammler liebenswürdig zu erwidern. »Ich bin Hajdud.«

Spät abends kehrten die Zwillinge zu ihrem Stützpunkt zurück, müde von ihrem langen Kampf, aber glühend vor Begeisterung über das ungeheure Abenteuer, das sie der gutherzigen dicken Tante verdankten. Mit gerechtem Stolz übergaben sie Gula zwei vollgestopfte Sammelbüchsen.
»Frau Ingenieur«, erklärten sie, »da ist ein Vermögen für dich drin, zum Waisenkindermachen …«
Nachdem die Büchsen geöffnet waren, wurde es allerdings klar, daß der Großteil der Münzen längst aus dem Verkehr gezogen war. Das schreckte jedoch die entschlossene und praktische Aktivistin nicht davon ab, als Zeichen ihrer Anerkennung den dankbaren Zwillingen eine zusätzliche Zuckerstange zu schenken. Gulas Überraschung über die Menge der Beute, die sie gemacht hatten, hätte sich verdoppelt oder vielleicht vervierfacht, hätte sie vermuten können, daß es Majdud und Hajdud gelungen war, die zwei Büchsen zweimal zu leeren, indem sie sie umkehrten und sachte schüttelten.

Am selben Abend traf eine Bekanntgabe des Staatsmannes die Abordnung wie ein Blitz aus heiterem Himmel.
Sie saßen um einen wohlbeladenen Tisch und feierten Amitz Dulnikkers Rückkehr ins öffentliche Leben mit einem Privatbankett, als der Ehrengast aufstand und mit dem Weinglas in der Hand zu sprechen begann. Diesmal hatten alle Anwesenden seinen Worten aufmerksam zugehört, als es langsam klar wurde, daß er sich entschlossen hatte, seinen Aufenthalt in Kimmelquell auf unbestimmte Zeit zu verlängern.
Dulnikker erklärte seinen Entschluß, in seiner unnachahmlichen Art, indem er von der Tatsache ausging, daß er in diesem entscheidenden Stadium die einzige Brücke zwischen den Dorfparteien war und daß seine vorzeitige Abreise angesichts der vergifteten politischen Atmosphäre alle Dämme zum Bersten bringen könnte.
»Ich werde dieses Dorf erst verlassen«, schloß der Staatsmann, »wenn ich meine Mission hier voll und ganz erfüllt habe!«
Malka, die hinter der Küchentür stand, hörte Dulnikkers Ankündigung mit großer Genugtuung zu, obwohl sie seinen schicksalhaften Entschluß seit ihrem jüngsten Stelldichein in der Nacht zuvor

schon kannte. In völligem Gegensatz zu Malkas Glück wurde die Banketthalle zu einem aufgescheuchten Bienenschwarm. Alle Teilnehmer sprangen auf und versuchten ihr Äußerstes, den halsstarrigen Staatsmann zu einem Sinneswandel zu bewegen. Sie bombardierten ihn stundenlang mit Vernunftgründen und gefühlsmäßigen Argumenten, sprachen von nationalen Verpflichtungen, von der Verantwortung den Generationen gegenüber, von Unverantwortlichkeit. Dulnikker jedoch blieb fest wie ein Fels im Meer und wehrte alle ihre Bemühungen damit ab, daß er über den Alltagskram hinausgewachsen sei und nun ihre kleinliche Hetzjagd von hoch oben her betrachte.
Um Mitternacht zerstreuten sich die Gäste, enttäuscht und gebrochenen Herzens. Dulnikker aber war frisch und froh wie eh und je, als er seinem Privatsekretär, sich vergnügt die Nase reibend, einen kurzen, höflichen Befehl gab:
»Zev, mein Freund«, sagte er, »bitte packe gütigst unsere Koffer aus!«

Obwohl der Sekretär vor Wut fast hochging, erwiderte er:
»Wie Sie wünschen, Dulnikker.« Er kehrte nicht heim, weil ihm Frau Dulnikker am Schluß des Banketts Zeichen gegeben hatte, daß sie ihn zu sprechen wünsche.
»Zev«, fragte Gula den Sekretär, als sie allein waren, »hast du nichts Seltsames an Dulnikker bemerkt?«
Die Frau zog vor ihrer Stirn kleine Kreise in der Luft, um ihre Vermutung deutlich zu machen, und der vife junge Mann erkannte sofort die große Gelegenheit, die sich ihm förmlich aufdrängte.
»Gula Dulnikker«, erwiderte er mit einer Stimme voller Traurigkeit und Kummer, »ich wollte nichts sagen, aber jetzt sehe ich mich verpflichtet, Ihnen mitzuteilen, daß die Geisteskräfte des Herrn Ingenieurs in diesem Dorf sehr gelitten haben.«
»Glaubst du, das ist was Neues?« Ein Zittern durchlief Gulas Wirbelsäule. »Wir wissen beide, daß er schon immer senil war.«
»Ich wollte, es wäre nur Senilität«, stöhnte der Sekretär. »Ich fürchte, wir haben es mit dem psychopathischen Beispiel einer fixen Idee zu tun, bei dem sich der Ingenieur für unentbehrlich für die Dörfler hält …«

»Auch du nennst ihn Ingenieur?« unterbrach ihn Gula hysterisch. »Er ist kein Ingenieur!«
»Ich weiß, ich weiß«, beruhigte sie Zev, »es kommt nur daher, daß ich so daran gewöhnt bin, ihn so zu nennen. Praktisch gesprochen, Gula Dulnikker, ich sehe keine andere Möglichkeit, als ihn unverzüglich heimzubringen.«
»Nein«, sagte Gula, »wir müssen uns zuerst mit Professor Tannenbaum beraten. Nur er kann entscheiden.«
»Schön, ich setze mich sofort mit ihm in Verbindung. Ich werde darauf sehen, daß der Professor sich ein Bild davon machen kann – in all seiner Schrecklichkeit.«

Der Eifer des Privatsekretärs erreichte seinen Zweck. Professor Tannenbaum besuchte Frau Dulnikker am nächsten Morgen schon sehr früh. Der Leibarzt der Parteihierarchie war noch immer von den Schrecken des vergangenen Abends benommen und verwirrt: »Ich ersuche Sie, Frau Dulnikker, die Geschehnisse in chronologischer Reihenfolge rekonstruieren zu dürfen«, flüsterte der Professor. »Also. Vor Mitternacht holte mich der Sekretär auf dem Weg zu meiner zeitweiligen Unterkunft ein und schilderte mir das entsetzliche Bild. Der Sekretär schlug vor, daß ich mich mit eigenen Augen von den jüngsten Entwicklungen überzeuge, und ich stimmte um einer genauen Diagnose willen zu. Also. Statt zu meiner zeitweiligen Unterkunft zu gehen, ging ich in das Schlafzimmer des Sekretärs, weil es dem Wirtshaus gegenüberliegt und sein Fenster in die gleiche Richtung geht, so daß man über die Baumkronen hinweg deutlich auf den Balkon von Herrn Dulnikkers Zimmer sehen kann. Um ungefähr zwölf Uhr sechsunddreißig bemerkten wir von unserer Stellung aus, daß sich jemand in der Umgebung von Herrn Dulnikkers Zimmer bewegte, und wenige Minuten später trat Herr Dulnikker im Pyjama auf den Balkon hinaus und dehnte sich im Mondlicht …«
Professor Tannenbaum schwieg geheimnisvoll. »Frau Dulnikker!« fuhr er nach einer kleinen Weile fort, »ich habe allen Grund zu glauben, daß die erschreckende Enthüllung, die ich sogleich machen werde, unerwünschte Wirkungen auf Ihre weibliche Seele haben wird, daher bitte ich Sie: befreien Sie mich von der Pflicht, genau zu sein.«

»Nein, nein, Professor Tannenbaum, ich muß alles erfahren!«
»Wie Sie wünschen, Madame, aber ausschließlich auf Ihre Verantwortung. Also. Herr Dulnikker band seinen roten Bademantel an das Balkongitter und begann an ihm hinunterzuklettern. Als er das Ende seines Bademantels erreichte, zog er unter seinem Arm einen großen Regenschirm hervor, mit dem als Fallschirm er sich in den Garten hinunterließ.«
»Mein Gott im Himmel! Ist Dulnikker Schlafwandler?«
»Das liegt nicht außerhalb der Möglichkeit.«
»Was geschah dann?«
»Eine Stunde und zwanzig Minuten lang sahen wir Herrn Dulnikker nicht, da die übermäßige Vegetation seine ohnehin unklare Gestalt vor unserer Sicht verbarg. Jedoch um zwei Uhr morgens tauchte er unerwartet auf dem Balkon vor seinem Zimmer wieder auf, knüpfte seinen Bademantel vom Balkongitter, und nach einem weiteren Sichdehnen wie dem ersteren verschwand er hinter der Tür.«
Eine kurze Stille bezeichnete das Ende von Professor Tannenbaums Bericht.
»Mein lieber Professor«, bat Gula den Leibarzt der Parteihierarchie, »retten Sie meinen Gatten! Wir brächten das allergrößte Opfer, wenn er nur wieder gesund werden könnte! Was kann man für ihn tun?«
»In Amerika hat man solche geistigen Verwirrungen erfolgreich mit Elektroschock behandelt. Gibt es irgendeinen Weg, Herrn Dulnikker für eine Propagandatour auf eine lange Reise in die USA zu schicken?«
»Über solche Fragen müssen wir uns mit Zev beraten«, sagte Gula vorsichtig. Beide stürzten zum Haus des Schuhflickers und trafen den Sekretär angezogen und fertig an, als hätte er sie schon erwartet.
»Ich habe eine andere Idee«, erklärte er, »vielleicht können wir ihn auf zwei Monate in die Schweiz schicken?«
»Schön«, meinte die Frau, »aber wer wird sich dort um ihn kümmern?«
»Gula Dulnikker«, informierte sie der Sekretär, »Sie wissen, daß Sie sich in einer solchen Situation auf mich verlassen können!«
»Schön, aber wie bekommen wir ihn ohne Skandal aus diesem verdammten Dorf?«

»Es bleibt nur eine Wahl«, meinte Zev, »wir müssen Dulnikker vor ein Fait accompli stellen. Ich werde heimlich seine wichtigsten Sachen packen und den großen Koffer in den Kofferraum des Wagens stellen. Dann werden wir Dulnikker unter dem Vorwand einer Rundfahrt durch die Umgebung in den Wagen bringen und geradewegs zur Überlandstraße fahren. Dulnikker wird unser heiliges Komplott erst entdecken, wenn er weit genug auf seinem Heimweg ist, und dann wird er bestimmt sein Schicksal hinnehmen.«
Alles lief planmäßig. Professor Tannenbaum erklärte den beiden Würdenträgern die Realitäten der Situation. Ohne die geringste Überraschung über seine Enthüllung versicherten sie ihm, sie würden den Kranken zwischen sich setzen und seine Aufmerksamkeit fesseln, bis die Gefahrenzone verlassen war. Während des Frühstücks stahl sich der Sekretär in die Kammer seines Herrn und Meisters, wo er mit geübter Dienstfertigkeit die wichtigsten Effekten in den großen Koffer packte. Er ließ ihn in den Garten hinunter fallen und versteckte ihn dann im Kofferraum des Wagens, der mit der Pünktlichkeit eines militärischen Manövers vor den Eingang des Hauses glitt. Zev beschloß, ihre Rechnung bei Elifas Hermanowitsch nicht zu bezahlen, um nicht Malkas Mißtrauen zu wecken. Er plante, alles Fällige, erst nachdem alles vorüber war, durch Schultheiß zu begleichen. Das, so meinte er, machte ihren Fluchtplan frei von Hindernissen. Dulnikker half ihnen unwissentlich, indem er ihre Einladung, eine Tour durch die ländliche Umgebung zu machen, annahm, denn er sah darin ein ermutigendes Zeichen einer Änderung in der Einstellung seiner Besucher zu seinem Entschluß, im Dorf zu bleiben. Die Gruppe ging sofort nach dem Frühstück zum Wagen hinaus, aber auf der Straße begab sich etwas, das ihre Abreise verzögerte.
»Unser Geld zurück, bitte«, begrüßte etwa ein Dutzend Bauern Gula. Sie hatten sich um den Wagen versammelt und streckten ihr die Quittungen hin, welche ihnen die Zwillinge aufgedrängt hatten. »Wir wollten diese Zettel verwenden, um den Tnuva-Chauffeur für unsere Waren zu bezahlen, aber er will sie nicht annehmen.«
»Aber Genossen, ihr habt Geld für Waisenkinder gespendet!«
»Das haben wir dem Chauffeur auch gesagt, aber er hat sich trotzdem

geweigert, die Zettel als Geld anzunehmen. Vielleicht reden Sie mit ihm, gnädige Frau!«

Gula wollte die Entführung nicht durch einen weiteren Zeitverlust gefährden, daher begann sie die zerknitterten Zettel zurückzukaufen. Aus irgendeinem Grund kostete sie diese Aktivität insgesamt neun Pfund und 58 Agorot. Die Zwillinge, die diesem Umtausch mit erstaunlichem Gleichmut zusahen, benutzten das kurze Zwischenspiel, um ihren eigenen Beitrag zu der Verwirrung zu leisten. Sie zogen den Ingenieur beiseite und flüsterten ihm ins Ohr:

»Ihr Krankenwärter hat Ihren Koffer in den Wagen gesteckt. Dann hat uns Ihre Frau Ingenieur gebeten, es Ihnen nicht zu erzählen, und wir sagen auch nichts. Das wär's.«

In diesem Augenblick saß die Gruppe im Wagen, bereit, Hals über Kopf und auf und davon zu fahren. Dulnikker stürzte zum Kofferraum, hob schnell den Deckel und erblickte mit seinen eigenen Augen seinen größten Koffer in majestätischer Ruhe daliegen. Blitzartig traf der Gestank des Komplotts die Nasenflügel seines Geistes. Er sprang zur Wagentür, riß sie auf und brüllte: »Was soll das?«

»Alles wird völlig in Ordnung kommen, Herr Dulnikker«, sagte Professor Tannenbaum, während er das Jackett des Staatsmannes packte und ihn hineinzerrte. Dulnikker begann mit dem Leibarzt der Parteihierarchie zu ringen, aber Gula schaltete sich ein und stieß ihren Gatten mit unwiderstehlicher Kraft auf seinen Sitz zwischen den zwei zu Stein erstarrten Würdenträgern. Gleichzeitig versuchte sie den Staatsmann zu beruhigen: »Du darfst dich nicht aufregen, Dulnikker ... das Land braucht dich ... du bekommst alle Leitern und Regenschirme, die du willst, Dulnikker ... es ist alles nur zu deinem eigenen Wohl ...«

Die Reporter beobachteten atemlos diese Alptraumszene. Sie waren so erstaunt, daß der Bildreporter sogar vergaß, die Dulnikker-Entführung für die Nachwelt festzuhalten, was er sich nie verzieh. Zev saß die ganze Zeit drinnen, sein Gesicht ein Bild des ›Nichts-Ungewöhnliches-bemerkend‹. Gula war die erste, die sich erholte, und rief dem Chauffeur zu: »Los!«

Genau in dem Augenblick riß Dulnikker den Mund auf und brüllte wild: »Hilfe! Entführer! Hilfe!«

Die Dörfler, die sich um den Wagen versammelt hatten, reagierten mit bemerkenswerter Wachsamkeit, rissen die geschlossene Wagentür auf und versuchten, ihren geliebten Ingenieur aus dem Wagen zu zerren. Die Schreie der Bürgerschaft »Sie entführen den Ingenieur!« wurden lauter, und kräftige Verstärkungstruppen ergossen sich von allen Seiten auf den Schauplatz. Diesmal waren sogar der Schuhflicker und der Barbier einig in ihren Anstrengungen, ihren Meister und Lehrer aus den Händen der Eindringlinge zu retten. Endlich zogen sie ihn gemeinsam durch die Tür, zusammen mit dem Teil Professor Tannenbaums, der um die Beine des Staatsmannes gewickelt war. Der Leibarzt der Parteihierarchie ließ Dulnikker schließlich los, als das Fenster neben dem Chauffeur durch einen Stein zerschmissen wurde. So kam es, daß das entfliehende Fahrzeug den Gegenstand seiner Flucht in den Händen seiner örtlichen Verehrer hinterließ.

Der schwarze Wagen raste rücksichtslos über die Steine der Landstraße dahin, aber jetzt beachtete keiner der Leute drinnen sein Rütteln; sie beschworen alle einstimmig den Chauffeur, so schnell wie möglich zu fahren.
»Schnell, schnell!« schrie die zitternde Gula. »Sie verfolgen uns wahrscheinlich zu Pferd!«
Nachdem es klar wurde, daß die Wachsamen nicht über dem nächsten Kamm erscheinen würden, beruhigte sich die Aktivistin etwas und versicherte voller Zorn: »Dulnikker ist wirklich irre!«
Die Würdenträger nickten zustimmend, während sie gleichzeitig die Freude über Dulnikkers Unglück überwältigte, denn sie hatten das Plappermaul immer gehaßt. Ihre Genugtuung war jedoch geringfügig, verglichen mit der guten Laune der Reporter. Denn sie hatten eben entdeckt, daß sie keinen frischen Artikel schreiben mußten. Sie brauchten nur die Schlagzeile über den 300 Wörtern zu ändern, die sie alle fertig hatten, und sie würden ihre Redaktionen mit einem sensationellen internationalen Reißer beschenken, mit der Balkenüberschrift: NEUESTER BEWEIS FÜR AMITZ DULNIKKERS IRRSINN!
Gula befahl eine kurze Rast und wandte sich mit der lebenswichtigsten aller Fragen an den Professor: »Was jetzt?«
»Sowie ich es sehe, Frau Dulnikker, leidet Ihr Gatte an einer neur-

asthenisch-psycholokalen Affinität zu dem Dorf Kimmelquell. Ich glaube daher, es wäre unklug, ihn aus dem Dorf zu reißen, solange er sich in seinem gegenwärtigen Zustand befindet. Überdies«, wandte sich der Leibarzt der Parteihierarchie an die Reporter, »würde ich vorschlagen, daß über das Thema so lange nichts veröffentlicht wird, bis er geheilt ist!«
»Klar«, murmelten die Presseleute mit saurem Gesicht. »Wirklich, das ist ganz selbstverständlich …«
Die erste Pause seit dem Beginn der Kette schrecklicher Ereignisse hatte eine mächtige psychologische Wirkung auf Gula! »Der arme Dulnikker« – ihre Tränen flossen vor Erleichterung –, »ich bin überzeugt, er ist von allen diesen seinen langen Reden wahnsinnig geworden … und jetzt wird er in diesem rückständigen Dorf mit diesen Barbaren so allein wie ein Hund sein … Selbst die Dinge, die er am meisten braucht, haben wir mitgenommen … Wer wird sich dort um ihn kümmern? Wer, um Gottes willen?«
Gulas Blick fiel auf das Gesicht des Sekretärs – und er erschauerte.

Ungefähr drei Stunden nachdem der Wagen der Sicht entschwunden war und in einer Staubwolke südwärts fuhr, bemerkten einige scharfäugige Kimmelqueller eine große, dünne Gestalt, die sich nordwärts den Abhang hinaufbewegte, der zum Dorf führte. In der heißen Sonne waren sie bald imstande auszumachen, daß sie drei Koffer und eine gelbe Aktentasche schleppte. Das war der Grund, warum ein blondes, unermeßlich glückliches Mädchen voll wiedererwachender Freude zum Lagerhaus hinausging, um den Neuankömmling zu begrüßen.

»Ich wußte, daß du zu mir zurückkehren würdest.« Dwora umarmte den verschwitzten jungen Gepäckträger. »Jetzt wirst du auf immer hierbleiben. Stimmt's?«

»Anscheinend«, hauchte Zev kurz und bündig. Er setzte sich auf eines der Gepäckstücke und starrte in den blauen Himmel hinauf, als verlange er, daß dieser ihm die Grausamkeit der Natur erkläre.

Der Rückkehr des Sekretärs war eine stürmische Debatte im Wagen vorangegangen. Gula hatte ungestüm verlangt, daß Zev aussteige und im Geist seiner bekannten Ergebenheit zu Dulnikker ins Dorf zurückkehre. Der Sekretär hatte dem entgegnet, daß es einen Monat her sei, seit er zum letztenmal Zivilisation gesehen habe, und daß ihn seine zweite Verbannung ans Ende der Welt wahrscheinlich in den Wahnsinn treiben würde. Letzteres Argument hatte jedoch aus offenkundigen Gründen keinerlei Wirkung auf die aktivistische Schwester Genossin. Außerdem waren die beiden ungeduldigen Würdenträger der armen Frau zu Hilfe gekommen, deren Situation sich nicht sehr von der einer Witwe unterschied. Sie hatten Zev energisch erklärt, daß er die Wahl habe: entweder den Wagen oder die Partei zu verlassen. Zev hatte – es sei angemerkt: ohne zu zögern – erstere Alternative gewählt. Alles, was er von der Gruppe erbeten hatte, war nur, daß sie ihn einen Teil des Weges zurückfahren wollten. Aber selbst das war ihm von Gula hartherzig verwehrt worden, die nach wie vor eine wilde Schar rachsüchtiger Berittener fürchtete. Somit war der Sekretär zu einer Pilgerfahrt nach Kimmelquell mit einem Rücken voll Gepäck verurteilt, während er unaufhörlich eine widerliche Gesellschaft ver-

fluchte, die von einem aufstrebenden jungen Politiker verlangte, einen solchen Tort auf sich zu nehmen.
Dulnikker begrüßte Zev persönlich, obwohl er noch immer durch die Ereignisse des Morgens außer sich war. Trotzdem versuchte er, einen so kühlen Ton wie möglich anzuschlagen, als er ihn ansprach.
»Hör zu, mein Freund Zev, ich weiß nicht, wie tief du in diesen kindischen, dummen Streich verwickelt warst, der alles, was ich hier erreicht habe, zunichte machen sollte. Jedenfalls warst du in stillschweigendem Einverständnis mit den Verschwörern.«
»Dulnikker«, sagte Zev, »ich weiß, daß auch ich von einer oberflächlichen Perspektive aus gesehen etwas Schuld zu haben scheine, aber glauben Sie mir, ich handelte nur im Interesse des Staates und der Gesamtheit.«
»In dem Fall, meine Herren, haben Sie sich verrechnet.« Dulnikker war böse. »Weil es weder der Staat noch die Gesamtheit war, die dich vom absoluten Nullpunkt dazu erhob, Amitz Dulnikkers Sekretär zu sein! Ich, und nur ich, habe das getan, in einem meiner schwachen Augenblicke. Nichtsdestoweniger beabsichtige ich im Augenblick nicht, eine Disziplinarmaßnahme zu treffen. Ich muß Sie jedoch, meine Herren, darauf hinweisen, daß nur redliche, anständige Ausdauer bei der Wiederherstellung unseres Dorfes Ihr taktloses Benehmen möglicherweise einigermaßen sühnen kann.«
»Ich verstehe, Dulnikker«, antwortete der Sekretär und kehrte seinen Blick abermals himmelwärts. Wie zu erraten ist, dauerte es auch diesmal lange, bis eine Antwort kam.

Der peinliche Zwischenfall verzögerte die Entwicklung von Kimmelquell nur um einige flüchtige Stunden. Der Staub in den Wagenspuren hatte sich noch kaum gesetzt, als neue Einladungen zu den Mitgliedern des Provisorischen Dorfrats unterwegs waren, die sie zu einer offiziellen Sitzung einberiefen, deren Zweck – in des wiedergekehrten Sekretärs einzigartigem Stil verfaßten Tagesordnung – ›Die Errichtung einer örtlichen Verwaltung‹ war, ›deren Funktion es sein wird, ein ständiges Einkommen zu sichern, um die Existenz der örtlichen Verwaltung zu garantieren‹.
Die Sitzung wurde wie gewöhnlich bei dem flackernden Licht von

zehn Laternen in der Ratskammer abgehalten. Dulnikker, auf die Höhen des Podiums zurückgekehrt, führte einen neuen Vorgang ein und hielt einen Zählappell, um zu sehen, ob alle Mitglieder anwesend waren. Es stellte sich heraus, daß niemand fehlte. Angesichts dessen erteilte der Vorsitzende das Wort Ofer Kisch, der, wie erinnerlich, beauftragt worden war, eine Liste von Steuerzahlern aufzustellen. Der kleine Schneider erhob sich feierlich und las folgende offizielle Einzelheiten aus einem Notizbuch vor:

»Um die Anzahl von Bürgern festzustellen, die dreitürige Kleiderschränke besitzen, besuchte ich im Lauf von vier Tagen persönlich: Häuser – 65; Räume – 206; Familien – 75 …«

»Langsam, Ofer, langsam«, polterte Zemach Gurewitsch, »du mißt keinen Anzug an! Sag uns einfach, wie viele dreitürige Kleiderschränke du gefunden hast?«

»Ich? Keinen.«

»Keinen?«

»Keinen.«

»Sie sehen, Herr Ingenieur«, wandte sich Elifas höchst erbittert an den Vorsitzenden. »Jetzt gehen Sie einmal hier herum, Steuern einheben! Das ist ein höchst halsstarriges Volk.«

»Ich ersuche um Ruhe, meine Herren!« Der zornige Vorsitzende schlug mit seinem Hammer auf den Tisch. »Wer hat euch denn beigebracht, wenn ich fragen darf, daß der Vertreter des Städtischen Steueramtes persönlich hingehen und nachsehen soll, was die Dorfbewohner tun? Ich erinnere mich sehr gut, daß Herr Kisch nur gebeten wurde, eine Liste der Einzustufenden zusammenzustellen.«

»Eine Liste der was?«

»›Einzustufender‹ bedeutet einen Steuerzahler«, erklärte Dulnikker ungeduldig. »Man mißt den finanziellen Stand eines Einzustufenden nicht mit dem Zollstock, Genossen, man schätzt ihn ein!«

Die Abgeordneten schrumpften in sich zusammen, rührten in ihrem Tee herum und tätschelten den Katzen mit den Stiefelspitzen die Rücken.

Zev rettete die Schlacht und die Debatte.

»Der Herr Ingenieur will sagen, daß es nicht wichtig ist, wer wirklich

einen dreitürigen Kleiderschrank besitzt, sondern nur, wer einen solchen Schrank besitzen könnte.«
Der Schächter Ja'akov Sfaradi war der erste, dem der Sinn der Sache aufging. »Ich verstehe«, verkündete er. »Das ist ein viel gerechteres System. Wir werden uns nicht um den Schrank kümmern, der wirklich ein unwichtiges Symbol ist ...«
»Halt!« Der Barbier begann die Sache zu erfassen. »Vor allem müssen wir klären, was ›wir werden uns kümmern‹ bedeutet. Wer wird sich kümmern?«
»Der gesunde Menschenverstand diktiert«, meinte der Schneider, »daß der Mann, der dazu ernannt ist, die Einzustufenden, oder wie sie heißen, zusammenzustellen, auch die Steuerzahler auswählt.«
»Richtig«, stimmte ihm Dulnikker zu und schlug auch die Ernennung einer Einstufungskommission vor, die dem unerfahrenen Steueraufseher bei seinen Pflichten helfen sollte. Der Provisorische Dorfrat identifizierte sich mit dem Vorschlag und ernannte sich selbst zu Mitgliedern der Kommission. Aber sowie die Kommission eine Liste der Dorfbewohner aufzustellen begann, wurde es völlig klar, daß die im Dorf herrschende »katastrophale Gleichheit« dem Unternehmen entgegenstand.
»Der eine hat mehr Boden, der andere mehr Vieh«, versicherte der Schuhflicker. »Sie könnten alle oder keiner einen dreitürigen Kleiderschrank besitzen.«
Die Entdeckung deprimierte die Abgeordneten allgemein. Schließlich rettete Zev die Ehre der Einstufungskommission: »Es gibt nur einen Weg, um Ungerechtigkeiten zu vermeiden. Wir müssen losen.«
Die Idee befriedigte die Kommission, und ihre Mitglieder machten sich sofort daran, sie in die Praxis umzusetzen. Der Schneider schrieb schnell die Namen der Bauern von seiner Liste auf Zettel ab, die im Hut des Wirts durcheinandergeworfen wurden. Die Kommission beschloß, zwölf Steuerzahler auszulosen, zur Erinnerung an die zwölf Söhne Jakobs, und bot dem Vorsitzenden die Ehre an, zwölf Zettel aus dem Hut zu ziehen. Der Vorsitzende lehnte mit der Begründung ab, daß er eine absolut unabhängige Organisation zu erziehen wünsche. Daher wurde die Aufgabe Elifas Hermanowitsch zugewiesen, dem ja ohnehin der Hut gehörte.

Die Lotterie ging jedoch nicht ohne einige Verwirrung bringende Pannen vonstatten. Es schien zunächst, daß es Elifas Hermanowitsch gelang, elf richtige Namen aus reinem Hut zu ziehen, und diese wurden unverzüglich vom Steueraufseher notiert. Schließlich aber zog der Wirt einen langen Namen heraus, worauf er erbleichte.
»Das« – er schielte – »bin ich …«
Die gesamte Einstufungskommission war verwirrt. Alle schauten zu Dulnikker, aber anscheinend hatte auch er keine klare Meinung zu diesem Problem. Endlich machte Malka dem unerfreulichen Schweigen ein Ende:
»Unsinn!« sagte sie zu ihrem Mann. »Schmeiß ihn zurück!« Elifas grinste erbarmungswürdig, gab den Zettel zu den übrigen und mischte sie gründlich. Er zog wieder, und diesmal kreischte er auf, als hätte er einen Leprakranken berührt:
»Was ist das? Wieder ich!«
Aber sein Augenblick der Schwäche ging vorbei. Das Gesicht des Wirts wurde grün vor Wut, und er schmiß den beleidigenden Zettel mit einigen Ausdrücken des Abscheus auf den Grund des Hutes.
»Aus meinem eigenen Hut!« knurrte er. »Das ist wirklich ein Witz! Genausogut hätte ich irgendeinen anderen Namen ziehen können!«
Das dritte Mal zog Elifas einen Namen, der nicht der seine war, eine Leistung, die das Herz aller Teilnehmer einschließlich des Vorsitzenden erleichterte. Der erstaunlich flinke Krankenwärter hatte inzwischen die offizielle Benachrichtigung geschrieben, die zum Programm gehörte.

›Sehr geehrter Herr‹, lautete sie. ›Die Einstufungskommission des Provisorischen Dorfrats unter Vorsitz des Herrn Ingenieurs hat nach eingehender Prüfung Ihres finanziellen Standes entschieden, daß Ihr Einkommen genügt, um einen dreitürigen Kleiderschrank, mit Spiegel, aus Kastanienholz, zu erstehen. Schränke dieser Art wurden von der Einstufungskommission als Luxusgüter klassifiziert, und Sie werden daher ersucht, dem Steueraufseher, Ofer Kisch, eine einmalige städtische Luxussteuer von drei (3) Tnuva-Pfund für den Bau eines Bürgermeisteramtes zu bezahlen sowie 20 Agoroth zur Deckung der Eintreibungskosten. Im Weigerungsfalle sieht sich die Kommission gezwungen, den vorerwähnten Schrank zu beschlagnahmen, um Ihre Verpflichtungen zu decken.

In vorzüglicher Hochachtung
Salman Hassidoff
Bürgermeister de facto.‹

Die erste Notstandssitzung des Provisorischen Dorfrats wurde am frühen Nachmittag des folgenden Tages abgehalten. Sie wurde aufgrund des mündlichen Ersuchens des Steueraufsehers Kisch einberufen. Die Abgeordneten waren etwas gereizt durch die häufige Belästigung, die ihre hohe Stellung mit sich brachte, aber ein Blick auf den Schneider genügte, um sie zu besänftigen. Ofer Kisch konnte kein Glied rühren, ohne vor Schmerz zu weinen. Die frischen Verletzungen an seinem Körper waren durch die Risse seiner Hose deutlich sichtbar, und der blaue Fleck unter seinem linken Auge zeigte an, was für ein Glück er hatte, das Auge noch zu besitzen. Der leidende Steueraufseher konnte sich nicht beherrschen und nahm das Wort, ohne daß es ihm erteilt wurde:

»Was habt ihr mir angetan?« jammerte der kleine Schneider. »Man hat mich fast umgebracht! Ich bin nicht einmal soweit gekommen, den Brief zu erklären, und schon wurde ich angegriffen! ›Wer braucht hier einen Dorfrat‹, schrien sie wie die Irren, ›Was für einen Schrank?‹, und hetzten die Hunde auf mich.«

Dulnikker schlug mit dem Hammer auf den Tisch.

»Genossen!« rief er. »Das ist Gesetzlosigkeit!« Seine etwas feierliche Stimmung teilte sich den Abgeordneten mit.

»Was ist eigentlich los?« platzte Frau Hassidoff heraus. »Haben sie uns gewählt oder nicht?«

»Das ist's ja«, bemerkte der Bürgermeister de facto mit offenkundigem Groll, »Vorteile aus dem Dorfrat beziehen – fein; aber etwas hergeben – o nein!«

»Nu ja, so ist das einmal«, versicherte der Schächter plötzlich. »Also lösen wir den ganzen Dorfrat auf, ja, Herr Ingenieur?«

Der vernichtende, wütende, verabscheuende, herabsetzende Blick des Vorsitzenden genügte, um die leichtherzigen Worte in Ja'akov Sfaradis Kehle zu ersticken.

»Zurückziehen?« donnerte Dulnikker. »Nachgeben?«
»Ja, aber – was dann?«
»Eine Polizeitruppe.«

»Sag mir, Mischa, mein Freund«, sagte Dulnikker zu dem mächtigen Burschen, als dieser spät am selben Abend schwer auf seine Bettstatt sank, »bist du mit der Schuhflickerstochter irgendwie weitergekommen?«
»Teufel, nein!« brummte Mischa. »Dwora ist so verliebt in ihre bebrillte Vogelscheuche, daß wir kaum miteinander reden. Ehrlich, ich halte mich von ihr zurück, Herr Ingenieur, weil ich Angst habe, ich könnte eines Tages diesem Angsthasen den Schädel einschlagen ...«
»Pfui über dich, Mischa«, warf Dulnikker ein. »Habe ich dich nicht schon längst darauf hingewiesen, daß du die Schranken, die dich von Dwora trennen, nur dadurch niederbrechen kannst, daß du dir einen achtbaren öffentlichen Posten erwirbst?«
»Gibt es irgendeinen achtbareren als den des Kuhhirten, der das Eigentum des Dorfes hütet?«
»Doch, Mischa. Den Hüter des Gesetzes zum Beispiel.«
»Wer ist das?«
»Der Polizist!«
»Was für eine Polizei?«
»Machen Sie keine Witze, meine Herren! Haben Sie nicht gehört, daß der Provisorische Dorfrat Himmel und Hölle nach einem Polizisten absucht? Eigentlich – warum nicht? Du bist ein kräftiger junger Bursche, Mischa, du kannst lesen und schreiben, so gut man das erwarten darf, und dein Hund ist einer der größten im Dorf ...«
»Halt, Herr Ingenieur. Ich mag grüne Weiden und Tiere lieber als die Menschen. Ich bin als Polizist ungeeignet.«
»Mischa, mein Freund, wer spricht von einem Polizisten? Ich will dich zum Chef der Kimmelqueller Polizeitruppe ernennen!«
Der höchst wichtigen Verkündigung des Ingenieurs folgte langes Schweigen.
»Dann wäre ich ein Offizier ... Sie meinen ...«
»Genau, was du gehört hast, Freundchen. Im Rang eines Hauptmannes.«

»Und keiner über mir?«
»Entschieden nein. Außerdem wirst du in zwei weiteren Monaten imstande sein, es bis zum Oberst zu bringen.«
»Nu, ja, dann geht das also in Ordnung«, willigte Mischa ein, »weil ich nicht ganz von unten her anfangen wollte.«

Vor der Eröffnungszeremonie hielt der Ingenieur persönlich für den Chef der Kimmelqueller Polizei einen Schnellkursus über das ›Verhalten erstrangiger Polizeihauptleute‹.
»Ein Polizeihauptmann weiß alles, sieht alles, hört alles!«
Das war der Eröffnungssatz des ersten Vortrages des Staatsmannes, und der Kuhhirte nickte zustimmend.
»Sollte irgend etwas, Gott behüte, in Verletzung des Gesetzes geschehen, erscheint der Polizeibeamte auf dem Schauplatz des Verbrechens oder besser, er erscheint schon, bevor das Verbrechen begangen werden kann. Nachher verhört er die Zeugen und unterbreitet der Vollsitzung des Dorfrats einen eingehenden schriftlichen Bericht. Jedoch« – Dulnikker hob den Zeigefinger – »*ein* Zeuge ist ungültig!«
»Bitte sehr, wer ist der ungültige Zeuge?«
»Ich meine die Zahl ›einer‹«, erklärte er mit dem Glorienschein der Geduld, die er in vielen Sitzungen mit den Kimmelquellern entwickelt hatte. »Ein Zeuge allein ist kein Zeuge, obwohl du ihn trotzdem ins Kreuzverhör nehmen mußt.«
»Da verlassen Sie sich darauf, Herr Ingenieur.« Der Kuhhirte wies stolz seine gigantischen Hände vor.
»Ohne Emotion, Genossen, ohne Emotion!« Dulnikker hob die Stimme. »Ihr dürft dem Verdächtigen kein Haar krümmen! Ihr müßt alles schriftlich niederlegen, in Form von Frage und Antwort, etwa so: Ich: Wie heißen Sie? Verdächtiger: Soundso …«
»Das ist kein Name!«
»Um Himmels willen, das ist doch nur angenommen, Genossen! Ich: Wo sind Sie geboren, Herr? Verdächtiger: In Rosinesco. Ich: Wie alt sind Sie! et cetera. Folgst du mir, mein Freund?«
»Ich verstehe«, erwiderte Mischa. »Ende letzten Jahres war ich achtundzwanzig.«
Nach dreieinhalb Stunden Schwerstarbeit überwand ein eiserner

Wille den Mangel an Begriffsvermögen des Hauptmanns. Endlich sah es aus, als hätte Mischa die Grundbegriffe kapiert.

»Und noch eines«, endete der Staatsmann völlig heiser. »Ich werde keinen Polizeibeamten dulden, der in der Politik herumpfuscht! Die Polizeitruppe muß die eiserne Faust des rechtmäßig eingesetzten Dorfrats sein. Folgst du mir? Wenn Ihnen, meine Herren, befohlen wird, Ihren Bruder zu verhaften, dann werden Sie ihn verhaften.«

»Ich habe keinen Bruder. Nur zwei Schwestern.«

»Das ist alles nur angenommen«, flüsterte Dulnikker mit tränenerstickter Stimme. »Ich versuche dir zu erklären, daß du Befehle ausführen mußt, ohne viel zu denken. Sollte dir befohlen werden, dich aufzuhängen ...«

»Warum denn?« protestierte Mischa und stand schockiert auf. »Ich habe nichts Unrechtes getan! Entschuldigen Sie, Herr Ingenieur, aber ich mag kein Polizeibeamter sein, wenn ich mich aufhängen muß!«

»Nein!« schrie Dulnikker und stampfte vor Wut auf. »Man wird es nicht von dir verlangen!«

»Warum haben Sie dann gesagt, daß Sie es würden?«

»Ich habe nur Spaß gemacht! Vergeßt es, Genossen, vergeßt, was ich gesagt habe!«

»Alles?«

»Alles!«

Wie es so gern im täglichen Leben zugeht – obwohl der Polizeichef von Kimmelquell seine theoretischen Prüfungen nicht bestanden hatte, machte er sich im aktiven Dienst vortrefflich. Mischa begann den verwundeten Steueraufseher, Ofer Kisch, zu den Behausungen der zwölf Auserwählten zu begleiten, und seine bedeutungsvolle Anwesenheit hatte die Wirkung einer kalten Dusche auf die besuchten Parteien. Praktisch war keine Gewalt vonnöten. Allgemein gesprochen lächelte der Hauptmann breit, während seine überdimensionale Hand geistesabwesend das Fell Satans – seines gigantischen Schäferhundes – streichelte.

Ihrer beider Auftauchen allein veranlaßte die Bauern, ihre Mißhandlung des Schneiders einzustellen und ihren Kummer in eine einzige Frage zu verdichten:

»Warum gerade wir?«

»Ich weiß wirklich nicht«, pflegte der Polizist in solchen Fällen zu antworten. »Ich bin bloß eine eiserne Faust, die tut, was ihr befohlen wird. Sonst hängen sie mich mir-nichts-dir-nichts!«

Die Wolke, welche die Angelegenheit verhüllte, verdichtete sich, als die zwölf Steuerzahler Unterstützung bei dem glücklichen Rest der Dorfbewohner suchten. Diese meinten, daß der Dorfrat sicher genügend Grund habe, die Steuer gerade jenen Leuten aufzuerlegen, denen sie auferlegt war, denn die Räte waren ernstzunehmende Leute, und wenn es so war, wie sich alles auswirkte, dann sollte man nicht viel klagen: Man mußte einfach den Gürtel ein bißchen enger schnallen – und zahlen! Somit konzentrierte sich die Wut des Dutzends und sammelte sich um die Teufelsgestalt Salman Hassidoffs, des Bürgermeisters de facto, dessen Unterschrift die schändliche Verständigung zierte.

Die ›Dreitürniks‹, die sich von der steuerfreien Majorität etwas exkommuniziert vorkamen, fanden einen kargen Trost in ihren heimlichen Gesprächen mit Zemach Gurewitsch. Der Schuhflicker sagte dem unglücklichen Dutzend offen, daß ihnen seiner Meinung nach dieser Kerl, der Hassidoff, unrecht tue, und wenn er, Gurewitsch, zum Bürgermeister gewählt würde, er sofort die Steuerlast durch eine gerechtere Regelung auf die Schultern von zwölf anderen Bauern überwälzen würde. Aber das, sagte er, verlange natürlich, daß er, der Schuhflicker, in den kommenden Wahlen zum Bürgermeister gewählt werde, denn was nützten schon guter Wille und menschliches Verständnis, wenn sie nicht durch Handeln gestützt würden?

Am Ende verwandelte sich jedoch die Steuer dank Umständen, an die niemand gedacht hätte, fast in einen großen Verlust. Die ersten Anzeichen der Krise waren die scharfen Proteste, die immer stärker aus den Dorfställen hervordrangen und die nach einigen Tagen zu einem heiseren Chor langgedehnter Muhs wurden, in den alle gefangenen Kühe einstimmten. Der Polizeichef von Kimmelquell informierte den Rat kurz und bündig, daß er so lange nicht als Gemeindehirt dienen würde, solange er die offizielle Uniform trage. Um die Verwirrung noch zu vergrößern, waren die übrigen Dorfbewohner von dem Gedanken, den Hirtenstab zu ergreifen, nicht begeistert und behaupteten, jetzt hätten die Ratsmitglieder ihre Suppe und könnten sie auslöffeln.

Schließlich berief Amitz Dulnikker eine außerordentliche Sitzung des Provisorischen Dorfrats ein und murmelte, daß er anscheinend immer alles selber machen müsse. Alle Abgeordneten erschienen. Als sie eintraten, flüsterte Salman Hassidoff seiner ihm ehelich angetrauten Krankenschwester eine Bemerkung zu, die den Grundton der ganzen Sitzung vorwegnahm:
»Oj! Und nochmals Oj!« Der Barbier wies auf die fleckenlose, frisch gewendete Hose des Schuhflickers. »Heute abend gibt's keine Majorität!«
Und so geschah's. Zemach Gurewitsch bat als erster ums Wort und schlug eine einstweilige Regelung vor, derzufolge der Bürgermeister den zwölf Steuerzahlern de facto einen persönlichen Brief schicken und ihnen auftragen solle, sich als kommunale Kuhhirten abzuwechseln. Salman Hassidoff war instinktiv gegen den Vorschlag und schlug vor, daß die Ratsmitglieder in der Reihenfolge ihres Ranges Kuhhirten werden sollten. An diesem Abend wurden sechs Gegenabstimmungen abgehalten; alle waren stimmengleich, weil das ›Zünglein an der Waage‹ konsequent gegen beide Fraktionen in frisch gebügelten Hosen stimmte.
Knapp vor Mitternacht brachte der Krankenwärter seine Meinung zum Ausdruck, daß lieber die letzte Kuh tot umfallen solle als die Ratsmitglieder aus Schlafmangel. Dieses zynische Aparte war es, was schließlich zur Lösung des Problems führte.
»Meine Herren!«, verkündete Dulnikker von seiner Höhe herab, »ich verhülle mein Gesicht aus Scham über Sie! Es sieht so aus, daß ich persönlich gezwungen sein werde, mit meinem Krankenwärter zusammen die leidenden Kühe auf die Weide zu führen.«
Wenn der Staatsmann tief im Herzen erwartete, daß sein Tadel das schlafende Gewissen der Räte wecken würde, dann irrte er, denn seine freiwillige Meldung ließ Wogen der Bewunderung in den Seelen der Abgeordneten aufwallen. Malka begann sofort zu klatschen, und der Großteil des Dorfrats schloß sich freudig an. Selbst den heuchlerischen Schächter freute es, sich zu erkundigen, ob denn der ehrenwerte Ingenieur auch im Kühehüten Erfahrung habe?
Er erhielt eine spitze, wenn auch etwas zweideutige Erwiderung vom Sekretär. Zev bemerkte zwischen zwei Gähnen, daß für einen Mann

der Öffentlichkeit von Herrn Dulnikkers Rang das Hüten von Vieh nichts Neues sei.

So endete die von Pech verfolgte Sitzung dennoch glücklich, und der Krankenwärter, der sich für einen Großstädter hielt, fühlte sich leicht entwürdigt.

»Hören Sie, Dulnikker«, sagte der Sekretär zu seinem Herrn und Meister, nachdem diesem die Abgeordneten ›Masel tow‹ gewünscht und den Raum verlassen hatten, »wenn Sie um jeden Preis zurück zur Natur wollen, ist das Ihre Angelegenheit, aber warum müssen Sie mich mitschleppen?«

»Warum?« wiederholte Dulnikker jovial. »Ich werde euch gleich erklären, warum, Genossen! Was mich betrifft, so glaube ich fest an den Einfluß des persönlichen Beispiels auf die Massen. Was dich betrifft, mein Freund Zev, so wirst du bei Sonnenaufgang mit mir auf die Weide ziehen, weil du mein vertrauenswürdiger Krankenwärter bist, der bereit ist, für mich durchs Feuer zu gehen. Oder hast du dir vorgestellt, mein Freund Zev, daß ich im Alter von siebenundfünfzig Jahren anfange, stumme Tiere herumzujagen?«

Der Sekretär senkte den Blutdruck des Staatsmannes, indem er sich sofort ergab. Das neue erfreuliche Alter seines Herrn und Meisters schrieb er der erfrischenden Anwesenheit Malkas zu. Tatsächlich hatte die Häufigkeit der Begegnungen in der strohgedeckten Hütte nach dem niederträchtigen Entführungsversuch zugenommen, und das Erregende war für die beiden Nachtschwärmer keinen Augenblick geringer geworden. Nachdem der grüne Pullover vollendet war, begann Malka Handschuhe und Pulswärmer aus demselben grünen Wollknäuel zu stricken, während Dulnikker in großen Sprüngen in die Vergangenheit zurückeilte und nur bei den wichtigsten Ereignissen seiner Biographie innehielt.

Malka, sanft an Dulnikker gelehnt, wurde wohlig durchrieselt von den wunderbaren Erzählungen von Diplomaten, Flugzeugen, Appellen, Visionen, Banketten, Schwachköpfen, Krisen, Zvi Grinstein, Projekten, Schiffen, der Geschichte von einem Schächter, dem nicht erlaubt worden war, Schofar zu blasen, von Huliganen und Wahlen, Bankkrediten, Shimshon Groidiss' Komplotten, Prestige, Entwicklung und mehr dergleichen. Eines Nachts, endlich, endlich, öffnete die Frau den

Mund und sprach zu ihrem Ritter in einem Ton, der unbändiges Staunen verriet:
»Herr Dulnikker, niemand hier ahnt ja, wer Sie sind! Sie sind ein so großer Mann, daß ich wünschte, Majdud und Hajdud würden wie Sie werden. Manchmal flehe ich den Himmel an: Was für eine gute Tat habe ich vollbracht, daß Sie irrtümlich mein Zimmer betraten? Warum liebt mich der Himmel so sehr?«
»Das werden wir kaum herausfinden«, meinte Dulnikker, »deshalb verschwenden wir keine Zeit damit, darüber nachzudenken. Ich muß Sie bitten, Madame, mich nicht jeden Augenblick zu unterbrechen ...«
Als der Herr Ingenieur und sein persönlicher Krankenwärter früh an jenem Morgen das Vieh hinausführten, stand die Einwohnerschaft offenen Mundes an den Toren des Dorfes. Die beiden freiwilligen Kuhhirten trugen geborgte Kleidung, die ihnen eine äußerst originelle Erscheinung verlieh. Besonders ins Auge fallend waren dank der kurzen Hosen ihre mamorweißen Beine. Dulnikker hatte sich ein buntes Tuch um den Hals geschlungen, und beide trugen Knotenstöcke aus Mischas Sammlung. Die Hirtenstäbe gerieten ihnen immer wieder zwischen die Füße, wenn sie laufen mußten, und laufen mußten sie, weil die ungeduldigen Kühe schnurstracks zur Wiese stürmten, während Dulnikker mit erstickter Stimme heulte: »Hoiss! Rennt nicht! Hoiss! Halt!«
Kein Wunder, daß die beiden zusammenbrachen, als sie die Herde endlich eingeholt hatten. Sie streckten sich auf dem grasigen Abhang des kleinen Hügels aus und spürten mit geschlossenen Augen die rote Sonne durch die Lider, als sie sanft jede Zelle ihres Körpers überflutete.
»Siehst du, Zev«, erklärte der Staatsmann nach langem Schweigen, »wir sind erschreckend außer Form. Kannst du erraten, mein Freund, was uns das zu tun verpflichtet?«
»Sicher.« Zev beschattete seine Augen vor der Sonne. »Wir müssen heimfahren.«
»Da haben wir die neue Generation!« Dulnikker kochte vor Wut. »Typisch – sie will nur eines: Bequemlichkeit, sonst nichts! Glaubst du wirklich, ich amüsiere mich in diesem Dorf?«

»Ja, Dulnikker. Für Sie ist es großartig.«
»Na und? Stört dich das vielleicht? In dem Fall, schwöre ich, bleibe ich mit dir hier bis zu dem Tag, an dem ich – oder du stirbst!«
Das beendete ihre fruchtlose Debatte, und beide schläfrigen Männer ergaben sich dem Kuß der Mutter Sonne. Sie lagen regungslos in dem frischgrünen Gras, und der Staatsmann war nur selten gezwungen, seinen Krankenwärter loszuschicken, um eine streunende Kuh zurückzujagen – weil ja der Schäferhund, dessen Aufgabe das natürlicherweise war, im Augenblick im Dienst der kommunalen Steuerabteilung stand.
Dulnikker erwachte, weil ihn jemand leicht an der Schulter rüttelte. Er öffnete schläfrig benommen ein Auge, riß jedoch sofort auch das andere auf und öffnete den Mund zu einem heiseren Aufschrei. Ein ältlicher Araber, in einen ländlichen Kumbas und einen Kafija gekleidet, beugte sich über den erschrockenen Staatsmann und flüsterte etwas durch seinen struppigen Schnurrbart. Dulnikker, ehemaliger Parteisprecher im Unterausschuß für Minderheitenprobleme, versuchte sich schnell aus den Armen seines Angreifers zu befreien und zu fliehen, mit dem einzigen Erfolg, daß er auf dem Gras ausrutschte und flach auf den Rücken fiel. Zev, den das Aufkreischen des Staatsmannes geweckt hatte, langte nach seinem Knotenstock, aber der Araber war schneller. Er griff in seine Ledertasche und zog eine kleine Blechbüchse heraus.
»Kafaj, Amerika«, sagte er mit einem herzlichen Grinsen. »Amerika, Kafaj.«
Die beiden Kuhhirten waren sprachlos. Nachdem der Araber noch mehrmals »Kafaj, Amerika« wiederholt hatte, flüsterte Dulnikker seinem Sekretär zu: »Wus sugt er?«
»Warum reden Sie jiddisch, Dulnikker?« fragte der Sekretär leise. Und der Staatsmann flüsterte zurück: »Damit er mich nicht versteht.«
An diesem Punkt ging Dulnikker jedoch die Geduld aus, und er schrie Zev an: »Warum, mein Freund, mußt du dir in einer solchen Zeit philologische Überlegungen leisten? Geh zu ihm hinüber und finde heraus, was er will! Du hast in der Schule Arabisch gehabt!«
Der Sekretär erhob sich und ging zu dem Araber, der mit orientalischem Gleichmut auf das Ende der internen Debatte wartete. Zev

durchforschte sein Gedächtnis und grub mühsam einen arabischen Satz von unzweifelhafter literarischer Qualität aus. Aber der Araber schüttelte den Kopf und schnalzte traurig mit der Zunge, um dem Kuhhirten anzudeuten, daß er kein Wort verstanden hatte.

»Wäre es möglich, Zev, daß er nicht Arabisch kann?« überlegte Dulnikker. Dann fragte er den Araber aus einer Gewohnheit, die ihm dank seinen Besuchen von Einwandererlagern zur zweiten Natur geworden war:

»Murvy pan po polsku? Guvriti pa russki?«

»Ness kafaj«, erwiderte dieser und hielt dem Staatsmann die Büchse unter die Nase. »Ness kafaj.«

Dulnikker nahm die Büchse und bewegte den Kopf in der stummen Frage: »Wieviel?«

Der Araber wies auf eine der Kühe. Das machte Dulnikker böse.

»Der Kerl ist verrückt«, versicherte der Staatsmann. »Er will eine ganze Kuh für seine Büchse!«

Da jedoch nahm ihre Beziehung eine entscheidende Wendung. Der Araber begann auf französisch zu murmeln, eine Sprache, die er und Zev mehr oder weniger gemeinsam kannten.

»Er bietet hundert Büchsen Neskaffee für eine Kuh«, übersetzte der Sekretär und fügte hinzu, »das ist wirklich billig, Dulnikker.«

»Kommt überhaupt nicht in Frage«, fuhr ihn der Staatsmann an. »Sag ihm, mein Freund, daß die Kühe nicht unser persönliches Eigentum sind. Außerdem darf ich wegen meines hohen Blutdrucks keinen Kaffee trinken. Überhaupt, wer ist dieser Kerl? Er kommt mir nicht bekannt vor.«

»He«, fragte Zev, »woher kommst du?«

»Aus dem Libanon.«

Diese erschreckende Eröffnung verursachte im Lager der Kuhhirten einige Verwirrung. Dulnikker zog seinen Sekretär beiseite und flüsterte ihm sehr aufgeregt zu:

»Ich wußte von Anfang an, daß er ein Infiltrator ist, weil kein israelischer Araber den Weg hier heraus finden könnte. Wir dürfen keinen Handel mit ihm treiben, Genossen!«

Der Infiltrator stand in einnehmender Schlichtheit da, voll ruhiger Erwartung, den großen Kopf leicht zur Seite gewendet, und streckte

von Zeit zu Zeit den beiden sich beratenden Kuhhirten die Büchse entgegen. Die Sonne leuchtete mit dem Glanz der Brüderlichkeit, die Kühe kauten unschuldig das Gras wieder, und hie und da flatterte ein bunter Schmetterling vorbei.
»Setz dich«, befahl Dulnikker dem Infiltrator, denn er konnte es nie leiden, Leute müßig herumstehen zu lassen. Er setzte sein Gespräch mit seinem Sekretär fort.
»Ich will keine Komplikationen! Dieser Kerl muß trotzdem als Feind betrachtet werden!«
»Schön«, sagte Zev nachgiebig. »In dem Fall bringen wir ihn also um.«
»Das ist die Aufgabe unserer Sicherheitstruppen und der Grenzpolizei«, versicherte Dulnikker. »Frag ihn, was ihn hergeführt hat.«
Der Araber begann es mit einer endlosen Tirade zu erklären, und der Staatsmann erfuhr von Zev, daß er – der Araber – Kimmelquells Hauptlieferant war und in regelmäßigem Kontakt mit dem ehemaligen Kuhhirten stand. Wenn ihm die Effendis nicht glaubten, könnten sie den ehemaligen Kuhhirten über ihn ausfragen, und auch der würde ihnen sagen, daß er – der Araber – Juden gern hatte und auch bereit sei, sie zu vernünftigen Preisen mit allen anderen, im jüdischen Staat schwer erhältlichen Artikeln zu versorgen.
Dies verletzte den Stolz des Staatsmannes ernstlich.
»Sag ihm«, schrie er Zev an, »daß wir seine erbärmliche Ware nicht brauchen! Im Gegenteil, wenn wir die Blockade über ihn verhängen, hilft uns das, schnellstens unsere wirtschaftliche Unabhängigkeit zu erreichen!«
»Ja«, sagte der Sekretär gehorsam und übersetzte dem Schmuggler: »Wieviel willst du für eine Büchse?«
»Ein Pfund siebzig. Aber nur Tnuva-Geld. Das ist reiner amerikanischer Neskaffee, Effendi.«
Die Geheimverhandlungen zwischen dem Araber und dem Dolmetscher führten jedoch zu keinem Resultat, weil Dulnikker seinen Sekretär sehr aufmerksam überwachte. Er warnte ihn, nicht mit dem Araber zu schwätzen, nicht zu viele Sätze zu verwenden, in denen ›Neskaffee‹ allzuhäufig vorkam, sondern dem Infiltrator zu befehlen, zu verschwinden, bevor er ›die Treppe hinuntergeschmissen wird‹.

»Ein Pfund sechzig«, murmelte der Araber und trat beim Anblick von Dulnikkers störrischem Gesicht einige Schritte zurück. Aber anscheinend rührte der Weltschmerz in seiner Stimme das Herz des Staatsmannes.
»Frage ihn, Zev«, befahl er plötzlich, »Ob es ihm möglich wäre, mir die israelische Presse zu verschaffen?«
»Zeitungen?«
»Genau wie ihr gehört habt, Genossen. Meinst du, ich soll vielleicht warten, bis sie vom Himmel fallen?«
Der Araber war etwas überrascht, als ihm die Frage übersetzt wurde, und erklärte leise, daß in dreißig ununterbrochenen Jahren seiner Schmugglertätigkeit so etwas zum erstenmal bei ihm bestellt werde. Seine Kaufmannsseele gewann jedoch die Oberhand, und er bat um die Namen der Zeitungen, an denen der Effendi interessiert war. Nachdem Dulnikker eine Weile nachgedacht hatte, nannte er das Morgenblatt seiner Partei sowie ein ›gelbes‹ Abendblatt und betonte, daß er keinen Heller für eine mehr als einen Monat alte Zeitung bezahlen würde.
»Sag ihm bitte, daß ich keinen Vorschuß zahle«, schloß Dulnikker. »Ich habe bittere Erfahrungen mit unbekannten Hausierern.«
Der Araber verließ die seltsamen Effendis mit einer Sturzflut von Segenswünschen für eine erfolgreiche Genesung. Er kehrte zu seinem Esel zurück, setzte sich sehr aufrecht auf ihn und ritt davon. Während der Araber nordwärts den Wäldern des Libanon zustrebte, schrie ihm Zev in Übersetzung seines Chefs nach, daß die Freitagsblätter besonders wichtig seien. Es ist fraglich, ob der Infiltrator diese letzte Aufklärung noch hörte.
Nachdem sich die Erregung gelegt hatte, streckte sich Dulnikker zufrieden ins Gras und sonnte sich weiter. Nicht so sein Erster Sekretär.
»Hören Sie, Dulnikker«, klagte er zornig, »warum darf ich mir nicht eine Büchse Neskaffee kaufen, wenn ich nach einer Tasse anständigen Kaffees lechze, Sie aber aus derselben verdächtigen Quelle Zeitungen bestellen?«
»Ich will dir die Dinge erklären, mein Freund.« Dulnikker rieb sich die Nasenflügel. »Der Ankauf von Kaffee ist ein rein kommerzieller

Akt, während ich versuche, Informationen vom Feind zu erhalten. Übrigens«, fügte der Staatsmann nach einem männlich kraftvollen Sich-Strecken hinzu, »glaubst du nicht, mein Freund, daß ich eine gemeinsame Sprache mit dem arabischen Volk spreche? Weißt du, es ist nicht unmöglich, daß ich mehr als eine der brennenden Fragen unserer Region zu lösen geeignet wäre. Aber« – niedergeschlagen machte er eine resignierende Geste – »ich kann nicht immer alles selber machen …«

Am späten Nachmittag, als der Zeiger der Sonnenuhr seinen längsten Schatten warf, begannen die Kühe heimwärts zu strömen, bis oben hin voll grünen Grases, wert des Wiederkäuens, die beiden vorbildlichen und vom Nichtstun erschöpften Freiwilligen an ihrer Seite.
Ehrlich gesagt hatte Dulnikker noch nie einen so vollen Anteil an den Annehmlichkeiten des Lebens genossen. Das gesunde Vergnügen, in dem weichen grünen Gras auf dem Rücken zu liegen, freute ihn so, als hätte er eben an jenem Tag entdeckt, daß es eine Sonne am Himmel gab. Auf dem Heimweg winkte Dulnikker den Bauern zu, die ihren Boden mit breiten Hacken bearbeiteten, und als sie mit freundlichem Winken und aufmunternden Zurufen antworteten, zog der Staatsmann den Schluß, daß sein persönlicher Charme bei den Massen noch keineswegs verblichen war.
Am folgenden Tag kamen Majdud und Hajdud auf die Weide hinaus, mit glänzenden, stadtgemachten Schleudern bewaffnet. Sie frönten langen Schießübungen, indem sie Kiesel auf die Flanken der unschuldig weidenden Kühe abfeuerten. Dulnikker rief sie herbei und fragte sie vorwurfsvoll: »Warum schießt ihr auf unschuldige Kühe?«
»Wir haben Vögel probiert«, sagte Hajdud entschuldigend, »aber sie sind für Zielschießen zu klein.«
»Sicher, aber was würdet ihr sagen, wenn euch die Kühe so behandeln würden, wie ihr sie behandelt?«
»Nichts«, sagte Majdud – mit Seniorat. »Sollen sie auch mit Kieseln schießen.«
»Woher habt ihr diese gefährlichen Waffen, wenn ich fragen darf?«
»Wir haben sie bestellt.«
»Von wem?«
»Von wem glaubst du schon? Von der Tnuva! Wir waren eine Zeitlang Waisenkinder …«
Stückchen um Stückchen entlockte Dulnikker den Zwillingen die Geschichte der glorreichen Straßensammlung, obwohl er während der ganzen Erzählung unzählige Male schwören mußte, daß er sie

bei sich behalten würde, da die Zwillinge planten, das erfolgreiche Projekt zu wiederholen, ohne ein Drittel des Reingewinns irgendeiner blöden Tante geben zu müssen. Dulnikker hörte ihrer Geschichte zu und brach immer wieder in stürmisches Gelächter aus: »Die arme Gula – ich hatte schon immer Angst, daß es soweit kommen würde …«
Später, als es den Kindern zu langweilig wurde, auf ein so massives Ziel zu schießen, nahm Dulnikker die hübschen Zwillinge auf den Schoß und erzählte ihnen stundenlang, was er in Äthiopien gesehen hatte, als er es jüngst besucht hatte, um Vorkehrungen für Fleischtransporte zu treffen. Als der Staatsmann die Erntetänze der Eingeborenen beschrieb, wackelte er mit den Hüften, klatschte rhythmisch in die Hände und begann sogar die Lieder der Feiernden zu summen. Die Kinder öffneten die Münder in ungezügelter Inbrunst, und ihre glänzenden Augen starrten den Staatsmann aus dem Meer der Sommersprossen in unverhüllter Ehrfurcht an.
»Onkel«, erklärte Majdud, »ich schwöre, ich habe nie gewußt, daß du so ein Ingenieur bist!«
Dulnikker hatte plötzlich ein seltsames Gefühl im Herzen, das ihm fast Tränen in die Augen trieb. Ein stilles Glück und das Empfinden höchsten Friedens wogte in ihm auf. ›Der Mann, der eine ganze Generation herangezogen hatte‹, hielt zum erstenmal in seinem Leben ein Kind auf dem Schoß.

Eines Tages erlebte er eine große Überraschung. Der Infiltrator tauchte auf seinem Esel auf und übergab dem Effendi senior dessen Bestellung: Drei Zeitungen, deren Seiten vergilbt vor Alter waren. Es waren amerikanische jiddische Blätter, die vor vielen Jahren veröffentlicht waren. Nichtsdestoweniger bezahlte Dulnikker sehr ansehnlich für sie, weil die hebräischen Buchstaben eine magische Wirkung auf ihn ausübten. Er übergab die archivreifen Blätter sofort der Obhut seines Ersten Sekretärs mit dem üblichen Befehl, freundlicherweise alles auszuschneiden, was sich direkt oder indirekt auf ihn bezog. Zev vermochte jedoch nur einen einzigen, kurzen Artikel zu finden, mit dem Titel ›Forderung nach erhöhter Milchproduktion‹ und dem Untertitel ›Fachmann schlägt neues Melksystem vor‹. Den überreichte er Dulnikker mit ernstem Ausdruck und sagte: »Das betrifft Sie direkt, Dulnikker.«

Dulnikker nahm das Blatt in die Hand und studierte den Artikel gründlich.

»Danke dir sehr.« Er gab seinem Sekretär die Zeitung zurück. »Wirklich sehr interessant. Bitte leg es ab, Zev, mein Freund, weil wir vielleicht die Möglichkeit haben, das neue System in ein paar Jahren hier anzuwenden.«

Während Dulnikker und Zev in der Kunst des Kühehütens ermutigend schnell zu Fachleuten wurden, entwickelte sich das öffentliche Leben im Dorf selbst in nicht weniger befriedigendem Tempo. Bürgermeister de facto Hassidoff kam mit dem bäuerlichen Baumeister des Dorfes zu einem Übereinkommen, der das Bürgermeisterbüro sofort auf einer zentral gelegenen Stelle zu bauen begann, wenige kurze Schritte vom Wirtshaus entfernt, in Richtung Lagerhaus. Der Lastwagen der Tnuva kam mit Zementsäcken beladen an, die im Hof des Barbiers abgeladen wurden.

Kaum waren die vier aufrecht stehenden Betonpfeiler ausgegossen worden, wurde die Fortsetzung der Bauarbeiten aus Geldmangel verschoben. Schon in diesem Frühstadium des Programms öffentlicher Bauten wurde es klar, daß die Einkünfte aus der Dreitürschranksteuer nicht für das ganze Bauprojekt, ja schlimmer noch, nicht einmal für einen kleinen Teil davon genügen würden. Angesichts des Vorhergehenden trat die Einstufungskommission zusammen und stimmte einheilig dagegen, ›den zwölf Steuerzahlern keine zusätzliche einmalige Luxussteuer von sechs Pfund‹ aufzuerlegen.

Die neue Anweisung wurde durch Steueraufseher Ofer Kisch und Hauptmann Mischa – Satan im Schlepptau – mit geziemender Eile durchgeführt, und am selben Abend blieb Elifas am Tisch des Staatsmannes stehen und dankte ihm mit ein paar herzlichen Worten für die rasche Entwicklung des Dorfes.

»Nichts zu danken. Ich tue nur meine moralische Pflicht«, erwiderte der Staatsmann bescheiden, während Zevs leichtes Kichern seine Wut aufrührte. »Halten Sie sich ein Ziel vor Augen, Herr Hermanowitsch: Wahl in den neuen Rat!«

»Herr Ingenieur« – Elifas wurde kühner –, »ich wollte Sie eben fragen, was ich tun soll. Der Barbier hat seine Anhänger, weil er der Bürgermeister ist, der Schuhflicker hat seine Clique, der Schächter ist fromm, und der Schneider macht sich Freunde durch die Steuern. Was aber kann ich tun?«

»Ihr müßt die Wählerschaft für euch gewinnen.« Dulnikker legte ihm die Hand auf die Schulter. »Aber zuerst müssen Sie sich Ihre Stellung klarmachen: Was ist Ihr öffentliches Ziel?«

»In den neuen Rat gewählt zu werden.«

»Absolut unparteiisch!« spöttelte der Sekretär. Dulnikker war jedoch über solche Kleinigkeiten weit hinausgewachsen, und er widmete der Unterweisung des Wirts eine lange Zeit. Elifas Hermanowitsch konnte keinen angemessenen Ausdruck für seinen tiefempfundenen Dank finden.

»Herr Ingenieur«, er drückte dem Staatsmann die Hand, »wir werden eine Gans für Sie braten.«

»Danke, Genossen, aber ich muß euch bitten, mich bei meiner Diät zu lassen.«

»Das wird nichts ausmachen. Morgen schicke ich die Gans mit Malka auf die Weide hinaus.«

»Danke, aber ich will wirklich nicht lästig fallen …«

»Wieso denn, Herr Ingenieur? Ist es leichter, jede Nacht zu der strohgedeckten Hütte hinunterzuklettern? Nein, nein, Malka soll nur ruhig zu Ihnen auf die Weide hinauskommen.«

Dulnikker war wie vom Donner gerührt und brachte kein Wort heraus. Noch lange, nachdem der Wirt gegangen war, blieb er auf seinem Stuhl wie festgenagelt sitzen.

»Warum sind Sie so erstaunt, Dulnikker?« brach Zev schließlich das Schweigen und flüsterte spitz: »Die Leute beginnen eben politisch zu reifen.«

»Das ist keine Reife.« Dulnikker starrte glasig ins Leere. »Das ist Sodom und Gomorrha!«

Es stand jedoch außerhalb menschlicher Kräfte, die Richtung, in der die Dinge liefen, zu ändern. Am nächsten Tag merkte Dulnikker auf seinem Heimweg von der Weide, daß kein Mensch auf den Feldern draußen war. Der Staatsmann konnte das Rätsel nicht ergründen, bis sie ins Dorf zurückkamen, wo es sich allerdings schnell löste. Die Leute standen die ganze Straße entlang in kleinen Gruppen beisammen oder saßen in eifriger Beratung an den Wirtshaustischen. Es war leicht zu sehen, was die Gärung verursacht hatte, denn auf der weißen Wand des Lagerhauses stand mit roter Kreide in gigantischen Buchstaben geschrieben:

Der kahle Barbier
unterschreibt die Steuer-Vorschreibungen!!!

Dulnikker studierte sorgfältig die krummen Buchstaben, deren mehr als einer auf dem Kopf standen, und sein Gesicht wurde heftig purpurrot. Ohne sein Hirtenkostüm zu wechseln, stürmte der Staatsmann in die Werkstatt des Schuhflickers.
»Was hat Sie nur einen solchen Mist an die Wand schreiben lassen?« bearbeitete der Staatsmann Gurewitsch. Dieser stand jedoch in einer sicheren Stellung verschanzt, von der aus er ruhig erklärte:
»Ich hab' es nicht geschrieben, der Papa hat's getan.«
Dulnikker drehte sich um und trat auf den bleichsüchtigen Alten zu. Dieser entwich samt seinem Schemel in seinen Zufluchtswinkel.
»Unmöglich, Herr Ingenieur«, kreischte der ältere Gurewitsch, »ich kann keine einzige Stunde weniger arbeiten!«
»Ich bin nicht gekommen, um über Sie zu diskutieren«, explodierte der Staatsmann, »ich bin gekommen, um Ihren Erstgeborenen davon abzuhalten, sich mit seiner wahnsinnigen Herrschsucht zu ruinieren!«
»Entschuldigen Sie, Herr Ingenieur!« protestierte der Schuhflicker. »Sie haben uns gesagt, daß wir uns schriftlich und mündlich auf die Wahlen vorbereiten müssen. Was ist also schon falsch daran, wenn ich den Papa bitte, für mich auf die Wand zu schreiben, daß der Barbier die Steuervorschreibungen unterschreibt? Er unterschreibt sie doch, oder nicht?«
»Zugegeben. Er unterzeichnet sie. Aber warum haben Sie ›der kahle Barbier‹ geschrieben?«
»Weil er wirklich kahl ist!« Der Schuhflicker war wütend. »Herr Ingenieur, Sie haben uns gesagt, daß wir mit ehrlichen, anständigen Mit-

teln kämpfen sollen. Schön, das akzeptiere ich. Aber verzeihen Sie schon, wenn ich frage: Kann ich denn nicht die nackte Wahrheit feststellen? Wenn Salman überhaupt Haare hätte, dann wäre das ein Argument für Sie – aber er hat nicht eine einzige Haarsträhne, Herr Ingenieur. Was wollen Sie also?«

»Ihr habt unrecht, Genossen«, murmelte Dulnikker etwas verwirrt. »Eines Tages werde ich euch erklären, warum.«

Der Staatsmann verließ die Werkstatt. Plötzlich fühlte er sich sehr müde und war nicht sicher, warum Gurewitsch unrecht hatte. In tragischem Ton bemerkte Dulnikker zu seinem Sekretär:

»Genossen! Im Kampf um die Gunst der Massen gibt es kein Halten!«

Seine Überlegung wurde schnell bestätigt durch die übergroße Schrift, die auf der zweiten Wand des Lagerhauses erschien:

SEIT WANN KANN DER LAHME SCHUSTER SCHREIBEN?

Von der Zeit an redeten der Schuhflicker und der Barbier nicht mehr miteinander, außer in ihrer offiziellen Eigenschaft im Dorfrat und in dessen Ausschüssen. Der Barbier verkündete öffentlich, daß er und seine Anhänger eher in zerrissenen Schuhen herumgehen würden, als auch nur einen Fuß auf die Schwelle des Schuhflickers zu setzen. Gurewitsch tat einen nicht weniger drastischen Ausspruch und vermied die Umgebung des Barbierladens. Ja, er ließ sich sogar einen Bart wachsen und freundete sich mit dem Schächter an. Was Ja'akov Sfaradi selbst betraf, forderte er angesichts des verweltlichten Charakters des Dorfes immer nachdrücklicher religiöse Observanz. So schrieb er zum Beispiel an alle Türpfosten: ›Wie wär's mit einer Mezuza?‹, und am Ruhetag wanderte er von Tür zu Tür und bestürmte die Bauern, auch an Wochentagen nicht mehr zu rauchen. Kurz gesagt, Ja'akov Sfaradi verbarg vor der Öffentlichkeit nicht seinen Wunsch, in den Rat wiedergewählt zu werden. In diesem Geiste hetzte er die Bevölkerung leise gegen die ungläubigen Abgeordneten auf, indem er sie beschuldigte, sich in solchen Mengen mit geschmuggeltem Schweinefleisch vollzustopfen, daß keines für die anderen Dorfbewohner übrigblieb. Natürlich tat der Schächter das überall taktvoll und höflich, außer in den Häusern der ›Dreitürniks‹. Hier erlaubte er

sich selbstverständlich einen lauteren, energischeren Ton, wenn er verlangte, daß sie den Glauben so fromm wie möglich einhielten.
Dulnikker folgte der überraschenden Aktivität mit gemischten Gefühlen. »Jeder Kampf ist an sich etwas Wunderbares«, bemerkte der Staatsmann zu seinem Sekretär, »trotzdem würde ich etwas weniger persönliche Streitereien und ein bißchen mehr Selbstlosigkeit im öffentlichen Dienst bevorzugen.«
»In dem Fall, Dulnikker«, meinte Zev, »ist endlich die Zeit für uns gekommen, die Dorfleute zu verlassen. Lassen Sie doch diese Idioten allein miteinander spielen. Ich schwöre, wir sind ihnen allmählich im Weg.«
»Mein Freund Zev!« protestierte Dulnikker, »wie kannst du nur so leichtherzig über so qualvolle Erscheinungen sprechen?«
»Schön.« Der Sekretär erblaßte. »Nennen wir es also: die Geburtswehen des Konsolidierungsprozesses.«

In jeder Woche ereigneten sich Dinge, die in der ganzen Geschichte Kimmelquells beispiellos waren. Der Barbier brach das ungeschriebene Gesetz des Dorfes:
Salman Hassidoff fuhr nach Tel Aviv.
Dieser revolutionären Handlung waren viele Diskussionen vorangegangen. Zunächst einmal fuhr der Barbier in seinem Kommunalgefährt zu einem Besuch Dulnikkers, der in einiger Entfernung von seinem Sekretär im Gras ein Sonnenbad nahm. Hassidoff unterbrach es mit seiner verzweifelten Bitte.
»Herr Ingenieur, nur Sie können mir helfen!« jammerte der Barbier. »Die Wahlen nähern sich, und ich sehe, daß der lahme Schuhflicker alles besser macht, als ich es kann. Ich war ein Narr, die Steuervorschreibungen zu unterzeichnen, weil sie jetzt alle Angst haben, daß ich auch die übrigen besteuern werde. Daher dachte ich, vielleicht sollten wir die Steuer aufheben, bis die Dinge ausgebügelt sind?«
Dulnikker war böse, daß er mitten in seinen stillen Überlegungen über das Herumhüpfen der drolligen Kälber gestört wurde, dennoch empfand er gleichzeitig etwas Mitleid mit dem kleinen Mann, der meinte, die Welt würde zusammenstürzen, wenn er nicht zum Bürgermeister wiedergewählt würde.

»Es ist unethisch, eine Steuer aufzuheben, um die Wähler für sich zu gewinnen«, erwiderte er dem Barbier, ohne den Kopf aus den entspannenden Sonnenstrahlen zu heben. »Sie können sie höchstens ein bißchen beschneiden. Aber in diesem Fall, Genossen, gehört es sich, hinzugehen und die Dinge in großen propagandistischen Zügen zu klären.«

»Geht nicht, Herr Ingenieur«, blökte der Barbier. »Ich kann nicht allen hundertfünfzig Dorfbewohnern einzeln erklären, warum ich recht habe. Und ich könnte das alles nicht auf die Wände draufkriegen. Was also soll ich tun?«

Dulnikker erhob sich ein bißchen und tätschelte Hassidoffs Schulter in einer Anwandlung von plötzlicher Zuneigung.

»Herr Hassidoff«, rief er aus, »die ganze Zeit, in der ich unter euch lebe, habe ich noch nie eine so vernünftige Begründung gehört. Bravo!«

Der Barbier schielte vor Verblüffung. »Nu ja«, murmelte er, stolz lächelnd, »manchmal kommt das bei mir vor.«

»Jetzt hört aufmerksam zu, Genossen.« Dulnikker enthüllte das Motiv, das ihn aufgerüttelt hatte. »Es ist vernünftig, daß Sie sich nicht hundertfünfzigmal wiederholen wollen. Sie brauchen es nur einmal zu sagen, in Anwesenheit von hundertfünfzig Leuten. Daher, meine Herren, müssen Sie lernen, Reden zu halten!«

»Nein, Herr Ingenieur, das kann ich wirklich nicht.«

»Es wird Ihnen sehr schön gelingen! Natürlich nicht ohne Unterricht, das ist nicht zu leugnen. Aber der Haken dabei, Genossen, liegt darin, daß euch in diesem Dorf ein entsprechender Ort fehlt, wo man öffentliche Reden halten könnte.«

»Vielleicht auf der Straße?«

»Auf der Straße kann man die Menge nicht zusammenhalten. Was nottut, ist ein Kulturzentrum mit einem vernünftigen Fassungsraum, nach den Gesetzen der Akustik erbaut. Ehrlich gesagt, ist mir eine solche Halle gleich von Anfang an abgegangen.«

Der Provisorische Dorfrat nahm den Vorschlag eines ›Kulturpalastes‹ (um die Wortprägung des Sekretärs zu benützen) bei der Gegenabstimmung durch einstimmige Enthaltung an und ging daran, für ihn ein großes Grundstück gegenüber dem Büro des Bürgermeisters bereitzustellen. Das zur Finanzierung des Projekts benötigte Geld? Der Rat suchte es von den zwölf ›Dreitürniks‹ einzuheben, indem er jeden mit einer einmaligen Zwangssteuer von 30 Pfund belastete. Steueraufseher Kisch brachte jedoch seine Meinung vor, daß die Einhebung der neuen Steuerlast auf Schwierigkeiten stoßen würde.

»Seien wir objektiv, meine Herren!« meinte auch der Vorsitzende. »Warum müssen wir darauf bestehen, nur von jenen wenigen Bürgern Steuern einzuheben?«

»Sehr einfach, Herr Ingenieur.« Ofer Kisch klärte die Einstellung des gesamten Rats: »Diese Burschen kennen wir bereits, wir brauchen unseren Weg zu ihnen nicht zu suchen. Möglich, daß Satan sie ein-, zweimal gebissen hat. Aber das Wichtigste: Sie sind über das erste Stadium hinaus, wo sich der Steuerzahler aufführt, als ziehe man ihm die Haut ab. Diese Leute sind bereits an die Steuern gewöhnt, Herr Ingenieur, und ich habe keine Lust, mit neuen wieder von vorne anzufangen. Wozu soll ich?«

»Schön«, meinte Dulnikker, »aber sie werden im Lauf der Zeit wirtschaftlich schwach werden und verarmen.«

»Was meinen Sie damit?« protestierte Gurewitsch. »Sind sie Kinder? Keine Sorge, Herr Ingenieur, alles könnte bestens laufen, wenn es nicht die abnormalen Leute gäbe, die das Bürgermeisteramt versehen …«

»Selber abnormal!« schrie Frau Hassidoff. Und ihr Gatte fügte genußreich hinzu: »Schwein!«

»Platzen sollste!«

Dulnikker schlug mit seinem Hammer wild auf den Präsidialtisch und verwarnte seinen Sekretär, daß ›indiskretes Gelächter das Zeichen mangelnder Geistigkeit‹ sei. Das half ihm jedoch nicht, die Wut des beleidigten Barbiers zu besänftigen.

»Ich sage Ihnen auf der Stelle, warum sie nicht bereitwillig zahlen!« schimpfte der kleine Mann. »Weil sie Zemach Gurewitsch aufhetzt!«

»Nu und?« explodierte der Schuhflicker. »Hetz sie also selber auf!«

»Nein«, erklärte der Barbier, »ich tu' etwas anderes! Ich werde eine Gummistampiglie bestellen!«

Allmählich wurde die Sache den übrigen Räten klar. Salman Hassidoff behauptete, daß niemand gern zahle, wenn er für sein Geld keine anständige Quittung bekomme. Wenn man zum Beispiel die Tnuva bezahlte, brachte einem der Chauffeur immer eine Quittung, die oben und unten abgestempelt war, und sogar das Datum war draufgestempelt. Wenn der Rat eine offiziell gestempelte Quittung ausgeben könnte, dann würde sich die Haltung der Steuerzahler sofort vollkommen ändern. Das Argument des Barbiers klang sehr überzeugend.
»Das ist eine gute Idee«, begeisterte sich Elifas. »Was mich betrifft, könnt ihr dem Chauffeur sagen, er soll eine Gummistampiglie mit Blumen rundherum bestellen.«
»Ich verlasse mich in Angelegenheiten des Geschmacks nicht auf den Chauffeur«, fing der Barbier wieder zitternd an und rückte näher zu seiner Frau. »Ich glaube«, fügte er hinzu, »ich werde gezwungen sein, selbst zu fahren …«
Einen kurzen Augenblick hing tödliche Stille über dem Ratszimmer. Selbst die Katzen hörten wegen des plötzlichen Schweigens auf, zwischen den Beinen der Abgeordneten herumzustreifen, und starrten verwirrt zu den Leuten hinauf. Der Schuhflicker war der erste Rat, der reagierte. Schäumend vor Wut sprang er auf den Tisch und donnerte auf den erschrockenen Barbier hinunter: »Zum Teufel! Du, Salman Hassidoff, wirst keine Dorfgelder zu Reisen benützen, das verspreche ich dir!«
»Ich fahre«, flüsterte der Barbier unsicher. »Ich werde fahren!«
»Das wirst du nicht!«
»Doch.«
»Nein!«
»Doch.«
Krach! Mit ohrenbetäubendem Lärm brach der Präsidialtisch unter den zunehmend kraftvollen Hammerschlägen des Vorsitzenden zusammen. Aus den Splittern erhob sich Dulnikker, das Gesicht rot wie eine Rübe, aber sein staub- und wuterfüllter Kehlkopf vermochte keinen einzigen klaren Laut hervorzubringen. Zev sah, daß nur schnelles Handeln seinen Herrn und Meister vor nicht wieder gutzumachendem Schaden bewahren konnte.

»Aber Herr Gurewitsch«, fragte er in das lange Schweigen hinein, »liegt denn so viel daran, wer die erste Reise unternimmt?«
Das Schweigen verdichtete sich. Zemach Gurewitsch kletterte vom Tisch herunter und grübelte eine Weile vor sich hin.
»Das ist etwas anderes«, sagte er schließlich. »Soll also Salman als erster fahren.«

Eines Morgens fuhr also der Barbier im Lastwagen der Tnuva ab, nachdem man eine Ladung Baumaterial in Hassidoffs Hof abgeladen hatte. Salman war der Gelegenheit entsprechend in einen tadellosen schwarzen Anzug gekleidet, und sein Gesicht strahlte vor Freude. Alle Dorfbewohner hatten sich versammelt, um ihn zu verabschieden, mit Ausnahme des Schuhflickers, dessen kleinliche Augen es nicht ertragen konnten, die Aufregung der Dorfbewohner über ›die Fahrt des Barbiers de facto, um ihr Geld auf blöde Stempel zu verschwenden‹, mitanzusehen. Der Schächter wünschte Hassidoff im Namen des Provisorischen Dorfrats eine erfolgreiche Reise und murmelte sogar einen geräuschvollen Segenswunsch, weil er, der Schächter, vom Vorsitzenden zum Geschäftsführenden Bürgermeister ernannt worden war. Es stimmte, der Barbier würde nur vierundzwanzig Stunden fortbleiben: Er sollte am nächsten Tag mit der Zementladung zurückkommen. Dennoch übergab er sicherheitshalber die Zügel der laufenden Geschäfte dem Schächter – einschließlich eines versiegelten Briefumschlags, den der Tnuva-Chauffeur für ›Den Bürgermeister‹ gebracht hatte. Der Barbier hatte ihn wegen seiner angeborenen Abneigung gegenüber versiegelten Umschlägen nicht zu öffnen gewagt. Der große Lastwagen fuhr unter lauten Hochrufen der schreienden Volksmenge an, während der Barbier immer wieder den Kopf aus dem Fenster der Fahrerkabine hinausstreckte, um den allmählich fernerrückenden Feiernden zuzuwinken. Nach zwei Windungen der krummen Straße ließ Salman Hassidoff den Wagen anhalten und half seiner Frau aus ihrem Versteck hinter den dicken Planen der Ladefläche heraus und auf den Sitz neben sich im Fahrerhaus, damit sie es für den Rest ihrer langen Reise bequem hätte.
Der Barbier und Abgesandte kehrte am nächsten Tag nicht nach Kimmelquell zurück. Ebensowenig kehrte er am folgenden noch am drit-

ten Tag zurück. Dem Schächter gelang es jedoch durchaus, seine Pflichten als Geschäftsführender Bürgermeister getreulich zu erfüllen, und er verhinderte es, daß unerwünschte Aufregungen das Dorf in Hassidoffs Abwesenheit erschütterten, indem er die verzweifelten Bauern überredete, heimzugehen und zu versuchen, sich selbst zu rasieren. Es kann zu seinen Gunsten gesagt werden, daß Ja'akov Sfaradi seine vorübergehende Amtsgewalt zu keinem persönlichen Vorteil ausnützte und sich nicht in den alltäglichen Gang des Dorfes einmischte, mit Ausnahme der äußerst bescheidenen Angelegenheit, dreimal täglich elf Dorfbewohner in sein Haus zu beordern, um ein regelmäßiges Quorum für die Gebete zu sichern, solange der Barbierladen geschlossen blieb.

Vier Tage nach seiner Abfahrt erschien der Lastwagen der Tnuva wieder im Dorf und parkte direkt neben Hassidoffs Hof. Die Passanten, die sich schnell ansammelten, waren Zeugen einer unvergeßlichen Szene, als die Frau des Barbiers aus der Fahrerkabine herauskletterte und ein goldgerahmtes Ölgemälde mit sich schleppte, das kunstvoll gemalt alle möglichen bunten Früchte und eine Violine und eine schön gebundene Bibel zeigte. Die kühneren unter den Neugierigen schlichen sich an das blendende Wunder heran und fragten den Barbier, was für ein Vermögen ihn das gekostet habe, aber Frau Hassidoff antwortete auf der Stelle, daß das ihre und ihres Mannes Privatangelegenheit sei.

Natürlich konnte jedoch eine Vollsitzung des Dorfrats diese ›Affäre‹ in seiner Tagesordnung nicht übergehen und mußte daher auf Anweisung des Ingenieurs eine neue Kommission, Untersuchungsausschuß genannt, einsetzen, die folgende Mitglieder umfaßte: Gurewitsch, Kisch, Sfaradi, Hassidoff und Hermanowitsch.

Der Ausschuß studierte die nicht näher aufgeschlüsselte Rechnung zwecks Deckung seiner Reisespesen, die der Barbier vorlegte, und fand sie äußerst kompliziert.

»Sag, Salman, ist in dieser Summe der Preis des Gemäldes enthalten?«

»Ja«, antwortete Hassidoff schlicht. Dieses Über-Bord-Werfen überkommener Maßstäbe der Ethik und des Anstandes veranlaßte die Abgeordneten, verständnislos in die Richtung des Vorsitzenden zu blinzeln. Der Herr Ingenieur zögerte selbst lange, bis er zu einer Schlußfolgerung kam:

»Es steht klar geschrieben: Du sollst einem Ochsen nicht das Maul verbinden, so er da drischt. Das Gemälde muß als Ausgabe betrachtet werden.«

Gurewitsch gab jedoch nicht nach und suchte den maulkorblosen Ochsen bei den Hörnern zu packen.

»Sei dem so!« kreischte er. »Aber was hat drei Tage gedauert?«

»Einen Gummistempel machen dauert so lange«, erklärte das Barbiermitglied des Untersuchungsausschusses, aber seine Antwort befriedigte die meisten Kommissionsmitglieder nicht.

»Warum hast du deine Frau mitgenommen?«

»Ich mußte sie mitnehmen«, entschuldigte sich Hassidoff. »Es ist schwer für einen Mann, drei Tage allein zu leben.«

»Egal«, bemerkte Ofer Kisch, »zeig uns den Stempel.«

»Es gibt keinen Stempel«, antwortete der Bürgermeister de facto schmerzlich und fügte hinzu: »Ich hatte nur für einen Tag Geld mitgenommen, so daß ich nach drei Tagen nicht genug Geld in der Tasche für einen Stempel hatte.«

»Sehr fein!« Gurewitsch pfiff durch die Zähne. Er war weiß wie die Wand, und seine Nasenflügel bebten. »Morgen fahre ich einen Stempel kaufen!«

»Unnötig«, bemerkte der Barbier sanft, »auf meinem Weg nach Tel Aviv entdeckte ich, wie wir die Kosten eines Stempels sparen können. Wir ziehen einfach die Steuern der Steuerzahler von dem Geld ab, das ihnen die Tnuva für ihre Kümmelernte zahlen soll.«

Sein Vorschlag war für den Untersuchungsausschuß zu glänzend, als daß man imstande gewesen wäre, Hassidoffs vergebliche Reise zu mißbilligen. Daher schluckten die Ausschußmitglieder die bittere Pille und verziehen dem Barbier. Aber die Tatsache, daß Frau Hassidoff bei der ganzen Verhandlung mit einem violetten breitkrempigen Hut auf dem Kopf dasaß, über dem eine riesige, regenbogenfarbene Pfauenfeder flatterte – das war etwas, das keines der Mitglieder verwinden konnte. An diesem Abend schmückten geheimnisvolle Hände die dritte Wand des Lagerhauses mit folgender Frage:

Womit kaufte der Barbier seiner Frau einen Truthahnhut?

Gleich am nächsten Tag trug die vierte Wand eine schicksalsschwangere Erwiderung:

Was liess den Bauch der Schuhflickerstochter anschwellen?

Die Nachricht vom Zustand der Schuhflickerstochter breitete sich von den Kreisen um Hermann Spiegel aus. Das Mädchen klagte dem Tierarzt, daß es an gelegentlichen Schwindelanfällen litt. Daher untersuchte er sie sorgfältig und fand sie als das, was sie war. Als der Arzt Dwora mit freudigem Tremolo ihre gesegneten Umstände mitteilte, brach sie in eine Tränenflut aus und bat ihn, keinem Menschen etwas zu sagen. Hermann Spiegel beruhigte das gefallene Mädchen und versicherte ihr, daß seine Berufsehre ihn verpflichtete, ihr Geheimnis auf alle Fälle zu wahren, und daß er nicht einmal den Bauern verriet, wenn ihre Kühe guter Hoffnung waren. Und die Wahrheit ist, daß Hermann Spiegel keiner Menschenseele etwas von Dworas Zustand sagte, außer natürlich seiner Frau.

Dulnikker wurde über die jüngste Schlagzeile an der Wand auf eine einzigartige Weise unterrichtet. Dank seiner Beschäftigung mit dem Vieh am Busen der Natur war der Schlaf des Staatsmannes seit neuestem unvergleichlich süß und leicht geworden – ein wunderbares Gefühl, dessen er in den dreißig Jahren seit seiner Ernennung zum Regionalsekretär der Partei beraubt gewesen war. Dulnikker bezog großes Vergnügen aus der erfreulichen Veränderung und begann die langen Nachmittagsschläfchen zu genießen. An jenem schwarzen Tag wurde der Versuch des Staatsmannes, sein Nickerchen zu machen, im Keim erstickt. Wie in einem Alptraum sah er plötzlich das Gesicht eines gräßlichen Gespenstes, das ihn an der Gurgel faßte und kräftig schüttelte, wobei es ununterbrochen kreischte: »Dulnikker! Dulnikker!«

Dulnikker schüttelte sich zitternd, und es gelang ihm, sich zu wecken. Aber das Gesicht des seltsamen Geschöpfes verschwand nicht, denn es zeigte sich unverzüglich, daß es das Gesicht seiner Rechten Hand war, die ihn unter lautem Geschrei auf dem Bett schaukelte. Tatsächlich identifizierte Dulnikker Zev nur an dessen Stimme, denn sein Gesicht war bis zur Unkenntlichkeit grün und blau.

»Oh, mein Gott!« Dulnikker sprang aus dem Bett. »Was ist geschehen, mein Freund?«

Das sekretärähnliche Geschöpf brach auf dem Bett zusammen und klagte seinem Herrn und Meister unter ständigen Schmerzensschreien sein Leid. Auch Zev hatte ein Mittagsschläfchen gehalten, als plötzlich die Tür seines Zimmers im Haus des Schuhflickers aufsprang, eine übermenschliche Kraft ihn aus dem Bett zog und grausame Hiebe auf sein Gesicht niederhagelten, bis das Blut floß.
»Ganz fraglos ein Akt der Brutalität«, stellte der Staatsmann fest.
»Zuerst verstand ich gar nichts«, jammerte Zev. »›Ich will dir beibringen, Dorfmädchen zu verführen, du Schweinehund‹, hörte ich durch die Hiebe hindurch, ›jetzt werden wir ja sehen, ob du so ein Zuchthahn bleibst?‹«
Zu seiner großen Überraschung spürte Dulnikker, wie sich seine Lippen zu einem behaglichen Lächeln verzogen. Es gelang ihm jedoch schnell, seine schadenfrohen Gedanken zu unterdrücken.
»Mein Freund, das mußt du unbedingt dem Dorfpolizisten erzählen!«
»Ich hab' ihm ja die ganze Zeit gesagt, er soll um Gottes willen aufhören, mich umzubringen, aber es war nutzlos.«
»Was?«
»Sie haben richtig gehört«, heulte der Sekretär und bearbeitete die Matratze mit beiden Füßen. »Die Idioten hätten es nie gewagt, sich so zu benehmen, wenn Sie sie nicht verdorben und ermutigt hätten, frech zu werden!«
»Eine Sekunde!« unterbrach ihn Dulnikker. »Zuallererst wollen wir einmal die Tatsache feststellen, daß die Schuhflickerstochter nicht von mir schwanger ist. Zweitens habe ich dich beizeiten gewarnt, mein Freund, dich vor unbedachten Abenteuern zu hüten, aber meine Worte waren ja bloß eine Stimme in der Wüste der Sünde.«
Nach Zevs Ausbruch fühlte sich Dulnikker nicht länger verpflichtet, höflich zu sein. »In solchen Fällen« – er rieb sich die Nase mit dem Handrücken –, »in solchen Fällen kommt es häufig vor, daß der Mob den Verführer lyncht.«
Der Sekretär lehnte sich an die Wand zurück, und sein Gesicht zuckte vor Angst.
»Ja, mein Herr!« fuhr Dulnikker fort und ging auf und ab. »Wer immer unfähig ist, seine Neigung zu bezähmen, und ein Sklave seiner Lust wird, täte viel besser daran, seinen Ehrgeiz aufzugeben, dem

Volk und der Partei zu dienen. Große Staatsmänner wie Julius Cäsar, alle Habsburger, Zivi Grinstein und andere stürzten einfach wegen ihrer unverantwortlichen sexuellen Schwäche von ihrer hohen Stellung. Das Volk, Genossen, das Volk weiß alles! Du bist gewogen und für zu leicht befunden worden, Zev, mein Freund.«
Der entnervte Sekretär erhob sich, die Finger noch immer in die Ohren gestopft, und brüllte:
»Genug! Genug, sag' ich, Dulnikker! Ich bin in der schlimmsten Situation, und alles, was Sie tun, ist, mir einen Vortrag halten!«
Genau in diesem Augenblick brach zwischen den Bauern im Schankraum ein Wortgefecht aus – etwas heutzutage sehr Übliches –, und ihre lauten Schreie drangen in Dulnikkers Zimmer. Zev schaute verwirrt wie ein gehetztes Tier um sich, das die Jäger einkreisen. Er stürzte auf den Balkon hinaus, kletterte über das Gitter und floh stöhnend und hinkend auf die Straße. Am Abend wußte jedermann, daß der Krankenwärter verschwunden war.
Die Sache war mehr als undurchsichtig.
Der Wächter des Lagerhauses war der letzte gewesen, der den Krankenwärter gesehen hatte, als dieser in das Lagerhaus stürzte und schnell einen Laib Brot, eine Flasche Zitronensaft und eine ›extrastarke‹ Taube kaufte. Der Wächter war sehr erschrocken über die Erscheinung des jungen Gespenstes und atmete erst leichter, nachdem Zev die Waren in seine gelbe Aktenmappe gestopft und auf torkelnden Beinen in die Wälder davongeeilt war. Nachher wurde das verzerrte Gesicht des Krankenwärters von niemandem mehr gesehen. Der Polizeichef eröffnete sofort eine Untersuchung, um etwas Licht auf den Ursprung der dem Vermißten zugefügten Verletzungen zu werfen, da er jedoch keinen anderen verläßlichen Zeugen für den Überfall als sich selbst fand, war Mischa gezwungen, die fruchtlose Suche aufzugeben.
Die Dorfbewohner diskutierten die Affäre in ihren üblichen kleinen streitlustigen Gruppen gründlich. Die meisten von ihnen behaupteten, die Flucht des Krankenwärters sei übereilt und völlig unnötig gewesen angesichts der Tatsache, daß der Zustand der Schuhflickerstochter nicht so unnatürlich war, wie er das zuerst schien. Diese Kollektivmeinung änderte sich jedoch mittags, als der Schächter eine Leiter

gegen eine der vier einsamen Betonsäulen des Gemeindeamtes in spe lehnte, zur Spitze kletterte und gefühlvoll begann:
»Seht, wohin wir gekommen sind! Kimmelquell wurde prostituiert! Eure Eltern, Gott gebe ihnen die ewige Ruhe, fürchteten noch den Herrn und hielten die Gebote der Thora ein. Ihr aber hört nicht mehr auf die Rabbiner, sondern nur auf Leute, in deren Familien eine solche Schande eine tägliche Begebenheit ist. Gewohnheitssünder seid ihr alle! Es gibt nicht einen einzigen anständigen Menschen im ganzen Dorf!«
Die Leute sammelten sich um den Pfosten und hörten, Verwirrung in den Gesichtern, der unerwarteten Strafpredigt zu, bis sie allmählich die Absicht des Schächters zu ergründen begannen.
»Höre, Ja'akov«, schrie jemand hinauf, »willst du damit sagen, daß jeder Mann im Dorf einen Anteil an dem Baby hat?« Die rüden Angehörigen der Menge brachen in lärmendes Gelächter aus. Das aber spornte den Dorfpropheten nur an.
»Ihr werdet nicht mehr lange lachen, ihr Schurken!« brüllte Ja'akov Sfaradi. »Was glaubt ihr, wie lange der Allerheiligste eure Mißachtung seiner Gebote dulden wird? Ihr stellt keine Mezuzot in eure Einfahrten, am Sabbath raucht ihr wie die Schlote, aber in der Synagoge auftauchen, auch nur einmal in der Woche ...«
»Was meinst du damit, Ja'akov?« unterbrach ihn unten einer, »in was für einer Synagoge?«
»Es gibt eben keine!« donnerte der Schächter verächtlich. »Aber selbst wenn es eine Synagoge im Dorf gäbe, würdet ihr nicht kommen. Ich kenne euch! Eure Kinder werden Götzendiener, wie der Barbier und der Schuhflicker! Aber wartet nur, Sünder, wartet nur; ihr werdet für diese Liederlichkeit noch einen großen Preis bezahlen.«
Die Menge hörte in wachsender Verwirrung zu.
»Höre, Ja'akov«, fragte unten einer, »wann hast du dich das letzte Mal mit dem Allerheiligsten persönlich unterhalten?« Der Schächter erschauerte, als hätte man ihm mit einer Peitsche ins Gesicht geschlagen. Er richtete den Blick nach oben, als wollte er sagen: ›Hast du das gehört?‹ Dann richtete er sich auf und sagte mit messerscharfem Flüstern:
»Ihr werdet schon sehen, Sünder! Der Herr wird euch strafen. Es

könnte sein, daß ihr morgen von sechs Uhr früh an keinen Tropfen Wasser haben werdet, um euren Durst zu löschen. Wer weiß? Die Wege des Allmächtigen sind geheimnisvoll. Weg von mir, Ungläubige, weg von mir, euer bloßer Anblick ekelt mich!«

Dann kletterte der Schächter die Leiter hinunter und kehrte ohne einen Blick auf die stockstill dastehenden Sünder heim. Die Bauern starrten die dürre, ganz in Schwarz gekleidete Gestalt an und schüttelten den Kopf, denn keiner konnte sich Sfaradis seltsames Benehmen erklären, ohne anzunehmen, daß die Schwangerschaft der Schuhflickerstochter ihn verrückt gemacht hatte.

»Laßt euch von ihm nicht zum Narren halten«, warnte Elifas Hermanowitsch die Zunächststehenden. »Er will den Preis für eine Überwachung meiner Küche erhöhen. Ich kenne ihn schon.«

»Er spielt sich auf«, meinte der Steueraufseher zum örtlichen Polizeichef. »Er will in den Dorfrat wiedergewählt werden, das ist alles.«

Die Bauern grinsten und wechselten irdisch saftige Bemerkungen. Aber tief im Herzen witterten sie, daß die Schwingen von etwas Geheimnisvollem immer näher an das Dorf heranschwebten.

Nach objektiver Überlegung, bar jedes gefühlsmäßigen Tenors, kam Dulnikker zu dem Schluß, daß er seinen Krankenwärter nur in einem rein technischen Sinn vermißte. Des Jünglings schädliche Einstellung zu seinem erhabenen Projekt, das dem Leben ›dieses durch Selbstgefälligkeit zum Tode verurteilten Provinzdorfes‹ frisches Blut injiziert hatte – ja, jene zynische Haltung plus der sexuellen Verirrung hatte seit langem eine unsichtbare Trennwand zwischen ihm und seinem verhätschelten Sekretär errichtet. Jetzt grollte Dulnikker Zev wegen der herzlosen Worte, die er vor seiner Flucht via Balkon geäußert hatte, und blätterte in seinem Gedächtnis unter ›Bestrafung, strengere‹ nach, beginnend mit Disziplinarmaßnahmen durch Parteikanäle und endend mit der Abwertung des schändlichen Günstlings zu seinem Zweiten Sekretär. Schließlich beschloß der Staatsmann, dem minderwertigen Kerl die Höchststrafe aufzuerlegen: Er würde ihn in seiner Autobiographie nicht erwähnen! Dieser Akt einer potentiellen Vergeltung hatte dem Herzen des Staatsmannes oft Frieden gebracht. Shimshon Groidiss und seine anderen niederträchtigen Rivalen hatten in der Partei unaufhörlich gegen ihn intrigiert, und Dulnikker hatte oft die Zeit für reif gehalten, mit seinen Memoiren zu beginnen, selbst wenn auch nur aus dem Grund, die Namen seiner schlimmsten Feinde wegzulassen, als hätten sie nie existiert.

Jetzt, da sein Krankenwärter in die Wälder verschwunden war, sah sich Dulnikker gezwungen, das Vieh allein zu hüten. Zuerst war der Staatsmann der zusätzlichen Last etwas müde, bald aber zeigte es sich, daß der Status quo vorherrschte; das heißt, die unschuldigen Kühe fuhren mit ihren eigenen Bräuchen so fort, als vermißten sie den jüngeren Hirten nicht. Der Staatsmann verbrachte seine Zeit weiter mit unaufhörlichem Sonnenbräunen, als hoffe er, seine frühere Vernachlässigung dieses Bereichs wettzumachen. Außerdem entdeckte er einen neuen Zeitvertreib und begann die wunderbare Insektenwelt zu studieren. Fasziniert pflegte er sich auf dem Bauch auszustrecken und den Atem anzuhalten, während er einem uralten Tausendfüßler nachkroch, einem Geschöpf, das er zum erstenmal im Leben erblickt hatte. Dulnikker war von den Reizen der Natur so gefesselt, daß er die Welt um sich völlig vergaß, bis Malkas Stimme ihn in die Wirklichkeit zurückbrachte. Hajdud und Majdud hatten ihre Mutter begleitet, aber sie schickte sie sofort zum Blumenpflücken weg.

»Wollen keine Blumen, Mama«, erwiderten die Zwillinge. »Wollen zuhören.«

»Worüber ich mit dem Herrn Ingenieur sprechen will, ist nichts für kleine Kinder«, wies sie ihre Mutter zurecht. Als die kleinen Lümmel davonwanderten, versicherte Majdud mit Seniorat: »Wahrscheinlich reden sie über den Bastard von der Schuhflickerstochter.«

Malka war erregt, als sie Dulnikker sein Mahl servierte. »Herr Dulnikker«, sagte sie zu ihm, »bitte besuchen Sie das arme Mädchen!«

»Warum, wenn ich fragen darf?« protestierte Dulnikker, dessen Ärger über das Mädchen nach dessen Pech nur größer geworden war.

»Weil er schließlich Ihr Krankenwärter war. Ich weiß, Sie haben ein sehr gutes Herz, Herr Dulnikker, und daß Sie tief innen Dwora bemitleiden. Jetzt sagen Sie kein Wort, Herr Dulnikker. Ich weiß, es ist nicht fair, daß Sie immer alles selber machen müssen, aber stellen Sie sich einen Augenblick vor, was Sie fühlen würden, wenn Ihr davongelaufener Krankenwärter Sie schwanger zurückgelassen hätte.«

Nach dem Abendessen ging der Staatsmann zum Haus des Schuhflickers und traf Zemach Gurewitsch daheim an, der niedergeschlagen auf und ab ging.
»Herr Ingenieur«, sagte der Schuhflicker düster, »glauben Sie mir, ich hätte das schändliche Geschöpf umgebracht, wenn es nicht meine Tochter wäre. So also stehen die Dinge! Da zieht ein Mensch ein mutterloses Mädchen auf, und dann kommt irgendein fremder Hochstapler daher und verdreht ihr den Kopf mit irgendeiner barbierhaften Schurkerei. Gehen Sie zu ihr hinein, Herr Ingenieur, sie ist gerade todunglücklich.«
Dulnikker zupfte zerstreut seine Krawatte zurecht und betrat das Zimmer des Mädchens ohne Begeisterung. Dwora lag auf dem Bett, die rotgeweinten Augen an die Decke geheftet.
»Schauen Sie mich nicht an, Herr Ingenieur«, piepste das Mädchen. »Ich schäme mich so. Zev erzählte mir immer, daß nichts passieren kann.«
Dulnikker schaute Dwora lange an und spürte plötzlich ein Würgen in der Kehle. Das Mädchen war so klein und so blond! Ein großäugiges Kalb, von dem noch immer der Geruch der Muttermilch ausging.
›Mischa hat diesem Schurken gegeben, was er verdient!‹ dachte Dulnikker sehr befriedigt und setzte sich auf den Bettrand.
»Du brauchst dich nicht zu grämen, mein Mädchen, es ist ja nichts passiert. Die Natur wird dir helfen, die Katastrophe zu überwinden.«
»Oh, dieser verrückte Mischa! Wer hat ihn schon gebeten, meinen armen Liebsten zu verprügeln?«
Die Worte des Mädchens rührten das Herz des Staatsmannes. Er legte seine warme Hand auf ihren fröstelnden, zitternden Arm.
»Kopf hoch, mein Fräulein«, sagte er langsam. »Glauben Sie einem Mann, der sechsundsechzig Jahre lang Erfahrung gesammelt hat: Das Leben heilt alles. Suchen Sie Trost in der Natur. Nehmen Sie zum Beispiel den gewöhnlichen Tausendfüßler – wie er seinen weichen Körper mit einer so überaus großen Schnelligkeit aktiviert. Hast du schon einmal einen Tausendfüßler gesehen, Dwora?«
»Natürlich sehe ich sie.« Das Mädchen brach in Tränen aus. »Das ganze Haus wimmelt von ihnen. Wie kann man sie nur loswerden?«
»Nun, mein Mädchen, hoffen wir, daß dich die Vorsehung mit einem

gesunden kleinen Jungen segnet. Übrigens, wie beabsichtigen Sie Ihren Sohn zu nennen, Madame?«
»Zev.«
»Es ist egal, wie Sie ihn nennen. Wichtig ist allein, daß Sie dem Kind eine moderne Erziehung geben, verbunden mit zionistischen Idealen. Ja, Fräulein Dwora, ich bin noch immer dem Schlagwort treu, über das sich gewisse, nach dem Westen schielende Kreise lustig machen: Pioniertum! Wer ein Kaufmann, ein Beamter, ein Literat werden möchte – viel Glück für ihn, aber sie werden diese Einöde nicht zum Blühen bringen, meine Damen. Das wird die von gewerkschaftlichen Überlieferungen so sehr erfüllte Jugend sein! Wie viele Jahre werden wir noch amerikanische Hilfe erhalten? Zwei? Fünf? Zehn? Und was dann? Nein, meine Herren, größer als das Bedürfnis der nationalen Sicherheit nach schwerer Artillerie ist das Bedürfnis nach Grenzsiedlungen!«
Dwora hatte schon lange zu wimmern aufgehört. Ein leichtes Lächeln lag auf ihrem Gesicht, und ihr Daumen ruhte in ihrem Mund.
»Sie schläft ruhig wie ein kleines Kind«, murmelte Dulnikker etwas bewegt. »Wie müde das arme Mädchen war!«
Der Staatsmann zog Dwora die Decke bis zum Kinn, richtete mit väterlicher Sorgfalt die Kissen unter ihrem Kopf und sprach mit gesenkter Stimme weiter, um sie nicht zu wecken. Nach langer Zeit stand Dulnikker auf, drückte Dwora einen Kuß auf die Stirn, schneuzte sich gerührt und ging auf Fußspitzen aus dem Zimmer,

Am nächsten Morgen stand das Dorf kopf. Die Dorfbewohner liefen verwirrt herum und murmelten mit blutleeren Lippen lang vergessene Gebete. Die furchtbare Prophezeiung des Schächters hatte sich erfüllt. Früh am Morgen, als der Zeiger der Sonnenuhr sechs anzeigte, versiegten alle Wasserhähne in Kimmelquell und weigerten sich, weiterhin auch nur einen einzigen Tropfen Wasser zu spenden.
Wie zu erraten, hatte sich außer dem Schächter niemand die Mühe gemacht, einen Wasservorrat anzulegen. Dennoch war ihr körperliches Leiden nichts, verglichen mit der Last des alptraumhaften Gedankens, daß der Weltenschöpfer auf das Dorf wegen seiner vielen Sünden böse geworden war. Es gab viele, die es für ungerecht hielten,

ein ganzes Dorf für eine ziemlich gewöhnliche Sünde zu strafen, die von einem ungestümen Jüngling begangen worden war, der noch nicht einmal ein echter Bürger des Dorfes, sondern nur ein Großstadtmensch auf Ferien war. Diese stummen Proteste hatten jedoch keinerlei Wirkung auf den grausamen Urteilsspruch: Das Wasser hatte zu fließen aufgehört.

Die Bauern hatten somit keine andere Wahl, als ihr Vertrauen auf den Schächter-Propheten zu setzen, der, wie es schien, sowohl der einzige die Sünde fürchtende Mensch im Dorf als auch der Vertraute des Herrn der Erde war. Der dürre Ja'akov Sfaradi, der noch vor wenigen Stunden in aller Öffentlichkeit ausgelacht worden war, wurde nun als ein moralischer Leuchtturm oder sogar als ein neuer Moses angesehen, von so äußerster Reinheit, daß er das Wasser in den Felsen zurückzubefehlen vermochte. Die Menschen strömten zu dem kleinen, etwas von der Straße abseits liegenden Haus des Schächters. Alle trugen Käppchen oder sonst irgendeine Kopfbedeckung und hielten schändlich verstaubte Gebetbücher in der Hand. Auch entsetzte Kinder nahmen an der öffentlichen Versammlung der Eltern teil, weil der Schächter seine Schule an diesem Tag des Gerichts geschlossen und die Schüler heimgeschickt hatte. Ja'akov Sfaradi, in seinen Gebetsschal gehüllt, stand in einer dunklen Ecke seines verwahrlosten Zimmers und betete unermüdlich den ganzen Tag lang, ohne auch nur eine Brotkrume in den Mund zu stecken. Er war so sehr in sein Bitten an den Herrn der Welt vertieft, daß er die Menge nicht bemerkte, die sich auf seiner Türstufe drängte, obwohl er häufig aus dem Haus trat, siebenmal seinen Schofar blies und wortlos wieder zum Beten zurückkehrte.

Bis Mittag hatte sich das ganze Dorf um die Höhle des geistlichen Hirten versammelt – mit Ausnahme des Schuhflickers und des Barbiers, deren Stolz es ihnen verbot zu kommen. Aber sie beteten daheim. Der einzige Sterbliche, der ruhig blieb und den das Wunder nicht kümmerte, war der Ingenieur, der zur gleichen Zeit ahnungslos in der Gesellschaft seiner geliebten Kühe in der angenehmen Herbstsonne lag. Abgesehen von dem getreuen Kuhhirten stand das ganze Dorf um den Schächter-Heiland versammelt.

»Wir haben Glück, daß er noch bei uns ist«, flüsterte Doktor Hermann

Spiegel, der ein seidenes Käppchen trug, das er sich von seinen Nachbarn ausgeliehen hatte und auf dem dreimal hintereinander mit Goldfaden gestickt ›Good Boy‹ stand. »Ich hatte schon immer das Gefühl, daß Ja'akov Sfaradi eine besondere Persönlichkeit ist, daß irgendein mächtiges inneres Feuer in seinen Augen brennt.«

»Richtig«, stimmte Elifas Hermanowitsch dem Doktor zu. »Manchmal schlagen Feuerzungen aus seinen Augen ...«

»Pst! Pst!« brachten sie die Leute zum Schweigen. »Betet lieber! Es gibt noch immer kein Wasser!«

Als die Sterne in den Himmelshöhen erschienen und die ganze Welt in Dunkelheit gehüllt war, ging der Schächter zu seiner Gemeinde hinaus. Er stieß wieder in seinen Schofar und streckte die Arme aus: »So seid ihr also gekommen«, erhob er seine Stimme in dem Schweigen, und sein dünner Körper streckte sich noch höher. »Ihr seid zu mir gekommen, um bei mir und beim Allerheiligsten sofortige Buße für alles zu erreichen, was ihr seit Jahren gesündigt habt. Aber ich lasse euch wissen, daß eure Heuchelei vergeblich ist. Euer Gebetemurmeln ist vergeblich, wenn ihr in euren Herzen die gleichen gottlosen Ungläubigen bleibt.«

»Meister«, sagten die Leute und verneigten sich, »also ehrlich, es ist uns ernst damit. Wir werden haufenweise beten.«

»Ihr und beten?« explodierte der Schächter. »Glaubt ihr Narren, der Meister des Weltalls braucht eure erbärmlichen Gebete? Nein, meine Freunde, wenn ihr einmal am Tag des Gerichts vor ihm steht, gebrochen, zerschmettert wie eine weggeworfene Schüssel, wird der Herr der Welt nur eine Frage an eure Seelen stellen: ›Menschensohn, für wen hast du bei den Gemeindewahlen gestimmt?‹«

Daraufhin kehrte der Schächter den verlorenen Seelen den Rücken und schritt in seinen Bau zurück. Die Bauern standen benommen und verwirrt da, weil sie unfähig waren, die Absicht der Predigt zu ergründen.

»Meister«, schrien sie verzweifelt Ja'akov Sfaradi nach, »verlaß uns nicht, verlaß uns nicht in dieser Stunde! Gib uns Wasser, Meister!«

Am Fenster erschien die Gestalt des Schächters, von dem zuckenden Licht zweier Sabbathkerzen erhellt. Ehrfürchtige Stille breitete sich aus.

»Also spricht Ja'akov Sfaradi ben Schlesinger.« Der Schächter breitete seine Arme aus. »Der Unaussprechliche hat meine Bitte erfüllt. Morgen früh um sechs Uhr wird frisches, süßes Trinkwasser aus den Wasserhähnen fließen. Nun geht heim und betet weiter! Der Schächter hat gesprochen!«
Die Leute gingen heim und taten, wie ihnen der Schächter geboten hatte, die ganze Nacht lang. Bei Sonnenaufgang, als der Zeiger der Sonnenuhr seinen ersten Schatten warf, traten sie an ihre Wasserhähne und drehten sie mit zitternden Händen auf. Aber es kam kein Wasser. Nicht ein Tropfen. Die Verlängerung des Wunders verursachte eine verständliche Verwirrung unter der örtlichen Bürgerschaft, aber der verwirrteste war der Wunderwirker selbst. Nach einer Nacht gesegnet gesunden Schlafs stand der Schächter früh auf, streckte sich kräftig, stürzte zum Wasserhahn – und entdeckte, was er entdeckte. In die Seele des geistigen Hirten fraß sich scharf eine verständliche Gereiztheit. Er eilte zu seiner Schreibtischlade, zog einen fast vergessenen Umschlag hervor und las den darin enthaltenen Brief nochmals aufmerksam durch:

›An den Ehrenw. Bürgermeister
Kimmelquell
Sehr geehrter Herr!
Infolge Reparaturarbeiten an der Pumpe sind wir gezwungen, den Wasserzufluß zu Ihrem Dorf am 13. ds. M. für vierundzwanzig Stunden zu unterbrechen, beginnend um sechs Uhr morgens.
Es ist ratsam, vorher einen Trinkwasservorrat anzulegen.

Mit kameradschaftlichen Grüßen
Die Leitung
Mekorot Wasserwerke G.m.b.H.‹

Ja'akov Sfaradi las den Brief mehrmals durch, wurde aber deshalb keine Spur klüger aus ihm. Plötzlich schoß ihm ein schrecklicher Gedanke durch den Kopf: Vielleicht waren irgendwelche Ungläubige, so wie der Barbier oder der Schuhflicker, in der Nacht hinausgegangen und hatten den Haupthahn zugedreht, der sich in einiger Entfernung vom Dorf befand. Der Schächter legte den Brief in den Umschlag

und den Umschlag in seine Lade zurück. Dann eilte er zu dem Haupthahn hinaus, aber zu seiner großen Enttäuschung entdeckte er, daß dieser wie gewöhnlich offenstand. Was also stimmte da nicht?
Ja'akov Sfaradi ben Schlesinger hob in einem gräßlichen Verdacht langsam den Blick himmelwärts, aber sein nüchterner Verstand verwarf den Gedanken als unmöglich. Die Reparaturen dauerten bestimmt noch einen weiteren Tag; das war alles.
Als der Schächter heimkam, wurde er von einer verständlicherweise erbitterten Menge begrüßt, deren Mehrzahl in ihrem Protest davon absah, sich den Kopf zu bedecken.
»Was geht hier vor, Schächter?« beklagte sich der Mob. »Du hast gesagt, Gott habe zugestimmt. Wo also bleibt das Wasser?«
Ja'akov Sfaradi wurde wütend und trampelte die Kühnen augenblicklich nieder: »Fragt nicht mich nach Wasser, Sünder, fragt euch selbst!« schrie er sie an. »Der Allerheiligste kennt bestimmt die Gründe seiner Strafen. Er weiß sehr gut, daß ihr nur an der Oberfläche bereut habt, daß ihr euch gesagt habt, ›das Wasser soll nur wieder aus dem Hahn fließen, und wir können den heuchlerischen Schächter vergessen und wieder zum Schweinefleisch zurückkehren‹.«
»Ist schon gut«, beruhigten ihn die Leute. Sie waren sehr verdutzt, daß der Allerheiligste ihre Gedanken so gut kannte. »Was fangen wir also jetzt an?«
Der Schächter erwog die Möglichkeiten, dann sagte er: »Also spricht Ja'akov Sfaradi ben Schlesinger: Bringt alle eure Kochgeräte aus euren Häusern herbei, um sie wie in den Tagen eurer gottesfürchtigen Väter – Gott hab sie selig – zu reinigen. Wie geschrieben steht: Ihr sollt allen Sauerteig aus euren Häusern entfernen.«
Die Leute tauschten verwundert Blicke untereinander. »Meister«, erwiderten sie staunend, »aber wir haben doch jetzt nicht Passover?«
»Ich weiß. Aber ›Lebensgefahr zieht heilige Tage herbei‹. Gehet hin, Sünder, und bringt eure besudelten Töpfe her. Der Schächter hat gesprochen.«
Nolens volens kehrten sie heim, während Ja'akov Sfaradi unverzüglich einen Kessel voll Wasser (!) aus seinem Haus schleppte, unter ihm eine Handvoll Reisig ausbreitete, es mit Kerosin besprengte und ein großes Feuer anfachte.

Nach einer Weile schlängelte sich eine lange Reihe von Hausfrauen mit ihren beladenen Männern auf den Kessel zu, und Ja'akov Sfaradi reinigte ihre Geräte in dem brühheißen Kessel gegen einen bescheidenen, einmaligen Beitrag für den ›Fonds zur baldigsten Erbauung einer Synagoge‹.
Der Schächter unterbrach seine Aufgabe nicht vor Sternenaufgang, außer um etwas Wasser zum Kochen zuzugießen oder gelegentlich seinen Schofar zu blasen. Natürlich gab es einige Murrende in der Menge, die meinten, daß das Wasser, das auf das Koschermachen verschwendet wurde, genügt hätte, den Durst des Dorfes erheblich zu verringern. Aber selbst sie wagten ihre Meinung nicht laut werden zu lassen, und sie redeten auch lieber nicht zuviel wegen der geschwollenen Zunge, die ihnen am ausgetrockneten Gaumen klebte. In der Reinigungsreihe vertrat Elifas Hermanowitsch die Hauptdorfräte mit gesenkten Augen. Der Schuster sandte seine schwangere Tochter zu der Bußversammlung, und der Barbier entsandte seine Frau in Begleitung ihres Sohnes. Denn sowohl Hassidoff wie Gurewitsch fürchteten die Ergebnisse einer Unterwerfung in der Öffentlichkeit. Ofer Kisch hatte keine Töpfe im Haus, weil er kein Haus hatte, schloß sich jedoch als Zeichen des guten Willens der gewundenen Reihe an und schlängelte sich mit ihr langsam und geduldig zum Kessel.
Nachdem der Schächter spät nachts den letzten Topf gereinigt hatte, brach er vor Müdigkeit fast zusammen. Er sagte zu den Leuten:
»Morgen früh gibt es Wasser. Ihr sollt daheim beten und allen Sauerteig vernichten. Gehet dahin! Der Schächter hat gesprochen.«
Die Bauern verbrachten die Nacht an ihren Wasserhähnen, begleitet von dem heiseren Summen halbvergessener Psalmen, während sich ihre durstigen Frauen wachhielten und mit letzter Kraft allen Sauerteig aus ihren Heimen kehrten. Aber es war alles umsonst. Am Morgen erreichte der Schatten des Zeigers die Zahl 10, aber die Wasserhähne gaben nichts her. Der Grund dafür war wirklich nicht vorauszusehen gewesen. Erst nachdem man die große Pumpe auseinandergenommen hatte, wurde es den Leuten der Pumpstation klar, daß die Kolbenstange der Länge nach gesprungen war und zum Schweißen zu Grünwald & Sohn nach Haifa geschickt werden mußte.

Das verlängerte Wunder, das sich vor den Augen des Dorfes drei ganze Tage lang abspielte, rettete das Dorf vor einer äußerst ernsten inneren Krise. Die Sache hatte ungefähr eine Woche früher begonnen: Der Schuhflicker war auf die Weide gekommen, um eine dringende Angelegenheit mit dem Ingenieur zu besprechen. Eine solche Strecke zu Fuß war für den hinkenden Gurewitsch mehr als schwierig, aber seine flammende Wut trieb ihn vorwärts. Er überraschte Dulnikker beim Blumenpflücken, die er zu einem Kranz winden wollte.
»Herr Ingenieur, was geht denn schon wieder vor?«
Die Tatsachen des neuen Skandals wurden schnell klar. Nach dem ›Unternehmen Gummistempel‹ hatte Gurewitsch den unwiderstehlichen Drang verspürt, das Schatzamt des Dorfes zu überprüfen, zu welchem Zweck er den Barbier besuchte und dessen Rechnungsbelege mit einem Vergrößerungsglas prüfte. Ganz unten auf der Ausgabenliste fand er dabei folgende bescheidene Eintragung: ›Gehaltsvorschuß für den Kommunalwächter des Kommunalbüros – 45 örtliche Pfund.‹
»Haben Sie das gehört, Herr Ingenieur? Einen Vorschuß!« Der Schuhflicken war wild. »Und wer, glauben Sie, ist der ehrenwerte Wächter? Salmans Schwager!«
»Keine Temperamentsausbrüche, wenn ich bitten darf!« Das Gesicht des Staatsmannes wurde rot wie die Mohnblumen in seiner Hand. »Versucht doch, meine Herren, die Angelegenheit mit Hassidoff persönlich zu regeln.«
»Dazu bin ich nicht bereit, Herr Ingenieur«, erwiderte Gurewitsch. »Salman tritt beim Raufen mit den Füßen.«
Dulnikker gab diese Gesellschaft von Schwächlingen vollkommen auf, die den ganzen Tag nichts taten, als kleinliche Intrigen auszuhecken. Am Abend berief er Hassidoff zu sich und ergoß den ganzen Zorn über ihn, der sich in den letzten Tagen in ihm aufgespeichert hatte. »Was soll das heißen?« schrie er ihn an. »Von dem Gebäude, das Ihr Büro werden sollte, ist nichts zu sehen als die Betonpfeiler, die wie einsame Felsvorsprünge in der Wüste dastehen. Und inzwischen haben Sie sich beeilt, Herr Hassidoff, ohne Rücksicht auf die Forderungen des Schuhflickers, ihren Schwager zum Wächter des Nichtvorhandenen zu ernennen!«

»Das verstehe ich nicht«, erwiderte der Barbier zornig. »Erst sagen Sie immer etwas, Herr Ingenieur, und dann ist es unmöglich zu erklären. Ich hasse Gurewitsch wie die Pest. Wohingegen mein Schwager eine Tochter bekommen hat und sehr nötig etwas zusätzliches Einkommen braucht. Warum also sollte ich mit dem Schuhflicker abrechnen?«

»Erstens, meine Herren, versuchen Sie sich prägnanter auszudrücken! Ich glaube, dazu brauchen Sie kein Ingenieur-Diplom! Zweitens versuchen Sie, an Ihre Sicherheit zu denken. Was würde geschehen, wenn Gott behüte der Schuhflicker zum Bürgermeister gewählt würde?«

»Er wird nicht gewählt«, versicherte ihm Frau Hassidoff, »dafür garantiere ich.«

»Nehmen wir um des Arguments willen an, daß er doch gewählt wird. Was wird seine erste Aufgabe sein, wenn er das Amt betritt? Ihren ehrenwerten Schwager hinauszuschmeißen und seine eigenen Verwandten einzusetzen! Aber wenn ihr jetzt auf seine Familie Rücksicht nehmt, dann wird er auf euren Schwager Rücksicht nehmen, egal, wie die Dinge ausgehen. Ein bißchen Verständnis, meine Herren! Sie können ja in der politischen Arena kämpfen, aber Sie brauchen nicht zu Raubtieren zu werden.«

Das Wasserwunder brachte die glückliche Lösung der Wächteraffäre mit sich. Dulnikker war auf der Weide draußen und verbrachte köstliche Stunden im Gespräch mit seinem Infiltrator. Bei Beginn ihres Gespräches erkundigte sich der Staatsmann in gebrochenem Englisch nach der ethischen Grundhaltung des Infiltrators und seiner Einstellung zu der Suezkanalkrise im allgemeinen und im besonderen. Da sich jedoch die Antworten des Arabers auf den immer wiederkehrenden Ausdruck »Ja, Effendi« beschränkten, wandte sich ihr Gespräch Dulnikkers Tätigkeiten und Lebenslauf zu, einschließlich vieler interessanter Einzelheiten aus der Periode seiner Jugend sowie einer Anekdote – um die neuen Grenzspannungen zu beleuchten – über einen gewissen Rabbi, dem gegenüber sich der Schächter beklagte, daß man ihm nicht erlaubt hatte, zu Rosh Hashanah Schofar zu blasen …

Es war schwierig, die Pointe ins Englische zu übersetzen, aber der Araber kommentierte trotzdem zweimal mit »Allah akbar« und deutete an, daß er bereit sei, dem Effendi ewig zuzuhören, die Sorge um seine Familie jedoch seine baldigste Heimkehr verlange. Dulnikker kaufte eine Dose Neskaffee, um ihn zu weiteren Besuchen auf der Wiese zu ermutigen. Daraufhin trennten sich die Angehörigen der beiden feindlichen Nationen, und Dulnikker zog den befreienden Schluß, daß er nur etwas gegen die feudalistischen arabischen Gebieter, nicht jedoch gegen das Volk hatte.

Das plötzliche Auftauchen des Barbiers brachte den Staatsmann von seinem orientalischen Gipfel herunter. Salman Hassidoff hatte seinen Karren am Rande der Weide geparkt und bahnte sich seinen Weg durch die Kühe geradewegs zu Dulnikker. Der durstige Bürgermeister ließ sich neben dem Staatsmann ins Gras fallen und beschrieb das Wasserwunder in allen seinen Einzelheiten. »Deshalb sagte meine Frau, daß wir jetzt jeder von uns irgend etwas Gutes tun und unseren Feinden vergeben müßten und solche Sachen, sonst werden wir bis zur Regenperiode überhaupt kein Wasser mehr bekommen«, endete der Barbier leicht verwirrt, »daher bitte, Herr Ingenieur, sagen Sie dem Schuhflicker, daß für seine Familie ein kleiner Posten frei wäre, weil ich nicht einmal für ein ganzes Faß Wasser mit ihm reden würde.«

So geschah es, daß Zemach Gurewitschs Vetter mitten in der Trockenperiode zum Wächter des zu bohrenden Dorfbrunnens mit einem Gehalt von 25 örtlichen Pfund bestellt wurde. Aber der Bürgermeister setzte eine Probezeit fest: Falls der Brunnen nicht innerhalb von zehn Jahren gegraben würde, könnte der Chef des Dorfrats die Ernennung zurückziehen.

Der Schächter spähte hinter seinen Vorhängen auf die anwachsende Menge hinaus, die sich in unheilvollem Schweigen vor seinem Haus versammelte. Seine Scheu vor der Öffentlichkeit wuchs, obwohl nicht alle Bauern ihre Mistgabeln mitgebracht hatten. Einige Dutzend hatten nur ihre geballten Fäuste. In dieser Nacht, nach einem Tag, der vollkommen locker gewesen war, hatte auch der Schächter kein Auge zugetan, sondern war an seinen Wasserhahn geheftet dagesessen und hatte funkelnagelneue, eigenschöpferische Gebete zum Himmel emporgesandt, in denen er den Schöpfer zu überzeugen suchte, daß er, der Schächter, das Wunder einzig um seinetwillen bewirkt habe. So daß es für den Allerheiligsten richtig sei,

endlich etwas wegen der verflixten Pumpenreparatur zu unternehmen.
Aber der Wasserhahn blieb grausam, rüde still. Der fröstelnde Ja'akov Sfaradi erkannte, daß ihn wahrscheinlich nur eine feste Haltung vor Schwierigkeiten bewahren konnte. Daher öffnete er die Tür und stellte sich in dem strahlenden Morgen dem Mob, die Arme über der Brust gekreuzt und mit einem tiefen Vorwurf in den Augen.
»Was wollt ihr von mir?‹, fragte er. Aber seine Stimme rutschte aus und kam von ihrem Kurs ab. »Ich bin bloß ein Schofar in der Hand des Herrn.«
Nein. Es war sicherlich kein Akt der Klugheit gewesen, in diesem Stadium der Ereignisse einen Schofar zu erwähnen. Die Männer verengten den Kreis um den Schächter, und die Mistgabeln in ihren Händen begannen über den bevorstehenden einseitigen Zusammenstoß hämisch erfreut zu funkeln.
»Hör zu schwätzen auf, Ja'akov«, murmelten die Bauern krächzend aus trockenen Kehlen. »Du hast im vorhinein gewußt, daß es kein Wasser geben würde! Und was schlimmer ist, sehr wahrscheinlich hast du einen Handel mit Gott abgeschlossen, um uns festzunageln!«
»Ihr werdet das Herz des Allerheiligsten nicht mit Drohungen erweichen, sondern nur mit vollständiger Reue«, rügte sie der Schächter. Laut fügte er hinzu: »Polizei! Polizei!«
Aber Mischa hatte wegen Durstes Urlaub von seinen Pflichten genommen und konnte nichts für den körperlichen Schutz des belagerten Dorfratsmitglieds tun. Ja'akov Sfaradi war ganz allein. Seine verschreckten Augen schossen herum und sahen nur große Gefahr, die – um der Sache auf den Grund zu gehen – nur auf die unerwartete Einberufung des jüngeren Grünwald in Haifa zu Reserveübungen zurückzuführen war.
»Jetzt geht jedermann heim« – der Schächter gürtete seine zitternden Lenden – »und faste bis morgen früh, als wäre Jom Kippur. Der Schächter hat gesprochen.«
Sowie der Schächter den Mund zutat, packten rohe Finger seinen Kragen, die entzauberten Angehörigen seiner Herde reichten ihn straßauf, straßab weiter und begleiteten seinen Durchzug mit Schlägen, Fußtritten und Stößen.

»Wartet nur, wartet nur, ihr Antisemiten!« kreischte Ja'akov Sfaradi ben Schlesinger. »Wartet nur, ihr Sünder, ihr werdet schon sehen, was euch der Allerheiligste antun wird! Ihr werdet schon sehen!«
Aber es nützte nichts. Blinde Wut verdrängte, was an spärlichem frommem Gefühl sie hatten. Die Dorfbewohner ließen erst davon ab, den Schächten Spießruten laufen zu lassen, als sie selbst vor Schwäche fast zusammenbrachen. Dann gingen sie sehr langsam heim und wurden von ihren Frauen mit der erfrischenden Neuigkeit begrüßt: Aus den Wasserhähnen floß Wasser.

Kaum hatten sich die Leute einen Rausch mit Wasser angetrunken, als ihnen eine neue Überraschung vom Staatsmann angekündigt wurde, der verwirrt aus den Feldern herbeigerannt kam und Alarm schlug, daß am Eingang des Dorfes mitten auf der Straße eine Leiche liege. Einige neugierige, entsetzte Männer kehrten mit dem Staatsmann zu der Stelle zurück und entschieden erleichtert, daß die unbekannte Leiche noch lebte. Zwei stämmige Bauern hoben sie auf und trugen sie ins Dorf zum Haus des Tierarztes. Der Mann war ein ausgemergeltes Gerippe in schmutzigen Lumpen. Sein Gesicht war voller Bartstoppeln, und seine glasigen, rotumränderten Augen quollen reglos hinter einer zerbrochenen Brille vor. Dulnikker erriet sofort, daß die kaum erkennbare Gestalt niemand anderer als sein persönlicher Sekretär war, und sein Verdacht wurde durch die gelbe Aktenmappe gestützt, die der Arme in seinen verkrampften Fingern hielt.
Die Schuhflickerstochter rannte zu der Erste-Hilfe-Mannschaft hinaus und warf sich auf das menschliche Wrack, weinend vor großer Freude und vor Staunen, daß Zev freiwillig zu ihr zurückgekehrt war. Eben da begannen seine Augen einige Lebensfunken zu zeigen, und er sah in großer Furcht um sich. Dulnikker schlug seinem Sekretär herzlich auf die Knochen, die ihm aus dem Rücken vorstanden, und fragte ihn sanft: »So bist du also zurückgekehrt, mein Freund?«
Die Frage war sichtlich unnötig, zeitigte jedoch eine seltsame Reaktion. Zev begann am ganzen Leib zu zittern, starrte den Staatsmann an, als sehe er Gespenster, und stopfte sich zwei hagere Finger in die Ohren:
»Aufhören! Um Gottes willen, aufhören!« heulten die Überreste des Ersten Sekretärs. »Ich kann es nicht mehr aushalten! Halten Sie den Mund, Dulnikker, halten Sie den Mund!« Sein Kreischen war so gräßlich und trommelfellzerreißend, daß die Männer Dulnikker flüsternd zuraunten, er möge still sein. Zev warf sich wild herum und fiel seinen Trägern fast aus den Händen. Er wurde erst ruhiger, als man ihn in seinem ehemaligen Zimmer beim Schuhflicker aufs Bett gelegt hatte, wo er durstig zwei Krüge Wasser hinuntergoß. Hermann Spie-

gel untersuchte ihn und versicherte, daß keine Lebensgefahr bestehe, da er nur einen Sonnenstich erlitten hatte, erschwert durch ungenügende Ernährung.
Was die Leiden des Sekretärs betraf, so wurden sie erst mit der Zeit bekannt. – Nachdem er vom Balkon gesprungen war, rannte er heim, stopfte das Nötigste in seine Aktenmappe und fegte wie ein Wirbelsturm zum Lagerhaus. Er erinnerte sich nicht, wie man zur Landstraße kam, hoffte jedoch, daß das Brot und der Saft ausreichen würden, bis er irgendwie auf den Tunnel in der Felswand stieß. Daher ging er auch nach Einbruch der Dunkelheit noch weiter und richtete sich nach den Sternen, um seinen Weg zu finden. Er wählte den Großen Bären, weil er sich aus seinen Pfadfinderzeiten erinnerte, daß dieses Sternbild immer am nördlichen Himmel erscheint. Der Sekretär bahnte sich seinen Weg durch das Unterholz in die entgegengesetzte Richtung zum Großen Bären, um südwärts zu gelangen.
Gegen Mitternacht beschloß Zev, einige Minuten zu rasten, und brach am Fuß eines Baumes zusammen. Als er aufwachte, war es 4 Uhr 30 nachmittags, und der junge Mann war entsetzt, als er entdeckte, daß der Große Bär spurlos verschwunden war. Unverzüglich öffnete er seine geräumige Aktenmappe, verschlang den Brotlaib und goß die Flasche Saft auf einen Zug hinunter. Aber sein Hunger ließ nicht nach. Er sah seine Aktenmappe durch und entdeckte die ›extrastarke‹ Brieftaube, die er völlig vergessen hatte, in den Oberteil seines Pyjamas eingewickelt und halb erstickt. Mit Hilfe eines abgebrannten Streichholzes schrieb der Sekretär auf ein Stück Papier: »Bin auf der Flucht zum Tunnel durch die Wälder. Sendet sofort Expedition. Kräfte lassen nach. Verhungere.«
Er unterzeichnete mit Dulnikkers Namen, so daß sich Schultheiß beeilen würde, den Lastwagen hinauszuschicken, und fügte zwecks erhöhter Glaubwürdigkeit hinzu: »Sendet auch Reporter.«
Der Sekretär band der Taube die Notiz mit einem Stück Faden aus seinem Rockaufschlag ans Bein. Dann warf er den Vogel in die Luft, aber der fiel schlapp ins Gras zurück. Zev glättete der Taube die Federn, redete ihr leise gut zu und warf sie immer wieder in die Luft, bis der fliegende Kurier Mut faßte und schwerfällig zu flattern begann. Genau in dem Augenblick aber schoß dem Sekretär eine praktische

Idee durch den Kopf, und er begann dem Vogel nachzujagen. Endlich brachte er ihn herunter, röstete die ›extrastarke‹ Taube auf einem offenen Feuer und aß sie mit erschreckendem Genuß einschließlich des Marks in den Knochen ganz auf.
Nach seiner Mahlzeit setzte der Jüngling, gesättigt und etwas erholt, seine Flucht fort. Er ging Hügel und Kämme hinauf und hinunter, überquerte ausgetrocknete Flußbetten und erklomm Felsblöcke. Bei Tageslicht schleppte er sich dahin, indem er sich nach seinem Orientierungssinn richtete, und nachts wieder anhand des Großen Bären. Am dritten Tag hörte er verrückte, wirre Geräusche und sah Nebel vor seinen Augen. Der Sekretär kroch jedoch weiter. Und am vierten Tag seiner Flucht näherte er sich endlich bewohntem Gebiet. Aber bevor er sich vergewissern konnte, wo er war – auf seinem Weg zu den weißen Häusern irgendeiner kleinen Siedlung –, brach er bewußtlos zusammen.

»Herr Ingenieur, Herr Ingenieur!« Dwora rannte zwischen den Kühen hindurch und kam atemlos auf ihn zu. Dulnikker stand hastig auf, um sie zu begrüßen.
»Ich komme!« rief er dem Mädchen zu. »Sag Zev, mein Mädchen, daß ich das Vieh heimtreibe und gleich bei ihm drüben bin.«
»Das ist es ja gerade, Herr Ingenieur«, sagte Dwora verwirrt, als sie sich neben ihm niedersetzte, »Sie dürfen ihn nicht besuchen …«
»Um Gottes willen! Hat er etwas Ansteckendes?«
»Nein. Körperlich ist er nicht so krank«, erwiderte das Mädchen. »Der Doktor sagt, es kommt alles von der Sonne, und daß es ihm bald besser gehen wird, aber vorderhand tobt er einfach, und manchmal fängt er ohne jeden Grund an, gehend zu schreien: ›Hören Sie schon auf damit, Dulnikker! Halten Sie den Mund!‹«
»Das habe ich ihn auch schreien gehört«, murmelte der Staatsmann verständnislos.
»Er will immer, daß Sie zu reden aufhören, Herr Ingenieur, obwohl Sie gar nicht aufhören könnten, etwas zu tun, weil Sie ja nicht einmal da sind, nur daß Zev eben glaubt, Sie seien da. Verstehen Sie?«
»Nein!«
»Seien Sie nicht böse auf mich, Herr Ingenieur, ich wiederhole nur,

was ich gehört habe. Zev sitzt so gebrochen und verloren in seinem Bett, starrt mit seinen verglasten Augen direkt vor sich hin und wiederholt endlos …« Hier zog das Mädchen ein Stück Papier aus seiner Rocktasche und las zitternd: »›Die besten Wünsche für ein gutes und schönes Neues Jahr der Arbeit und des Schaffens, der Produktivität und Macht, der Vereinigung konstruktiver Kräfte, der Festigung der Wirtschaft, des Aufblühens der Wüsten, der Überwindung der Geburtswehen, der Entwicklung unserer Bewegung, der Verherrlichung der Macht der Arbeit, der jüdischen Brüderlichkeit, Masseneinwanderung und Assimilierung und Absorbierung und Verwirklichung und Vision und Eroberung und des dauernden Friedens und der Wahrheit –‹ und einen richtigen Strom ähnlicher Dinge, so daß ich sie nicht alle niederschreiben konnte. Nachher beginnt er zu schreien: ›Hören Sie auf damit, Dulnikker!‹ und beginnt zu weinen, und ein paar Minuten später fängt er wieder von vorn an.« Dulnikker schwieg entsetzt.
»So ist das, Herr Ingenieur.« Dwora zuckte die Achseln und fuhr flehend fort: »Ich verstehe das nicht ganz, aber wenn es auch nur diese einzige Möglichkeit gibt, dann bitte ich Sie sehr, Herr Ingenieur, wirklich schon damit aufzuhören, Zev leidet so, daß es unerträglich ist, es mit anzusehen.«
»Was kann ich dagegen tun, Madame? Er spinnt!«

Der Tierarzt befahl, Zev in seinem dunklen Zimmer einzusperren und ihn nicht zu stören, wenn er den Herrn Ingenieur sprechen höre. So begannen sich nach einer Woche ›die besten Wünsche für ein gutes und schönes neues Jahr‹ langsam zu verflüchtigen. Die Bauern gewöhnten sich schnell daran, daß der Krankenwärter wieder im Dorf war, insbesondere, da andere Ereignisse auftauchten, die um ihre Aufmerksamkeit buhlten.
Die Dorfbewohner wurden sich zum Beispiel einer ungewöhnlichen Entwicklung bewußt: Das Tnuva-Geld wurde geheimnisvollerweise langsam aus dem Verkehr gezogen, und sie entdeckten, daß sie nur noch lokale Währung besaßen. Diese Entwicklung klärte sich auf, als Zemach Gurewitsch mit einer vollen Wagenladung Büroausrüstung aus Haifa zurückkehrte. Sie war der Liste entsprechend erstanden worden, die mit Rat und Hilfe des Ingenieurs zusammengestellt wor-

den war. Das geschah in einer öffentlichen Sitzung des Provisorischen Dorfrats, die in Gegenwart der Kühe unter freiem Himmel abgehalten wurde. Der Schuhflicker brachte außerdem einen Besitz mit, der das nagende Verlangen der Bauern erregte und ihre Eifersüchteleien zu einem Höllenfeuer entfachte. Er lud ein glänzend poliertes Fahrrad vom Tnuva-Lastwagen ab und stellte es vor seine Schusterwerkstatt. In jenen Tagen fragten sich viele, wieso es sich ein einfacher Dorfschuster leisten konnte, diesen Drahtesel zu kaufen, aber das war bloßes Gerede, in das jeder kommt, der für das öffentliche Wohl arbeitet. Der Karteikasten, der schwere Stahlsafe und die zwei Schreibtische wurden auf den Sand zwischen die vier einsamen Pfeiler des Stadtamtes in spe gestellt, und um sie herum wurde die übrige teure Ausstattung verstreut. Die Dorfbewohner versammelten sich immer wieder um den Prunk, beschnupperten neugierig die seltsamen Stühle, die man heben und senken konnte, wenn man einen Knopf drehte, und besonders beeindruckt waren sie von den Gummikissen, die man zuerst mit dem Mund aufblasen mußte, bevor man sich draufsetzen konnte. Auf den Schreibtischen und in ihrem Laden hatte Frau Hassidoff große Briefordner sowie Schreibblöcke verschiedener Größe prachtvoll angeordnet, Bleistifte, deren eines Ende blau und deren anderes Ende rot schrieb, ein Lineal, ein Radiergummi (!), einen geflochtenen Papierkorb, ein Messer ohne Griff, ein Stück Schwamm(?), eine kleine Briefwaage (?), ein erstaunliches Instrument, mit dem man Löcher stanzen konnte, und – endlich – einige Gummistempel und einen Löschblattroller(!), einen echten Bleistiftspitzer, eine Rechenmaschine mit Kugeln, eine Tischglocke und noch mehr.

Die Mitglieder des Provisorischen Dorfrats weideten ihre Augen höchst befriedigt an den Errungenschaften der Bürotechnologie. Nicht zu vergessen die schwindelerregenden Stühle und die angenehm klingende Glocke, die eine nie versiegende Quelle des Vergnügens für die Dorfräte war. Häufig setzten sie sich instinktiv hinter die Schreibtische und versuchten, eine entsprechende Miene aufzusetzen. Der einzige Gedanke, der ihr Vergnügen umwölkte, war die Frage: Was sollte man mit all den glänzenden Dingern anfangen? Gerade zu einer Zeit, da die Zahl der Arbeitslosen im Dorf anstieg, weil der größte Teil der Kümmelernte verfault war. Es war schwierig, festzustellen, ob das auf den späten Herbstregen oder die Vernachlässigung der Felder zurückging. Tatsache jedoch blieb, daß die Dorfbewohner noch nie eine so unbedeutende Menge Kümmel eingesammelt hatten wie in diesem Jahr.

Sowie Dulnikker von ›der katastrophalen Situation der landwirtschaftlichen Produktivität‹ hörte, befahl er den Provisorischen Dorfrat zu einer Notstandssitzung zusammen. Das war wirklich unnötig, weil der Provisorische Dorfrat in letzter Zeit ohnehin in Hassidoffs neuem Stall immer wieder einberufen worden war, ohne daß der Vorsitzende verständigt wurde. Ungeduldig eröffnete Dulnikker die Notstandssitzung, obwohl der Zählappell enthüllte, daß der Schuhflicker noch nicht eingetroffen war. Gurewitsch hatte sich seit neuestem die Gewohnheit zugelegt, wegen seines Fahrrads zu spät zu Versammlungen zu kommen: Da er wegen seines lahmen Fußes nicht schnell gehen konnte, fiel es ihm schwer, auch noch das Fahrzeug mitzuschleppen.

»Meine Herren!« begann der Staatsmann mit lauter Stimme. »Wie waren die Ergebnisse der diesjährigen Ernte?«

»Sehr armselig, Herr Ingenieur«, erwiderte der Barbier ohne eine Spur Scham. »Wir haben die Tnuva vielleicht mit einem Zehntel unseres üblichen Ertrags beliefert.«

»Großartig!« explodierte Dulnikker. »Einfach wunderbar! Herr Hassidoff, der Bürgermeister von Kimmelquell, informiert mich heiter und zufrieden, daß es ihm gelungen ist, die Produktivität des Dorfes in den ersten Monaten seiner Amtszeit zu ruinieren und sie auf ein Zehntel herabzusetzen! Ich habe mehr als einmal gegen Ihren Mangel an Reife Verwahrung eingelegt, meine Herren, aber das ist einfach zuviel!«

»Eine Sekunde, Ingenieur«, fiel der Barbier ein, »Sie werden schon verzeihen, aber wir haben es eilig. Es stimmt, daß die Ernte sehr mager war, aber andererseits ist das der Grund, warum der Kümmelpreis in unserem Land so hoch gestiegen ist, daß uns die Tnuva für ein Zehntel der üblichen Ernte fünfmal mehr bezahlt hat, als sie uns je bisher für unsere beste Ernte gegeben hat.«

Dulnikker war sprachlos. »Geld ist nicht alles, Genossen«, stammelte er. »Worauf es ankommt, ist das Prinzip.«

»Entschuldigen Sie«, protestierte Hassidoff. »Ich kann Ihnen nicht folgen. Was ist falsch daran, wenn man für weniger Arbeit mehr verdient?«

Dulnikkers Gesicht lief rot an, und seine Stirnadern quollen vor und zitterten. Diese Lümmel hatten noch nie in einem so unverschämten Ton mit ihm zu sprechen gewagt! Der Staatsmann hatte schon seit einiger Zeit eine geheime Abneigung gegen den unbegabten kleinen Barbier zu spüren begonnen, der um keinen Deut besser war als die übrigen Dorfbewohner, der jedoch, sowie er zufällig Chef der Gemeindeverwaltung geworden war, sich von Geburt an vom Schicksal für die Stellung bestimmt hielt. Dulnikker bemerkte mit Ekel, daß sich der Barbier mit wütender Hartnäckigkeit an seinen Titel und sein Fahrzeug klammerte, als fürchtete er, daß sein Rücktritt das Dorf in Bankrott stürzen würde. Überdies hatte Hassidoff von dem Tag an, als ein ambitionierter junger Mann aus dem Dorf zu seinem Sekretär ernannt worden war, neue Gewohnheiten entwickelt. Erstens verlangte er, daß sein Sekretär ihm wie ein Schleppenträger überallhin folge und auf jeden Ton lausche, den er, der Bürgermeister de facto, äußere. Und noch mehr, die Leute sahen öfter als einmal seinen Adjutanten neben seinem Karren einherlaufen und entsprechend Hassidoffs neuem Brauch, ›Alles schriftlich‹, Befehle niederschreiben. In seinem Verlangen, die Berge Papier und den Rest der modernen Ausstattung seines Büros zu benützen, stellte der Bürgermeister fast allen mündlichen Kontakt mit der Öffentlichkeit ein. Wenn seine Kunden neugierig wurden und sich erkundigten, wann der Tnuva-Lastwagen das nächstemal käme, schwieg der Barbier plötzlich eisern und antwortete dann mit Verschwörermiene: »Sie bekommen die Antwort schriftlich.« Und sein Sekretär notierte unverzüglich den Namen des Antragstellers, dem er – innerhalb von zwei Tagen – mit einem der zwölf ›Dreitürniks‹ ein Blatt Papier übersandte, auf dem stand: ›Am Mittwoch.‹ Diese Mitteilung war vom Sekretär unterzeichnet und gestempelt, der dann auf dem persönlichen Karteiblatt des Dorfbewohners vermerkte, daß letzterer schriftlich verständigt worden war.

»Und diesen abnormalen Bürokraten habe ich zum Bürgermeister gemacht!« stöhnte Dulnikker leise mitten in der Notstandssitzung. Eben als er sich bereit machte, mit dem machtlüsternen Hassidoff zu streiten, betrat einer der Gemeindeboten die Ratskammer und überreichte dem Barbier einen Zettel. »Meine Herren!« Hassidoff sprang auf. »Gurewitsch ersucht, daß wir sofort zu ihm kommen. Es ist anscheinend eine wichtige Angelegenheit, da er mir einen Brief schickt.«

Seit wann konnte der Schuhflicker schreiben? Der Staatsmann nahm dem Barbier den Zettel aus der Hand und sah eine primitive Zeichnung – ein Gekritzel in Form eines großen Schuhs, auf den kleine menschliche Figuren zuliefen, und drei große Ausrufungszeichen.

Vor dem Haus des Schuhflickers hatte sich eine Menschenmenge versammelt und drängte sich an den Fenstern, um zu sehen, was drinnen vorging, aber nach den Gesichtern zu schließen, fiel es anscheinend allen schwer, zu glauben, was sie sahen. Die Karawane der Dorfräte bahnte sich ihren Weg durch die Neugierigen, sie warfen einen Blick nach innen, und auch sie erstarrten verblüfft.

Was hatten sie gesehen? Mitten im Zimmer stand die kleine Dwora in einem weißen Kleid, neben sich den Krankenwärter in seinem üblichen Aufzug. Zev war etwas dicker geworden, und seine blauen Flecken waren größtenteils verschwunden. Vor den jungen Leuten stand Ja'akov Sfaradi, der etwas aus einem Gebetbuch las. Das Bild wäre unvollständig, ließe man den Schuhflicker aus: Er hatte sich neben der Tür aufgepflanzt, unter seinem Arm ragte der Lauf eines Jagdgewehrs hervor und war unverrückt auf den Krankenwärter gerichtet.

Nachdem sich die Dorfräte an der ungewöhnlichen Szene satt gesehen hatten, gingen sie um das Haus herum und rüttelten an der Tür, aber sie war versperrt. Ofer Kisch, der Neugierigste im Dorfrat, klopfte ungeduldig, und wenige Sekunden später wurde sie von Gurewitsch geöffnet. »Entschuldigen Sie, meine Herren, daß ich Sie nicht persönlich zur Hochzeit eingeladen habe, aber er, war unmöglich, die Zeremonie gerade in diesem Augenblick zu verlassen«, entschuldigte er sich, ohne die Augen von Zev zu wenden. »Der Krankenwärter hat sich endlich entschlossen, meine Tochter zu heiraten.«

Die Dorfräte drückten sich in das Zimmer und reihten sich an der Wand entlang auf. Trotz ihrer Einfachheit ging die Zeremonie sehr langsam vonstatten. Auf die Frage des Schächters, ob sie den Burschen Zev heiraten wolle, erwiderte Dwora mit einem klaren, überzeugenden »Ja«. Als jedoch die Frage dem Bräutigam gestellt wurde, hüllte er sich in ein sehr bedeutungsvolles Schweigen und senkte die Augen in hoffnungsloser Halsstarrigkeit, bis ein metallisches Klicken, das die Lösung des Sicherheitsschlosses anzeigte, ihn eindringlich an seine Pflicht erinnerte.
»Schön«, flüsterte der Sekretär und unterzeichnete das Dokument, das der Schächter ihm vorhielt, während sein Gesicht von der schicksalhaften Tat in Schweiß ausbrach. Bei der Unterzeichnung des Ehekontrakts applaudierte der Tierarzt stürmisch, während Gurewitsch senior, gelbsüchtig wie immer, sehr schwach »Masel tow« ausrief und seine Enkelin und ihren Gatten küßte. Gurewitsch junior sperrte das Sicherheitsschloß und versteckte das Gewehr hinter dem dreitürigen Kleiderschrank. Dann hinkte er zu seinem jungen Schwiegersohn, drückte ihm einen schmatzenden Kuß auf die Stirn, umarmte ihn mit seinen kräftigen Armen und verkündete so laut, daß selbst die Zuschauer draußen günstig beeindruckt waren: »Wer immer Zemach Gurewitschs Tochter heiratete, heiratete keine Bettlerin! Ich werde meinem Schwiegersohn drei Dunam fruchtbaren Kümmelbodens überschreiben, sowie die Gemeindeverwaltung ihr Grundbuchamt eröffnet.« Nach der Verlautbarung des Schuhflickers, die fraglos ein Beweis seiner Gutherzigkeit war, beeilten sich alle Anwesenden, ihm zu dem freudigen Familienereignis zu gratulieren. Selbst der Barbier drückte ihm die Hand – ein Ereignis, das eine gesellschaftliche Sensation bedeutete.
Die kleine Dwora erblickte Dulnikker, drängte sich zu ihm durch und hängte sich an seinen Hals. »Ich bin so glücklich, Herr Ingenieur!« jubelte sie. »Zuerst wollte Zev nichts vom Heiraten hören, aber heute versicherte ihm der Papa, daß er ihn wie einen Hund niederknallt, und da stimmte er zu. Ich habe doch immer gewußt, daß er mich liebt.«
Der Staatsmann streichelte ihr blondes Haar in väterlicher Zuneigung, während er unentwegt ein Auge auf seinen Sekretär hielt, der sich die allgemeine gute Laune zunutze machte und ins Nebenzimmer floh.

Dulnikker folgte ihm auf dem Fuß und öffnete die Tür, bevor Zev sie versperren konnte. Einen kurzen Augenblick standen Staatsmann und Sekretär schweigend Aug in Aug, dann ließ Zev die Türklinke los, fiel mit dem Gesicht aufs Bett und begann mit seinen Füßen wild darauflos zu trommeln. Der Staatsmann legte ihm die Hand auf die bebenden Schultern. »Fein«, sagte er, »fein.«
Zev schüttelte seine Hand ab und starrte seinen Herrn mißgünstig an: »Glauben Sie, daß ich mir diesen Zirkus gefallen lasse?«
»Ja, warum nicht? Der bäuerliche Lebensstil ist viel gesünder, Zev. Der landwirtschaftliche Sektor ist nicht von der übrigen Nation zu trennen, in der sich, wie bei einem Tausendfüßler, alle Teile gleichzeitig und harmonisch fortbewegen müssen. In den letzten Jahren haben sich viele Städter in entfernteren Siedlungen ansässig gemacht.«
»Dann machen Sie sich hier ansässig, Dulnikker!« zischte der Sekretär durch die Zähne. »Ich bin nicht bereit, mein Leben in diesem Spucknapf zu verbringen! Oh ...«, der schwergeprüfte Jüngling brach wieder auf seinem Bett zusammen, »warum sind wir je hierher gekommen?«
»Warum fragst du das mich?« wütete der Staatsmann. »War ich es, der hierher kommen wollte?«
»Wer denn?« schrie der Sekretär. »Ich vielleicht?«
»Sicher, Zev, mein Junge! Geh nur und leugne, daß du mir unzählige Male gesagt hast, daß ein Mensch von Zeit zu Zeit zur Natur zurückkehren müsse!«
Der Sekretär kam auf ihn zu und zischte: »Lügen Sie nicht, Dulnikker!«
Der Staatsmann war verblüfft. Amitz Dulnikker – und lügen? Es hätte doch erst vor einem Augenblick gewesen sein können, daß sein Sekretär Wort für Wort gesagt hatte: »Es wird eine vollständige, heilsame Ruhe für Sie in diesem abgelegenen Dorf sein, ohne Presse, ohne Lärm.«
»Zev«, flüsterte Dulnikker traurig, bis in die Tiefen seiner Seele verwundet, »nimm zurück, was du gesagt hast!«
Der Sekretär hielt sein verzerrtes Gesicht, fast Nase an Nase, dicht vor Dulnikkers Gesicht, und wieder flüsterte er voller Wut:
»Schluß damit, Dulnikker. Sind Sie schon so senil, daß Sie glauben,

ich brauche Ihre Unterweisung und Ihren Rat? Es ist genau umgekehrt! Wer schreibt Ihre rühmenswerten Reden? Wer quetscht – en gros – Ihre Leitartikel aus sich heraus? Wer sind Sie wirklich? Wieviel wissen Sie? Haben Sie denn überhaupt einen Beruf? Dulnikker lenkt siebzig Unternehmen, Dulnikker ist da und Dulnikker ist dort, Dulnikker stürzt, Dulnikker rennt und telefoniert und bemerkt und läßt fallen und erhebt und nimmt an jedem Tag an einem Dutzend Versammlungen teil, er ist der letzte Schiedsrichter – ohne daß er das geringste bißchen von dem Geschäft versteht, das er sich einbildet! Es ist wirklich komisch, wie die Dinge stehen! Zehntausende Narren studieren jahrelang ihren Beruf und üben ihn dann ihr ganzes Leben lang aus, nur damit am Ende der ehrenwerte Politiker daherkommt und alles Lob erntet – weil er eines kann, was man ihnen, all diesen armen Fachleuten, an ihren Universitäten und Berufsschulen nicht beigebracht hat: Er weiß, wie man über das redet, was sie, die anderen, tun! Ja, das ist es, worin Sie, Dulnikker, ein Fachmann sind! Reden, reden, reden wie eine Langspielplatte, Stunde um Stunde, wie ein Wasserhahn, der sich an seinem eigenen Tröpfeln besoffen hat! Dulnikker kämpft bis zum letzten Blutstropfen, ohne zu wissen, wie ein Gewehr ausschaut! Dulnikker schickt Tausende aus, um Wüsten zum Blühen zu bringen, während er selbst nicht einmal eine Topfpflanze je gegossen hat! Staatsmann! Amitz Dulnikker ein Staatsmann! Sie können ja nicht einmal normal reden. Ihre Zunge ist von Phrasen überwuchert, die Sie nicht einmal richtig anwenden können. Aber das hält Dulnikker natürlich nicht davon zurück, lächerliche Literaturpreise zu bekommen oder alle möglichen Kunstausstellungen zu eröffnen, und alles ist großartig, bis er sich zum Essen niedersetzt: Dann rennt jeder um sein liebes Leben. Sagen Sie mir, Dulnikker, bilden Sie sich wirklich ein, daß Sie normal sind? Haben Sie je bemerkt, daß Sie jeden Menschen im Plural anreden, weil Sie nicht mehr wissen, wie man mit Einzelmenschen redet, sondern nur, wie man Massen anspricht? Haben Sie eine Ahnung, wie oft Sie diesen idiotischen Witz erzählt haben, dessen Pointe ich nie verstanden habe? Jeder lacht Sie hinter Ihrem Rücken aus, Dulnikker, aber Sie, besoffen von Ihrer eigenen Größe, sind unfähig, die Heiterkeit zu merken, die Sie überall begleitet. Lassen Sie mich Ihnen sagen, warum Sie mich ›entdeckt‹ haben:

Ich habe damals in unserer Zweigstelle eine Wette abgeschlossen, daß ich Sie mit den lächerlichsten Komplimenten begrüßen kann, und Sie – vor Stolz zerschmelzen. Ich kann mich bis zum heutigen Tage an diese absurden Titel erinnern: ›der Baumeister, der Former, der Avantgardist, das leuchtende Beispiel seiner Generation!‹ Ich würde noch jetzt in Gelächter ausbrechen, Dulnikker, wenn es nicht so traurig wäre. ›Der Verwirklicher, der Eroberer!‹ Und was sonst noch! Sie haben nur eines erobert, Dulnikker: Ihren Platz in der Partei, und selbst dort blockieren Sie den Weg für Männer, die jünger und begabter sind als Sie. Dulnikker kann man nicht beiseite schieben. Dulnikker sitzt noch immer auf demselben Sessel, auf den er durch Zufall vor dreißig Jahren gefallen ist, als wäre er mit Eisenbeton an ihn angeklebt …«

Der Sekretär spie die Worte heraus, als wären sie seit Jahren in ihm eingesperrt gewesen und plötzlich ausgebrochen. Sein Gesicht war blaßgrün, und sein ganzer Körper lehnte gekrümmt an der Wand. Er atmete und krächzte mit einem pfeifenden Stöhnen.

»Wann werden Sie endlich selbst sehen, Dulnikker, wie Sie wirklich sind? Wann werden Sie endlich die Tatsache erkennen, daß ihre Zeit vorbei ist und nie wiederkehrt? Daß Sie heute nichts mehr als eine übergroße Seifenblase sind, aufgeblasen bis zum Platzen? Warten Sie darauf, bis Sie wirklich platzen?« Damit brach der Sekretär auf dem Bett zusammen und warf sich in einem Lachkrampf quer darüber, der sich in leises Weinen verwandelte. Der Staatsmann hatte sich den tobenden Ausbruch mit düsterer Miene angehört, gemischt aus Entsetzen und Übelkeit. Aus irgendeinem Grund wurde sein Gesicht nicht rot, auch seine Stirnadern quollen nicht vor. Sein Gesicht schien eher eingesunken und unermeßlich alt zu sein. Er trat einen Schritt an das Bett heran und klammerte sich an dessen Gitter, um nicht hinzufallen.

»Zugegeben, daß ich heute eine zu stark aufgeblasene Seifenblase bin«, sagte er leise zitternd, »zugegeben, daß ich heute nicht mehr gebraucht werde, irgendein alter Narr, dessen Rücken dazu da ist, daß man hinter ihm lacht. Aber zu sagen, daß ich nie etwas Aufbauendes geleistet hätte? Daß ich nur schwätze? Wer hat dieses Land aufgebaut, wenn nicht die Dulnikkers?« Die Stimme des Staatsmannes brach, und Tränen stiegen ihm in die Augen. »Warum hast denn du, mein junger, praktischer Freund, warum hast du diesem Taugenichts von Altem so glatt geschmeichelt, daß du ihn vollständig getäuscht hast? Warum hast du seine Gunst gesucht? Nur um dich in der Partei hochzuarbeiten? Dann bist du, mein begabter, nützlicher Freund, schlimmer als so ein Träumer wie ich. Du hast einfach einen schwachen Charakter, weil du genau gewußt hast, daß du eine Komödie aufführst, Du, mein Freund Zev, wirst in einigen Jahren genauso sein wie der schmarotzende Mitläufer, den du mir eben beschrieben hast, mit dem winzigen Unterschied, daß er – dieser verrückte Amitz Dulnikker – seine Tage als ein armer Mann beenden wird, dessen Hände rein sind, während du, mein klardenkender Freund, ein niedriger, korrupter Heuchler sein wirst.«

Der Sekretär richtete sich auf seinem Bett auf, und seine Glieder begannen schrecklich zu zucken. »Dulnikker, hören Sie auf!« kreischte er. »Halten Sie um Gottes willen den Mund! H-a-l-t!«

Dulnikker verließ das Zimmer und bahnte sich still seinen Weg durch die Hochzeitsgäste. Im Vorbeigehen bemerkte er zu Hermann Spiegel: »Mein lieber Tierarzt, mein Krankenwärter bedarf zusätzlicher Aufmerksamkeit.«

Meine liebste Gula,
ich sende Dir diesen Brief heimlich mit dem treuen Tnuva-Chauffeur, weil ich nicht wünsche, daß sein streng vertraulicher Inhalt öffentlich bekannt wird. Zuerst dachte ich, ich würde mit dem Lastwagen heimfahren, aber nachher beschloß ich, meine Gesundheit, die ohnehin schwach ist, nicht zu gefährden, indem ich zusätzliche Risiken eingehe. Daher möchte ich Dich hiermit bitten, Gula, mir ohne Verzug den Wagen zu schicken, um mich heimzubringen.
Diesmal ist kein Verdacht am Platz. Ich gedenke meinen eisernen Entschluß unter keinen Umständen zu ändern, und du wirst nicht von den gleichen kindischen Schritten Gebrauch machen müssen, um mich heimzubekommen. Ich habe jeden Kontakt zu Menschen abgebrochen, und ich habe sogar aufgehört, das Vieh zu hüten. Ich habe soeben eine schwere geistige Krise durchgemacht, die ihr Zeichen in meiner oben erwähnten schwachen Gesundheit hinterlassen hat. Heute bin ich wieder gezwungen, haufenweise verschiedene Schlaftabletten zu schlucken, da mein Magen launisch und mein Blutdruck über dem normalen Stand ist. Ich wurde von einem Menschen doppelt enttäuscht, der jahrelang zu meinen Füßen gelernt hat und meine Unschuld ausnützte. Diese Wunde ist noch nicht geheilt, so daß ich Dir im Augenblick keinen eingehenden Bericht über die schmerzliche Angelegenheit geben kann. Ich möchte Dir kurz eine Enttäuschung anderer Art beschreiben, die ich im Dorf Kimmelquell erlitten habe, dessen uneinige Bürger ihr Leben verwüsten und auf Schlimmeres zusteuern. Ich hoffe, daß Dir diese Enthüllungen, Gula, die unerträgliche Situation, die mein Sein bedrückt, verstehen helfen. Vor zwei Wochen fand ich einen anonymen Brief auf meinem Bett. Er enthielt in äußerst primitiven Buchstaben die Frage: ›Warum baut der Barbier einen Kuhstall statt eines Büros?‹ Zu der Zeit hatte ich mich bereits von den Dorfangelegenheiten zurückgezogen, war jedoch gezwungen, die Folgerungen des anonymen Briefes zu überlegen, weil auch ich bemerken mußte, daß in den letzten eineinhalb Monaten Baumaterial ins Dorf geströmt war und daß auf der Baustelle des Gemeinde-

amts dennoch kein Bau vorhanden war, mit Ausnahme von vier Betonsäulen des Gerüsts. Selbst auf der Baustelle des Kulturhauses ist nur ein hastig aufgestelltes Schild zu finden, auf dem steht: ›Hier wird der Kulturpalast des Dorfes *zur Erinnerung an den verstorbenen Amitz Dulnikker errichtet werden.*‹ (Die Unterstreichung stammt von mir. Ich meine damit nämlich, daß sie es zur ›Erinnerung an den verstorbenen‹ gemacht haben, weil ich, als ich seinerzeit das Projekt plante, gleichzeitig die Dorfräte informierte, daß ich den Byzantinismus bedauere, Gebäude nach Lebenden zu benennen.)

Dennoch, trotz der sündhaften Langsamkeit auf dem Gebiet öffentlicher Bauten, hat sich Herr Hassidoff, der provisorische Bürgermeister, einen wunderschönen Kuhstall ganz aus Beton erbaut – eine Entwicklung, die Grund zu kummervollen Gedanken liefert.

Die Gewalt dieser Überlegung bewog mich, den anonymen Brief dem Dorfrat zu übergeben, aber die Abgeordneten reagierten auf die Beschwerde mit heftigen Vorbehalten und begründeten es mit der Tatsache, daß die Beschwerde nicht unterzeichnet war. Meine kompromißlos negative Einstellung zu anonymen Briefen ist öffentlich bekannt. (Wenn Du die Gelegenheit hast, meine Liebe, sieh Dir Band 3 des stenographischen Berichtes des Kongresses der Regierungskörperschaften 1953 an, und Du wirst – nach Shimshon Groidiss' langer und langweiliger Tirade – meine Rede über das Thema finden, die, ich glaube, von ungefähr Seite 420 bis Seite 500 läuft.)

Dennoch bestand ich diesmal hartnäckig darauf und unterrichtete Herrn Hassidoff davon, daß ich ohne Rücksicht auf die mangelnde Unterschrift zu wissen wünschte, mit was für Material er seinen schönen Kuhstall erbaut habe. Herr Hassidoff antwortete mir, daß er nicht zu antworten bereit sei, solange er nicht wisse, wer den Brief geschrieben habe.

Von einem gewissen Gesichtspunkt aus schien er recht zu haben, daher lud ich unverzüglich den Polizeichef ein, in die Ratskammer zu kommen, und wies ihn an, mit Hilfe seines klugen Hundes Satan eine Untersuchung einzuleiten. Gleichzeitig deutete ich ihm meinen Verdacht an, daß sich der Urheber des Briefes in Dorfratskreisen bewege und die ganze Beschwerde bloß ein Akt persönlicher Rache sei. Daher beschnüffelte Satan den anonymen Brief, richtete seine Schnauze sofort auf den Boden und kletterte treppauf. Zu meinem großen Erstaunen ging Satan geradewegs in mein Zimmer. Einige Minuten später kam mein Zimmergenosse, der Polizist, mit seinem Hund wieder herunter und berichtete mir, daß Satan ohne zu zögern zu dem Bett seines Herrn gegangen sei und darin zu scharren begonnen hatte. Somit enthüllte sich, daß der Polizist den Brief selbst geschrieben und ihn in einem unbemerkten Augenblick auf mein Bett gelegt hatte. Der Polizist verfaßte unverzüglich eine Niederschrift des Kreuzverhörs entsprechend den Vorschriften, und es ist mir ein Vergnügen, einige Zeilen wie folgt aus der Niederschrift wörtlich zu zitieren, wegen ihres seltsamen Charakters:

Ich: Warum habe ich diesen Brief geschrieben?

Der Beschuldigte: Weil es ekelhaft ist, wie sie Dorfgelder stehlen.

Ich: Kann ich beweisen, daß der Barbier den Zement gestohlen hat?

Der Beschuldigte: Was ist das für eine Frage? Wenn ich es beweisen könnte, hätte ich den Brief unterschrieben – stimmt's?

Ich: Habe ich den Brief aus privater Rachsucht oder so etwas geschrieben?

Der Beschuldigte: Das verstehe ich nicht.

Ich: Ich auch nicht.

Nachdem das seltsame Protokoll öffentliches Gut geworden war, wandte ich mich wieder an Herrn Hassidoff und begründete meine Forderung mit seiner vorangegangenen Erklärung, in der er versprochen hatte, den Fall der Erbauung des schönen Kuhstalls zu erklären, sobald der Verleumder identifiziert sei. Der Bürgermeister lehnte es jedoch ab, sich mit der Frage zu beschäftigen, mit der Behauptung, daß der Polizist geistig labil sei, da er Selbstgespräche führe, so daß seine Verleumdungen den Bürgermeister nicht im mindesten beleidigen könnten. Persönlich stimmte ich bereitwillig mit ihm überein, daß der Polizeichef zu lästiger Zurückgebliebenheit neigt, gleichzeitig aber unterstrich ich, daß die Affäre einer Klärung bedürfe. Ich wies die Abgeordneten auf die Wichtigkeit der Reinheit im öffentlichen Leben in unseren Zeiten hin und warnte sie, den Leuten einen Vorwand zu verschaffen, selbst wenn es nur eine lächerliche, völlig unbegründete Erfindung sei. Als ich endete, nahm der fünfköpfige Untersuchungsausschuß seine Tätigkeit wieder auf und im Prinzip meinen

Vorschlag an, eine neutrale Persönlichkeit aus den Kreisen der Dorfbewohner als Rechnungsprüfer des Dorfrats zu ernennen, so daß dieser überprüfen könne, ob die Beschwerden gerechtfertigt waren. Um diese Stellung auszufüllen, schlug ich Hermann Spiegel vor, der den Eindruck macht, streng und gerecht zu sein. Wenige Tage später wurden ihm die Dokumente der Hassidoff-Affäre übergeben. Als der Rechnungsprüfer sein Amt antrat, versprach er dem Dorfrat in einer Plenarsitzung, daß er nicht nachlassen würde, bis er die Wahrheit in der Angelegenheit aufgedeckt habe. Als er mit seinem obenerwähnten Versprechen fertig war, brachen alle Räte in herzlichen Beifall aus, und jeder von ihnen, einschließlich des Herrn Hassidoff, kamen zum Rechnungsprüfer, um ihm Glück zu wünschen und die Hand zu drücken. Überdies segnete ihn der Schächter, Herr Sfaradi, mit dem Erlösersegen.

Ich erinnere mich nicht genau, ob ich Dich, Gula, während Deines kurzen Aufenthalts im Dorf mit dem Tierarzt bekannt gemacht habe. Herr Spiegel ist eine pedantische westdeutsche Persönlichkeit, die alle ihre beschränkten Fähigkeiten zur Lösung des Geheimnisses ins Spiel warf. Die ersten Schritte des Rechnungsprüfers waren jedoch nicht allzu erfolgreich, weil der Bürgermeister in seiner Zusammenarbeit mit Herrn Spiegel etwas zurückhaltend war, aus Gründen, deren Logik nicht leicht zu durchschauen ist. Das Folgende ist die Niederschrift eines Teils des Berichts Nr. 1, verfaßt vom kommunalen Rechnungsprüfer über diese Angelegenheit:

Frage: Herr Hassidoff, warum endete der Bau Ihres Büros mit dem Gießen der vier Pfosten?

Antwort: Weil das Baumaterial, das wir gekauft hatten, inzwischen ausgegangen war.

Frage: Warum ging es aus, Herr Hassidoff?

Antwort: Weil es nicht genügte.

Frage: Wo haben Sie genügend Zement herbekommen, Herr Hassidoff, um Ihren Kuhstall zu erbauen?

Antwort: Ich hatte es.

Frage: Woher, Herr Hassidoff?

Antwort: Ich weiß sehr gut, wer an einer solchen Frage interessiert ist.

Frage: Herr Hassidoff! Wie erklären Sie es, daß einerseits der Zement für das Gemeindeamt verschwand und daß andererseits Sie einen Kuhstall mit Material bauen, von dem Sie nicht sagen können, wo Sie es gekauft haben?

Antwort: Ich werde dem Schuhflicker vor den Bürgermeisterwahlen kein Material gegen mich verschaffen, das verspreche ich Ihnen.

Und so weiter, neun Seiten lang, bis der Verdacht des Herrn Hassidoff, daß seine Worte beim Wahlkampf gegen ihn verwendet werden könnten, endlich beschwichtigt war und er eine eingehende Zeugenaussage lieferte, die Licht auf die ganze Affäre warf:

Eines Nachts gehe ich schlafen, so beginnt die Zeugenaussage des provisorischen Bürgermeisters, und um Mitternacht, da taucht plötzlich in meinem Traum ein sehr alter Zwerg auf, vielleicht neun Zoll hoch, alles in allem, der einen Turban trägt. Sein langer Bart ist ganz rot, und seine Augen sind wie Kohlen. Dann läutet er dreimal mit einer Glasglocke und sagt zu mir: ›Salman Hassidoff, gehe in einer dunklen, mondlosen Nacht, dann, wenn der Hahn zu krähen anfängt, zum Kreuzweg des Dorfes, wo die drei Pappeln stehen, und grabe unter den Wurzeln des mittleren Baumes nach. Einen halben Meter tief‹, fuhr der uralte Zwerg fort, ›wirst du ein Kästchen voller Tnuvascheine finden. Nimm sie und baue dir mit ihnen zum Ruhm des Dorfes einen Kuhstall.‹ So sprach der alte Zwerg, und ich wußte wirklich nicht, was ich ihm sagen sollte. ›Meister‹, fragte ich ihn. ›Warum schenkst du mir einen solchen Schatz?‹ Da antwortete mir der Alte: ›Weil du der Bürgermeister bist‹, und er läutete wieder mit seiner Glocke und verschwand. Als ich in der Früh aufwachte, glaubte ich den Traum nicht. Aber dann wurde ich neugierig, und in einer mondlosen Nacht, als der Hahn krähte, ging ich zu den drei Pappeln, und unter der mittleren fand ich ein Vermögen. Ich nahm es und erfüllte den Befehl des Zwerges mit dem Kuhstall.

Frage: Haben Sie irgendeinen greifbaren Beweis, daß das, was Sie sagen, wahr ist, Herr Hassidoff?

Antwort: Natürlich. Jeder kann kommen und den Kuhstall sehen, den ich gebaut habe.

Verzeih, bitte, Gula, daß ich Dir so ausführlich beschreibe, wie sich die Dinge entwickelt haben, aber ich will wirklich, daß Du die Kräfte voll verstehst, die mich gezwungen haben, diese Hinterwäldler so schnell wie möglich zu verlassen. Nun, wie Du oben gelesen hast, wäre die Aussage Herrn Hassidoffs über den Ursprung seiner Mittel glaubhaft gewesen, wenn nicht die Sache mit dem Glockenläuten gewesen wäre, die mich staunen ließ, denn ich konnte keinen Sinn und Verstand für diese Handlung seitens des uralten Zwerges finden. Trotz alledem hätten wir uns dennoch von der Hassidoff-Affäre den täglichen Angelegenheiten zugewandt, hätte es nicht die Wachsamkeit des Herrn Spiegel gegeben, die ich hier als lobenswert vermerke.

Was ich meine, ist, daß die Aussage Herrn Hassidoffs den Rechnungsprüfer des Dorfrats nicht befriedigte und er deshalb beschloß, der Sache nachzugehen. Daher erhob er sich in einer entsprechenden Nacht beim ersten Hahnenschrei und ging zum Kreuzweg, wo er – nur zwei Pappeln vorfand! Verständlicherweise widerlegte und zerstörte das alle Behauptungen des Bürgermeisters. Er hatte sich widersprochen; denn man kann nun einmal nicht feststellen, welcher von zwei Bäumen der mittlere ist. Daraus ersiehst Du, daß jede Lüge kurze Beine hat und entdeckt wird. Der Rechnungsprüfer des Dorfrats hielt seine Entdeckung absolut geheim, um die Verdächtigen nicht im voraus zu warnen, und setzte seine Untersuchung fort, obwohl er seine Taktik änderte. Einmal, in einer besonders schwülen Nacht, als ich in den Garten hinunterging – wie das meine Angewohnheit ist, um in der strohgedeckten Hütte etwas frische Luft zu holen –, bemerkten wir plötzlich eine schwarze Silhouette, die verstohlen zum Fenster des Barbiers kroch, durch das noch immer Licht schien, sich aufrichtete – und die Ohren an die Fensterläden preßte.

Kurz und gut, am nächsten Tag berief ich auf ausdrückliches Ersuchen des Rechnungsprüfers den Dorfrat zu einer Notstandssitzung ein und erteilte Hermann Spiegel das Wort, dessen Zittern seine stürmische Geistesverfassung anzeigte. Nun, Geliebte meiner Seele, was uns der Rechnungsprüfer enthüllte, genügte, daß einem die Haare zu Berge standen. Der Rechnungsprüfer hatte – wie er es ausdrückte – jener Nacht ein offenes Ohr geliehen und gerade jenen Teil eines Zwiegesprächs zwischen Herrn Hassidoff und seiner Gattin erlauscht, in dem Frau Hassidoff ihren Gatten schalt, weil er Mischa, dem Polizisten, nicht einen Sack Zement angeboten hatte, da es auf diesen Sack ohnehin nicht mehr angekommen wäre, weil der Barbier bereits drei Säcke dem Schuhflicker und je einen dem Wirt, dem Schächter und dem Schneider gegeben hatte. Andererseits, behauptete Frau Hassidoff, hätte der Zement dem Polizisten den Mund versiegelt, und alles wäre nie so weit gekommen.

Die scharfen Worte des Rechnungsprüfers legten den Abgeordneten ein Hindernis in den Weg. Tiefes Schweigen herrschte in der Ratskammer. Schließlich stand Herr Hassidoff auf und sprach sehr scharf zu Herrn Spiegel. ›Das ist Spioniererei!‹ rief der provisorische Bürgermeister. ›Das ist das Niedrigste auf der Weit: An einem geschlossenen Fenster horchen!‹ Der Dorfschächter stimmte Herrn Hassidoff unverzüglich zu und erklärte, daß ›ein Ohr leihen‹ eines der ernstesten Kapitalverbrechen sei, weil es eine Art geistigen Diebstahls sei, für den rabbinische Gerichte schon mehr als einmal schwere Urteile verhängt hatten.

Die Situation war wirklich äußerst heikel. Dem Rechnungsprüfer des Rats gelang es nicht, sich angesichts der Beschuldigungen zu verteidigen, die von allen Seiten auf ihn herunterprasselten, und er konnte nur monoton den einen Satz wiederholen: ›Zugegeben, ich habe eine schändliche Tat begangen, aber der Herr hat trotzdem Zement gestohlen!‹ Seine Worte wurden jedoch von dem allgemeinen Geschrei verschluckt. ›Wichtigmacher! Kleiner Angeber!‹ schrie Ratsherr Ofer Kisch den Rechnungsprüfer auf Bauernart an. ›Solche Leute gehören eingesperrt!‹ Die Frau des Barbiers, Frau Hassidoff, konnte ihre Wut nicht beherrschen und erkundigte sich, wie es denn käme, daß der Dorfzement Hermann Spiegel etwas angehe, und warum Hermann Spiegel den Dorfrat mit persönlichen Angelegenheiten belästige? ›Drei bildschöne Kühe sind mir letztes Jahr eingegangen wegen Ihrer miesen Behandlung‹, wurde jetzt auch der Schuhflicker hysterisch. ›Warum reden Sie nicht davon, Spiegel?‹

So schalten die Räte den Rechnungsprüfer immer wieder wegen seiner Unloyalität dem Vertrauen gegenüber, das sie zu ihm gehabt hatten, und daß er seine Stellung dazu mißbraucht habe, die Stellung des Dorfrats absichtlich zu unterminieren. Der arme Spiegel versuchte, sich zu verteidigen und sie daran zu erinnern, daß sie ihn gebeten hatten, die Wahrheit der Hassidoff-Affäre zu enthüllen. Aber seine Bemühungen waren umsonst, und er war gezwungen, die Kammer

beschämt und schnellen Fußes zu verlassen, um Huliganismus zu vermeiden. Der Untersuchungsausschuß wurde unverzüglich zusammengerufen. Er zog auf der Stelle die Ernennung des Tierarztes zurück und beauftragte das Ausschußmitglied Ofer Kisch, mit der Untersuchung fortzufahren.
Nunmehr, Gula, siehst Du sicherlich meine besondere Situation als Vorsitzender des Provisorischen Dorfrats. Einerseits verstehe ich die Stimmung der Abgeordneten völlig – Hermann Spiegels Spionieren hatte ihre Wut geweckt. Schnüffeln ist, gleichgültig unter welchen Umständen, immer ekelhaft. Aber andererseits bin ich bekannt für meine feste Haltung in allem, was den Puritanismus in unseren Zeiten betrifft. Also erhob ich mich und verurteilte das Benehmen des Rats einem Mann gegenüber, der einfach seine Pflicht getan hatte. Ich erklärte den Abgeordneten, daß sie, die Spitzen des Volkes, vom Eigentum des Volkes nicht einmal einen Faden oder ein Schuhband nehmen dürften, besonders wenn eine so fragwürdige Regelung völlig unnötig gewesen war, denn wir hätten gesetzesmäßig eine anständige Menge Zement und verschiedenen Materials für den Bürgermeister und die übrigen Abgeordneten in Form eines Vorschusses auf ihre zukünftige Pension oder so irgend etwas im Budget untergebracht. Jedoch – das machte ich klar – darf ein Vertreter öffentlicher Angelegenheiten niemals in Handlungen verwickelt werden, die sein Image verderben könnten.
Stelle Dir vor, Gula-Liebling, daß gerade in diesem Augenblick der Barbier – dieses Lästermaul – aufsteht, mich unverfroren unterbricht und mich schamlos fragt: ›Was für ein Recht haben Sie, Herr Ingenieur, sich in die internen Angelegenheiten des Dorfrats einzumischen, und wer hat Sie, Herr Ingenieur, eigentlich eingeladen, nichtöffentlichen Sitzungen beizuwohnen?‹ Nicht nur das, aber der Schuhflicker, Herr Gurewitsch, beleidigte mich ebenfalls gröblichst: ›Das Willkommen eines Gastes hat seine Grenzen‹ und sie seien keine Säuglinge mehr und brauchten daher keinen Lehrer und so weiter.
Da alle Abgeordneten diesen zwei hochstaplerischen, unverschämten Kerlen gegenüber loyal waren, die übrigens unfähig sind, ohne mich auch nur einen Finger zu rühren, stand ich schweigend auf und erledigte sie mit dem Ausspruch: ›Wehe dem Dorfe, das Amitz Dulnikker

so behandelt!‹ Worauf ich hochaufgerichtet zu meinem Bett hinaufstieg.

Es wird Dir daher jetzt klar sein, Gula, warum es zwingend notwendig ist, daß ich aus diesem stinkenden Loch herauskomme. Es ist schwer für mich, die vergiftete Luft dieses Nestes von Huliganen zu atmen, die mir so unverschämt Trotz bieten. Mein Fall ist jedoch ähnlich dem vieler Baumeister der Gesellschaft. Ein Mann versucht, rückschrittliche Massen auf ein anständiges Niveau zu heben, obwohl er immer alles selber machen muß. Und letzten Endes wird er von seinen Schützlingen mit Füßen getreten, genau wie Julius Cäsar und alle Habsburger, glaube ich. Außerdem sind die ersten Herbstregen gefallen, und im Dorf ist es plötzlich kalt geworden. Ich bin in meinem Zimmer mit meinen Gedanken eingeschlossen und komme in keinen Kontakt mit Menschen, denn ich habe mich von der schmutzigen Wirklichkeit entfernt und betrachte weltliche Angelegenheiten als eitlen Wahn. Au revoir, Geliebte meiner Seele, ich warte auf Dich.

Dein

Dulnikker

P. S. Bring Reporter mit!

Dulnikker versiegelte den Umschlag, schrieb seine eigene Adresse darauf und übergab ihn seinem vertrauenswürdigen Freund, dem Tnuva-Chauffeur, mit dem ausdrücklichen Ersuchen, er möge das Schreiben so bald wie möglich Frau Dulnikker aushändigen. Er betonte dem Chauffeur gegenüber, es dürfe unter keinen Umständen im Dorf bekannt werden, daß er einen Brief abgesandt habe, weil die Dorfbewohner dem Schreiben wahrscheinlich alle möglichen irrigen Bedeutungen zumessen wurden.

Es war zu sehen, daß der Chauffeur die ›heikle Situation‹ gut verstand. »Verlassen Sie sich auf mich, Herr Dulnikker«, versicherte er dem Staatsmann, als er den Umschlag in seine Mappe steckte. Gleich darauf eilte der Chauffeur zum Barbier hinüber und legte ihm den Brief mit dem Ausdruck seiner Hoffnung vor, daß sie, der Barbier und seine Frau, daran interessiert sein würden, ihn zu lesen, bevor er ihn bei der angegebenen Adresse ablieferte. Zur Ehre des Chauffeurs sei gesagt, daß es Gott behüte nicht grundloser Haß war, der sein Handeln lenkte. Er versuchte bloß, seine geschäftlichen Bande mit dem Bürgermeister mit dieser freundlichen Geste zu festigen, denn letzterer hatte in letzter Zeit die Liste der verlangten Waren absolut willkürlich zusammengestellt.

Herr Hassidoff und Gattin öffneten hastig den Umschlag und lasen aufmerksam den Brief.

»Siehst du, Salman«, klagte Frau Hassidoff, als sie fertiggelesen hatte, »da hat man den Dank, wenn man gut zu den Menschen ist. Dem Ingenieur geht es großartig in unserem Dorf, er frißt und säuft wie ein Nilpferd, und am Ende bewirft er uns mit Schmutz und will weglaufen. Ich sage dir, Salman, euch Politiker sollte man alle miteinander prügeln.«

Geistesabwesend nahm der Barbier ein Streichholz und verbrannte den Brief. Salman Hassidoff war in den letzten Tagen nervös. Die Last des Herrschens lag schwer auf seinen Schultern und verursachte ihm gelegentlich ein seltsames Stechen im Magen, das ihm einen sauren Geschmack im Mund hinterließ. Die Leute redeten aus eifersüchtiger

Kleinlichkeit ständig über ihn, und es kamen ihm alle möglichen erfundenen Berichte zu Ohren, die von Mund zu Mund gingen, über einen gewissen Kuhstall und den Dorfzement und den Tierarzt, der anscheinend sein Partner beim Stehlen sei, und ähnliche Aussprüche, von denen nur der Herrgott selbst wußte, von wem sie ausgingen. Die Untersuchung der Angelegenheit war bereits aus Mangel an Beweisen fallengelassen worden; aber ehrlich gesagt war der Rechnungsprüfer des Dorfrats, Ofer Kisch, nicht imstande gewesen, sich der Aufklärung der Affäre voll zu widmen, weil sich die Zahl der Aufträge seitens der Dorfräte für verschiedene Schneiderarbeiten in letzter Zeit infolge der Zunahme an Gegenabstimmungen erhöht hatte. In der öffentlichen Meinung des Dorfes konnte man jedoch ein gewisses Gefühl passiver Opposition gegen den Dorfrat wittern. »Wer von uns hat eigentlich diese Führer ausgesucht?« pflegten einander die Dörfler sehr überrascht zu fragen. »Wie ist das plötzlich so gekommen, daß sie uns Befehle geben und wir auf sie hören? Warum?« Und mehr noch, die Bauern verbrachten tagelang Stunde um Stunde unter den Bäumen auf der Straße neben dem neuen Kuhstall des Barbiers, ohne die Augen von den geschlossenen Fenstern zu wenden, hinter denen die tägliche Ratssitzung stattfand. Diese Bauern sagten: »Verflucht noch einmal! Wie lange können sie noch drinnen sitzen, ohne einen Finger zu rühren, während die Kümmelfelder furchtbar vernachlässigt werden?«

Die Räte spürten die Kritik auch, aber sie hätten sich keinen Deut darum geschert, wenn nicht die Wahlen immer näher gekommen wären, die jetzt nur noch drei Wochen fern waren. Als ihnen das klar wurde, warfen sie in einer Sitzung die praktische Idee auf, daß man etwas Gutes durchführen müßte, etwas, das die allgemeine Wertschätzung der legal eingesetzten Dorfführung heben würde. Zu dieser Zeit fungierte als Vorsitzender der Sitzungen – anstelle des Ingenieurs, der sich zurückgezogen hatte – ein neuer, verhältnismäßig junger Mann, Zemach Gurewitschs Schwiegersohn, der für diesen hohen, stundenweise bezahlten Posten ernannt worden war (auf Empfehlung des Schuhflickers). Die meisten Mitglieder des Provisorischen Dorfrats behaupteten, daß Gurewitsch grenzenlos frech sei, aber nicht einer stimmte gegen die Ernennung des Krankenwärters, weil der Vorsit-

zende keine Stimme besaß und außerdem seine Macht darauf beschränkt wurde, Vorschläge zu machen.
»Herr Krankenwärter«, wandten sich nun die Räte an den Vorsitzenden, »wie setzt man eine eindrucksvolle Tat?«
»Im allgemeinen macht man was Soziales.«
»Warum gerade Soziales?« fragten die Auserwählten. »Was heißt das?«
»Das ist eine Art ›Liebe-deinen-Nächsten‹-Programm«, erklärte Zev mit großem Vergnügen, »das allerlei Wohltätigkeiten beinhaltet, wie zum Beispiel kostenlose ärztliche Behandlung, kostenlosen Schulbesuch, Massenbesuche in Museen und ähnliches auf Kosten der Regierung.«
»Nix gut«, meinte der Barbier, »wenn sie den Tierarzt nicht bezahlen müßten, wären sie alle krank.«
»Andererseits haben wir bereits kostenlosen Unterricht«, verkündete der Schächter. »Bezahlung ist das schwer zu nennen, was mir die Eltern geben.«
»Und Museumsbesuche auf Kosten des Dorfrats würden sie nicht reizen, weil sie nicht wissen, was ein Museum ist«, meinte der Schuhflicker. »Ich habe eine Idee. Kinder sind uns teurer als alles sonst, daher soll der Rat dem Großvater jedes Neugeborenen ein großes Geschenk oder Bargeld geben.«
»Kommt überhaupt nicht in Frage!« erwiderte Elifas. »Das betrifft nur einen äußerst beschränkten Kreis, Herr Krankenwärter, Sie kommen aus der Stadt. Was hat man dort vor der Bürgermeisterwahl getan?«
»Daheim?« Der Sekretär wurde nachdenklich. »Daheim haben sie jedem Kleinen kostenlos ein Glas Milch gegeben. Aber«, fügte er hinzu, »das war in der Stadt, wo es nicht genug Milch gibt, nicht so wie hier auf dem Dorf.«
»Im Gegenteil!« Die Abgeordneten waren begeistert. »Das ist das beste an dem ganzen Handel. Hier ist es kein Problem, Milch für die Kinder zu bekommen, weil jeder Bauer mindestens eine Kuh besitzt.«
Die Räte beglückwünschten einander und beeilten sich, zu versichern, daß ›dieser Tag den Wendepunkt im Leben des Dorfes bezeichnet‹. Aber der Schneider war schon wieder siebengescheit, wie das seine Gewohnheit war.

»Wir stehen vor einer ganz anderen Frage«, behauptete der Steueraufseher. »Woher nehmen wir das Geld, um die zu verteilende Milch zu bezahlen?«
»Wo ist da ein Problem?« wollte der Barbier wissen. »Im Dorf hier wohnen, soweit ich weiß, nicht weniger als zwölf Bürger, die dreitürige Kleiderschränke besitzen, und wir können die benötigte Summe einfach von ihrem Tnuva-Konto abziehen.«
»Nur elf«, verbesserte Ofer Kisch die Zahl der Steuerpflichtigen und erzählte dem versammelten Dorfrat die Geschichte von dem ›Dreitürnik‹, der den Dörflern heimlich den Rest seiner Habe verkauft hatte und seit zwei Tagen samt seiner Frau verschwunden war, da sie sich gerüchteweise in einer Höhle im Berg versteckten. Die Sache war immer ungeklärt, aber der Steueraufseher hatte seine Schlüsse auf kurze Sicht gezogen und sofort die Einstufung der einmaligen Zahlungen bei den übriggebliebenen um ein Zwölftel erhöht.
»Aber meine Herren!« Der Vorsitzende zeigte sich der Situation gewachsen. »Wo steht geschrieben, daß wir Geld aufbringen müssen, um das Projekt zu finanzieren? Verlangen wir doch einfach, daß jeder Bauer den Dorfrat täglich mit einer Tasse Milch für die Dorfkinderchen versorgt.«
»Ausgezeichnet!« rief Elifas Hermanowitsch begeistert, »aber ich schlage vor, zwei Tassen Milch zu verlangen, weil beim Transport sicher eine Menge verschüttet wird.«
»Und noch etwas«, mischte sich der Vorsitzende ein. »Es hat keinen Sinn, daß alle Bauern Milch hergeben. Ich schlage vor, wir verlangen sie nur von denen, die kleine Kinder haben.« Daher dauerte es nicht lange, bis in Vorbereitung des Projektes ›Kostenlose Tasse Milch für jedes Kind durch Gemeindekanäle‹ vom Dorfapparat die Registrierung von Kleinkindern in Angriff genommen wurde. Gleichzeitig erhielten jene Bürger, die die Hände voller Kleiner hatten, eine schriftliche Anweisung vom Gemeindesekretariat, daß sie allmorgendlich dem Schächter in seinem Haus zwei Tassen frischer Milch zu überbringen hätten. Dann würde Ja'akov darauf sehen, daß der Ratsbote früh aufstand und Tablett um Tablett voller Milchtassenreihen austrug und sie den Kindern ins Haus zurückbrachte, eine Tasse pro Kopf.

»Siehst du, Hühnchen«, sagte der neue Vorsitzende unter laut kreischendem Gelächter zu seinem zärtlichen Weibchen, »so muß man den dumpfen Massen den sozialen Fortschritt aufzwingen.«
»Du bist genauso schlimm wie eh und je«, klagte Dwora. »Du machst dich einfach über alles lustig.«
»Was erwartest du von mir, das ich sonst hier tun soll?« Der Sekretär wurde plötzlich ernst und streckte sich mit einem traurigen Stöhnen auf seinem Bett aus, wie ein Löwe im Käfig eines fremden Zoos.

Das Sozialmilchprojekt rief nur vereinzelte Zusammenstöße zwischen ein paar Rebellen und der Polizeimacht hervor, zu der der Hund Satan gehörte. Diese Vorfälle entwickelten sich nicht zu allgemeinen Tumulten, weil außer dem vorerwähnten Projekt die Bürger keinen Grund zur Klage hatten. Ja, mehr noch, es hatte ganz den Anschein, daß für Kimmelquell das Goldene Zeitalter begonnen hatte.
Das Goldene Zeitalter wurde praktisch und durch Ja'akov Sfaradi eröffnet, der eines strahlend schönen Tages damit begann, eine Bezahlung für das Schlachten von Hühnern abzulehnen. Ein gottesfürchtiger Mensch, sagte er, dürfe kein Geld von Juden annehmen, die bei den Gemeinderatswahlen für ihn stimmten – aus welchen Worten die Leute schlossen, daß sie anscheinend für den Schächter stimmen sollten.
Eine Weile später stellte der Schneider vorübergehend die Einhebung der örtlichen Steuern ein. Statt dessen tanzte er kostenlos bei Privatgesellschaften und gelegentlich sogar ohne eine Gesellschaft – einzig aus glühender Bruderliebe. Aber jedermann war sicher, daß sich der Schächter und der Schneider falschen Hoffnungen hingaben, da der Kampf, was das Bürgermeisteramt betraf, zwischen den zwei Riesen des Kampfringes ausgefochten werden würde: dem Barbier und dem Schuhflicker.
Zur Zeit war die Situation Gurewitschs einfach miserabel. Nachdem Hassidoff begonnen hatte, seine frisch getrimmten Kunden mit dem erfreulichen Satz in den Ohren zu verabschieden, »um die finanzielle Seite kümmern wir uns später«, begann ein plötzlicher Schuhstrom in die Werkstatt des Schuhflickers zu fließen, ein ständig wachsender Zustrom sämtlicher Schuhe im Dorf, die zerrissen oder sonst repara-

turbedürftig waren. Zum großen Kummer Gurewitschs begann sein alter Herr – just in dieser Zeit – ärgerliche Symptome geistigen Verfalls zu zeigen, als er seinem Sohn verkündete, daß auch er einen Ausflug über die Grenzen des Dorfes hinaus machen wolle, bevor er zu seinen Vätern versammelt würde.
Der Schuhflicker war geteilter Meinung; derjenigen des Gurewitsch-Sohnes und derjenigen des Gurewitsch-Dorfratsmitglieds. Das heißt, der Repräsentant in ihm neigte zuzustimmen und den Ausflug zu erlauben aus Angst, daß der erzürnte alte Knabe vielleicht für den Barbier stimmen könnte; während der Sohn in ihm behauptete: »Genie! Und wer wird dann diesen ganzen Schuhmist richten?« Schließlich gewann der Sohn die Oberhand, und der Schuhflicker sagte zu Gurewitsch senior:
»Selbst obwohl du mein Vater bist, Papa, kann ich als Dorfrat einem gewöhnlichen Ausflug nicht zustimmen. Tnuva-Geld auszugeben ist nur im Dienst des Dorfes erlaubt.«
Aber Gurewitsch senior war von seinem Herzenswunsch völlig besessen und hatte seine Ersparnisse beim Schächter bereits zum Kurs von zwei Tnuva-Pfund für drei örtliche umgetauscht. Das führte den alten Herrn dazu, sich der etwas nebligen Lektion des Herrn Ingenieurs zu erinnern. Er hörte unverzüglich zu arbeiten auf, setzte sich auf seinen Schemel vor die Schuhflickerei in die milde Sonne des Frühwinters, drehte sich nach seinem hartherzigen Sohn um und sagte:
»Streik!«
Der Schuhflicker wurde mehr als wütend, daß ihn sein Vater in einer so schwierigen Zeit leiden ließ, aber aus angeborenem Stolz versuchte er nicht, ihn umzustimmen, sondern sagte nur:
»Schön, streike. Aber warum draußen?«
Das klang sehr vernünftig, daher ging der Alte wieder in die Werkstatt zurück und setzte seinen Streik am Tisch fort, indem er mit Volldampf arbeitete. Diese Wendung der Ereignisse erlaubte es dem Schuhflicker, sich einem neuen Projekt zu widmen, das das Lager des Barbiers wie ein unerwartetes Erdbeben erschütterte. Zemach Gurewitsch stichelte einen großen Ball aus Lederresten zusammen, auf den er mit weißer Ölfarbe malte: »Ein Geschenk des Schuhflickers an seine jungen Verehrer!« (Wenn das seine eigene Idee ist, dann rasiere ich mit

Schlagrahm!« bemerkte Hassidoff in seiner höllischen Eifersucht.) Der hübsche, leicht ovale Ball wurde seinen springlustigen Verehrern übergeben, die hinfort den Großteil ihrer Tage der Entwicklung ihres Talents fürs Kicken auf dem bequem gelegenen Terrain neben den Erdwällen widmeten.

Die Art, wie sich die Dinge entwickelten, hatte ihren Einfluß auf das Privatleben der Bürger. Es mag genügen zu erwähnen, daß im Laufe der Zeit der Wächter des Lagerhauses systematisch alle schmackhaften Brieftauben briet und aß, da der Tnuva-Lastwagen nunmehr ohnehin häufige Rundfahrten machte, fast schon nach einem festen Fahrplan. Die Gewinne des Chauffeurs aus den Importen nach Kimmelquell überstiegen seinen Gewerkschaftslohn bei der Tnuva trotz der Tatsache, daß er verheiratet und höheren Dienstalters war. Der Chauffeur fuhr die Mitglieder des Provisorischen Dorfrats herum und schmuggelte sogar den ›Dreitürnik‹ Nr. 12 und seine Familie zu ihrem unbekannten Bestimmungsort. Den Löwenanteil seines Einkommens bezog er jedoch aus persönlichen Bestellungen, die ihm unter völliger Geheimhaltung übergeben wurden.

Der Inhalt der Pakete, die er von draußen ablieferte, wurde im allgemeinen sehr schnell öffentliches Wissensgut und setzte jeweils ein großes Schäumen im Kommunalkessel in Gang. Nach Elifas Hermanowitschs Rückkehr aus Jerusalem, wo er als Dorfvertreter für den Ankauf einer Sodawasser-Maschine zwei Tage verbrachte, wurden sich die Bauern plötzlich bewußt, daß von Malka, der Wirtsfrau, ein zarter Duft ausging. Nicht nur, daß sie selbst ein so angenehmes, befriedigendes Aroma ausströmte, aber sie ließ auch, wenn sie durch die Straße ging, Duftwolken hinter sich, die in der Luft schwebten und in den Nasenflügeln der übrigen Damen des Dorfes eine gefährliche Herausforderung hervorriefen. Selbst dem störrischsten Gatten blieb nichts anderes übrig: Er mußte zum Tnuva-Chauffeur schleichen und heimlich etwas von diesem begehrten Parfüm bestellen. Später begab es sich, daß Frau Hassidoff die Verehrer des Bürgermeisters samt Gattinnen zu sich einlud – ein Brauch, der nach der Auflösung der samstagabendlichen Dorfrunde beliebt geworden war – und siehe: Sie servierte ihnen Tee nicht in Gläsern, sondern in neiderweckenden weißen Porzellantassen. Ist es ein Wunder, daß nach einem solchen Vorfall der

Lastwagen kleine Kartons mit der Schablonenaufschrift »VORSICHT« und »ZERBRECHLICH« ablieferte? Und Gott sei Dank konnten es sich die Bauern leisten, es fehlte ihnen nicht an Geld dank der diesjährigen katastrophalen Kümmelernte.
Aus irgendeinem Grund begannen die Frauen im Leben von Kimmelquell eine wichtige Rolle zu spielen.
»Höre, Salman«, sagte Frau Hassidoff eines Abends mitten im Fegen, »ich möchte wirklich gern wissen, ob du errätst, was heute für ein Tag ist.«
»Heute?« Er kratzte sich die Glatze. »Keine Ahnung.«
»Dann sage ich es dir«, fuhr sein Weib leicht bewegt fort. »Heute vor genau zwanzig Jahren haben wir den Barbierladen eröffnet!«
Auch Salman Hassidoff spürte eine Art Verengung der Kehle; zwanzig Jahrc sind schlicßlich zwanzig Jahrc. Abcr cr nahm cin Stück Papier und rechnete etwas herum, wonach ihm klar wurde, daß die Zahl nicht ganz so rund war, da der Barbierladen vor genau neun Jahren, drei Monaten und siebzehn Tagen eröffnet worden war.
»Auch das ist eine lange Zeit!« erklärte Frau Hassidoff etwas ärgerlich. »Was für ein wunderbarer Gedenktag! Ich schwöre, Salman, wir sollten eine Feier veranstalten.«
»Sei kein Idiot, Weib!« Der Barbier hob die Stimme. »Ich weiß, was du im Sinn hast! Schlag dir das aus dem Kopf.«

Dulnikker blieb vor dem Luxuskuhstall des Barbiers stehen, ging den perfekt gepflasterten Weg hinauf und las sehr erstaunt die riesige Bekanntmachung, die auf die der Straße zugekehrten Wand geschrieben war:

KOMMENDEN SAMSTAG ABEND WIRD DAS DORF DEN 20. JAHRESTAG DER GRÜNDUNG DES FRISEURGESCHÄFTES UNSERES GELIEBTEN BÜRGERMEISTERS INGENIEUR SALMAN HASSIDOFF FEIERN! DIE FEIER WIRD AUF DEM GRUND DES KULTURPALASTES STATTFINDEN. JEDER MANN WILLKOMMEN.

ES GRÜSST: FRISEURGESCHÄFT KIMMELQUELL

Diese Ankündigung hatte die Passanten in den letzten paar Tagen

ständig geblendet, aber aus irgendeinem Grunde machte der Schuhflicker keinen Versuch, sie zu entstellen oder zu übertünchen; er hatte sich nur damit zufriedengegeben, zwischen ›GELIEBTEN‹, und ›BÜRGERMEISTERS‹ ›ZEITWEILIGEN UND KAHLEN‹ drüberzuschreiben und einzufügen.
Der Staatsmann studierte das grelle Plakat, und sein eingesunkenes Gesicht wurde traurig. Einen langen Tag nach dem anderen in sein Zimmer eingesperrt wie ein Einsiedler, hatte Dulnikker darauf gewartet, daß die Dorfbewohner kommen und sich bei ihm entschuldigen würden für die Schande, die sie über sich gebracht hatten, indem sie auf ihren Lehrer und Meister verzichtet hatten. Jedoch vergeblich, niemand war bereit, zu Kreuz zu kriechen, und der Staatsmann fühlte sich in seiner absoluten Isolierung vergessen wie der Schnee vom Vorjahr auf den Höhen des Libanon. Schließlich trat er im sanften Schein der Sonne wieder auf die Straße. Die Männer grüßten ihn mit einem leichten Kopfnicken, so wie sie es in seinen ersten Tagen im Dorf getan hatten. Das regte jedoch den Staatsmann jetzt nicht mehr auf, denn er wußte, daß Gula bestimmt unterwegs war und ihn bald wieder in die Welt mehr oder weniger normaler Menschen bringen würde. Einen kurzen Augenblick lang fühlte Dulnikker einen tobenden Haß gegen seinen ehemaligen Sekretär in sich aufwallen, denn wenn es diesem gelungen wäre, seine seinerzeitige Flucht mit größerer Pfiffigkeit zu bewerkstelligen, dann wäre der Staatsmann schon längst wieder in seinem bequemen Büro in Tel Aviv gesessen …
Ein leichter Schlag auf seinen Schädel weckte den Staatsmann aus dem hypnotischen Zug seiner traurigen Gedanken. Als er zwei weitere Schläge, diesmal auf seinem Rücken, spürte, drehte er sich verwirrt um und bemerkte Majdud und Hajdud auf den Bäuchen hinter einem dicken Eichenstamm, wie sie aus ihren Schleudern ein Dutzend kriegslüsterne Lümmel mit Kies überschütteten, die hinter dem Haus hervor auf sie feuerten. »Vorsicht, Ingenieur!« schrien ihm die Zwillinge zu. »Sie sind in der Feuerlinie! Rennen Sie!«
Die Angreifer eröffneten neuerlich das Feuer, und auch ihre Steine trafen den Staatsmann. Kühn drohte Dulnikker den Wilden:
»Was heißt das? Ihr benehmt euch wie Straßenbälger! Ich verlange, daß ihr sofort aufhört!«

»Hauen Sie ab, Ingenieur!« riefen die Kleinen im Chor. »Sie sind uns im Weg! Hauen Sie ab, schnell! Sind Sie taub? Abhauen!«
Dulnikker trat von einem Fuß auf den anderen, verwirrt und aufgebracht. Einmal, bei einer Massenversammlung in Frankreich, hatten ihn Huligane mit zahllosen verfaulten Tomaten beworfen, aber die Kinder daheim hatten ihn noch nie mit etwas beschossen. Majdud – der mit Seniorat – stürzte unter großer Gefahr hinter der Barrikade hervor und zerrte den Staatsmann hinter die Bäume.
»Seien Sie kein Waisenkind, Ingenieur«, schrie er ihn nach der Rettung an. »Sehen Sie denn nicht, daß es so viele sind?«
»Wer sind diese Kinder?«
»Die Schuhflicker-Klasse.«
Dulnikker runzelte die Stirn: Er hatte keine Ahnung von der Veränderung der Werte, die im Erziehungssystem stattgefunden hatte. Zu Beginn jener schicksalhaften Woche hatte sich Salman Hassidoffs Söhnchen während des Mittagessens an seinen Vater, den Bürgermeister, gewandt und plötzlich gefragt: »Papa, ist es wirklich wahr, daß der Schuhflicker der nächste Bürgermeister wird und wir dann eine Menge Wasser haben werden?«
Das Essen blieb Hassidoff im Hals stecken.
»Großartig! Vielleicht erzählst du mir, wo du das her hast?«
»Was für eine Frage! Aus der Schule.«
Frau Hassidoff stieß ein wildes Wutgeheul aus.
»Da hast du's, Salman! Jetzt siehst du's!« schrie die Frau mörderisch. »Dieser heuchlerische Schächter lehrte deinen eigenen Sohn für dein Geld, daß dieser hinkende Schuster der Messias ist! Da hast du's!«
Ohne seine Mahlzeit zu beenden, erhob sich Salman vom Tisch, und von einem stechenden Gefühl im Magen begleitet, rannte er wütend zum Schächter. Ja'akov Sfaradi begrüßte den Bürgermeister höflich und mit königlicher Herablassung. Die Bewegungen des Schächters waren seit kurzem gelassener geworden, und er schritt gemessenen Schrittes einher. Selbst sein Gesicht war dank verbesserter Ernährung etwas runder, sein Bart überraschend länger und seine Kleidung unter Ofer Kischs Bügeleisen frischer geworden. Und der Gedanke, einen berufsmäßigen Kantor von draußen herzubringen, gärte schon seit langem in ihm.

»Willkommen«, sagte Ja'akov Sfaradi zu seinem ehrenwerten Gast. »Nehmen Sie Platz.«

»Nehmen Sie gar nix!« griff ihn Hassidoff an. »Sie, mein Herr, zerstören Ihre Schüler, Sie verwandeln die Jugend in Schuhflickerniks, Sie machen meinen Sohn zu meinem Todfeind! Was soll das, wenn ich fragen darf?«

»Einen Augenblick, Herr Bürgermeister.« Der Schächter wich vor der väterlichen Wut zurück. »Nicht im Zorn, bitte. So einfach ist die Sache nicht. Was soll das alles? Täglich fragen die Kinder, wer Bürgermeister wird, warum er es wird, wann er es wird – und schließlich muß ich ihnen im Interesse der Gemeinschaft eine Antwort geben, stimmt's, Ingenieur Hassidoff?«

»Dann«, der Barbier wurde noch zorniger, »dann geben Sie ihnen bitte die Antwort, daß der Barbier ewig Bürgermeister bleibt. In Ordnung?«

»Verlangen Sie so etwas nicht von mir, Herr Bürgermeister. Wenn ich Ihren Sieg im voraus prophezeien soll, wäre der Schuhflicker mit Recht böse, denn erst vor zwei Tagen schenkte er mir ein Paar Wildlederschuhe mit kleinen Löchern an den Seiten zwecks Lüftung.«

»Ich schwöre, was für eine Chuzpe!« Der Barbier kochte und hielt sich die Hand an den Bauch, den Partner seiner Wut. »Vielleicht sagen Sie mir, Ja'akov Sfaradi, wer Sie täglich mit einem Quorum für Gebete versorgte, bevor Sie ein so großer Mann geworden sind? Und wer noch immer Ihren dreckigen Bart kostenlos trimmt?«

»Sie, Ingenieur Hassidoff«, erwiderte der Schächter. »Aber Sie müssen meine heikle Lage verstehen. Wenn Ihre Einstellung vorherrschen sollte, könnte Elifas Hermanowitsch morgen kommen und von mir verlangen, daß ich seine Zwillinge lehre, daß er – der Wirt – zum Bürgermeister gewählt wird, oder zumindest, daß er gewählt hätte werden sollen, als Dank, weil er mir für meine Überwachung kostenlos Mittagessen gibt! Ich kann keine getrennten Klassen für die Kinder sämtlicher Räte und ihrer Anhänger errichten.«

»Warum eigentlich nicht?«

Salman Hassidoff stieß auf keine Schwierigkeiten, die Abgeordneten dazu zu überreden, denn die dem Gedanken innewohnende Logik stand auf seiner Seite.

»Das ist der einzig mögliche Weg«, erklärte der Bürgermeister den Räten. »Nur so können wir es verhindern, daß unsere Kinder das Lob unserer Feinde hören. Selbst aus der Sicht der Kinder: Das wird die Raufereien zwischen ihnen beenden und einen günstigen Einfluß auf ihren Fortschritt in der Schule haben.«

Am nächsten Tag wurde die Registrierung der Kinder unter Leitung des jungen Vorsitzenden eröffnet. Das Gemeindesekretariat ersuchte die Eltern der Kinder, einen Fragebogen auszufüllen, in dem sie gebeten wurden, darauf hinzuweisen, welches Mitglied des Provisorischen Dorfrats ihrer Meinung nach am meisten recht hatte. (»Bitte unterstreichen Sie den Mann, der recht hat.«) Die Antworten dienten als Grundlage für die Zusammensetzung der Schulklassen. Der Schulklassenausschuß nahm Zevs Vorschlag an, daß sie in Zweifelsfällen – wo der Vater den einen Mann und die Mutter einen anderen für richtig hielt – den Geschlechtern angepaßt werden sollten: Das heißt, eine Tochter ging in die Klasse der Wahl ihrer Mutter, und ein Sohn folgte den Spuren seines Vaters. So kam es, daß der Schächter gezwungen war, außer den zwei größten Klassen, der Barbierklasse und der Schuhflickerklasse – die Zwillinge separat und eine zahlenmäßig begrenzte Gruppe strebsamer kleiner Schächter zu unterrichten. Zusätzlich wurde eine Klasse für die Sproßlinge der ›Dreitürniks‹ errichtet, die ihre Kinder in schneidermeisterlichem Geist zu erziehen wünschten.

Am Tag nach dem Inkrafttreten der Erziehungsreform verwandelte sich die Dorfstraße in ein Schlachtfeld, und die einzelnen Klassen führten untereinander einen unaufhörlichen Krieg. Die große Schuhflickerklasse schüchterte die Minoritäten gleich von Anfang an ein, und Amitz Dulnikker bekam unter anderem zwangsläufig ihre Stärke zu fühlen. Die schuhflickerischen Fratzen umzingelten in einem Infanterieangriff den Baum, hinter dem sich die Schüler der Wirtsklasse zusammen mit dem Onkel Ingenieur eingegraben hatten, und sie schossen von allen Seiten Kiesel. Die überlegene Streitmacht zerschmetterte die Verteidigungen der Zwillinge schnell, und sie rasten davon.

»Ingenieur!« schrien Majdud und Hajdud über die Schulter zurück. »Was ist los mit Ihnen? Los, rennen Sie!«
Dulnikker rührte sich nicht; er starrte die Schwärme der kleinen Lümmel mit einem bekümmerten, verwirrten Blick an, als spüre er die Steine überhaupt nicht, mit denen ihn die Vorhut überschüttete.

Die Feier des zwanzigsten Jahrestages der Eröffnung des Barbierladens fand in Anwesenheit sämtlicher Dorfbewohner statt, trotz der schwarzen Wolken, die sich an jenem Samstagabend am Horizont gesammelt hatten und die Teilnehmer mit einem Guß bedrohten. Das Grundstück des Kulturzentrums war nach wie vor eine öde Fläche, zu der an einem Ende einige Tische und ein neues Schild gekommen waren, das statt des Namens des ›verstorbenen‹ Ingenieurs folgenden Text trug:

HIER WIRD DEMNÄCHST
DER SALMAN-MOSES-KULTURPALAST ERRICHTET.

Unnötig zu sagen, daß der neue Name das Ergebnis langer rauher Debatten im Dorfrat zwischen dem Schuhflicker und dem Barbier war. Nur der weise Vorschlag des Vorsitzenden brachte einen Kompromiß zwischen dem Vorschlag des Schuhflickers (Moses) und der Forderung des Barbiers (Salman) zustande.
»Der Name des Herrn Hassidoff verdient es sicherlich, auf dem Schild zu erscheinen, weil man während seiner Amtszeit als Bürgermeister beschlossen hat, den Palast zu errichten«, behauptete Zev. »Aber andererseits ist es passend, den Namen des Propheten Moses daraufzulassen, weil er zu seiner Zeit soviel für unsere Kultur getan hat.«
Der Sekretär saß jetzt an dem langen Tisch unter den Höherstehenden, während die Menge die Augen nicht von seiner kleinen Frau abwenden konnte und aus ihrer Gestalt zu erraten versuchte, in welchem Monat sie war. Die Tische waren mit Nelkengebinden geschmückt, die den Namen ›Salman‹ auf den Tischtüchern bildeten – eigenhändige Schöpfung von Frau Hassidoff. Vor Elifas Hermano-

witsch, der in Feiertagsschwarz gewandet war und als Zeremonienmeister wartete, stand bescheiden die Tischglocke aus dem Stadtamt. Plötzlich erhob sich der Wirt und drückte auf den Klingelknopf. Der Nachklang des hübschen Glockentons begleitete den Ehrengast und seine Gemahlin auf dem Weg zu ihren Sitzen durch die respektvoll zurückweichende Menge. Frau Hassidoff sah tadellos aus, und ihr Kleid, aus einem einzigen Stück Tupfenstoff geschnitten (Bluse und Rock in einem) löste Wogen der Bewunderung mit einer Spur von Neid aus. Die Heldenfrau war tief gerührt, und als sie sich neben den Zeremonienmeister setzte, flüsterte sie mit Tränen in der Stimme ihrem Gatten ins Ohr:

»Salman, Salman, daß wir das noch erleben durften!«

Elifas erhob sich wieder und drückte neuerlich auf die wunderbare Glocke, und siehe, die Menge verstummte von einem Ende bis zum anderen.

»Geliebte Versammelte, Mitglieder des Provisorischen Dorfrats, Ehrengast und Gemahlin!« eröffnete der Wirt seine Rede heftig schielend. »Wir haben uns an diesem Samstagabend hier auf dem Boden des Kulturzentrums versammelt, um unseren Bürgermeister de facto zu begrüßen, einen der besten Rasierer der Stadt, Ingenieur Salman Hassidoff.« Wieder drückte der Wirt auf die Glocke, und die Zuhörer brachen in Applaus aus. Amitz Dulnikker, der schweigend und unbemerkt mitten in dem Gedränge stand, starrte seine Nachbarn höchst verblüfft an. Warum jubelten sie diesem unbedeutenden Menschen zu, den jeder verachtete? Wußten sie denn nicht, daß der Barbier und seine Frau dieses ganze Picknick mit allen Zutaten auf Kosten eben dieser Menge organisiert hatten? Der Staatsmann staunte auch über den glatten Vortrag des Wirts: Er konnte seinen Ohren kaum trauen. War das derselbe halbidiotische Dicke, der seinerzeit keinen ganzen Satz hervorzubringen vermochte?

»Wer immer Salman Hassidoff halbwegs kennt, weiß, daß er solche Feiern zu seinen Ehren nicht mag«, setzte der Wirt seine Laudatio fort und wandte sich an den Bürgermeister, der zustimmend nickte, während sein Gesicht den Glanz der Genugtuung widerstrahlte, »aber ich muß von hier oben sagen, daß wir ursprünglich, vor zwanzig Jahren, als Ingenieur Hassidoff sein Friseurgeschäft in Kimmelquell gründete, nicht erwartet hätten, daß es sich zu einer so wichtigen öffentlichen Einrichtung entwickeln würde. Vor zwanzig Jahren ein Geschäft in Kimmelquell zu eröffnen, war ein sehr gewagtes Unternehmen. Ich erinnere mich, als ich meinen Gasthof eröffnete, daß viele Leute zu meiner Frau sagten: ›Malka, Malka, dein Mann macht eine Dummheit.‹ Aber meine tapfere Frau sagte ihnen unverzagt: ›Verlaßt euch auf Elifas Hermanowitsch. Er hat viele große Schwierigkeiten bewältigt, und er wird schon wissen, was er jetzt tut!‹ Natürlich unnötig zu sagen, daß wir zuerst schwere Zeiten durchmachten. Kaum ein Gast kam in die Schankstube. Die Leute sagten, wozu brauchen wir einen Gasthof? Wir haben bis heute ohne einen gelebt, und wir werden auch in Zukunft ohne einen leben. Dennoch mußte ich täglich Mahlzeiten zubereiten, denn sollte doch zufällig ein Gast kommen, dann hätte ich ihm nicht sagen können, ›Verzeihung, mein Herr, ich habe keine Gäste erwartet‹. Wenn ihr nur wüßtet! In jener Zeit hatte mein Haus noch keinen zweiten Stock, daher war die Küche praktisch im Speisezimmer, und wir konnten keine weißen Tischtücher auflegen, wegen des Rauchs aus dem Herd …«

Der Wirt brauchte nicht ganz fünfviertel Stunden, um unter häufigem Glockenläuten zu der gegenwärtigen Lage zu kommen, da er nunmehr mit Leichtigkeit Mahlzeiten für 120 Erwachsene zu vernünftigen Preisen liefern konnte, die gekochtes Fleisch und Nudeln beinhalten, wenn er rechtzeitig von der Anzahl der Gäste verständigt wurde, etwas, worum er jeden sehr bäte, genau einzuhalten, weil sie im allgemeinen immer in der letzten Minute zu ihm kämen. In diesem späteren Stadium der Festlichkeiten saßen der Barbier und seine Frau mit grünen Gesichtern auf ihren Ehrenplätzen und trommelten Märsche mit den Fingern auf dem Tisch. Frau Hassidoff erhob sich gelegentlich halb von ihrem Stuhl, als hätte sie gern den Wirt tätlich angegriffen. Zevs Stirn ruhte auf seinen Unterarmen, und er hielt sich ein Taschentuch vor den Mund, während er seinen Kopf seltsam schüttelte. Aber die Menge beachtete diese kleineren Störungen nicht und hörte begeistert der Jungfernrede des Wirts zu. Ja, mehr noch, sowie der Wirt seinen Vortrag mit folgenden herzlichen Worten beendet hatte: ›Daher wollte ich Ihnen nur sagen – möge der Herr unseren Ehrengast Ingenieur Hassidoff und dessen Gattin segnen!‹, brachen die Zuhörer spontan in langanhaltenden Beifall aus.

Die erfreuliche Stimmung wurde jedoch schnell durch die Erwiderung des Ehrengastes verdorben. Der Barbier begann mit einer derartigen Schärfe, daß sie schon an Roheit grenzte, und er verteilte nach links und rechts Andeutungen über gewisse Leute, die über seine Jahresfeier unglücklich seien, weil sie nicht günstigen Auges mitansehen könnten, daß er das Rasiermesser des Barbiers mit dem Schwert der Herrschaft vertauscht habe. Aber das störe ihn überhaupt nicht, weil er überzeugt sei, daß die Bürgerschaft wisse, wie sie den Mann schätzen sollte, der die kommunalen Dorfangelegenheiten in den letzten Jahren gelenkt hatte, und daß sie alle bei den kommenden Wahlen für ihn stimmen würden …

Der Schuhflicker am entgegengesetzten Ende der Tafel saß nicht müßig da, sondern begann Hassidoff mit Zwischenrufen zu unterbrechen und behauptete, daß er, Zemach Gurewitsch, gemeint habe, sie feierten den 20. Jahrestag des Barbierladens – der übrigens erst vor drei Jahren gegründet worden sei –, aber niemand hatte je etwas von einem bürgermeisterlichen Jahrestag gesagt. Worauf Frau Hassidoff dem Schuhflicker gepfeffert antwortete und die Verehrer des Schuhflickers unverzüglich unter den Zuhörern in ein ohrenbetäubendes Pfeifen der Verdammung ausbrachen.

»Ihr werdet mir nicht den Mund verbieten, ihr Schakale!« kreischte der Ehrengast. »Solange ich euer Bürgermeister bin, werdet ihr mich ehren, sonst lasse ich euch von meiner Polizeitruppe hinausschmeißen, samt eurem Schuster!«

Die Augen Gurewitschs spien Pech und Schwefel. Einen Augenblick schien es, daß er zum Kopfende der Tafel stürzen würde, aber schließlich drehte er sich einfach um und verließ den Kampfplatz in mörderischer Wut. Der Tumult unter den Feiernden schwoll zügellos an, und eine Drohung von Blutvergießen hing in der geladenen Atmosphäre, als das Unerwartete geschah. Der Herr Ingenieur bahnte sich einen Weg durch die lärmende Menge, sprang auf das Podium und stieß den Barbier beiseite.

»Meine Freunde!« rief Dulnikker, »dieser Skandal kann nicht so weitergehen!«

Als Amitz Dulnikker das Podium im Sturm nahm, verstummte die Menge. Nur der Schwiegersohn Gurewitschs am anderen Ende der Tafel griff sich an den Kopf, richtete seinen flehenden Blick himmelwärts und sagte zu seiner Frau:
»Wenn er auch hier zu reden anfängt, bekomme ich wiederum einen Nervenzusammenbruch!«
Der Staatsmann selbst hielt den Kopf hoch, atmete jedoch in seiner Aufregung so schwer wie irgendein Novize der Rednerkunst.
»Meine guten Freunde«, sagte er, »was um Gottes willen geht hier vor? Ich bin ein erfahrener Mann, aber wenn ich an das reizende, einfache und stille Dorf denke, das ich hier vorfand, als ich ankam, und an den streitsüchtigen, lärmenden Ort, den ich jetzt bald verlassen werde – ich schwöre, ich muß weinen …«
Dulnikkers Augen wurden tatsächlich feucht. Er stützte sich in plötzlicher Schwäche auf den Tisch, aber seine Stimme wurde stärker, bis sie so klar wie eh und je war. Einige Schritte weit von ihm entfernt nahm sein persönlicher Sekretär die Finger aus den Ohren und starrte den Staatsmann verblüfft an.
»Ihr wart wie eine große glückliche Familie. Ihr habt eure Arbeit und eure Freunde geliebt. Heute? Ihr habt gelernt, wie man argumentiert, Unsinn redet und auch, wie man haßt. Nicht den Haß aus Zorn, sondern den Haß kalten Blutes aus kleinlicher Berechnung, zu dessen Parteigängern ihr eure Kinder gemacht habt. Wozu, meine Freunde? Warum? Habt ihr wirklich vergessen, wie die Berge aussehen, wie ein Kümmelfeld in der Blüte aussieht? Seid ihr nie im grünen Gras in der Sonne gelegen, stumm und friedlich, daß ihr denkt, der Schuhflicker und der Barbier seien alles, worauf es in dieser Welt ankommt? Was mit euch geschehen ist, übersteigt meinen Verstand, meine guten Freunde! Seid ihr krank?«
Amitz Dulnikker war überzeugt, daß er noch nie so primitiv gesprochen hatte und daß es ihm nur gelang, das Gefühl seines Herzens mit dem breiigen stammelnden Pathos eines sentimentalen alten Mannes auszudrücken.

»Bitte ändert die Dinge wieder so, wie es früher war, meine Freunde«, fuhr er flehend fort, »erneuert die Sitte der Dorfrunde, geht an die Arbeit auf den Feldern zurück. Wenn ihr es wünscht, dann wählt einen Bürgermeister, aber hört um Himmels willen mit diesem Tohuwabohu auf, bevor ihr einander gegenseitig die Gurgeln durchschneidet!«
Die Menge hatte sich von ihrem anfänglichen Schock erholt, und Wellen der Erleichterung durchliefen sie. Es war wirklich ein bißchen seltsam, eine solche Lektion ausgerechnet vom Ingenieur zu erhalten. Eine fröhliche Stimme verspottete den Staatsmann: »Herr Ingenieur, wieviel Wein haben Sie eigentlich getrunken?«
Dulnikker tat, als höre er die Anpöbelung nicht, aber das wilde, unbeherrschte Gelächter, das aus allen Kehlen drang, ließ ihn seinen großen Irrtum erkennen. Der Staatsmann öffnete den Mund, schloß ihn aber wieder. Und es kam kein Laut mehr von ihm. Er stand erschüttert und gelähmt vor den Leuten. Plötzlich kam ein Schrekkensschrei vom Rand des Grundstückes:
»Feuer!« kreischte jemand. »Das Haus des Barbiers brennt!«
Die Menge drehte sich um, um zu schauen; erst dann merkte sie, daß hinter ihren Rücken Flammen, die ein blaßrosa Licht ausstrahlten, vor dem Hintergrund aufsteigenden Rauchs hochsprangen. Aus der Menge erhob sich ein Gebrüll, alles stürzte in Panik weg und strömte zum Schauplatz des Brandes. Aber zwei Minuten später öffneten sich die Schleusen des Himmels weit, und ein segensreicher Regenguß löschte das Feuer im Nu.
Nur ein Mensch blieb an den Tischen auf dem Kulturfeld zurück. Der Staatsmann rannte nicht vor dem Regen davon, sondern überließ sich fast freudig dem schauerartigen Prickeln auf seinem Gesicht. Als es aufhörte, kehrte der Staatsmann ins Wirtshaus zurück. Sein durchnäßtes Gewand klebte an seinem Körper, der vor Kälte zitterte. Die Dorfbewohner sahen ihn von der Seite an, zurückhaltend und unsicher, als erblickten sie einen alten, harmlosen Narren, dem man es erlauben konnte, ungestört weiterzugehen. Der Ingenieur stand in diesem Augenblick ohnehin nicht im Brennpunkt ihrer Aufmerksamkeit. Alles rätselte an dem Feuer herum. Sicher, es war nur eine Wand im Hinterzimmer des Hauses von Hassidoff beschädigt worden, aber es war jedermann klar, daß nur himmlische Barmherzigkeit das Dorf vor

einem nicht wieder gutzumachenden Unglück bewahrt hatte. Der Ursprung des Brandes war in Geheimnis gehüllt, da fast das ganze Dorf zu der Zeit auf dem Kulturfeld gewesen war. Trotzdem war ein und derselbe gräßliche Verdacht in den Herzen aller Bürger geweckt, obwohl freilich keiner seinen grauenhaften Gedanken in Worte zu fassen wagte.

Dulnikker ging schweren Schrittes die Holztreppe hinauf und fiel auf sein Bett. Malka kam hinter ihm herein und zog die Decke über ihn.

»Dumme Bauern, jeder einzelne von ihnen«, tröstete sie den Staatsmann. »Sie haben nicht genug Hirn, um Sie zu verstehen. Viele dachten, daß Sie, Herr Dulnikker, im Ernst gesprochen haben. Ich habe nur meine Zeit verschwendet, als ich ihnen zu erklären versuchte, daß es ein Witz war, daß Sie jemanden nachgemacht haben.«

Dulnikker lächelte höflich und schlief erschöpft ein. Nach zwei Stunden bleiernen Schlafs öffnete er die Augen und war überrascht: Auf einem Küchenschemel saß Zev vor ihm und lächelte ihn breit an. Dulnikker schlüpfte aus dem Bett, der Sekretär trat auf ihn zu, und beide Männer umarmten einander fest und wortlos. Lange standen sie so da, schweigend, einander liebevoll den Rücken tätschelnd. Und das Lächeln auf ihren Gesichtern vermochte ihre Rührung nicht zu verbergen. Beide waren bis zu Freudentränen über ihre Begegnung erregt, die gleichzeitig so natürlich und doch so unlogisch war.

»Hören Sie, Dulnikker«, sagte Zev etwas heiser, nachdem sie einander endlich losgelassen hatten, »ich bin mir erst jetzt bewußt geworden, daß Sie wirklich ein großer Redner sind. Wenn ich nicht so ein kleines Schwein wäre, würde ich sagen, daß Sie mein Herz gerührt haben.«

»Glaubst du, Zev?« Dulnikkers Gesicht strahlte auf, verdunkelte sich aber sofort wieder. »Keine Spur«, fügte er traurig hinzu, »Amitz Dulnikker hat vor den Bauern einen Narren aus sich gemacht.«

»Herr Ingenieur! Die Bauern haben es auch nicht gern, wenn sie mitten in ihren Spielen unterbrochen werden.«

Plötzlich brachen sie in ein ungeheures befreiendes Lachen aus.

Sie fielen auf die Betten, rollten herum, wanden sich auf dem Rücken, während sie seltsame Worte brüllten, unfähig, sich den Grund für ihren Ausbruch zu erklären, obwohl sie beide tief innen spürten, daß

sie in Wirklichkeit über sich selbst lachten. Als ihr Heiterkeitsanfall vorbei war, stand Dulnikker auf und zog sich um.
Er hatte sich durch Zevs Rückkehr erstaunlich verjüngt, aber die Zeichen des Alters blieben in seinem Gesicht eingegraben. Zevs Gesicht hingegen war beträchtlich runder und sein Körper plump und dicklich geworden.
»Höre, mein Freund Zev«, zog ihn Dulnikker gutmütig auf, »dein ausgestopfter Kopf beginnt allmählich wie der Vollmond auszusehen, wie der Kopf des Schächters, der zum Rabbi kam und rief, ›Rebbe, Rebbe‹ ...«Plötzlich schwieg der Staatsmann und runzelte die Stirn, als ihm ein Gedanke in den Sinn kam. »Genossen«, fragte er zögernd seinen Sekretär, »habe ich euch je diesen Witz erzählt?«
»Nein«, erwiderte Zev. Und erst am Ende – als es sich herausstellte, daß der Schächter zu Rosh Hashanah nicht Schofar blasen durfte, weil er nicht in das kalte Wasser der Mikve untergetaucht war, brach der treue Sekretär in ein echtes, aufrichtiges Gelächter aus, das dasjenige des Staatsmannes noch übertraf.
»Großartig«, keuchte Dulnikker erleichtert. »Wie geht's deiner reizenden Frau? Wie trägt sie ihren gesegneten Zustand?«
»Worüber reden Sie da?« Der Sekretär wurde ernst. »Es gibt keine gesegneten Umstände. Eine Woche nach der Trauung kommt Dwora und sagt zu mir: ›Zev, ich glaube nicht, daß ich schwanger bin.‹ Haben Sie je schon einmal so was Dummes gehört, Dulnikker?«
»Scherze des Schicksals«, versicherte Dulnikker und fügte ein bißchen bekümmert hinzu: »Natürlich bedauerst du es jetzt, daß du sie geheiratet hast?«
»Ich habe sie nicht geheiratet, Dulnikker. Nur unter uns: Ein Schächter ist doch kein Rabbi!«
Der Sekretär lag auf dem Rücken im Bett und starrte zur Decke.
»Haben Sie wegen Dwora kein ungutes Gefühl, Dulnikker. Ein paar Wochen Eheleben haben genügt, ihr beizubringen, daß ich für sie zu intelligent bin. Mischa der Kuhhirt paßt zu ihr, nicht ich. Und das komischste an der ganzen Sache ist, daß ich gerade jetzt – wirklich, wie soll ich es ausdrücken – sie gern zu haben begann. So ein Hühnchen!«
Dulnikker konnte seinen Handrücken nicht länger beherrschen, die

Umgebung seiner Nasenflügel zu reiben, ein Vergnügen, das er seit langem nicht mehr genossen hatte.
»Also, was wird jetzt?«
»Wir sind übereingekommen, daß ich mich davonmache, sobald ich ihren Vater loswerden kann.«
»So gern hat dich Gurewitsch?«
»Wie ein Loch im Kopf, Dulnikker. Aber er läßt mich bis zur Wahl nicht aus den Augen, weil er meinen Rat braucht.«
»Die Dorfbewohner sind wahnsinnig geworden«, versicherte Dulnikker. Und er enthüllte seinem Sekretär mit gesenkter Stimme vertraulich einen Teil des Briefes, den er durch seinen vertrauenswürdigen Chauffeur Gula geschickt hatte. »Mein Wagen kann jeden Augenblick eintreffen«, schloß der Staatsmann seine Erzählung, und die Hoffnung, daß sie bald in den Wirbel des öffentlichen Lebens zurückkehren konnten, erinnerte Zev an seine etwas vernachlässigte ehemalige Funktion.
»Ich wünsche ihnen Glück, Dulnikker«, sagte er im offiziellen Tonfall des Ersten Sekretärs. »Es ist wirklich an der Zeit, daß Sie die Angelegenheiten Ihres Büros wieder in die Hand nehmen.«
Auch Dulnikker war über die angenehme Veränderung froh. »Ich bin aus offenkundigen Gründen etwas müde, Genossen«, sagte er, während er im Zimmer auf und ab ging. »Ich werde wirklich froh sein, wenn Sie sich, mein Freund, daran machen, einen Entwurf für meine Rede an die Reporter nach meinem Empfang zu verfassen. Ein paar Worte über den gesunden Einfluß ruhiger Ferien draußen auf dem Land und Rast für die Nerven einer Gestalt der Öffentlichkeit …«
»Sie brauchen nicht weiterzureden, Dulnikker.« Der Sekretär zog einige gefaltete Blätter aus der Tasche. »Es ist schon alles da.«

Die letzte Sitzung des Provisorischen Dorfrats fand in einer beispiellos geladenen Atmosphäre statt. Auf der Tagesordnung stand eine heikle, gefahrvolle Frage. Mit anderen Worten, die Dorfjugend hatte die Regierung informiert, daß sie eine Fußballmannschaft aufzustellen wünsche, die gegen die Mannschaft des Dorfes jenseits des Flußberges antreten wolle. Diese explosive Idee wäre noch vor einigen Mona-

ten als gotteslästerlich empfunden worden, angesichts der Veränderung jedoch, die sich in der Einstellung der Öffentlichkeit gegenüber Reisen vollzogen hatte, war die Sache schwierig zu entscheiden. Die Dorfräte beeilten sich daher nicht, eine Entscheidung zu treffen, sondern gingen persönlich in das Gebiet am Fuß der Dämme und studierten die Übungen der Jungen ausgiebig. Danach beschloß der Dorfrat – im Prinzip – zugunsten eines einmaligen Matchs mit dem Dorf Metula, blieb dann jedoch bei der Streitfrage der Auswahl der Kimmelquellmannschaft stecken.
Das war wirklich eine komplizierte Sache. Natürlich verlangte der Barbier die Majorität der Mannschaft für sich, und zwar weil er Geschäftsführender Bürgermeister und der Block seiner Anhänger der größte aller Lager im Dorf war. Aber der Schuhflicker leugnete letztere Behauptung mit der Feststellung, daß die Schuhflickerklasse in der Schule nicht kleiner war als die des Barbiers, und fügte hinzu, daß außerdem der Ball sein eigenes Erzeugnis sei. Daher verlangte er für seine Anhänger unter anderen Positionen auch drei von den fünf Stürmern. Dementsprechend drangen die übrigen Repräsentanten, gegründet auf ihren Rang im Dorf, auf gute Positionen für sich. Überdies verkündete der Schächter, daß er die Spieler persönlich zu begleiten wünsche, um in dem Gewühl von Metula ein Auge auf sie zu haben.
»Auch verstehe ich etwas von Fußball«, empfahl sich der Schächter selbst. »Im Chaider pflegten wir eine Menge zu spielen, bis uns der Lehrer erwischte und uns die Schläfenlocken ausriß.«
Die Abgeordneten stimmten der Reise des Schächters zu, da es unvernünftig war, ihn allein im Dorf zu lassen, wenn alle Dorfräte die Bürde auf sich nehmen würden, die Mannschaft zu begleiten. Über die Zusammensetzung der Mannschaft konnten sie jedoch einfach zu keiner Übereinstimmung gelangen. Elifas Hermanowitsch schlug, um den Spielern gegenüber nicht ungerecht zu sein, die Verschiebung des Spieles bis nach den Wahlen vor, weil es dann leichter sein würde, das Team der Wahlstärke entsprechend aufzustellen. Sein Vorschlag wurde jedoch unverzüglich niedergestimmt, weil es, behaupteten sie, nach den Wahlen für die Spieler nicht mehr nötig sein würde, eine solche Reise zu machen.

Zemach Gurewitschs Geduld erreichte schließlich ihre Grenze, und er stellte der Plenarsitzung des Rats ein Ultimatum, indem er nachdrücklich folgende Mannschaftsstruktur verlangte:

Schuh

Barb Schäch

Schuh Schuh Barb

Schnei/Wir Barb Schuh Schuh Barb

»Die zwei Rechtsaußen sind folgendermaßen zu verstehen«, erklärte Gurewitsch: »In der ersten Spielhälfte wird der Mann Hermanowitschs spielen und der Mann Kischs wird in der zweiten Hälfte spielen oder andersherum; ist mir egal. Weitere Konzessionen zu machen bin ich nicht bereit.«

Gurewitschs Kühnheit weckte wilde Wut im Herzen des Barbiers.

»Genossen, ihr seid verrückt!« schrie er den Schuhflicker an. »Nicht nur, daß ihr fünf Plätze für euch in Anspruch nehmt, aber ihr beansprucht bei ihnen auch den Mittelläufer und den Mittelstürmer? Wollt ihr, daß mich ganz Metula auslacht?«

»Die Mannschaft muß das Dorf repräsentieren«, beharrte Gurewitsch hartnäckig. »Mir haben vierzig Leute Quittungen unterschrieben, daß ich ihnen die Schuhe kostenlos geflickt habe.«

»Und ich sage Ihnen, meine Herren«, krächzte der Barbier mit Schaum vor dem Mund, »ich werde eine Mannschaft ohne einen einzigen Schuhflickernik in ihr zusammenstellen, nur mit Sfaradi und Kisch mit einer Stimmenmehrheit von drei!«

Die kommunale Drohung ließ Gurewitsch die Selbstbeherrschung verlieren:

»Tyrann!« brüllte der Schuhflicker. »Ein Bürgermeister wie Sie sollte verbrannt werden!«

»Verbrannt? Ah – Sie lassen also die Katze aus dem Sack?«

»Sie kann Ihnen auch aus Ihrem Bauch herauskriechen, Sie Bauernlümmel!«

»Ach nein? Nu, ich schlitze Ihnen Ihre dreckige Gurgel auf, Sie Bauernlümmel, wenn Sie es je wagen, den Eingang meines Barbierladens zu verfinstern!«

»Keine Angst! Eher hänge ich mich auf, Sie Bauernlümmel, bevor ich Ihr stinkendes Loch betrete!«

»Nur los, hängen Sie sich auf! Ich werde nur darauf sehen, daß man mich, Gott behüte, nicht neben Ihnen begräbt, Sie Bauernlümmel!«

(»Bitte, das können wir später erörtern«, murmelte Ofer Kisch, der Totengräber des Dorfes. In seiner fruchtbaren Phantasie teilte er den Kimmelqueller Friedhof – dem Schulreformplan folgend – schnell in die Enklaven des Schuhflickers, des Barbiers und der übrigen Abgeordneten.)

Die Rivalen standen einander wie zur Entscheidungsschlacht angespornte Kampfhähne Aug in Aug gegenüber. Zev war bei dieser Sitzung nicht anwesend: Die Abgeordneten fühlten sich frei.

»Glatzkopf!«

»Klumpfuß!«

Dulnikker wurde durch das Geräusch splitternden Glases aufgeweckt und trat gerade auf den Balkon hinaus, als der Barbier und der Schuhflicker durch das Fenster der Ratskammer hinauskollerten. Beide Abgeordneten hatten einander mit Zähnen und Fingernägeln gepackt und bedeckten sich mit dem Schmutz der Landstraße, während jeder ›diesem Bauernlümmel‹ tödliche Hiebe versetzte. Diesmal beeilte sich der Staatsmann jedoch durchaus nicht, den Kampf abzubrechen. Er schaute mit einem Gefühl heilsamer Erleichterung hinunter. ›Wenn sich diese schwachsinnigen Kreaturen gegenseitig umbringen würden, dann wäre das Dorf gerettet‹, dachte Dulnikker und ging gelassen vor das Wirtshaus, weil das Laub der Bäume am Straßenrand die zwei ineinander verbissenen Kämpfer vor seinen Blicken verbarg.

»Sie sehen, Herr Ingenieur«, jammerte Elifas Hermanowitsch, der neben dem Staatsmann stand, »wie sie das Image des Dorfrats zerstören.«

Dulnikker brach in einen Lachanfall aus, der seinen ganzen Körper schüttelte. ›Mögen sie sich ihres Geschmacks an Schmutz erfreuen‹, sagte er zu sich. ›Ich wünschte, daß dieser Liliputanerzirkus zerfiele, daß dieser ganze Dorfrat vom Angesicht der Erde weggewischt würde, denn er hat meine Ferien auf dem Land verdorben und zerstört. Mit welchem Recht haben sich die Abgeordneten in mein Privatleben gemischt und meine Ruhe zerstört? Wie haben sie mich in ihre Irrsinnsverwirrung mit hineingezogen?‹

›Vielleicht bin auch ich etwas schuld daran‹, überlegte der Staatsmann. ›Am Tag meiner Ankunft in dem Dorf hätte ich den Provisorischen Dorfrat unterrichten sollen, daß ich an der Regelung seiner Gemeindeangelegenheiten nicht teilnehmen würde. Jetzt …‹, Dulnikker streckte sich genußvoll, ›jetzt ist mir Gott sei Dank die ganze Angelegenheit ohnehin aus den Händen genommen.‹

Wenige Schritte entfernt bemerkte Dulnikker ein gefaltetes Stück Papier, eine aus seinem Parteiorgan gerissene Seite, mit der die Tnuva ihre Kartons ausstopfte. Neugierig hob Dulnikker die Seite auf, weil das Blatt noch nicht zu gelb war. Er strich es glatt und begann zu lesen. Wenig später brach der Staatsmann an der Ecke des Wirtshauses fast zusammen, und kalter Schweiß brach auf seinem bleichen Gesicht aus.

Sowie er sich leicht erholt hatte, raste der gefährlich erregte Staatsmann zum Schuhflickerhaus hinüber und hielt seinem Sekretär die Zeitungsseite unter die Nase. Ganz unten auf der Seite versteckt stand eine kurze bescheidene Notiz:

Ein Sprecher des Presseamts der Regierung gab gestern abend bekannt, daß Amitz Dulnikker aus Gesundheitsgründen um seine Entlassung ersucht habe, die vom Minister angenommen wurde. Die Regierung ratifizierte die Ernennung Shimshon Groidiss' zum Stellvertretenden Generaldirektor anstelle Dulnikkers.

»Was hast du dazu zu sagen, mein Freund?« knurrte Dulnikker, und eine panische Angst tanzte in seinen Augen. Nur einmal, vor ungefähr zehn Jahren, war Dulnikker etwas Ähnliches zugestoßen, als man ihn leise aus dem Parteivorstand hinausgeschmissen hatte. Damals gründete Dulnikker sofort die Fraktion für Interne Säuberung, die er erst auflöste, als man ihn – in Panik – als Vorsitzenden wieder eingesetzt hatte. Aber damals war der Staatsmann um zehn Jahre jünger gewesen.

»Das bedeutet nichts, Dulnikker«, versuchte ihn der Sekretär zu beruhigen. »Bald kehren wir heim und kümmern uns darum. Es ist schon Schlimmeres passiert.«

»Schlimmeres als das?« Dulnikkers Gesicht lief rot an, und was immer von seiner Kraft übriggeblieben war, sammelte sich in seiner Kehle. »Soll das das Schicksal eines Mannes sein, der seinerzeit die Partei aufbaute und heute mit sechsundsiebzig Jahren am Ende seines Lebens steht, an dem jeder Tag aktiv und schöpferisch war? Nennst du das ›nichts‹, Zev, mein Freund, daß am Ende ausgerechnet Shimshon Groidiss auf meinen Platz gesetzt wird? Bedeutet das, meine Herren, Ihrer Meinung nach keine Provokation? Oder sind Sie vielleicht froh über meinen Sturz?«

»Schon gut, Dulnikker, schon gut«, entschuldigte sich seine hilflose Rechte Hand, »wir werden mit allen uns zur Verfügung stehenden Mitteln kämpfen!«

»Kämpfen?« flüsterte Dulnikker. »ich, Amitz Dulnikker, werde mich so erniedrigen, daß ich diesem unreifen Niemand Shimshon Groidiss den Krieg erkläre?«

»Nein, Dulnikker, wirklich nicht.« Zev blickte ängstlich auf die geschwollenen Adern. »Ein Kampf ist gar nicht nötig!«

»Großartig!« brüllte der Staatsmann. »Du erwartest also, daß ich mit gefalteten Händen dasitze, während mich die infernalischen Huligane ruinieren, nur weil mein Sekretär zu schwach ist, um als Puffer zu handeln? Nein, mein Freund Zev, wenn du Angst hast, dann tritt beiseite. Aber ich bitte dich, versuche nicht, meinen Kampfgeist zu zerstören!«

Der Sekretär erkannte, daß er nicht imstande war, den Vulkan zu löschen. Daher hielt er den Mund.

»Aha! Jetzt also schweigen wir, meine Herren!« Die Wut des Staatsmannes erreichte ihren Gipfel. »Es zahlt sich für uns nicht aus, unser Verhältnis zu Shimshon Groidiss wegen eines langweiligen Alten wie Dulnikker zu ruinieren, wie? Aber ich, mein Freund Zev, werde nicht davor zurückschrecken, diesen internationalen Skandal vor einen Untersuchungsausschuß zu bringen! Ich weiß, was hinter alldem steckt! Shimshon Groidiss rächt sich an mir, weil meine Stimme ihn vor dreizehn Jahren davon abhielt, wegen des Nationalfonds nach Australien geschickt zu werden. Und andererseits ist die Frau von Shimshon Groidiss mit Dahlia Groß befreundet, und Dahlia war seinerzeit die Schwägerin dieser Giftschlange Zvi Grinstein, der mich wie die Pest haßt, weil seine Ernennung zum Stellvertretenden Gene-

ralpostmeister nicht gebilligt wurde und er glaubt, ich hätte statt ihn Shimshon Groidiss unterstützt.«
Dulnikker, die Stirnadern zum Platzen angeschwollen, begann im Zimmer auf und ab zu rasen. »Zev«, schrie er, »ich bin nicht bereit, auch nur einen Tag länger auf Gula zu warten! Ich werde mich unverzüglich mit dem Tnuva-Chauffeur in Verbindung setzen. Der Preis spielt keine Rolle. Wir fahren noch heute abend!«
»Pscht!« flüsterte der Sekretär und blickte in bleicher Furcht zur Wand der Schuhflickerwerkstatt. »Mein Schwiegervater wird Sie hören, Dulnikker!«
»Soll er mich hören, das ist mir egal!« brüllte der Staatsmann. »Diesmal wird es dir nicht gelingen, mein Freund, meine Abreise aus diesem übelriechenden Loch zu verhindern! Heute abend fahren wir!«
»Sch sch sch!« bat ihn sein treuer Gefolgsmann mit zischendem Geflüster. »Wenn Gurewitsch entdecken sollte, daß ich drauf und dran bin, mich aus dem Staub zu machen, wird er mich in den Hühnerstall einsperren, das verspreche ich Ihnen, Dulnikker.«
»Das wäre fein«, meinte der Staatsmann. Aber dann erbarmte er sich des entsetzten jungen Mannes. »Keine Angst, Genossen!« fügte er hinzu. »Selbst ich muß diskret handeln, weil ich vermute, daß sich Malka Gott behüte etwas antut, wenn sie meine Absicht vermutet. So daß ich unseren Plan nur dem Chauffeur, dem ich vertraue, enthüllen werde.«

Alles verlief planmäßig.
Dulnikker lag angezogen auf seinem Bett, zu handeln bereit, während alle möglichen Gedanken über ›diese Ratte‹ Groidiss in seinem Gehirn nagten. Er war nichts als Verlangen, über nichtverzeichnete Landstraßen in der stockdunklen Nacht dahinzurasen, bis die angestrengten Pferde erschöpft vor dem Hauptgebäude der Partei zusammenbrachen und er, Dulnikker, mit Gewalt hinaufstürmen, in Zvi Grinsteins Büro platzen und brüllen würde:
»Was geht hier vor, Genossen?«
Zum Glück wurde Mischa bei diesem Ausbruch nicht wach. Dulnikker hielt einige Augenblicke den Atem an und wartete, dann glitt er vorsichtig von seinem Bett herunter und begann im schwachen Mond-

licht leise seine Sachen zu packen. Das Öffnen der Schranktür dauerte wegen ihrer knarrenden Angeln eine Ewigkeit wie die Schöpfung selbst. Der Staatsmann kniete sich neben seinen größten Koffer und quetschte nur die nötigsten Sachen hinein, weil er beschlossen hatte, den Großteil seines Gepäcks im Dorf zu lassen, um seine Flucht nicht zu gefährden. Er riß eine Seite aus seinem Notizbuch, in das er in den vergangenen Tagen seiner Depression einen Vortrag über den ›Soziologischen Stand primitiver Bevölkerungsteile in unserem Land‹ zu schreiben begonnen hatte. Er kratzte mit einem Bleistift und unter großer Anstrengung seiner Augen:

An
Herrn und Frau Elifas Hermanowitsch
Gasthof
Kimmelquell
Meine lieben Freunde! In den gestrigen späten Nachtstunden erhielt ich ein Telegramm mit dem Ersuchen, unverzüglich in mein Büro zurückzukehren, damit ich mich um eine bestimmte Angelegenheit von höchster Wichtigkeit kümmere. Es ist mir daher zu meinem großen Bedauern unmöglich, mich persönlich von Ihnen zu verabschieden. Ich möchte Ihnen beiden meinen tief empfundenen Dank für die angenehmen Ferien zum Ausdruck bringen, die ich in ihrem Hotel im Dorf Kimmelquell genossen habe. Die Küche ist befriedigend, die Bedienung recht gut und die Landschaft herrlich. Ich empfehle Ihr Hotel jedem Interessenten.

Hochachtungsvoll
INGENIEUR DULNIKKER

Nachdem der dankbare Staatsmann seinen Abschiedsbrief in eine zur Veröffentlichung geeignete Fassung gebracht hatte, legte er eine große Geldsumme auf das Blatt. Als er seinen Brief nochmals durchgelesen hatte, strich er jedoch das Wort »Ingenieur‹ aus.
»Albern«, murmelte er, »schließlich bin ich überhaupt kein Ingenieur.«
Dulnikker trug einen alten grünen Pullover, dazu grüne Wollfäust-

linge und Ohrenschützer, sowohl wegen der Winterkälte als auch aus persönlichen Überlegungen. Er drückte seinen Koffer zu, indem er sich mit seinem ganzen Gewicht auf ihn setzte. Die Schlösser klickten scharf zu, aber – dem Himmel sei Dank – der Polizist schlummerte weiter wie ein Bär im Winterschlaf.

Die Situation war dennoch äußerst kritisch. Einerseits konnte er es nicht riskieren, die knarrende Holztreppe hinunterzusteigen, weil der Wirt und Malka im Nebenzimmer schliefen. Andererseits war jedoch sein Regenschirm dem zusätzlichen Gewicht des Koffers nicht gewachsen. Deshalb knüpfte der Staatsmann seinen Bademantel an sein sorgfältig zusammengedrehtes Bettlaken und fügte noch ein Handtuch hinzu, dessen anderes Ende er um den Griff des Koffers schlang. Dann trug er den ganzen Apparat auf den Balkon und senkte die Ladung sorgfältig in den Garten hinab, während ihn die ganze Zeit die Frage bekümmerte: ›Warum nur muß ich immer alles selber machen?‹

Der vollgestopfte Koffer schwebte durch die Luft und stieß gelegentlich so laut an die Hauswand, daß Dulnikker sich schreckliche Szenen vorzustellen begann, in denen Malka in sein Zimmer gestürzt kam, sich ihm zu Füßen warf und laut kreischte:

›Gehen Sie nicht fort, Herr Dulnikker, gehen Sie nicht fort!‹

Der Staatsmann begann vor Aufregung zu schwitzen. Zu alledem stellte sich heraus, daß er das behelfsmäßige Bademantel-Bettlaken-Handtuch-Seil nicht wieder heraufziehen konnte, weil sonst auch der Koffer mit heraufgekommen wäre.

Dulnikker blickte auf die Uhr und stellte zitternd fest, daß ihm nur noch zehn Minuten bis Mitternacht blieben. Daher schuf er für seinen eigenen Bedarf ein zweites Seil aus allen Stoffgegenständen, die ihm in der Dunkelheit des Zimmers zur Hand kamen, einschließlich des Tischtuches, der Hose und des Unterhemds des Kuhhirten sowie seiner eigenen Krawatte, die er hastig vom Hals knüpfte und an dem Balkongitter befestigte. Dann kehrte Dulnikker auf einen Augenblick in das dunkle Zimmer zurück, um sich davon zu verabschieden, aber die kühle Luft draußen ließ ihn plötzlich laut niesen.

Mischa wachte auf und fragte undeutlich: »Was ist denn?«

»Mi-i-au«, erwiderte der Staatsmann, öffnete seinen großen schwarzen Regenschirm und eilte über das neue Seil hinunter. Aber das Schicksal arbeitet zu solchen Zeiten mit einem unbegrenzten Budget an Hindernissen. Das Unterhemd des Kuhhirten zerriß mit einem lauten Knall, und Dulnikker landete neben seinem Koffer, halb verrückt von den nächtlichen Verwirrungen. Es war genau Mitternacht. Dulnikker stand auf, nahm sein Gepäck und fing zu laufen an. Er stolperte jedoch sofort und fiel flach aufs Gesicht, weil sich das noch immer an seinen Koffer geknüpfte Seil um einen Baum gewickelt hatte. Mit klappernden Zähnen versuchte der Staatsmann den Knoten um den Koffergriff aufzuknüpfen, aber er kam damit nicht weiter. Daher befreite er den Baum aus dem Griff des Seils und lief wie irr durch die Hecken auf die Straße hinaus …

»Schon weg?« fragte der Wirt seine Gattin, welche die Manöver des Ingenieurs durch das Fenster beobachtet hatte.

»Hoffentlich«, erwiderte Malka und ging ins Bett zurück.

In Amitz Dulnikkers sehr aktivem Leben nehmen jene paar hundert Schritte den Rang eines unvergeßlichen Alptraums ein. Die wachsamen Dorfhunde begannen sich sofort für die lange Schleppe zu interessieren, die hinter der Gestalt dahinzog, und sie fielen mit wütendem Gebell über sie her, so daß Dulnikkers letzte Schritte vorwärts zu einem Tauziehen zwischen ihm und der Hundemeute wurden. Es ist sehr zu bezweifeln, ob die Hunde durch ein rein zahlenmäßiges Übergewicht den Staatsmann den Weg zurückgezogen hätten oder nicht, wäre sein loyaler Freund, der Chauffeur, nicht aus dem Schatten der Nacht aufgetaucht, um Dulnikker zu helfen, die einfältigen Tiere loszuwerden.

»Wo ist mein Krankenwärter?« fragte der Staatsmann am Rand eines körperlichen und geistigen Zusammenbruchs. Der Chauffeur brachte ihm die bittere Neuigkeit bei.

»Ich weiß nicht, wo Ihr Sekretär ist, mein Herr«, erwiderte er. »Sollte er ebenfalls kommen?«

»O Himmel«, schrie Dulnikker, »man hat ihn entführt!« Die Hütte des Lagerhauswächters war wieder hell erleuchtet.

Die Hunde stolzierten weiter um die beiden Männer herum, sprangen an ihnen hoch und bellten. Dulnikker sah auf seine Armbanduhr: 0 Uhr 10.

»Wir müssen fahren«, flüsterte er heiser. »Ich habe alle Brücken hinter mir verbrannt. Ein Rückzug ist unmöglich.«

»Fein. Ganz, wie Sie wünschen, mein Herr«, erwiderte der Chauffeur. »Klettern Sie unter die Plane. Schnell. Ich werfe Ihnen den Koffer hinein.«

Dulnikker trottete hinter den massigen Lastwagen und setzte einen Fuß auf die eiserne Sprosse des Wagens. Plötzlich verspürte er den starken Wunsch, einen letzten Blick auf Kimmelquell zu werfen. Es war seltsam, aber in diesem Augenblick empfand er überhaupt keine Abneigung gegen das Dorf. Gerade umgekehrt: Eine Art Wärme umhüllte Dulnikker, obwohl ihm von seiner Flucht über die finstere Landstraße alle Glieder schmerzten. ›Wenn das Dorf Beleuchtung hätte, wäre mir so etwas nie passiert‹, dachte der Staatsmann. ›Sobald ich heimkomme, schreibe ich Joskele Treibitsch eine Zeile, er soll ihnen Strom geben.‹

Dulnikker atmete tief auf und kletterte in den Hinterteil des Lastwagens.

»Entschuldigen Sie, Ingenieur«, flüsterte ihm jemand ins Ohr, »es tut mir leid ...«

Dulnikker vernahm das Geräusch eines undeutlichen Schlags auf seinen Schädel, und alles wirbelte ihm im Kopf durcheinander.

Dulnikker öffnete die Augen und entdeckte, daß er auf einem fremden Bett in einer kleinen, fensterlosen, kalten Kammer lag. Er bemerkte eine geschlossene Stahltür mit einem kleinen vergitterten Fenster ihm gegenüber und seinen verdrückten und mitgenommenen Koffer in einer Ecke des Raumes. Das Licht der Kerosinlampe tat seinen Augen weh, daher versuchte Dulnikker den Kopf zu wenden, aber ein scharfer, schrecklicher Schmerz schoß ihm durch den Schädel.

»Oj«, flüsterte der Staatsmann, »wo bin ich?«

»Bei Freunden, Herr Ingenieur«, erwiderte Salman Hassidoff mit warmer, sanfter Stimme, während seine Frau den nassen Verband auf der Stirn des geschwächten Mannes wechselte.

»Wie sind Sie hier hereingekommen … Herr Hassidoff?« murmelte Dulnikker benommen. »Ich erinnere mich, daß ich in den Lastwagen stieg … und es scheint so, meine Herren … daß irgend jemand …«

»Ja, Herr Ingenieur, das war ich«, verkündete der Barbier. »Ich schwöre, ich hatte schon Angst, daß ich Sie zu fest getroffen hätte. Aber schließlich, woher soll ich in solchen Sachen Erfahrungen haben?«

»Wa-a-as?« fragte der Staatsmann. Trotz seiner Schmerzen versuchte er sich aufzusetzen. Aber seine Wohltäter drückten ihn in die Kissen zurück.

»Bewegen Sie sich nicht so viel, Herr Ingenieur«, beruhigte ihn Frau Hassidoff, »wir kümmern uns um alles.«

»Ihre Gesundheit, Herr Ingenieur, ist uns sehr wichtig«, betonte der Barbier. »Ich schwöre, es war kein Vergnügen, Sie auf den Kopf zu hauen, Herr Ingenieur, weil ich voller Flecken von meinem Kampf mit Gurewitsch bin. Bitte schauen Sie, Herr Ingenieur!«

Der Barbier krempelte seinen Ärmel hoch, um Dulnikker einen ansehnlichen schwarzblauen Fleck auf seinem Arm zu zeigen. Der Staatsmann starrte ihn fragend an, denn sein verwirrter Geist hatte die Bedeutung der jüngsten Entwicklungen noch nicht begriffen. »Daher weiß ich, wie weh so ein Schlag tut«, sagte Hassidoff nachdrücklich, als er die Decke auf den kalten Beinen des Staatsmannes zurechtrückte. »Also, warum ich Sie niedergeschlagen habe? Als mein Weib hörte, daß Sie wegfahren wollen, sagte sie zu mir, ›Salman, laß den Herrn Ingenieur nicht gerade jetzt wegfahren, wo wir seine Hilfe brauchen!‹«

Dulnikkers Blut stieg ihm schwindelerregend zu Kopf.

»Sie wollen sagen, meine Herren, daß Sie mich ermordet und hierhergeschleppt haben, nur um mich zu zwingen, Ihnen Ratschläge für den Wahlkampf zu geben?«

»Gewissermaßen ja«, stammelte der Barbier und senkte den Blick, »aber glauben Sie mir, Herr Dulnikker, ich schätze Ihre Gesellschaft auch als Mensch. Wir dachten, da Ihr Krankenwärter noch immer im Dienst des hinkenden Schuhflickers steht, würden wir es wirklich schätzen, Herr Ingenieur, wenn …«

»Skandalös!« brüllte Dulnikker und versuchte, den Raum unverzüglich zu verlassen. Aber nach einem kurzen Kampf zerrte ihn das kräftigere Paar zu seinem Bett zurück. Der Staatsmann hatte rasendes Kopfweh, und er errötete, als er entdeckte, daß er mit nichts als seiner Unterhose bekleidet war. »Jetzt verstehe ich!« Dulnikker atmete schwer in zitternder Wut. »Ich bin euer Gefangener!«

»Sie brauchen das nicht gleich so aufzufassen, Ingenieur«, meinte der Barbier, der ebenfalls schwer atmete. »Sie sind nicht unser Gefangener, bloß unser Gast. Außer daß Sie diesen Raum nicht verlassen dürfen – um sicherzustellen, daß Sie niemand anderer mißbraucht.«

»Wirklich, es ist nur bis zu den Wahlen«, flehte die tapfere Frau. »Herr Dulnikker, ich koche Ihnen die besten Gerichte. Ich tue alles für Sie«, fügte sie hinzu und fuhr sich mit den Fingern durchs Haar, »ganz genau so, wie Malka es tat!«

»Sodom und Gomorrha!« stöhnte Dulnikker und begann plötzlich mit mächtiger Stimme zu kreischen: »Hilfe! Ich bin gefangen! Hilfe!«

Der Barbier und seine Frau schritten nicht ein. Sie traten zurück, als wollten sie, daß der teure Kranke nach seinem Unfall etwas Dampf abließe. Ja, Frau Hassidoff trat sogar neben das Bett und fächelte dem heulenden Dulnikker mit der Hand das Gesicht. »Es hat keinen Zweck zu schreien«, bemerkte der Barbier, nachdem der Staatsmann vollkommen heiser geworden und zusammengebrochen war. »Sie befin-

den sich gegenwärtig, mein Freund, im innersten Vorratsraum meines neuen Kuhstalls. Nur die Kühe können Sie hören.«
»Ich protestiere energisch«, flüsterte Dulnikker. »Sie begehen einen ernsten Bruch des internationalen Rechts. Ich verlange, daß Sie mir unverzüglich meinen Krankenwärter bringen!«
»Das ist unmöglich, Ingenieur«, antwortete Hassidoff, und sein Gesicht deutete aufkeimenden Zorn an. »Ihr Krankenwärter ist gestern nacht wieder verschwunden.«
»Gestern nacht?« Dulnikker war verdutzt. »Das bedeutet, daß ich schon seit fast 36 Stunden hier liege?«
»Stimmt!« klaffte der Barbier. »Die Wahlen sind schon beinahe da, und Sie, Ingenieur, liegen hier wie ein Tonklumpen! Jetzt müssen wir aber wirklich schnell arbeiten.«
»Ihr werdet aus mir keinen Deut – nicht einmal einen halben Deut herauskriegen, ihr Huligane!« versicherte der Staatsmann. Er drehte sich zur Wand und vergrub sich tief in die Decken. Hassidoff und seine Frau warteten noch eine Weile, traten unruhig von einem Fuß auf den anderen und verließen dann böse den Raum.
»Er benimmt sich überhaupt nicht nett«, erklärte Frau Hassidoff, als sie sorgfältig die Eisentür zusperrte. »Wenn die Sache so liegt, hat es sich wirklich nicht ausgezahlt, ihn so gut zu pflegen. Ihr Staatsmänner wißt nicht, was das Wort ›Danke‹ heißt. Was soll ich ihm jetzt zu essen geben, Salman?«
»Nichts«, erwiderte Salman düster.

Dulnikker lag eine Weile ungestört auf seinem Bett, sein ganzes Wesen schlaff und blutend, bis es ihn anfing aufzuregen, daß die Zeit ohne sein Wissen verging. Die Lampe war aus Mangel an Brennstoff schon lange ausgegangen, und das schwache Licht, das durch das kleine Fenster sickerte, genügte nicht, daß der Staatsmann die Zeiger seiner Uhr sehen konnte. Zumal die Uhr spurlos verschwunden war.
Plötzlich spürte Dulnikker, daß sich sein Magen mit einem seltsamen Laut umdrehte, und als der Anfall heftiger wurde, sprang er zur Tür und begann sie mit den Fäusten zu bearbeiten. Nach einer Weile hörte er draußen Schritte, und das Licht einer Lampe näherte sich der Tür.

»Wozu werden Sie so wild, Ingenieur?« schrie ihn der Barbier an. »Sie zerbrechen mir die Tür, wenn Sie so weitermachen!«
»Ich will hinaus!«
»Das haben wir bereits besprochen.«
»Dann geben Sie mir wenigstens zu essen!«
»Geben Sie mir Rat!«
»N-e-in!« Dulnikker lehnte sich an die Wand, um nicht zusammenzubrechen. »Tot soll ich hier umfallen, aber ich werde Sie, Sie unverschämter Nichtsnutz, nie zu einem Bürgermeister de jure machen!«
»Schön, Dulnikker, wie Sie wünschen«, erwiderte der Barbier. Bevor er ging, fügte er hinzu: »Wenn Sie das nächste Mal klopfen, sollten Sie sicher sein, daß Sie irgendwelche Ideen haben!«
Der Staatsmann brach zusammen, setzte sich auf den kalten Fußboden, schob jedoch sofort die Lippen vor und kurbelte seinen Mut an, entschlossen, seinem Gefängnis zu entfliehen, selbst wenn er es auch alles selber machen mußte. Daher zog er das schärfste Instrument aus seiner Tasche, das er besaß – seinen festen Taschenkamm –, und begann durch die Düsternis zu kriechen, tastete die Wände mit zitternden Händen überall ab und suchte schwache Stellen zwischen den Ziegeln, wie das in solchen Situationen üblich ist. Kurze Zeit darauf stolperten seine Finger über ein Loch in der Wand, und der fröstelnde Staatsmann begann mit seinem armseligen Instrument an der Stelle zu schaben. Es war noch keine Viertelstunde vergangen, als Dulnikker ohne Kamm und mit zersplitterten Fingernägeln dastand, während das Loch in der Wand nicht um Haaresbreite weiter geworden war – denn die Wand war aus Beton, wie sich der Staatsmann etwas später erinnerte.
Dulnikker taumelte ins Bett, entfernte seinen Verband und quetschte dessen schales Wasser auf seine herausgestreckte Zunge. Dann legte er sich zurück und krümmte sich auf den knarrenden Sprungfedern, als suchten ihn alle Leiden Hiobs heim. »Hier verfaule ich lebendigen Leibes auf meinem St. Helena, während Shimshon Groidiss auf meinem Thron sitzt«, flüsterte der Staatsmann mit erstickter Stimme. Seinen vorwurfsvollen Blick himmelwärts richtend, fügte er hinzu: »Wofür bestrafen Sie mich, meine Herren – wofür?«
In seiner üblen Lage hoffte Dulnikker, daß sein Verschwinden einen

Aufruhr im Dorf verursachen würde, der zu einer fieberhaften Suche und schließlich seiner Befreiung führen würde. Besonderes Vertrauen setzte er in seinen verläßlichen Freund, den Chauffeur, wenn ihm auch dessen Rolle bei seiner Entführung äußerst unklar war. In Wirklichkeit aber kümmerte sich kein Mensch um das plötzliche Verschwinden des Staatsmannes. Nur Mischa der Kuhhirte mußte sich für das Geheimnis interessieren, erstens wegen seiner Stellung und zweitens wegen seiner zerrissenen Kleidungsstücke, die er an dem ›Seil‹ befestigt fand, das an das Balkongitter geknüpft war. In seinem Bericht erwähnte der Polizeichef Dulnikkers offenen Regenschirm und brachte die Meinung zum Ausdruck, daß der Herr Ingenieur, der sich in letzter Zeit sehr sonderbar benommen habe, in einem höchst verwirrten Geisteszustand via Balkon hinuntergestiegen sei. Seiner Theorie zufolge habe der Ingenieur die Straße zu überqueren gesucht. Aber die in der Gegend verstreuten und das ganze Dorf entlang am Brombeergebüsch hängenden Kleidungsfetzchen bewiesen, daß er mit einem nicht identifizierten Riesen fürchterlich kämpfen mußte, der ihn in die Wälder verschleppt habe, aus Gründen, die nur Riesen bekannt waren. Der Dorfrat wurde nicht einberufen, um das Verschwinden zu erörtern, weil Hassidoff Mischas Annahme bezüglich des Riesen akzeptierte, und er schloß den Fall ab.
Das Verschwinden des zweiten Vorsitzenden – des Krankenwärters – war vom Gesichtspunkt der Polizei aus noch mysteriöser, weil sich Zev genau in derselben geheimnisvollen Nacht, ohne die geringste Spur zu hinterlassen, in nichts aufgelöst hatte. Und von dem Tag an ward der bebrillte Jüngling von niemandem mehr gesehen.
Der Schuhflicker, dessen Pech es anscheinend wollte, daß er unter häufigen Familienschwierigkeiten zu leiden hatte, wurde nach dem Verschwinden seines Schwiegersohns in die Affäre seines Vaters verwickelt. Als der Alte merkte, daß sein Streik nicht die gewünschten Ergebnisse zeitigte, entschied er sich, weitreichende Schritte zu unternehmen. Er verständigte die Öffentlichkeit, daß er zum Bürgermeister gewählt zu werden wünsche, oder zumindest anstelle seines Erstgeborenen Zemach zu einem der Dorfräte. So schlang sich der ältere Gurewitsch seine Leier um den Hals, wandelte von Haus zu Haus und begleitete seine zitternde Stimme beim Vortrag vergessener Rosines-

ker Lieder mit seinem eigenen Geklimper. Die entzückten Bauern pflegten sich um ihn zu versammeln, der Alte machte eine Pause in seinem künstlerischen Programm und erklärte folgendes: »Ich verspreche keine Büros oder Kulturpaläste oder Brunnen. Nur eines: Reisen! Ausflüge! Es ist nicht gerecht, daß nur Dorfräte reisen dürfen! Wenn ich dort sitze – im Dorfrat –, werde ich zusehen, daß jedermann, besonders der für mich stimmt, zweimal im Jahr kostenlos ›im Dienst des Dorfes‹ reisen darf, wohin er will.«

Das setzte einen äußerst gefährlichen Präzedenzfall, weil hier das Beispiel eines Bürgers vorlag, der kein Mitglied des Provisorischen Dorfrats war und doch versuchte, sich in den Ständigen Rat einzuschleichen, eine Entwicklung, die unvorhergesehene Ereignisse zeitigen konnte. Daher intensivierten die Abgeordneten ihre eigene Wahlkampagne. Ofer Kisch für seinen Teil konzentrierte seine Tätigkeiten bei den elf ›Dreitürniks‹. Der Steueraufseher erschien an regnerischen Abenden in ihren Häusern und unterhielt die verarmten Leute mit Grotesktänzen und Tierimitationen – besonders mit dem Eselsgeschrei, in dem er sich so auszeichnete, daß wiederholt Zugaben verlangt wurden.

Am Ende des Programms pflegte Ofer Kisch den ›Dreitürniks‹ zu sagen: »Meine lieben Freunde, ihr habt von mir zuviel in einer Zeit gelitten, die, wie ich hoffe, für euch zu Ende ist, um nie wiederzukehren. Daher helft mir, in den Rat wiedergewählt zu werden, und ich schwöre, ich werde meinem Mangel an Zurückhaltung ein Ende setzen.«

Aber die Leute zog es nicht zum Schneider. Die meisten interessierten sich viel mehr für den ›Einfachen Plan‹ des Schuhflickers, der das Wesentliche seines Programms und seiner Perspektiven in wenigen Worten zusammenfaßte:

»Wer für mich stimmt, erhält auf der Stelle zwei Tnuva-Pfund.«

Amitz Dulnikker lag entkräftet und jenseits aller Hungerqualen auf seinem kärglichen Bettzeug. Sein Kopf war wunderbar klar, ein sicheres Zeichen, daß sein Ende nahte. Der Tag, den er soeben gefangen verbracht hatte, war eine erhabene Prüfung des menschlichen Willens gegen die Forderungen eines immer schwächer werdenden Körpers

gewesen. Dulnikker ersann eine Vielzahl von Schikanen, um seinen eigenen Körper zu täuschen, aber sein erfolgreichster Plan, seinen Geist ständig zu beschäftigen, war natürlich der Gedanke daran, Shimshon Groidiss aus seiner Autobiographie auszumerzen.
Gegen Abend – seiner Zeitschätzung nach – war es zu einem ernsten Zusammenstoß zwischen ihm und seinen Gefängniswärtern gekommen. Der Vorfall begann, als Dulnikker die Eisentür heftig mit Fußtritten bearbeitete und nachdrücklich einen Vorrat an Kerosin für seine Lampe und eine seiner Stellung angemessene Hygiene verlangte. Das Gedonner an der Tür veranlaßte die Hassidoffs, die Verhältnisse zu verbessern, und Dulnikker wurde vom Bürgermeister persönlich sowie einem anderen Kerl hinausgeleitet, von dem sich herausstellte, daß es der Schwager des Barbiers war – der Wächter des Gemeindeamtes. Die Barbiersfrau fegte das kleine Gemach aus und begleitete ihr Tun mit geräuschvollem Knurren. Der Teilsieg diente jedoch nur dazu, die persönlichen Forderungen des Staatsmannes zu erhöhen, und er weigerte sich, in ›dieses Loch‹ zurückzukehren, solange man nicht für die Reinigung seines Anzuges sorgte, der in der Nacht der mißglückten Flucht gräßlich dreckig und fleckig geworden war. Frau Hassidoff wurde sehr böse über den Egoismus des Ingenieurs und machte ihm schwarz auf weiß klar, daß sie diese Lumpen sofort der Frau eines der ›Dreitürniks‹ zum Waschen übergeben würde, denn sie – Salman und sie selbst – hätten es nicht übernommen, solche persönlichen Dienstleistungen zu verrichten.
Dulnikker bändigte nur mühsam seine Freude. Denn inzwischen war es ihm gelungen, eine kleine Notiz zu schreiben, die er in der Jackentasche verbarg: ›Hilfe, ich liege in Ketten im Gefängnis im Kuhstall des Bürgermeisters. Entsprechender Finderlohn zugesichert. INGENIEUR.‹
Nachdem Frau Hassidoff mißmutig den Anzug mitgenommen hatte, streckte sich Dulnikker in seiner Unterwäsche auf dem Bett aus und versteckte den Kopf unter den Decken, damit man sein Gelächter nicht hörte. Und so wartete er voll Spannung und hoffnungsvoller Sehnsucht auf die Reaktion des ›Finders‹. Gegen Mitternacht hörte er endlich draußen ein leises Rascheln und sah, wie ein Stück weißen

Papiers langsam unter seiner Tür durchgeschoben wurde. Dulnikker glitt von seinem Bett, das Herz in der Kehle. Er unterdrückte ein unschuldiges Pfeifen, zündete seine Lampe an und verschlang gierig die Worte auf dem Papier. Der Staatsmann wurde rot, und seine Adern drohten zu platzen; denn es war seine eigene Geheimnotiz. Und auf die Rückseite war folgendes gekritzelt: Morgen gibt es gebratenen Truthahn mit Essiggurken. Und viel Soße. Hassidoff.‹
In Wahrheit hatte das Schicksal Dulnikker absichtlich einen Streich gespielt. Denn seine Notiz war tatsächlich zu der ›Dreitürnik‹-Frau gelangt, der man befohlen hatte, den Anzug am nächsten Morgen anständig gereinigt zurückzubringen. Aber die Bäuerin beherrschte die Geheimnisse der Schrift nicht und hatte den Zettel ehrfürchtig der Bürgermeistersgattin zurückgegeben.
»Mein Mann sagt, es ist ein magisches Amulett«, sagte die Dreitürnitza, »daher bringe ich es schnell zurück, Frau Bürgermeister.«
Hassidoff hatte die Notiz in großem Zorn studiert, und Dulnikker las dessen Antwort sogar mit noch größerer Wut. In grenzenloser Verachtung brüllte er am Fenster: »Diebe! Posträuber!«
Diese Nacht war unerträglich. Dem Staatsmann gelang es erst nach langer geistiger Verwirrung einzuschlafen, und plötzlich erschien ihm im Traum ein uralter Zwerg, ungefähr acht Zoll hoch, dessen langer Bart feuerrot war. Dulnikker kannte ihn von irgendwoher. Der winzige Uralte trug ein großes Tablett, und darauf lag ein gebratener Truthahn, der ein würziges Aroma aussandte. Auch weniger verführerische Düfte hätten einen Mann verrückt gemacht, der seit fast achtundvierzig Stunden nichts mehr gekostet hatte. Nicht nur, daß Shimshon Groidiss – denn der war der widerliche Gnom wirklich – das saftige Geflügel dem unglücklichen Träumer ständig unter die Nase hielt, sondern er zwinkerte auch noch mit den feurigen Augen, schwang eine gläserne Glocke und sagte: »Seien Sie nicht töricht, Ingenieur Dulnikker! Geben Sie Hassidoff ein paar gute Ideen und machen Sie Schluß damit.«
Dulnikker wurde den Liliputaner Groidiss mit einem ohrenbetäubenden Aufkreischen los. Erstaunlicherweise hatte jedoch der Duft von Truthahn seine Nüstern nicht verlassen, als er früh am Morgen erwachte. Der Staatsmann erhob sich von seinem Bett, und dem

anscheinend wirklich vorhandenen Duft bis zu seiner Quelle nachgehend, stieß er mit dem Kopf an die Tür. Der berühmte Staatsmann kniete nieder, drängte seine Nase in den schmalen Spalt zwischen Schwelle und Tür, und nach einer Weile wollüstigen Schnüffelns erhob er sich, erschüttert von der Entdeckung, daß das gebratene Tier direkt vor der Tür draußen lag.
In diesem Augenblick, nach einem lobenswerten Kampf innerer Titanen, gaben Fleisch und Blut Amitz Dulnikkers nach. »Es ist unmöglich, eine solche Gehirnwäsche zu überleben«, versicherte der Staatsmann hilflos. Und er begann mit der Faust auf die Eisentür zu hämmern, die ihn von der Sehnsucht seines Lebens trennte.

»Ja, Dulnikker?« fragte der Barbier in dem freundlichen Ton, den alle Sieger anschlagen, »was kann ich für Sie tun?«
»Sie Huligan, geben Sie mir diesen Vogel!«
Der Barbier hob die gigantische Portion des gebräunten Vogels – die Fettaugen wirbelten in dem dicken Saft – zur Höhe des Fensterchens, um dem Ingenieur zu zeigen, daß es ihm ernst war: »Zuerst geben Sie mir einen Rat, Dulnikker, weil ich vermute, daß Sie nach der Mahlzeit den Appetit verlieren, mir zu helfen.«
»Ungeheuer!« stöhnte der Staatsmann, und seine Augen fielen ihm fast aus dem Kopf und auf das Tablett. »Wer garantiert mir, daß Sie mir das Fleisch geben, nachdem ich Ihnen meinen Rat gegeben habe?«
Hassidoff überlegte und beugte sich der Logik der staatsmännischen Behauptung. »Schön, Dulnikker«, sagte er zu ihm, »machen wir es Zug um Zug.« Dabei riß er einen saftigen Truthahnflügel los, reichte ihn durch das Fenster und fügte hinzu: »Dafür will ich, sagen wir, ein gutes Schlagwort für die Wände zum Draufschreiben haben.«
Dulnikker riß seinem Gefangenenwärter den triefenden Flügel aus der Hand und verschlang ihn blitzartig. Eine solche innere Genugtuung hatte der Staatsmann nicht einmal 1949 empfunden, als er nach der Veröffentlichung des zweiten Bandes seiner Leitartikel den Literaturpreis von Jerusalem erhalten hatte. Nachdem er seine Schlemmerei beendet hatte, drehte er sich um und fragte den Barbier scharf:

»Vielleicht geben Sie mir meine Uhr zurück, Freund?«
»Erst nach den Wahlen, meine Herren«, erwiderte der Barbier. »Früher brauchen Sie sie nicht, Dulnikker.«
»Mehr«, krächzte der Staatsmann, und erhielt eine weitere, diesmal winzige Truthahnportion, begleitet von dem energischen Ersuchen, er möge endlich seine Meinung über das für die Wände benötigte Schlagwort äußern.
»Wie lautet das Schlagwort des Schuhflickers?« erkundigte sich Dulnikker und fügte hinzu: »Übrigens, wo sind die Essiggurken?«
Der Barbier reichte ihm eine riesige, frische Essiggurke, die so saftig war, daß Dulnikker fast betrunken wurde.
»Dieser hinkende Schuhflicker hat auf jedes Haus im Dorf geschrieben: DER SCHUSTER LIEBT DAS DORF – DAS DORF LIEBT DEN SCHUSTER, was ein wunderschönes Schlagwort ist. Und außerdem malt er die Worte in grüner Farbe mit Hilfe einer Art Schablone, die man einfach an die Wand hält und mit dem Pinsel drüberstreicht! Ich hätte nie gedacht, daß Gurewitsch das Hirn für so was hat.«
Dulnikker zermalmte mit geschlossenen Augen konzentriert und unermüdlich seine Essiggurke. Dank der verbesserten Ernährungslage und seiner zunehmend guten Laune wurde der Staatsmann bald wieder ›Dulnikker, das Elektronenhirn‹ – wie ihn die Untergebenen seiner Abteilung – selbst ins Gesicht – zu nennen pflegten.
»Wie klingt euch das, Genossen: DER SCHUSTER LIEBT DAS DORF – DAS DORF LIEBT DEN BARBIER!«
Mit strahlendem Gericht reichte Salman Hassidoff dem Staatsmann den ganzen übrigen Truthahn. »Blendend!« rief er entzückt. »Ich sagte Ihnen ja, Herr Ingenieur, es gelingt Ihnen! Sehr gut. Da gibt's nur ein kleines Problem, Genossen.« Der Barbier wurde plötzlich feierlich. »Ich brächte unter keinen Umständen je eine solche Schablone zustande. Vielleicht versuchen Sie's, Dulnikker?«
»Ich bin ein absoluter Ignorant, wenn es auf Handwerk ankommt«, entschuldigte sich der Staatsmann. »Solche physischen Aufgaben pflegte ich immer meinem unglückseligen Krankenwärter aufzuerlegen. Aber ich glaube, ihr braucht für diese Aufgabe ohnehin keine Schablone, Genossen. Alles, was ihr zu tun habt, ist, nur das letzte Wort von Herrn Gurewitschs Schlagwort zu ändern und SCHUST

durch Barbi zu ersetzen. Das erfordert nur ein bißchen Tünche und etwas Farbe.«
»Eine Sekunde«, rief Hassidoff und schrie hinaus: »Weib! Eine Extraportion Kartoffeln und Linsen für den Herrn Ingenieur!«
»Auch ein paar Knödel, wenn's gefällig ist«, sagte der Staatsmann.
Nachdem sich Dulnikker an dem großen dicken Vogel gelabt hatte, begann er sich dem Barbier gegenüber dankbar zu fühlen, obwohl er unfähig war, sich das vernunftmäßig zu erklären. »Warum steht ihr?« fragte Dulnikker den Bürgermeister. »Warum setzt ihr euch nicht, Genossen?«
Beide setzten sich auf den Bettrand.
»Meine Herren, ich bin bereit, Ihnen die Siegeskrone zu überreichen«, verkündete Dulnikker, als er die schmackhafte Beilage mit wachsender Gier verschlang, »aber dafür verlange ich eine erstklassige *cuisine*!« Frau Hassidoff servierte dem Staatsmann eine Schüssel mit heißen Knödeln, Pflaumenkuchen, ein Pfund Äpfel, ein Päckchen Zigaretten und schwarzen Kaffee und dann – noch eine Scheibe Fleisch, einen Zwiebelrostbraten und eine Gemüse-Nudelsuppe, belegte Brote und eine Flasche Südwein. Als ihr ausführliches Gespräch beendet war, taumelte Salman Hassidoff hinaus, versperrte die Tür besonders sorgfältig und trompetete seiner erschöpften Gattin zu: »Der Herr Ingenieur ist ein liebenswürdiges Genie. Er hat mir eine derartige Geheimwaffe geschenkt, daß ich sie nicht einmal dir erzählen kann.«

Gleich an jenem Freitag abend stahlen sich der Barbier und sein Bürowächter wie zwei Geister auf Seitenwegen durch das Dorf. Die beiden bedeckten die Buchstaben Schust in der feindlichen Aufschrift mit frischer Tünche, und auf ihrer zweiten Runde malten sie auf das weiße Viereck – in der gleichen Grünschattierung – Barbi In der Morgendämmerung stand die Wahl unter umgekehrten Vorzeichen: Der Schuhflicker war noch immer für das Dorf, aber das Dorf war jetzt für den Barbier.
Da das ganze Unternehmen Freitag nachts stattgefunden hatte, ergoß Ja'akov Sfaradi seine Wut über die Sabbathschänder wie ein Sandsturm in der Wüste Sinai.

»Ein Mensch, der am Vorabend des Sabbath auf jüdische Wände schreibt, kann nicht Bürgermeister in einem jüdischen Dorf sein«, wetterte der Schächter gegen den öffentlichen Sünder. »Durch diese abscheuliche Tat hat sich der Bürgermeister de facto aus der Alljudenschaft ausgeschlossen. Daher erkläre ich, Ja'akov Sfaradi ben Schlesinger, kraft der mir vom Hauptrabbinat übertragenen Autorität Salman Hassidoff für exkommuniziert! Wer immer von heute ab mit ihm irgendwie in Kontakt tritt, mit ihm spricht oder für ihn stimmt, wird ebenfalls exkommuniziert und geht seiner Rechte an den Diensten meines Vorhofs, einschließlich Beschneidung und Heirat, verlustig. Der Schächter hat gesprochen.«

Kein Wunder also, daß Dulnikker Sonntag morgens bei dem Geruch einer frisch gebackenen Erdbeertorte mit hoch aufgehäuftem Schlagrahm erwachte, die der exkommunizierte Bürgermeister zitternd durch das Fenster schob. Dulnikker ging daran, das Tortenkunstwerk mit Riesenbissen zu demolieren, während der entsetzte Barbier ihm erzählte, was durchgesickert war.

»Jetzt, vor den Wahlen, exkommuniziert zu werden!« jammerte das Opfer der Schikane. »Das ist wirklich eine Katastrophe! Was können wir dagegen tun, lieber Ingenieur?«

»Aber das ist doch einfach«, versicherte Dulnikker. »Ihr werdet den Schächter eurerseits exkommunizieren, Genossen!«

So geschah es, daß über dem Spiegel bald eine Aufschrift hing, die lautete: »Ich, Salman Hassidoff, exkommuniziere hiermit den Schächter, kraft des Barbierdiploms, das mir vom Prüfungsausschuß verliehen wurde. Er verliert somit sein Recht, sich der Vorteile meines Barbierens zu erfreuen, und ich hebe auch sein Recht auf, mit einem Quorum in meinem Geschäft zu beten, als Strafe. Jeder Bürger, der es wagt, sich mit ihm zu befreunden, wird von mir nicht mehr rasiert. Das schließt auch Haarschneiden ein. Und als Bürgermeister werde ich ein Auge auf ihn haben. Der Barbier hat gesprochen.«

Natürlich nützte dieser interne Streit niemandem außer Gurewitsch. Der Schuhflicker wurde von Tag zu Tag aktiver, und seine Projekte zeugten von einem erschreckenden ideologischen Fortschritt.

»Herr Ingenieur, jetzt haben sie uns in der Klemme«, beklagte sich der Barbier, als er den Staatsmann in seiner Zelle rasierte. »Letzte

Nacht pfuschte der hinkende Schuhflicker an der Schlagzeile herum: DER SCHUSTER LIEBT DAS DORF – DAS DORF LIEBT DEN BARBIER. Er änderte nur vier Buchstaben, und jetzt lautet die Aufschrift: DER SCHUSTER LIEBT DAS DORF – DAS DORF HASST DEN BARBIER! Jetzt werde ich den Barbier zum Schuster zurückmalen müssen, obwohl ich mich kaum mehr auf den Beinen halten kann, und mein Magen ist nicht in Ordnung. Eine entsetzliche Situation ...«

›Gott sei Dank, Zev lebt.‹ Dulnikker empfand eine ungeheure Erleichterung und dachte heiter, ›und außerdem ist er im Schoß seiner Familie.‹

Die Mitglieder des Provisorischen Dorfrats waren gezwungen, wieder zu einer formellen Sitzung zusammenzutreten. Ofer Kisch hatte dabei eine Hand im Spiel, denn er leistete den wahrhaft bemerkenswerten Beitrag, daß er die vier Großen dazu überredete, ihre Unstimmigkeiten beiseite zu schieben und sich an einen Tisch zu setzen. Der Abgrund zwischen den Dorfhäuptlingen war jedoch unüberbrückbar, und sie setzten sich mit bösen Gesichtern so weit wie möglich voneinander entfernt nieder. Malka hatte in dem Versuch, die Atmosphäre aufzutauen, Tee und Kekse vorbereitet. Der unermüdliche Schneider half ihr den Imbiß servieren, aber es gelang ihnen nicht, das Eis des Hasses zu brechen, das in der Ratskammer immer dicker wurde.

»Also kommen Sie zur Sache, meine Herren«, sagte der Schuhflicker schließlich. »Ich habe nicht den ganzen Tag Zeit. Was gibt's?«

»Wir müssen entscheiden, wie die Wahl abgehalten werden soll«, erwiderte der Wirt unter ungeheuerlichem Blinzeln, und alle verfielen in verwirrtes Schweigen, weil gerade dieser Punkt den Verstand der Abgeordneten überstieg. Sie begannen alle darüber zu brüten. Dem Barbier tat es allmählich sehr leid, daß er den Ingenieur nicht in seiner Hosentasche hatte mitnehmen können.

»Ja«, erwiderte der Schuhflicker, »das ist eine Grundsatzfrage. Jedenfalls müssen wir eine geheime Wahl abhalten.«

»Gut«, bemerkte Elifas. »Aber wie, um Himmels willen?«

»Sehr einfach«, erklärte der Schuhflicker. »Ich werde dort zwischen den vier armseligen Säulen Hassidoffs am Tisch sitzen, und die Leute werden neben mich treten und mir – ganz geheim – ins Ohr flüstern,

für wen sie stimmen. Ich werde in einem Notizbuch eine Aufstellung machen, und am Ende addieren wir die Spalten.«
»Einfach wunderbar«, donnerte der Schächter, »und warum sollen ausgerechnet Sie, Gurewitsch, derjenige sein, der die Liste führt, wenn ich fragen darf?«
»Das gehört zu der Geheimhaltung«, murmelte der Schuhflicker. Der Barbier schaltete sich mit der Meinung ein, daß diese Regelung Mißverständnisse zulassen könnte.
»Ich habe einen viel demokratischeren Vorschlag, Genossen«, kündigte Hassidoff an. »Wir leihen uns eine Sammelbüchse von Majdud und Hajdud und stellen sie zwischen die Säulen. Jeder Stimmberechtigte, der nicht will, daß ich Bürgermeister bleibe, wird eine Halbpfundmünze in die Büchse werfen.«
»Das ist kindisch«, meinte der Schächter. »Vor allem muß man herausfinden, ob jeder Stimmberechtigte fromm ist oder nicht. Daher schlage ich vor, jeden Wähler zu verpflichten, die Hand auf einen Psalter zu legen und zu erklären: Ich stimme für den Schächter. Oder er kann das Gegenteil erklären: Ich bin ein Atheist.«
»Kommt überhaupt nicht in Frage«, disqualifizierte Elifas Hermanowitsch die Idee und stieß wütend mit dem Fuß nach einer der Katzen, die zu seinen Füßen spielten. Alle Repräsentanten sahen klar, daß sie in eine Sackgasse geraten waren. Salman Hassidoff schob seinen Ärmel langsam hoch, blickte auf seine goldene Uhr und sagte: »Es ist bereits sechs Uhr dreißig. Wir sollten lieber etwas tun, meine Herren.«
Der Barbier hatte sich lange auf diesen glorreichen Augenblick gefreut. Aber er wurde bitter enttäuscht. Der hinkende Schuster schob ebenfalls seinen Ärmel hoch: »Ich habe erst sechs Uhr zwanzig«, sagte er sachlich.
Aber auch ihm war eine Überraschung bestimmt. Der winzige Schneider warf einen schnellen Blick auf die Armbanduhr, deren Blaßgold an seinem linken Handgelenk schimmerte:
»Ich habe genau fünfundzwanzig vor sieben, Sommerzeit«, erklärte er und fügte hinzu, »vielleicht sollten wir den Tee trinken, Genossen, bevor er kalt wird?«
Die Repräsentanten rührten geistesabwesend in ihrem Tee herum und hoben die hübschen Porzellantassen an die Lippen. Aber da ging

etwas Seltsames vor. Salman Hassidoff, dem der Tierarzt winzige rote Pillen gegen seine Magenzustände gegeben hatte, warf zwei von ihnen in seine Tasse, und siehe – der Tee begann zu schäumen, wurde grün und verbreitete einen scharfen Geruch …

»Meine Herren!« schrie der Bürgermeister de facto entsetzt. »Was geht hier vor?«

Die verblüfften Räte sahen ihn an, aber bei dem Klappern zerbrochenen Porzellans wandten sie die Köpfe nach Ofer Kisch um, dessen Tasse ihm aus der Hand geglitten und auf dem Boden zerschellt war. Der Schneider bückte sich, um die Scherben aufzuheben, und sah die zornige Malka an.

»Das ist ja fein!« rief die Gastgeberin aus. »Und das von meinem neuen Service!« Dann wandte sich Malka an Hassidoff. »Beruhigen Sie sich und trinken Sie aus, Herr Hassidoff, es ist der gleiche Tee, den ich täglich mache. Bestimmt ist etwas mit Ihren Pillen nicht in Ordnung.«

»Halt!« kreischte Frau Hassidoff. »Die Katze!«

Alle drehten sich um und sahen eine der Katzen an, die soeben den verschütteten Tee fertig aufgeschleckt hatte und sich jetzt in schrecklichen Schmerzen auf dem Boden krümmte. Die Abgeordneten stellten langsam ihre Teetassen hin und starrten in dumpfem Schweigen das unglückselige Tier an, das nach wenigen Augenblicken vor ihren Augen verendete.

Kurze Zeit waren die Anwesenden sprachlos. Die Dorfräte atmeten schwer und wischten sich bedrückten Herzens die Schweißperlen von der Stirn, während die Frauen vor Entsetzen zu Salzsäulen erstarrten.

»War die Katze krank?« erkundigte sich Ofer Kisch mit bleichem Gesicht, während er sich mit zitternden Lippen in eine Ecke drückte.

Als Antwort auf seine Frage hinkte der vierschrötige Zemach Gurewitsch auf ihn zu und hob den kleinen Kerl am Genick hoch.

»Höre, Kisch«, flüsterte der Schuhflicker, gefährlich und gepreßt, »was war drin?«

»Wie soll ich das wissen?« Der Schneider zitterte am ganzen Körper und schluckte seinen Speichel.

»Was hast du in den Tee gegeben?«

»Verzeih mir, Gurewitsch …«

Die riesige Hand des Schuhflickers packte den Schneider fester, der wie ein gefangenes Tier zappelte und stöhnte. Die Spannung war unerträglich. Die Barbiersfrau brach laut in Tränen aus und fiel in ihrem Stuhl zusammen. Zemach Gurewitsch zerrte das Fragment von Mann zum Tisch und hielt Ofer Kisch eine volle Tasse an die Lippen: »Trink!«

Er schüttelte den Schneider auf und nieder. »Trink, du Bastard!« Der schlotterte und schaukelte in den Händen des Schuhflickers vor und zurück wie eine leblose Wachspuppe.

»Was war drin?«

»Rattengift …«

»Woher hast du's gehabt?«

»Vom Tierarzt.«

»Du Huligan!« donnerte der Schuhflicker ihn an und ließ ihn zu Boden fallen. »Hältst du uns für Ratten?«

Ofer Kisch erhob sich auf die Knie und breitete die Handflächen gegen seine Richter aus.

»Barmherzigkeit! Juden, habt Mitleid!« flüsterte er so weinerlich und heiser, daß es seinen Zuhörern schwerfiel, sein gestammeltes Flehen zu verstehen. »Glaubt mir, dem Sünder, daß ich nicht euch persönlich gemeint habe … Habt Mitleid, meine Herren! Ich bin ein armer Bettler, ein geborener Taugenichts, der in seinem ganzen Leben nie etwas erreicht hat. Ich besitze nichts, kein Heim, ich war immer hungrig, bis erst der Dorfrat eine kleine Änderung in meinem Leben zum Guten brachte. Aber stellt euch vor, meine Herren: Ich hatte das Gefühl, daß ich bestimmt nicht wieder in den neuen Rat gewählt und geradewegs in die gräßliche Armut zurückfallen werde … Und dieser Sturz wäre schrecklich gewesen, Genossen. Kein Mensch will hinuntersinken, jeder will emporsteigen zu glorreichen himmlischen Höhen. Jeder will in seiner kurzen Lebensspanne etwas Erfolg haben. Menschlicher Ehrgeiz und goldene Träume … Wenn es daher ein Verbrechen ist, Genossen, zu streben, irgendeine öffentliche Stellung zu ersehnen, dann bin ich wirklich ein Verbrecher … ich weiß, daß es nicht nett war, was ich getan habe, ich entschuldige mich dafür, ich glaube auch, daß es nicht ganz richtig war, aber meine Freunde, versucht, mich zu verstehen: Ich wollte so schrecklich gern Bürgermeister werden …

Das war mein Traum schon seit meiner schweren Kindheit: Bürgermeister sein! Nicht lange, nur ein paar Monate, ein halbes Jahr, sagen wir ein Jahr, zu spüren, daß ich jemand bin. Jetzt bin ich überzeugt, daß ihr mich alle haßt, Genossen, und ich bin euch deswegen nicht böse, weil ich weiß, daß ihr, die Starken, Erfolgreichen, die Lage des armen, rückständigen Burschen nie verstehen werdet, der nie Glück hat und Gegenstand des Gelächters für jedermann ist … weil er … schwach und klein ist …«

»Jetzt nimm's nicht so schwer … Es ist nicht so schlimm«, murmelte Elifas, als er sich die feuchten Augen wischte, »es wird alles gut werden, Ofer. Du wirst sehen, es wird alles gut.«

»Danke, Genossen, ich danke euch sehr«, antwortete der Schneider bewegt. »Ihr seid alle wirklich wie gute Freunde zu mir. Glaubt mir, das tut mir mehr weh als euch … Ich hatte wirklich nicht geglaubt, daß eine solche Tragödie passieren würde. Das arme Kätzchen – ich will es bezahlen …«

»Macht nichts«, stöhnte Elifas, »es sind noch eine Menge Katzen im Haus übrig.«

In diesem Augenblick erhob sich Zemach Gurewitsch – dem es plötzlich zuviel wurde, dieses »Ofer-tut-einem-leid« –, packte den unglücklichen Bettelarmen, schleppte ihn zur Tür und beförderte ihn mit einem kräftigen Fußtritt in den Hintern hinaus.

»Hat man schon je einmal so etwas gehört«, murmelte der Schuhflicker. »Schön, ein Kerl erklärt seinem Feind den Krieg, aber doch nicht dem ganzen Dorfrat? Ich schwöre, der Tee war schon an meinem Mund, und in der nächsten Sekunde hätte ich ihn getrunken, wenn Hassidoff nicht das Gift entdeckt hätte.«

›Wirklich ein Glück‹, grübelte der Barbier und starrte in die Luft.

Als Dulnikker das sich nähernde Aroma von gebratener Gans roch, wußte er, daß ernste Angelegenheiten zur Diskussion standen. Der Barbier kam herein und stellte das Tablett bedingungslos vor dem Staatsmann nieder – eine Tatsache, die einigermaßen das innere Einvernehmen illustrierte, das sich zwischen den beiden Männern in den letzten Tagen entwickelt hatte.

»*Bon appetit*, Genossen«, bemerkte Hassidoff und fügte hinzu: »Ich weiß nicht, ob Sie sich erinnern, Herr Ingenieur, aber kurz bevor Sie unser Gast geworden sind, versprachen Sie mir, mich reden zu lehren.«

Der Staatsmann schluckte monumentale Bissen von dem Gänsebein, das er in der Hand hielt, weil er schon lange von dem Gebrauch von Eßgeräten abgekommen war. In seinen gegenwärtigen Umständen – hatte er geschlossen – war Besteck einfach überflüssig. Dulnikker stand zudem unter dem Einfluß des süßen Weines, den er seit neuestem zu trinken begonnen hatte, und er schwelgte in den wohltätigen Gefilden des Alkohols, in deren Macht es stand, ihn von den Problemen der Gegenwart zu befreien, ob es nun die Fesseln waren, die ihn im Augenblick festhielten, oder Shimshon Groidiss.

»Ihr braucht nicht Rhetorik zu studieren, Genossen«, versicherte ihm der Staatsmann gönnerhaft mit vollem Mund. »Euer Reden hat befriedigendes Niveau.«

»Vielleicht versteh' ich mit gewöhnlichen Bauern auszukommen, aber was ich meine, ist die Fähigkeit, stundenlang zu reden und so, daß die Leute nicht genau verstehen, worüber ich rede. Ich will reden können wie Sie, Herr Ingenieur.«

»Oj, oj, Salman, mein Freund«, kicherte Dulnikker und rieb sich die Nase. »Das verlangt nicht nur Begabung, Genossen, sondern auch eine ungeheure Übung. Was mich betrifft, so habe ich schon im Alter von sechs Jahren, als ich ein kleiner Engel war, eine derartige Festrede zum Ende des Schuljahrs gehalten, daß an jenem Abend die Eltern erschrocken und in Scharen herbeikamen, um herauszufinden, was ihren Sprößlingen zugestoßen war. Übrigens, zu welcher Gelegenheit plantet ihr zu sprechen, Genossen?«

»Nur eine Versammlung von Farmern.«

Wieder verspürte Amitz Dulnikker jene süße, sinnliche Schwindligkeit seinen Körper wie Rauschgift durchdringen. Die großen Schwierigkeiten, die er in den letzten Wochen erlitten hatte, ließen ihn vorübergehend die Tatsache vergessen, daß er seit mehr als einer Woche keinen nennenswerten Vortrag mehr gehalten hatte. Jetzt eben, dank der Bitte des Barbiers, durchbrach sein innerer Stausee die Dämme mit ohrenbetäubendem Getöse. Der Staatsmann sprang auf, und mit dem fast abgenagten Gänsebein in der Hand wie dem Taktstock eines

Dirigenten, begann er eine Festrede, die unter Hochdruck aus seiner Kehle aufschäumte. »Bürger von Kimmelquell, meine Damen und Herren, Altansässige und Neueinwanderer! Verzeiht mir, daß ich einige Minuten eurer Zeit in Anspruch nehme, aber nachdem ich von beiden Stimmenthaltungen gehört habe, die sich von einer absoluten Perspektive aus mit dem Problem beschäftigen, möchte ich in den wenigen mir zugestandenen Minuten trotz unserer Meinungsverschiedenheiten an diese lebenswichtige Angelegenheit erinnern und es absolut klarmachen, ohne auch nur etwas auszulassen oder hinzuzufügen, und zwar in einem dem Gegenstand angemessenen Maßstab, in einer Art und Weise, die unserer Weltanschauung gegenüber loyal ist, mit einem klaren Bewußtsein aller Hindernisse und der Bedürfnisse der Öffentlichkeit und des einzelnen ...«

Die Reste der gebratenen Gans waren kalt geworden, und der Schatten des Zeigers der Sonnenuhr hatte sich um zwei Ziffern weiterbewegt, als Amitz Dulnikker seinen letzten Herzanfall in Kimmelquell erlitt. Salman Hassidoff hatte offenen Mundes den dahinrauschenden Worten gelauscht, unaussprechlich beeindruckt, als hätte ein Magier einen alles menschliche Fassungsvermögen übersteigenden Zauber ausgeübt. Und gerade das war die Kunst, die er von dem großen Redner lernen wollte: Diese göttliche Macht, unbegrenzt von Zeit und Raum zu sprechen, jeder Satz ein Satz und jedes Wort an seiner richtigen Stelle, und dennoch ohne einen einzigen wesentlichen Begriff auszudrücken – wie ein unendlicher Aal, der sich ewig dahinwindet.

Als Dulnikker zu stammeln und zu stöhnen begann, stürzte der Barbier auf ihn zu und streckte ihn sehr besorgt auf dem Bett aus; außerdem fächelte er kühle, erfrischende Luft über das rote Gesicht des Staatsmannes. Selbst Hassidoff war von der gigantischen, vollkommenen Rede bis zum Zusammenbruch ermüdet, aber er schonte sich nicht und kümmerte sich mit seiner Frau bis zum Einbruch der Nacht um den Ingenieur.

»Herr Ingenieur«, bat die brave Frau etwas besorgt, »Sie sollten so etwas nicht vor den Wahlen tun. Salman will noch immer, daß Sie ihn sprechen lehren.«

»Nun, Sie haben mich gehört, mein Freund«, flüsterte Dulnikker mit einem schwachen Lächeln, »jetzt ahmen Sie das einfach nach.«

»Das kann ich nicht«, protestierte Salman, »wenn ich so zu reden anfange, egal wie sehr ich mich auch bemühe, was ich sage, ist immer klar wie die Sonne. Haben Sie nicht irgend etwas Schriftliches bereit?«
»Was meinen Sie – bereit?«
»Eine solche Rede, geschrieben oder gedruckt. Es macht nichts, wenn es kurz ist, ich kann ja immer wieder von vorn anfangen ...«
Dulnikker versuchte, sich nicht aufzuregen, weil er sich das wirklich nicht leisten konnte, aber die hartnäckigen Forderungen des Barbiers zerrten an seinen Nerven. Nach einiger Suche zog der Staatsmann ein zerknittertes Blatt der Parteizeitung aus seinem Koffer (Groidiss!). Dulnikker erinnerte sich, daß es auf der betreffenden Seite des Blattes etwas gegeben hatte, das dem Barbier entsprechen würde.
»Lesen Sie der Menge den Leitartikel vor.«
»Was ist ein Leitartikel?« fragte Frau Hassidoff.
»Eine Rede für Anfänger«, vereinfachte es ihr Dulnikker. Ermüdet fügte er hinzu: »Ihr solltet es mehrmals wiederholen, bis ihr es ganz parat habt, Genossen. Jetzt laßt mich ruhen.«

Die Versammlung fand auf dem Baugrund des vorgeschlagenen Salman-Moses-Kulturpalastes statt. Die Bauern bearbeiteten ihre Felder gerade nicht, sowohl wegen der schweren Regenfälle, die der Winter gebracht hatte, als auch aus anderen Gründen. Daher hatten sie frei, um so an öffentlichen Vergnügungen wie Versammlungen teilzunehmen. Der Himmel neigte diesmal nicht dazu, gemeinsame Sache mit dem Schächter zu machen, und in völliger Mißachtung von Sfaradis Bannspruch der Exkommunizierung segnete der gütige Herr die Versammlung des Barbiers mit freundlichem Wetter.
Aus den Reihen der Versammelten ragten gewisse feindliche Schuhflickernikgesichter hervor, Gurewitsch selbst tauchte in letzter Minute persönlich auf und stand – von seinen Anhängern umgeben – in ominösem Schweigen am Rande des Feldes. Ehrlich gesagt hatte der Schuhflicker alles Recht, zu kommen, weil Hassidoff ganz plötzlich gerissen wurde und den Dorfbewohnern nicht enthüllte, daß dies seine eigene, höchst persönliche Versammlung war. Er verbarg sich hinter dem schwungvollen Schlagwort: »Eine Ver-

SAMMLUNG FÜR ANHÄNGER DER RECHTSCHAFFENEHIT – MIT ÜBERRASCHUNGEN!«

Diesmal führte nicht der Wirt den Vorsitz, weil Hassidoffs Magen sich jedesmal noch immer leicht drehte, wenn er sich an die Feier der Friseurgeschäftsjahresfeier erinnerte. Die Eröffnungsansprache hielt der kommunale Gemeindeamtswächter, ebenfalls ein wichtiger Dorfbewohner.

»Meine Herren«, lautete die einfache Eröffnung des stämmigen Bauern oben auf dem hohen Podium. »Ich sehe, ihr seid allesamt hier, um zu hören, was uns Salman, dieser ungeheuerliche Ingenieur, einhämmern will. Lassen wir also Salman reden. Für mich ist das schwer.«

Daraufhin setzte sich der Wächter ruhig zurecht, und der Barbier erhob sich kampfbereit. Es waren nur noch wenige Tage bis zu den Wahlen, und Hassidoff erkannte die vor ihm liegende Herausforderung. Er legte das Zeitungsblatt vor sich auf den Tisch, zog trotz des kühlen Wetters die Jacke aus und krempelte die Ärmel bis zu den Schultern hoch. Dann streckte er die Hand aus, drückte dreimal auf die Tischglocke und brüllte in die allgemeine Stille: »Leitartikel!«

Eine Bewegung der Überraschung und Genugtuung ging durch die Zuhörer. Die unverständliche Eröffnung versprach, daß da Großes kommen würde. Und Hassidoff hielt dieses Versprechen:

»Wenn wir nach Beendigung unseres ersten Fiskaljahres der Unabhängigkeit den Weg, den wir zurückgelegt haben, sorgfältig auswerten sollen«, deklamierte der Barbier laut, »und wenn wir zusammenfassen sollen, was der Schoß der Zukunft für uns umschlossen hält, müssen wir uns notwendigerweise fragen: ›Wohin?‹ Wir möchten glauben, daß die Bedürfnisse der Nation untrennbar ineinander verschlungen sind und daß mit ihrer Befriedigung sowohl der Frieden als auch der Fortschritt unseres Volkes in dieser Ära liegt …«

Salman Hassidoff spürte, daß ihm Flügel gewachsen waren. Er war nur schwer imstande, sich zu beherrschen und zwischen den Sätzen nicht in ein wildes Triumphgeheul auszubrechen. Er deklamierte, er sprach, belehrte und rhetorisierte genau wie der Ingenieur mit erstaunlicher Flüssigkeit, äußerst verwirrend, mit der gleichen elementaren Gewalt, wie die reißende Flut des hochgehenden Flusses die Berge überschwemmt, jeden Widerstand, der sich ihr in den Weg

stellt, überrennt, zerschmettert und zerstört. Die Zuhörer standen eingeschüchtert da, von frommer Ehrerbietung erfüllt. Selbst die benommenen Gegner des Barbiers wurden von der Macht seiner gigantischen Rhetorik überwältigt. Frau Hassidoff sah den Redner staunend an, und man konnte sehen, daß sie sich von neuem in ihren kahlköpfigen Gatten verliebte. Hassidoff läutete noch zweimal und fuhr fort: »Die Wahl vor uns liegt zwischen Einheit und Trennung, zwischen Aufbau und Zerstörung, zwischen Sieg und Niederlage, zwischen Erfolg und Mißerfolg, zwischen Anstrengung und Trägheit, zwischen dem Geraden und dem Gewundenen. Die Erbauer des Staates dürfen die Pflichten nicht mißachten, die uns die Erneuerung auferlegt, wenn uns die Schwingen der Geschichte an unsere Mission der Bewährung erinnern, wenn der zionistische Traum in das Herz und die Seele der Nation eingeschrieben hat: Fortsetzung nächste Seite, Kolonne fünf!«
Hier endete der Leitartikel. Da die letzten Wörter, die in Klammern unten auf der Seite standen, etwas unklar waren, insbesondere dem Redner, drückte der Barbier wieder auf die Glocke und wiederholte sie: »Kolonne fünf!«
Die Zuhörer reagierten auf diese überraschende Wendung der Rede mit verwirrtem Schweigen. Niemand hatte es in Betracht gezogen, gerade diese Redewendung besonders beachten zu müssen, wenn alles andere so dicht umwölkt war. Aber die Wiederholung riß den Schuhflicker aus seiner Lethargie, und blitzartig ging es ihm auf: ›Aha! Eine fünfte will er!‹ Er bildete einen Trichter aus seinen Händen und brüllte, so laut er konnte, zum Podium hinüber:
»Und ich sage, es wird keine fünfte Säule geben!«
»Stimmt!« Seine benommenen Anhänger erwachten. »Nieder mit der fünften Säule!«
Der Barbier wurde schrecklich wütend und verlor die Selbstbeherrschung. »Ich sage euch, ich bin der Bürgermeister«, er hieb auf den Tisch, »und es wird doch eine fünfte Kolonne geben!«
Plötzlich begann die Tragödie. Hassidoff fiel über den Tisch vorwärts, den Körper in Krämpfen und den Mund überquellend von einem gallebitteren grünen Schaum. Hermann Spiegel sah, wie Hassidoffs plötzliche Rage den Gallenanfall hervorrief, aber selbst wenn er dem Leidenden hätte helfen wollen, wurde er durch die Schuhflickerniks

daran gehindert. Sie packten die Stöcke, die sie zufällig mitgebracht hatten, und fielen über die Leute des Barbiers mit dem Schlachtruf her:
»Da habt ihr eure fünfte Kolonne, ihr Bastarde!«
Die Taschenmesser in den Händen der Bauern, die auf seiten des Barbiers standen, öffneten sich von selbst. Hermann Spiegel wand sich zum Rand des Feldes durch und öffnete das Erste-Hilfe-Kästchen, das er ›nur für alle Fälle‹ mitgenommen hatte. Und gut, daß er es mitgebracht hatte. Kaum hatte er es geöffnet, schlug ihn jemand auf den Kopf, und er wurde ohnmächtig.

Der erste politische Krawall in Kimmelquell dauerte ungefähr zwei Stunden – so lange, wie müßige Bauern vorhanden waren. Viele Teilnehmer waren verletzt, aber nur zwei ernstlich: der Polizist – der sich in die Schlägerei eingemischt hatte, um ernste Zwischenfälle zu verhindern – und der Tierarzt, den ein Barbiernik auf den Schädel haute, weil er ihn irrtümlich für seinen Schwager, einen Schuhflickernik, gehalten hatte. Mischa wurde in sein Zimmer über dem Schankraum gebracht, wo er von der Gattin des vermißten Krankenwärters höchst erholsam gepflegt wurde, während Hermann Spiegel auf dem Schlachtfeld blieb und von der aufgebrachten Menge niedergetrampelt wurde. Als der Zusammenstoß vorbei war, verließen beide Gruppen den Kulturpalast als Sieger. Die Bauern, körperlich verwundet, zerstreuten sich unter gegenseitigen Drohungen, die über Nacht einen überraschenden Ausdruck auf den Hauswänden fanden:

KEINE FÜNFTE KOLONNE! schrieben entschlossene Hände. NIEDER MIT DER FÜNFTEN KOLONNE!

Natürlich führte das Projekt ›Malt das Schlagwort des Tages‹ zu weiteren, wenn auch beschränkten Ausbrüchen von Feindseligkeiten zwischen den mit Kübel voll Tünche und einer Menge Farbe beladenen Mannschaften. Am nächsten Tag war die Atmosphäre schon so geladen, daß die unschuldigste Bemerkung über die in Frage stehende Säule genügte, um jedes gewöhnliche Gespräch zu zerstören. Die Bauern, die bisher eine überraschende Selbstbeherrschung bei Gewaltanwendungen an den Tag gelegt hatten, waren jetzt ebenso schnell bei der Hand, ihre festen Fäuste spielen zu lassen, so daß es schien, als verdoppelten sie sich automatisch, wann immer die Wörter ›Kolonne‹ oder ›Säule‹ auftauchten. Die Lage wurde so gespannt, daß die Friedliebenden und Apathischen unter den Dorfbewohnern aufhörten, die aufreizende Zahl ›fünf‹ zu verwenden und statt dessen vorsichtigerweise ›zwischen vier und sechs‹ sagten, um niemandem Ursache zu geben, böse auf sie zu werden. In der darauffolgenden Zeit war es ratsam, sich nicht ins Freie zu wagen, und an den meisten

Häusern waren tatsächlich die Fensterläden geschlossen – die Frauen saßen angstvoll hinter versperrten Türen und sehnten sich nach dem Ende des Belagerungszustandes.

Salman Hassidoff war ständig nervös, und infolge seiner häufigen Gallenanfälle wurde sein Gesicht äugerst mager und verfallen.

»Vielleicht riskiere ich mein Leben, aber ich gebe bei dieser fünften Säule nicht nach!« pflegte er einem Kunden zu verkünden, während er sein Rasiermesser mit geradezu widerlichem Vergnügen schärfte. »Für andere Leute mag die fünfte Kolonne ein bloßer Pfosten sein, aber für mich ist sie ein Symbol!«

Daraufhin sprang die lauernde Klinge des Barbiers jeweils dem Kunden an die zugeschnürte Kehle, und er fragte:

»Was ist Ihre Meinung, meine Herren? Eine Schweinerei, was?«

Die Antwort lautete ausnahmslos bejahend.

Der Barbier informierte Dulnikker beim Mittagessen über den Ausgang der Versammlung.

»Kolonne fünf?« murmelte der Staatsmann – und dann wälzte er sich vor brüllendem Gelächter auf seinem Bett. »Ich sterbe vor Lachen! Salman, mein Freund ... Kolonne fünf ... fünfte Kolonne ... fünfte Säule ... einfach großartig ...«

Die Flasche Rotwein, mit der sich Hassidoff Dulnikkers ewige Dankbarkeit erwarb, hatte ebenfalls ihren Anteil an der guten Laune des Staatsmannes, aber der Bürgermeister, der ihm mit saurem Gesicht gegenübersaß, überging diese Kleinigkeit. »Ich sehe nicht ein, was da so komisch ist«, bemerkte der Barbier düster. »Es stimmt, ich habe kein einziges Wort in Ihrem Leitartikel verstanden, Ingenieur, aber ich möchte ums Leben gern wissen, warum da dieser Satz am Ende mit einer fünften Säule war! Der ganze Artikel erwähnte, glaube ich, vorher kein einziges Mal eine einzige Säule! Statt zu lachen, erklären Sie mir bitte vielleicht, worum das Ganze geht, ha? Wirklich, Dulnikker! Der Mensch wird doch noch wissen dürfen, wofür er eigentlich kämpft!«

»Man braucht nicht alles zu verstehen: Es genügt zu wissen, daß wir recht haben.« Der Staatsmann lachte und begann in neu aufwallender Fröhlichkeit mit den Händen auf dem Kissen herumzudreschen, bis seine Hosenknöpfe unter dem Druck seines Bauchs, der in so wenigen Tagen gigantische Ausmaße angenommen hatte, in alle Richtungen davonflogen.

Inzwischen waren bei Zemach Gurewitsch drüben fieberhafte Diskussionen über das notwendige Vorgehen im Gang, um die Komplotte des Barbiers abzuwehren. Eine Handvoll Loyalisten waren um die Person des Schuhflickers versammelt, unter ihnen der Brunnenwächter und Ofer Kisch. Der Schneider hatte sich erst vor wenigen Tagen dem Schuhflickerblock angeschlossen, hatte jedoch um Gurewitschs willen bereits Blut und Schweiß geopfert. Ofer Kischs ideologische Bekehrung zur Weltanschauung des Schuhflickers war völlig spontan erfolgt. Geschehen war folgendes: Sie trafen einander auf der Straße, der Schneider senkte die Augen und sagte:
»Ich weiß, Ingenieur Gurewitsch, daß Sie noch immer böse auf mich sind, weil ich das arme Kätzchen getötet habe, aber ich hätte gern eine Chance, um Ihnen zu beweisen, daß mein einziges Anliegen das öffentliche Wohl ist. Geben Sie mir nur eine winzige Gelegenheit, mein Vergehen gutzumachen.«
»Dazu gibt es nur einen Weg, Genossen«, erwiderte Ingenieur Gurewitsch, nachdem er die Sache eine Zeitlang erwogen hatte. »Kommen Sie mit allen ihren ›Dreitürniks‹ auf meine Seite, und dann wollen wir weitersehen.«
»Danke. Sie sind wirklich gut zu mir, Gurewitsch«, sagte der Schneider.
»Jetzt haben wir also nur die praktische Seite zu regeln …«
Nach einem verhältnismäßig reibungslosen Handeln kamen beide Seiten zu einer Vereinbarung: Der Schuhflicker versprach Kisch fünf Tnuva-Pfund pro Tag bis zum Wahltag sowie zwei Paar Schuhe in vorzüglichem Zustand und einen sicheren Sitz im Ständigen Dorfrat. Da dieses übergeneröse Angebot beträchtlich besser war als das Angebot des Barbiers, schlossen beide Seiten einen ewigen Bund und unterzeichneten das Abkommen. In ihren Herzen.
Der Schneider arbeitete wirklich schwer, um die Aufrichtigkeit seiner Reue zu beweisen. »Ingenieur Gurewitsch«, wandte er sich mitten in der fieberhaften Diskussion an seinen Führer, »was tun wir, wenn die Barbierniks losgehen und diese fünfte Säule bauen?«

»Was wir tun werden?« stöhnte der Schuhflicker, als ihn ein Hustenanfall fast erstickte. »Ich werde Ihnen sofort sagen, was wir tun, meine Herren!«

Gurewitsch langte in den Speiseschrank nach einer Flasche Wein, einem halben Brotlaib und Würsten, womit er in Richtung Hühnerstall verschwand, der hinter einer hohen Hecke hinten im Garten verborgen stand. Kurz nachher kehrte Gurewitsch mit leeren Händen zurück, schlug mit der Faust auf den Tisch und schrie: »Demonstration!«

Die Organisation der Aktion wurde Ofer Kisch übertragen – Zeugnis des großen Vertrauens, das sich der Schneider in den Augen des Schuhflickers erworben hatte. Den Anweisungen Gurewitschs folgend, entwarf er sofort Schilder, auf denen in überdimensionalen Rosinesker Großbuchstaben stand:

HÄNDE WEG VON DER FÜNFTEN KOLONNE!
WIR DULDEN KEINE FÜNFTE KOLONNE!
DIE POCKEN ÜBER DIE FÜNFTE KOLONNE!

Dann versammelte der Schneider alle Brunnenkrieger unter seinem Fähnchen am Dorflagerhaus und gruppierte seine feiertäglich gewandeten Bauern zu jenen geordneten Reihen, die wütenden Demonstranten entsprechen. Hier traf Ofer auf den Widerstand der meisten Teilnehmer, sich zusammen mit den ›Dreitürniks‹ aufzustellen, die automatisch mitgekommen waren. Die Bauern behaupteten, daß sie, die Steuerfreien, sich nicht mit den Unberührbaren vermischen würden, nicht nur um ungeschriebener sozialer Gesetze willen, sondern auch, weil die ›Dreitürniks‹ im Lauf der Zeit verarmt waren und ihre armselige Gewandung der Gelegenheit nicht angepaßt war. Dem Schneider gelang es jedoch, die heikle Situation unter Kontrolle zu halten. Er erklärte den steuerfreien, daß die ›Dreitürniks‹ zu dem einzigen Zweck mit eingesetzt wurden, um die schweren Schilderpfosten zu tragen; das sprach ihren Verstand und ihre Herzen an.

Bevor sich die höchst eindrucksvolle Prozession auf ihren Weg begab, schenkte der Schneider den Kämpfern etwas verbale Ermutigung.

»Wir haben absolut verläßliche Berichte«, begann er, »daß der kahle Barbier plant, jeden Augenblick den fünften Pfosten aufzustellen, trotz dagegenstehender Warnungen! Deshalb werden wir jetzt durch die Dorfstraße marschieren und diesen Schurken daran erinnern – durch den Krach, den wir beim Zertrümmern aller Fensterscheiben machen –, was für ein Schicksal Verräter erwartet! Außerdem: Ich fühle mich verpflichtet, meine Herren, Sie darauf hinzuweisen, daß dieser Protestmarsch etwas sehr Gefährliches ist. Wer Angst hat, soll hierbleiben, um die anderen nicht zu stören. Vorwärts, marsch!«

Zum Ruhm des Dorfes sei es gesagt, daß von der ganzen großen Menge nicht einer die Reihen im Stich ließ, mit Ausnahme des Schneiders, der neben dem Lagerhaus stehenblieb, um die Demonstranten nicht zu stören. Sein Blick folgte der Prozession von hier aus. Der Massenaufmarsch begann sehr nett. Die Dörfler kamen aus den Häusern, erstaunt über die Gewaltigkeit des schönen Anblicks mehrerer Dutzend feierlicher Bauern, die in fast ordentlicher, aber äußerst steifer Haltung auf die Behausung des Barbiers zumarschierten und unter der Leitung des Brunnenwärters unaufhörlich brüllten:

»Nieder mit Fünf! Nicht mit dem kahlen Barbier, dem Säulenheiligen! Nieder mit dem Barbier Fünf!«

Die Stimmung der Demonstranten war wirklich gut, aber dem kahlen Barbier gelang es, rechtzeitig alle seine Fensterläden zu versperren, und es damit unmöglich zu machen, was der interessanteste Teil des Protestmarsches zu werden versprach. Aber die Leute waren nicht bereit, so leicht aufzugeben, besonders nicht, solange ihnen die Worte des Schneiders über das Schicksal der Fensterscheiben noch in den Ohren klirrten. Als die Demonstration den Rand des Dorfes erreicht hatte, klaubten die Demonstranten Steine mittlerer Größe von der Straße auf und zerschmissen jede einzelne Fensterscheibe im Haus des Schuhflickers, um den kahlen Barbier daran zu erinnern, ›was für ein Schicksal Verräter erwartet‹!

Die stürmische Tat, so glorreich in ihrer Massenbarbarei, verfehlte nicht ihr Ziel. Der Barbier, der die ganze Zeit neben der Tür seines Ladens stand und alles durch die Spalten seiner Fensterläden mitangesehen hatte, flüsterte seiner Frau zu: »Zum erstenmal dämmert mir, was hier vorgeht: Sie glauben, daß ich eine fünfte Säule aufrichten will, wobei ich keine Ahnung habe, was ich mit den ersten vier

machen soll! Ich sage dir, die sind alle geistig zurückgeblieben! Eine fünfte Säule! Wozu? Was für eine idiotische Idee, Madame!«
Um also keine Zeit zu verlieren, verließ der Bürgermeister seine Festung durch ein Loch in dem ausgebrannten Hinterflügel. Er schlich durch die Gärten zu dem Haus des Bauunternehmers, der einer seiner Anhänger war. Am Schluß ihrer Konferenz stahlen sich beide mitten in der Nacht zum Gemeindeamt, rückten die Schreibtische beiseite und errichteten in der Mitte des Fußbodens, genau mitten zwischen den vier Betonsäulen – eine Verschalung für einen fünften Pfosten, in die sie Zement gossen. Neben der frischen fünften Säule schritt der Gemeindewächter mit einem riesigen Knüppel in der Hand auf und ab. Das setzte den Behauptungen ein für allemal ein Ende, daß der Wächter für's Nichtstun bezahlt werde.
Am nächsten Morgen lief Salman Hassidoff heftigen Schritts zur Eisentür und tobte den Ingenieur an:
»Sagen Sie, Dulnikker, wozu füttere ich Sie eigentlich, wenn der hinkende Schuhflicker uns immer einen Schritt voraus ist?«
Das war richtig. Der Schuhflicker hatte wieder einmal eine lobenswerte Initiative gezeigt. Aus Ästen und Faserplatten hatte Gurewitsch einen kleinen Wagen gebaut, vor den er einen weißen Esel spannte. Mit dem fuhr er durch die Straßen, über sich ein großes Schild, auf dem stand:

SCHAUT, ONKEL ZEMACH IST EIN LUSTIGER GESELL!
FAHRT MIT DEM KOMMENDEN BÜRGERMEISTER
VON KIMMELQUELL!

Die Dorfjugend war hingerissen von diesem Unternehmen, besonders da das Vergnügen für sie kostenlos war. Die Fratzen standen Schlange an der Endstation des Eselkarrens und warteten, bis sie zu einer Runde in dem Karren drankamen. Außerdem sang ihnen der Kutscher – Ingenieur Gurewitsch – während der Fahrt sogar funkelnagelneue Kinderlieder vor (»Wo zum Teufel hat er die gelernt?«) und verteilte eine Menge Kaugummi. Es sickerte sogar durch, daß Mami und Papi ohne ihre Sprößlinge auftauchten und behaupteten, letztere seien ›indisponiert‹, und verlangten, daß ihnen der Schuhflicker sowohl die Kaugummi als auch ›ein, zwei Runden‹ gewähre. »Mein lieber Herr Ingenieur«, bat der Barbier verwirrt, »denken Sie sich etwas genauso Gutes aus – oder ich schwöre, ich ermorde Sie auf der Stelle, Dulnikker!«

»Habt ihr denn nicht ein eigenes Gefährt, Genossen?«

»Sie Genie! Wollen Sie, daß ich den hinkenden Schuhflicker nachäffe?«

»Einen Augenblick, meine Herren!« protestierte der Staatsmann. »Wie kann ich mich konzentrieren, wenn Sie unaufhörlich schwätzen?« Dulnikker leerte ein Glas Wein, und die Räder seines Elektronenhirns begannen knirschend herumzuwirbeln. Etwas später strahlte sein rundes Gesicht auf, und er spuckte heraus: »Ich hab's! Ein Karussell!«

»Nu, sehn' Se, es gelingt Ihnen ja, wenn Se's wirklich versuchen!« jubelte der Barbier und reichte seinem Mentor ein Päckchen Keks. Plötzlich verschwand die Freude aus seinem Gesicht. »Es ist großartig, stimmt, aber ich hab' kein Geld mehr, Dulnikker. Das Schatzamt des Dorfes ist vollkommen leer, und meine Ersparnisse hab' ich für alles mögliche sonst verbraucht.«

»Mein Beileid, meine Herren«, erwiderte Dulnikker. »Wer keine Mittel hat, ist viel besser dran, er bleibt außerhalb der politischen Arena.«

Das Karussell wurde doch errichtet, mitten auf der Straße genau gegenüber dem Wirtshaus. Es bestand aus einem einzigen hohen in den Boden gerammten Mast mit fünf (!) rohen Bänkchen, die auf kleinen Holzrädern um den Mast liefen. Ein riesiges, an die Mastspitze genageltes Schild lautete:

DREHT EUCH SICHER RUNDHERUM,
ONKEL SALMAN BLEIBT BESTIMMT BÜRGERMEISTER!

Reimen war nie die starke Seite Dulnikkers. Aber das Herumdrehen war wirklich gesichert, da ›Dreitürniks‹ verwendet wurden, um die mit jubelnden Fratzen beladenen Bänke zu schieben. Der Barbier hatte diese technische Einzelheit durch die üblichen Kanäle – den Gemeindesekretär – organisiert, der den zehn ›Dreitürniks‹ (einer starb und wurde bedauernd von Steueraufseher Ofer Kisch begraben)

einen offiziellen, schriftlichen Befehl dahingehend übersandte, daß die Adressaten über Dorfratsbeschluß verpflichtet waren, das Karussell zwei Tage lang in der Richtung der Zeiger an der Armbanduhr des Bürgermeisters zu schieben. Dementsprechend wurde die Dorfstraße zum echten Entzücken der örtlichen Jugend zu einer Art Vergnügungspark, obwohl sie häufig mit den Erwachsenen zu ringen hatten, die sich aller Sitze auf den Bänken bemächtigten und trotz der Regenschauer ein fröhliches Wildwestgeheul losließen, um die jeweiligen ›Dreitürniks vom Dienst‹ zu größerer Eile anzuspornen.
Die gute Laune der Bürger führte zu einer Erhöhung der Nachfrage nach starkem Schnaps, und seltsamerweise kaufte auch der Barbier einige Flaschen Wein. Elifas Hermanowitsch war jedoch mit dem Ansteigen seines Geschäfts nicht zufrieden. Das nerventötende Kreischen des Karussells drang ihm wie Dolche in die Ohren, bis der Wirt eines Tages zur Gartentür vor seinem weißen Haus hinaustrat und die fröhlich Tobenden anschrie: »Das macht euch Freude, was? Ein Zirkus! Aber ich werde euch kein Karussell bauen, ich werde keine Eselskutsche bauen. Von mir bekommt ihr keinen einzigen Heller, um mich in den Dorfrat zu wählen!«
»Ei, nett«, erwiderten die Leute. »Was also wollen Sie eigentlich von uns?«
Sie überließen den Wirt seiner Trübsal und strebten dem anderen Ende des Dorfes zu, um zu sehen, welche Fortschritte das Brunnenbohren machte. Da war eine weitere ›glänzende Idee von dem hinkenden Schuhflicker, hol ihn der Teufel‹! In einer der Pausen der Winterregenfälle erschien eine Mannschaft von Arbeitern und stellte einen riesigen leiterähnlichen Bau neben der Straße auf, die zu den Weiden führte. Neben dieser Anlage stand das allgegenwärtige Schild, das in diesem Fall lautete:

DER DORFBRUNNEN ZEMACH GUREWITSCH

Die Versuchsbohrung begann diesen Mittwoch, da der Bürgermeiter de facto emeritus, der kahle Herr S. Hassidoff, sündhafterweise die öffentlichen Bauten vernachlässigte und das Dorf zum Tode

durch Verdursten verurteilte!
Nieder mit dem Säulenbarbier!
Nieder mit der fünften Säule!
Nieder mit der 5!

Auch die Bohrarbeiten waren sehenswert. Auf dem leiterähnlichen Gerüst standen zwei mächtige Bauern, deren kräftige Hammerschläge auf einen langen Mast niederfielen, dessen eines Ende scharf gespitzt war. Da sich jeder Versuch als fruchtlos erwies und der gesegnete Wasserstrahl aus den Tiefen der Erde nicht hervorbrach, entfernten die Bohrenden den Pfosten, schleppten das Gestell einige Schritte weiter und begannen mit einer Ausdauer und Geduld ohnegleichen erneut mit ihrer Versuchsbohrung. Salman Hassidoff wanderte verbissen zum Bohrfeld hinaus, von Pfeilen geleitet, die, an Pfosten genagelt, alle Interessierten die ganze Straße entlang bis zum Bohrfeld wiesen:

ZUM ZEMACH-GUREWITSCH-BRUNNEN.
TASSEN SIND MITZUBRINGEN

Nach dem Besuch des Barbiers bei den Bohrern erlitt Dulnikkers Speisekarte ernstliche Einschränkungen. Hassidoff informierte ihn während eines neuen Gallenanfalls, daß er ihm solange nicht einmal einen Löffel kalter Suppe geben würde, so lange der Schuhflicker aus Mangel an Konkurrenz so glorreich vorwärtsschritte.
»Als ich dort war, waren sie noch nicht auf Wasser gestoßen, aber ich hatte den Eindruck, daß sie jeden Augenblick das Wasserniveau erreichen konnten«, jammerte der Barbier, als er sich an seine Frau lehnte, um nicht in Ohnmacht zu fallen. »Wenn wir ihnen nicht etwas Außergewöhnliches bieten können, sind wir verloren, Dulnikker!«
»Hören Sie, mein Freund Salman, vielleicht möchten Sie auch einen Brunnen bohren?«
»Genie! Warum habe ich ihn dann mein ganzes Leben lang bekämpft?«
»Herr Ingenieur!« Frau Hassidoff fiel plötzlich vor dem Staatsmann in die Knie: »Geben Sie uns Elektrizität!«

Dulnikker schälte das schamlose Frauenzimmer von sich ab und wartete etwas, um den Barbier für seine ›impertinente Sprache‹ zu strafen. Die Hassidoffs lagen ihm buchstäblich zu Füßen, und ihre flammenden Augen blickten in stummem Flehen zu dem Staatsmann auf.
»Schön«, verkündete Dulnikker leutselig. »Es besteht kein Grund, warum ich Joskele Treibitsch nicht ein paar Zeilen schreiben könnte. Innerhalb einer Woche werden Sie die Masten hier haben.«
»Was für Masten?«
»Für die Elektrizität …«
Der Barbier und seine Frau tanzten vor unbeschreiblicher Freude. Dutzende von Jahren hatte das Dorf die Regierungsämter mit Ansuchen um Strom bombardiert, die unbeachtet geblieben waren. Der Staatsmann riß die Vorderseite eines Zigarettenpäckchens ab und kritzelte mit Bleistift darauf: ›Joskele, ich bitte Dich, so bald wie möglich ein Stromnetz für Kimmelquell zu errichten. Grüße an Schula. Dein …‹
»Bitte geben Sie uns die Adresse, lieber Herr Ingenieur, und ich schicke es sofort noch heute mit dem Nachmittags-Lastwagen der Tnuva ab.«
»Eine Sekunde!« Dulnikker rieb sich die Nase. »Bevor ich diesen Brief unterzeichne, will ich eine feste Verpflichtung Ihrerseits hinsichtlich meiner Mahlzeiten haben. Also: Gekochtes Kalbfleisch, rohen Blumenkohl und Karotten, Rettich, Kuchen und schließlich, aber weit entfernt von endlich, roten Tokayer! Außerdem will ich einen Heizofen haben, weil mich die Kälte ärgert und ich nicht mit einer Verkühlung heimzukehren wünsche, wenn die Wahlen endlich vorbei sind.«
»Bitte, unser lieber Ingenieur, ein Wort genügt«, erwiderte Hassidoff honigsüß.
Als er hinausging, hob er die Hand und sagte: »Fünfte Kolonne!« – nunmehr sein üblicher Gruß.

Die Dinge gingen weiter wie gewohnt.
Eines Morgens fand man den Gemeindeamtswächter in einem Tümpel seines eigenen Blutes liegen, und die Bruchstücke der fünften Säule lagen rings um ihn verstreut. Diese niedrige Provokation veran-

laßte die ›Kolonniks‹ zu einer blitzartigen Antwort. Keine halbe Stunde nach der Entdeckung der barbarischen Zerstörung leerte der Barbier einen Sack Zement auf einen der Schreibtische aus. Unverzüglich wurde die fünfte Säule in der Mitte des Büros gegossen. Außerdem wurde sie breiter und höher als die ursprüngliche errichtet, um der Öffentlichkeit zu zeigen, daß Gewaltanwendung den Glauben der ›Kolonniks‹ an die soziale Gerechtigkeit nur erhöht hatte.

Diesmal setzte der Barbier eine Wache von drei muskulösen Männern um die nasse Betonsäule ein. Aber noch in derselben Nacht überwältigte eine organisierte stärkere Macht eine Handvoll Loyalisten, die nach einer verhältnismäßig kurzen Knüppel- und Taschenmesserschlacht davonliefen. Darauf zerlegten die Rohlinge die Holzform um die frisch gegossene Säule, sie quoll heraus und warf sämtliche Büromöbel um.

Am Morgen war die Verschalung wieder aufgebaut und die fünfte Säule neuerlich gegossen worden. In dieser Nacht hielten zehn ›Barbierniks‹, mit Hacken bewaffnete Bauern, die Wache. Sie versuchten ihre frierenden Glieder an einem Feuer zu wärmen, das mit Karteikarten genährt wurde, aber der Regen, der in Abständen fiel und wieder aufhörte, löschte es von Zeit zu Zeit.

Zum Glück der Säule vollzogen sich Veränderungen, die den Brennpunkt des Kampfes in ein völlig neues Zentrum verlagerten. In der Morgendämmerung schlitterte der Tnuva-Lastwagen vor den Hof des Barbiers. Unter dem Drohen eines nahenden Gewitters wurde eine große Kiste abgeladen und in Hassidoffs Haus getragen. Der Barbier war äußerst aufgeregt, als er die Kiste aufbrach und mit Hilfe des Chauffeurs die neue Geheimwaffe herauszog.

Es war ein kleiner Generator, der von einem Kerosin-Motor betrieben wurde, und er war durch ein Drähtegewirr mit einem Holzkasten verbunden, aus dem weitere mehrfarbige Drähte herausführten.

Salman Hassidoff hob die Flasche roten Tokayers hoch, die er als Lohn eigens für diese Gelegenheit gekauft hatte, und rannte – hustend vor Freude – zum Ende des Kuhstalls. »Herr Ingenieur, mein geliebter Freund«, er umarmte den Staatsmann herzlich, »der Lautsprecher oder wie immer Sie das nennen, ist soeben eingetroffen!«

Dulnikker spürte, wie sich sein Herz hob, als wäre eben ein großartiger alter Freund auf Besuch herübergekommen. Ein echter Lautsprecher! Lieber Himmel! Seit mehr als drei Monaten hatte er kein Mikrofon mehr in Händen gehalten. Der bloße Gedanke daran genügte, um den Staatsmann trunken zu machen. Aber auf alle Fälle trank er auch einen Schluck Tokayer, nur um sicherzugehen. »Laßt ihn mich versuchen, Genossen!« bat er den Barbier innig. »Wo ist er?«

»In meinem Haus.« Hassidoff wurde ernst. »Dulnikker, Sie dürfen unter keinen Umständen hier heraus. Aber ich glaube, die Drähte sind lang genug …«

Der Barbier ließ seinen Wohltäter einen Augenblick allein und rannte zu seinen Kumpanen zurück. Er bezahlte den Chauffeur teils in bar, teils mit der Armbanduhr, die er sich nachdenklich vom Handgelenk streifte. Die Mannschaft hob den Motor auf einen Tisch im Nebenzimmer und füllte seinen Tank mit Kerosin. Der Motor begann lärmend zu rattern, so daß jeder Gegenstand im Zimmer klapperte, und spuckte dicken Rauch aus. Aber der Barbier und seine Frau husteten weiter, trunken vor Freude. Dann bat Hassidoff den Chauffeur, »das Dingsda, in das man hineinredet«, zu montieren, und letzterer begab sich daran, die elektrischen Drähte mit dem Generator zu verbinden. Es dauerte lange, bis er die nötigen Verbindungen hergestellt hatte, aber als er fertig war, rannte Hassidoff sofort mit dem Mikrofon in den Kuhstall, den langen Draht hinter sich herziehend.

Dulnikker, krank vor freudiger Erwartung, war es inzwischen gelungen, die Flasche leerzutrinken. Das Klappern des Motors schien ihm mit seinen Herzschlägen identisch zu sein. Der Staatsmann riß dem Barbier das geliebte Instrument aus der Hand und küßte es fast. Dann räusperte er sich mehrmals, bekam einen leichten Schluckauf und sprach mit seligem Lächeln ins Mikrofon. »Probe«, hörte man seine Donnerstimme im Freien, »eins, zwei drei, vier. Es funktioniert!«

Die Kimmelqueller wurden Zeugen eines übernatürlichen Ereignisses, das den Juden Tausende Jahre verwehrt geblieben war: Mit eigenen Ohren hörten sie die Stimme vom Himmel.

Das begab sich an einem regnerischen, düsteren, ungewöhnlich schwülen Tag. Die Winterstürme hatten das Dorf zum erstenmal mit voller Stärke getroffen. Der Donner rollte und grollte, und Blitze

durchtränkten die winzigen Häuser mit blendendem Licht. Mit Ausnahme der Gruppe, welche die Säule bewachte, war alles daheim und blickte mißmutig aus den Fenstern in den Regen hinaus. Diejenigen, die zu übersinnlichen Wahrnehmungen neigten, spürten etwas in der Luft, und tatsächlich erhob sich am Morgen eine Stimme, die zwischen den Häusern widerhallte – eine lärmende, stürmische Stimme, keiner irdischen gleich, die von oben und aus allen Richtungen zugleich kam, mitten unter einem seltsamen Pfeifen und Quietschen – als sei der Tag des Jüngsten Gerichts ins Dorf gekommen. »Eins, zwei drei, vier«, sprach die Stimme vom Himmel mit einer Spur slawischen Akzents, »eins, zwei drei, vier. Es funktioniert! – Stimmt für meinen Freund Salman! Der Schuster ist unaussprechlich impertinent! Möge die fünfte Säule ewig stehen! Funktioniert tadellos, was? Also wie wär's, meine Herren, ich verdiene doch noch ein Glas, wie?« So dröhnte die Stimme an jenem düsteren Morgen, begleitet von einem Donnerschlag, der die Herzen erbeben ließ. Die Dorfbewohner waren durch die Gewalt ihres gruseligen Erlebnisses höchst nervös. Ein frommes Erzittern schickte auch den letzten von ihnen zu seinem Kleiderschrank, um den Hut aufzusetzen und seinen schändlich verstaubten Psalter hervorzuholen. Die Türen sprangen auf, und die Bauern stapften durch den Regenguß zum Haus des Schächters.
»Narren«, sprach plötzlich die Stimme, anscheinend von noch höher herab, »warum rennt ihr zum Schächter? Dreimal hoch für den Barbier!« Die Männer blieben verwirrt und wie angewurzelt stehen und traten unglaublich benommen in dem tiefen Schlamm hin und her. Endlich entdeckten sie, daß die erstaunlichen Klänge nicht von oben, sondern unklar aus dem Kästchen in Hassidoffs Fenster kamen. Gleichzeitig drang aus dem Barbierhaus ein Knattern, ähnlich wie das des Tnuva-Lastwagenmotors. Diese Entdeckungen änderten ihren ersten Eindruck entscheidend, der weiter modifiziert wurde, als der Kasten losbrach – diesmal in jener tiefen, von einem Schluckauf unterbrochenen Stimme: »Hört, Genossen, hört! Der Barbierblock ist euer ureigenster Block. Ihr werdet es nie bedauern, wenn ihr für den Barbier stimmt! Genug von der Herrschaft des Schusters! Stimmt für meinen Freund Salman! Der Barbier liebt nur sein Dorf, aber der Schuster hat seine Seele dem Teufel verkauft!«

»Weiter, Herr Chefingenieur, unser Engel«, baten die Hassidoffs ihren Fürsprecher mit einer Glut, die an geistige Umnachtung herankam. »Sie sind wundervoll, Sie sind wunderschön, Sie sind phantastisch, Herr Chefingenieur! Weiter, bitte, es ist egal, was Sie sagen, nur hören Sie jetzt nicht auf, keine Minute lang! Ich schwöre, ich bringe Sie auf der Stelle um, wenn Sie es tun, bitte, reden Sie weiter, lieber Herr Chefingenieur ...«

Frau Hassidoff goß dem Staatsmann noch ein Glas von der roten Flüssigkeit ein, während der Barbier zwischen der Zelle und seinem Zimmer hin und her rannte, um durch das Fenster die hingerissene Menge zu beobachten. Dulnikker strengte sein Elektronenhirn an, um sich ehemaliger Schlagworte zu entsinnen, und sie flatterten in primitiver Unordnung durch den Alkoholnebel: »Hört, Genossen, hört mich! Kommt her, kommt alle her! Der Schuster hat die Inflation herbeigeführt. Er hat den Schwarzmarkt der Nation ruinieren lassen! Der Barbier ist der Vater seines Dorfes. Ehre deinen Vater, und du sollst alt werden! Der Barbier stellt Aufbau und Absorption dar, Freiheit und Fortschritt, Unabhängigkeit und Frieden – der Schuster ist rein gar nichts. Lang lebe die fünfte Kolonne! Oif Kalts blust men nischt! Der Schuster hat einen Handel mit der Bourgeoisie abgeschlossen! Stimmt für die Fünf! Hassidoff wird regieren! Noch? Schön. Trennung zwischen dem Schächter und dem Staat! Nieder mit dem religiösen Zwang! Der Barbier bedeutet einen Lebensstandard, der Schuster ist wie Shimshon Groidiss! Dreimal hoch für Salman! Dreimal hoch für die Fünf! Dreimal hoch für die Tausendfüßler! Hört! Hört! Eine wichtige Meldung! Eine wichtige Ankündigung ...«

Hier schwieg die Stimme kurz, und dann sagte sie plötzlich schnell: »Hier spricht der Ingenieur«, donnerte der Fensterkasten, »der Barbier hat mich im Kuhstall eingesperrt. Er will, daß ich – Hilfe!«

Es folgte ein etwas unzusammenhängendes Grunzen, und dann kam ein Lärm, als würden Löwen abgeschlachtet, gemischt mit Explosionen. Plötzlich erstarb der Krach, und dieselbe laute Stimme war wieder im Äther und donnerte schnell und schwer atmend:

»Stimmt für den Barbier! Jedermann ist für den Barbier! Lang lebe der Barbier! Kolonne fünf! Funkstille!«

Es war wirklich eine ungewöhnliche Begebenheit. Die Bauern, bis auf die Haut naß und zitternd vor Kälte, warteten noch ein Weilchen, aber da der Wunderkasten des Barbiers Ruhe gab, kehrten sie alle heim und legten ihre Psalter wieder in die Rumpelkammer. Die zwei, drei Stunden nach dem übernatürlichen Ereignis waren die letzte Zeitspanne der Stille in der Geschichte des Dorfes.

Salman Hassidoffs absolute Herrschaft über die Ätherwellen des Dorfes dauerte nur eineinhalb Tage, obwohl der Barbier seinen Vorsprung voll ausnützte. Seine Alleinherrschaft kam an einem verhältnismäßig angenehmen Nachmittag zu Ende, als die Dorfbewohner alle daheim waren, noch immer geschockt von der Heftigkeit der Wahlrundfunksendungen.

»Stimmt für mich, und ihr werdet mir für diesen Rat danken!« funkte Hassidoff selbst. »Stimmt für die Fünf, den Säulenblock! Ein kleiner Grund, bitte sehr: In den nächsten Tagen wird dank unserem Bürgermeister die Elektrizität unser Dorf erreichen! Ich halte euch nicht mit leeren Versprechungen hin. Ich werde euch eine Menge Elektrizität geben! Nur ein toll gewordener, zurückgebliebener Dummkopf würde für den hinkenden Schuster stimmen! Wir sind alle für den segensreichen Barbier, der uns Elektrizität gegeben hat!«

Und da geschah es.

»Das ist eine Riesenlüge!« brüllte eine nicht weniger himmlische Stimme als die des Barbiers – obwohl tiefer und kränker – aus dem zerbrochenen Fenster des Schuhflickers, begleitet von Anfällen durchdringenden Hustens. »Wir bekommen Strom von dem kahlen Barbier an dem Tag, an dem uns Haare auf den Handflächen wachsen! Es ist alles nur Stimmenbetrug! Die Brunnenbohrung in meinem Namen schreitet trotz der Regenfälle rapide fort. Die Löcher sind bereits voll Wasser! Stimmt für den Schuhflickerblock, den Wasserblock, eure Rettungsleine! Nieder mit den Kolonnen! Nieder mit der Fünf!« Und so weiter. Die Station des Barbiers wurde so erstaunlich still wie ein Papagei, dem man soeben die Gurgel durchgeschnitten hat, und Hassidoff kam mit zitternden Knien zu Dulnikker gerannt, obwohl er ihm seit dem Versuch des ›undankbaren Alten‹, das Mikrofon zu benützen, um freizukommen, keinen Bissen Essen mehr erlaubt hatte.

»Lieber Herr Ingenieur«, der Bürgermeister brach in Stöhnen aus, »sie haben auch einen bekommen! Verdammte Diebe! Was tun wir jetzt, bitte?«
»Was wollen Sie von meinem Leben?« flüsterte Dulnikker, gebrochen auf seinem Bett. »Laßt mich in Frieden verhungern, meine Herren!«
»Weib!« brüllte Salman. »Schlachte sofort eine Kuh!«

Das war jener Tag, an dem alle Vögel aus der Umgebung von Kimmelquell verschwanden.
Zuerst widerstanden die Vögel dem gegenseitigen verbalen Gedonner. Als es jedoch offenkundig wurde, daß sich die Stürme des Himmels wirklich gelegt hatten, das dörfliche Getöse jedoch niemals enden würde, flogen die Vögel in weniger lärmende Regionen. Wie man sagen könnte, ›die Situation war kritisch‹. Während der verhältnismäßig friedlichen Periode, als nur der Barbier sendete, vergingen die Nächte in einem Anschein von Schlaf. Jetzt aber warfen sich die unglücklichen Dorfbewohner auf ihren Betten herum, überzeugt, daß sie um Mitternacht von Zemach Gurewitschs heiserem Husten aus ihnen hinausgeschleudert würden, und dann würde eine Ansprache folgender Art folgen:
»Jetzt bist du also still, du häßlicher Affe? Jetzt hast du nichts mehr zu bellen, was?«
»Halt den Mund, du lepröses, hinkendes Schwein!« Hassidoff ließ die Fensterscheiben erzittern: »Stimmt für Block fünf!« Das Problem wurde durch den unaufhörlichen Regenguß erschwert, der die Dorfbewohner davon abhielt, den Vögeln vorübergehend in den Schutz der Wälder zu folgen. Auf jeden Fall wurden jedoch die Häuser neben den beiden einander gegenüberliegenden Rundfunkstationen schleunigst von ihren Bewohnern geräumt, die bis nach den Wahlen zu Verwandten oder gütigen Mitbürgern zogen. Aber selbst diese paar Unglücklichen bezogen nur kurzlebige Vorteile aus ihrer Flucht. Zwei Tage vor ›dem Tag‹ trat eine leichte Wetterbesserung ein, die Sonne lächelte hinter den Wolken hervor, und plötzlich tauchte der Schuhflicker in der Dorfstraße auf. Er saß in seinem Karren, von seinem ganz weißen Esel gezogen, während hinter ihm die kleine Kerosinmaschine fröhlich und getreulich knatterte,

und er selbst sich das ›Dingsda‹ vor den Mund hielt und im Fahren mächtig hineindonnerte. Nicht nur, daß der Schuhflicker jiddisch sprach – ein Präzedenzfall, den in den vielen letzten Jahren noch niemand zu setzen gewagt hatte –, es gelang ihm auch, die Substanz seiner Worte dem beweglichen Charakter seiner Rednerbühne anzupassen:

»Hört! Hört! Alle ihr Bewohner am Stadtrand! Der Schuster schützt eure Interessen gegen den kahlen Barbier, dessen luxuriöses Heim sich immer mehr zur Stadtmitte ausbreitet! Es wird keine fünfte Säule in Kimmelquell geben! Der Schuster als Bürgermeister! Hört! Hört! Ihr, die ihr am Stadtrand wohnt! Der Schuhflicker ist …«

Die Dorfbewohner wurden des endlosen Lärms so müde, daß sie den Mut aufbrachten und beschlossen, die Trommelfellattentäter zum Schweigen zu bringen. Als sie sich jedoch den Rundfunkstationen näherten, wurden sie mit einem derart schweren Trommelfeuer von Schlagzeilen bombardiert, daß selbst die mutigsten Angreifer vor dem Gedonner um ihr Leben rannten. Jetzt, da der Schuhflicker die Reichweite seiner Sendungen bis an den ›Stadtrand‹ erweitert hatte, packten die Flüchtlinge ihre Siebensachen und schlichen in ihre Häuser in der Dorfmitte zurück, wo sie jetzt denjenigen Zuflucht boten, die bisher ihre Gastgeber gewesen waren.

Mitten in der fahrenden Rundfunksendung kam eine plötzliche Wendung zum Besseren, die den Bürgern Erlösung versprach: Der ganz weiße Esel wurde von dem ohrenbetäubenden Krach wahnsinnig, das friedliche Tier begann durchzugehen und jagte dabei mit dem hin und her schlenkernden Karren außer Hörweite. Die Erleichterung, die sich dank der Rebellion des Esels über das Dorf zu senken begann, war verfrüht. Eine halbe Stunde später war der Karren wieder auf der Straße, die Ohren des Esels mit Watte verstopft und um sie ein breites Halstuch gewunden, um die Leiden des armen Tieres zu erleichtern. Der Schuhflicker selbst brauchte keine Ohrenstöpsel, weil sein Gehör in den letzten paar Tagen sowieso gelitten hatte.

»Ihr, die ihr in den letzten drei Häusern rechts lebt, zu euch spreche ich!«

Gurewitsch teilte das Lager der Wähler mit erstaunlichem Instinkt auf. »Was wollt ihr: Süßwasser oder eine mistige fünfte Säule? Der Schuhflicker bringt euch Vorteile. Der Barbier ist kahl und bankrott!« Die bewegliche Rundfunkbude arbeitete nur kurze Zeit ungestört. Danach konnte man eine große Geschäftigkeit im Hof des Barbiers bemerken – oder sie aus der seltsamen Stille seines Rundfunkkastens erraten. Seine alternde Eselin kam, vom Bürgermeister persönlich kutschiert, aus dem Hoftor, folgte dem Karren des Schuhflickers und zog die ganze notwendige Apparatur – einschließlich der Frau Hassidoff, die auf dem Wagen stand und in titanischer Wut in dem hartnäckigen Rosenesker Dialekt kreischte:

»Ihr, die ihr in den letzten drei Häusern rechts wohnt! Vergeßt ganz schnell, was der hinkende Schuhflicker keift! Der Barbier verschafft euch Elektrizität! Lang lebe Salman Hassidoff und seine Fünfer!«

Wie jede Massenpropaganda, verlangte auch dieses Unternehmen einzelne Opfer von der Menge. Als die zwei Rundfunkkarren einander so nahe kamen, daß der Barbier den ganz weißen Esel auf den Kopf schlagen konnte, lief plötzlich eine Frau aus einem Haus. Sie stopfte sich die Finger in die Ohren und schrie: »Genug! Genug!« Und stolpernd lief das unglückliche Weib durch die Straße auf das Haus des Tierarztes zu.

»Renne nicht, Bilha«, hustete der Kasten des Schuhflickers, »kümmer dich nicht um das Jajern der kahlen Barbierin! Ich verspreche dir, kleine Bilha, es wird mindestens zehn Jahre lang keine fünfte Säule geben! Hörst du mich nicht, Bilha?«

Anscheinend hatte Bilha den Lautsprecher des Schuhflickers ganz gut gehört, denn es war deutlich zu merken, daß sie noch schneller zu rennen begann. Gerade da knallte der Barbier mit seiner Peitsche und eilte ihr nach. »Höre ja nie auf einen hinkenden Schuhflicker, kleine Bilha!« verkündete Frau Hassidoff. »Alle Frauen in Wehen in diesem Dorf stimmen für die Fünf! Der Barbier ist der beste Freund der schwangeren Damen! Gib dem Barbier die Mehrheit!«

»Lache herzlich, Bilha, lache!« Der Schuhflicker näherte sich von der anderen Seite und verstärkte die Lautstärke an seinem Kasten. »Wage ja nicht, für den kahlen Barbier zu stimmen, sonst bekommst du Fünflinge! Dein Block ist der Brunnenblock! Verstanden, Bilha?«

Es war die erste Frühgeburt, die sich mitten auf der Straße von Kimmelquell ereignen sollte.

Das Glück lächelte dem Dorf zu, und das Gewitter, das der Nordwind hereinblies, fegte die beiden Kampfwagen von der Straße. Die Krieger kehrten in ihre Häuser zurück, von denen aus sie die Schlacht mit stationärem Gedonner weiterführten. Noch nie war soviel Regen auf das Dorf heruntergefallen, aber es kann auch die Stärke des Lärms gewesen sein, die das so erscheinen ließ.
Der Tnuva-Chauffeur sprang mitten in den Wolkenbrüchen aus dem Lastwagen und eilte in Hassidoffs Haus. Sein schwerer Regenmantel schützte ihn kaum. In solchen Zeiten war der Chauffeur sehr glücklich, daß er die Tnuva verlassen und sich einen eigenen Lastwagen gekauft hatte, da sich der alte von der Tnuva in einem solchen Schlamm nicht von der Stelle gerührt hätte.
»Kolonne Fünf!« begrüßte der Chauffeur den Barbier, als er ihm das funkelnagelneue Jagdgewehr mit Munition überreichte. Im Tausch gegen die Bewaffnung gab ihm Hassidoff zwei schwarze Anzüge und den Haarschneideapparat. Der Chauffeur eilte sofort hinaus, um das Zeug in die Fahrerkabine zu stopfen, denn er hatte es eilig, zum Schuhflicker hinüberzukommen. Bevor er ging, fügte er jedoch hinzu: »Ich glaube, der Wadi ist voll Wasser. Glauben Sie nicht, daß ihr die Dämme überprüfen solltet?«
»Natürlich sollten wir das, Genossen! Wir kümmern uns sofort darum!« erwiderte der Barbier brüllend, denn er und seine Frau waren fast taub. Er bat sein Heldenweib, den Kerosin-Motor aufzuwärmen.
Nunmehr war Salman Hassidoff einem Galeerensklaven ähnlich geworden, der unter der Peitsche den Erschöpfungszustand erreicht hat und die Ruder nur noch mit einer automatischen Reflexbewegung handhabt. Das ehemals massive Männchen war zu einem Schatten seines früheren Ich geworden, sein Gesicht eingesunken und grünlich infolge seiner häufigen Gallenanfälle. Kam hinzu, daß der Wahltag vor zwei Tagen gekommen und wieder gegangen war, ohne die Spur von einer Wahl.
Der Barbier nahm das Mikrofon auf und begann mit schwacher Stimme zu senden: »Hört! Hört! Hier spricht die Fünf! Der Barbier

kümmert sich um die Sicherheit des Dorfes! Der Barbier hütet die Dämme! Stimmt für die Säule! Stimmt für den kahlen Barbier! Hört! Hört! …« Hassidoff hielt inne, um Atem zu holen, wußte jedoch, daß die Antwort bald durch die Luft donnern würde.
»Märchen für dumme Kinder!« stöhnte der Kasten des Schuhflickers. Dann kam ein erstickender Hustenanfall und: »Was versteht der Barbier von Dämmen: Der einzige Garant der Festigkeit unserer Dämme ist der Brunnenblock! Stimmt für die Dämme! Euer Block ist gegen die Fünf!«
»So also läuft der Hase!« stöhnte der Barbier. Mit letzter Kraft lud er sein neuerworbenes Gewehr. Dann kroch er vorwärts und zielte auf das Fenster des hinkenden Schuhflickers. »Mir scheint, immer muß ich alles selber machen«, murmelte Hassidoff, als er auf den Hahn drückte.
Nach dem scharfen Knall der Flinte fiel das Dorf in eine verhältnismäßige Stille, und nur das hartnäckige Rauschen des Regens war zu hören. Aus dem Kuhstall kamen gelegentlich kräftige Fußtritte und wütendes Fäustehämmern gegen die Eisentür.
»Ruhe, Schmarotzer!« heulte Hassidoff. »Wir sind im Kriegszustand! Wir haben in den letzten Tagen auch nicht gegessen!«
Dann drehte er sich um und beklagte sich bei seiner Frau: »Er tut nichts, als sich vollstopfen, wie Shimshon Groidiss! Wozu brauchen wir ihn?«
Auch die Frau war einem Zusammenbruch nahe, aber sie zwang sich, weiterzuarbeiten, ›nur um es diesem hinkenden Gurewitsch zu zeigen‹. Sie wies auf die Sandsäcke, die der hinkende Schuhflicker in sein Fenster gelegt hatte, und Hassidoff stöhnte sarkastisch in sein Mikrofon:
»Großer tapferer Brunnenblock! Verstecke dich nur hinter deinen Sandsäcken! Die Hand der Säule wird dich doch erreichen!«
Peng! Die Kerosinlampe oben verschied unter tausend Scherben.
»Huligane!« heulte Hassidoff, als er sich auf den Fußboden warf. »Wir müssen sofort Sandsäcke haben, um die Fenster zu blockieren. Inzwischen antwortest du ihnen, Weib!«
»Nur der Barbier handelt in Dämmen«, flüsterte das Heidenweib, als es mit fest geschlossenen Augen regungslos auf dem kalten Fußboden

lag. »Der Barbier bewacht die Dämme! Damm! Verdammt! Stimmt für Salman! Euer Block – Brunnen …«

»Der Schuhflicker leitet die Dämme«, hustete Zemach mit ständig schwächer werdender Stimme. »Der hinkende Schuhflicker rettet das Dorf … der fünfte Damm …«

Der reißende Strom tobte wütend auf Kimmelquell herunter, als hätte sich der Ozean erhoben, um das Dorf zu verschlingen. Das Regenwasser, das den Wadi bis zum Überfließen anschwellen ließ, hatte die zerbröckelnden Erddämme untergraben, und an diesem stürmischen Morgen kam der Gebirgsstrom vom Flußberg in einer riesigen Welle heruntergestürzt und überflutete Kimmelquell blitzschnell. Die wütenden Gewässer zogen auf ihrem grausam mörderischen Weg über das Dorf hinweg und ergossen sich wild ins Tal.

Dulnikkers Zelle wurde erschreckend schnell überflutet, so daß der Staatsmann meinte, die Gewalten der Hölle seien gegen ihn losgelassen. Er ging wassertretend zur Tür, begann mit beiden Fäusten auf sie einzuhämmern und brüllte dabei gräßlich. Der Barbier sperrte die Tür auf, und auch er stand da, sah aus wie ein Mann, der des Bildes seines Schöpfers beraubt worden war, und jammerte mit rollenden Augen:

»Herr Ingenieur, tun Sie etwas. Sie haben überall gute Verbindungen, Herr Ingenieur. Bitte, Herr Ingenieur, helfen Sie uns nur noch dieses eine Mal. Es ist alles die Schuld des hinkenden Schusters. Es hat mich ganz durcheinandergebracht …«

Eine Mauer an der Vorderseite des Hauses brach mit ohrenbetäubendem Lärm zusammen. Der Barbier drehte sich um und rannte grauenhaft heulend davon. Dulnikker im Pyjama folgte ihm und bahnte sich einen Weg durch die muhenden Kühe, die entsetzt und verwirrt herumrannten. Der Staatsmann stürzte in das Haus des Barbiers, gegen Wellen ankämpfend, als er versuchte, ein Fenster zu erreichen. Hinter sich konnte er das schrecklich apathische Summen des Kerosinmotors hören.

Gerade da brachen die Erddämme an vielen Stellen gleichzeitig und gaben der Sintflut den Weg frei. Über das Dorf kam eine Sturzwelle herab und zerstörte alles in ihrem Weg. Sie zerrte dicke Äste, Möbel, Tiere mit, und der Regen verbarg alles hinter einer Wand aus dichten Wasserschleiern. Dulnikker sank das Herz, als er die Schreckensszene überblickte, und er erschauerte. Aus irgendeinem Grund hatte er den

Drang, in seine Kammer im Kuhstall zurückzukehren, aber in diesem Augenblick hörte er die Barbiersfrau schreien, und der ganze hintere Teil des Hauses brach zusammen.
Dulnikker kniete halb wahnsinnig auf dem Fensterbrett. Seine blutleeren Lippen murmelten Bruchstücke von Gebeten. Auf der Straße gegenüber brach das Haus des Schuhflickers mit einem schrecklichen Krach zusammen, und hinter den Trümmern von Gurewitschs Haus kam ein dreitüriger Kleiderschrank auf dem Wasser herausgeschwommen. Ein Mann in Lumpen klammerte sich ums liebe Leben an ihn. Mühsam zog er sich auf das schwimmende Möbel hoch, und als er am Haus des Barbiers vorbeischwamm, erblickte er den Ingenieur im Fenster kniend.
»Dulnikker!« brüllte er. »Spring!«
Der Staatsmann konnte nicht schwimmen, daher hielt er sich zurück. Plötzlich aber brach die Wand zusammen, und instinktiv warf er sich vorwärts. Die rasende Strömung, die ihm bis ans Kinn reichte, zerrte ihn geradewegs zu dem improvisierten Floß, das sich an einer Linde verfangen hatte. Der Mann zog Dulnikker mit Hilfe seiner gelben Aktentasche zu sich herauf. Als sie schwindlig ins Tal getrieben wurden, streckte sich der Staatsmann bäuchlings auf dem Schrank aus und schaute auf die Ruinen des Dorfes zurück, das schnell hinter dem Vorhang des Wolkenbruchs verschwand. Entsetzte Kühe ertranken in der teuflischen Strömung rund um sie herum, und Menschen gingen unter, während sie etwas zum Anklammern suchten. Amitz Dulnikker hielt Zev schweigend umschlungen. Die Arme gegenseitig um die Schultern gelegt, trieben Meister und Sekretär auf dem großen Schrank in Richtung Tel Aviv.
Nicht weit von ihnen sah man die Spitzen von Holzmasten, die über das Gewässer hinausragten. Joskele Treibitschs Lichtmasten hatten das Dorf fast erreicht.

Liebe deinen Mörder

Eine alte jüdische Tradition macht es dem Wohlhabenden zur Pflicht, den Bettler von der Straße an seinen Tisch zu laden. Diese Tradition hat sich bis heute in unserem Staat erhalten – nur ist es heute sehr oft der Bettler, der die Rechnung zahlen muß.

Die Nacht, in der mein Haar ergraute

Die Premiere war vorüber. Nachdem wir in den Künstlergarderoben pflichtgemäß unsere Glückwünsche abgeliefert hatten, versammelten wir uns beim Bühnenausgang, um ernsthaft über die Dinge zu reden. Wir befanden uns in bester Stimmung, denn das Stück hatte einen einwandfreien Durchfall erlitten. Jetzt galt es, die Ursachen zu analysieren. Plötzlich fragte Kunstetter (ich erinnere mich ganz genau, daß die Frage von Kunstetter kam):
»Wie wär's und wir gingen eine Kleinigkeit essen?«
Sein Vorschlag fand allgemeinen Beifall. Jemand empfahl das neueröffnete »Balalaika«-Restaurant, das – wie schon der Name vermuten ließ – feinste französische Küche offerierte. Die Preise in einem solchen Lokal liegen zwar etwas über dem Durchschnitt, aber nach einem schlechten Stück will man wenigstens gut essen.
Schon rein äußerlich machte die »Balalaika« einen erstklassigen Eindruck. Die holzgetäfelten Wände waren mit Gobelins geschmückt, das Licht kam aus hohen Kerzenhaltern und die Kellner aus Südfrankreich. Sechs Tische wurden zusammengeschoben, und bei dieser Gelegenheit zeigte sich, daß unsere Gesellschaft aus mehr als zwanzig Personen bestand, darunter eine Anzahl völlig Unbekannter. Das ist schon so beim Theater. Gewisse Randfiguren des Betriebs hängen sich immer an die Berühmtheiten an.
Obwohl die Preise unsere schlimmsten Befürchtungen übertrafen, bestellten wir allerlei kalte und warme Hors-d'oeuvres und als Hauptgericht die Spezialitäten des Hauses. Alles schmeckte vorzüglich, der Wein war spritzig, die Konversation desgleichen, das Leben war schön, und zur Hölle mit kleinlichen Pfennigfuchsereien.
Ich hatte gerade den letzten Bissen meines Steaks au poivre mit einem

kräftigen Schluck Pommard heruntergespült, als meine Ehefrau, die beste von allen, mich am Ärmel zupfte.

»Ephraim«, flüsterte sie. »Schau!«

Tatsächlich: Einige Plätze am Tisch waren leer. Ihre Inhaber mußten sich nach Beendigung der Mahlzeit verflüchtigt haben. Insgesamt tafelten noch zwölf Personen. »Die als erste gehen, werden fallen«, lautet ein altes Wahrwort. Aber es ist nirgends die Rede davon, daß sie vorher zu zahlen haben ...

Meine Blicke suchten den Oberkellner und fanden ihn. Er hatte sich in eine strategisch wichtige Ecke plaziert und stand in seinem einwandfreien Frack beinahe reglos da. Nur von Zeit zu Zeit hob er die buschigen Augenbrauen und machte Notizen.

Ich merkte, daß auch die Blicke der anderen auf ähnliche Art beschäftigt waren wie die meinen. Ihr sonderbares Flackern schien eine geheime Furcht auszudrücken, die sich nicht in Worte fassen läßt oder höchstens in die Worte: »Wer wird das bezahlen?«

Die nächste Bestandsaufnahme ergab zehn Verbliebene. Im Schutz der intimen Kerzenbeleuchtung hatte ein weiteres Paar den Raum verlassen.

Immer schleppender wurde die Konversation, immer dumpfer die Spannung, die über der Tafel lag. Niemand wagte seinen Nachbarn anzusehen. Fast glaubte man das Klicken der inneren Registrierkassen zu hören, die den Preis der einzelnen Bestellungen zusammenrechneten.

Nach und nach richteten sich alle Augen auf Kunstetter. Rein moralisch betrachtet, müßte eigentlich er für die Rechnung aufkommen. Die Einladung war ja von ihm ausgegangen. Ein anderer wäre gar nicht auf die Idee gekommen, nach einem so miserablen Theaterabend auch noch ein kostspieliges Restaurant aufzusuchen. Wie hatte Kunstetter gesagt? »Kommt, meine Freunde«, hatte er gesagt, »kommt und speist mit mir!« Möglicherweise hatte er sogar hinzugefügt: »Ihr seid meine Gäste« oder etwas Ähnliches. Jedenfalls stand fest, daß er der Veranstalter des Unternehmens war. Und er war ein rechtschaffener Mann. Er würde zahlen. Ganz gewiß würde er zahlen. Oder?

Neun Augenpaare hefteten sich auf ihn.

Kunstetter beendete mit nervenzermürbender Gelassenheit seine

Mahlzeit und bestellte Kaffee. Wir hielten den Atem an. Hätte Kunstetter sich jetzt mit der Frage, ob jemand Kaffee wünsche, an die Runde gewandt, so hätte er sich damit eindeutig als Gastgeber deklariert und die Verantwortung für die finanzielle Seite der Angelegenheit auf sich genommen. Kunstetter tat nichts dergleichen. Gleichmütigen Gesichts schlürfte er seinen Kaffee und plauderte Belangloses mit Madame Kunstetter.

Unterdessen hatten noch ein paar Ratten das sinkende Schiff verlassen. Die Passagierliste war auf sieben verlorene Seelen geschrumpft. Wer zahlt?

Längst waren alle Gespräche versickert. Dann und wann fiel eine kurze Bemerkung über Vietnam oder über das jüngste Ehescheidungsgerücht, aber das wahre Interesse der Anwesenden galt nur noch eben dieser Anwesenheit: Jede weitere Verminderung würde für die Zurückbleibenden ein Anwachsen der Zahlungsgefahr bedeuten, dessen waren sich alle bewußt.

Eine der Geiseln, Ben-Zion Ziegler, erhob sich mit demonstrativer Gleichgültigkeit:

»Entschuldigen Sie mich, bitte,« sagte er. »Ich muß einen dringenden Anruf machen.«

Ohne Hast, als wäre es das Selbstverständlichste von der Welt, schlug er die Richtung zu der nahe beim Ausgang gelegenen Telefonzelle ein. Kalter Schweiß trat auf unsere Stirnen. Erst jetzt fiel uns auf, daß Ziegler ohne seine Frau gekommen war, was ihm erhöhte Bewegungsfreiheit gewährte.

Er kam nie zurück. Wochen später berichtete ein angeblicher Augenzeuge, daß Ziegler tatsächlich die Telefonzelle betreten und hernach zu unserem Tisch zurückgewinkt hätte, bevor er das Lokal verließ. Niemand hatte ihn winken gesehen. Hat er überhaupt gewinkt? Und wenn er überhaupt gewinkt hat: Was soll's? Wer zahlt?

Die Runde bröckelte weiter ab, die dumpfe Spannung nahm weiter zu. Ich verfluchte die Unachtsamkeit, die meine Frau und mich verführt hatte, unsere Plätze so zu wählen, daß die Kellner in unserem Rücken standen und daß wir nicht sehen konnten, was sie dort planten. Wir waren in größter Gefahr, ihrer Verschwörung zum Opfer zu fallen. Jeden Augenblick konnte sich der Oberkellner von schräg seitwärts über mich beugen und mir die vornehm unter einer Serviette verborgene Rechnung zuschieben. Ich hatte keine Ausweichmöglichkeit. Ich war wehrlos.

Und dann geschah etwas Entsetzliches.

Mit dem Ausruf »Um Himmels willen!« sprang Kunstetter auf, wobei er einen besorgten Blick auf seine Uhr warf. »Unser Babysitter!« Und eh wir uns dessen versahen, hatte er mit seiner Frau den Tisch verlassen.

Ingenieur Glick öffnete den Mund, als ob er ihm etwas nachrufen wollte, brachte aber nur ein unartikuliertes Gurgeln hervor und sank aschfahl in seinen Sessel zurück. Kunstetter war unsere letzte Hoffnung. Jetzt, nach seiner feigen Flucht, bestand die Zahl der Eingeschlossenen aus drei Ehepaaren: den Glicks, den Bar-Honigs und uns. Ich sah mich um. Der Oberkellner stand noch immer in seiner Ecke und fixierte uns unter buschigen Augenbrauen. Nie im Leben habe ich so buschige Augenbrauen gesehen.

Wie hoch die Rechnung wohl sein würde? Kalte und warme Vorspeisen, Steaks vom Infragrill, gepflegte Weine …

Plötzlich begann Frau Bar-Honig mit ihrem Gatten polnisch zu reden. Man brauchte keinen Dolmetscher, um zu verstehen, worum es ging. Ich war entschlossen, nicht nachzugeben. Wie zur Bekräftigung fühlte ich die Hand der besten Ehefrau von allen in der meinen. Es tut gut, in den wirklich kritischen Situationen, die uns das Schicksal auferlegt, nicht allein zu sein. Ich erwiderte ihren Händedruck. Wir wußten, daß jetzt der Kampf auf Tod und Leben begonnen hatte. Ein achtloser Schritt – und du bist verloren. Aufgepaßt, alter Junge! Wer jetzt eine Andeutung innerer Schwäche erkennen läßt oder vielleicht gar eine kleine Gebärde macht, die der Ober als Zeichen von Zahlungswilligkeit mißdeuten könnte, hat es sich selber zuzuschreiben. Vor meinem geistigen Auge tauchten die vielen tragischen Fälle auf, in denen ein Unschuldiger die Rechnung für eine ganze Gesellschaft zahlen mußte, nur weil er unbedachterweise die Hand gehoben hat, um eine Fliege zu verscheuchen: Schon war mit einem Satz der Kellner da und drückte ihm den unheilvollen Wisch in die Hand. Also keine Handbewegung. Überhaupt keine Bewegung.

Eiserne Ruhe.

Es ging auf drei Uhr früh. Obwohl unser Tisch schon seit zwei Stunden der einzige noch besetzte war, fühlten wir uns untereinander völlig isoliert. Niemand wollte es riskieren, den Aufbruch vorzuschlagen. Wer solches täte, würde unweigerlich die Aufmerksamkeit des Oberkellners auf sich ziehen und müßte die Rechnung zahlen. Da – was war das? Bar-Honig und Ingenieur Glick sprachen plötzlich mit auffallender Lebhaftigkeit aufeinander ein, ihre Gattinnen unterbrachen sie, fielen ihnen und sich selbst ins Wort, steigerten das Gespräch zu immer größerer Intensität ... es war klar, was hinter dem Manöver steckte: Der Kellner mußte sich auf den Weg zu unserem Tisch gemacht haben, und da die anderen so tief in ihr Gespräch verwickelt waren, würde er sich an mich als an den einzig Zugänglichen wenden. Mir blieben nur noch wenige Sekunden. Mein Hirn arbeitete fieberhaft. Und dann hatte ich einen meiner bekannt genialen Einfälle. Ich würde die anderen glauben machen, daß ich tatsächlich bereit wäre, die Rechnung zu übernehmen, würde mittels einiger gezückter Geldscheine ihr Vertrauen gewinnen, und einer oder der andere würde sich schließlich dazu verleiten lassen, aus purer Formalität eine Floskel zu murmeln wie: »Nein ... lassen Sie doch ...« oder dergleichen. Zu seiner namenlosen Bestürzung würde ich daraufhin mit einem eilfertigen »Bitte sehr, ganz wie Sie wünschen!« die Rechnung an ihn weiterschieben und würde zusammen mit meiner Frau sofort verschwinden. Diese Endspielvariante ist allgemein als »Haifarochade« bekannt, weil sie von einem dortigen Industriellen anläßlich einer Silvestereinladung zum erstenmal praktiziert wurde.
Ich wandte mich also halb um und rief laut und deutlich: »Herr Ober! Die Rechnung, bitte!«
Die Ehepaare Bar-Honig und Glick verstummten augenblicklich und lehnten sich erleichtert zurück, während ich mit unnachahmlicher Eleganz meine Brieftasche hervorzog und scheinbar unbeteiligt auf den Effekt der Haifarochade wartete.
Diesmal versagte sie kläglich. Weder Glick noch Bar-Honig rangen sich auch nur zu einem Ansatz jener guten Manieren durch, die man von halbwegs zivilisierten Menschen füglich erwarten darf. Sie saßen stumm und mit gesenkten Augen, nur ihre Nasenflügel vibrierten ein wenig, das war alles. Um die Mundwinkel Ingenieur Glicks glaubte

ich sogar ein schäbiges Lächeln spielen zu sehen, aber da handelte es sich wohl schon um eine Fiebervision, wie sie auf einen zum Untergang Verurteilten eindringt.

Mit zwei Fingern lüftete ich die Serviette, gerade weit genug, um die Endsumme der Rechnung ins Blickfeld zu bekommen.

Sie belief sich auf 160 Pfund.

»Bitte nur zu unterschreiben, Monsieur«, sagte der Kellner. »Herr Kunstetter hat alles auf sein Konto setzen lassen.«

Ich krallte meine freie Hand ins Tischtuch. Nie werde ich Kunstetter diese Nacht verzeihen. Nie. Warum hat er das getan? Warum hat er uns stundenlang in qualvollen Ängsten schmoren lassen? Was für ein sadistischer Schuft muß er sein, um auf eine solche Tücke zu verfallen?

Gleichmütig signierte ich die Rechnung, steckte meine Brieftasche wieder ein und verließ den Tisch, ohne mich nach den schäbigen Schnorrern umzusehen, die in starrer Bewunderung dasaßen. Jetzt hatten sie endlich einmal gesehen, wie ein wirklicher Gentleman sich als Herr der Lage zeigt.

Mein Ruf ist seither allenthalben gestiegen. Auch Sie werden schon davon gehört haben. »Man kann« – so heißt es immer wieder –, »man kann über Kishon sagen, was man will: Aber großzügig ist er. Wirklich großzügig.«

Israel ist ein kleines, armes Land, das für seinen Sportbetrieb nur ein minimales Budget erübrigen kann. Unsere Sportler bekommen das besonders bei internationalen Veranstaltungen zu merken, an denen wir uns bestenfalls mit einem Drittel der aufgrund ihrer Leistungen hierfür qualifizierten Funktionäre beteiligen.

Vorbereitungen für ein Sportfest

Die sogenannte »Asiatische Olympiade« ist für die Teilnehmer genauso wichtig wie die wirklichen Olympischen Spiele, und für unser kleines Land gilt das erst recht. Infolgedessen wird die Frage der Beschickung schon Monate vorher in der ganzen Öffentlichkeit lebhaft diskutiert.

Von Anfang an war es klar, daß wir die Asiatischen Spiele in Bangkok unmöglich mit allen Funktionären beschicken könnten, die dafür trainierten. Eine solche Belastung hätte der Staatshaushalt nicht vertragen. Man darf nicht vergessen, daß die Funktionäre unvermeidlicherweise von einer Anzahl aktiver Sportler begleitet sein müssen. Schließlich einigte man sich auf eine Quote von zwei Funktionären je Teilnehmer, legte jedoch in Anbetracht des bedrohlichen Mangels an Aktiven einen Schlüssel fest, der die öffentlich kontrollierbare Leistungsfähigkeit der Funktionäre auf den internationalen Standard abstimmte. Dieses »Bangkok-Minimum« verlangte von den Funktionären folgende Leistungsnachweise:

1. Mitgliedschaft in einer erstklassigen Koalitionspartei.
2. Beschaffung von mindestens 8 Empfehlungsbriefen innerhalb 48 Stunden.
3. Anwendung eines Drucks von mindestens 50 Kubikmetern auf die Mitglieder des Auswahlkomitees.
4. Bereitschaft zu rücksichtsloser Intrige.

Die Ausscheidungskämpfe waren so schwierig, daß sie tatsächlich nur von den Besten bestanden werden konnten. Schon in den ersten Vorläufen kam es zu erschütternden menschlichen Tragödien. Der israelische Rekordhalter L. J. Slutzkovski, ein kampfgestählter Veteran und Vorstandsmitglied in nicht weniger als 21 Sportorganisationen, zeigte

sich zwar dem Parteientest mühelos gewachsen und wies auch die nötigen Nervengeher-Qualitäten nach, brachte es aber im ersten Anlauf nur zu 6 Empfehlungsbriefen. Man gewährte ihm einen zweiten, doch kam er auch hier nur auf sieben Briefe und eine mündliche Empfehlung, womit er endgültig unter dem vorgeschriebenen Limit blieb und ausscheiden mußte. Sein Trainer protestierte gegen diese Entscheidung und machte geltend, daß der für Slutzkovski unentbehrliche Handelsminister von den EWG-Verhandlungen in Brüssel nicht rechtzeitig zurückgekehrt sei. Der Protest ist derzeit noch in Schwebe.
»Wir glauben an Slutzi«, äußerte ein prominentes Mitglied des Auswahlkomitees. »Aber wir wollen uns keine wie immer geartete Protektion vorwerfen lassen und müssen uns daher an die reine Leistung halten. Wer die Ausscheidungskämpfe besteht, fährt nach Bangkok. Wer sie nicht besteht, fährt nicht.«
Demgegenüber gelang es beispielsweise dem in bester Kondition antretenden Meisterfunktionär Benzion Schultheiss, sich die Fahrkarte nach Bangkok bereits in den Vorkämpfen zu sichern. Er legte – allerdings mit leichtem Rückenwind – die Strecke vom Sitzungssaal des Auswahlkomitees zum Unterrichtsministerium in der hervorragenden Zeit von 23:52,2 zurück und erzielte nicht weniger als 11 (!) Empfehlungsbriefe in einer einzigen Nacht. Zweifellos ein Ergebnis, das sich überall in der Welt sehen lassen kann und das Schultheiss die größten Chancen gibt, sich in die Spitzenklasse der Begleitfunktionäre vorzukämpfen. Nach zuverlässigen Berichten aus den verschiedenen Trainingslagern werden seine Leistungen nur von den japanischen Funktionären übertroffen, deren langjähriger Meister Taku Muchiko im zweiten Vorlauf auf 138 Telefongespräche pro Stunde kam.
»Auch die indonesischen Funktionäre dürfen nicht unterschätzt werden«, informierte uns ein guter Kenner der dortigen Verhältnisse. »Sie leisten vor allem als Intriganten ganz Erstaunliches …«
Der Ausscheidungskampf zwischen den beiden israelischen Altmeistern Birnbaum und Dr. Bar-Honig verlief besonders dramatisch. Bar-Honig zeigte sich in hervorragender Verfassung, bestand den Druckausübungs-Test mühelos mit 52 Kubikmetern im Sitzen und bewies auch auf dem Gebiet der Persönlichen Verbindungen eine überdurch-

schnittliche Leistungsfähigkeit. Im Finish verzeichnete jedoch sein Rivale Birnbaum eine Interventionsserie durch acht amtierende Kabinettsmitglieder und arbeitete einen Vorsprung von drei Empfehlungsbriefen heraus. Durch den überraschenden Nachweis, daß er heimlich Massage studiert hatte, vermochte Bar-Honig im letzten Augenblick gleichzuziehen, und da auch der zusätzlich angesetzte Ellenbogen-Test keine Entscheidung brachte, beschloß das Auswahlkomitee, beide Anwärter nach Bangkok zu entsenden.

Unser Funktionärsteam wird den Staat Israel ohne Zweifel würdig vertreten. Die Mitglieder in ihren schmucken blauen Uniformen werden nach ihrem Eintritt in das Stadion in Viererreihen über die Laufbahn defilieren, an der Spitze der Elf-Briefe-Rekordmann Schultheiss als Flaggenträger. Den Abschluß bildet unser aktiver Teilnehmer.

Jedes Volk schart sich um die Erinnerung an seine großen Männer wie um eine Flagge. Und kein Volk hat ein so heftiges Bedürfnis nach Nationalhelden wie das unsere. Bei aller historischen Arroganz, die wir uns im Lauf der Jahrtausende erworben haben: Für einen echten, notariell beglaubigten Nationalhelden sind wir bereit, uns mit dem Teufel zu verbünden. Notfalls sogar mit dem Druckfehlerteufel.

Titel, Tod und Teufel

»Dieser Jankel bringt mich noch ins Grab!« fluchte Herr Grienbutter, Chefredakteur des »Täglichen Freiheitskämpfers«, lautlos in sich hinein.

»Hundertmal hab' ich ihm schon gesagt, daß bei verschiedenen Nachrichten auch die Titel verschieden gesetzt werden müssen, besonders wenn sie auf dieselbe Seite kommen. Und was macht Jankel? Er setzt die Titel ›Gewerkschaft kündigt Neuwahlen an‹ und ›USA von Teuerungswelle bedroht‹ in gleicher Größe und in gleicher Type nebeneinander! Es ist zum Verrücktwerden ...«

Herr Grienbutter riß ein Blatt Papier an sich, um eine eilige Kurznachricht an Jankel hinzuwerfen – wobei er ihn, wie immer in Fällen offiziellen Ärgers, nicht mit dem kosenden Diminutiv anredete, sondern mit der korrekten Namensform: »Jakob – Titel verschieden (USA, Gewerkschaft)!« Und um sicherzugehen, daß der solchermaßen zurechtgewiesene Jakob die Botschaft auch wirklich bemerken und berücksichtigen würde, rahmte sie Herr Grienbutter mit dicken, schwarzen Strichen seines Filzschreibers ein. Dann warf er das Blatt zusammen mit dem Bürstenabzug in den Abgangs-Korb für die Setzerei und eilte aus dem Haus. Er war bei Spiegels zum Nachtmahl eingeladen und schon eine Viertelstunde verspätet.

Als Herr Grienbutter am nächsten Morgen – wie üblich noch im Bett – die Zeitung öffnete, sank er, vor Schrecken fast vom Schlag gerührt, in die Kissen zurück. Von der ersten Seite des »Freiheitskämpfers« glotzte ihm in dickem, schwarzem Rahmen die folgende Todesanzeige entgegen:

Jakob Titel
ist plötzlich verschieden.
Er starb auf einer Reise in den USA.
Der Vorstand
des Jüdischen Gewerkschaftsbundes

Zornbebend stürzte Herr Grienbutter in die Redaktion, wutschnaubend fiel er über Jankel her. Jankel hörte sich die Schimpftirade ruhig an und verwies auf Grienbutters eigenhändige Arbeitsnotiz, die er für den Druck ja nur geringfügig eingerichtet hatte.

Der unterm Keulenschlag eines irreparablen Schicksals wankende Chefredakteur suchte das Büro des Herausgebers auf, um mit ihm eine Möglichkeit zu besprechen, wie man sich bei den Lesern des »Freiheitskämpfers« für den skandalösen Mißgriff entschuldigen könnte.

Zu seiner Überraschung empfing ihn der Herausgeber in strahlender Laune. Er hatte soeben von der Annoncenabteilung erfahren, daß bereits 22 hochbezahlte Traueranzeigen eingelaufen waren, die das unerwartete Hinscheiden Jakob Titels beklagten.

Herr Grienbutter wollte kein Spaßverderber sein und empfahl sich schleunig.

Am nächsten Tag wimmelte es im »Freiheitskämpfer« von schwarzumrandeten Inseraten. Da hieß es etwa: *»Gramgebeugt geben wir den allzu frühen Tod unseres teuern Jakob Titel bekannt. Die Konsumgenossenschaften Israels.«* Oder: *»Leitung und Belegschaft der Metallröhrenwerke Jad Eliahu betrauern das tragische Ableben Jakob Titels, des unerschrockenen Pioniers und Kämpfers für unsere Sache.«*

Aber das alles hielt keinen Vergleich mit der folgenden Nummer aus, die um vier Seiten erweitert werden mußte, um die Zahl der Trauerkundgebungen zu bewältigen. Allein die »Landwirtschaftliche Kooperative« nahm eine halbe Seite in Anspruch: *»Der Verlust unseres teuern Genossen Jakob (Jankele) Titel reißt eine unersetzliche Lücke in unsere Reihen. Ehre seinem Andenken!«* Die Beilage brachte ferner das aufrichtige Mitgefühl der Drillbohrer zum Ausdruck: *»Wir teilen euern Schmerz über den Verlust dieses besten aller Arbeiterfunktionäre«*, und enthielt überdies einen peinlichen Irrtum. *»Den*

Titels alle guten Wünsche zur Geburt des kleinen Jakob. Familie Bilitzer.«

Auch die anderen Morgenblätter waren mit entsprechenden Anzeigen gesprenkelt, ohne indessen dem »Freiheitskämpfer« Konkurrenz machen zu können. Der Chef des hochangesehenen »Neuen Vaterlands«, verärgert darüber, daß sein Blatt den Tod einer so hervorragenden Persönlichkeit des öffentlichen Lebens nicht als erstes gemeldet hatte, überließ den Nachruf seinem Sportredakteur. Dieser erfahrene Reporter durchstöberte ebenso gründlich wie erfolglos den Zettelkasten, stellte alle möglichen Recherchen an, die ihm von seiten der Befragten nur dunkle Erinnerungen an den verewigten Jakob Titel einbrachten, und behalf sich schließlich mit einem sogenannten »Allround«-Nekrolog, der erfahrungsgemäß immer paßte:

»Jakob (Jankele) Titel, der zur Generation der ›alten Siedler‹ unseres Landes gehörte, wurde während eines Besuchs in den Vereinigten Staaten plötzlich vom Tod ereilt und auf dem örtlichen Friedhof zur letzten Ruhe gebettet.

Titel, ein Haganah-Kämpfer der ersten Stunde, hatte sich praktisch in sämtlichen Sparten der Arbeiterbewegung betätigt. Schon auf der jüdischen Hochschule in Minsk (Rußland), die er mit vorzüglichem Erfolg absolvierte, galt er als einer der führenden Köpfe der Studentenschaft und rief eine geheime zionistische Jugendgruppe ins Leben. Ungefähr um die Jahrhundertwende kam ›Jankele‹ mit seiner Familie ins Land, ging als Kibbuznik nach Galiläa und wurde einer der Gründer der damaligen Siedler-Selbstwehren. Später bekleidete er verschiedene Funktionen im Staatsdienst, sowohl daheim wie im Ausland. Nach einer erfolgreichen öffentlichen Laufbahn zog er sich ins Privatleben zurück und widmete sich den Problemen der Arbeiterorganisation. Er gehörte bis zu seinem Ableben der Verwaltungsbehörde seines Wohnortes an.«

Bekanntlich ehrt das Vaterland seine bedeutenden Männer immer erst, wenn sie tot sind. So auch hier. Auf einer Gedenk-Kundgebung zu Ehren Jakob Titels nannte ihn der Unterrichtsminister »einen tatkräftigen Träumer, einen Bahnbrecher unseres Wegs, einen Mann aus dem Volke und für das Volk«. Als der Männerchor von Givat Brenner zum

Abschluß der Feier Tschernikowskys »Zionsliebe« anstimmte, wurde unterdrücktes Schluchzen hörbar.
Das bald darauf fertiggestellte Gebäude der Gewerkschaftszentrale erhielt den Namen »Jakob-Titel-Haus«; da sich trotz längerer Nachforschungen kein lebender Angehöriger Titels gefunden hatte, übernahm der Bürgermeister von Tel Aviv anstelle der Witwe den symbolischen Schlüssel. Unter dem Porträt des Verstorbenen in der großen Eingangshalle häuften sich die von den führenden Körperschaften des Landes niedergelegten Kränze. Das Bildnis selbst war ein Werk des berühmten Malers Bar Honig. Als Vorlage hatte ihm ein 35 Jahre altes Gruppenfoto aus den Archiven des Gewerkschaftsbundes gedient, auf dem Jakob Titel, halb verdeckt in der letzten Reihe stehend, von einigen Veteranen der Bewegung identifiziert worden war. Besonders eindrucksvoll fanden zumal die älteren Betrachter das von Bar Honig täuschend ähnlich getroffene Lächeln »unseres Jankele«.
Mit der Herausgabe der Gesammelten Schriften Jakob Titels wurde ein führender Verlag betraut, dessen Lektoren das Material in mühsamer Kleinarbeit aus alten, vergilbten Zeitungsbänden herausklaubten; die betreffenden Beiträge waren anonym erschienen, aber der persönliche Stil des Verfassers sprach unverwechselbar aus jeder Zeile.
Dann allerdings geschah etwas, woran der ganze, vielfältige Nachruhm Jakob Titels beinahe zuschanden geworden wäre:
Als die Straße, in der sich die Redaktion des »Freiheitskämpfers« befand, auf allgemeinen Wunsch in »Jakob-Titel-Boulevard« umbenannt wurde, brach Herr Grienbutter zusammen und klärte in einem Leitartikel die Entstehung der Titel-Legende auf.
Ein Sturm des Protestes erhob sich gegen diesen dreisten historischen Fälschungsversuch. Auf der Eröffnungsfeier des »Jakob-Titel-Gymnasiums« erklärte der Regierungssprecher unter anderem: »Jakob Titel ist schon zu Lebzeiten diffamiert worden, und gewisse Taschenspieler der öffentlichen Meinung diffamieren ihn auch nach seinem Tod. Wir aber, wie alle ehrlichen Menschen, stehen zu Jakob Titel!«
Herr Grienbutter, der unter den geladenen Gästen saß, ließ sich durch diese persönliche Attacke zu einem Zwischenruf hinreißen; es sei lächerlich, rief er, das Geschöpf eines Druckfehlers zu feiern. Daraufhin wurde er von zwei Ordnern mit physischer Gewalt aus dem Saal

entfernt und in Spitalspflege überstellt, wo er jedoch alsbald in Trübsinn verfiel, weil auch das Krankenhaus nach Jakob Titel benannt war. Nachdem er eines Nachts einen Tobsuchtsanfall erlitten hatte, mußte man ihn in eine Nervenheilanstalt einliefern.

Unter der geduldigen Obsorge der Psychiater trat allmählich eine Besserung seines Zustands ein. Er begann sich mit den gegebenen Tatsachen abzufinden und wurde nach einiger Zeit als geheilt entlassen.

In Würdigung seiner großen journalistischen Verdienste erhielt er im folgenden Jahr den »Jakob-Titel-Preis für Publizistik«.

Was uns im Kino am besten gefällt, ist der hohe erzieherische Wert der Filme, die man zu sehen bekommt. Immer wird der Verbrecher gefangen und seiner gerechten Strafe zugeführt, niemals macht sich ein Verbrechen bezahlt. Selbst der Durchschnitts-Zuschauer, ob er will oder nicht, muß sich auf diese Weise darüber klarwerden, daß es keinen Sinn hat, zu stehlen, zu rauben oder zu morden. Zum Schluß erwischt ihn ja doch der lange Arm der Zensur.

Liebe deinen Mörder

Wir Intellektuellen bevorzugen natürlich die hochklassigen Filme, in denen Schauspielkunst und witzige Dialoge vorherrschen. Aber dann und wann verspüren auch wir ein gewisses Bedürfnis nach Entspannung, und dann sehen wir uns einen Kriminalfilm oder etwas dergleichen an. So geschah es auch mir, als ich neulich an einem Kino vorbeikam und folgendes angekündigt sah:

MASSAKER IN DER HÖLLE. FÜR ERWACHSENE.

Wenn ich *Eastman-Color* lese, ist es um mich geschehen. Ich kaufte eine Karte und trat ein.
Es begann sehr verheißungsvoll. Eine behaarte Hand näherte sich langsam der Kehle einer Frau – umschloß sie – ein erstickter Schrei klang auf – die Brille der Dame fiel zu Boden – wurde von plumpen Schuhsohlen zertreten – nein, zerrieben – eigentlich überflüssig, finde ich – wenn er sie schon umgebracht hat, warum muß er dann noch ihre Brille hinmachen – – jetzt stapfen die schweren Schuhe hinaus – die Tür öffnet sich – und in der geöffneten Tür erscheint der Vorspann. Aufblenden.
Wir sind im Polizeihauptquartier. Inspektor Robitschek, der hartgesottene Chef der Kriminalpolizei, dem dennoch eine gewisse menschliche Wärme nicht abgeht, hält seiner Mannschaft eine Standpauke: »Das ist jetzt der 119. Mord, der im Laufe eines Jahres in Paris begangen wurde. Und die Ermordeten sind alle Hausbesitzer. Ich werde verrückt. Gerard, was sagen Sie dazu?«

»Chef«, sagte Gerard, ein junger, gutaussehender Kriminalbeamter in Zivil und mit einigem Privatvermögen. »Der Mörder ist kein Mensch, sondern ein Teufel.« Schnitt.

Dunkle Nacht. Eine dunkle Seitengasse. Die dunklen weiblichen Gestalten, die hier auf und ab gehen, tragen dunkle enganliegende Kleider. Solchen Gegenden bleibt man besser fern, sonst wird man in dunkle Affären verwickelt.

Die Kamera fährt langsam zum fünften Stock eines trostlosen Mietshauses hinauf und weiter durch ein offenes Wohnungsfenster. In der Wohnung sitzt – zitternd vor Kälte, weil sie nur ganz leicht bekleidet ist – die zweite Preisträgerin der Schönheitskonkurrenz um den Titel der Miss Côte d'Azur. Ein untersetzter Mann mit Brille schreit sie an: »Entweder Sie zahlen morgen früh«, schreit er, »oder ich werfe Sie hinaus!«

Kein Zweifel, es ist der Hausbesitzer. Die Dinge beginnen Gestalt anzunehmen. Es handelt sich um Mord Nr. 120. »Monsieur Boulanger«, beschwört ihn bebend Miss Côte de'Azur II. »Warten Sie doch wenigstens bis morgen mittag ... Mein Vater ist krank ... Schnupfen ... vielleicht eine fiebrige Erkältung ...«

Boulanger entdeckt die Reize der jungen Dame. In seinen Augen glimmt es unmißverständlich auf. Er kommt näher, schleimig, widerwärtig, speichelnd.

»Hahaha«, lacht er, und zur Sicherheit nochmals: »Hehehe. Wenn Sie nett zu mir sind, Valerie, dann läßt sich vielleicht etwas machen ...«

Jetzt wird es delikat. Er beginnt sie zu entkleiden. (Man erinnert sich, daß sie schon vom Start weg sehr wenig anhatte.) Sie versucht sich ihm zu entwinden. Die Männer im Publikum ballen in ohnmächtiger Wut ihre Fäuste. Valerie weicht zurück, bis sie aus Gründen der hinter ihr angebrachten Wand nicht weiterkann. Die Vergewaltigung, das sieht wohl jeder, ist nur noch eine Frage von Sekunden. Aber da – gerade in diesem Augenblick – wird das Fenster aufgestoßen und ein Mann in schwarzem Regenmantel springt ins Zimmer. Ein Mann? Ein Koloß. Ein bärtiger Riese. In seinen Augen mischt sich unergründliches Leid mit unerbittlicher Entschlossenheit.

Boulanger hat allen Geschmack an dem kleinen Abenteuer verloren.

Er befindet sich in einer recht unangenehmen Lage, um so mehr, als er verheiratet ist. »Wer sind Sie?« fragt er. »Was wollen Sie?«
Leise und dennoch mit unheimlicher Schärfe antwortet der Riese: »Ich bin Ihr Mörder, Boulanger.«
»Das will mir gar nicht gefallen«, stammelt Boulanger. »Was habe ich Ihnen getan?«
»Sie haben mir gar nichts getan, Boulanger«, lautet die Antwort des raunenden Riesen. »Andere besorgten das für Sie ...«
Rückblendung.
Weit in der Vergangenheit. Eine arme Familie ist im Begriff, auf die Straße gesetzt zu werden. Des Vaters Brust hebt und senkt sich in stummer Verzweiflung, der Mutter lautes Schluchzen dringt herzzerreißend durch den Raum. Ein kleines Kind mit einem kleinen Wagen steht verloren in der leeren Zimmerecke. Plötzlich nimmt der kräftig gebaute Junge einen Anlauf und springt den grausamen Hausherrn an, dem daraufhin die Brillengläser zu Boden fallen. Das wohlgeformte Kind zertrampelt sie. Von alledem sieht Boulanger natürlich nichts, weil er sich ja auf der Leinwand befindet und nicht im Zuschauerraum. Er hat also keine Ahnung, aus welchen tieferen psychologischen Ursachen die Hände des Riesen sich jetzt um seine Kehle schließen und ihn in den seligen Herrn Boulanger verwandeln. Seine Brillengläser fallen zu Boden. Schon sind sie zertrampelt. Bravo. Wir alle stehen auf der Seite des Mörders. Ein Blutsauger weniger. Am liebsten würden wir dem bärtigen Riesen anerkennend auf die Schulter klopfen und sagen: »Gut gemacht, Gustl, alter Junge!« Jedoch ...
Jedoch: Was ist mit Valerie?
Valerie scheint eine alberne Ziege zu sein. Man kennt diesen Typ. Statt ihrem Retter zu danken, stürzt sie aus dem Zimmer und die Stiegen hinauf, wobei sie kleine hysterische Schreie ausstößt. Schweratmend folgt ihr der Koloß. Was will er von ihr? Unser Gerechtigkeitssinn sträubt sich. Bei aller Anerkennung seines menschlichen Vorgehens dem Hausherrn gegenüber – dieses Mädchen trägt ja nicht einmal eine Brille. Er brauchte sich also nicht mit ihr abzugeben.
Valerie erreicht das Zimmer ihres kranken Vaters und schlüpft durch die Tür, die sie von innen versperrt.
»Ich habe ihn gesehen«, keucht sie. »Den Mörder ... das Mon-

strum … Boulanger … tot … endlich … entsetzlich Telefon … Polizei …«
So sind die Weiber. Noch vor wenigen Augenblicken hat dieser Mann sie vor dem Schlimmsten bewahrt – und jetzt liefert sie ihn dem Auge des Gesetzes aus.
Der knochige Finger des Vaters zittert in Großaufnahme, als er die Wahlscheibe dreht. Von draußen pumpert der verratene Mörder an die Tür. Er hört zum Glück jedes Wort, das drinnen gesprochen wird. Spute dich, Freund, sonst ist es aus mit dir …
»Hallo«, röhrt der sieche Vater in die Muschel. »Polizei? Kommen Sie rasch! Der Mörder! Meine Tochter hat den Mörder gesehen …«
Im Hauptquartier lauscht angespannt Inspektor Robitschek. Der Vater setzt die Life-Übertragung fort:
»Er wird die Tür eintreten … Es ist keine Zeit zu verlieren … Gott helfe uns … Schluß der Durchsage.«
Der niederträchtige Denunziant legt den Hörer auf. Inspektor Robitschek ruft nach Gerard. Ein überfülltes Polizeiauto saust mit heulenden Sirenen an den Tatort. 36 Polizisten und 4 Detektive gegen einen einzigen, einsamen Mörder – ist das fair? Warum kämpfen sie's nicht Mann gegen Mann aus, und der Sieger zieht den ganzen Einsatz?
In rücksichtslosem Tempo nimmt das Polizeiauto seinen Weg durch die engen Gassen. Plötzlich –
Peng. Die Tür hat nachgegeben. Langsam, mit unheildrohenden Schritten kommt der Riese auf Valerie zu. Offenbar will er die peinliche Geschichte jetzt zum Abschluß bringen. Das kann man verstehen. Wir alle sind rechtschaffene, gesetzestreue Bürger, aber unter den gegebenen Umständen würden wir ebenso handeln.
Der Vater, dieser unsympathische Spaßverderber, versucht abermals zugunsten seiner Tochter zu intervenieren. Es muß ihm vollkommen entfallen sein, daß Boulanger ihn auf die Straße setzen wollte. Sinnloser Haß gegen den bärtigen Riesen trübt seinen Blick.
Der Riese hebt einen Sessel hoch und läßt ihn auf den Kopf des Verräters niedersausen. Recht so. Ein wohlverdientes, ein passendes Ende. Und nun zu Miss Côte d'Azur II. Wo steckt sie denn? Dort in der Ecke. Die Pranke des Riesen nähert sich ihrer Kehle … zwanzig Zentimeter … acht … sechs … vier … zwei … Machen wir einen

raschen Überschlag. Einerseits ist das Mädchen unschuldig, denn nicht sie, sondern ihr seliger Herr Papa hat die Polizei verständigt. Andrerseits: An wen soll sich Gustl in seinem gerechten Zorn jetzt halten? Wo die Polizei immer näher kommt? Was würden Sie an seiner Stelle tun? Eben. Die Tochter muß sterben. Das verlangt die ausgleichende Gerechtigkeit. So ist das Leben.

Ein Zentimeter …

Plötzlich Scheinwerfer – Sirenengeheul – Trillersignale: Die Polizei hat das Haus umstellt. Tausende von Polizisten wirbeln durcheinander. Mit kühnem Sprung setzt der Riese zum Fenster hinaus und aufs Dach, just als Gérard ins Zimmer platzt, Valerie, die hysterische Ziege, sinkt ihm in die Arme. Inspektor Robitschek entsichert den Revolver und schickt sich an, das Dach zu erklettern. Die gesamte Polizeitruppe Frankreichs folgt ihm, mit Maschinengewehren und leichter Feldartillerie ausgerüstet. Unten biegen die ersten Panzerwagen um die Ecke.

Sollten wir bisher noch gezögert haben – jetzt schwenken unsere Sympathien eindeutig zu Gustl. Ein rascher Blick auf die Armbanduhr: noch eine halbe Stunde bis zum Ende der Vorstellung. Ausgezeichnet. Denn man weiß, daß die Gerechtigkeit immer erst in den letzten Minuten triumphiert. Mühsam schiebt sich Gustl über die Dachschindeln. Robitschek und seine Legionen schließen den Ring und bringen ihre Flammenwerfer in Stellung. Was haben diese erbärmlichen Bürokraten gegen den armen Gustl? Gewiß, er hat gemordet, niemand bestreitet das. Aber warum? Doch nur, weil seine Eltern von Boulangers Großpapa auf die Straße gesetzt wurden. Das ist ein zwingender, für jedes menschlich fühlende Herz verständlicher Grund. Wer unserm Gustl ein Haar krümmt, soll sich vorsehen!

Inzwischen hat Gérard, der geschniegelte Geck, Valerie von allen Seiten umzingelt. Ein feiner Herr! Hat nichts Besseres zu tun, als seiner Lüsternheit zu frönen, während es ringsumher von Kommandos, Dschungelattacken und Froschmännern wimmelt.

Aber, hoho, noch ist nicht aller Tage Abend. Im Fensterrahmen erscheinen die Umrisse eines vertrauten Gesichts. Gustl ist wieder da. Er hat die gesamte Interpol abgeschüttelt und ist zurückgekehrt, um seine Rechnung mit der verräterischen Ersatz-Schönheitskönigin zu begleichen. Gérard springt zur Seite – seine Hand zuckt nach der Revolvertasche – aber da hat sich Gustl schon auf ihn gestürzt. Der Kampf beginnt. Alle Griffe sind erlaubt.

Zeig's ihm, Gustl. Nur keine Hemmungen. Du kämpfst für eine gerechte Sache.

So. Das wär's. Gérard segelt durch die Luft und zum Fenster hinaus. Adieu, Freundchen. Einen schönen Gruß an die Kollegen.

Und jetzt wollen wir noch rasch die Sache mit Valerie in Ordnung bringen, damit Gustl endlich ausspannen kann. Wir nähern uns – das heißt – Gustl nähert sich dem Mädchen. Bis auf drei Zentimeter ... bis auf einen Zentimeter ... In unserem Unterbewußtsein regt sich das unerfreuliche Gefühl, daß es auch diesmal nicht klappen wird.

Natürlich nicht. An der Spitze einer senegalesischen Kavalleriebrigade erstürmt Inspektor Robitschek das Zimmer. Der arme Gustl kommt nicht zur Ruhe. Mit einem Panthersatz erreicht er die Treppe, stürzt hinunter, bricht eine entgegenkommende Wohnungstür auf – ein verschrecktes altes Ehepaar stellt sich ihm in den Weg – der Greis will ihn am Mantel festhalten – laß das doch, Opapa, das ist nicht deine Sache – und schrumm! schon saust Gustls Pranke auf das Haupt des Patriarchen nieder. Das hat er davon. Ein weiteres Hindernis beseitigt. Mach rasch, Gustl. Die Bluthunde sind dir auf den Fersen.

Robitschek, der rücksichtslose Karrierist, schleudert eine Tränengasbombe ins Zimmer. Ein Schrei aus hundert Frauenkehlen ertönt im Zuschauerraum. Gustl leidet. Er leidet entsetzlich. Er hat seit Beginn des Films mindestens fünf Kilo abgenommen.

Ein Blick auf die Uhr. Noch zehn Minuten. Jetzt ist es bald soweit, daß ein Verbrechen nichts einbringt. Das Ende naht. Nun ja. Gustl, formal und dogmatisch betrachtet, ist ein Mörder, das wissen wir. Trotzdem: In menschlicher Hinsicht ist er ein Charakter aus purem Gold. Außerdem hat man ihn in eine unmögliche Zwangslage gebracht. Den Patriarchen hätte er vielleicht nicht umbringen müssen, aber da war er halt schon sehr nervös. Kein Wunder. Halt dich, Gustl! Es ist klar, daß du auf dem Altar der Zensur geopfert werden mußt, aber wehr dich wenigstens, solange du kannst. Schlag das Fenster ein, dann bekommst du Luft ...

Der tückische Robitschek hat durch die Tür gefeuert, und eine der

Revolverkugeln wurde von Gustl aufgefangen. Über dem leblos hingestreckten Körper des Giganten führt Robitschek buchstäblich einen Freudentanz auf … beugt sich siegestrunken zu ihm hinab …
Hurra! Das Publikum jubelt! Gustl hat den schmierigen Wurm gepackt und an die Wand geklebt. Er ist einfach phantastisch. Der geborene Taktiker. Die tödliche Verwundung war nur gespielt.
Schon ist er aufgesprungen, schon schwingt er sich durchs Fenster …
Vielleicht werden wir jetzt zu Zeugen einer unerhörten, einer historischen Wendung. Vielleicht wird, zum erstenmal in der Geschichte der Kinematographie, der kleine Verbrecher davonkommen, vielleicht geschieht ein Wunder, und er ist gar nicht der wirkliche Mörder – nicht er, sondern Boulanger – er ist Valeries Stiefvater …
Klak-klak-klak-klak-klak.
Natürlich. So mußte es kommen. Eine Maschinengewehrsalve hat ihn hingestreckt. Großartig. Wirklich ein großartiger Erfolg. Die Armee der Grande Nation hat einen unbewaffneten Mann überwältigt. Gustl liegt im Rinnstein. Trompetensignale aus der Ferne.

FIN.

Das Licht im Saal geht an und erhellt ein paar hundert tief enttäuschte Gesichter.
Erholung beim Kriminalfilm? Ablenkung? Spannung? Es gibt nichts Langweiligeres als die triumphierende Gerechtigkeit.

Unsere Väter, die vor einigen tausend Jahren die hebräische Schrift erfunden haben, müssen Linkshänder gewesen sein, denn sie schrieben von rechts nach links. Außerdem hatten sie es sichtlich darauf angelegt, daß die Schrift der Heiligen Bücher nicht von jedem hergelaufenen Laffen gelesen werden konnte. Deshalb eliminierten sie, wie in der Stenographie, alle Vokale. Und deshalb ist es leichter, hebräisch zu schreiben als hebräisch zu lesen. Kein Wunder, daß die hebräischen Schriftsteller ständig auf fiebriger Suche nach Lesern sind. Ihre durchschnittliche Leserzahl beläuft sich auf drei: den Verleger, den Drucker und den Korrektor. Als vierten wollen sie mich.

Wie man ein Buch bespricht, ohne es zu lesen

Die Sache mit Tola'at Shani bedrückte mich. Nein, das war wirklich nicht schön von mir: Vor einem halben Jahr hatte er mir sein neues Buch geschickt, das ich sofort auf den Schreibtisch oder sonstwohin gelegt hatte – und dort, wo immer das war, setzte es seither Spinnweben an.

Zu Beginn kam ich noch mit den üblichen Ausreden durch: »Schon bekommen!« rief ich vorbeugend, wenn ich Tola'at Shani von weitem sah. »Sobald ich ein paar freie Stunden habe, lese ich es!« Und der vielversprechende junge Autor lächelte mir dankbar zu.

Als ich ihn nach ein paar Wochen unversehens beinahe über den Haufen rannte, ließ ich mich zu der Bemerkung hinreißen, daß ich bereits mitten in der Lektüre sei und daß wir nachher darüber sprechen müßten.

Bald darauf kam es zu einem höchst peinlichen Zwischenfall. Tola'at Shani betrat das Café, und sein Blick fiel genau in der gleichen Sekunde auf die Küchentür, als ich hinausschlüpfte. Ich entsinne mich noch ganz genau, daß ich an diesem Tag den festen Entschluß faßte, das Buch sehr sorgfältig zu durchblättern, wenn ich nach Hause käme. Irre ich nicht, so hatte ich sogar schon die Hand danach ausgestreckt. Aber gerade da ging das Telefon, oder es läutete an der Tür, oder es geschah sonst etwas – jedenfalls kam meine Hand nicht an das Buch heran. Und dabei blieb es.

Vor ein paar Tagen, als ich mich um Kinokarten anstellte, fühlte ich mich plötzlich am Arm gepackt. Es war Tola'at Shani, und es gab kein Entrinnen.

»Haben Sie das Buch schon ausgelesen?« fragte er mich. Ich nickte mehrmals und ernsthaft:

»Wir müssen uns ausführlich darüber unterhalten. Ich habe Ihnen eine ganze Menge zu sagen, Aber hier – in dieser Schlange – auf einem Bein …«

Ich hatte noch nicht zu Ende gesprochen, als an der Kassa die Tafel »Ausverkauft« hochging. Mein Schicksal war besiegelt. Nur ein plötzlich herabstoßender Steinadler hätte mich retten können, und in Tel Aviv gibt es leider keine Steinadler. Hingegen gibt es sehr viele Kaffeehäuser, so viele, daß man in einem von ihnen mit größter Wahrscheinlichkeit einen Tisch für zwei Personen findet. Und jetzt saßen wir einander gegenüber.

»Also«, sagte Tola'at Shani. »Sie wollen mit mir über mein Buch sprechen.«

»Ja«, sagte ich. »Ich bin froh, daß ich Sie endlich getroffen habe.«

Irgendwie erinnerte mich die Situation an den dramatischen Höhepunkt mancher Wildwestfilme, wenn Sheriff und Schurke im Saloon der menschenleeren Hauptstraße zusammenstoßen und die endgültige Abrechnung sich nicht mehr aufhalten läßt. Auch die Dizengoff Straße schien plötzlich menschenleer. Ich kann mich nicht erinnern, sie jemals so entvölkert gesehen zu haben. Kein einziges bekanntes Gesicht wollte auftauchen.

Verzweifelt suchte ich mir das Buch ins Gedächtnis zu rufen, aber vor meinem geistigen Auge erschien immer nur die braune Packpapierhülle, die ich noch nicht entfernt hatte. Wenn ich wenigstens wüßte, um was für eine Art von Buch es sich handelte! War es ein Roman? Eine Sammlung von Kurzgeschichten? Von Gedichten? Ein Theaterstück? Ein Essayband?

Die bleierne Stille drohte mir den Atem abzuschnüren. Ich mußte etwas sagen:

»Etwas muß ich sagen«, sagte ich. »Sie haben enorme Arbeit an dieses Buch gewendet.«

»Drei Jahre«, nickte Tola'at Shani. »Aber das Thema habe ich noch viel länger mit mir herumgetragen.«
»Das spürt man sofort. Es ist ein reifes Werk.«
Stille. Bleierne Stille. Und keine Rettung. Freunde in der Not? Daß ich nicht lache.
»Sagen Sie mir jetzt bitte Ihre Meinung«, forderte mich der vielversprechende junge Autor mit vor Erwartung bebender Stimme auf.
»Ich bin sehr beeindruckt.«
»Von allem, was drinsteht?«
Im letzten Augenblick entging ich der Falle. Tola'at Shani beobachtete mich scharf aus den Augenwinkeln. Hätte ich jetzt geantwortet: »Ja, von allem« – er hätte sofort gewußt, daß ich das Buch nicht gelesen habe.
»Ich will ganz offen sein«, sagte ich. »Den Anfang finde ich nicht gerade überwältigend.«
»Auch Sie?« Tola'at Shani seufzte resigniert. »Das hätte ich nicht gedacht. Ein erfahrener Schriftsteller wie Sie müßte doch wissen, daß jedes Buch eine Exposition braucht.«
»Exposition, Schmexposition«, gab ich ein wenig unbeherrscht zurück. »Die Frage ist, ob man von einem Buch sofort gefesselt wird oder nicht.«
Tola'at Shani senkte den Kopf und sah so traurig drein, daß er mir leid tat. Aber warum schreibt er auch so langweilige Expositionen. »Später kommt die Sache in Schwung«, tröstete ich ihn. »Ihre Figuren sind sehr gut gezeichnet. Und die Geschichte hat Atmosphäre. Und Rhythmus.«
»Sind Sie auch der Meinung, ich hätte die rein beschreibenden Teile des Buches um die Hälfte kürzen sollen?«
»Wenn Sie das getan hätten, wäre es ein Bestseller geworden.«
»Möglich«, sagte Tola'at Shani frostig. »Aber mir war es wichtiger, ganz genau zu erklären, warum Boris sich den Rebellen anschließt.«
»Boris ist allerdings ein Charakter, den man nicht so bald vergessen wird«, mußte ich zugeben. »Man merkt, daß ihm Ihre ganze Liebe gilt.«
Aus schreckhaft geweiteten Augen starrte Tola'at Shani mich an: »Liebe? Ich liebe Boris? Dieses Schwein? Diesen Verbrecher?

Ich halte ihn für die widerwärtigste Figur, die ich je geschaffen habe!«
»Das glauben Sie nur«, wies ich ihn zurecht. »Lassen Sie sich von mir gesagt sein, daß Sie sich im innersten Kern Ihres geheimen Ich mit ihm identifizieren.«
Tola'at Shani erbleichte.
»Was Sie da sagen, trifft mich wie ein Keulenschlag«, murmelte er tonlos. »Als ich das Buch zu schreiben begann, habe ich Boris gehaßt, das weiß ich genau. Aber dann, als er in den Streit zwischen Peter und dem Marine-Attaché verwickelt wird und trotzdem seiner Mutter nichts davon erzählt, daß er Abigail vergewaltigt hat … Sie erinnern sich doch?«
»Und ob ich mich erinnere! Er erzählt seiner Mutter nichts …«
»Richtig. Da fragte ich mich also: Ist dieser Boris, mit all seinen Verirrungen und Unzulänglichkeiten, nicht immer noch ein wertvollerer Mensch als der Zoologe?«
»Wir alle sind Menschen«, bemerkte ich tolerant. »Manche sind so, manche sind anders, aber im Grunde sind wir alle gleich.«
»Eben darauf wollte ich ja hinaus. Haarscharf.«
Sollte ich das Buch am Ende doch gelesen haben? Sozusagen unterbewußt, ohne es zu merken?
»Man versichert mir von vielen Seiten«, sagte Tola'at Shani zögernd, »daß dieses Buch, zumindest was die Handlung betrifft, mein bisher stärkstes ist.«
Ich sah nachdenklich zur Decke hinauf, als wollte ich die bisherige Produktion des vielversprechenden jungen Autors mit einem einzigen Blick umfassen. Dabei habe ich noch keine Zeile von ihm gelesen. Wozu auch? Wer ist dieser Tola'at Shani überhaupt? Warum schickt er mir seine Bücher? Es galt, die Dinge an ihren Platz zu rücken. »Ich würde nicht direkt sagen, daß es Ihr stärkstes Buch ist, Aber es ist bestimmt Ihr spannungsreichstes.«
Tola'at Shani zuckte zusammen. Kein Zweifel, ich hatte ihn an seinem empfindlichsten Punkt erwischt. Tut mir leid. Oder soll ich vor Ehrfurcht zusammenknicken, wenn er seinen Dilettantismus ins Kraut schießen läßt?
»Ich wußte es. So wahr mir Gott helfe, ich wußte es.« Die ganze Bit-

terkeit des Nichtskönners, der sich von einem überlegenen Geist durchschaut weiß, schwang in seiner Stimme mit.
»Sie meinen das Abendessen in der Wohnung des Sturmtruppenkommandanten, nicht wahr. Ich hätte schwören können, daß Ihr Chauvinismus an dieser Szene Anstoß nehmen würde. Hätte ich vielleicht die ganzen Ereignisse in diesem von der Flut heimgesuchten Gebirgstal in Saccharin verpacken sollen, damit sie sich angenehmer lesen? Wenn Sie – erinnern Sie sich –«
»Stottern Sie nicht«, ermahnte ich ihn. »Meine Geduld hat Grenzen.«
»Erinnern Sie sich an die Schilderung des nächtlichen Kamelwettrennens um den Harem des Scheichs? Das hat Ihnen doch gefallen, oder nicht?«
»Sogar sehr gut. Das war eine farbige Szene.«
»Und daß Jekaterina die Tischlampe am Kopf des Richters zerschlägt – auch damit sind Sie einverstanden?«
»Unter Umständen.«
»Dann können Sie unmöglich etwas gegen das Schicksal einzuwenden haben, das ich Meir-Kronstadt und seinesgleichen bereite!«
Heftiger Widerspruch stieg in mir auf. Hoppla, mein Junge, dachte ich. Du kannst begeifern, wen du willst – aber Meir-Kronstadt laß mir ungeschoren! Der ganze Verlauf des Gesprächs widerstrebte mir. Viel zu vage und unsachlich war das alles. Jetzt sollten die Funken stieben. Jetzt ging es mit meiner Zurückhaltung zu Ende. »Hören Sie, Tola'at Shani! Ich an Ihrer Stelle wäre auf diese Sache mit Meir-Kronstadt nicht so stolz!«
»Ich bin aber stolz auf ihn!«
Das Blut schoß mir in den Kopf. Unglaublich! Der Kerl wagte mir zu widersprechen!
»Kronstadt ist ein Schwindler«, sagte ich scharf. »Was er tut, überzeugt keinen Menschen. Mehr als das: Er ist überflüssig. Sie könnten ihn ohne Schaden für das Buch vollkommen weglassen.«
»Und wie, wenn ich fragen darf, soll ich dann den eigentlichen Konflikt vorbereiten?«
»Nun – wie? Was glauben Sie wohl?«
»Sie denken wahrscheinlich an den Zoologen.«
»An wen denn sonst.«

»Und Jekaterina?«
»Soll mit dem Richter durchgehen!«
»Im neunten Monat?«
»Nachher.«
»Stellen Sie sich das nicht ein wenig zu einfach vor? Außerdem scheinen Sie zu vergessen, daß Jekaterina von einem Auto überfahren wird!«
»Muß sie denn unbedingt überfahren werden? Gerade sie? Wenn schon jemand überfahren werden muß, dann Abigail.«
»Lächerlich. Was soll das für einen Sinn haben?«
Das war mir zuviel. Das darf man einem Fachmann wie mir nicht sagen. Seit dreißig Jahren lese ich so gut wie ununterbrochen Bücher – und dann kommt so ein Stümper und sagt »lächerlich«.
»Sagten Sie ›lächerlich‹, Sie Stümper? Und Ihr idiotisches Kamelwettrennen ist vielleicht nicht lächerlich? Was sage ich: lächerlich. Ekelhaft ist es! Ich hatte Mühe, nicht zu erbrechen!«
»Ausgezeichnet. Genau das lag in meiner Absicht. Ein Mensch, dem vor sich selber übel wird, lernt sich wenigstens kennen. Und ich meine Sie!«
Wir hatten uns auf das unabsehbar weite Feld persönlicher Beleidigungen begeben. Tola'at Shani war gelb vor Ärger. Sein Atem keuchte.
»Ich werde Ihnen sagen, was Ihnen an meinem Buch mißfällt«, gurgelte er. »Daß ich gewagt habe, auf banale Lösungen zu verzichten! Daß ich Boris nicht in der Überschwemmung zugrunde gehen lasse! Stimmt's?«
Boris! Der hat mir gerade noch gefehlt.
»Scheren Sie sich zum Teufel mit Ihrem Boris!« schnarrte ich. »Sie sind diesem Lumpen ja geradezu verfallen! Und wenn Sie es wissen wollen: Seine Liebesaffäre mit Abigail ist ganz und gar unwesentlich!«
»Unwesentlich«, stöhnte der vielversprechende junge Autor. »Zu irgend jemandem muß sie doch gehören!«
»Aber doch nicht zu Boris! Gibt es denn keinen andern?«
»Wen?« Tola'at Shani sprang mich an, packte mich am Rockaufschlag und schüttelte mich. »Wen?«

»Meinetwegen den Zoologen – wie heißt er gleich – Kronstadt!«
»Kronstadt ist kein Zoologe.«
»Er *ist* ein Zoologe! Und wenn nicht Kronstadt, dann der Sturmtruppenkommandant.«
»Kronstadt ist der Sturmtruppenkommandant!«
»Da haben Sie's! Von mir aus kann er sein, was er will! Und von mir aus kann es jeder sein, nur Boris nicht! Sogar der Marine-Attaché wäre logischer! Peter! Oder Birnbaum!«
»Wer ist Birnbaum?«
»Er ist um nichts schlechter als Kronstadt, das garantiere ich Ihnen! Sie glauben offenbar, daß es schon genügt, Papier zu bekritzeln, damit ein Buch daraus wird. Hüten Sie sich! Wie steht's mit der Handlung, Sie Patzer? Mit den Charakteren? Mit den inneren Konflikten? Mit der Tiefe?« Jetzt war es ich, der ihn würgte. »Auf die Tiefe kommt es an – nicht auf Blabla und Abrakadabra, wie bei Ihnen! Boris! Boris! Das soll ein Buch sein? Für wen? Für das Publikum gewiß nicht! Kein Mensch liest so ein Buch! Auch ich habe es nicht gelesen!«
»Sie haben es nicht gelesen?«
»Nein. Und ich denke auch gar nicht daran!«
Damit ließ ich ihn sitzen.
Wahrscheinlich sitzt er immer noch dort, der Idiot. Recht geschieht ihm.

»Ordnung muß sein«, heißt es im Talmud. Deshalb ist in ganz Israel kein zweiter Berufszweig so hoch angesehen wie der des Ordners, uniformiert oder nicht, amtlich oder nicht, auf öffentlichen Plätzen oder in Versammlungslokalen. »Bitte hier nicht herumzustehen, dieser Platz ist für den Ministerpräsidenten reserviert!« – »Ich bin der Ministerpräsident, mein Freund!« – »Meinetwegen können Sie sogar der Ministerpräsident sein, hier dürfen Sie nicht herumstehen.«

Gibt es einen typisch israelischen Humor?

Vor einigen Tagen besuchte mich Stockler, der Sekretär unseres Kultur- und Geselligkeitsklubs, und sprach zu mir wie folgt:
»Am nächsten Sonntag veranstalten wir einen leichten Unterhaltungsabend. Wir würden uns freuen, Sie als Vortragenden begrüßen zu können. Das Thema, über das Sie bei uns sprechen sollen, lautet: ›Gibt es einen typisch israelischen Humor, und wenn ja, warum nicht?‹«
»Meiner Meinung nach«, sagte ich abweisend, »soll ein Schriftsteller schreiben und nicht reden.«
»Sie haben vollkommen recht. Trotzdem können wir Ihnen nicht mehr als 20 Pfund zahlen.«
»Für mich ist das keine Frage des Geldes.«
»Einverstanden. Beginn um 6 Uhr 30.«
Um 6 Uhr 20 fand ich mich im Klubhaus ein. Ohne zu prahlen: Es herrschte ein solcher Andrang, daß die Veranstalter bereits das Gittertor geschlossen hatten, um die andrängenden Massen abzuwehren. Ich wollte mich durchzwängen und kam auch wirklich bis an das Tor heran, aber dann ging's nicht weiter. Ein eisernes Gittertor ist ein eisernes Gittertor, besonders wenn es von innen versperrt ist. Es blieb mir nichts übrig, als um das ganze Gebäude herumzugehen, bis zur Hinterfront. Dort gab es, wie ich wußte, noch einen Eingang, eine kleine Glastür. An der Innenseite dieser Tür hing eine Tafel mit der Ankündigung meines Vortrags. Ein paar optimistische junge Menschen, der Stolz unseres Landes, umstanden die Tür, in der Hoffnung, vielleicht doch noch meinem Vortrag beiwohnen zu können. Vorläufig sahen sie nur die dichtgedrängten Zuschauerreihen im Innern des

Saales und den in nervöser Erwartung auf und ab gehenden Stockler. Ich klopfte an die Tür. Niemand öffnete. Ich klopfte kräftiger. Ein untersetzter Ordner näherte sich von innen, schob die Tafel ein wenig zur Seite und machte das international gebräuchliche Zeichen für »Schert euch zum Teufel!« Ich zeigte mit ausdrucksvoller Gebärde auf mich selbst und gab mich als Vortragenden zu erkennen. Die nicht minder ausdrucksvolle Gebärde des Ordners deutete an, daß er willens sei, mir alle Knochen im Leib zu brechen. Die optimistischen jungen Menschen ringsum verhöhnten mich, weil ich es mit einem so alten Trick versucht hatte und nicht durchgekommen war. Ich begann aufs neue an die Tür zu klopfen, diesmal mit beiden Fäusten. Nach einiger Zeit nahm ich noch die Füße zu Hilfe. Tatsächlich öffnete sich die Tür, wenn auch nur spaltbreit, und der Ober-Ordner schlug mir mit einem Besenstiel über den Kopf.

»Ausverkauft!« brüllte er. »Verschwinde!«

Obwohl ich unter der Wucht des Hiebes wankte, bewahrte ich meine Geistesgegenwart.

»Ich bin der Vortragende!« stieß ich hervor und sprang hurtig zur Seite. »Lassen Sie mich hinein.«

»Nicht einmal Ben Gurion kommt hier herein!« Der Besenstiel sauste drohend durch die Luft. »Reiz mich nicht, oder ich hol die Polizei!«

Er schlug die Tür zu, versperrte sie und schob mit hämischem Nachdruck den Riegel vor.

Ich ließ mich auf einen nahegelegenen Hydranten nieder und überlegte. Unter gar keinen Umständen würde ich aufgeben, soviel stand fest. Ich hatte einen wunderbaren Vortrag ausgearbeitet, in dem ich nachwies, daß es keinen echten israelischen Humor gab, weil die Behörden es an der entsprechenden Unterstützung der humoristischen Institutionen fehlen ließen.

Von drinnen klang gedämpftes Klatschen. Die Ungeduld des Publikums wuchs. Jetzt galt es zu handeln.

Von der gegenüberliegenden Apotheke rief ich den Kultur- und Geselligkeitsklub an.

»Ausverkauft«, sagte eine mürrische Stimme.

»Bitte schicken Sie mir Herrn Stockler zum Telefon.«

»Unmöglich. Er ist drinnen beim Vortrag.« Klick.
Als ich zu meiner Ausgangsbasis zurückkehrte, hatten sich die jungen optimistischen Menschen bereits aus dem Staub gemacht. Nur ein einziger stand noch da. Er trug eine große Ziehharmonika und war, wie sich bald herausstellte, das »Gemischte künstlerische Programm« des Abends. Auch er hatte sich erst eingefunden, als die Zugbrücke schon hochgezogen war.
Rasch freundeten wir uns an und tauschten allerlei Ideen aus, wie wir die Wachsamkeit der Ordner umgehen könnten. Nichts Erfolgversprechendes fiel uns ein. Mendel – dies war der Name des Gemischten Programms – begann auf seiner Ziehharmonika eine mitreißende Marschmelodie zu spielen, konnte sich aber gegen die lauten Pfiffe des Publikums nicht mehr durchsetzen.
Etwas Drastisches mußte geschehen. Ich ging wieder in die Apotheke und bat um irgend etwas, womit man auf Glas schreiben könnte.
»Sind Sie der Vortragende von drüben?« fragte der Apotheker.
Ich bejahte.
»Die Vortragenden nehmen gewöhnlich Lippenstift.«
Ich erstand einen Lippenstift der bewährten Marke »Feurige Küsse«, ließ mich vom Gemischten Programm über die Höhe der Tafel heben und schrieb in großen leuchtenden Lettern auf das Glas: Ich bin der Vortragende.
Der Ober-Ordner und sein vierschrötiger Assistent sahen mich und griffen nach ihren Besenstielen, aber bevor sie die Tür öffnen konnten, brachten wir uns in Sicherheit. »Du Trottel«, keuchte das Gemischte Programm, noch während wir rannten. »Weil du nicht in Spiegelschrift geschrieben hast.«
Die Ziehharmonika hinderte ihn beim Laufen. Er erklärte mir, daß er dieses blödsinnige Instrument schon längst verkaufen wollte, aber Stockler hätte ihm für heute abend 75 Pfund geboten.
Als wir an einem Postamt vorbeisausten, durchzuckte mich ein grandioser Einfall. Ich stürzte hinein und fragte den Schalterbeamten, wie lange die Beförderung eines Telegramms dauere. Seine Antwort lautete:
»Weiß ich?«
Ich ließ mich davon nicht abhalten und schrieb auf das Formular:

stehe draussen vor eingang stop hineinlasset mich raschest stop der vortragende.

Wir eilten zum Klubhaus zurück, diesmal zum Haupteingang, aber der Telegrafenbote kam nicht. Die israelischen Postverhältnisse liegen noch sehr im argen.

Drinnen im Saal war unterdessen ein wahres Pandämonium losgebrochen. Man hatte den Eindruck, daß das Haus jeden Augenblick in die Luft gehen wurde.

»Wir müssen das Tor rammen«, sagte Mendel mit heiserer Stimme.

In einer Ecke des Vorhofs lehnte eine pensionierte Wagendeichsel. Wir nahmen sie unter die Arme, gingen ein paar Schritte rückwärts, um genügend Anlauf zu haben, und warfen uns mit aller Kraft gegen die Festung. Beim ersten Versuch wurden wir zurückgeschleudert. Beim zweiten splitterte das Tor.

Der Nahkampf war kurz und heftig. Mendel brach unter der Pranke des Ober-Ordners zusammen. Ich entging dem Stuhl, den man als Wurfgeschoß gegen mich benützte, durch eine geschickte Körperdrehung und rannte im Zickzack, um den Kugeln kein Ziel zu bieten, gegen den Vortragssaal. Der Ober-Ordner ließ den leblosen Körper des Gemischten Programms liegen und sprang mich von hinten an. Mein Mantel blieb in seinen Händen. Ich selbst taumelte auf das Podium zu, blutverschmiert, aber ungebeugt.

Stockler war sichtlich erleichtert, mich zu sehen, und fragte, warum ich so spät käme. Ich sagte es ihm.

»Ja, ja«, bestätigte Stockler. »Solche Sachen kommen vor. Vielleicht sind unsere Ordner ein wenig übereifrig. Aber glauben Sie mir: Es ginge sonst noch viel schlimmer zu. Voriges Jahr ist der bekannte Lyriker Melamed-Becker beinahe erstickt, als er versuchte, sich durch die Ventilationsanlage in den Saal zu zwängen.«

Dann stellte mich Stockler dem Publikum vor, das mich mit frenetischem Applaus empfing. Seitlich vom Podium stand der Ober-Ordner mit seinem Assistenten. Beide klatschten wie besessen.

»Meine Damen und Herren«, begann ich. »Es gibt ganz entschieden einen typisch israelischen Humor …«

In unserem Land besteht große Nachfrage nach Facharbeitern jeder Art, ausgenommen Skilehrer, Rauchfangkehrer und Dichter. Die Repräsentanten des zuletzt genannten Berufs legen eine geradezu bewundernswerte Hartnäckigkeit an den Tag und fahren fort, hebräisch zu dichten. Einigen wenigen gelingt es sogar, das Gedichtete zu verkaufen. Aber sie wissen, daß sie zugleich auch ihre Seele verkaufen müssen.

Buchwerbung

Der Verleger holte das Manuskript aus der Lade und wandte sich zu Tola'at Shani: »Ich habe sie gelesen.«
Der Dichter rutschte auf die Sesselkante vor.
»Ja?« flüsterte er. »Ja?«
»Es sind wunderschöne Gedichte. Ich finde, daß in den letzten zweihundert Jahren nichts geschrieben wurde, was sich mit Ihrem ›Ich liebte dich, dich liebte ich‹ vergleichen könnte.«
»Danke«, kam es kaum hörbar von Tola'at Shanis Lippen. »Seien Sie bedankt, Herr Blau.«
»Ich gehe noch weiter und sage, daß der ganze Band zu den lyrischen Gipfeln der Weltliteratur gehört.«
»Ich danke Ihnen. Und ich werde trotzdem versuchen, an diesen Gedichten bis zur äußersten Vollendung zu feilen, bevor Sie den Band veröffentlichen.«
»Bevor ich den Band – was?«
»Veröffentlichen … den Band … Herr Blau … Ich liebte dich, dich liebte ich …«
»Wann habe ich von Veröffentlichung gesprochen?«
»Aber Sie sagten doch … wunderschöne Gedichte …«
»Wer kauft heutzutage Gedichte?«
»Niemand?«
»Nicht direkt niemand. Vierzig bis fünfzig Sonderlinge werden sich finden.«
»Ich bin bereit, auf jedes Honorar zu verzichten, Herr Blau.«
»Das versteht sich von selbst.«
»Ich bin ferner bereit, zu den Herstellungskosten beizutragen.«

»Auch schon was. Lassen Sie mich nachdenken ... Leiden Sie an einer unheilbaren Krankheit?«

»Warum?«

»Dann könnte ich das Buch mit einer schwarzen Trauerschleife herausbringen: Das letzte Werk des Dichters, oder so ähnlich. Das würde vielleicht den Verkauf ankurbeln.«

»Es tut mir aufrichtig leid, Herr Blau, aber ich bin gesund. Allerdings ... wenn die Regenzeit beginnt ...«

»Darauf kann ich mich nicht verlassen.«

»Dann sagen Sie mir bitte, was ich tun soll.«

»Ich möchte Sie nicht beeinflussen. Ich möchte Sie nur daran erinnern, daß der bekannte Maler Zungspitz, nachdem er das Augenlicht verloren hatte, phantastische Preise für seine Bilder erzielen konnte.«

»Leider bin ich Brillenträger.«

»Tola'at, Sie scheinen nicht zu begreifen, um was es hier geht. Ohne Reklame und Skandal ist Kunst heutzutage unverkäuflich.«

»Mir fällt etwas ein, Herr Blau! Ich werde nackt auf der Dizengoff-Straße spazierengehen, mit einem Exemplar von ›Ich liebte dich, dich liebte ich‹ unterm Arm.«

»Ein alter Hut. Die Bildhauerin Gisela Glick-Galgal hat sich auf dem Rothschild-Boulevard zweimal nackt ausgezogen, um Besucher in ihre Ausstellung zu locken. Angeblich hat sie dann wirklich ein paar Plastiken verkauft. Und jedenfalls ist der Trick schon abgebraucht. Spielen Sie Trompete?«

»Noch nicht.«

»Schade. Dann bleibt nichts andres übrig als Brutalität. Nach dem ersten Verriß Ihres Buchs schlagen Sie dem Kritiker alle Zähne ein. Einverstanden?«

»Gewiß, Herr Blau. Aber ich fürchte, daß niemand meine Gedichte verreißen wird.«

»Denken Sie nach, ob Sie nicht doch irgendeine Krankheit haben.«

»Leider ... wie ich schon sagte ...«

»Vielleicht hat es in Ihrer Familie einen Fall von Wahnsinn gegeben? Das wäre brauchbar. Als Josef Melamed-Becker nach seinem Wahnsinnsausbruch in eine geschlossene Anstalt eingeliefert wurde, hat sein Roman drei Neuauflagen erreicht!«

»Der Glückspilz.«
»Es war nicht nur Glück. Es war die Erkenntnis, daß ein Buch auf Publicity angewiesen ist, wenn es gehen soll. Gibt es in Ihrem Band auch Liebeslyrik?«
»Aber Herr Blau! Erinnern Sie sich nicht?«
»Ich habe Ihre Gedichte noch nicht gelesen. Wenn sie wirklich realistisch und offenherzig sind … sozusagen nackte Tatsachen … Sie verstehen, was ich meine …«
»Nein, Herr Blau! Nein und abermals nein! Da springe ich lieber aus dem fünften Stock auf die Straße.«
»Das ist eine Idee. ›Von der Liebe enttäuschter Dichter begeht Selbstmord‹. Nicht schlecht. Sie könnten Brigitte Bardot eines Ihrer Gedichte widmen.«
»Gerne. Wer ist das?«
»Spielt keine Rolle. Sie haben nichts weiter zu tun, als irgendeinem Gedicht die Widmung voranzusetzen: ›Meiner ewigen Liebe B. B.‹ Das genügt.«
»In Ordnung.«
»Na sehen Sie. Langsam beginnt mir Ihr Buch zu gefallen, Tola'at! Wir lassen an die Presse durchsickern, daß Sie zwei Jahre wegen Bigamie –«
»Lieber nicht. Das stimmt nämlich.«
»Dann also nicht. Kommen in Ihren Gedichten auch antireligiöse Motive vor? Vielleicht eine beleidigende Stelle über Moses? Sie wissen doch, wie empfindlich unsere Orthodoxen sind.«
»So etwas könnte ich mühelos einfügen.«
»Großartig. Wenn wir das Oberrabbinat dazu bringen, Ihr Buch mit einem Bannfluch zu belegen, ist die erste Auflage so gut wie verkauft.«
»Ich bewundere Ihre Erfindungsgabe, Herr Blau. Und ich danke Ihnen von Herzen.«
»Danken Sie mir noch nicht. Sie haben noch eine Menge zu tun. Heute nacht werden Sie sich wegen öffentlicher Gewalttätigkeit verhaften lassen. Dazu müssen Sie mindestens ein paar Fenster einschlagen. Dann verbarrikadieren Sie sich in der Damentoilette des Dan-Hotels, blasen Trompete, entkleiden sich, gehen auf die Straße und ziehen

sich eine Lungenentzündung zu.«
»Ich werde mein Bestes tun.«
»Nachher versuchen Sie ein Bombenattentat auf die Regierung, lassen sich griechisch-orthodox taufen und wandern aus.«
»In Ordnung.«
»Und kommen Sie mir nicht unter die Augen, bevor Sie komplett wahnsinnig sind.«
»Das wird ganz leicht sein, Herr Blau.«

Wer nicht weiß, wohin die jeweils zweite Socke in einer Waschmaschine verschwindet, was Kinder tun, wenn sie sagen, daß sie »nichts« tun, warum Ehemänner täglich nicht mehr als sechs Worte sprechen, warum Mütter immer als letzte in der Familie krank werden etc., der suche am besten bei Erma Bombeck Rat: Sie hat für jedes Phänomen eine Erklärung und verrät gern das eine oder andere Patentrezept ...

»Wieder einmal bereitet Erma Bombeck ihren Leserinnen vergnügliche Stunden: Ihr Motto ›Nur wer lacht, überlebt‹ ist absolut ansteckend und läßt den Alltag gleich viel heller erscheinen«

NÜRTINGER ZEITUNG

ISBN 3-404-14322-1

BASTEI LÜBBE

Sara
KISHON

Mein geliebter Lügner

Bekenntnisse der
»besten Ehefrau von allen«

BASTEI LÜBBE

Warum ist das Schwimmbad der einzig wahre Ort, um ernsthafte Bekanntschaften zu schließen? Was hat Ephraim Kishon mit einem Wesen von einem anderen Stern gemein? Warum ist die Ehe nur für Frauen erfunden worden?

Diesen und vielen anderen Fragen geht Sara Kishon in ihrem unkonventionellen Ehe-Porträt nach, das zugleich eine humoristische Offenbarung für alle Kishon-Fans ist, die hier die »beste Ehefrau von allen« und ihren Angetrauten einmal von einer ganz anderen Seite kennenlernen.

»Praktisch jeder Satz dient dem Amüsement einer Leserschaft, die für ihr Interesse auf jeder Seite dutzendfach belohnt wird.« Welt am Sonntag

ISBN 3-404-14389-2

BASTEI LÜBBE